TOR

JENNY-MAI NUYEN

Die Töchter von Ilian

ROMAN

TOR

MIX
Papier aus verantwortungsvollen Quellen
FSC® C083411

Erschienen bei FISCHER Tor
Frankfurt am Main, April 2019

Deutsche Erstausgabe

Dieses Werk wurde vermittelt durch die
Montasser Medienagentur, München

Gsamtherstellung CPI books GmbH, Leck
Printed in Germany
ISBN 978-3-596-29997-3

Welcher Traum bewegte die Flüsse,
bevor sie sich teilten?

ERSTE ELFISCHE FRAGE DER WEISHEIT

Figuren

Das kleine Volk (die Zwerge)

Hekteba	Königin von Horuns Bauch
Didanwen	Priesterin von Horuns Bauch, Hektebas Enkelin
Walgreta	Hektebas Enkelin
Gildrun	Priesterin von Horuns Bauch, Walgretas Mutter
Ganwalen	Hauptmann von Horuns Bauch
Branhilda	Hohepriesterin von Mún Toleda
Orbanim	Hauptmann von Mún Toleda
Senbelin	Kommandant von Mún Toleda, Hektebas Enkel
Oteba	Heilerin, Angehörige von Mauskins Bande
Baldrian	Weise Frau vom Eichenhain

Das alte Volk (die Elfen)

Fayanú	Wandererzähler
Oliahde	Fayanús Mutter
Saida	Fayanús Bruder
Heliandal	Wächter von Ilian
Esajal	Wächterin von Ilian

Megehan	Wächterin von Ilian
Gyland	Wächter von Ilian
Eliody	Söldnerin, Angehörige von Mauskins Bande
Beyra	Wandererzählerin

DIE MENSCHENVÖLKER

Rianon	Fürst des Sechsten Stammes
Redike	Rianons General
Noharion	Fürst des Neunten Stammes
Tebireon	Noharions jüngerer Bruder
Pasarime	Noharions zweite Gemahlin
Kalimune	Pasarimes Tochter
Perenion	Fürst des Ersten Stammes
Ligerion	Fürst des Zweiten Stammes
Gadriamon	Fürst des Fünften Stammes
Sorike	Fürst des Sechsten Stammes, Rianons Rivale
Faridas	Söldner, Angehöriger von Mauskins Bande
Mauskin	Händler vom Volk der Tugaller
Rehfang	Mauskins Bruder
Onyx	Weise Frau vom Ulmenhain
Melisse	Rebellin, Mauskins Nichte
Rautenkhal	Händler in Pen Korwall

Prolog

Ein Becher

AM ENDE HANDELN ALLE Geschichten von der Liebe und ihrem langen Schatten, der Angst. Jedenfalls behaupten das die Wandererzähler, wenn sie am Herdfeuer sitzen und unseren schlimmen Erinnerungen, der Nacht in unseren Herzen, einen guten Ausgang weissagen.

Ich will euch eine Geschichte erzählen.

Es ist die Geschichte vom Untergang meines Volkes, das lange vor euren Ahnen, vor dem Kleinen Volk und den zahlreichen Menschenvölkern in den tiefen Wäldern wohnte, den Gesang der Flüsse von den Bergen bis zum Meer vernahm und auf dem Rücken von Lindwürmern durch die Nebel flog. Ihr nennt uns das Alte Volk, die *Aelteren*, *Elden* oder *Elfen*. Aber wir haben einen eigenen Namen für uns. Er setzt sich aus unserem Ursprung und unserem Ende zusammen. Der Ursprung ist ein Geheimnis, das Ende ein Rätsel:

Wir gingen zugrunde
an einer Legende
vom Frieden aller Völker.

Und so geschah es, in einer finsteren Zeit, lange vor meiner Geburt und noch länger vor eurer …

Im Morgengrauen tauchten die Reiter auf, als hätte die Nacht sich in dunklen Gestalten verdichtet. Ihre Pferde, mächtige Tiere mit einem Kinderknochen im Maul, der sie würgte und mal linksherum, mal rechtsherum in den Wahnsinn trieb, donnerten über die Felder und zermalmten die junge Saat. Weil Regen fiel, hörte man sie erst, als sie schon die Hütten der Seenländer im Uferschilf erreicht hatten. Es waren Hütten auf Holzpfählen, die vor steigendem Wasser schützen, nicht aber vor Räubern.

Die ersten Bewohner, die auf die Stege hinausrannten, wurden mit Speeren heruntergeholt und von Hufen zertreten. Manche wehrten sich mit Äxten und zersplitterten die Speere. Doch auch die Reiter hatten Äxte, bessere Äxte, geschmiedet vom Kleinen Volk aus reinem Kupfer, dem Blut ihrer Ahnen.

Nachdem die Ersten erledigt waren, sprangen die Reiter von ihren Pferden und kletterten die Stiegen hinauf. In den Hütten erwarteten sie die Seenländer, die feige oder besonnen genug gewesen waren, ihnen nicht entgegenzukommen. Jetzt wehrten sie sich mit Beilen, Messern, Tonkrügen und Mahlsteinen. Weil sie sich in ihren Hütten blind bewegen konnten, brachten sie viele Angreifer zu Fall, die in die Vertiefungen der Feuerstellen stolperten, über Schemel stürzten oder sich in Kräuterbündeln und Fischreusen verfingen.

Dennoch war es nur eine Frage der Zeit, bis die Angreifer siegreich aus dem Tumult hervorgingen. Sie waren besser ausgerüstet, kampferprobt und vorbereitet; außerdem waren sie, wenn man Kinder, Hochschwangere und Greise nicht zählte, in der Überzahl. Sie töteten die Männer und alle Frauen, die sich ihnen in den Weg stellten.

Die heulenden, blutbespritzten Gestalten, die übrig blieben, zerrten sie nach draußen und teilten sie in brauchbare und unbrauchbare auf. Die brauchbaren – größere Kinder und junge

Frauen, deren Bauch sich nicht wölbte – fesselte man an Händen und Hals; die unbrauchbaren wurden zusammen an einen Pfahl gebunden.

Dann wurden die Hütten geplündert. Kleider, Schuhe, Decken, kostbares Kupferzeug, Klingen, Kämme und Schmuck wanderten in Säcke. Nahrung gab es nicht viel, denn der Frühling hatte gerade erst begonnen, und die Vorräte waren im Winter aufgebraucht worden. Die wenigen geräucherten Fische und Schinken wurden eingepackt. Linsen, Bohnen, Emmer und Hafer aus den Krügen umgefüllt und den Gefangenen auf den Rücken geschnürt, ehe Letztere an Leinen kamen, damit die Reiter sie hinter sich herführen konnten.

Als alles getan war, drang das erste kalte Sonnenlicht durch die Nieselwogen. Überall lagen stöhnende Verwundete.

Die Räuber waren nicht ohne Ehre. Sie kannten Gnade. Rasch gingen sie umher, um die Todgeweihten mit einem Hammerschlag aus der Zeit zu erlösen.

Bei einer Frau jedoch geriet ein Räuber ins Zögern. Sie lag im Uferschlamm und musste zu den Ersten gehört haben, die aus den Hütten gestürmt waren. Wunden an ihren Beinen zeugten von der Axt, die sie vom Steg heruntergeholt hatte. Langsam und beharrlich war sie von Büschel zu Büschel des hohen Ufergrases vorangerobbt, hin zu den Greisen, Schwangeren und Kleinen am Pfahl.

Der Räuber beugte sich zu ihr hinab. Sie sah ihn nicht an. Ihr Blick war auf ihre Angehörigen gerichtet, als gäbe es nur sie. Ächzend kroch sie an dem Räuber vorbei, der weniger als Schlamm, weniger als ein fauler Gestank für sie war, ein Nichts.

Der Räuber hieß Serekas. Er war als Halbwüchsiger aus seinem Stamm verstoßen worden, dem Siebten Stamm der Urier unter Fürst Eukerion, und hatte sich, wie so viele verstoßene Männer aus dem Volk der Urier, einer Räuberhorde angeschlossen. Heute, neun Jahre später, war er der Anführer der Horde. Er nannte sie den *Zehnten Stamm unter Fürst Serekas*. Doch es gab Dutzende, wenn nicht Hunderte Räuberhorden, die sich als *Zehnten Stamm* bezeichneten, und keinen einzigen davon hätte ein Fürst der großen Neun Stämme der Urier anerkannt.

Von alldem ahnten die Leute des Seenlands, die sie überfielen, sehr wenig. Mochten sie auch alle dem Geschlecht der Menschen entstammen – für die Seenländer waren Urier unterschiedslos hellhaarige Barbaren auf Pferden.

Serekas rammte seinen Dolch aus Feuerstein ein paar Schritte weiter in festen Boden, so dass die sich unverzagt voranskämpfende Frau ihn sehen musste. Und tatsächlich hielt sie für einen Moment inne. Daran erkannte Serekas, dass sie ihn durchaus wahrgenommen und dass sie damit gerechnet hatte, von ihm getötet zu werden.

Er schwang sich auf sein Pferd.

»Warum hast du die da nicht aus der Zeit geführt?«, fragte sein Krieger Pargemion, als er neben ihn ritt.

»Damit jemand die Unbrauchbaren nachher losbindet.«

Pargemion musste an ein altes Sprichwort denken, das besagte, nur ein weiser Mann könne einen weisen Mann von einem Dummkopf unterscheiden. Er schwieg.

»Auf, Männer«, rief Serekas. »Der See hat noch drei Dörfer für uns.«

Und sie setzten ihren Weg fort.

Die Morgenstunden verstrichen, ohne dass es heller wurde. Ein gespenstischer Nebel kroch aus der Erde, machte die Räuber unsichtbar und dämpfte ihre Geräusche. Serekas hätte schwören können, dass es kein gewöhnlicher Nebel war. Fast wie ein Lebewesen schien er sich um die Räuber zu schlängeln, überzog die von Blut und Schweiß triefenden Gestalten mit klebriger Feuchtigkeit und machte ihnen das Atmen schwer. Gelegentlich schien etwas in ihm aufzuglänzen wie ein großer Wassertropfen oder ein Auge … und dann raschelte das Gras, als würde nicht Nebel darüber hinwegstreichen, sondern ein geschuppter Bauch.

Serekas verlor in den nächsten zwei Dörfern elf Männer, darunter zwei sehr gute. Aber der Gewinn war größer: Werkzeuge, Dutzende kräftige Kinder, die man an die Kupferminen der Zwerge verkaufen konnte, und viele unverbrauchte Frauen.

Als letztes Dorf hatten sie absichtlich das kleinste gewählt. Falls man dort von den Überfällen gehört hätte, wären die Leute immer noch zu wenige, um sich erfolgreich zu verteidigen, und kein großer Verlust, wenn sie geflohen waren.

Doch die Seenländer hatten sich weder in ihren Hütten verschanzt, noch waren sie geflohen. Als die Reiter kamen, schälte sich eine lange Reihe von Umrissen aus dem Nebel. Die Seenländer hatten sich vor dem Friedhof versammelt, wo moosüberzogene Steintürmchen an ihre Ahnen gemahnten – eine von den Zwergen übernommene Tradition. Obwohl die Leute sich mit Spitzhacken, Messern und Äxten ausgerüstet hatten, würden sie im Freien leichte Beute für die Reiter sein.

Eine hutzelige Gestalt in einem grünlich schwarzen Umhang trat vor. Lichtes Haar stand ihr um den Kopf. Serekas hatte noch nie eine dermaßen alte Frau gesehen. Sie war geradezu ein Fossil. Ihre knotigen Hände hielten einen Becher.

Sie näherte sich mit feierlichen, schleppenden Schritten, als vollzöge sie einen uralten rituellen Tanz. Ihre Bewegungen hypnotisierten die Reiter. Erst als die Alte direkt vor Serekas' Hengst stand und das Pferd schnaubend den Kopf neigte, um sie zu beschnuppern, erwachte Serekas aus seiner Starre, und statt seine Männer zum Kampf aufzufordern, ließ er sein Pferd zurückweichen.

»Ich kenne deine Geschichte, Sohn der Urier«, sagte die Alte. Ihre Stimme war tief und schrebbelig. Sie hob den Becher, in dem sich eine Flüssigkeit bewegte.

Serekas blickte hinein. Er sah sein Gesicht auf der Oberfläche erzittern. Vollbärtig und blutüberströmt. Nein, nicht vollbärtig. Er war klein … er war ein Rotzlöffel. Der Bastard einer Sklavin, weniger wert als ein Hund.

»Du bist kein Fremder.« Die Alte verzog den Mund zu einem Lächeln, das ihm wehtat – im tiefsten Innern wehtat. »Jeder von uns ist ein Kind zwischen Licht und Dunkel …«

Und am Ende handeln alle Geschichten von der Liebe und ihrem langen Schatten.

»… und die Dunkelheit weicht dem Licht, nicht umgekehrt.«

Serekas spürte, wie eine Flut in ihm stieg. Sie erreichte seine Augen und ließ alles verschwimmen. Als er schon seine Waffe fallen lassen wollte, regte sich Panik in ihm. Er stieß einen Zorneslaut aus, riss die Streitaxt hoch und spaltete der Zauberin den Schädel.

Die Seenländer schrien auf, und die Reiter brüllten, rammten ihren Pferden die Fersen in die Flanken und stürzten sich auf die Leute.

Serekas sprang ab, seine Streitaxt umklammernd, deren Klinge im Schädel der Zauberin steckte. Der Leichnam sackte vor ihm auf die Knie. Der Becher fiel aus den klauenartigen Händen, und die Flüssigkeit darin verdampfte zischend zu einem unnatürlichen Nebel, der schnell wie eine Schlange über Serekas' Stiefel davonglitt.

Er betrachtete das zierliche Gefäß aus schwarzem, fein geädertem Obsidian. Ein Relief verzierte den Rand, dessen Muster Serekas fremd waren, und er riss die Klinge aus der Toten, um das zauberische Gefäß zu zerschlagen. Klirrend prallte die Streitaxt dagegen. Doch nichts geschah. Noch einmal schlug Serekas zu und dann wieder. Und wieder. Er spürte, wie die Kupferklinge vibrierte, aber der dünnwandige Becher blieb unversehrt, verlor nicht einen einzigen Splitter.

Serekas bekam es mit der Angst zu tun.

Ein Seenländer stürzte sich auf ihn; ohne zu überlegen, stieß Serekas ihm den Ellenbogen ins Gesicht, steckte den Becher ein und schwang sich auf sein Pferd, um am Kampf teilzunehmen.

So verschwand der Blickende Becher aus dem Besitz der Weisen Frauen, die ihn über Jahrhunderte gehütet hatten.

Das Leben eines Räubers währt nicht lange. Das weiß jeder Räuber. Darum versuchte auch Serekas, nachdem er erstaunliche fünf Winter als Räuber durchgehalten hatte, einen Stamm zu gründen, der sich mit eigenen Viehherden versorgte.

Vier Winter ging das mehr oder weniger gut. Das Hirtenleben war härter, als er es aus seiner Kindheit in Erinnerung hatte. Sie mussten zwar nicht mehr Dörfer überfallen, aber das Weideland war unter den Neun Stämmen der Urier aufgeteilt, und die Neun Stämme waren schwerer zu schlagen als überraschte Bauern.

Im fünften Winter wurde Serekas von Rebellen angegriffen, die sich gegen die Urier in ihrem Land erhoben und keinen Unterschied zwischen den Stämmen machten. Einer der Rebellen war ein Seenländer, dessen Dorf Serekas geplündert hatte, als der Seenländer noch ein Kleinkind gewesen war. Damals hatte Serekas ihn verschont.

Doch sie erkannten einander nicht wieder.

Serekas starb, verwundet von einer Klippe gestoßen, und ihm schien es, als blickte der Junge, der er einst gewesen war, von der glänzenden, endlosen Oberfläche des Himmels herab, ohne ihn zu sehen.

Wie Laub, das von einem toten Zweig segelt, gingen die Rinder, Pferde und Frauen, die Serekas angesammelt hatte, in neuen Besitz über.

Auch der zierliche Becher aus Obsidian.

Viele Sommer und Winter rollte der Becher von einer blutigen Hand in die nächste, ohne dass jemand mehr in ihm sah als ein hübsches Gefäß. So manchem fiel auf, wie ungewöhnlich robust, geradezu unzerstörbar er war oder wie erstaunlich klar man sich in jeder Flüssigkeit darin spiegelte. Doch der Zauber des Bechers hatte sich zurückgezogen. Er schlief unter der blinden Gewalt, die um ihn loderte, bis er einem Händler in der Nordstadt Pen Korwall zwischen die parfümierten Finger geriet.

Der Händler hieß Rautenkhal in der Sprache des Kleinen Volkes – Rotkehlchen in den einfachen Dialekten der Menschenvölker. Er raubte den Becher nicht, er erwarb ihn, was eine kultiviertere Form von Raub ist, da der Beraubte bei dem Handel nicht anwesend sein muss.

Rautenkhal ahnte etwas von der Macht des Bechers, auch wenn sie sich ihm nicht zeigte. Er tauschte das rätselhafte Gefäß nicht weiter, sondern behielt es vierzig lange Jahre, erst in Armut, dann in Reichtum, immer größerem Reichtum, bis zum Tag seines Todes.

Da er weder Frau noch Kinder hatte, hinterließ er seinen Besitz einer Sklavin – einem jungen Mädchen, das einst aus dem geheimnisvollen Volk der Waldelfen entführt und von ihm gekauft worden war. Doch sie wollte Rautenkhals Schätze nicht, und so wurden sie unter den Mächtigsten von Pen Korwall aufgeteilt.

Nur der Becher war nicht darunter.

Noch am selben Tag verließ die Elfe Pen Korwall. Sie ging allein, mit nichts als den Kleidern an ihrem Leib, dem Becher aus Obsidian in den Händen und einem Lächeln auf den Lippen.

Es war das Lächeln eines Wesens, das entweder wahnsinnig geworden war oder ein Wunder erlebt hatte.

Die Tochter des Alten Volkes, in deren Herz nur Schatten gewesen war, hatte ein Wunder erlebt.

Sie war geliebt worden.

Buch I

Unter spiegelndem Wasser

1

MITTEN IM WALD LAG eine kleine, kreisrunde Lichtung, von der die mächtigen Ulmen Abstand hielten wie abergläubische Alte. Dort hockte ein Haus aus Stein, über und über mit Brombeersträuchern und Moos überwachsen. Die Wasserlilien neigten sich den Kristallfenstern zu statt dem Himmel, und unter dem First zogen Eulen und Tauben nebeneinander ihre Jungen auf. Es war kein gewöhnliches Haus, so wie die Lichtung keine natürliche war … eine Zauberin wohnte hier, eine Weise Frau.

»Sie ist wach«, flüsterte Haselkin.

»Wo?«, fragte Salbei aufgeregt.

»Na, im Haus, Dummerchen. Schau, der Kamin raucht.«

»Sag nicht Dummerchen zu mir!«

Haselkin verbarg sich mit ihrer kleinen Schwester am Rande der Lichtung im Unterholz. Von hier aus hätte man das Haus für einen Hügel halten können, wäre nicht tatsächlich eine Rauchfahne vom Kamin hinauf ins Laubdach des Waldes weit oben gestiegen. Frühes Morgenlicht fiel durch den sich kräuselnden Dunst und verriet, dass der Herbst nahte. Vor einem halben Mond noch hätte ein pollenkörniger Schimmer die grünen Kronen durchdrungen. Nun schwebten die ersten gelben Blätter im Wind.

Haselkin zupfte Salbei eines davon aus den Zöpfen und fuhr auch sich selbst über den von Zöpfen bedeckten Kopf. Sie war zwölf und galt fast schon als zu alt, um die Opfergaben zu bringen, weshalb man ihre kleine Schwester mitgeschickt hatte. Dem Himmel sei Dank hatten sie die Hütte gefunden. Sicher konnte man nämlich nie sein. Angeblich zeigte sie sich nur jenen, die reinen Herzens waren, und darum sollten Kinder die Opfergaben bringen. Was Haselkin Schlimmes über Erwachsene vermuten ließ.

»Klopfen wir an?«, fragte Salbei.

»Um Himmels willen, nein. Die Sachen werden hier abgelegt. Komm, und mach keinen Krach«, raunte Haselkin und ging ihrer kleinen Schwester voran.

Zwei Bäche flossen am Haus vorüber: ein schmaler an der Südseite, ein breiter an der Nordseite. Am Ufer des südlichen Wasserlaufs ruhte ein großer, flacher Stein, beinahe wie ein Tisch. Auf den legten sie ein Stück geräucherten Speck, noch ofenwarme Fladenbrote aus Einkorn und die ersten Äpfel des Jahres.

»Jemand kommt«, quietschte Salbei.

Haselkin drehte sich um. Aber die Tür der Hütte war geschlossen, und außer den Blättern, die aus den Baumkronen trudelten, bewegte sich nichts.

»Da ist niemand, du Hasenfuß.«

In dem Moment spürte Haselkin einen Blick auf sich. Langsam schaute sie sich um. Und da, auf der anderen Seite des Baches, stand eine junge Frau in einem leuchtend blauen, feingewebten Gewand, auf das mit Goldfaden Bienen gestickt waren.

»Habt Dank, Mädchen«, sagte sie im Dialekt der Leute hier aus der Gegend. Dabei war sie augenscheinlich keine Seenländerin, ja, nicht einmal ein Mensch. Ihre schwarzen Haare waren zu einem Turm hochgesteckt und mit Stoff umwunden, wie es nur die Töchter des Kleinen Volkes taten. Ihr Gesicht, rund und in schwungvollen Bögen gezeichnet, wirkte auf Haselkin eigentlich fröhlich und freundlich. Doch ihre steife Haltung und ihr Ausdruck widersprachen dem. Nein, diese hübsche Zwergin war kein lustiges, kindliches Wesen. Schon jetzt ging eine feine Linie durch ihre Stirn, weil sie die Brauen wohl grüblerisch zu verziehen pflegte. Haselkin musste daran denken, was ihre Großtante manchmal mahnend sagte: *Mit den Jahren verändert der Geist den Körper mehr als umgekehrt.*

Die hübsche Zwergin nutzte die Trittsteine, um den Bach zu überqueren, kam zu ihnen und reichte ihnen mehrere Sträuße getrockneter Kräuter und einen Tonkrug, den Haselkin ehrfürchtig entgegennahm. Dabei fiel ihr auf, dass die Hände der Zwergin nicht größer waren als ihre eigenen.

»Die Arzneien sind geweiht«, sagte die junge Frau. »Gebt den Trunk euren Kranken, die Kräuter den Stillenden und Schwangeren.«

»Du bist gar keine von uns«, sagte Salbei.

Haselkin versetzte ihrer kleinen Schwester einen Stoß mit dem Ellenbogen, doch die Frau lächelte, wenn auch angespannt. »Das ist wahr. In eurer Sprache heiße ich Waldgrün – *Walgreta* bei meinem Volk, das noch die Zunge der Götter spricht. Eine Weise Frau, eine *Wyka*, muss sich darauf verstehen, auf viele Arten zu reden, auf die der Menschenvölker ebenso wie auf die des Kleinen Volkes.«

Trotzig fuhr Salbei fort: »Aber du bist nicht die Weise Frau. Ich hab sie schon oft gesehen. Sie ist alt.«

»Salbei!«, zischte Haselkin.

»Du hast recht«, sagte Walgreta in einem heiteren Ton, der etwas Schrilles hatte. »Ich bin nicht die Weise Frau vom Ulmenhain, sondern ihre Schülerin. Bis zum Jahresende noch.«

Da Walgreta so redselig war, wagte nun auch Haselkin eine Frage: »Nur bis zum Jahresende? Also wirst du nicht ihre Nachfolgerin?«

Ein Schatten fiel auf Walgretas Gesicht, und Haselkin bekam Angst. Konnte die Schülerin der Weisen Frau in ihr Herz hineinhorchen? Wusste sie, dass Haselkin fragte, weil sie selbst bei der Weisen Frau in die Lehre gehen und ihre Nachfolgerin werden wollte?

»Lauft nach Hause«, murmelte Walgreta, und ein eisiger Luftzug strich Haselkin über die Haut.

Im nächsten Moment rannte sie mit ihrer kleinen Schwester davon.

2

WALGRETA SAH DEN MÄDCHEN nach, dann beäugte sie die Opfergaben. Es gab tatsächlich schon Äpfel. Der Herbst war nicht mehr im Anmarsch, er war gekommen. Und obwohl Walgreta diese Jahreszeit, wenn die Erde ihre schönsten Geschenke gab, am meisten liebte, regte sich Panik in ihr. Denn nicht nur das Jahresende stand bevor, sondern auch das Ende ihrer Ausbildung.

Sieben Jahre hatte Walgreta nacheinander bei sieben Weisen Frauen die Zauberkunst und die geheime Unterredung mit den Göttern erlernt. Länger durfte man nicht in die Lehre gehen. Und bis jetzt hatte keine Wyka ihr das Angebot gemacht, dass sie bei ihr bleiben und eines Tages ihre Nachfolgerin werden könnte. Wenn es hier, in diesem Jahr, nicht passierte …

Walgreta verbot sich ein Seufzen und atmete stattdessen tief ein. In der Luft lag schon der süße Hauch, den die Blumen ausstießen, wenn die Kälte aus dem Totenreich stieg, ihre Wurzeln berührte und sie erschaudern ließ.

Walgreta sammelte die Opfergaben auf, füllte noch einen Tonkrug mit Wasser und kehrte ins Haus zurück.

Onyx stand am offenen Herd und fischte ein Stöckchen aus dem Feuer, das Walgreta entfacht hatte. Mit dem Stöckchen zündete die Weise Frau ihre Pfeife an. Groß, krumm und dürr wie eine Esche stand sie da im Leinenkittel, umgeben vom Gespinst ihrer grauen Haare, und rauchte.

»Guten Morgen«, sagte Walgreta, ohne eine Antwort zu erwarten. Onyx gehörte zu den Leuten, die finsteren Blicks durch die ersten Tagesstunden schlafwandelten, und war bis zu ihrer zweiten Pfeife nicht ansprechbar. Das hatte Walgreta schnell lernen müssen.

Sie hängte den Kessel über die Flammen, füllte ihn mit Wasser und kochte Haferbrei auf die Weise, die Onyx für richtig hielt, auch wenn die Weise Frau morgens nicht mitaß, und Onyx sah ihr dabei zu, rauchend in ihrem mit Lammfell bezogenen Sessel, die Beine breit vor sich ausgestreckt.

Die Zauberin hatte etwas von einem jungen Mädchen in diesen Momenten. Etwas Schlaksiges und Linkisches von einem jungen Mädchen, das in die Höhe schoss, statt rundere Formen anzunehmen. Auf eine verwirrende Weise fand Walgreta das jedoch hübsch. Vielleicht, weil sie selbst so sehr das Gegenteil war. Dabei waren die Menschen in jeder Hinsicht weniger edel als Walgretas Volk, und es gab keinen Grund, weshalb sie, eine Hochgeborene des Kleinen Volkes, auf eine Seenländerin neidisch sein sollte. Außer, dass diese Seenländerin eine Weise Frau war … und Walgreta niemals eine werden würde, wenn Onyx sie nicht zu ihrer Nachfolgerin erklärte, ehe das Jahr um war.

»Der Sommer ist vorbei«, bemerkte Onyx, als hätte sie Walgretas Gedanken erraten. Nach einer Weile fuhr sie fort: »Ich hatte einen Traum. Zwei Bucheckern fielen vom Baum. Eine fiel in einen Fluss, und eine fiel in einen Teich. Diejenige, die in den Fluss fiel, ließ Bäume entlang des Flusses wachsen, doch es waren kahle Stämme ohne ein grünes Blatt. Diejenige, die in den Teich fiel, wuchs nach unten in die Erde, und ihre Wurzeln schwammen wie ein böses Spinnennetz an der Oberfläche.« Sie sah Walgreta eindringlich an. »Was, meinst du, bedeutet dieser Traum?«

Walgreta hielt im Rühren inne, überrascht, dass die Alte so viel sagte, obwohl sie noch ihre erste Pfeife paffte. »Ich glaube, es bedeutet, dass Ihr nachts die Eicheln in den Bach habt fallen hören.«

Onyx verzog die Lippen zu ihrem Dachsgrinsen. »Eine gute irdische Erklärung. Und wenn du den Kopf aus der Erde ziehst, was siehst du dann in meinem Traum?«

»Dann …« Walgreta rührte weiter im Haferbrei, als suchte sie darin ihre Gedanken. »Dann glaube ich, die Buchecker, die in den Fluss fiel, steht für die Güter, welche die Händler dieses Jahr den Donwall heraufbringen werden. Es werden Güter sein, die allerorts begehrt sind, aber mehr Schaden anrichten als Gutes bewirken werden. Und die Buchecker, die in den Teich fiel … kündigt einen harten, langen Winter an, in dem die Menschen des Seenlands bang zum Totenreich hinabblicken.«

Onyx ließ sich nicht anmerken, was sie davon hielt. Dabei hatte sie sonst nie gezögert, Walgretas Traumdeutungen mit einem verächtlichen Schnauben oder, seltener, mit einem anerkennenden Brummen zu quittieren. Still, wie in einen Tagtraum versunken, saß sie da und vergaß sogar ihre Pfeife. Endlich kam sie zu sich, stand auf und zündete das Violettenkraut noch einmal an.

»Frostig heute«, murmelte sie. »Ich zieh' mich an.«

Damit verschwand sie in ihrer Schlafkammer und kam eine ganze Weile nicht wieder.

Als die Zauberin endlich aus ihrer Kammer trat, trug sie ihren Mantel aus schwarzen Ziegenfellstreifen ungegürtet über dem Kittel und das Haar noch immer zottelig. Sie streckte sich und ließ einen weichen Furz fahren.

Formgefühl, wie jede Art von Kultur, war bei den Menschen nicht so entwickelt wie beim Kleinen Volk, aber selbst für die Verhältnisse der Menschen war Onyx eine verlotterte Erscheinung. Als Weise Frau durfte sie sich solche Freiheiten wohl erlauben; schließlich lebte sie in der Abgeschiedenheit, wo sie auf niemanden Rücksicht nehmen musste außer auf ihre Schülerin.

Walgreta wandte sich geflissentlich den letzten Löffeln ihres Nachschlags zu, und Onyx beäugte, während sie sich ihre Pfeife neuerlich anzündete, den Kessel.

»Du bist naschhaft wie eine Schwangere«, sagte die Wyka.

Walgreta verkniff sich eine Bemerkung über Onyx' weit *naschhafteres* Rauchverhalten und erwiderte stattdessen: »Dafür esse ich abends kaum.«

Onyx paffte ihr Violettenkraut, dessen Duft Walgreta oft schwindelig machte, und breitete dann den Arm aus, was eine allgemeine Betrachtung der Welt ankündigte. »Unser Tagesablauf spiegelt unser ganzes Leben wider, so wie ein einzelnes Leben das eines ganzen Volkes spiegelt. Du, mein liebes Waldgrün, springst bei Sonnenaufgang aus den Federn und futterst dich durch die Morgenstunden wie eine Made durch die Pflaumen, weil du in deiner Jugend vor Lebenshunger, Kraft und Tatendrang strotzt. Mit dem Alter wirst du dich übersättigt aus dem Leben zurückziehen. Und als alte Frau wirst du vielleicht nicht einmal mehr sprechen, so wie du jetzt schon bei Einbruch der Dunkelheit in jeder Hinsicht schlappmachst.«

Walgreta rätselte, ob Onyx ihr damit etwas über ihre Nachfolge andeuten wollte, und fragte behutsam: »Was sagt Euer Tagesablauf dann über Euer Leben aus?«

»Dass ich in meiner Jugend ein faules Ei war. Ich lag moderig rum wie heute noch jeden Morgen.«

»Aber die Weise Frau vom Ulmenhain hat Euch damals trotzdem zu ihrer Nachfolgerin erwählt.«

»Ja, weil ich abends fidel werde. Ich konnte schon damals die Spindel länger drehen, als der Torf brennen kann. Ich habe bis zur Morgendämmerung Kröten gefangen, wenn es sein musste, und wenn man mich gelassen hat, habe ich auf der Zupfe gespielt und Lieder erfunden, bis die Nachtigallen schlafen gingen. Die Weise Frau vor mir wusste, dass sich meine Kräfte mit dem Alter entfalten würden, so wie sie sich täglich zu vorgerückter Stunde entfalteten. Und sie wusste auch, dass eine Weise Frau die längste Zeit ihres Lebens alt sein wird und nicht jung.«

Walgreta nickte langsam, die Zähne zusammengebissen, um sich ihre Enttäuschung nicht anmerken zu lassen.

»Ich verstehe«, sagte sie erstickt und merkte, dass ihr Tränen in die Augen stiegen. Die konnte sie nicht zurückhalten.

Also erhob sie sich und eilte aus dem Haus nach draußen ins funkelnde Morgenlicht.

3

ONYX FAND IHRE SCHÜLERIN beim Wasserfall, der dreihundert Schritte östlich der Lichtung, auf der ihre Hütte stand, von einer Klippe stürzte. Es war kein besonders imposanter Wasserfall, nur gespeist von den zwei Bächen, die ihre bescheidene Behausung umflossen, aber weil an der Felswand keine Bäume wuchsen, eröffnete sich an dieser Stelle ein herrlicher Ausblick auf die verflochtenen Kronen der Eichen, Buchen, Eiben und Zedern weiter unten, in denen Vögel und Eichhörnchen umherhuschten.

Walgreta hatte den Wasserfall wohl aufgesucht, weil sie in seinem Rauschen schluchzen konnte, ohne es selbst hören zu müssen. Danach musste sie sich in dem eiskalten Wasser das Gesicht gewaschen haben. Denn als Onyx sich nun neben sie auf das Moos setzte, sah Walgreta fast wieder so aus, als wäre nichts geschehen. Nur die nassen Strähnen an ihren Schläfen und ein rötlicher Schimmer um ihre Augen verrieten ihre Gekränktheit.

Eine Weile saßen sie schweigend da und beobachteten die Baumwipfel, in denen der Wind atmete. Im Wald war es leicht, die Zeit zu vergessen. Das Leben ringsum war so groß und umfassend, dass man darin versank und eins werden konnte mit den warmen Steinen, den raschelnden Blättern und dem knarrenden Holz.

So mancher Sterbliche war auf diese Weise im Wald verschwunden, hatte sich in Vogelgesang und Morgentau verwandelt – ohne Schmerzen, wie man sagte. Auch die Schwangeren der Menschenvölker verließen nach uralter Sitte ihre Dörfer, um ihre Kinder in Aufgelöstheit mit dem Wald zu gebären. Manche kamen nicht wieder, und man wusste, dass sie nicht gelitten hatten …

Aber eine Weise Frau beherrschte die Kunst, mit dem Wald nicht nur zu verschmelzen, wann immer es ihr beliebte, sondern auch wieder aus ihm aufzutauchen, und so sagte Onyx schließlich in die riesige, ruhige Lebendigkeit des Waldes hinein: »Du hast meinen Traum mit viel Zuversicht ausgelegt.«

»Bedeutet es Schlimmeres als Hungersnot im Winter, wenn im Traum Nüsse ins Wasser fallen?«, erwiderte Walgreta, und ihre Stimme klang spöttisch vor Verletztheit.

»Es waren Bucheckern«, korrigierte Onyx sie ernst. »Bucheckern sehen aus wie eine Königskrone. Mein Traum kündigt in der Tat Schlimmeres an als einen harten Winter.«

Walgreta wandte sich ihr jetzt zu, ihr Blick ahnungsvoll bestürzt, so wie damals zu Beginn ihrer Ausbildung, als sie einmal aus Versehen einen Haufen Abfälle in die heilige Opfergrube geschüttet hatte.

»Beide Bucheckern«, fuhr Onyx fort, »stehen für ein Samenkorn von königlichem Blut, das ich in die Welt entlassen werde: Sie stehen für dich, mein liebes Waldgrün. Von dir kündet mein Traum. Zwei Wege stehen dir offen: über die weitverzweigten, schnelllebigen Gewässer der Sterblichen oder in die stillen, tiefen Wasser der Zauberwelt hinab. Ich weiß wohl, welcher Weg dir lieber wäre. Du bist im siebten und letzten Jahr deiner Lehre. Du willst eine Zauberin sein und den Ulmenhain hüten, wenn ich zu den Toten übergegangen bin. Mein Traum aber hat mir gezeigt, dass du als Weise Frau in die falsche Richtung wachsen würdest. Du würdest vom Dunklen angelockt werden und die Welt mit einem gefährlichen Spinnennetz überziehen.«

Walgreta spürte, wie die Worte der Wyka etwas in ihr zertrümmerten. Es war die Hoffnung, an die sie sich sieben Jahre lang geklammert hatte. Nein, länger noch – seit sie ein kleines Mädchen war, hatte sie eine Weise Frau sein wollen, tief im Wald, bei einem heiligen Hain, eine Mittlerin zwischen den Völkern, zwischen den Sterblichen und den Göttern, dem Vergangenen und dem Kommenden. Doch das würde sie nun nie sein, niemals.

Niemals.

In den Abgrund dieses Wortes stürzend, hörte sie nur halb zu, während Onyx fortfuhr: »Wenn du zu deiner Familie zurückkehrst, wirst du auf andere Weise einflussreich werden. In meinem Traum hast du viele Bäume entlang des Flusses wachsen lassen. Sie waren blatt- und fruchtlos. Doch Träume sind Bilder der Zukunft. Sie warnen uns vor Gefahren, denen wir entgegenwirken können. Dies wird deine Aufgabe sein, mein liebes Waldgrün, wenn du wieder in deine Heimat zurückkehrst: nicht den Tod in die Welt zu bringen, sondern das Leben.

Nicht erst mein Traum hat mir gezeigt, dass du Großes vollbringen kannst. Du bist willensstark und hast einen scharfen Blick. Du siehst die Dinge klarer als die meisten, denen ich begegnet bin, und bestimmt deutlicher als ich. Aber dein Blick geht ins Detail, nicht in die Tiefe. Du siehst die Dinge – nicht das, was dahinterliegt. In Zeiten wie unseren ist dein Talent sehr viel wert. Die Neun Stämme der Urier haben das Mitterland schon erobert. Dessen ursprüngliche Bewohner mussten sich ihren barbarischen Bräuchen beugen. Jetzt zwingen die Urier nach und nach auch die Völker des Seenlands unter ihr Joch. Keiner aus dem Menschengeschlecht ist mächtig genug, um sich ihnen zu widersetzen. Aber dein Volk, angeführt von Frauen wie dir, könnte uns vor den Reiterstämmen beschützen. Das wird deine Aufgabe sein.«

Walgreta verzog das Gesicht. Ihre Träume sahen anders aus. Hatten mit den Uriern nicht das Geringste zu tun.

»Weißt du, Waldgrün … im Grunde deines Herzens willst du nur eine Weise Frau werden, weil dir der Rang einer Wyka gefällt, das damit verbundene Ansehen, die Ehrerbietung der Leute.«

»Ihr täuscht Euch.« Walgreta wollte kühn und selbstsicher

klingen, aber ihre Stimme war wie gequetscht vor Bitterkeit. »Ginge es mir um Rang und Ehrerbietung, wäre ich nach dem ersten Lehrjahr, das für eine Tochter meines Ranges Pflicht ist, nach Hause zurückgereist und Priesterin geworden.«

Onyx schüttelte langsam den Kopf. »Als Priesterin hättest du dich auf kleinliche Kämpfe um die Gunst der Königin einlassen müssen. Du willst echte Macht. Einfluss … und vor allem Ehrerbietung.«

»Das ist unwahr!« Walgreta sprang auf. Die Wut, die sie all die Monde in sich getragen hatte wie Glutstücke, flammte jäh auf. »Ihr mochtet mich von Anfang an nicht. Ach was, Ihr mochtet mich schon nicht, bevor Ihr mich kennengelernt habt! Und ich vermag sehr wohl *hinter die Dinge* zu sehen! Ihr verweigert mir die Nachfolge, weil ich vom Kleinen Volk bin. Es nagt an Euch, dass Ihr Menschen uns untertan seid, und darum wollt Ihr lieber eine Seenländerin zur Weisen Frau machen als eine *Zwergin*!«

Ohne aufzublicken, erwiderte Onyx: »Das ist es, was ich meine. Du siehst nur die Verstrickungen der Sterblichen, aber das, worum es einer Weisen Frau gehen sollte, ist für dich nichts als ein diffuser Schein.«

Walgreta dachte daran, wie leicht es wäre, Onyx mit einem Tritt in den Abgrund zu befördern. Ein Frösteln durchrann sie, da ihr die Zerbrechlichkeit aller Dinge bewusstwurde, von Träumen ebenso wie von Lebewesen … und sie wusste nicht, ob sie sich zurückhalten oder im Gegenteil gegen ihre Feigheit ankämpfen sollte, um den Tritt doch noch auszuführen.

»Du bist gefährlich, Walgreta«, murmelte Onyx. »Du fühlst dich ohnmächtig, ohne dir deiner Kraft bewusst zu sein. Blinde Kraft ist Vernichtung. Erinnere dich daran!«

Wieder füllten sich Walgretas Augen mit Tränen. Sie schämte sich – für ihre Wut, für ihr Versagen, für so vieles, was sie falsch gemacht hatte. Aber ihr Lebensziel zu verlieren … das konnte sie nicht einfach hinnehmen. Sie wünschte es sich mehr als alles auf der Welt, mehr als irgendwer es sich je gewünscht hatte! Was brauchte es denn mehr? Sie war bereit zu lernen, zu opfern, sich zu verändern. Warum war das nicht genug?

»Verzeiht mir«, brachte sie hervor. »Ich habe im Zorn gesprochen. Ehrenwerte Onyx, bitte erklärt mir, was Euch an mir fehlt. Wenn Ihr mich behaltet, schwöre ich, dass ich genau so werde, wie Ihr mich …«

Ein jäher Wind fegte durch die Baumkronen, so dass die Zweige sich teilten und Sonnenlicht Walgreta blendete. Sie schirmte ihre Augen mit der Hand ab. Da sah sie, dass buntes Laub über die Stelle wirbelte, an der Onyx gesessen hatte.

Die Zauberin war verschwunden.

Walgreta lief bis zur Abenddämmerung durch Wald und Unterholz, ohne den Ulmenhain, geschweige denn das Steinhaus auf der Lichtung, zu finden. Onyx hatte sie ausgestoßen. Ihr Lehrjahr war vorbei.

Sie fühlte sich wie ein Schatten ihrer selbst, dazu verdammt, auf Erden umherzuirren. Schließlich gab sie die Suche auf. Niemand konnte eine Wyka finden, die nicht gefunden werden wollte. Nicht einmal nach sieben Lehrjahren konnte Walgreta das.

Sie stieg ins Tal hinab und erreichte, als die Sterne bereits am Himmel schimmerten, ein Dorf, das auf Pfählen im Uferschilf stand.

»Brot, etwas Warmes und ein trockenes Lager«, befahl sie missmutig in der Sprache des Kleinen Volkes, als sie, ohne anzuklopfen, das größte der Pfahlhäuser betrat, damit die Seenländer gleich wussten, wen sie vor sich hatten.

Auch wenn diese die Worte vielleicht nicht kannten, errieten sie Walgretas Wünsche und kamen ihnen augenblicklich nach, wie es sich für Menschen geziemte, wenn sie es mit Angehörigen des Kleinen Volkes zu tun hatten.

Schweigend ließ Walgreta sich nieder und begann zu essen.

»Hallo, Waldgrün«, erscholl da plötzlich die Stimme eines kleinen Mädchens, in dessen großen, schlaftrunkenen Augen mehr als nur der Widerschein des Herdfeuers leuchtete.

Es war Salbei, die an diesem Morgen die Opfergaben gebracht hatte. Wie lange schien das her!

»Ist deine Ausbildung bei der Weisen Frau jetzt vorbei?«

Walgreta wusste nicht, was sie antworten sollte; die Beklommenheit verhinderte so oder so, dass sie sprechen konnte.

»Wenn ich groß bin, will ich die Zauberin vom Ulmenhain sein!«, rief die Kleine aus.

Walgreta erhob sich vom Herdfeuer und zog sich wortlos in die Tiefe des Hauses zurück. Ohne ihre Kleider abzulegen, streckte sie sich auf dem Lager aus, das man ihr bereitet hatte, und schloss die Augen. Sie wollte schlafen und nie wieder aufwachen.

4

SCHON AM NÄCHSTEN NACHMITTAG kam ein Boot zweier Händler den Fluss herauf, die auf dem Weg nach Süden waren, wie so viele zu dieser Jahreszeit. Die beiden nahmen Walgreta mit, nachdem sie ihnen zwei Säcke Linsen und einen Sack Hafer abgekauft hatte, damit in dem langen, schmalen Einbaum Platz genug für sie war. Die kostbaren Nahrungsmittel schenkte sie den Dorfbewohnern, die vor ihr auf die Knie fielen. Dann ließ sie sich von dem schaukelnden, bedenklich tief im Wasser liegenden Gefährt in Richtung Heimat bringen.

Heimat. Obwohl Horuns Bauch, die prächtige Stadt im hohlen Berg, der Ursprung ihres Volkes war, hatte Walgreta sich innerlich schon vor Jahren davon verabschiedet. Es war der Ort ihrer Kindheit. Das Nest, das sie ein für alle Mal verlassen haben wollte. Was für eine Schmach, nun dorthin zurückkehren zu müssen!

Zwei Tage vergingen. Nachts schliefen sie in seenländischen Dörfern, die entlang des Donwall lagen und den Meridiern und Sarwen gehörten. Walgreta sprach nur so viel, wie die Höflichkeit es erforderte. Ihr war wohl bewusst, dass sie bei den Seenländern damit Erstaunen, wenn nicht gar Befremden auslöste, denn von ihr als Tochter des Kleinen Volkes erwartete man, dass sie am Feuer die Geschichte ihrer langen Abstammung erzählte, die bis in Zeiten zurückreichte, die für die Menschen im Dunkel lagen. Aber sie brachte es nicht fertig, die Runenkette abzuzählen, die ihr Haartuch umwand. Sie würde sich wie ein Schandfleck fühlen, wenn sie ihre über neunhundert großen Mütter aufzählte, deren ruhmlose Tochter sie war.

Dann zerfiel der Donwall in die vielen störrischen Bäche, die ihn speisten. Die Händler mühten sich, das Boot über die schnellen Wogen zu staken, bis ihnen nichts anderes mehr übrigblieb, als ihren Weg zu Fuß fortzusetzen, wobei die Männer das Boot über ihren Köpfen trugen.

In der Dämmerung eines Morgens erreichten sie die Quelle der Bäche: den ersten der fünf Hellen Seen.

Nun waren sie nicht länger allein. Von den Ufern des Sees, wo Dörfer lagen, lösten sich nach und nach Boote, lang und schmal und beladen mit allerlei Gütern. Bunte Wimpel waren an Schnüren und Stöcken aufgezogen, um die Waren anzuzeigen – exotische Tiere, Getreide, Stoffe und Färbemittel, Klingen und Werkzeuge – oder um als Wappenzeichen die eigene Herkunft kundzutun. Langsam glitten die Boote über den See. Ab und an hallten Grüße in verschiedenen Dialekten der Menschenvölker und den unverständlichsten Varianten der Hochsprache des Kleinen Volkes durch die Nebel.

Walgreta hielt sich das Ende ihres Haartuchs vors Gesicht, von einem kindischen Wunsch ergriffen, niemand möge sie sehen. Aber man würde sie sehen. Noch früh genug.

Vor ihnen tauchte Land auf aus der Nacht, endlose Hügel und Berge, blauschimmernd am Firmament wie rhythmische Wiederholungen von Raum und Zeit. Laut der Überlieferung des Kleinen Volkes waren die Berge riesenhafte Ahnen, die gegen die Götter des Himmels aufbegehrt hatten und von Blitzen erschlagen worden waren. Unter den Erdgöttern war auch eine Schwangere gewesen, die Riesin Horun, deren Silhouette mit dem großen Bauch und den geschwollenen Brüsten an der Grenze zum unbetretbaren Gebirge noch heute zu erkennen war. Als Horun bereits erschlagen dalag, senkte sich der mitleidige Vater Sonne zwischen ihre Beine, erwärmte ihren Schoß und rettete so den ungeborenen Kindern der Riesin das Leben: Hervor kamen winzige, weiche und unfertige Geschöpfe – das Kleine Volk, liebevoll oder spöttisch auch *Zwerge* genannt.

In goldenen Schleiern strich das Licht über die östlichen Hügelkuppen und löste den Nebel. Nun sah Walgreta, dass nicht nur Boote der Menschenvölker sich ihrem Zug anschlossen. Da waren auch geflochtene und mit Birkenpech bestrichene Barken, die sich nach Bedarf auf- und abbauen ließen. Die Gestalten darin waren größer als Menschen. Diademe aus Flechtwerk, verziert mit Muscheln und Perlen, bändigten ihr rötliches Haar. Ihre seltsam blassen, ärmellosen Roben waren zarter als alle Walgreta bekannten Stoffe, und grüne Tätowierungen überzogen ihre perlmutthelle Haut wie ein Gespinst von Schlingpflanzen. Nicht zuletzt verrieten ihre erstaunlichen diamanthellen Augen, dass es Leute vom Alten Volk der Küsten waren.

Sie, die Elfen, stammten nicht von Horun ab. Sie waren schon immer da gewesen, so wie Feuer und Wasser, und hatten zu Zeiten der Riesen Jagd auf die gewaltigen Ahnen der Tiere gemacht. Jedenfalls, wenn man den Geschichten der Elfen glauben durfte. Sie erzählten sich überhaupt ganz andere Geschichten: Ihrer Auffassung nach waren die Berge kein Gebein toter Götter, sondern lebten und bewegten sich, so wie alles, und zwar um den herum, der schaute.

Walgreta hatte nie recht verstanden, wie sie sich das vorstellen sollte. Sie wusste sehr wenig über sehr viel, wie Onyx einmal bemerkt hatte … Der Hass auf die Wyka überschwemmte ihre Gedanken, und sie versuchte, ihn loszulassen, während das Wasser geschmeidig an ihr vorüberzog.

Loslassen. Eine der ersten Übungen für eine Weise Frau.

Blitz und Donner würde sie loslassen!

Es dauerte vier Tage, das Land der Hellen Seen zu durchqueren. Jeder der fünf Seen war so lang, dass man von einem Ende das andere kaum erkennen konnte. Dazwischen lagen schmale Flussabschnitte, von denen nicht alle befahrbar waren; zweimal mussten sie aus dem Boot steigen und mit allem Gepäck durch ein Tal wandern. Zum Glück gab es genug Dörfer, aus denen ihnen bereitwillige Helfer entgegenkamen. Der Herbst war die Zeit der Gastfreundschaft, in der sich alle fröhlich begegneten. Es wurde getauscht und geschenkt, und an jeder Flussbiegung und jedem Ufer erwartete die Reisenden ein Festessen mit Musik unter alten Ulmen, Linden, Buchen oder Eichen.

Dann endlich erreichten sie den Finsteren See. Es war der letzte des Seenlands, bevor das unüberwindliche Gebirge sich erhob. Anders als die Hellen Seen leuchtete er nicht türkisfarben, sondern war schwarz wie Obsidian. Schroffe Felswände umschlossen ihn, die unter Wasser ebenso steil abfielen: Selbst in Ufernähe konnte man einen Stein an einem zweihundert Ellen langen Seil versenken, ohne dass er auf Grund stieß.

Es gab nur zwei Stellen, über die der Finstere See erreicht werden konnte. Eine davon war der Flusslauf, über den sein Wasser in die Fünf Hellen Seen abfloss. Die andere war ein Hang gegenüber, der durch einen Bergrutsch entstanden war. Mit Tannen und Moos überwucherte Felsbrocken lagen im Wasser. Das mussten Schädel von Riesen gewesen sein, dachte Walgreta, denn die Felsen wiesen grottenartige Öffnungen auf, die an Augenhöhlen erinnerten. Darin befanden sich Stege und Pflöcke aus Holz für Boote zum Anlegen.

Männer in den roten Umhängen von Horuns Bauch hielten Wache und kontrollierten die Ankömmlinge und ihre Waren. Walgreta erkannte ein paar hochgeborene Söhne aus den ältesten Familien ihres Volkes wieder und wurde von ihnen mit einer Verneigung begrüßt.

Spätestens heute Nacht werden alle wissen, dass mich auch die letzte Wyka abgelehnt hat.

Man bot ihr eine Sänfte an, aber Walgreta wollte lieber zu Fuß gehen, verabschiedete sich knapp von ihren seenländischen Wegbegleitern und begann mit dem Aufstieg.

Ein wagenbreiter gewundener Pfad führte aus den Grotten durch den Wald nach Horuns Bauch. Walgreta, die den Weg als Kind endlose Male zurückgelegt hatte, überholte mehrere Händler, die sich ebenfalls mit ihren Waren bergauf mühten. Bei einer Ansammlung von kleinen Steintürmchen, die einen heiligen Ort markierten, nahm sie eine kaum sichtbare Abzweigung und kam zu einem Weiher. Hier legte sie für die Ahnen mehrere flache Steine zu einem Turm aufeinander, um dann gelbe, violette und weiße Wasserlilien und Orchideen pflücken zu dürfen, die sie der Königin von Horuns Bauch mitbringen würde. Als sie einen prächtigen Strauß zusammenhatte, kletterte sie auf einen Felsen im Sonnenlicht, wickelte sich sorgfältig ihr Tuch neu ums Haar, ließ lediglich zwei Strähnen vor den Ohren herabhängen, die sie flocht, und versuchte, ihre Sorgen zu vergessen. Sie rief den Wald … und der Wald atmete langsam und friedlich über sie hinweg. Die Zeit fiel von ihr ab, und was blieb, war ein endloses, stilles Hier. Es war verlockend, sehr verlockend, zu bleiben …

Ein Flüstern drang zu ihr. Nein, es war weniger ein Geräusch als ein Gefühl: Sie war nicht allein. Walgreta kroch bis zum Rand des Felsens und lugte hinab.

Unten am Weiher kniete ein junger Mann. Mit einer Gans.

5

DIE GANS WAR SCHWARZWEISS gefiedert, wie Walgreta es noch nie gesehen hatte. Die weißen Wangen und schwarzen Streifen über den Augen verliehen ihr das Aussehen eines Dämons. Noch dazu stand sie mit gerecktem Hals und vollkommen reglos hinter dem Jungen, als wachte sie über ihn. Falls das geheimnisvolle Tier Walgreta wahrgenommen hatte, ließ es sich davon aber nichts anmerken.

Der junge Mann tauchte einen Becher ins Wasser und trank. Dann wusch er sich die Arme, den Nacken und die Stirn. Walgreta hielt den Atem an. Das erstaunliche Blau seiner Augen ließ keinen Zweifel daran, dass er elfischen Geblüts war. Und er war schön.

Groß und feingliederig, mit länglichem Gesicht, einer flachen, eckigen Nase und eher weit auseinanderstehenden, runden Augen erinnerte er sie an einen Hirsch. Von seinen Gewändern her hätte man ihn für einen Menschen halten können – er trug einen Wollumhang, ein schlichtes Lederwams und grobe, bis zu den Knien geschnürte Stiefel –, doch seine Haut schimmerte zu grünlich und war zugleich viel zu dunkel für die eines Küstenelfs. Auch seine struppig gelockten kurzgeschnittenen Haare waren nicht feuerfarben wie die der Küstenelfen, sondern dunkel wie Ruß. Er strich sie sich mit Wasser aus der Stirn und sah auf.

Für einen Moment war Walgreta sicher, dass er sie entdeckt hatte. Aber sein Blick ging an ihr vorbei in Richtung des Sonnenlichts, das durch die Baumkronen funkelte. Er schloss die Augen, und die Gans hüpfte auf seinen Schoß.

Walgreta nutzte die Gelegenheit, um vom Felsen zu klettern und zum Pfad zurückzukehren. Ob er sie gehört hatte? Man sagte den Elfen nach, so spitze Ohren wie Wildkatzen zu haben.

Ihr Herz schlug schnell, und sie fühlte sich leicht und kribbelig. Der Junge musste zum Alten Volk des Waldes gehören. Die Küstenelfen waren geheimnisvoll und blieben meist unter sich, aber die Elfen vom Wald lebten so zurückgezogen, dass viele ihnen niemals begegneten. Es gab sogar Gerüchte, dass sie längst ausgestorben waren und nur noch ihre Geister durch die Wälder zogen … Aber Walgreta wusste, dass das nicht stimmte. Egal wie selten etwas war, irgendwann tauchte es in Horuns Bauch auf, und so hatte sie in ihrer Kindheit auch zwei- oder dreimal Waldelfen gesehen, in deren grünlich schimmernden Gesichtern die typisch elfischen edelsteinhellen Augen noch erstaunlicher wirkten als bei den Küstenelfen.

Atemlos erreichte Walgreta wieder den Weg. Urische Reiter kamen gerade vorbei und musterten sie neugierig. Walgreta hielt sich den Blumenstrauß vor die Brust und betrachtete ihrerseits die grauen und schwarzen Tiere, mit denen das Menschenvolk der Urier einst aus den Steppen des Tieflands aufgetaucht war. Die Pferde waren fast doppelt so groß wie die stämmigen Wildpferde, die am Rande des Mitterlands lebten. Wer ein urisches Pferd ritt, war unbesiegbar, sagte man. Seit einiger Zeit wurden sogar im Kleinen Volk immer mehr Stimmen laut, die allen Traditionen zuwider forderten, die Streitkräfte mit Pferden auszustatten.

Sie ging den stattlichen Tieren nach.

»Darf man der Dame einen Platz anbieten?«, fragte einer der Urier mit Akzent und klopfte seinem Pferd auf die Flanke. Er hatte einen dunkelblonden, feingestutzten Bart und trug einen kostbar bestickten, grüngefärbten Umhang.

»Anbieten schon. Wenn man eine Ablehnung nicht fürchtet«, sagte Walgreta mit einem vermutlich ebenso starken Akzent auf Urisch. Die Nomaden waren zwar das wildeste Menschenvolk, aber auch das mächtigste. Deswegen hatte Walgreta – wie alle hochgeborenen Töchter von Horuns Bauch – einen urischen Lehrer gehabt.

»Ihr seid eine hochgeborene Dame«, bemerkte der Mensch anerkennend. »Bei uns, dem Sechsten Stamm, reisen die hochgeborenen Damen bei einem Mann auf dem Pferd, nicht zu Fuß.«

Er bot ihr die Hand, um sie hochzuziehen. Walgreta lächelte nur und verlangsamte ihren Schritt, so dass die Reiter einen Vorsprung gewannen. Die Urier hatten ihre eigenen Sitten. Wenn sie aufsaß, hieß das am Ende noch, dass sie jemanden geheiratet hatte. Ganz abgesehen davon, war es unschicklich zu reiten. Nur ein Wagen mit Pferdegespann ziemte sich für Leute des Kleinen Volks.

Der Mensch machte erst Anstalten, sein Pferd zu zügeln. Doch dann erblickte er etwas hinter Walgreta, stieß dem Tier die Fersen in die Flanken und ritt davon.

Walgreta musste sich nicht umdrehen, um zu wissen, wer hinter ihr aufgetaucht war. Weiche, kaum vernehmbare Schritte erklangen. Dann hörte sie ein leises, drohendes *Nag-nag-nag-nag*.

Aus den Augenwinkeln sah sie, wie der junge Elf sie einholte. Er trug die Gans im Arm. Diese streckte den Kopf in ihre Richtung und schien sie zu mustern. Dann zog sie sich wieder in den Arm des Elfs zurück.

Walgreta schmunzelte. Als Schülerin einer Weisen Frau hatte sie gelernt, ins Herz wilder Tiere hineinzuhorchen, und wilde Tiere spürten das. Kaum etwas wirkte so besänftigend wie das Gefühl, verstanden zu werden – das galt für Tiere wie für alle Sterblichen. Darum würde die Gans sich nicht an ihrer Gegenwart stören.

Schweigend setzte Walgreta ihren Weg fort. Auch der junge Mann sagte nichts. So gingen sie nebeneinander über den Flickenteppich aus Licht und Schatten. Keiner überholte den anderen. Doch Walgreta merkte, dass auch er schneller ging, als sie ihren Schritt beschleunigte.

Der Weg schlängelte sich um eine Felswand, in die eine Treppe gehauen war: eine Abkürzung nach Horuns Bauch. Walgreta nahm die steilen Stufen. Der Elf folgte ihr. Nun drehte sie sich doch kurz um, aber er sah es nicht, ganz konzentriert auf die Treppe, die vor lauter Wurzeln und Moos nur schwer zu erkennen war. Ihr fiel auf, dass er nichts bei sich trug außer einem Quersack. Womit wollte er handeln, etwa mit der Gans?

Sie hätte ihn fragen können. Aber Schüchternheit lähmte ihr die Zunge. Sie widmete sich dem Aufstieg und lauschte dabei seinem angestrengten Atmen. Wie seine Stimme wohl klang? Sie könnte ihn ja irgendetwas Beiläufiges fragen, um sie zu hören. Aber wäre es auch um ihr Leben gegangen, sie hätte sich nicht getraut. Wie albern!

Fast wurde sie ein wenig ärgerlich, dass *er* nichts sagte. Andererseits gab es wirklich keinen Grund dazu. Sie waren Fremde, die für eine Weile denselben Weg nahmen.

Die Treppe endete auf einem ummauerten Felsplateau – der Legende nach der Ort, an dem die ersten Zwerge aufgetaucht waren, als der Mutterberg sie gebar. Heutzutage fand hier der berühmte Markt von Horuns Bauch statt. Seenländer aus der Gegend, Mitterländer von weit aus dem Norden, urische Hirten aus dem Tiefland und Elfen von der Küste tauschten ihre Waren gegen das kostbare Metallzeug und das Salz der Kinder Horuns. Es herrschte ein Lärm von aberhundert Stimmen, scheppernden Gefäßen, klirrendem Metall und brodelnden Kesseln, die die Hungrigen mit Frühstück versorgten.

Hinter dem Plateau ragte der mächtige Mutterberg auf, geöffnet durch eine hohe Spalte. Um diesen Eingang waren noch mehr Treppen und zwei Türme in die Felswand gemeißelt, von wo aus Streiter des Kleinen Volkes den Markt überwachten. Unzählige Vorsprünge boten zusätzlichen Befestigungsanlagen, Säulengängen und Terrassen Platz. Das eigentliche Herz der Hauptstadt ihres Volkes jedoch lag verborgen im Berg.

Walgreta blieb stehen und wartete auf den Waldelf, ohne recht darüber nachzudenken, dass sie es tat; und als es ihr bewusstwurde, hatte er bereits die letzten Stufen erklommen und richtete sich vor ihr auf, die Gans auf seinem Arm.

Sie sahen sich in die Augen. Nachdem sie einander so lange so offensichtlich ignoriert und heimlich beobachtet hatten, war dieser erste offene Blick wie der Bruch eines Zauberbanns. Sie mussten beide lächeln, als würden sie einen alten Freund wiedertreffen. Walgreta hatte den schlimmen Verdacht, dass sie rot anlief. Doch auch der junge Mann wirkte rosig um die Nase.

Hinter ihrem selbstbewussten Schmunzeln wankte Walgreta jedoch. Aus der Nähe traf seine Schönheit sie wie ein Paukenschlag. Obwohl sein Gesicht markante Züge hatte, wirkte es zart und glatt, fast mädchenhaft. Er mochte unwesentlich jünger sein als sie. Doch in seinen dunkelbewimperten Augen flackerte ein Schatten, wie er nur entstand, wenn man zu viel von der Welt gesehen hatte.

Der Elf deutete eine Verneigung an und verschwand im Gedränge. Die Gans drehte den Kopf, um Walgreta einen langen, finsteren Blick aus ihrem Dämonengesicht zuzuwerfen. Auch Walgreta ging los, irritiert von dem Gefühl, etwas verloren zu haben.

Als sie sich noch einmal suchend nach ihm umsah, entdeckte sie den Elf nirgends mehr. Nur der urische Reiter von vorhin lächelte ihr aus der Menge zu.

6

WÄHREND HÄNDLER AUS ALLER Welt nach Horuns Bauch hinaufpilgerten, stiegen sieben Priesterinnen aus umgekehrter Richtung zur Stadt hinab. Sie kamen von der Quelle der Tränen, wo salziges Wasser aus dem Gebirge rann, einen unfruchtbaren Pfad durch den Wald zog und in der Brustklamm verschwand, jener schmalen, Hunderte Ellen tiefen Schlucht, die Horuns Bauch von den darüberliegenden Gebirgen abschnitt. Die morgendliche Zeremonie selbst begann bei Sonnenaufgang und dauerte nicht lange. Doch seit einigen Jahren verlangsamten sich die Abläufe wegen Königin Hekteba, die als Hohepriesterin die Zeremonie leitete. Hekteba war so alt, dass einige Kinder ihrer Kinder bereits erwachsene Kinder hatten. Die Zeiten, in denen sie flink über die Felsen klettern konnte, lagen lange zurück. Die Priesterinnen mussten in tiefster Dunkelheit aufbrechen, um pünktlich bei der Quelle der Tränen anzukommen, und der Abstieg zurück nach Horuns Bauch dauerte fast genauso lang, so dass allen Priesterinnen, wenn sie heimkehrten, der Magen knurrte.

Königin Hekteba dachte aber nicht daran, ihre Ämter an eine ihrer drei Töchter abzugeben, die selbst schon keine jungen Frauen mehr waren. Wenn ihre Beine nicht mehr mitmachten, würde sie sich eben auf einer Sänfte zur Quelle der Tränen tragen lassen, um ihren Aufgaben nachzukommen. Sie war nicht missgünstig; sie liebte es nur, Königin zu sein. Hätten ihre Mütter nicht denselben Starrsinn bewiesen, wäre Horuns Bauch schon vor Generationen untergegangen.

So tapste sie dahin, während ihre Runenkette im Haartuch klimperte und zwei Priesterinnen darauf achtgeben mussten, dass ihre Füße sich nicht in dem langen Gewand verfingen.

Sie passierten die steinerne Nordbrücke über die Brustklamm und erreichten gerade die Treppe, die sich spiralförmig in die königlichen Gemächer unten im Berg schraubte, als ihnen ein hochrangiger Streiter und Enkel der Königin aus der Tiefe entgegeneilte.

»Meine Königin, Eure Enkeltochter, die waldgrüne Herrin, ist soeben über den See gekommen«, sagte er atemlos.

Hekteba runzelte die Stirn. Eigentlich hatte sie Walgreta erst zum Jahresende erwartet, wenn die Erde in Winterschlaf fiel. Sie nickte dem Mann zu. »Ich danke dir, mein Junge.«

Gildrun, Hektebas jüngste Tochter und Mutter Walgretas, trat vor. »Ich werde vorausgehen und alles für ihre Ankunft vorbereiten lassen.«

Hekteba winkte zustimmend.

Gildrun eilte davon, und die anderen Priesterinnen setzten den langsamen Abstieg mit der Königin fort, ein stummes Seufzen in der Brust.

Horuns Bauch zu betreten war für die meisten so überwältigend, dass sie einen Moment innehalten mussten. Darum herrschte bei dem hohen Spalt, der den Eingang bildete, fast immer Gedränge. Auch Walgreta blieb stehen und starrte in den unfassbaren Tumult. Jedoch nicht vor Ergriffenheit, sondern voller Abscheu.

Sie hatte aus guten Gründen das stille Dasein einer Weisen Frau ersehnt. Der hohle Berg war genau das Gegenteil: der gefräßige, alles verdauende, schallend lachende Bauch der Welt.

Weit oben in seiner Kuppel war ein Riss, durch den Sonnenstrahlen geisterblass herabfielen. Entlang der Innenwände führte ein breiter, spiralförmiger Weg vom Erdboden bis hinauf und verband die wabenartigen Eingänge und Treppen miteinander, die sich überall im Gestein öffneten, und die Holzhäuser und Stege, die wie Vogelnester an die Klippen des Weges gebaut waren. Überall wimmelte es von Menschen des Seenlands, des Mitterlands und des Tieflands, von Zwergen und Küstenelfen, vor Kostbarkeiten, Kuriositäten und Plunder, Tratsch und Geheimnissen und den immergleichen Torheiten und Tragödien des Lebens.

Widerwillig ließ Walgreta sich von der Menge vorwärtsschieben, den großen Spiralweg nach oben, vorbei an einfachen Behausungen, Schänken, Schlafsälen für Reisende und kleineren Händlergassen im Berg, aus denen der Duft von Ofenbrot und frisch entzündetem Brennholz quoll, von Räucherfisch, Blumen, Kräutern und Früchten. Aus anderen Gängen waberte die süßliche Wärme von Tieren und Heu. Ein Bursche mit Bündeln von gegerbtem Leder kam ihr entgegen, das alle anderen Gerüche für einen Moment übertünchte. Dann umschlossen sie wieder die Ausdünstungen von aberhundert ungewaschenen Händlern, untermalt vom Odem der öffentlichen Aborte und dem parfümierten Dampf, der stoßweise aus den Badehäusern quoll. Unter alldem schwangen die feuchte Kühle der Höhlen mit und ein dunkler, unheimlicher Geruch von Metall.

Denn tief im Untergrund von Horuns Bauch, wo kein Tageslicht mehr hinreichte, erstreckten sich Kavernen, die weitläufiger waren als alle oberen Stockwerke zusammen. Einst waren dort Salz und Metalle abgetragen worden, doch heute verarbeiteten in den gewaltigen Hallen nur noch Schmiede nach Geheimverfahren das Erz, das aus den Gebirgen weiter oben geholt wurde. Gold und Silber, vor allem aber das kostbare Kupfer, das Blut ihrer Ahnen, wurde in den Schmelzöfen gereinigt, in Form gegossen und von den Söhnen der ältesten Familien bearbeitet.

Legte man in Horuns Bauch eine Hand auf den Boden, spürte man an manchen Stellen die Wärme der nie verlöschenden Öfen. Und wer die Ohren spitzte, hörte unter dem geschäftigen Lärm der Stimmen, Schritte, rumpelnden Räder und klappernden Tongefäße die Hämmer, die wie ein Pulsschlag durch den Berg hallten. *Kling-klang, kling-klang*, das war alles, was die Schmiede über ihre Kunst verrieten.

Walgreta passierte mehrere Wachstationen, bis der Trubel sich legte. In den obersten Etagen wohnten, aufsteigend nach Rang, die ältesten Familien. Balkone und Säulengänge ließen Morgenlicht herein. Ganz oben lagen die königlichen Gemächer.

In dem offenen Korridor, von dem aus man den Markt auf dem Felsplateau und den Finsteren See weit unten überblicken konnte, begann die Schlange der neueingetroffenen Händler. Es waren Männer und Frauen aus allen erdenklichen Geschlechtern und Völkern, die in einem Gemisch verschiedener Sprachen miteinander plauderten und Ziegen, Schafe, Schweine, Singvögel in Käfigen und andere Geschenke mit sich führten. Gesandte aus sich im Krieg befindlichen Stämmen der Urier standen keine zwei Schritte voneinander entfernt. Daneben mitterländische Frauen, die sich das Haar kurzgeschoren hatten, Steinschleudern und Streithämmer trugen und augenscheinlich zu den Rebellen gegen die Urier in ihrem Land gehörten. Auch Gruppen von Küstenelfen waren zu sehen, friedlich vereint in der Absicht, Königin Hekteba Gaben zu überbringen. Denn ohne königlichen Segen durfte niemand hier Handel treiben.

Manche redeten schon jetzt über künftige Geschäfte oder tauschten die neuesten Gerüchte aus, bis Walgreta vorbeikam. Sie zog einen Schleier des Verstummens und der Verneigungen neben sich her und betrat schließlich die Thronhalle. Die Stühle der Priesterinnen und der kupferne Thron der Königin waren verwaist; die Hohen Töchter Horuns waren noch nicht zum Empfang erschienen. Doch auch für sich machten die Stühle mit ihren spitz zulaufenden Lehnen, fein ziselierten Beinen und prunkvollen Polstern Eindruck. Kein anderes Volk benutzte so hohe Sitzmöbel. Sie standen für die Herrschaft der Zwerge über die Menschenvölker, so wie die Berge über dem Seenland, dem Mitterland und dem Tiefland thronten.

Walgreta steuerte die geschlossene Tür links der Stühle an, und die Wachen öffneten diese und meldeten sie im Raum dahinter.

Es war ein runder, mitten in den Fels gehauener Beratungsraum mit einem Loch in der Decke, zu der sich eine Treppe hinaufwand. Bei Regen wurde die Öffnung mit Matten aus Binsen und Pech abgedeckt, so dass der Raum einem Kessel glich. Inmitten von Teppichen, edlen Möbeln aus geschnitztem Holz und in Tongefäßen wurzelnden Obstbäumen saßen mehrere Priesterinnen, die mit Runensteinen rechneten und die jüngst erhaltenen und gemachten Geschenke gegeneinander aufwogen. Sie hielten inne, als Walgreta eintrat und sich verneigte.

»Meine Königin! – Mutter.«

Gildrun stand lächelnd auf. Doch das erste Wort an Walgreta zu richten stand der Königin zu.

Hekteba stemmte sich aus ihrem Sitz hoch und breitete die Arme aus. »Mein waldgrünes Enkelkindchen. Steht vor uns die künftige Wyka vom Ulmenhain?«

7

ES HIESS, KEIN WORT sei so schwierig auszusprechen wie ›Entschuldigung‹. Aber ein schlichtes ›Nein‹ kam Walgreta schwieriger vor.

Nein, vor euch steht keine Wyka. Vor euch steht eine Versagerin.

Sie brachte es nicht über die Lippen.

Also sprach ihr Schweigen für sich.

»Gewiss bist du hungrig«, kam ihre Mutter ihr zu Hilfe und wies auf den gedeckten Tisch.

»Wenn ich ehrlich bin, würde ich lieber zuerst baden«, erwiderte Walgreta mit belegter Stimme.

»Natürlich.« Gildrun ging zu ihrer Tochter, während die Königin sich wieder auf ihren Stuhl sinken ließ.

Hekteba wirkte ratlos, doch als Walgreta ihr die Blumen reichen wollte, warf die Königin ihr nur einen kurzen, verächtlichen Blick zu.

Eine Priesterin nahm die Blumen entgegen, und Walgreta folgte ihrer Mutter in eine der Badekammern. Dienerinnen waren schon dabei, heißes Wasser in das große, längliche Steinbecken zu füllen. Gildrun begann, Walgretas Haar zu lösen und ihr Gewand aufzuschnüren. Die Sanftheit ihrer Berührungen regte Walgreta auf. Sie wich zurück und murmelte: »Die Dienerinnen erledigen das.«

Ihre Mutter nickte gleichmütig und faltete die Hände. Sie war eine rundliche, gedrungene Frau, die selten eine andere Gemütslage als Heiterkeit erkennen ließ. Gerade das hatte Walgreta oft zur Weißglut getrieben. So auch jetzt. »Ich komme anschließend zu euch«, sagte sie, immerhin noch um einen freundlichen Ton bemüht.

Doch ihre Mutter ließ sich nicht beirren. »Wie lange wir uns nicht gesehen haben«, begann sie. »Drei Jahreszeiten … Während du fort warst, hat sich die Jüngste meiner Schwester Arabun, deine Base Didanwen, als besonders begabt entpuppt. Sie wird in diesem Jahr leitende Priesterin des Erntefests sein.«

»Ist sie nicht erst zehn?«, fragte Walgreta ohne Interesse, während sie ins Badewasser glitt. Die Dienerinnen begannen, ihren Kopf mit Blütenessenzen zu massieren und ihre Arme und Beine mit Tüchern abzureiben. Das immerhin war gut am Zuhausesein.

»Didanwen ist vierzehn. Ihr seid euch im letzten Jahr nicht begegnet, weil sie zu der Zeit in unserer Schwesterstadt Falla Ridwen bei den Priesterinnen lernte. Davor hat sie ihr Ausbildungsjahr bei der Wyka vom Birkenhain absolviert und das Angebot erhalten, deren Nachfolgerin zu werden. Hatte ich dir davon nicht erzählt? Sie hat damals abgelehnt, um Priesterin von Horun zu werden.«

Walgreta biss die Zähne zusammen und sagte nichts dazu. Trotz ihres sanften Tons konnte Gildrun nur beabsichtigen, sie mit der beiläufigen Erwähnung des Erfolgs ihrer jüngeren Base zu demütigen.

»Es ist noch ein Geheimnis, aber Hauptmann Ganwalen wird zum Erntefest um Didanwens Hand anhalten«, fuhr Gildrun fort. »Und die Königin wird sie ihm gewähren.«

Abrupt richtete Walgreta sich auf und sah ihre Mutter groß an. Als Hauptmann der Streiter von Horuns Bauch war Ganwalen der mächtigste Mann nach dem König – und Letzterer war seit vielen Jahren tot.

Nach alter Sitte wurde König, wer die Königin ehelichte. Aber in Wirklichkeit stand oft schon ein neuer König fest, bevor die Königin ihre Nachfolgerin ernannte. Hauptmann Ganwalen war zwar nicht in Horuns Bauch geboren, sondern in Mún Toleda, der Stadt des Ostens, doch seine Schwester regierte dort als Hohepriesterin wie vor ihr Ganwalens Mutter. Und er war nicht nur von edler Abstammung, sondern genoss auch das Vertrauen seiner Streiter. Darum zeichnete sich ab, dass er König werden würde, wenn Hekteba eines Tages abdankte, und diejenige, mit der er sich vermählte, würde Königin sein.

Walgreta presste die Lippen zusammen. Sie war von Anfang an nie als Ganwalens Braut in Frage gekommen. Denn sie und Ganwalen hatten denselben Vater, wenn auch verschiedene Mütter …

Didanwen würde es also sein. Das *Distelchen*. Die noch als kleines Mädchen Verstecken gespielt hatte, während Walgreta längst ihre Ausbildung zur Weisen Frau angetreten hatte.

»Didanwen ist sehr an der Zauberei interessiert. Es fiel ihr nicht leicht, die Nachfolge der Wyka abzulehnen, aber ihre Heimatliebe überwog.« Gildruns Ton affektierter Zärtlichkeit kratzte an Walgreta. »Du solltest dich mit ihr treffen. Sicher findest du mit ihr mehr Anknüpfungspunkte als mit Ganwalen.«

Mit diesen Worten verließ ihre Mutter den Raum.

Anknüpfungspunkte, dachte Walgreta. Das also war die Zukunft, die ihr bevorstand: Sie würde sich der neuen Königin anbiedern müssen, Geheimnisse der Zauberei ausplaudern, um im Gegenzug ein Plätzchen am königlichen Herdfeuer zu ergattern.

Walgreta versank bis zur Nasenspitze im duftenden Badewasser.

Es dauerte vier Tage, bis Hauptmann Ganwalen endlich die Muße hatte, Walgreta zu empfangen. Da sie nur über die väterliche Linie Geschwister waren, galten geringere Pflichten der

Höflichkeit, und anscheinend war er nicht gewillt, ihr mehr als das Mindestmaß davon entgegenzubringen.

Sie erwartete ihn in einem der lichten kleinen Empfangsräume, die allen königlichen Familienangehörigen offenstanden. Etwas verspätet kam er angestapft, mit schweißfeuchtem Haar und in grober Kampfmontur. Offenbar hatte er bis jetzt mit seinen Streitern in den unterirdischen Gewölben geübt.

»Walgreta. Wie schön, Euch wieder in der Heimat zu haben.«

Walgreta erwiderte seine Verneigung und wies dann auf einen tönernen Tiegel auf dem Tisch. »Auch ich freue mich, Euch wohlbehalten wiederzusehen, Ganwalen. Ich habe Euch ein Geschenk mitgebracht: eine Heilsalbe gegen Schwielen und Blasen, deren Zubereitung mich die Wyka des Ulmenhains lehrte.«

»Zu freundlich. Was ist das, Kamille?« Er schnupperte an dem Tiegel.

»Sie wurde mit Zauberkunst hergestellt.« Walgreta versuchte zu lächeln.

»Aha. Ich habe auch etwas für Euch.« Er winkte den Diener heran, der ihm gefolgt war, und dieser reichte Walgreta einen in Stoff gehüllten Marderpelz. »Von unserer Nachtjagd zur Sommersonnenwende. Ich habe ihn am Kopf erwischt, das Fell ist intakt. Ihr könnt Euch damit etwas hübsch verbrämen.«

Walgreta dankte und legte den Pelz beiseite. Damit war geklärt, dass Ganwalen sich aus Heilkunst ebenso wenig machte wie Walgreta sich aus schöner Kleidung.

Während die Diener ihnen ein erlesenes, aber einfaches Mittagessen auftrugen, hatten sie sich nichts zu sagen.

Walgreta musterte die Narben in Ganwalens Gesicht und fragte sich, ob neue hinzugekommen waren. Allerdings war er auch davor kein schöner Mann gewesen – bullig und haarig, mit etwas zu eng stehenden Augen über dem breiten Kiefer. Es hieß, er schlüge nach seiner Mutter Benhenra, der ehemaligen Hohepriesterin von Mún Toleda. Walgreta wurde nachgesagt, wie Gildrun in ihrer Jugend auszusehen. So wies nichts darauf hin, dass sie denselben Vater hatten – einen Mann, der so anziehend gewesen sein musste, dass darüber fast ein Krieg zwischen Mún Toleda und Horuns Bauch ausgebrochen wäre, bedingt durch Rivalitäten zwischen Benhenra und Gildrun. Jedenfalls, wenn man dem Tratsch Glauben schenken durfte.

Gildrun selbst hatte vor Walgreta nie ein einziges schlechtes Wort über Benhenra verloren und erst recht nicht bestätigt, dass abgrundtiefe Feindschaft zwischen ihnen beiden der Grund war, warum Gildrun nie als Nachfolgerin ihrer Mutter, Königin Hekteba, in Frage gekommen war.

»Wie ich hörte, habt Ihr Euch gegen ein Leben als Wyka entschieden«, sagte Ganwalen und begann, die geröstete Kalbsleber hinunterzuschlingen. Kauend fügte er hinzu: »Vergebt mir, aber die Übungen machen sehr hungrig.«

»Haltet Euch nicht zurück. Eine *Entscheidung* war es nicht gerade. Es war nur mein siebtes Lehrjahr. Mehr sieht das Gesetz nicht vor.«

»Wie die Zeit vergeht. Fast bin ich nun schon seit neun Wintern Euer Hauptmann, kann man sich das vorstellen? Bei all den urischen Räubern und Rebellen aus dem Mitterland, die in der Gegend inzwischen ihr Unwesen treiben, ist mit einem langen Leben als Streiter nicht zu rechnen. Egal wie vollendet unsere Kampftechniken sind, in einem Hinterhalt oder ab einer gewissen Überzahl der Gegner hängt alles von der Gnade der Götter ab.« Er nahm einen Bissen, kaute und schluckte ihn hinunter. »Nun, bisher waren sie gnädig. Das ist dem Werk unserer ehrwürdigen Priesterinnen zu verdanken.«

»Und den Wyken«, fügte Walgreta hinzu.

Ganwalen lachte freudlos auf. »Es wäre mir neu, dass die Wyken den Segen für das Kleine Volk erbeten.«

»Aber gewiss doch! Die Weisen Frauen halten das Gleichgewicht zwischen den Sterblichen und den Ewigen und leihen beiden ihr Ohr und ihre Stimme.«

»Den Sterblichen«, wiederholte Ganwalen. »Davon gibt es

ganz verschiedene. Die Wyken müssten recht durcheinander sein, wenn sie all den widersprüchlichen Wünschen der Geschlechter, Völker, Stämme und Banden Ohr und Stimme liehen.«

»Die aufrichtigen Wünsche sind überall dieselben.«

»Schöne Worte habt Ihr zumindest bei den Wyken gelernt.« Er leckte sich den Fleischsaft von den Fingern. »Aber ich glaube, die Wyken sind gar nicht so weltfremd, wie sie sich gern geben.«

»Weltfremd sind sie keinesfalls, im Gegenteil, die Welt …«

»Weltfremd, unparteiisch – Ihr wisst, was gemeint ist«, fuhr er dazwischen. »Ich war letzten Frühling mit zwölf Truppeneinheiten im Mitterland. Die Rebellen hatten ein paar kleinere Völker dazu angestachelt, sich gegen die Urier zu erheben. Dabei hatten sie unser Gesetz gebrochen, das nur den Streitern des Kleinen Volkes wie auch unseren Verbündeten das Tragen von Metallwaffen erlaubt. Wir wollten die Urier des Neunten Stammes also die Rebellen niederschlagen lassen. Aber als diese die Rebellen schon eingekesselt hatten, verschwanden die Aufständischen urplötzlich. Sie lösten sich in nichts auf, dreitausend bewaffnete Männer und Frauen. Eine Wyka hatte den Wald verschoben, um sie zu retten. Und jetzt frage ich Euch: Hätten die Wyken dasselbe für uns getan? Bestimmt nicht. Sie nehmen ja nicht einmal unsere Töchter königlichen Bluts in ihren erlauchten Kreis auf!«

Walgreta wollte vieles erwidern und schluckte alles hinunter. Sie war nicht hier, um Streit mit einem Mann anzufangen, den sie kaum kannte. Sondern, um … ja, bei Horuns Hinterteil, warum eigentlich? Ihr war doch egal, ob der künftige König ihre Tischgesellschaft angenehm fand. Er mochte sie eh nicht. Und das beruhte auf Gegenseitigkeit.

»Wie ich hörte, bekam durchaus eine königliche Tochter die Nachfolge einer Wyka angeboten. Nämlich Didanwen«, sagte sie mit einem angestrengten Lächeln.

Auch Ganwalens Ausdruck wirkte bemüht, obwohl er nicht

einmal lächelte. »Das ist wahr. Eure Base ist eine außergewöhnliche Frau. Ihre Ehrbarkeit und Weisheit hätten sogar die Wyken gern für ihre Sache genutzt. Doch Didanwen hat sich aus Treue zu ihrem Volk für die Laufbahn einer Priesterin entschieden.«

Walgreta trank einen Schluck Honigblütenwasser. Sie konnte es nicht mehr hören. Ganz Horuns Bauch schien verzaubert von dieser Vierzehnjährigen. Und Walgreta hatte in den vergangenen Tagen selbst erlebt, dass Didanwen es einem mit ihrer bedachten, herzlichen Art nicht gerade leichtmachte, sie zu hassen.

Walgreta stellte ihren Becher wieder ab und schlürfte eine Muschel aus, obwohl sie keinen Appetit hatte. Auch Ganwalen setzte sein Mahl fort. Nur ihre Kaugeräusche, das Zwitschern der Vögel auf den efeuumwucherten Balkonen und das Hüsteln eines Dieners unterbrachen die Stille zwischen ihnen.

Mochten sie sich äußerlich auch nicht gleichen, Ganwalens spröde Ernsthaftigkeit führte Walgreta ein Spiegelbild vor Augen, das sie alles andere als schmeichelhaft fand. Wenn es diese Eigenschaft war, die sie von ihrem Vater hatten, wie in aller Götter Namen konnten sich dann ihre Mütter um ihn gestritten haben?

»Es freut mich, dass Ihr wieder in der Heimat seid«, sagte er zum Abschied förmlich. »Der Ort einer Tochter ist der Ort ihrer Mutter. Ihr könnt Euch darauf verlassen, dass Ihr nirgends sicherer sein werdet. Dafür garantiere ich mit meinem Leben.«

Walgreta verneigte sich. Aber sie konnte nicht mehr an sich halten – ein kurzes Lachen entschlüpfte ihr.

Ganwalen funkelte sie beleidigt an.

»Ich danke Euch.« Sie räusperte sich. »Aber um meine Sicherheit werdet Ihr Euch am wenigsten sorgen müssen. Ein bisschen mehr als schöne Worte habe ich in den letzten Jahren doch gelernt.«

Sein Blick fiel auf den Salbentiegel. Er nahm ihn vom Tisch und wog ihn. Dann lächelte er Walgreta an – das erste Mal überhaupt bei diesem lästigen Treffen. »Dass Ihr Vorsorge für Euch selbst getroffen habt, das passt zu Euch. Auf Wiedersehen, Herrin.«

8

AM TAG DES ERNTEFESTS durfte ab mittags in Horuns Bauch kein Handel mehr getrieben werden. Die Feierlichkeiten standen ganz im Zeichen des Schenkens.

Auf dem offenen Marktplatz und im Inneren des Berges wurden lange Tafeln aufgebaut, um Bewohner wie Gäste zu bewirten. Als die Sonne versank, begann der Zug der Priesterinnen durch Horuns Bauch von den königlichen Gemächern durch alle Stockwerke hinab. Achtundzwanzig Frauen in prachtvoll geschmückten, herrlich gefärbten Gewändern, das Haar mit kostbar bestickten, bis zum Boden reichenden Stoffen zu üppigen Türmen geschlungen, schritten, feierlich musizierend, den Weg entlang. Gesänge der uralten Namen, die sich einst selbst ausgesprochen und dabei Himmel und Erde ausgeatmet hatten, gingen fließend in Kinderreime über, die jeder in Horuns Bauch kannte, und stellten so die Verbindung zwischen Ewigem und Zeitlichem her:

Korn und Linsen,
Pech und Binsen
Schweben uns entgegen,
Solang' die Riesen
Blut und Tränen geben.

Dazu streuten zwei Priesterinnen Hafer- und Gerstenkörner, und die leitende Priesterin, die an der Spitze des Zuges ging, goss unentwegt aus zwei langen, zierlichen Kannen ein Gemisch aus Stierblut, Honigwein und Nussöl auf den Pfad.

Es war nicht leicht, den ganzen Weg über die beiden Kannen zu halten und nie zu viel oder zu wenig zu vergießen. Jedes Mal, wenn die Kannen leer waren und von den Priesterinnen hinter ihr ausgetauscht wurden, zitterten die Arme der leitenden Priesterin ein wenig mehr. Aber das war auch kein Wunder – sie war ja fast noch ein Kind.

Walgreta, die mit den übrigen hochgeborenen Damen hinter den Priesterinnen ging und Salzbröckchen ans Volk verschenkte, beäugte Didanwen unentwegt. Sie war ein liebevolles Mädchen, das leicht zum Kichern zu bringen war, aber sie konnte schnell und gründlich denken und schien ihre Pflichten als Priesterin mit Sorgfalt zu erfüllen. Außerdem war in ihr, soweit Walgreta das beurteilen konnte, kein Fünkchen eigener Wille.

Kein Wunder, dass Königin Hekteba ihre Nachfolge derjenigen überließ, die ihr mit der größten Widerstandslosigkeit schmeichelte! Aber eine Wyka ... wieso hatte eine Wyka Didanwen zu ihrer Schülerin und Nachfolgerin machen wollen?

Wie ein Giftpfeil regte sich Neid, dann Reue in Walgreta. Wäre sie nicht immer wieder verbissen bei Weisen Frauen in die Lehre gegangen, wäre sie ebenfalls Priesterin geworden. Dann würde sie jetzt vorn im Zug gehen. Und wäre nicht Ganwalen ihr Halbbruder, ginge sie vielleicht sogar an der Spitze!

Was für schlechte Gedanken. Sie konzentrierte sich auf ihren Gesang. An der Vergangenheit war nichts zu ändern; jeder hatte sich in sein Schicksal zu fügen. So war das eben. Aber ihre Bitterkeit wurde dadurch nicht geringer.

Auf dem offenen Marktplatz standen die hochgeborenen Streiter und Schmiede mit den geschmückten Schlachttieren bereit. Die Priesterinnen gingen an ihnen vorüber, um die Tiere, die Waffen und Schmiedewerkzeuge zu weihen, während das Volk hinter ihnen aus dem Berg drängte, um dem Schauspiel beizuwohnen. Didanwen entfachte mit einer Fackel das erste der fünf Feuer, über denen später die Tiere gebraten werden würden. Weitere hochrangige Priesterinnen entzündeten die nächsten drei Feuer. Dann bildete sich eine Schneise im Zug, damit Königin Hekteba auf ihrem Prunkwagen, gezogen von zwei stämmigen hellbraunen Pferden, aus der Tiefe des Berges Horun fahren und das letzte Feuer entfachen konnte.

Die Priesterinnen waren herrlich gekleidet, doch das Kleid der Königin war mehr als schön. Es war ein Zauberwerk, und zwar das größte und machtvollste des Kleinen Volkes. Neunhundertneunundneunzig Kupferplättchen, jedes zart wie ein Blütenblatt, bedeckten den Leib der Königin. Die Plättchen hingen an goldenen Kettengliedern, die an Brust und Rücken ineinander verhakt waren und ab der Hüfte in einzelnen Strängen herabfielen, so dass das blaue, mit goldenen Bienen bestickte Untergewand sichtbar war. Und nicht nur ein Klirren von Metall begleitete die Bewegungen der Königin, sondern zudem ein Geräusch von aberhundert raunenden uralten Stimmen. Auch die versinkende Sonne spiegelte sich merkwürdig auf dem Kupfernen Kleid: Die Plättchen, die das Licht eigenwillig in verschiedene Richtungen lenkten, wirkten wie Augen, die hektisch um sich blickten.

Weder eine Priesterin noch ein Streiter noch ein Gast aus einem fremden Volk konnte der Königin im Kupfernen Kleid begegnen, ohne von Ehrfurcht erfasst zu werden – jener besonderen Ehrfurcht der Erkenntnis, die kühlem Wasser gleich durch die Seele rann und den Abgrund der eigenen Unwissenheit fühlen ließ. Denn das Kupferne Kleid konnte eigentlich nicht sein. Es war ein Gegenstand, der *lebte*.

Seit frühester Zeit war es von Königin zu Königin, von Mutter zu Tochter verschenkt worden, und sooft es verschenkt worden war, sooft hatte sich seine Lebendigkeit erhöht. Wer das Kupferne Kleid trug, der war alle Königinnen, die es je getragen hatten. Wer das Kupferne Kleid sah, der erblickte die ganze Gewaltigkeit der königlichen Linie, die ungebrochene Macht der Töchter von Horun.

Königin Hekteba nahm einen brennenden Scheit, um das letzte Feuer zu entfachen. Alle sahen ihr gebannt zu, und sie war nicht alt in diesem Moment, sondern ewig und erschütternd wie die Finsternis, die jedes Licht umschloss.

Der Gesang steigerte sich zum grellen Wehruf, und die Pauken und Rasseln gaben einen rasenden Takt vor. Eins nach dem anderen wurden die Tiere geschlachtet und ihr Blut in einer flachen Kupferwanne aufgefangen. Der Wind verteilte den Geruch des Bluts und der Exkremente über den Berg. Doch bald hingen die ersten Schweine über den Feuern, gefolgt von rasch gehäuteten Ochsen, Lämmern, Zicklein, gerupften Schwänen, Enten und Rebhühnern, und der Bratenduft lockte das Volk an die langen Tafeln.

Es war Sitte, dass jeder seinem Sitznachbarn eine Kleinigkeit schenkte, während die Priesterinnen und hochgeborenen Damen weiter Salzbröckchen als Zeichen der Gastfreundschaft verteilten.

Als sie so durch die Tischreihen schritt, ertappte Walgreta sich dabei, wie sie bei jedem wettergegerbten Händler, jedem aufgeregten Kind, allen ernst dreinblickenden Küstenelfen eine leichte Enttäuschung empfand. Denn irgendwo hier musste der Waldelf sitzen … Er war sicher hier. Niemand kam im Herbst nach Horuns Bauch und ging noch vor dem Erntefest wieder! Leute kamen allein deswegen her.

Seit ihrer Ankunft hatte Walgreta immer wieder an ihn gedacht, wie man eine Melodie summte, die sich ins Gedächtnis gegraben hatte. Irgendetwas an ihm ließ sie nicht los. Oder lag es nur daran, dass sie derzeit so vieles bereute, dass sie auch bei ihm das Gefühl hatte, eine unwiederbringliche Gelegenheit verpasst zu haben?

Sie verteilte die letzten Salzstücke aus ihrem Korb. Inzwischen war die Sonne untergegangen, und der Feuerschein zuckte über die ausgelassene Menge. Während Walgreta zur erhöhten Tafel schritt, wo die königliche Familie mit den Priesterinnen und ranghohen Streitern und Schmieden speiste, ließ sie den Blick über die lange Schlange derer schweifen, die der Königin Geschenke brachten. Doch sie entdeckte ihn nicht.

9

NICHT WEIT VON DER königlichen Tribüne entfernt saß der Fürst vom Sechsten Stamm der Urier mit sieben Generälen. Es waren Männer mit gepflegten Bärten, geflochtenen Stirnbändern und Kleidern aus feingewebter, mit Ocker, Krapp und Indigo gefärbter Wolle. Die versilberten Trensen und das geschmückte Lederzaumzeug ihrer Pferde hatten sie sich lässig um die Brust und die Hüften geschlungen. Wer von den Machtkämpfen innerhalb des Sechsten Stammes gehört hatte, musste den jungen Fürsten für den Sieger halten. Hätte er sich sonst mit einem so kleinen Gefolge nach Horuns Bauch gewagt, wenn die Gefahr bestünde, seinen Gegnern über den Weg zu laufen?

Fürst Rianon saß so gelassen zwischen seinen Männern, als könnte nichts und niemand ihm etwas anhaben. Es war die Gelassenheit eines Kriegers, der seine Kräfte kannte. In seinem Gesicht verband sich auf eigentümliche Weise Fröhlichkeit mit Verbissenheit – vielleicht, weil seine Augen stets ein wenig zusammengekniffen wirkten, konzentriert auf etwas, das zugleich amüsant war.

In diesem Moment beobachtete er die hochgeborene junge Dame, die er schon auf dem Weg nach Horuns Bauch bemerkt hatte. Mit einem Blumenstrauß war sie mitten aus dem Wald getreten wie eine der Geistererscheinungen, von denen die urischen Hirten erzählten. Jetzt, in prachtvollen Gewändern und schmuckbehängt, wirkte sie sogar noch schöner. Aber das war es nicht, was Rianon an ihr gefiel. Jedenfalls nicht nur das. Sie strahlte einen Stolz aus, der sich weder durch Geschenke noch von Gefahren beeindrucken lassen würde. Stolz waren viele Frauen des Kleinen Volkes, da sie regierten und sich ihre Männer selbst aussuchten; sogar die einfachsten Zwerginnen trugen oft die schweräugige Miene gelangweilter Herrschaft zur Schau. Diese hier hingegen wirkte zu nüchtern für Eitelkeiten, und ihr Blick hatte etwas Flinkes, Kluges, das in einem entzückenden Gegensatz zu ihren etwas steifen Bewegungen stand. Das mochte Rianon.

Gedankenverloren zupfte er an seinem Bart und fragte sich, ob sie die Nachfolgerin der Königin werden würde. So nah, wie sie bei Königin Hekteba saß, musste sie eine enge Verwandte sein. Er lächelte in sich hinein, als er merkte, wie sich seine Eifersucht regte. Wenn ihm eine Frau gefiel, wollte er nicht, dass ein anderer sie bekam – und wenn die kleine Strenge wirklich Königin Hektebas Nachfolgerin würde, wäre dieser *andere* der Hauptmann von Horuns Bauch.

Rianons Blick wanderte zur Tafel auf der königlichen Tribüne, an der Hauptmann Ganwalen und seine engsten Streiter speisten. Der Hauptmann war nicht mehr jung. Eine lange Narbe quer über seine Stirn und eine von Brüchen gekrümmte Nase zeugten davon, wie oft er das Gesetz von Horuns Bauch gegen die Menschenvölker verteidigt hatte. Und doch war Ganwalen noch unverheiratet. Es hieß, er zöge Männer Frauen vor. Aber vermutlich wartete er nur einfach darauf, dass die Königin eine Nachfolgerin ernannte, da er um die Hand keiner Geringeren anhalten wollte. Rianon hätte an seiner Stelle wohl dasselbe getan, ganz gleich, ob die künftige Königin diese kleine Strenge wäre oder ein buckeliges Waschweib.

Rianon behielt die hübsche Hochgeborene im Auge, bis das Mahl dem Ende zuging und immer mehr Leute sich erhoben, um zu tanzen. Auch die kleine Strenge stand auf und verabschiedete sich von der Königin. Doch sie kehrte geradewegs in den hohlen Berg zurück.

Rianon wandte sich an seine Männer: »Bleibt wachsam!«

Er verließ sie und folgte der Hochgeborenen. In einem Beutel unter seinem Umhang hatte er elfischen Perlenschmuck, den er heute Nacht einer Zwergin schenken wollte, um ihr die Zunge zu lockern. Wen würde Königin Hekteba zur Nachfolgerin ernennen? Und wann? Vielleicht bekamen er und seine Männer auch noch andere Geheimnisse heraus, die jetzt noch nicht abzusehen waren. Frauen konnten sehr gesprächig sein, wenn sie sich bei einem Mann wohlfühlten. Aber Rianon bezweifelte, dass die kleine Strenge mit Perlenschmuck zu gewinnen war. Wie schnöde sie abgelehnt hatte, auf seinem Pferd nach Horuns Bauch zu reiten, flackerte bitter in seiner Erinnerung.

Ich muss versuchen, sie zum Lachen zu bringen, dachte er. Und grinste beinah, weil es so albern war. Aber es galt nun einmal, dass Macht nicht allein mit unterworfenen Feinden kam, sondern auch mit der Zuneigung von Frauen.

»Sieh mal einer an, der falsche Fürstensohn vom Sechsten Stamm«, sagte eine Stimme aus den Schatten.

Rianon blieb wie angewurzelt stehen. Ein Mann lehnte in einem der Höhlengänge. Das Licht hinter ihm umriss seine hünenhafte Gestalt und seinen kahlen Schädel.

»Wer verwechselt mich da?«

Ein schweres, dunkles Lachen erklang. »Ich habe auf dich gewartet, Doppelgänger. Ich weiß, dass du nicht wirklich Rianon heißt … und dass du nicht der Einzige bist, der sich als Fürst des Sechsten Stammes bezeichnet. Dein Gegner, Fürst Sorike, ist längst nicht besiegt. Du hast ganz schön Mumm, mit so wenigen Männern hier aufzukreuzen.«

Rianon ließ sich nicht anmerken, wie sehr er erschrak. Dem Akzent und der Größe nach konnte der Fremde kein Zwerg sein, das war immerhin etwas. Ein Urier aus einem anderen Stamm wäre allerdings auch nicht weniger gefährlich.

»So früh schon so besoffen«, sagte Rianon verächtlich auf Urisch und wandte sich zum Gehen. Das zeigte den gewünschten Effekt: Der Fremde trat aus dem Höhlengang und offenbarte sich.

Er hatte den braunen, zu kleinen Zöpfen geflochtenen Bart eines Seenländers, doch von seinen Schläfen rankten sich über den Hals bis zu seinen Armen jene dunkelgrünen Tätowierungen, mit denen die Küstenelfen Schaden von sich abwendeten. Schwarze Augen blitzten unter den Brauen. Seine bunt zusammengewürfelte Kleidung und sein Waffengürtel, an dem eine zwergische Streitaxt, ein Dolch der Küstenelfen und drei mitterländische Wurfmesser hingen, deuteten darauf hin, dass er ein Händler war. Oder ein Söldner, was manchmal dasselbe bedeutete.

»Besoffen bin ich noch nicht«, sagte der Fremde. »Gefeiert wird erst, wenn du mein Angebot akzeptiert hast, Doppelgänger.«

Innerlich zuckte Rianon zusammen. Es stimmte, er war in seiner Kindheit als Doppelgänger des wahren Fürstensohnes an den Neunten Stamm übergeben worden. Um den Frieden zu sichern, gaben Fürsten verschiedener Stämme einander oft Töchter oder Schwestern zur Ehefrau, aber manchmal vertrauten sie einander auch ihre Söhne an, die als Geiseln in der Fremde aufwuchsen. Oder zumindest wurde behauptet, es seien ihre Söhne …

Weil Rianon dem Fürstensohn täuschend ähnlich gesehen hatte, war er an seiner Stelle in die Geiselschaft gegeben worden – ein Sklavensohn, verkleidet mit edlen Gewändern und geknebelt mit Drohungen. Doch aus der Lüge über seine Identität hatte Rianon eines Tages seinen Vorteil gezogen und dafür gesorgt, dass fast alle, die in das Geheimnis eingeweiht gewesen waren, es mit ins Grab nahmen. Nur diejenigen, die den wahren Fürstensohn vor seinem rätselhaften Ableben gekannt hatten, wussten, dass Rianon nicht er war. Diese Leute hatten sich hinter Sorike gesammelt, dem Bruder des verstorbenen Fürsten, der nun den Fürstentitel für sich beanspruchte und Rianon bekriegte.

Rianon setzte ein Lächeln auf. Wer früh lernte, dass sein Leben von einer guten Imitation abhing, konnte seine Gefühle endlos verschachteln. »Was für ein Fürst? Dein Kauderwelsch ist sogar für einen Seenländer unverständlich. Na los, unterbreite mir dein Angebot. Aber vergiss nicht, dass jeglicher Handel heute Abend untersagt ist. Ich werde dir also weder eine Zusage machen noch eine Absage erteilen können.«

Der Fremde trat noch näher – er war sogar ein Stück größer als Rianon, sehr ungewöhnlich für einen Seenländer – und musterte ihn von oben herab. »Du bist ein Spion von Fürst Noharion vom Neunten Stamm. Du spionierst die Zwerge aus, manchmal auch die Untertanen von Fürst Noharion – und früher sogar den Sechsten Stamm, deine eigenen Leute. Aber du kannst mir nicht weismachen, dass du es aus Liebe zum Fürsten des Neunten Stammes tust. Ein so sanfter Ziehvater war er bestimmt nicht! Du tust es, weil Noharion dir geholfen hat, den Sechsten Stamm nach und nach zu zerschlagen … damit du als der neue Sechste Fürst aus dem Zwist hervorgehen konntest. Eigentlich eine herzerwärmende Geschichte, nicht wahr? Der kleine Doppelgänger, der später ein waschechter Fürst wird. Darauf hattest du seit Jahren hingearbeitet. Für deinen Erfolg bewundere ich dich aufrichtig.«

Rianon zog seinen Stabdolch und ging auf Abstand. »Langsam habe ich das Gefühl, dein Kauderwelsch zu verstehen.«

Der Fremde rührte sich nicht, nur seine Augen folgten Rianon. »Schlauer Bursche. Wäre es deiner Schläue würdig, nur Fürst des Sechsten Stammes zu sein? Du bist im Neunten Stamm aufgewachsen. Noharions Reich ist größer als das jedes anderen urischen Fürsten, aber seine Söhne sind ebenso eitle Gecken und Streithähne wie Sorike, dein Gegner aus dem Sechsten Stamm. Wer wäre besser geeignet, den Neunten und den Sechsten Stamm zusammenzuführen als ein Mann, der ebenso Fürstensohn wie Sklavensohn, ebenso Sohn des Neunten wie des Sechsten Stammes, ebenso Oberhaupt von Generälen wie ein galanter Liebhaber von Zwerginnen ist? Ja, ich sehe es dir an: Du willst alles haben. In deinen Augen leuchtet nicht Torf, sondern Sternenlicht. Du könntest ein Chaos leicht zu deinen Gunsten ordnen. Die Frage ist nur: Wie wirst du Fürst Noharion ebenso wie Sorike los? Hier kommt mein Angebot ins Spiel.« Ein Lächeln huschte über sein Gesicht, als bedeutete die Tatsache, dass Rianon ihm bis jetzt zugehört hatte, bereits seinen Triumph. »Sorge dafür, dass Fürst Noharion unter den Gästen ist, wenn der Hauptmann von Horuns Bauch heiratet. Das wird in diesem Jahr zur Wintersonnenwende sein. Und sorge dafür, dass du selbst weit weg bist! Das ist alles.«

Der Fremde wandte sich dem Höhlengang zu, aus dem er gekommen war, und hielt dann noch einmal inne. »Ach ja … die Information, dass Hauptmann Ganwalen noch in diesem Jahr die Priesterin Didanwen heiraten wird, ist nur ein kleines Geschenk von mir an dich, da heute doch das Fest des Schenkens ist. Den Perlenschmuck, den du für dieses saftige Geheimnis aufgespart hast, kannst du heute Nacht auch einer Frau um den Hals legen, die davon rein gar nichts weiß.«

Rianon war sprachlos. Und verärgert, dass er bis auf die Knochen durchschaut worden war. Noch dazu von irgendeinem Seenländer, den er selbst nicht im mindesten verstand.

»Wer bist du?«, fragte er und hasste sich selbst dafür, so tölpelhaft zu klingen.

Er hatte keine Antwort erwartet. Doch der Fremde streckte die Brust heraus und sagte mit seiner tiefen, vollen Stimme: »Ich heiße Mauskin. Mauskin vom Volk der Tugaller.«

10

DIDANWEN ZOG MIT DREI weiteren jungen Priesterinnen durch Horuns Bauch, um Küsse zu sammeln. Es war ihnen nicht nur eine Pflicht, sondern auch ein Vergnügen. Wohin sie kamen, staunten Frauen und Männer über ihre strahlende Schönheit: Gekleidet in honiggelbe Gewänder mit hellblauen, goldbestickten Miedern und Bauscheärmeln, verkörperten sie den Sonnenaufgang, die Jugend, den erwachenden Tag. Ketten aus geschliffenem Rosenquarz und dem hellsten Bernstein warfen schimmernde Reflexe auf die entblößte Haut von Brustansatz, Schultern und Nacken, und ihre üppig mit goldenen Stoffbahnen umwundenen Haare türmten sich so hoch, dass sie sich ducken mussten, um durch so manche Höhlenöffnung zu treten.

Lachend und tuschelnd hielten sie sich an den Händen, ließen die Blicke der Leute wie Schmetterlingsflügel über sich hinwegstreichen und verteilten, wann immer sie ein Aufflattern von Neid verspürten, großzügig Geschenke. Doch Küsse durften sie nur aus dem einen, ehrlichen Grund nehmen, den die Erdmutter, die Große Geberin, ihnen einflüsterte: wenn ein Mann ihnen gefiel.

Didanwen war zögerlicher als ihre Freundinnen. Ihr gefiel an einem Mann, was ihr nicht gefiel. Welch ein Rätsel hatte die Große Geberin in sie hineingelegt! Wenn Didanwen an ihren künftigen Bräutigam dachte, der mehr als doppelt so alt war wie sie, stark wie ein Bär und fast genauso haarig, empfand sie Angst und sogar Abscheu; aber unter dem Widerwillen wartete eine verschwiegene, süße Hingabe, eine Bereitschaft zur Ohnmacht … und sie wollte diese Ohnmacht, denn ihr Bräutigam war anständig und gut. Sah sie hingegen einen schönen Jungen, war er ihr durchaus angenehm, nur blieb diese Art von Gefallen ohne Nachhall in ihr. Deswegen war sie weit weniger als ihre Freundinnen erpicht darauf, die Küsse schöner Jünglinge zu sammeln.

Sie kamen in eine Höhle, in der um ein großes Feuer getanzt wurde. Didanwen wurde auf ein Grüppchen Urier aufmerksam, die abseits der Trommel- und Flötenspieler ein Lager aus Fellen bereitet hatten und ihre Becher auf die Priesterinnen erhoben. Mindestens zwei der Männer sahen auffallend gut aus, und Didanwens Freundinnen besprachen fröhlich, wer wen um einen Kuss erleichtern würde. Didanwen überließ den anderen gern den Vortritt. Sie hatte eine unbestimmte Abneigung gegen Urier. Auch wenn ihre Begegnungen mit ihnen stets höflich gewesen waren, wusste sie, wie die Männer dieses Volkes ihre eigenen Frauen behandelten, und darüber konnte sie nicht hinwegsehen, bei keinem von ihnen, nicht einmal bei einem Fest.

»Willst du die ganze Nacht eine unberührbare Knospe bleiben?«, wandte sich Niowen, eine der Priesterinnen, an Didanwen und riss sie damit aus ihren Gedanken.

»Nein …«

»Dann komm mit, du bekommst den Hübschen mit dem hellsten Bart.«

»Ich weiß nicht, ob …«

»Ob du darfst? Bei Horun, sei bitte heute Nacht so anständig wie sonst auch! Du *musst*.«

In dem Moment erregte ein junger Mann, der vorbeiging, ohne sie zu beachten, die Aufmerksamkeit der Priesterinnen. Er besaß ein erstaunliches Aussehen. Sein längliches Gesicht mit der flachen Nase und den hellen Augen ließ keinen Zweifel, dass er dem Volk der Elfen entstammte, doch sein Haar war nicht von der Farbe des Feuers, sondern schwarz, und seine Haut hatte einen ins Grünliche gehenden Schimmer.

Die anderen drei verständigten sich mit einem raschen Blick, dann flüsterten sie, an Didanwen gewandt: »Der oder die Urier!«

»Dann …« Didanwen spürte, wie sie errötete. »Dann erleichtere ich den Elf um einen Kuss«, stotterte sie.

Geschubst von ihren kichernden Freundinnen, stolperte sie hinter ihm her. Doch er gesellte sich weder zu den Tänzern noch zu den etwas abseits Sitzenden, wie sie erwartet hatte, sondern betrachtete nachdenklich einen Höhlengang und verschwand darin.

Didanwen sah sich zu den drei anderen um. Sie setzten sich gerade zu den Uriern, die sie überschwänglich auf ihren Fellen willkommenhießen. Didanwen beschloss, dem Elf zu folgen.

Der Höhlengang war lang. Feuerschalen erhellten ihn alle paar Schritte, und ihr Rauch zog über einen Riss in der Decke ab. Seitlich des Ganges erschien ein Badehaus mit Bretterwänden und einem offenen Dach. Die Pechmatten, die bei Regen oder Schnee zwischen den Felsen aufgespannt werden konnten, waren jetzt zusammengerollt, so dass der Blick in den Himmel ging. Er war wolkenlos. Didanwen fühlte das funkelnde Beben der Sterne in ihrem Bauch.

Sie würde den Elf um einen Kuss bitten und dann umkehren. Einen Kuss auf die Wange. Das bekam sie doch wohl hin, als leitende Priesterin! Einen anderen Kuss hatte sie immerhin schon gesammelt: von Ganwalen. Sie hatte auch ihm nur die Wange dargeboten, und er hatte sie mit seinem Bart mehr als mit seinen Lippen berührt, flüchtig und zitternd wie ein Jüngling. Ihre Freundinnen hatten sie tadelnd angesehen, weil sie natürlich glaubten, Didanwen hätte den Kuss des Hauptmanns aus Höflichkeit genommen. Auch wenn Didanwen Ganwalen heiratete, würden alle glauben, sie täte es nur aus Gehorsam gegenüber Königin Hekteba. Denn Ganwalen war hässlich. Was für ein schreckliches Urteil! Und doch stimmte es. Schlimmer noch, er verstand es nicht, galant zu lächeln, schlagfertig zu antworten, eine schmelzende Wärme in seinen Blick zu legen. Didanwen bemitleidete ihn für sein Ungeschick, wo er doch so rechtschaffen war, so tapfer und ehrbar, dass er alle Liebe verdiente.

Ihre Freundinnen aber würden sicher nie verstehen, dass gerade dieses Mitleid schwindelerregender war als das Vergnügen, in ein hübsches Gesicht zu schauen.

Didanwen verlangsamte ihren Schritt. Sie durfte den Elf nicht um einen Kuss bitten, wenn sie ihn gar nicht begehrte. Sie sollte umkehren. Sich von ihren Freundinnen eine Langweilerin schimpfen lassen, denn was machte das schon?

Aber noch während sie das dachte, wusste sie, es machte ihr viel aus. Vielleicht mehr als das schlechte Gewissen, das sie gegenüber der Großen Geberin hätte.

Vor lauter Grübelei hatte sie den Elf aus den Augen verloren. Sie sah andere Leute in den flackernden Schatten miteinander plaudern. Wo war er? Sie ging bis zum Ende des Ganges und entdeckte ihn, wie er zwischen zwei Felsen verschwand, den Blick aufmerksam in die Höhe gerichtet.

Didanwen hielt inne. Er schien etwas zu suchen. Etwas anderes als eine Frau.

Sie gab sich einen Ruck und schlich ihm nach.

11

DIE ZWERGE SCHIENEN NICHT zu wissen, dass ihre Königsstadt auf Gräbern stand. War solche Vergesslichkeit möglich? Dabei rühmte sich das Kleine Volk seines langen Gedächtnisses, das in aberhundert Geschichten von Generation zu Generation weitergegeben wurde.

Fayanú Myrel Ona Tae – *die Blüte, die der Wind riss* – und seine schwarzweiße Gans folgten den fast verblichenen Zeichnungen an den Felswänden, die das Alte Volk vor Jahrtausenden unter dem Blick der Sterne verwirklicht hatte. Eine Eule mit verdrehtem Kopf wachte über einem Höhleneingang. Sie stand für den

Übertritt ins Zwischenreich der Toten, den umgekehrten Blick, das nach innen fliehende Leben. Fayanú trat hindurch, die Gans watschelte hinterher. Sie fanden einen springenden Hirsch an der Wand, der verriet, dass hier ein großer Jäger bestattet lag. Fayanú strich mit dem Fuß über den Boden. Die Farben der Zeichnung waren fast erloschen, der Staub des Toten musste schon vor etlichen hundert Jahren verweht sein. Und die Zwerge liefen vorbei, trieben Handel und feierten, ohne zu ahnen, welches Heiligtum sie entweihten. Wahrscheinlich erklärten sie sich die Zeichnungen mit irgendeinem Märchen, das ihr Volk wieder einmal als das glorreichste von allen darstellte. Fast hätte Fayanú darüber geschmunzelt, aber dann überwog seine Wut – Wut weniger auf die Zwerge als auf die Elfen vom Wald, die alles aufgegeben hatten, wofür sie hätten kämpfen sollen.

Er folgte den Zeichnungen tiefer in den Höhlengang. Es waren nicht nur Symbole, um die Vergangenheit zu verwahren. Bei vielen Zeichnungen war Zauberei im Spiel. Das lag in der Natur der Sache, denn Zauberei hieß, Spiegelbilder zu erschaffen, nach denen die Wirklichkeit sich krümmte. Er sah machtvolle Zauber vergangener Zeiten an den Felsen: die Heilung von Kranken, das Zwiegespräch mit Toten, einen Sprung durch die Zeit vom Winter in den Frühling … Und neben solchen Wundern des Alten Volkes dampfte heute ein zwergisches Badehaus, dessen parfümschwere Feuchtigkeit an den Farben leckte.

Vor einer Zeichnung, die das Land aus der Perspektive eines Vogels zeigte, blieb Fayanú stehen. Flüsse, Berge, Bäume und Tiere schwebten innerhalb eines Kreises, der oben von einer Schale bedeckt und unten von einer Art Becher gehalten wurde. Er musterte den Becher genau.

Ja, es war jenes Gefäß, das er in seinem Quersack trug. Das Bild stellte die Iliaden dar, jene vier magischen Artefakte, welche die Elfen hergestellt und mit den Erdgeborenen geteilt hatten. Die obere Schale musste die Sternenscheibe sein, die sich noch heute in Ilian, dem geheimen Reich der Waldelfen, befand. Die

Flüsternde Flöte schwebte im Osten über dem Tiefland beim Menschenvolk der Urier, der Blickende Becher bei den Menschenvölkern im Mitterland im Norden, der Sprechende Spiegel bei den Menschenvölkern im Seenland im Westen.

Fayanús Augen wurden schmal. Der Sprechende Spiegel war längst zerbrochen und von den Zwergen zu jenem Kupfernen Kleid zusammengeflickt worden, das die Königin heute trug, aber die Flüsternde Flöte und der Blickende Becher existierten noch …

Tief in Gedanken streckte Fayanú die Hand aus und strich über die Malerei. Wie uralt, wie tot die Welt von damals war. Und die Elfen hatten sie einfach aufgegeben. Als sie das Bild malten, war die Sternenscheibe bereits erschaffen worden. Sie hatten die Zukunft schon gekannt. Hatten sie deshalb nicht gekämpft? Weil der Untergang Ilians seit Anbeginn der Zeit in den Sternen stand? Ebenso wie seine Auferstehung dereinst?

Fayanú wurde schwer ums Herz. Kaum eine Vorstellung war erdrückender, als dass die Zukunft bereits feststand. Dass jede Tat, jeder Gedanke und jedes Gefühl unfrei war und sich durch die Lebenden hindurchwälzte wie durch Flussbetten, die, obschon sehr wohl veränderbar, selbst doch zur Reglosigkeit verdammt waren. Folgte man dieser Vorstellung, war selbst Fayanús Niedergeschlagenheit unabänderlich, ebenso wie sein Widerwille, an ein Schicksal zu glauben, und auch sein Versuch, dagegen zu rebellieren.

Fayanú riss sich zusammen und rang seine Verzweiflung nieder. Fühlte er nicht, dass er seine Gedanken und Gefühle selbst hervorbrachte? Welchen Sinn hätte das Leben sonst?

Und doch zweifelte er an der Freiheit. Was ihm als Kind prophezeit worden war, hatte sich zumindest teilweise schon erfüllt. Er hatte den Blickenden Becher geschenkt bekommen, wie es von den Waldelfen in der Sternenscheibe gesehen worden war.

Sie *mussten* es gesehen haben. Denn hätten sie es nicht gesehen, sondern alles mit Absicht geplant – dass er verkauft wurde, drei Jahre dem alten Händler Rautenkhal gehörte und nun noch ein zweites Mal jemandes Liebe über sich ergehen lassen sollte, um die Flüsternde Flöte geschenkt zu bekommen –, dann wären die Elfen grausamer als alle Erdgeborenen zusammen.

War das möglich? Dass sie ihr eigenes Kind ausgesetzt hatten, seine Misshandlung, Erniedrigung und Einsamkeit in Kauf nahmen, nur damit es ihnen ihre Schätze zurückbrachte?

Fayanú wusste nicht, woran er glauben sollte, ob an den erbarmungslosen Starrsinn des Schicksals oder den seiner Familie.

Fledermaus, die Gans, stieß klagende Laute aus, und da erst merkte er, in welch trübe Stimmung er gekommen war. Er kniete sich hin, nahm das Tier auf den Schoß und vergrub das Gesicht in dem weichen Gefieder. Fledermaus immerhin liebte ihn. Nach jedem Sommer, in dem sie gen Norden flog, kehrte sie zu Fayanú zurück.

Würde auch er eines Tages zu seinem Volk zurückkehren, wie es die Prophezeiung besagte?

Nein, niemals, dachte er. Und doch war er nach Horuns Bauch gekommen, das am Fuß des geheimen Reiches Ilian lag. Angeblich sollte er hier der Zwergin begegnen, die ihn lieben und ihn eines Tages mit der Flüsternden Flöte beschenken würde.

Er hatte schon lange nicht mehr vor, die Prophezeiung zu erfüllen, die man ihm als Kind aufgebürdet hatte. Er wollte nicht der Auserwählte seines Volkes sein. Aber in den letzten Jahren hatte er sich in der Welt der Erdgeborenen zusehends verloren gefühlt. Er war herumgereist auf der Suche nach einem Ziel. Er hatte sich die zahllosen Völker der Menschen angesehen, jedes mit eigentümlichen Sitten, die oft die Sitten der Zwerge nachahmten. Er war zu den vier großen Städten der Zwerge gereist, die ihrerseits das Alte Volk nachahmten, ohne sich dessen zu entsinnen. Und er hatte die Grabmonumente des Alten Volkes aufgesucht, die dem blinden Wuchs der Pflanzen oder, trauriger noch, den Zwergen überlassen worden waren.

Fayanú war am eisigen Meer des Nordens gewesen, wo die

bleichen Küstenelfen wie Erdgeborene nach Perlen tauchten und die Sonne im Winter niemals aufging, und er war im südlichsten Mitterland gewesen, wo ein anderes, ein warmes Meer in der Sonnenglut flimmerte und die dunkelhäutigen Menschen nur zur Dämmerung ihre wespennestartigen Behausungen an den Klippen verließen. Er hatte Sklaven sich in den Minen der Zwerge zu Tode schuften sehen, aus Baumwipfeln die Schlachten zwischen urischen Stämmen beobachtet und war allerlei unwahrscheinlichen Geschöpfen der tiefen Wälder, der Steppen und Sümpfe begegnet.

In der Stille der Nächte, im Getöse des Krieges, im Geplapper auf Märkten und beim Knistern heimeliger Herdfeuer hatte er auf eine Antwort gelauscht und nie eine vernommen: Nirgends kam er auf eine Idee, was er mit sich anfangen könnte. Im großen Tumult der Welt, die für ihn nichts bedeutete, zeigte nur die Prophezeiung der Sternenscheibe ihm einen Weg. Wohin? Nach Hause. Nach Ilian. Und wozu nach Ilian? Damit die Iliaden die Auferstehung ihres versunkenen Reiches einläuten konnten.

Nein! Fayanú weigerte sich, seinem Leid diesen Sinn zu verleihen. Lieber als der Auserwählte seines Volkes war er ein Niemand unter den Erdgeborenen.

Allerdings war die Langeweile eine Macht, der man sich fügte, sobald man sich gegen sie auflehnte, und so war er schließlich doch nach Horuns Bauch gereist.

Ein Geräusch ließ ihn aufblicken. Im Dämmerlicht entdeckte er ein Mädchen – eine Priesterin des Kleinen Volkes. Ihm war schon vorhin, nachdem er die Höhle der feiernden Urier verlassen hatte, aufgefallen, dass sie ihm folgte, und offenbar war es ihm nicht gelungen, sie abzuschütteln. Offenbar war sie fest entschlossen …

Er setzte die Gans ab und erhob sich. »Was willst du? Einen Kuss?«

Sie schluckte. »Ich …«

Er spürte, wie er lächeln musste, doch es war kein freundliches Lächeln, und das Mädchen erwiderte es nicht. »Du bist die Priesterin, die den Zug heute Abend angeführt hat. Wahrscheinlich wirst du eines Tages sehr mächtig sein.« Er schnaubte. »Hast du schon mal darüber nachgedacht, dass deine Macht überhaupt nichts bedeuten könnte? Dass du genauso unfrei bist wie eure Sklaven, weil dein Schicksal längst feststeht? Ein ziemlich ruhmloses Schicksal noch dazu.«

»Wovon sprecht Ihr?« Sie schien dem Drang zu widerstehen, vor ihm zurückzuweichen.

Er näherte sich ihr, nur um sie zu ängstigen. Dabei konnte sie nichts dafür. Er wusste es und brachte es dennoch nicht fertig, seinen Zorn zu bändigen. Stattdessen maskierte er ihn mit Belustigung. »Das ging ja wirklich schnell. Ich musste nur an dir vorbeilaufen. Lass mich raten. Meine hellen Augen haben dir gefallen. Ah, hier – dein Kuss.«

Er neigte sich vor und küsste sie auf die Wange. Sie erschauderte, rührte sich aber nicht von der Stelle.

»Bist du schon verliebt?«, fragte er bitter, wandte sich ab und musterte wieder die Wandmalereien. »Da du mich jetzt über alles liebst, kannst du losgehen und mir die Flüsternde Flöte holen. Das ist die Iliade, die mein Volk einst den Menschen des Tieflands, den Uriern lieh. Sie gilt als verschollen. Aber ich weiß, wo sie sich befindet – wer hätte das gedacht? in einem Grab im Land der Geister. Du wirst dem Fluss folgen, den dein Volk Donwall nennt, und zwar durch das gesamte Tiefland, viele Tage und Nächte, bis an die Grenze der bekannten Welt. Du wirst den Wassern des Donwall weiter folgen, zwischen berghohen Klippen hindurch, in jenes Land, in dem die Geister der gefallenen Götter heulen. Aber keine Sorge, du wirst nicht sterben. Du wirst ein Meer erreichen, finster wie Onyx, in dem der Donwall sich ertränkt. Dort an der Küste liegt eine versunkene Stadt. Von ihr aus wirst du eine Insel sehen, die in Wahrheit ein riesiges Grab ist. Und in diesem Grab liegt die

Flüsternde Flöte inmitten von Gold und Edelsteinen, umkrallt von den gelben Knochen einer Hexe. Du wirst mir die Flüsternde Flöte aus Liebe schenken, und ich werde dich verlassen, und dann geht dein Volk unter, weil mein Volk wiederkehrt.« Er holte tief Luft. »Jetzt weißt du, was in den Sternen steht. Ich hoffe, ich habe dir nicht den Spaß an der ganzen Sache verdorben.«

Als er sich umdrehte, sah er gerade noch, wie die Priesterin davonrannte.

Schulterzuckend setzte er sich und streichelte Fledermaus. »Das Schicksal hat es eilig ...«

12

BIS IN DIE MORGENSTUNDEN feierte das Volk von Horuns Bauch mit seinen Gästen. Walgreta, die sich früh zurückgezogen hatte und wegen des Lärms dennoch erst spät einschlafen konnte, wurde vor Sonnenaufgang schon wieder durch Jauchzen und Gelächter geweckt.

Unruhig drehte sie sich von einer Seite auf die andere. Dann warf sie sich ihr blaues Mantelkleid mit den Silbersäumen über und trat in einen der Säulengänge, von denen aus man in den Berg hinabblicken konnte.

Nieselregen fiel von oben durch den Krater, darum hatten sich weit mehr Leute in die Wabengänge geflüchtet, als eigentlich hineinpassten. Das schien die Liebenden aber nicht von ihrem Vergnügen abzuhalten. Die Klänge der Instrumente waren von Seufzern durchsetzt, und nur der Dampf verhüllte so manches verschlungene Paar vor dem Schein der bunten Laternen.

Auch Walgreta war ein Kind des Erntefests, das hatte ihre Amme ihr anvertraut. Ob ihre Mutter damals gewusst hatte, dass sie sich dem Gemahl der Hohepriesterin von Mún Toleda hingab, oder ob sie im Rausch nur den Mann wahrgenommen hatte, wusste Walgreta nicht. Und es war auch gleichgültig. Die Blutlinie und der Rang wurden von der Mutter auf die Tochter übertragen, so wie sie alle Kinder Horuns waren, viel mehr als Kinder der väterlichen Sonne.

Schon wieder dachte sie an den jungen Waldelf. Sie stellte sich vor, durch die Stadt hinabzusteigen und ihn im dämmrigen Gedränge zu suchen, unfrisiert, wie sie war. Wenn sie ihn entdeckte, könnte sie das Mantelkleid aufgleiten lassen und sich ihm zeigen … und ohne ein Wort zu sagen, würden sie aufeinander zugehen. Er würde sie berühren, ganz einfach und direkt, ihren Nacken beugen und …

»Walgreta.«

Sie drehte sich um und erblickte Didanwen in Begleitung dreier Priesterinnen; sie kamen von unten aus der Stadt. Didanwen sah mitgenommener aus, als Walgreta es dem braven Mädchen zugetraut hätte. Walgreta musste grinsen.

»Ich komme nach«, sagte Didanwen zu ihren Freundinnen, dann trat sie neben Walgreta ans Geländer. »Du gehst schlafen?«

»Ich bin gerade aufgestanden. Meine Nacht war kurz. Ganz anders als deine, wie es scheint.«

»Ja. Eine lange Nacht … und bald brechen wir schon für das Morgenritual zur Quelle der Tränen auf. Ich fühle mich wie erschlagen. Du warst klug, früh zu Bett zu gehen!«

»Das ist das Privileg, das man als unbedeutende Frau hat.« Didanwens Zutraulichkeit rührte Walgreta so sehr, dass sie keinen Neid mehr empfinden konnte, und das war eine Erleichterung. Sie senkte die Stimme. »Oder bist du gar nicht wegen deines Amtes aufgeblieben, sondern wegen eines Mannes?«

»Ehrlich gesagt …« Didanwen blickte Walgreta unentschlossen an. »Du hast gelernt, in Herzen hineinzuhorchen. Dann weißt du also, dass ich die längste Zeit der Nacht bei einem Mann gewesen bin. Aber nicht aus *diesem* Grund.«

»Man denkt immer, es sei nicht aus *diesem* Grund. Aber das ist es meistens dann doch.«

Didanwen errötete, schüttelte aber den Kopf. »Ich habe ihn wegen etwas anderem aufgesucht. Etwas Sonderbares ist passiert, und er ist dafür zuständig, sich um solche Dinge zu kümmern. Nur deshalb habe ich die Nacht bei ihm verbracht. Er … ist gar nicht gutaussehend. Ganwalen.«

Walgreta lachte herzlich, und Didanwen ließ sich immerhin so weit davon anstecken, dass sie ein gequältes Lächeln zuwege brachte. Dabei konnte Walgreta Didanwens Angst besser nachvollziehen, als sie sich anmerken ließ. Schließlich hatte auch sie nie bei einem Mann gelegen, denn um eine Wyka zu werden, durfte man nur bei bestimmten Ehrungen der Götter an den Mysterien der Zeugung teilnehmen. Diese Einschränkung gab es für Walgreta jetzt nicht mehr. Trotzdem würde sie bestimmt nicht einen Mann wie Ganwalen wählen. Wenn es zutraf, dass jeder irgendeinem Tier ähnelte, dann ähnelte Ganwalen einer Schaufel.

»Darf ich dir einen Rat geben?«, fragte Walgreta. »Schätze deinen künftigen Gatten für das, was dir an Männern sonst missfällt. Ist er hässlich, wird er deine Schönheit umso mehr bewundern, und ist er beängstigend, so gibt es keinen besseren Schutz für dich.«

Didanwen machte große Augen. »Du weißt …«

»Er ist pflichtbewusst und durch und durch anständig. Allein darum wird er einen guten Gemahl abgeben. Ebenso wie du eine gute Kö…«

Schreie von weit unten unterbrachen sie. Beide beugten sie sich über das Geländer. Auf dem Grund des Berges hatten sich Streiter mit Gefangenen versammelt. Einer der Gefangenen war an einen Pfahl gebunden und wurde ausgepeitscht. Seine Schreie hallten durch den Berg und lockten Schaulustige aus allen Stockwerken an.

Wie jeden Morgen nach dem Erntefest wurden die Übeltäter öffentlich bestraft, die während der letzten Nacht heimlich Handel getrieben, Frauen mit Gewalt genommen oder andere Missetaten begangen hatten. Der erste Mann konnte nichts allzu Schlimmes getan haben, denn nach zwei Hieben wurde er unter dem Grölen und Pfeifen der Zuschauer losgebunden. Sofort kam der nächste dran. Etwas abseits saßen auch drei Frauen in Fesseln, die gegen das Gesetz verstoßen hatten – ihre Strafe kam zuletzt und war die eigentliche Attraktion, denn sie würden nicht geschlagen, sondern den Blicken der Menge ausgesetzt werden, was je nach Vergehen langwieriger und erniedrigender sein konnte.

Didanwen zog den Kopf wieder aus dem Nieselregen, um es nicht mitansehen zu müssen, doch Walgreta erstarrte. Da, unter den Gefangenen ... konnte das der Waldelf sein? Vielleicht irrte sie sich von hier oben aus ... Aber nein. Neben ihm hockte unverkennbar die schwarzweiße Gans.

Walgreta hörte kaum, mit welchen Worten sie sich von Didanwen verabschiedete. Schon eilte sie den Weg hinab, der vor Nässe rutschig war und sich langsam mit immer mehr Zuschauern füllte. Im Näherkommen erkannte sie den Waldelf eindeutig. Gefesselt saß er bei den anderen Männern im Nieselregen und schien auf die Gans einzureden, die rastlos hin- und herflatterte, die Flügel drohend ausbreitete und nach dem Strick schnappte, der sie festhielt.

Walgretas Brust zog sich zusammen. Wie jeder Bewohner von Horuns Bauch verachtete sie all jene, die ihre Gastfreundschaft mit Betrug und Gewalt erwiderten. So hatte sie sich also in dem Waldelf geirrt!

Der nächste Gefangene wurde hochgezerrt, entblößt und an den Pfahl gebunden, während sein Vergehen laut von Hauptmann Ganwalen verkündet wurde: Diebstahl an einem Zwerg. Dafür bekam er fünf Hiebe, und die Menge johlte. Nach ihm kam ein weiterer Dieb an den Pfahl, dann ein heimlicher Händler, dann einer, der sich an einem Mädchen hatte vergreifen wollen ... und schließlich der Waldelf.

Walgreta erschauderte. Hatte er mit Gewalt versucht …

»Für falsche Prophetie – acht Hiebe«, rief Ganwalen.

Sie atmete erleichtert auf, nur um von neuem Entsetzen überrollt zu werden. Prophetie – wie jede Art von Zauberei – war den Priesterinnen des Kleinen Volkes vorbehalten und den Wyken, die eine Ausnahme darstellten. Es gab keine Möglichkeit für irgendwen sonst, die geheimen Zauberkünste zu erlernen. Darum war, wer dennoch Prophezeiungen machte, ein Hochstapler.

Oder ein Waldelf, der die Mysterien seines Volkes feilbot wie andere Brot und Schuhe. Damit hätte der junge Mann bei seinen Leuten wahrscheinlich nicht nur Peitschenhiebe verdient, sondern den Tod. Ob er deshalb fern seines Volkes lebte?

Die Streiter schleppten ihn an den Pfahl. Noch immer redete er auf die Gans ein, die zischend hinter ihm herflatterte und dabei den Strick um ihren Hals fast bis zum Zerreißen spannte. Doch als ihm das Lederwams heruntergezerrt werden sollte, setzte sich der Elf plötzlich zur Wehr, kreuzte die Arme vor der Brust, ging in die Hocke und zog die Knie an. Drei Streiter waren nötig, um ihm endlich die Kleider abzustreifen.

Ein Raunen ging durch die Menge. Walgreta trat noch näher und sah nun, dass der Waldelf einen Lederstreifen um die Brust gewickelt trug. Obwohl klar war, was das bedeutete, durchtrennte Hauptmann Ganwalen mit seinem Stabdolch das Leder. Die Gans schnatterte so laut, dass die Echos die Bergwände erzittern ließen.

Die Streiter traten zurück. Vor ihnen kauerte kein Mann, sondern eine Frau mit flachen, runden Brüsten. Rasch klammerte sie sich an den Pfahl, damit nur noch ihr Rücken zu sehen war.

Für einen Moment schwieg die Menge. Dann brüllte jemand: »Zu den Weibern!«

Der Ruf vervielfachte sich. Hauptmann Ganwalen und seine Streiter traten zusammen, um zu beraten. Walgreta lief zu ihnen.

»Die Strafe wurde ausgesprochen«, sagte sie und wunderte

sich, wie fest ihre Stimme klang. »Acht Hiebe – gesprochen ist gesprochen.«

Ganwalen sah sie überrascht an, rang sich dann jedoch zu einer Verneigung durch.

Erleichterung überkam Walgreta. Dabei hätten viele die Frauenstrafe den Peitschenhieben vorgezogen. Nur ahnte sie, dass der Elf – *die Elfe* – nicht dazugehörte.

»Bringt sie zu mir, wenn Ihr fertig seid!«, fügte sie hinzu.

Ganwalen versperrte ihr den Weg, als sie sich schon zum Gehen wandte. Seine Frage klang wie eine Ermahnung: »Was habt Ihr vor?«

»Bin ich Euch eine Erklärung schuldig? Bringt sie zu mir, wenn Ihr fertig seid!«

Sie zog sich zurück, wollte nur fort von der neugierigen Menge und dem Knallen der Peitsche.

13

ES WAR NICHT ZU verhindern gewesen, dass Didanwen das Ganze mitbekam.

»Warum hast du dich eingemischt?«, fragte sie, während sie Walgreta entgegenlief.

Walgreta fiel keine glaubwürdige Lüge ein. Ihr fiel nicht mal die Wahrheit ein. »Du bist spät dran für das Morgenritual«, sagte sie ausweichend.

»Was willst du mit der Elfe?«

Während sie wieder zu den königlichen Gemächern hinaufeilten, überlegte Walgreta und erklärte: »Es interessiert mich, was er … oder vielmehr *sie* prophezeit hat. Falls sie wirklich zaubern kann und keine Hochstaplerin ist.«

»Das ist sie nicht. Walgreta, ich war es, die sie angezeigt hat.«

»Du?«

Didanwen kaute auf ihrer Unterlippe. »Sie hat mir mein Schicksal prophezeit und allerlei anderes erzählt. Ich bin vor Schreck weggerannt und habe Ganwalen um Rat gefragt. Er war der Meinung, der Elf habe unser Gesetz gebrochen und müsse bestraft werden.«

Walgreta seufzte. Das sah Ganwalen ähnlich! »Aber sie ist eine Elfe vom Wald, und wir wissen fast nichts über das Alte Volk des Waldes. Darum werde ich mit ihr reden.«

»Hast du keine Angst?«

»Zu irgendwas müssen meine Jahre bei den Wyken doch gut gewesen sein«, gab Walgreta zurück.

Didanwens Gesicht bekam jenen bewundernden Ausdruck, der es Walgreta unmöglich machte, sie nicht zu mögen. »Gut. Ich lasse für die Elfe eine Kammer im Trakt unserer Leibdienerinnen vorbereiten.«

Walgreta hatte das selbst tun wollen, aber sie nickte. Es war nicht verkehrt, die Verantwortung mit der Nachfolgerin der Königin zu teilen, wenn sie eine Verbrecherin in die königlichen Stockwerke holte.

Sie trennten sich oben, und während Didanwen zu den Kammern der Dienerinnen lief, holte Walgreta von den Balkongärten und aus der Kräuterküche alles, was sie benötigen würde, um die Wunden der Waldelfe zu versorgen. Als sie anschließend die Räumlichkeiten der Bediensteten erreichte, war Didanwen schon fort – auf dem Weg zur Quelle der Tränen mit der Königin und den anderen Priesterinnen.

Zum ersten Mal freute Walgreta sich, diese Pflicht nicht zu haben.

Man zeigte ihr die Kammer, die für den Zweck geräumt worden war. Nur ein Bett, eine Truhe und ein Schemel befanden sich darin. Walgreta ließ Tücher, heißes Wasser und frisches Bettzeug bringen. Dann entzündete sie duftendes Zedernholz in einer Feuerschale. Während dieser Vorbereitungen rasten die

Gedanken so schnell durch ihren Kopf, dass sie im Grunde an gar nichts dachte. Als sie die schweren Schritte von Streitern nahen hörte, war ihr nicht im Geringsten klar, was sie sich von alldem erhoffte. Angst ergriff sie, einen Fehler begangen zu haben. Aber es war zu spät.

Sie ging den Streitern entgegen. Beim Anblick der reglosen Gestalt, die sie hereintrugen, sank Walgreta das Herz.

»Auf das Bett«, befahl sie und hoffte, dass niemand das Zittern in ihrer Stimme bemerkte. Dann verabschiedete sie die Streiter, schickte auch die Dienerinnen fort und schloss die Tür.

Die Elfe rührte sich nicht. Womöglich hatte sie das Bewusstsein verloren. Walgreta erschauderte, da sie allein mit dem zerschundenen Körper war. Langsam trat sie näher und betrachtete, was sie bis jetzt nicht hatte sehen wollen: Die Haut war von den Schultern bis zum Hüftknochen von nässenden Striemen überzogen.

Erst bei näherem Hinschauen erkannte Walgreta, dass es wohl schlimmer aussah, als es war. Die Wunden gingen nicht tief und verloren nicht viel Blut.

Walgreta konnte nicht anders, als den Rücken auch auf andere Weise in Augenschein zu nehmen. Er wirkte zierlicher, weniger muskulös als der eines Mannes, aber die Schultern waren gerade und breit und die Hüfte schmal. Diese Elfe war irgendetwas zwischen den Geschlechtern … und in dieser Mitte vollkommen.

Verwirrt wusch Walgreta sich die Hände und tränkte ein Tuch mit warmem Kräutersud. Damit machte sie sich daran, die Wunden zu reinigen.

Bei der Berührung zuckte die Elfe zusammen, und auch Walgreta erschrak. Die Elfe war also wach. Aber sie hatte den Kopf zur Seite gewandt, und ihre kurzen, struppigen Locken beschatteten die Augen.

Behutsam fuhr Walgreta fort, die Wunden zu waschen. Sie bemerkte, wie die Elfe die Hände um das Laken zu Fäusten ballte, aber ansonsten regte sie sich nicht und gab auch keinen Ton von sich.

Walgreta wollte etwas sagen, doch sie konnte sich nicht entscheiden, ob mahnend oder tröstend. Und außerdem war ihre Kehle schon wieder so zugeschnürt vor Schüchternheit, dass sie eh nichts hervorgebracht hätte.

Sie rührte eine Salbe an und trug sie auf. Die Elfe versenkte ein Keuchen im Kissen. Aber auch sie sagte nichts. Schon wieder ignorierten sie sich so offensichtlich, dass sich Walgreta fragte, ob die Elfe vielleicht ihre Sprache nicht beherrschte. Aber wie hätte sie Didanwen dann Prophezeiungen machen können?

Ruhig verrichtete Walgreta ihre Arbeit. Im Feuerschein schimmerte die Haut der Elfe golden und grünlich und ließ Walgretas Hände dagegen rosafarben wirken. Ihr fiel eine Brandnarbe am Oberarm der Elfe auf, die ungewöhnlich schien, groß wie eine Walnuss, als hätte man dort ein Stück Kohle in die Haut gedrückt. In manchen Gegenden war es gebräuchlich, Sklaven mit einem Brandzeichen zu versehen, damit man sie einem Herrn zuordnen konnte. Wenn ein Sklave floh, tat er gut daran, dieses Zeichen unkenntlich zu machen. Aber vielleicht war die Narbe auch zufällig entstanden. Oder eine Schmucknarbe, wie die Elfen sie oft trugen.

»Ist die Gans tot?«, flüsterte die Elfe.

Walgreta hielt überrascht inne. Sie hatte überhaupt nicht mehr an das Tier gedacht. »Wenn sie lebt, werde ich veranlassen, dass es so bleibt.«

Sie öffnete die Tür und rief der nächsten Dienerin zu, dass die Gans hergebracht werden sollte.

»Wo sind meine Sachen?«, murmelte die Elfe.

Walgreta sah sich im Raum um. Neben der Tür lagen Quersack und Wams auf der Erde.

»Es ist alles hier, keine Sorge«, sagte sie, ein bisschen enttäuscht, dass die ersten Worte, die sie miteinander wechselten, so trivial waren.

»Wenn jemand in meine Tasche gegriffen hat, wird er sterben.« Die Elfe machte Anstalten, sich umzudrehen, und gab stöhnend auf.

»In deiner Situation hältst du Drohungen für ratsam?«

»Ich drohe nicht. Die Bänder, mit denen mein Quersack verschlossen ist, sind innen mit Gift getränkt. Bei Hautkontakt stirbt man innerhalb eines halben Tages«, sagte sie, und ihre Stimme war rau und ebenso uneindeutig wie die Form ihres Rückens.

Walgreta bemerkte auch, dass sie nur einen leichten mitterländischen Akzent hatte, keinen wie die Küstenelfen. Erst als ihr das durch den Kopf gegangen war, begriff Walgreta, was die Elfe gesagt hatte.

Sie ging zu dem Sack hinüber. Betrachtete die Knoten. »Mit was für einem Gift?«

Die Elfe drehte den Kopf und richtete sich ein wenig auf, wobei sie einen Schmerzenslaut unterdrückte. Dann streckte sie die Hand nach Walgreta aus.

Nein, nicht nach Walgreta, nach dem Quersack.

»Was für ein Gift ist an den Bändern?«, wiederholte Walgreta streng. »Blaue Efeuwurzel?«

»Meine Sachen!«, knurrte die Elfe.

»Zuerst nennst du mir das Gift.«

»Der Name wird einer Zwergin nichts sagen.«

»Das wollen wir sehen.«

Die Elfe ließ ihre Hand sinken und vergrub das Gesicht wieder im Kissen. Nachdem sie eine Weile geschwiegen hatte, kam ein Flüstern aus dem Bett: »Bitte, Herrin.«

Walgreta hatte in der Zwischenzeit den Inhalt des Sacks mit der Fußspitze ertastet. Außer Kleidern, runden Steinen, Essgeschirr und einem Lederschlauch schien sich nichts darin zu befinden. Ein Dolch aus behauenem Feuerstein und eine Steinschleuder, welche die Streiter der Elfe abgenommen haben mussten, lagen auf dem Wams.

Da Walgreta keinen Grund zu erkennen vermochte, der dagegensprach, beförderte sie den Quersack mit dem Fuß bis zum Bett. Die Elfe bückte sich sofort danach, ohne Rücksicht auf ihre Wunden, und begann mit zitternden Fingern, die Bänder zu lösen.

14

WALGRETA TRAUTE IHREN AUGEN nicht. Und dann verstand sie: An den Bändern war gar kein Gift. Die Elfe hatte gelogen. Ärger regte sich in Walgreta.

Nachdem die Elfe offenbar alles in dem Sack gefunden hatte, was sie suchte, schnürte sie ihn ungeschickt wieder zu.

»Soll ich helfen?«, fragte Walgreta bissig.

Die Elfe hielt inne, den Sack umklammert. Durch ihre Locken sah sie zu ihr auf. »Was wollt Ihr von mir?«

»Du kommst nach Horuns Bauch, verstößt gegen unser Gesetz, belügst mich und besitzt dann die Dreistigkeit, mich zu fragen, was ich von dir will?«

Nach einer Weile, in der die Elfe vollauf damit beschäftig schien, den Schmerz auszuhalten, erwiderte sie: »Mh-hm.«

»Wie lautet dein Name?«

»Fayanú«, nuschelte sie, so dass Walgreta nicht sicher war, richtig verstanden zu haben.

»Du bist doch elfischen Geblüts. Ihr vom Alten Volk habt längere Namen.«

»Wenn Ihr so gut unterrichtet seid, wisst Ihr auch, dass die meisten Teile unserer Namen geheim sind.«

»Was heißt *Fayanú*?«

»Gerissen.«

Es war bestimmt nicht zufällig ein so passender Name. Da die

Namen der Elfen ganze Sätze lang waren, konnten sie immer einzelne Wörter herausnehmen und sich mal so, mal so vorstellen.

»Und du bist vom Alten Volk des Waldes, nicht wahr? Hält sich dein Volk hier in der Nähe auf?«

»Vielleicht.« Spott loderte in ihrem Blick. »Vielleicht nicht. Ich bin *Fayanú*, gerissen vom Stamm.«

Walgretas Augen wanderten zu der Brandnarbe an ihrem Oberarm. Dann war sie also doch eine entlaufene Sklavin ... und hatte sich wohl weit mehr Verbrechen schuldig gemacht als nur der Scharlatanerie.

Fayanú richtete sich auf, wobei sie ihre Blöße ebenso wie ihre Brandnarbe hinter dem Quersack verbarg. Schweiß glänzte auf ihrem Gesicht, das zu zart war für einen Mann und zu markant für eine Frau.

»Ich danke Euch, edle Herrin«, sagte sie durch zusammengebissene Zähne, »dass Ihr mich verarztet habt. Würdet Ihr mir nun bitte meine Kleider geben. Ich möchte nicht noch einmal Euer Gesetz brechen, indem ich mich nun der Verbannung widersetze.«

»Du kannst dir jetzt nicht dein Wams überziehen. Und Horuns Bauch musst du erst verlassen, wenn ich dich gehen lasse.« Nach einem Moment fügte Walgreta sanfter hinzu: »Ich habe nicht vor, dir Fehltritte nachzuweisen. Ich bin nur neugierig.«

»Neugierig.«

Sie blickten sich in die Augen. Walgreta hatte das Gefühl, ihr Gespräch würde im Stillen weitergeführt, und sie war ausgeschlossen. Trotzdem konnte sie sich nicht von der Elfe lösen. Empfand diese Verwunderung? Verachtung? Hass? Nie hatte sie jemanden so schwer einzuschätzen gewusst.

»Was für Prophezeiungen hast du gemacht?«, wechselte Walgreta das Thema.

Fayanú ließ sich mit einem Ächzen wieder aufs Bett sinken, den Quersack an die Brust gedrückt. Frisches Blut war aus den Wunden gelaufen.

»Du solltest dich nicht bewegen.« Walgreta stand auf, tupfte das Blut ab und trug ein wenig mehr Salbe auf.

»Ich habe nichts prophezeit«, flüsterte Fayanú nach einer Weile. »Ich bin ein Wandererzähler. Ich erzähle, was die Leute hören wollen. Meistens jedenfalls.«

»Und die Leute wollen Dinge über die Zukunft hören?«

»Im Gegenteil. Wer mich bezahlt, ist an seiner Vergangenheit interessiert.«

»Aber wer braucht denn eine Erzählerin, um seine Vergangenheit zu kennen?«

Dass Walgreta sie Erzähler*in* genannt hatte, schien der Elfe zu missfallen. Sie blickte zu ihr auf. »Begreift Ihr alles, was sich in Eurer Vergangenheit ereignet hat? Ihr fragt Euch doch auch … ob Ihr einen Fehler begangen habt und, wenn ja, ob er darin bestand, Eure Heimat zu verlassen, oder darin, wieder zurückzukehren. Ihr seid nicht die Einzige, die viel bereut, ohne recht zu wissen, was.«

Walgreta schluckte. War das nur Geschwätz, oder konnte die Elfe tatsächlich hellsehen?

Fayanú schloss die Augen. »Macht Euch keine Sorgen. Wie Ihr selbst sagtet: Ich habe nicht vor, Euch Fehltritte nachzuweisen. Ich bin nur neugierig.«

Walgreta wich zurück. Einen Moment lang wollte sie nichts lieber, als aus der Kammer laufen und nicht wiederkommen. Aber sie war immerhin bei sieben Wyken in die Lehre gegangen. Sie würde sich von solchem Gerede nicht einschüchtern lassen, selbst wenn es mehr als geschickte Betrügerei sein sollte.

Also setzte sie sich wieder auf die Truhe und betrachtete die Verwundete. Wenn sie die Elfe nicht entblößt am Pfahl gesehen hätte, wäre Walgreta nie auf die Idee gekommen, dass es sich um etwas anderes als einen jungen Mann handelte. Sie konnte nicht aufhören, darüber nachzusinnen.

Es klopfte an der Tür. Als Walgreta öffnete, jagte ein zischender, flatternder Wirbelwind herein – gefolgt von drei Streitern, die das Tier am Strick mehr schlecht als recht in Schach hielten. Die Männer schwitzten, die Gans verteilte Blutstropfen auf dem Boden.

»Habt vielen Dank. Ihr könnt gehen«, sagte Walgreta.

»Herrin …«

»Ich komme zurecht.«

Die Streiter ließen den Strick erst los, als sie ihre Äxte und Dolche gezückt hatten. So wichen sie aus dem Raum, und Walgreta schloss die Tür.

Die Gans stellte sich mit ausgebreiteten Flügeln und gesenktem Kopf zwischen Fayanú und Walgreta. Aus dem Schnabel kam ein Geräusch wie von einer Feuersbrunst.

»Fledermaus«, flüsterte Fayanú in mitterländischem Dialekt. »Bleib bei mir.«

Das schien die Gans ein wenig zu beruhigen.

Walgreta kniete nieder, um mit ihrem Finger durch das Blut zu streichen, das die Gans verloren hatte. Augenblicklich hörte das Tier auf zu zischen und hüpfte zu Fayanú aufs Bett.

»Ihr seid eine Zauberin«, stellte die Elfe fest.

Walgreta zerrieb das Gänseblut zwischen den Fingern. »Wenn du wirklich ein Wandererzähler bist, dann will ich, dass du mir eine Geschichte erzählst. Aber nicht meine, sondern deine.«

Die Elfe antwortete nicht gleich, sondern legte eine Hand auf den Rücken der Gans. »Könnt Ihr sie auch verarzten?«

15

WALGRETA SCHICKTE NACH WASSER und Essen. Dann mischte sie einen Tee aus Birkenrinde, Mohnsaft und geweihten Ingredienzien, der Schmerzen stillte und so kostbar war, dass nur Hochgeborene ihn sich leisten konnten. Wenn nur niemand erfuhr, dass sie die Arznei einer Verbrecherin und einer Gans angedeihen ließ!

Sie stellte der Gans eine Schale zum Trinken hin, die andere reichte sie Fayanú.

»Trink langsam«, mahnte sie.

Fayanú verzog das Gesicht. »Was ist das – Gift?«

Walgreta lächelte. »Jetzt weiß ich, dass du nicht hellsehen kannst. Trink. Dann tut dein Rücken nicht mehr weh.«

Fayanú trank wie befohlen, und auch die Gans namens Fledermaus trank, ohne sich am Geschmack der Arznei zu stören. Sie schwankte leicht. Dann zog sie den Kopf an die Brust und schloss halb die Augen. Ihr war anzusehen, dass sie gegen den Drang zu schlafen ankämpfte. So wichtig war es ihr, Fayanú zu bewachen. Aber dann sackte sie doch mit einem beleidigt wirkenden *Nag-nag* zusammen und schlief so schnell ein, dass Fayanú und Walgreta lächeln mussten. Dieses Lächeln zu teilen war wie ein gemeinsames Geheimnis.

Walgreta merkte, dass sie schon wieder errötete, und machte sich daran, die Wunde der Gans zu untersuchen. Sie hatte nicht nur eine, sondern mehrere: eine Platzwunde am Kopf, einen blutigen Kratzer am Fuß und einen Schnitt am Schnabel. Wahrscheinlich kamen noch ein paar Prellungen hinzu, die man unter dem schwarzweißen Gefieder nicht sehen konnte, aber sie hatte nicht gehinkt und sich wohl nichts gebrochen. Fast ein Wunder. Walgreta reinigte die Wunden und bestrich sie mit Salbe.

»Wo habt Ihr das Zaubern gelernt?«, fragte die Elfe. Etwas in ihrer Stimme hatte sich verändert, war sanfter geworden.

Zweifellos lag das daran, dass Walgreta sich um die Gans kümmerte, und auch Walgreta selbst fühlte sich nun friedfertiger. Knapp erzählte sie von den Jahren ihrer Ausbildung, die gerade vorbei waren.

»Also werdet Ihr Priesterin?«

»Nein. Die Priesterinnen gehen lediglich ein bis zwei Jahre bei Weisen Frauen in die Lehre. Danach müssen sie sich in den

Künsten unseres Volkes unterweisen lassen. Ich bin dafür jetzt zu alt. Ich werde der Königin als Gelehrte zur Seite stehen.«

Es klopfte erneut an der Tür, und Walgreta war froh, dass das unleidige Thema unterbrochen wurde. Eine Dienerin brachte ihnen Holunderblütenwasser und ein Tablett mit kaltem Braten, Brot und Kuchen aus Linsen, Honig und Dörräpfeln.

Fayanú trank, doch sie wollte nichts essen. Dass sie keinen Appetit hatte, mochte bedeuten, dass die Medizin wirkte. Ihr Gesicht schien schon entspannter als vorher.

Walgreta brach sich ein Stück vom Kuchen ab. »Hast du etwas Bestimmtes in Horuns Bauch gesucht, oder bist du nur wegen des Erntefests gekommen?«

»Erntefest. Ich war noch nie hier und wollte es mal sehen.«

»Wo warst du davor?«

»Überall. Seenland. Mitterland. Auch im Tiefland, aber nicht so weit.«

»Und wieso bist du allein unterwegs? Wieso bist du nicht bei deinem Volk?«

Wieder schwieg Fayanú lange. Walgreta konnte verstehen, dass es kein leichter Schritt war, einer Fremden von sich zu erzählen.

»Ich weiß nicht, ob *sie* nicht an allem schuld sind«, murmelte Fayanú schließlich. »Denn die Sterne …«

»Die Sterne?« Walgreta wartete. Dann hörte sie gleichmäßige Atemzüge. Als sie sich über die Elfe beugte, sah sie, dass deren Augen zugefallen waren, und eine Tränenspur ging an ihrer hübschen eckigen Nase vorbei.

Leise verließ Walgreta die Kammer und schloss die Tür hinter sich ab, um Elfe und Gans zu schützen. Und als ihr auf dem Weg in die königlichen Gemächer Didanwen entgegenkam, die gerade mit dem Morgenritual fertig war, sorgte sie dafür, dass auch die Priesterin einstweilen keine Ansprüche auf die beiden erhob, indem sie ihr im Flüsterton erklärte: »Die Elfe hat Geheimnisse. Aber ich glaube, ich könnte ihr Vertrauen gewinnen.

Was dich angeht, hältst du dich besser vorerst von ihr fern. Schließlich warst du diejenige, die sie angezeigt hat.«

Didanwen nickte schuldbewusst und willigte ein.

Am Nachmittag trat Walgreta in den königlichen Beratungsraum hinter dem Thronsaal. Der Empfang der Händler, Gesandten und Bittsteller war für den Tag beendet, und Hekteba und die Priesterinnen nahmen ein leichtes Mahl aus Flusskrebsen, Honigbrot und Kräutersalat ein, während Lastenträger die Geschenke und Tauschwaren des Tages aus dem Thronsaal in die jeweiligen Lager- und Vorratskammern transportierten.

»Mein Waldgrün, komm her.« Die Königin hakte sich bei ihr unter, bedeutete Didanwen, sich zu ihnen zu gesellen, und begab sich mit ihr in einen ruhigen Winkel des Raumes, wo die anderen sie nicht hören konnten. »Du hast eine Elfe vom Wald bei den Dienern untergebracht?«

»So ist es, meine Königin. Ich glaube, sie wurde in die Sklaverei verkauft und hat den Kontakt zu ihrem Volk verloren. Dennoch könnte sie uns Einblicke in die Zauberkünste der Waldelfen gewähren.«

»Es heißt, die Elfen vom Wald hüten unerschöpfliche Vorräte an Salz und Metall«, sagte Hekteba leise. »Ob die Elfe den Weg zu diesen Vorräten kennt?«

»Zumindest den Weg zur Flüsternden Flöte, einer der legendären vier Iliaden, behauptet sie zu kennen«, warf Didanwen ein. »Sie hat mir einfach so erzählt, wo das magische Artefakt der Urier liegen soll.«

Walgreta erinnerte sich an die Legende und machte große Augen. Auch die Königin schien verblüfft.

Kurzerhand drehte sie sich um und rief: »Alle aus dem Raum, husch!«

Während Priesterinnen, Dienerinnen und Streiter sich verzogen, schob Hekteba ihre beiden Enkelinnen zu einer Sitzecke unter eingetopften Obstbäumen.

»Mein liebes Distelchen, du bist eine exzellente Erzählerin. Willst du die Geschichte der Iliaden aufsagen? Walgreta und ich könnten unser Gedächtnis ein wenig auffrischen.«

Walgreta ärgerte sich, dass die Königin sofort davon ausging, dass sie die Geschichte nicht mehr so genau im Kopf hatte, auch wenn es stimmte.

»Gewiss«, erwiderte Didanwen, und Walgretas Lippen zuckten – natürlich sagte sie das!

Sie nahmen Platz: Königin Hekteba auf einem niedrigen Sessel, Walgreta auf einem gepolsterten Hocker, die Arme verschränkt, und Didanwen auf einem Sitzkissen, wobei sie die Beine unterschlug und die aufrechte Haltung einnahm, die sich für eine Erzählerin heiliger Geschichten geziemte. Sie räusperte sich und schüttelte ein wenig die Hände aus, um die begleitenden Gesten mit Anmut vollziehen zu können. Dann begann sie zu sprechen.

»Es gibt kein Ende ohne Anfang, darum will ich den Anfang unseres Zeitalters in Erinnerung rufen, welches das Ende des Reiches Ilian und seiner vier Iliaden markiert. Drei Völker gibt es heute, so wie drei lebendige Jahreszeiten. Zuerst gab es nur die Elfen, das Frühlingsvolk, geboren aus dem kalten Atem des Windes. Nach dem Krieg der Erdgötter gegen die Himmelsgötter wurde das zweite Volk aus dem sterbenden Schoß der Riesin geboren: wir, das Sommervolk in der Pracht der Sonne. Nach uns kamen die aberhundert Völker der Menschen aus den Überresten der Riesen wie Maden aus dem Fleisch, und wir nennen sie Herbstvölker, bunt wie das Laub und ebenso rasch dem Tod entgegenwehend.

Früher lebten alle drei Völker als Nachbarn, ohne sich durch Namen voneinander zu unterscheiden: Die Welt war *ein* Reich – Ilian, ›das Land der Quellen, bevor sie sich verzweigten‹. Niemand hatte je von Krieg gehört, denn wer teilt, hat nichts, worum er kämpfen müsste. Angesehen war nicht, wer viel besaß, sondern wer viel schenkte. Die vortrefflichsten Schenker waren

Weise Frauen; sie waren Schenkerinnen, bevor sie Zauberinnen wurden.

Indem gewöhnliche Gebrauchsgegenstände Tausende und wieder Tausende Male in Liebe weitergereicht wurden, spiegelten sie immer mehr die Seele eines Volkes. Spiegelbilder sind das Prinzip der Zauberei, und so wurden die Artefakte zaubermächtig – sie wurden Iliaden, ›die Quellen, bevor sie sich trübten‹, oder auch ›die Schätze der Vielen‹ genannt. Bei den Elfen entstand eine Scheibe, um den Lauf der Sterne zu bestimmen und damit die Zukunft zu sehen. Die Zwerge erschufen einen Sprechenden Spiegel aus poliertem Kupfer, in dem jeder sich selbst erkannte. Die Menschenvölker des Seen- und Mitterlands stellten einen Becher her, der die Vergangenheit auffing. Und die Menschen des Tieflands, die Urier, erzeugten ein wundervolles Musikinstrument, um mit Tieren zu sprechen.

Wie Ilian unterging? Nun, die Zaubermacht der Artefakte wurde so stark, dass immer mehr Wyken sich schwertaten, sie zu verschenken. Schlimmer noch, eitle und ehrgeizige Frauen wollten sie geschenkt bekommen um der Macht willen, und sie umschwärmten die Besitzerinnen in der Hoffnung, beschenkt zu werden. So erst entstand die Tradition der Weisen Frauen, Schülerinnen zu nehmen. Die magischen Artefakte wanderten von einer willensschwachen Hand in eine eitle und von einer eitlen in eine herrschsüchtige. Zugleich zogen sich die Weisen Frauen immer mehr von allen anderen Leuten zurück, denn sie hatten Angst, umschmeichelt oder gar bestohlen zu werden. Die Vorstellungen einer Zauberin aber sind Spiegelbilder, nach denen sich die Wirklichkeit krümmt, mit anderen Worten: Diebe und Räuber kamen, gerade *weil* die Wyken sie fürchteten.

Die urischen Männer nahmen als Erste die Flüsternde Flöte an sich und machten sich ihre Frauen und die Tiere untertan: erst die gutmütigen Schafe, dann die schlauen Ziegen, dann die stolzen Rinder und zuletzt die wilden Pferde.

Die Wyka, die damals den Blickenden Becher des Seen- und

Mitterlands besaß, sah dies und verbarg sich ängstlich in einem heiligen Hain. Sie schwor, ihre Iliade nur an eine Frau zu verschenken, die ebenso versteckt lebte. Darum hausen heute die Weisen Frauen der Menschenvölker wie die Tiere im Wald. Neidisch und furchtsam klammerten sie sich fortan an den Blickenden Becher, so dass er praktisch seine Zauberkraft verlor. Und wenn er nicht gestohlen wurde, dann steht er heute zwischen dem Gerümpel einer Weisen Frau, kaum unterscheidbar von ihrem dunklen Keramikgeschirr.

Auch die Männer des Kleinen Volkes begannen mit dem Kriegshandwerk, um sich gegen die Urier zur Wehr zu setzen. Doch unsere Mütter waren edleren Herzens als die Weisen Frauen der Menschenvölker. Idwendun, Tochter der Sereda, Tochter der Margawen, unsere weise Mutter vor fünfhundertundvielen Generationen, hatte damals den Sprechenden Spiegel geschenkt bekommen. Ihre Brüder beschlossen, Idwendun den Kupferspiegel zu rauben. Doch Idwendun erwartete sie inmitten des Volkes, hier in Horuns Bauch, und hielt ihnen den Spiegel vor, so dass sie sich darin erkannten. Als das Volk von Horun sah, was aus ihm geworden war, brach dies den Leuten das Herz, und auch der Zauberspiegel zerbrach in abertausend Splitter. Einer von Idwenduns Brüdern, ein Schmied, sammelte die Plättchen auf und half Idwendun, daraus das Kupferne Kleid zu fertigen. Die Ereignisse allerdings hatten die Zaubermacht des Spiegels verändert. Gewalt war hineingeraten, und so schenkt das Kupferne Kleid nicht mehr Selbsterkenntnis, sondern blendet Feinde und weckt ihre größten Ängste. Angesichts dieser Schande verzichtete Idwendun fortan darauf, Wyka genannt zu werden, und sie wurde unsere erste Königin.

Was die Weisen Frauen des Alten Volkes mit der Sternenscheibe machten, wissen nur die Elfen vom Wald. Sie verschwanden in ihren von Nebel umwobenen Grabstätten, und die Küstenelfen blieben ohne den Zauberschatz ihres Volkes zurück.

Daher kommt es, dass nur das Kleine Volk noch unter dem Schutz seiner Iliade steht und die friedliche Herrschaft aus alter Zeit in seiner Königin und der Priesterinnenschaft bewahrt.«

Hekteba bedankte sich für die tadellose Erzählung. Auch Walgreta musste anerkennen, dass Didanwen nicht ein einziges Mal ins Stocken geraten war. Viele Einzelheiten hatte Walgreta seit den Lehrstunden ihrer Kindheit längst wieder vergessen.

»Die Flüsternde Flöte der Urier ist verschollen, ebenso wie der Blickende Becher der Seenländer und Mitterländer«, schloss Königin Hekteba nachdenklich.

Walgreta versuchte, sich einzubringen: »Aber die Seen- und Mitterländer haben noch Wyken. Der Blickende Becher ist also, wie Didanwen sagte, wahrscheinlich zwischen dem Hausrat irgendeiner Wyka verschollen. Die Urier indes haben keine Weisen Frauen mehr. Stellt euch vor, irgendjemand spielt auf der Flüsternden Flöte, ohne zu wissen, dass sie einst Zauberkraft besaß! Ein einfacher Hirte … oder eine Hirtin …«

»Dazu gab es eine Geschichte.« Königin Hekteba kniff die Augen zu, um sich zu erinnern. »Die letzte Weise Frau der Urier war wahnsinnig … sie zog mit einer Heerschar wilder Tiere in den Krieg gegen ihr eigenes Volk. Und sie herrschte schrecklich. Sie schenkte niemandem die Flüsternde Flöte, sondern ließ sich damit begraben. Nur ihre Schülerinnen wussten, wo ihr Grab errichtet war. Doch keine Schülerin wollte die Flüsternde Flöte ausgraben, denn sie wäre machtlos gewesen in den Händen derjenigen, die sie nicht geschenkt bekam. Streit brach aus, und sie töteten sich gegenseitig, bevor eine von ihnen die Flöte entwenden konnte. Also liegt die Flüsternde Flöte noch heute in einem Grab. So besagt es die Geschichte.«

Walgreta biss sich auf die Lippe. Sie erinnerte sich dunkel daran, davon schon einmal gehört zu haben, aber ihr Gedächtnis war nicht so vorbildlich wie Didanwens oder Hektebas.

»Die Elfe hat behauptet, die Flüsternde Flöte befinde sich in einem höchst eigenartigen Grab«, sagte Didanwen. »Jenseits des Tieflands, in einem schwarzen Meer soll eine Insel liegen, die in Wahrheit das Grab ist. Sie hat es mir geradezu wütend an den Kopf geworfen … weil es angeblich mein Schicksal ist, die Flüsternde Flöte zu finden und sie *ihr* zu schenken.«

Eine Weile schwiegen sie, jede in ihre eigenen Vorstellungen versunken. Bis Walgreta ausrief: »Stellt euch vor, die Urier bekämen wieder eine Weise Frau, die sie mit der Iliade regiert!« Der Gedanke erfüllte sie mit Begeisterung. Wie anders würde die Welt dann sein!

»Du warst zu lange bei den Wyken.« Königin Hekteba schüttelte seufzend den Kopf. »Aber vielleicht hat das auch sein Gutes. Am besten kümmerst du dich weiterhin um die Elfe. Finde heraus, was es mit ihrer Hellsicht auf sich hat und was sie in Horuns Bauch will. Dann erstattest du mir Bericht. Kann ich mich auf dich verlassen?«

Es war leicht zu hören, dass Hekteba sich nie und nimmer auf Walgreta *verlassen* würde. Aber Walgreta verneigte sich und hielt Hektebas Blick stand. »Sehr wohl, meine Königin.«

»Gut. Du kannst gehen.«

Als Walgreta aus dem Raum ging, blieben die Königin und Didanwen sitzen, vertieft in eine leise Unterhaltung.

16

AN DIESEM ABEND HIELT Rianon nicht mehr Ausschau nach der kleinen Strengen. Seine Aufmerksamkeit galt dem von Narben gezeichneten Hauptmann Ganwalen.

Ganwalen schleppte einen erlegten Steinbock, groß wie er selbst, vor Königin Hekteba und ihre Priesterinnen. Weiter hinten standen die übrigen Männer an, die in diesem Jahr heiraten wollten: Jeder hatte ein Geschenk dabei, das jedoch nicht für den Vater der Braut bestimmt war, sondern für die Schatzkammern der Königin. Das Kleine Volk hatte eigentümliche Sitten.

Vor der königlichen Tribüne wuchtete Ganwalen den Steinbock zu Boden. Es war eine prachtvolle Jagdbeute, aber für einen Mann von Ganwalens Rang musste das Hochzeitsgeschenk als bescheiden gelten. Ein junger Schmied hatte kurz zuvor ein vor Diamanten glitzerndes Golddiadem gebracht. Doch der Hauptmann war allgemein für seine Abneigung gegen jede Art von Prunk bekannt, und der Steinbock war bei allen Völkern ein altes Symbol für die Tüchtigkeit eines Mannes, der seine Angehörigen versorgte.

Es war einigermaßen still an den Tafeln zu beiden Seiten geworden, denn die Heiratswünsche der Männer stießen jedes Jahr auf größtes Interesse. Das galt umso mehr in Bezug auf Ganwalen, der die Namen seiner Urgroßmütter hätte aufzählen können, ohne an einem Tag fertig zu werden. Dass er nicht aus Horuns Bauch kam, sondern ein Bruder der Hohepriesterin von Mún Toleda war, der Zwergenstadt im Osten, tat seiner Anerkennung keinen Abbruch. Im Gegenteil: Er gehörte zu den mächtigsten Familien des Kleinen Volkes, und seine Abstammung von Horun war lückenlos nachweisbar. Mit seinem schwarzen Bart, der kräftigen Statur und der Haut, die blass leuchtete wie die Morgenröte auf kalkigem Gestein, dachte Rianon, sah er auch aus wie ein reinblütiger Nachfahre der alten Riesin.

Noch schnaufend von der schweren Last, kniete er nieder und warf seinen Umhang aus roter Wolle zurück. Nichts an seiner Kleidung verriet, dass er mehr als ein gewöhnlicher Streiter war und als künftiger König gehandelt wurde. Sogar den langen Stabdolch und die Streitaxt an seinem Gürtel zierten weder Edelsteine noch Gold; nur ein paar mütterliche Runen waren in die vielbenutzten Klingen graviert.

Auch Rianon kämpfte am liebsten mit einem Stabdolch in der linken und einer Streitaxt in der rechten Hand. Er hatte seit Jahren zwei prunkvolle Waffen mit goldenen Griffen und Klingen aus den Schmieden von Mún Toleda. Dass der Hauptmann viel schlichtere Waffen trug, wühlte Verunsicherung und ein seltsames Bild in Rianon auf: Er stellte sich vor, wie er den Hauptmann im Zweikampf besiegte …

»Meine Königin«, rief Ganwalen. Ob er die atemlose Stille genoss, die seine Stimme empfing? Sicherlich war der Hauptmann so eitel. Wer seine Bescheidenheit derart zur Schau stellte, war doch in Wahrheit am eitelsten.

»Ich will Euch um die Hand Eurer weisen Priesterin bitten, der edlen Didanwen, Tochter der Idarta, Tochter der Hekteba. Ich kämpfe, seit ich ein Mann bin, für Horuns Bauch. Und noch feuriger täte ich es im Gedanken an Didanwen und unsere künftigen Töchter und Söhne. Als Hauptmann habe ich geschworen, dass ich für Horuns Bauch sterben würde. Nun will ich dasselbe geloben für die Herrin Distel.«

Für diese kurze, spröde Rede brandete Applaus an den Tafeln auf. Dabei sollten die Reden der Männer mitreißend sein, leidenschaftlich, belustigend oder drohend, Hauptsache, sie rührten auf irgendeine Weise das Herz der Königin.

Nun, wahrscheinlich war Rührung bei der Königin nicht mehr nötig gewesen. Rianon klatschte in die Hände, als wollte er etwas erschlagen. Der geheimnisvolle Tugaller Mauskin hatte recht behalten. Hauptmann Ganwalen wollte Didanwen heiraten, was so gut wie eine Bekanntmachung der Nachfolge von Königin Hekteba war.

Nun kehrten Rianons Gedanken doch zu der kleinen Strengen zurück. Er entdeckte sie nirgends. Ob Hauptmann Ganwalen ein Wort hatte mitreden dürfen, wer die nächste Königin wurde? Vielleicht hatte er Didanwen, die noch pausbäckig wie ein Kind war und errötend zu Boden blickte, Rianons persönlicher Favoritin vorgezogen … Einem so freudlos wirkenden Mann wie Ganwalen war das zuzutrauen.

Königin Hekteba wartete auf ihrem Thron zufrieden den Applaus ab. Das Kupferne Kleid reflektierte die großen Feuer und schien doch heller zu strahlen als die Flammen.

»Deine Bitte wurde gehört, tapferer Sohn Horuns. Morgen, wenn Vater Sonne sich über Horuns Schoß senkt, wirst du deine Antwort erhalten.«

Es war derselbe Spruch, den sie allen Männern sagte. Aber Ganwalen erhob sich und kehrte an seinen Platz an der Tafel zurück, ohne die geringste Unsicherheit zu zeigen. Bestimmt hatte die Königin ihm schon vor langem zugesichert, dass Didanwen ihre Nachfolgerin werden würde.

Rianons Generäle warfen ihm anerkennende Blicke zu. Er hatte ihnen nicht gesagt, woher er die Information hatte, dass Hauptmann Ganwalen und die Priesterin Didanwen das künftige Königspaar sein würden. Und natürlich hatte er ihnen Mauskins *Angebot* verschwiegen.

Dieses seltsame Angebot.

Was hatte der Tugaller davon? Wer war dieser Mauskin?

In der vergangenen Nacht hatte Rianon sich umgehört. Die meisten Händler und Einheimischen, die er befragt hatte, kannten Mauskin, den Tugaller. Er war ein Händler und Söldner aus einem kleinen Volk des westlichen Seenlands, wie Rianon vermutet hatte, und es schien kaum jemanden zu geben, der nicht auf die eine oder andere Weise mit ihm zu tun gehabt hatte. Obwohl nicht alle gut über ihn sprachen, hatte nur einer ihn einen Gauner und niemand ihn einen Dummkopf genannt. Rianon wusste, dass er selbst nicht so gut abschneiden würde.

Eine Weile hielt er die Füße still, dann leerte er seinen Becher und stand auf.

»Wohin?«, raunte Redike, sein erster General.

»Ich habe noch ein Geschenk zu überbringen. Wir sehen uns später.«

Er wanderte um die Tafeln herum und in den hohlen Berg. Nie hatte er ihn so verlassen gesehen. Mit Ausnahme der Streiter, welche die Eingänge zu den unterirdischen Schmiedewerkstätten und Vorratskammern bewachten, waren fast alle Leute draußen beim Festessen. Rianon stieg den spiralförmigen Weg hinauf und bog dann in den Höhlengang ab, aus dem am vergangenen Abend Mauskin erschienen war. Einfache Kammern, die man für eine Übernachtung oder als kurzfristigen Verkaufsstand mieten konnte, säumten den Weg. Weiter hinten befand sich ein Blumenstand; Rianon hörte Kichern und Seufzen durch die Tür, die nur angelehnt war. Als er sie aufschob, sah er eine Hure, die sich mit dem Inhaber im Grünzeug vergnügte. Der Mann erschrak und griff nach seinem Messer. Die Hure aber nickte Rianon kaum merklich zu, denn sie hatten ausgemacht, dass er vorbeikam.

»Lasst euch nicht stören.« Rianon schlich zu einer Nische, in der sich eine geheime Treppe verbarg, und verschwand, noch bevor der Mann entscheiden konnte, ob er fluchen oder lachen sollte.

Die Treppe führte in einen anderen, während der Handelssperre anlässlich der Festlichkeiten von innen verschlossenen Höhlengang, so wie die Hure es ihm gestern versichert hatte. Hier lagen Geschäfte, die auf Gewürze, Räucherwerk und andere Kostbarkeiten spezialisiert waren. Ein Geschäft verkaufte Singvögel in filigranen Flechtkörben.

Rianon schlich hinein. Die Vögel zirpten, flöteten und flatterten. Ein Lichtschimmer drang durch einen Vorhang am Ende des Raumes. Rianon kam näher … und spürte einen leichten Luftzug. Er duckte sich, bevor er die Klinge aus der Dunkelheit aufblitzen sah. Im nächsten Moment hatte er einen Arm gepackt, verdrehte ihn und stieß den Angreifer zwischen die Käfige.

Schrille Vogelschreie und ein Stöhnen ertönten. Das Stöhnen einer Frau.

Licht fiel auf sie, als der Vorhang zur Seite geschoben wurde. Rianon sah, dass er eine Küstenelfe im Nacken gepackt hielt und dass im Licht der ihm bekannte Umriss einer hünenhaften Gestalt aufragte.

Rianon zerrte die Küstenelfe zwischen sich und Mauskin. »Begrüßt du alle, mit denen du paktierst, so freundlich?«

»Du paktierst also mit ihm«, zischte die Küstenelfe grinsend, obwohl ihr verdrehter Arm schmerzen musste.

»Lass sie los!«, befahl Mauskin. Dann fügte er hinzu: »Keine Begrüßung, eine Vorsichtsmaßnahme.«

Rianon stieß die Elfe in seine Richtung. Die Frau fand ihr Gleichgewicht wieder, bevor Mauskin sie auffangen konnte, und funkelte Rianon herausfordernd an. Ihre Augen waren erschreckend hell, so wie die aller Elfen. Grüne Tätowierungen erstreckten sich über ihre bleichen Arme, ihren Hals und ihre Schläfen. Das kupferfarbene, leicht gewellte Haar wurde von einem zierlichen Reif aus geschnitzten Zweigen und Lederschnüren zurückgehalten. Sie schüttelte die Hand aus, die er ihr umgeknickt hatte, wobei sie ihren Stabdolch in die andere nahm.

»Darf ich einen Tee anbieten?«, knurrte Mauskin und kehrte in den erleuchteten Raum zurück, ohne eine Antwort abzuwarten.

Rianon gab sich einen Ruck und folgte ihm an der Elfe vorbei. Ein kleines Herdfeuer brannte, und der Rauch stieg schnell in die Höhe, wo sich die groben Felswände in der Finsternis verloren. Mehrere Lager waren um das Feuer errichtet – Rianon zählte fünf. Doch nur auf einem saß eine weitere Person.

Es war eine fette, alte Zwergin mit einem knubbeligen, verschlagenen Gesicht und aufgetürmtem Haar, das von einem Flickentuch gehalten wurde. Seelenruhig mischte sie Flüssigkeiten, zu Brei zermalmte Samen und getrocknete Pflanzen. Rianon bezweifelte nicht, dass es Gift war.

»Melissentee?«, fragte Mauskin und goss aus dem Kessel über dem Feuer einen Becher voll, den er vor Rianon stellte. Er schenkte auch sich selbst und der Elfe nach, die im Eingang stehen blieb und trank, ohne Rianon aus den Augen zu lassen – oder ihren Dolch einzustecken.

»Du hast also gehört, dass Hauptmann Ganwalen die Priesterin Didanwen heiraten will und ich dich nicht angeschwindelt habe«, sagte Mauskin und schlürfte seinen Tee. »Jetzt willst du dich bei deinem guten Freund bedanken. Schön zu sehen, dass du mich ausfindig gemacht hast. Ich wäre enttäuscht gewesen, wäre es dir nicht gelungen.«

»Du kannst dir denken, warum ich hier bin. Mich interessiert, was du davon hast, wenn ich dein *Angebot* annehme.«

»Und du kannst dir denken, dass ich mir denke, dass du mir nicht glauben wirst, egal was ich sage. Also warum fragst du überhaupt?« Neugierig sah Mauskin ihn an, aber in seinen dunklen Augen war kein Funke Sympathie. »Du bist hergekommen, weil du ein mulmiges Gefühl hast. Wer ist dieser Mauskin?, fragst du dich. Warum präsentiert er mir die Erfüllung meiner Träume auf dem Silbertablett? Wo ist in diesem saftigen Wurm der Haken versteckt?«

»Versuch's mit einer Antwort. Vielleicht glaube ich dir.«

»Aber warum sollte ich? Dein mulmiges Gefühl ist mir furzegal, Junge. Du willst Fürst Noharion loswerden. Dafür musst du nichts anderes tun, als ihm einen kleinen Rat geben, damit er zur Hochzeitsfeier von Ganwalen in Horuns Bauch ist, während der Rest an mir hängt. Du riskierst nichts, ich alles. Mehr musst du nicht wissen.« Er nahm erneut einen Schluck von seinem Tee.

Rianon beäugte die beiden Frauen. Die Elfe schien immer noch zu lächeln. Vielleicht war das der natürliche Ausdruck ihres fuchshaften Gesichts. Die Zwergin zerstieß Körner in einem Mörser, als interessierte sie nicht, was um sie herum geschah. Rianon fragte sich, ob sie die Anführerin der Bande war. Eine Zwergin … Dann ging es vielleicht nicht um Fürst Noharion, nicht um die Urier, sondern um Hauptmann Ganwalen und die Macht über Horuns Bauch?

Aber solche Spekulationen waren sinnlos, solange Rianon nicht wusste, was Mauskin damit zu tun hatte – ob er nur bezahlt wurde oder ein eigenes Anliegen verfolgte. Irgendwie musste es

Rianon gelingen, ihn oder die beiden Frauen aus der Reserve zu locken.

»Du hast nicht ganz recht, Tugaller«, sagte Rianon. »Ich riskiere durchaus etwas, nämlich einem Fremden zu helfen, der vielleicht mein Feind ist.« Er nahm den Becher mit dem Tee und schnupperte daran. »Ein Mann, der sich von einer gierigen Zwergin bezahlen lässt ... eine Zwergin, die die urischen Stämme benutzen will, um die Macht über Horuns Bauch zu ergreifen ...«

Er beäugte die fette Frau.

»Wir sind nicht so wie du, Sohn der Urier. Uns treibt nicht Machtgier, sondern guter, alter Hass.« Sie brach eine getrocknete Wurzel in viele kleine Stücke. Gelassen fuhr sie fort: »Jedem von uns hat Fürst Noharion das Kostbarste genommen. Reicht dir das als Antwort?«

Rianon wandte sich lächelnd an Mauskin: »Dann bist du ein richtiger Romantiker, wie? Rache zu nehmen an einem Fürsten ... wegen einer Liebesgeschichte.«

An der Art, wie Mauskins Blick kalt und leer wurde, erkannte Rianon, dass er richtiglag. Dabei hatte er geraten. Aber letztlich entstand Hass doch immer ähnlich. Bestimmt war irgendein Streit um eine Frau entbrannt, weil der Seenländer aus einem Gebiet kam, das der Neunte Stamm beherrschte.

Rianon verbarg sein Lächeln, weil er sich aufrichtig freute. Besser hätte es für ihn nicht sein können.

Er schüttete seinen Tee in den Kessel zurück. »Fürst Noharion nimmt nichts zu sich ohne Vorkoster. Ihr müsst euch also etwas anderes ausdenken – diese Information ist mein Geschenk an euch.«

Er deutete eine Verneigung an und ging.

17

DA WALGRETA KEINE PRIESTERIN war, konnte sie den Feierlichkeiten fernbleiben und in ihrem Gemach mit Fayanú das Abendessen einnehmen. Die Diener trugen Delikatessen vom Festplatz herauf, dann entließ Walgreta sie, damit auch sie unten mitfeiern konnten. Die Vorstellung, fast allein im obersten Stockwerk zu sein, gefiel ihr, so wie die Einsamkeit der heiligen Haine tief in den Wäldern ihr immer gefallen hatte.

Während Walgreta die Speisen über dem Herdfeuer noch einmal wärmte, saß Fayanú auf einer Liege mit daunengefüllten Polstern. Die Wunden an ihrem Rücken waren gerade so verkrustet, dass sie nicht mehr nässten, doch eine falsche Bewegung oder eine Berührung reichten aus, dass die Haut wieder riss.

Walgreta gab ihr eine Schale Suppe. »Das Schmerzmittel sorgt dafür, dass du keinen Hunger verspürst, aber du musst trotzdem essen.«

Fayanú löffelte gehorsam die Suppe, Fledermaus pickte Brotkrumen, Walgreta sah ihnen dabei zu, und das Schweigen zwischen ihnen fühlte sich so vertraut an, als wären sie Freunde seit Kindertagen. Schon als sie sich den Weg nach Horuns Bauch geteilt hatten, war es so gewesen. Ob Fayanú das auch so empfand?

»Heute Morgen bist du eingeschlafen, ehe du meine Frage beantworten konntest«, erinnerte Walgreta sie.

»Das lag an Eurem Schmerzmittel. Es ist gut.«

»Ich habe es diesmal schwächer dosiert. Damit ich deine Geschichte zu hören bekomme.«

»Eure Selbstlosigkeit hat mich schon verwundert.« Fayanú warf ihr einen amüsierten Blick zu. Dann starrte sie nachdenklich auf ihre Suppe, die aus vielen kleinen Fettaugen zurückstarrte. »Ihr wolltet wissen, warum ich nicht bei meinem Volk bin. Was sich in meiner Vergangenheit ereignete. Erinnerungen sind etwas Merkwürdiges, nicht wahr? Sie sind wie Träume, in denen man ein anderer ist und merkwürdige Dinge tut. Manche sagen, unsere Erinnerungen machen uns zu denen, die wir sind. Aber Erinnerungen stellen nichts her, sie lösen nur auf. Sie sind wie Fäden, die aus uns herausgeribbelt werden, unaufhörlich, bis zum Tod.«

»Aber vielleicht ist man genau das«, erwiderte Walgreta, »die endlose Verwicklung von Fäden zwischen endlos vielen, die man gewesen ist.«

»Ein Chaos«, sagte Fayanú.

»Oder ein faszinierendes Muster.«

»Vielleicht. Vielleicht sind manche Vergangenheiten schön gestrickt. Aber es gibt mehr Spinnweben.« Fayanú trank nun von ihrer Suppe, verzog das Gesicht und stellte die Schale ab.

»Wieso heißt sie eigentlich Fledermaus?«, fragte Walgreta, um Fayanú einen leichteren Weg in ihre Vergangenheit zu ebnen.

»Manchmal, wenn ich ihr in die Augen schaue, sehe ich einen Geist in ihr, der weiser ist als der all jener, die sprechen können. Dann wieder ist sie ein dämliches Viech, das mir auf den Arm kackt. Der weise Geist in ihr ist wie ein Flattern in der Dämmerung – eine Fledermaus.«

Walgreta schmunzelte. »Wahrscheinlich wäre das ein passender Name für die meisten von uns. Ich habe noch nie eine Gans mit einem solchen Gefieder gesehen. Hast du sie aus deinem Volk mitgenommen?«

»Nein. Die Elfen vom Wald leben mit Wölfen und machen Jagd auf Gänse. Ich habe Fledermaus vor drei Wintern im Mitterland gekauft. In den von Uriern besetzten Gebieten sind Tierkämpfe beliebt. Die urischen Statthalter, die nichts zu tun haben und sich fast zu Tode langweilen, richten alle möglichen Tiere für Wettkämpfe ab – Hunde, Stiere, Ziegenböcke, Grillen und eben auch Gänse. Fledermaus hat gegen einen kleinen Hund gekämpft. Und gewonnen. Da war klar, dass sie noch etliche Kämpfe vor sich hatte, ehe sie sterben würde. Um ihr das zu ersparen, habe ich sie freigekauft.«

Obwohl es wehtun musste, streckte Fayanú eine Hand aus, um Fledermaus zu streicheln. Die Augen in den schwarzen Gefiederstreifen beobachteten sie und Walgreta ernst und wissend.

»Wurdest *du* freigekauft?« Walgreta versuchte, es beiläufig klingen zu lassen, und scheiterte.

Doch Fayanú schien es ihr nachzusehen. »Nein. Aber ich bin auch nicht geflohen. Jemand hat mir die Möglichkeit geschenkt, frei zu sein, und ich habe sie ergriffen.«

»Und wie wurdest du zum Wandererzähler?«, hakte Walgreta vorsichtig nach.

»Geschichten haben mir schon immer gefallen«, erklärte Fayanú. »Wem nicht? Versteht der Sprecher sich auf seine Kunst, verwandelt er seine Zuhörer, und man erkennt in der erfundenen Welt die echte Welt und in allen Helden und Schurken sich selbst. Darum ist das Erzählen der Zauberei so ähnlich, die selbst die Kunst des Spiegelns ist. Wie Zauberei kann eine gute Geschichte jemandem ein Bild vorhalten, in das er sich verwandelt.« Sie zog die Nase hoch. »Aber zum Wandererzähler hat mich nicht die Liebe zur Kunst gemacht, sondern mein leerer Magen, als ich fast noch ein Kind war, allein und heimatlos.« Fayanú wandte sich wieder ihrer Suppe zu.

Walgreta senkte den Blick. Sie mochte die schöne, etwas raue Stimme und die dezente, aber ausdrucksstarke Mimik der Elfe, die so viel Nachdenklichkeit und Anmut ausstrahlten. Ganz zu schweigen davon, dass es ihr Vergnügen bereitete, sie zu betrachten. Doch wie sollte sie es anstellen, dass Fayanú ihr anvertraute, was sie so offenkundig in tiefster Seele peinigte?

Sie erhob sich, holte sich selbst ein wenig Nusskuchen und Schinken und begann, langsam zu kauen.

Fayanú sah ihr forschend ins Gesicht. »Fragt mich ruhig, was

Ihr eigentlich wissen wollt: wie ich meinem Volk verlorenging. Sicher denkt Ihr, ich wurde geraubt, aber das stimmt nicht. Die Waldelfen haben mich ausgesandt, als ich zehn Sommer zählte. Welches Kind will nicht auserwählt sein? Aber ich kam als Sklave nach Pen Korwall. Das wollt Ihr doch hören.«

Walgreta fühlte sich ertappt, stritt aber nichts ab, sondern nickte.

Und so begann Fayanú zu erzählen.

18

»DIE HÄNDLERSTADT PEN KORWALL, in der die große Nordstraße und die kleineren Straßen aus dem Westen und von den Küsten sich kreuzen, hat ihren Namen aus der Sprache des Alten Volkes: *Beyn Kerva Vahell*, also Pen Korwall, bedeutet ›die geflochtenen Lichter‹ und leuchtet wirklich aus jeder Nische und Luke, denn es gibt massenhaft Torf aus den umliegenden Mooren, der als Brennstoff verwendet wird.

Einst befand sich eine heilige Stätte des Alten Volkes, wo Pen Korwall steht. Jeden Frühling trafen sich die Familien meiner Vorfahren, um gemeinsam Jagd auf die riesenhaften Tiere zu machen, welche die Erde bevölkerten. Damals war das Land eine blühende Steppe, doch mit dem Untergang der riesenhaften Tiere versank es in schwarzem Blut. Noch heute wachsen in den Sümpfen und Marschen Gräser, die in Wahrheit Haare der göttlichen Tiere sind und aus denen das Volk der Küstenelfen feine Stoffe webt.

Es regnet viel in der Gegend. Im Sommer ist es dort brütend und feucht und voller Stechmücken. Im Winter gefriert die Luft zu stehendem Nebel. An diesem Ort ist nur das Sterben leicht. Darum wurde Pen Korwall dort gegründet – als Beuteversteck von Räubern, die wussten, dass ihnen dorthin niemand nachkommen würde. Mit der Zeit rafften die Räuber so viele Schätze zusammen, dass sie anfingen, Handel zu treiben. Ich gehörte einem der mächtigsten Männer von Pen Korwall. Sein Name war Rautenkhal. *Rotkehlchen.*

An seinen Fingern klirrten Ringe aus den Schmieden Eures Volkes, die er mit Elfenperlen hatte schmücken lassen. Seine Mäntel aus gefärbtem Kalbsleder waren mit Schwanenfedern in elfischer Weise verziert. Seenländische Mützen aus Kaninchenfell bedeckten seinen kahlen Schädel, manchmal ergänzt durch ein urisches Diadem aus Horn. Die Heiligtümer von vierzig Völkern zierten seinen Leib, und er sprach alle Sprachen, ohne eine wirklich zu beherrschen. Er war keinem Volk mehr zugehörig; er war Teil einer neuen Spezies, die nicht von Göttern oder Dämonen abstammte, sondern von Kupfer, Korn und Salz, der Spezies der Händler.

Doch trotz seiner Macht blieb er unter all dem Prunk eine nackte Kreatur, dem Altern und dem Tod ausgesetzt. Er wurde krank. Ein beharrlicher Husten laugte ihn aus, und sein Rheuma wurde so stark, dass er täglich den Saft des Mohns trinken musste. Immer mehr zog er sich aus dem geschäftigen Treiben von Pen Korwall zurück. Nur eine Freude blieb ihm, während er aufgedunsen und faulend auf seinem Lager lag: ein Kind aus dem Alten Volk vom Wald.

Rautenkhal hatte mich einer Gruppe von Küstenelfen abgekauft, die mehr Räuberhorde als Stamm waren und die meine eigene Familie teuer dafür bezahlt hatte, mich an niemand anderen als an ihn zu verkaufen. Weil sie mich gequält hatten, um von mir die Geheimnisse meines Volkes zu erfahren, obschon ich sie ihnen nicht verraten konnte, da ich nur ein Kind war und sie selbst nicht kannte, war ich froh, als die Küstenelfen mich an Rautenkhal übergaben.

Rautenkhal liebte das Exotische. Je fremder und seltener etwas war, umso mehr begehrte er es. Die Küstenelfen erzählten ihm, ich sei eine *Prinzessin der Waldelfen*, dabei trug ich die Kleidung eines Frühjahrsjägers – ein grüngefärbtes Wams mit Brandlöchern zur Zierde, einen ärmellosen Mantel und weiche Stiefel aus Rehkitzleder –, und Prinzessinnen gibt es in meinem Volk nicht. Das war das Erste, was ich Rautenkhal sagte. Er lachte und erwiderte, es gefiele ihm, dass ich ehrlich sei. Aber das änderte nichts an dem Bild, das er sich von mir machte. Meine Kleidung wurde in einer Truhe verstaut, und ich trug fortan nur noch die zarten Prinzessinnengewänder, die er mir schneidern ließ. Wie ich sie hasste! Wie ich mich selbst darin hasste …«

Fayanú runzelte die Stirn, als dächte sie über etwas Sonderbares nach, was sie aber überhaupt nichts anging. Ihren gleichmütigen Ton fand Walgreta schmerzlicher als Tränen.

»Zu welchem Zweck hat dein Volk dich überhaupt entsandt?«

»Um etwas zu holen, was sie haben wollen«, murmelte Fayanú und verzog das Gesicht. »Als ich klein war, folgten wir dem Lauf der Sterne durch die Jahreszeiten und ehrten die Ahnen in den Grabstätten. Sogar mein Urgroßvater reiste mit uns, hundertsechzig Winter alt und ohne ein graues Haar, denn wir tranken das Echte Wasser und aßen das Echte Essen …«

»Das Echte Essen?«

»Mein Volk beackert keine Felder und hält keine Tiere. Seht Ihr, die Pflanzen, die von Hand gesät werden, und die Tiere, die gezüchtet werden, haben nur einen kleinen Tropfen Seele. Darum blicken die gezüchteten Tiere so abwesend drein. Wenn man sie verzehrt, verhungert man nicht, aber man altert, weil das innere Feuer erlischt. Mein Volk verzehrt nur Früchte und Tiere mit einer großen Seele. Zauberworte müssen gesprochen werden, um ihre Seele willkommen zu heißen, und so wird man Hunderte Jahre alt. Aber ich erinnere mich nicht an die Worte.«

»Wie alt bist du?«, fragte Walgreta unsicher.

»Dreihundert Jahre«, sagte Fayanú und grinste frech. »Plus minus dreihundert Jahre. Ich war nicht länger Kind als andere und habe das Echte Essen seitdem nicht mehr zu mir genommen. Mein Volk lebt auch nicht mehr wie früher. Sie glauben, das Land wurde durch die Erdgeborenen entweiht. Darum haben immer mehr von ihnen die Wanderung mit den Sternen aufgegeben. Mittlerweile scheint es, als würde niemand mehr die alten Grabstätten besuchen …«

»Du sagst, es gibt etwas, was die Waldelfen haben wollen. Darum wurdest du entsandt. Handelt es sich dabei um die Iliaden? Die vier magischen Artefakte der vier Völker?«

»Ah, die Priesterin hat geredet.« Fayanú schnaubte. »Aber ich soll nicht alle vier magischen Artefakte holen. Nur der Blickende Becher und die Flüsternde Flöte sind den Elfen vom Wald teuer.«

»Warum …«

»Weil die Elfen die Sternenscheibe bereits besitzen und das Kupferne Kleid, das Eure Königin trägt, kein magisches Artefakt mehr ist, sondern aus nichts als Trümmerstücken davon besteht.«

»Ich meinte eigentlich … warum vertraust du mir das alles an?«

Die Elfe überlegte, ehe sie antwortete: »Weil ich nicht vorhabe, meine Aufgabe zu erfüllen. Nach allem, was ich erlebt habe, sind mir die Elfen vom Wald egal. Darum sind mir auch die Iliaden egal.«

Eine Weile sah sie Walgreta an, ein kleines Lächeln vor ihre Traurigkeit geschoben, und Walgreta erwiderte den tiefen, stillen Blick und vergaß alles, was sie wusste und wissen wollte.

19

»IN HORUNS BAUCH HERRSCHT also Liebesstimmung!«

Fürst Noharion vom Neunten Stamm der Urier lachte polternd. Sein Gesicht mit den tiefliegenden Augen und dem breiten Mund ähnelte mehr denn je einem Totenkopf, wenn die sonnengegerbte Haut sich unter den Wangenknochen kräuselte. Die mit Stierhörnern besetzte Kappe warf Schatten über seine Stirn und verstärkte den furchteinflößenden Eindruck. Doch Rianon fiel nur auf, wie alt der Fürst des Neunten Stammes geworden war.

In die Runde seiner Generäle rief Noharion: »Ihr bringt mir Frauen, Korn und Kupfer, aber Rianon bringt mir Worte. Auf Rianons Worte!«

Grimmig hoben die Männer ihre Becher, wiederholten den Ruf und tranken den starken Kräuterbrand, nachdem jeder einen Tropfen davon der Erde, dem Himmel und den Tieren geopfert hatte.

Zwei Sklavinnen, die unterhalb des Sitzpodestes der Männer saßen, schenkten sofort nach, wobei sie darauf achteten, zuerst den Fürsten und dann seine Männer absteigend nach Rang zu bedienen. Rianon bekam direkt nach dem Fürsten eingeschenkt, weil er als Gast von außerhalb galt. Er merkte an den Blicken, dass das vielen nicht passte. Schließlich war er beim Neunten Stamm aufgewachsen und verhielt sich wie einer von ihnen.

»Wo bleibt denn das Essen«, knurrte Noharion und stieß eine der Sklavinnen mit dem Fuß an. »Frag meine Frauen, ob sie uns verhungern lassen wollen.«

Die Sklavin huschte aus dem Zelt. Rianon tat sie leid, denn es war gut möglich, dass Noharions erste Frau ihren Ärger über die Botschaft an der Überbringerin auslassen würde.

»Hauptmann Ganwalen hat sich also endlich für eine Gemahlin entschieden«, wiederholte Noharion, noch immer amüsiert. »Sag, Rianon, was denkst du: Ist er Manns genug, als König zu regieren, oder werden wir es weiterhin mit den Priesterinnen zu tun haben?«

»Ich glaube nicht, dass Ganwalen vorhat, die Herrschaft der Priesterinnen zu untergraben«, erwiderte Rianon. »Dafür wirkt er zu traditionsbewusst. Andererseits ist seine Braut noch ein halbes Kind. Wer sie zur Königin bestimmt hat, will durch sie hindurch herrschen. Die Frage ist nur: Hat Königin Hekteba sie bestimmt oder Hauptmann Ganwalen?«

»Hekteba ist nicht dumm«, sagte eines der Oberhäupter des Neunten Stammes. »Bisher haben wir sie als Strategin mit harter Hand kennengelernt. Sie wird die Macht nicht einer kleinen Priesterin überlassen, nur weil Ganwalen ein Auge auf sie geworfen hat.«

»Wenn der Hauptmann nicht mal seine eigene Frau aussuchen kann, warum erobern wir Horuns Bauch nicht gleich?«, fragte Noharions dritter Sohn und sah sich in der Runde um, ob die anderen wohlmeinend lachten. Ihm wuchs gerade der erste Flaum auf der Oberlippe.

Noharion klopfte seinem Sohn auf die Schulter. »Die Zeiten haben sich geändert, auch für die Zwergenpriesterinnen. Das Kleine Volk hat unseren Vätern einst das Mitterland so gut wie überlassen, damit wir die Räuberhorden vertreiben und die aufmüpfigen Bauern in Schach halten, mit denen die Zwergenstreiter nicht fertiggeworden sind. Aber jetzt sind Rebellion und Raubzüge auch im Seenland angekommen. Die Streiter der Zwerge wissen, dass sie die gesetzlosen Menschen selbst bekämpfen müssen, wenn sie nicht auch noch das Seenland an uns verlieren wollen. Hauptmann Ganwalen ist nicht wie seine Vorgänger. Als meine Männer vor zwei Sommern unser Gebiet im Seenland erweitern wollten, drohte er ihnen mit fünfmal weniger Streitern einen Kampf an, wenn sie nicht sofort abzögen.«

»Und er kam lebend davon?«, fragte Noharions Junge verwundert.

Der Fürst grinste sein Totenkopflächeln. »Natürlich. Weil meine Männer abgezogen sind! Hätten wir den Hauptmann von Horuns Bauch für eine armselige Siedlung im Seenland abgeschlachtet, hätte uns das Zwergenvolk den Krieg erklärt – nicht nur die Streiter von Horuns Bauch, sondern auch von Falla Ridwen im Westen, Mún Toleda im Osten und Ydris Kap südlich von Falla Ridwen. Wir hätten alle Gebiete des Seenlands verloren, vielleicht sogar des Mitterlands. Aber keine Bange, mein Junge. Ich vergesse nicht, wenn man mich beleidigt. Seither habe ich Bündnisse mit vier Stämmen geschlossen, die mir in den Krieg folgen werden, selbst gegen die Zwerge. Einen Feind zu vernichten erfordert Geduld.«

»Auf unseren weisen Fürsten!« Rianon hob seinen Becher, und sie tranken.

Insgeheim ärgerte er sich, dass es damals vor eineinhalb Jahren nicht zum Kampf zwischen Hauptmann Ganwalen und Noharions Männern im Seenland gekommen war. Er selbst hatte es so eingefädelt, dass die beiden Gruppen aufeinandertrafen, in der Hoffnung, dass Fürst Noharion in einem Krieg gegen die Zwerge fiel. Aber es erforderte in der Tat Geduld, einen Feind zu vernichten.

Die Plane des Zeltes wurde aufgeschlagen, und die Ehefrauen des Fürsten und der Oberhäupter kamen mit klirrendem Schmuck und dampfenden Töpfen herein, um das Essen aufzutragen: geröstetes Kalbfleisch, dünnes Fladenbrot und Käse. Da Rianon als Einziger keine Ehefrau im Lager hatte, oblag es einer der Gemahlinnen Fürst Noharions, ihn zu bedienen.

Wie er gehofft hatte, war es Pasarime, Noharions zweite Frau. Ihr Schleier war aus so zartem Wollstoff, dass er ihr dunkelblondes, leicht gewelltes Haar hindurchschimmern sah. Sie hielt den Blick gesenkt, doch vor Rianon öffnete sich ihr Schleier ein wenig, so dass er nicht nur ihr Gesicht, sondern auch ihren Hals und den Ansatz ihrer Brüste sehen konnte.

Pasarime war ebenfalls älter geworden, die Linien um ihren Mund deutlicher, die Schatten unter ihren schönen, länglichen Augen tiefer. Aber Rianon würde immer die junge Frau in ihr sehen, die ihm in der Fremde eine Mutter gewesen war – viel mehr noch als seine wahre Mutter, eine unbedeutende Sklavin des Sechsten Stammes, die ihn für das gehasst hatte, was sein Vater ihr angetan hatte. Wer auch immer das sein mochte.

Die Frauen zogen sich zurück, und die Männer aßen. Es war die erste warme Mahlzeit für Rianon seit dem Erntefest in Horuns Bauch. Er und seine Männer waren im Morgengrauen aufgebrochen, nachdem Königin Hekteba am Abend zuvor Ganwalens Heiratswunsch bewilligt hatte. Sie waren vier Tage lang nach Norden geritten und hatten in der Dunkelheit Fürst Noharions Lager an der Gebirgsgrenze zwischen Mitterland und Tiefland erreicht. Im Herbst kamen die Oberhäupter aller Hirtengruppen des Neunten Stammes sowie die Statthalter aus ihren besetzten Gebieten im Seen- und Mitterland zu ihm, um Fürst Noharion den Anteil zu bringen, der ihm zustand. Angesichts der Huldigungen und Gaben hasste Rianon ihn umso mehr. Es war ein juckender, fast vergnüglicher Hass.

Noharion wandte sich wieder an ihn: »Du hast doch das Kupferne Kleid der Königin gesehen. Ist es an der Alten immer noch so wirksam, dass es alle Männer blendet?«

Rianon erinnerte sich nicht gern an den Anblick des Zauberkleides. Es war der Grund, warum die Menschenvölker den Zwergen untertan waren und bisher nicht einmal die Reiterscharen der Urier gewagt hatten anzugreifen. Als er die Königin im Kupfernen Kleid erblickt hatte, war ihm mehr denn je klargeworden, dass Macht nichts Handfestes war, nicht eine Menge Männer und Klingen, sondern eine Stimme im Herzen der anderen … eine Stimme, die sagte: *Gehorche!*

»Ich bin kein Feigling, aber ich will der Zwergenkönigin im Kupfernen Kleid niemals auf einem Schlachtfeld begegnen. Um die Wahrheit zu sagen: Mich beunruhigt, dass unser Verhältnis zu den Zwergen schlechter geworden ist seit der unglücklichen Begegnung mit Ganwalen im Seenland. Vielleicht wäre die Hochzeit des Hauptmanns ein geeigneter Anlass, um die Feindseligkeit zu beenden.«

Noharion kaute und dachte nach, ohne Rianon anzusehen.

Rianon hatte in seiner Kindheit so viele Tobsuchtsanfälle des Fürsten erlebt, die mit genau solch einem leeren Blick begonnen hatten, dass ihm der Schweiß ausbrach. Aber er schalt sich selbst dafür, so kindisch zu empfinden. Er war kein Bengel mehr, sondern ein Oberhaupt mit seinen eigenen Gefolgsleuten, die hereinstürmen würden, wenn …

»Du schlägst vor, dass ich zur Hochzeit des Mannes gehe, der meine Männer wie Wölfe verjagt hat«, wiederholte Noharion gedehnt. Er spuckte ein Knorpelstück aus. »Und zwar aus Angst vor einer Frau?«

Die Generäle begannen zu lachen. Doch sie klangen verunsichert.

»Die Zwerge haben in der Vergangenheit immer wieder Pakte mit uns geschlossen und uns Land überlassen. Aber Achtung vor uns hatten sie nie«, sagte Rianon ungerührt. »Für sie sind alle Menschen Wilde, und wir sind in ihren Augen noch wilder als die Sesshaften. Nur frage ich mich: Was wollen wir von den Zwergen? Ihre Achtung? Sie werden uns achten, wenn sie schwach sind und wir stark.

Mein Fürst, du hast gesagt, man braucht Geduld, um einen Feind zu vernichten. Also gedulden wir uns. Immer mehr Bauern des Seenlands sind es leid, den Zwergen Abgaben zu machen. Lassen wir die Rebellen kämpfen, die Räuber plündern. Dann müssen sich die Zwerge an uns wenden, wenn sie Hilfe brauchen. Bis dahin aber müssen wir uns vor ihnen verneigen, damit sie sich eines Tages an uns klammern. – An uns und nicht an einen anderen der Neun Stämme.«

»An einen anderen Stamm, den zufällig du selbst anführst, wie?«, sagte einer der älteren Söhne des Fürsten feindselig. Er hieß Nevarias, war etwas älter als Rianon und seit Kindertagen neidisch auf Rianons Schlagfertigkeit und Ansehen beim Fürsten.

Rianon sah Nevarias fest in die Augen. »Natürlich werde ich nach diesem Besuch zum Sechsten Stamm heimkehren. Aber ich bezweifle, dass das Kleine Volk ein Bündnis mit meinen Leuten eingehen wird, da der Sechste Stamm gerade von inneren

Machtkämpfen zerrüttet ist und die Freundschaft mit dem einen Fürsten nur die Feindschaft mit dem anderen bedeutet.«

Nevarias schnaubte verächtlich und murmelte zu dem Oberhaupt neben ihm: »Eine Natter, die das Natternnest verlässt, bleibt trotzdem eine Natter.«

»Rede laut, wenn du etwas zu sagen hast, oder gar nicht«, knurrte Fürst Noharion.

Sein Sohn widmete sich wieder dem Essen. Rianon fixierte ihn, ohne ein Wort zu sagen. Bei einer offenen Konfrontation würde Rianon gegen Noharions Sohn den Kürzeren ziehen, und Nevarias wusste das.

Rianon lehnte sich zurück. »Es wird der Tag kommen, an dem wir mit den Zwergen um die Herrschaft über alles Land kämpfen werden. Aber diesen Kampf können wir nur gewinnen, wenn wir sie bis dahin in Sicherheit wiegen. Der Neunte Stamm muss ihr engster Vertrauter sein. Wenn wir dafür wie Untergebene auftreten müssen, dann sei es so. Am Ende werden die Zwerge die Wahrheit erfahren.«

Noharion schwieg eine Weile und musterte Rianon mit unergründlichem Blick. »Rianon … du denkst wie eine Giftschlange. Eine Giftschlange kriecht, sie windet sich ohne Rückgrat. Sie lauert heimtückisch.«

Rianon unterdrückte den Impuls zu schlucken. Sollte er widersprechen? Nein. Manchmal war ein Widerwort wie ein Beweis.

Noharions Blick schweifte über seine Generäle. »Ein Bär ist mächtig und eindrucksvoll. Aber er erlegt keine Tiere, die stärker sind als er. Das gelingt nur der Giftschlange.« Er legte eine Hand auf Rianons Schulter und packte fest zu. »Ich werde Hauptmann Ganwalens Hochzeit besuchen und ihm ein Geschenk machen. Du wirst mich begleiten, Rianon.«

Rianon suchte erneut den Blick von Nevarias, der vor Eifersucht ganz blass war. Dann sagte er: »Es ist mir eine Ehre. Doch ich war gerade erst in Horuns Bauch und habe meine Beziehungen zu Königin Hekteba gepflegt. Auf mich warten andere

Aufgaben. Mein Gegner, Sorike, bezeichnet sich immer noch als rechtmäßigen Sechsten Fürsten und erzählt verachtenswerte Lügen über mich. Wenn du mir einen Gefallen tun willst, dann gib mir Männer mit, um gegen Sorike in den Kampf zu ziehen. Und du zeige dich in Horuns Bauch mit deinen Söhnen!«

Nevarias grinste über Rianons demütige Miene. Doch innerlich lächelte Rianon. Der Fürstensohn hatte ihm einen großen Gefallen getan.

20

NACH DER RATSSITZUNG WURDEN die Sklavinnen gerufen. Die älteren sorgten für Musik, während die jüngeren zwischen die Männer schlichen. Sie trugen nicht Schleier, die den Ehefrauen vorbehalten waren, sondern Kleider aus geflochtenen Bändern, die mehr zeigten als verhüllten. Mieder aus Leder waren so fest um ihre Taillen geschnürt, dass man sie mit den Händen fast ganz umfassen konnte. Angeblich schwängerte man sie mit der Schnürung nicht so schnell.

»Die hier braucht deine Hilfe.« Fürst Noharion gab einem Mädchen einen Klaps, damit sie vor Rianon stolperte. »Eine Mitterländerin aus dem tiefsten Westen. Sie spricht nur Kauderwelsch, damit kennst du dich doch aus. Erzieh' sie mir!«

Das Mädchen hielt sich schüchtern die Arme vor die Brust. Wahrscheinlich hatte ein Statthalter des Mitterlands die Kleine mit seiner letzten Kornlieferung gebracht. Ihr Haar stand in vielen kleinen Knoten vom Kopf, und ihr braunhäutiger, kleiner Körper wirkte etwas formlos, doch als Rianon ihre Hände senkte, sah er hübsche, dunkle Brustspitzen.

Er versuchte, sich ein wenig mit ihr zu verständigen. Die Sprache des Kleinen Volkes beherrschte Rianon leidlich, aber die Dialekte der Seenländer und Mitterländer konnten so weit davon abweichen, dass es fast unmöglich wurde, sie zu verstehen. Das Mädchen antwortete nur einsilbig. Rianon versuchte, sie dazu zu bringen, die Namen aller Händler aufzuzählen, die in ihrem Dorf vorbeikamen – aus Neugier, ob Mauskin, der Tugaller auch außerhalb des Seenlands so bekannt war. Aber das Mädchen begriff nicht richtig oder wollte nicht begreifen und wiederholte nur immer wieder den Namen ihres Dorfes, ihrer Eltern und des urischen Statthalters dort.

Rianon streichelte gedankenverloren ihren etwas formlosen Leib, während er die anderen Männer beobachtete. Die meisten redeten noch miteinander, erheitert vom Kräuterbrand und dem leichtfertigen Lachen der Sklavinnen. Fürst Noharions jüngster Sohn schien bereits recht betrunken und zerrte so gierig eine Frau mit prächtigem Gesäß an den schattigen Rand des Zeltes, dass man fürchten musste, dass das Abenteuer endete, bevor es anfing. Die anderen befeuerten ihn fröhlich und gaben sich nach und nach denselben Gelüsten hin. Stöhnen und Seufzer durchsetzten die Musik. Als auch Fürst Noharion zwischen zwei Sklavinnen versank, nahm Rianon die Mitterländerin an der Hand, um sie nach draußen zu führen.

Fürst Noharion bemerkte sein Gehen und runzelte die Stirn. »Brauchst du Gesellschaft beim Pissen?«

»Meine Männer sollen auch Spaß haben«, sagte Rianon und legte den Arm um die Sklavin.

Draußen brannten große Lagerfeuer für die Männer, die Rianon zum Neunten Fürsten begleitet hatten. Es waren einfache Hirten und Lastenträger, deren Zelte nicht groß genug waren, um darin zu feiern. Dazwischen herrschte ein Kommen und Gehen. Rianon war nicht der Einzige, der an seine Männer dachte und ihnen ein Mädchen brachte.

Als er seine Generäle erreichte – sie hatten unweit von Fürst Noharions Zelt Wache gehalten –, befand sich schon eine Sklavin in ihrer Mitte. Fürst Noharion hatte dafür gesorgt, dass kein

Unmut unter seinen Gästen entstand. Trotzdem war die Mitterländerin den Männern eine willkommene Abwechslung.

»Sie vermisst ihre Familie«, sagte Rianon. »Tröstet sie.«

Galant nahm einer der Männer das fröstelnde Mädchen unter seinen Umhang.

Redike, Rianons erster General und ältester Freund aus dem Sechsten Stamm, erhob sich und nickte Rianon kaum merklich zu. Er wusste, warum Rianon gekommen war, und folgte ihm aus dem Lager. Ohne zu sprechen, gingen sie hinter die Zelte und ließen in gebührendem Abstand zueinander Wasser.

Das Lager befand sich auf einer Anhöhe zwischen den sanften Bergen, die das Tiefland einkesselten, und dem Fluss Donwall, der hier gemächlich floss. Endlos lag das Land des Neunten Stammes im schwachen Mondschimmer, der durch die Wolkenschlieren sank. Vor vielen Jahrzehnten hatten die urischen Stämme damit begonnen, die Wälder des Mitterlands abzuholzen, um ihren Viehherden Weideflächen zu verschaffen, und so waren Steppen entstanden, die jenen des Tieflands ähnelten, aus denen die urischen Väter einst gekommen waren.

»Du pfeifst, wenn jemand kommt?«, murmelte Rianon.

Redike brummte zustimmend. Er hatte seinem Herrn schon oft auf diese Weise gedient.

Rianon ging hinab zum Flussufer, wo die Viehherden und Pferde auf umzäunten Koppeln standen. Im Näherkommen sah er, dass eine Frau in einem weißen Schleier die Pferde fütterte.

Er trat so auf, dass sie ihn hören musste, aber sie drehte sich nicht um.

»Keine Frau darf an die Schlachtrösser. Nicht mal eine Frau des Fürsten«, sagte er.

»Wie gut, dass es so viele Regeln gibt, nicht wahr?«, erwiderte Pasarime, bückte sich und riss ein weiteres Büschel Gras aus, um es den Pferden hinzuhalten. »Wenn alles erlaubt wäre, hätte man gar keinen Spaß.«

Rianon warf einen Blick zum Lager zurück, obwohl er wusste,

dass man sie von hier aus in der Dunkelheit nicht sehen konnte. Dann trat er hinter Pasarime, umfasste ihre Taille und zog sie sanft zu sich heran. Seufzend streckte sie den Rücken durch. Er fuhr mit den Händen unter ihren Schleier, über ihren Bauch und ihre Brüste, die nach drei Geburten zarter und weicher waren denn je und Rianon unfähig machten, noch einen Gedanken zu fassen.

»Ich habe viel zu lange auf dich gewartet«, flüsterte sie. Doch als er sie küssen wollte, wandte sie den Kopf ab. »Du hast dich wahrscheinlich schon im Zelt vergnügt.«

»Es ist vergnüglicher, mit Kieselsteinen in der Hose zu reiten, als in demselben Zelt mit deinem Mann zu sein, wenn er Sklavinnen hat.«

Nun ließ sie sich doch küssen und drehte sich zu ihm um. Als seine Küsse fordernder wurden, schlossen sich ihre Finger um sein Haar und zerrten daran, so wie früher, als er ein Junge gewesen und von ihr geneckt worden war.

Wieder wich sie vor ihm zurück. »Du warst beim Fest des Kleinen Volkes. Und Sorike hat Anhänger an dich verloren, drei große Familien aus dem Sechsten Stamm. Stimmt das?«

»Es stimmt, dass Sorike die Unterstützung dreier Familien verloren hat. Aber ich habe sie nicht gewonnen. Sie sind … bedeutungslos geworden.«

»Wie hast du sie vernichtet?«

Ihr Ehrgeiz, alles zu wissen, entfachte zärtliche Liebe in ihm. Er streichelte ihr Gesicht. »Pasarime … Es gibt viel Neues. Ich sage dir, noch ehe ich Sorike besiegt habe, bist du Noharion los. Aber du wirst einen anderen Gemahl haben. Das lässt sich nicht vermeiden, süße Herrin.«

Wieder seufzte sie, diesmal aber vor Kummer. »Versprich nichts, was du nicht halten kannst, Rianon.«

Er sank vor ihr auf die Knie und nahm ihre Hände. »Habe ich je gelogen? Was ich sage, das geschieht. Schon sehr bald gibt es nur noch dich und mich im Zelt des Neunten Fürsten.«

Pasarime stürzte so ungestüm in seine Arme, dass die Pferde schnaubend flohen. Nachdem sie ihre Sehnsucht gestillt hatten, lagen sie im Gras und erzählten sich alles, was seit ihrer letzten Begegnung geschehen war.

21

IM LEBEN EINES JEDEN Händlers gab es Momente größter Erniedrigung. Dies war so einer.

Mauskin griff mit beiden Händen in die Pferdeäpfel und rieb sich den nackten Körper damit ein. Der Dung war noch warm. Er stammte von den Pferden, auf denen Rianon und seine Männer aus Horuns Bauch gekommen waren. In den Gebirgen und Wäldern des Seenlands hatten die Urier nicht schneller reiten können, als Mauskins Bande laufen konnte. Erst hier draußen in den mitterländischen Steppen hatten sie Vorsprung gewonnen. Aber es war nicht schwer, der Spur von Pferden im Grasland zu folgen.

Als Mauskin fertig war, drehte er sich zu seinen Kameraden um, die sich ebenfalls mit Pferdedung einrieben und dabei unaufhörlich fluchten. Sie waren alle nackt, was selbst in der Dunkelheit etwas Merkwürdiges hatte. Mauskin musste sich zwingen, nicht zu lange auf den Schemen zu starren, der Eliody war.

Flatsch. Ein Pferdeapfel traf ihn am den Bauch.

»Da brauchst du noch was«, sagte Rehfang, sein kleiner Bruder. »Wenn ich deinen Moschus noch riechen kann, dann können das die Pferde erst recht.«

»Danke für deine Aufmerksamkeit«, erwiderte Mauskin, hob einen Pferdeapfel auf und zerdrückte ihn auf Rehfangs Kopf. Obwohl Rehfang das hatte kommen sehen, war es ihm nicht gelungen zu entwischen. Er war schon immer eine schmalere, schwächere Version von Mauskin gewesen. Zwar hatten sie dieselben langen Knochen und kastenförmigen Gesichter, doch war an Mauskins jüngerem Bruder alles filigraner. Der Unterschied wurde noch verstärkt durch das hellbraune Haar, das Rehfang im Nacken zusammengebunden trug, während Mauskins Schädel unaufhaltsam von männlicher Nacktheit überzogen wurde. Er hatte vor einigen Jahren angefangen, sich auch die verbleibenden Haare abzurasieren, um wenigstens auf diese Weise Herr der Lage zu bleiben. Eliody hatte einmal gesagt, kahl zu sein stünde ihm gut, weil er das kantige Profil dafür besäße oder den runden Hinterkopf oder so ähnlich. Er erinnerte sich öfter an dieses im Suff gemurmelte Kompliment, als er zugegeben hätte.

Er suchte sie wieder unter seinen Kameraden, merkte es aber rechtzeitig und lenkte seinen Blick absichtlich weiter. Der dünne, lange Faridas aus dem Volk der Urier bibberte in der Herbstkühle besonders. Oteba, die heilkundige Zwergin, war rund wie die Große Geberin selbst und nur als Knödel im Dunklen auszumachen.

Eliody richtete sich seufzend auf. Der Mondschein glänzte auf ihrem kirschroten Haar und in den wassergrünen Augen, die so typisch waren für das Alte Volk. Ihre Schlankheit wirkte nicht knochig, sondern weich und kraftvoll, und einen Moment lang erlaubte Mauskin seinen Blicken, um sie zu flatterten wie Motten um ein Licht. Sie schien seine Aufmerksamkeit zu bemerken und breitete die Arme aus.

»Nackt und angeschissen«, stellte sie mit zerschmetternder Nüchternheit fest.

»Ausgezeichnet«, murmelte er und stemmte die Hände in die Seiten, um eine Ansprache zu halten: »Also, Leute. Ich muss euch wohl kaum an die Einzelheiten unseres Plans erinnern. Nur eins sollt ihr wissen, falls etwas schiefgeht: Wir haben nichts zu bereuen. Und wenn Mamagott will, dass wir den verdammten Bastarden nicht mehr Ärger bereiten als ein paar stinkende Gefangene, dann soll es so sein. Jeder Versuch, den Drecksack und seine kleinen Schwänze zu vernichten, wird sich gelohnt haben!«

»Auf den Lohn!«, rief Eliody, und die anderen wiederholten den Ausruf.

Mauskin und Eliody schlugen ein, die Hände der anderen legten sich darüber, und für einen Augenblick war dieser Turm aus fünf Händen und Pferdemist der Mittelpunkt der Welt.

Dann schlichen sie zum Ufer hinab und folgten dem Donwall, bis ein riesiges Zeltlager im Fackelschein auftauchte. Unterhalb desselben lagen die Koppeln der Pferde.

»Was ist da?«, flüsterte Pasarime erschrocken.

Auch Rianon hörte die Unruhe der Pferde. Er stand auf und zog sich das Wams über. Und da sah er es: Die Pferde verließen eins nach dem anderen die Koppel.

Weil jemand sie führte.

»Zieh dich an und lauf zurück«, flüsterte er.

Pasarime hatte sich ihren Schleier längst übergeworfen und eilte zu den Zelten hoch, ohne sich noch einmal umzublicken. Es gab kein gefährlicheres Vergehen für eine Ehefrau, als ihren Mann zu betrügen.

Rianon zog seine Streitaxt und schlich bis zu der Stelle, wo die Pferde aus der Koppel geführt wurden. Er zählte zwei, drei, mindestens vier Gestalten. Dass die Pferde so ruhig waren, konnte nur bedeuten, dass sie die Leute kannten. Aber eine kleine, fette Gestalt schien eindeutig weiblich. Und dann erkannte Rianon den hünenhaften Umriss aus Horuns Bauch – und dahinter das rötliche Haar der Küstenelfe.

»Mauskin!«

Die Pferde wieherten unruhig, als die Fremden innehielten.

Dann hörte Rianon den Tugaller spöttisch flüstern: »Hab Dank, Doppelgänger, dass du uns zum Lager des Neunten Stammes geführt hast. Wenn du nun so freundlich wärst, dafür zu sorgen, dass wir ungehindert verschwinden können.«

»Du bist irre!«

»Und du bist mein Verbündeter.«

Die Kumpane des Tugallers schwangen sich auf die Pferde, wobei mindestens einer – dem Ächzen nach die dicke Zwergin – Hilfe benötigte.

»Wartet. Es gibt vier Wachposten, jeweils …«

»Hältst du uns für Stümper, Bürschchen?«, höhnte eine Männerstimme, die Rianon nicht kannte. Ihm fiel auf, dass der Mann Urisch ohne Akzent sprach.

Er wollte den Dieben schon befehlen, wenigstens sein Pferd Naflit dazulassen, besann sich aber eines Besseren: »Den grauen Hengst mit den schwarzen Nüstern will ich wiederhaben! Wenn ihr ihm ein Haar krümmt …«

Mauskin lachte leise. »Na gut. Du findest ihn beim Volk der Morgoden am Wirbelweg, zwei Tage westlich der Zwergenstadt Mún Toleda. Aber gib uns ein wenig Zeit, und erwarte uns nicht. Sonst siehst du deinen Hengst nie wieder.«

»Die beiden roten Stuten, die immer bei Naflit sind, lasst ihr auch zurück«, knurrte Rianon.

»Langsam wird es kompliziert.«

»Eins noch.«

Er machte einen Satz nach vorn und schlug mit der Faust dorthin, wo er Mauskins Gesicht vermutete. Knochen knirschten auf Knochen. Mauskin taumelte gegen sein Pferd, und das Pferd wieherte.

Rianon rannte bereits den Hang hinauf. Sein Herz raste. Hinter sich glaubte er zu hören, wie die Pferde lostrabten … Das war nicht gut, gar nicht gut. Wenn jemand sah, wie er hochkam, würde man wissen, dass er mit den Dieben unter einer Decke steckte.

Im Schatten der Zelte fand er Redike, wo er ihn verlassen hatte. Sein General hielt wie versprochen Wache.

»Was ist los?«, fragte Redike, als er das schweißglänzende Gesicht seines Fürsten sah.

Rianon blickte sich zu den Pferdekoppeln um. Der Mond schwamm immer noch in Wolken, so dass der Zug der dunklen Schemen, die am Ufer entlangwanderten, kaum zu sehen war.

Kaum … aber eben doch, wenn man sich darauf konzentrierte.

»Komm, Redike. Wir müssen die Sklavin heimlich laufen lassen, die Mitterländerin!«

Sie kehrten zu den Lagerfeuern zurück.

Wenig später erschollen Schreie. Ein paar Männer, die sich hinter den Zelten erleichtern wollten, hatten den Pferdediebstahl entdeckt. Tumult brach aus, und Fürst Noharion, nackt unter seinem offenen Umhang, stürzte mit einem Streithammer aus dem Zelt und den Hang hinunter. Der Fackelschein tanzte auf den erschrockenen Pferden, die noch da waren. Mehr als die Hälfte hatten sich jedoch durch das Loch in der Umzäunung verflüchtigt.

Fürst Noharion hob die Stricke auf, die eindeutig zerschnitten worden waren. Sein Blick irrte über die inzwischen versammelten Männer, prüfend, wer von ihnen am ehesten dafür verantwortlich zu machen war. Einige von ihnen hatten Grund, ihm schaden zu wollen. Er fixierte Rianon.

Rianon ließ nichts von seiner Angst durchschimmern, sondern steigerte sich in die Verwirrung und Empörung des Neunten Fürsten hinein und sah sich um wie er, stieß seine Männer auseinander und fragte: »Wo ist die Mitterländerin? Ist sie nicht zurückgekommen?«

»Sie wollte pissen gehen«, sagte Redike schulterzuckend.

Fürst Noharion kam auf Rianon zu, packte ihn an der Kehle und zwang ihn in die Knie. »Wo ist die Sklavin?«

Rianon würgte. Krächzte: »Wir müssen sie suchen. Sie war eben noch da. Lang kann es nicht her sein, dass …«

Der Fürst schleuderte ihn zu Boden und trat ihm in den Rücken. »Dummer Hund! Kannst du nicht auf eine Göre aufpassen?!«

Rianon richtete sich schweratmend wieder auf. Die Erniedrigung traf ihn weiter, tiefer in die Eingeweide. Als wäre ganz egal, dass er ebenfalls ein Fürst war. Als wüssten alle, dass er in Wahrheit nur ein Sklavensohn war, ein Hochstapler.

»Sie kann nicht weit gekommen sein. Noch haben wir Pferde. Lasst mich und meine Männer …«

Nun trat ein feister, schmuckbeladener Mann vor. »Fürst Noharion, lass mich die Sache übernehmen, schließlich habe ich dir das Mädchen gebracht. Sie ist nur ein dummes Ding, das nach Hause will. Ich werde sie zurückholen, und die Pferde sind bestimmt nicht weit.«

Fürst Noharion drehte sich um, holte mit dem Hammer aus und zerschmetterte mit einem einzigen Schlag den Schädel des Mannes. Für einen Moment senkte sich entsetztes Schweigen über das Lager. Fürst Noharion beugte sich über den Mann, der zuckend im Gras lag, und zermalmte den Kopf mit zwei weiteren Schlägen, schwer und sorgfältig. Als der Fürst danach wieder aufblickte, blinzelte er wie einer, der aus einem Traum erwachte.

»So blöd ist keine Sklavin, dass sie die Pferde des Fürsten stiehlt, um nach Hause zu reiten«, sagte er ruhig, als wäre es eine Erklärung für das, was er gerade getan hatte. Er strich sich die blutbenetzten Haare aus dem Gesicht. »Aber das Mädchen war nicht irgendeine Sklavin, sondern die Verwandte eines Rebellen. Die Nichte des Tugallers Mauskin!«

Rianon überlief es eiskalt. Der Fürst kannte den Tugaller also! Und ausgerechnet diese mitterländische Sklavin war seine Nichte! Aber was geschehen war, war geschehen. Und solange die Sklavin sich nicht wieder einfangen ließ, würde nicht herauskommen, dass Rianon sie befreit hatte.

»Hat noch jemand von euch Spione zu mir geführt?«, rief Noharion. Er ging durch die Menge und schubste die Männer. »Wer kennt den Tugaller? Hm? Wer ist ihm begegnet?«

Niemand sagte etwas. Fürst Noharion begann zu lachen. »Ihr Feiglinge! Raus mit der Sprache!«

Rianon rappelte sich auf. »Ich, mein Fürst. Ich habe einen Mann namens Mauskin von den Tugallern getroffen. In Horuns Bauch. Er hat sich für unsere Pferde interessiert.«

Zögerlich meldeten sich nun auch die anderen. Ein Dutzend Statthalter aus dem Mitterland gestanden, dass der Händler Mauskin und dessen Bande ihnen bekannt waren.

»Er hat mir einen Sack Salz geboten, wenn ich ihm verrate, wo sich dein Herbstlager befindet«, sagte einer. »Aber ich habe ihn fortgejagt.«

Drei andere nickten. Auch ihnen hatte Mauskin offenbar das Geheimnis des Lagerplatzes abkaufen wollen.

»Seit vier Jahren verfolgt uns dieser tugallische Köter«, erklärte der Fürstensohn Nevarias. »Er hat versucht, meinen Vater zu vergiften und unser Lager in Brand zu stecken. Weil er uns nicht töten kann, hat er uns jetzt bestohlen!«

Fürst Noharion leckte sich einen Blutspritzer von den Lippen, während er sich lauernd und gedankenversunken umsah. Dann schwang er sich auf eins der verbliebenen Pferde und jagte, halbnackt, wie er war, flussabwärts am Ufer entlang.

Johlend folgten ihm seine Männer, und auch Rianon nahm sich ein Pferd und preschte hinterher, ehe ein anderer ihm zuvorkommen konnte.

22

HERBSTSTÜRME TOBTEN ÜBER HORUNS Bauch. In den Gebirgen krachte der Donner, als würden die Riesen abermals von den Blitzen der Himmelsgötter niedergeworfen, und im hohlen Berg heulte unaufhörlich der Wind und klimperte das Regenwasser. In den unteren Stockwerken wurden manche Wabengänge so überflutet, dass sie geräumt werden mussten. Aber zu dieser Jahreszeit waren ohnehin kaum Besucher da. Alle wollten zu Hause bei ihren Familien sein.

Da die hochgeborenen Damen und Herren vollauf damit beschäftigt waren, sich um Didanwen zu scharen, sich bei ihr einzuschmeicheln und gegenseitig mit Banketten anlässlich der bevorstehenden Hochzeit zu übertrumpfen, achtete niemand auf Walgreta und ihren elfischen Gast. Walgreta hätte nie gedacht, dass sie einmal so froh sein würde, als unbedeutend zu gelten.

Wie jeden Nachmittag ging sie zu Fayanú, um ihre Wunden zu behandeln. Doch als sie die Tür öffnete, lag die Kammer verlassen da. Auch Fledermaus fehlte. Einen Moment war Walgreta zu verwundert, um nachzudenken. Sie drehte sich auf dem Absatz um und eilte davon, um die Streiter zu rufen.

Dann erst verlangsamte sie ihren Schritt und blieb stehen. Hatte sie denn ein Recht, Fayanú gegen ihren Willen festzuhalten? Für ihre Prophetie hatte sie schließlich schon die Strafe erhalten.

Das Licht der untergehenden Sonne fiel schräg vom offenen Säulengang herein. Es war ein blendendes, flüchtiges Licht zwischen grauen und fliederfarbenen Wolkendecken, und Walgreta wurde mit einem Mal das Herz schwer. Die Welt kam ihr so alt vor, alt und unveränderlich zugleich. Und sie war allein. Das Leben würde weitergehen. Weiter und weiter, mit oder ohne die Elfe.

Walgreta betrat durch den Säulengang den nächsten größeren Balkon und blickte über das verwaiste Felsplateau hinaus und weit hinab auf den Finsteren See, der zwischen den Bergen glänzte, dazu verdammt, zwischen all der Vergänglichkeit für immer in den Himmel zu starren. Einen Moment war das Licht so hell, dass Walgreta nichts als ihre eigenen rotflimmernden Wimpern sah. Dann verglühte die Sonne hinter den Wolkenbänken.

Im Dämmer bemerkte Walgreta, dass sie nicht allein war. An der von Efeu überwucherten Balustrade lehnte Fayanú – zum ersten Mal seit der Auspeitschung vollständig bekleidet. Für die Krusten auf ihrem Rücken war das bestimmt nicht gut. Der Wind zauste ihr kurzes Haar. Fledermaus, die mit eingezogenem Kopf auf der Brüstung hockte, beäugte Walgreta mit betont gelangweiltem Blick.

»Dann bin ich also kein Gefangener«, sagte Fayanú.

Walgreta fühlte sich ertappt. »Wieso sollte ich dich gefangen halten?«

»Das macht man in Eurem Volk doch so. Leuten die Freiheit nehmen, die nützlich sind oder einem gefallen.«

»Wie kommst du denn auf so etwas?«

Die schönen hellen Augen der Elfe schienen Walgreta bis auf den Grund zu durchdringen. »Euer Volk hält Sklaven, oder nicht?«

»Die meisten sind Rebellen und andere Verbrecher aus den Menschenvölkern«, gab Walgreta unwillig zu. »Sie haben ihre Freiheit durch eigene Taten verwirkt. Außerdem arbeiten sie in den Minen. Hier in Horuns Bauch gibt es nur sehr wenige Leute, meistens Fremde, die sich Leibeigene halten. Die ältesten Familien von Horun, die Vorbild für das ganze Volk sind, besitzen keine Sklaven.«

»Ich habe anderes gehört«, murmelte die Elfe.

»Behauptest du, dass ich lüge?«

Fayanús Blick wurde so gelangweilt wie der ihrer Gans, und sie sah wieder ins Land hinaus. »Nein. Ich glaube nicht, dass Ihr lügt. Aber vielleicht wisst Ihr nicht alles, was sich hinter den reichverzierten Türen Eurer Verwandten abspielt.«

»Und du schon?«

Sie zuckte kaum merklich mit den Schultern. »Ich habe auch nur Geschichten gehört. Wenn man unterwegs ist, kriegt man alles Mögliche zu hören. Es geht mich ja nichts an, wie und wofür Ihr Eure Sklaven haltet … solange ich selbst nicht betroffen bin.«

Eine Weile herrschte betretenes Schweigen. Dann deutete die

Elfe auf eine längliche Nebelschwade, die zwischen den Hügeln hervorkam und über den See trieb. »Seht Ihr? Wenn die Nebel so dicht werden, können die Lindwürmer sich frei bewegen.«

»Bestimmt«, spöttelte Walgreta.

»Habt Ihr nie Lindwürmer gesehen?«

»Du meinst die einzigen überlebenden Dämonen aus der Zeit der Riesen, die dein Volk vor allen neugierigen Augen verbergen?« Walgreta schnaubte. »In unserer Sprache nennt man das Phänomen einfach Nebel.«

»Aber Lindwürmer sind mehr als Nebel. Es gibt sie wirklich. Ich bin erstaunt, dass Ihr noch nie einen gesehen habt, wo Horuns Bauch doch so nah …«

Fayanú beendete den Satz nicht, sondern fuhr nach einer Weile fort: »Sie können fliegen, aber sie mögen nur feuchte Luft, darum kommen sie bei Nebel, Regen und manchmal auch bei Schnee aus ihren Seen. Sie können über siebzig Schritt lang werden und sind so schmal, dass man auf ihnen reiten kann wie auf einem Pferd. Ihre Schuppen sind leicht wie Blätter und hart wie Feuerstein. Und aus der Haut, die sie alle paar Jahre abstreifen, macht mein Volk die schönsten Kleider.«

Walgreta stieß ihr leicht gegen den Ellbogen. »Mach dich nicht über mich lustig, sonst kriegst du nur noch Brot und Wasser, Sklave.«

Fayanú lächelte auf eine Weise, die entzückend war. Ihre vollen Lippen schlossen sich schnell wieder über den großen, glatten Zähnen, als sei es ihr peinlich, so viel von sich preiszugeben. »Ich bin schon auf Lindwürmern geflogen. Als Kind. Die ganze Welt war von Nebeln verhangen, und als der Dunst sich lichtete, glaubte ich, wir müssten gegen das Himmelsgewölbe stoßen, so weit oben waren wir. Ein unermessliches Reich weißer Gipfel und schroffer Abgründe lag unter uns, die bis ins Mark der Erde reichten, wo flüssiges Feuer pulsierte wie das Blut in unseren Adern.«

Walgreta musterte sie unschlüssig. Obwohl Fayanú lächelte,

lag in ihren Augen jener distanzierte Ernst, der sie immer überbekam, wenn sie von ihrer Vergangenheit erzählte.

»Wohin warst du denn unterwegs mit den Lindwürmern?«

»Zu den alten Gräbern meines Volkes im Land draußen. Danach sind wir zurückgeflogen in unsere Heimat Ilian.«

»Ilian?«, echote Walgreta erstaunt. »Aber Ilian liegt in der Vergangenheit. Als die ganze Welt ein einziges Reich war.«

»Ilian, ›das Land der Quellen, bevor sie sich verzweigten‹, gibt es immer noch, auch wenn es nicht mehr die ganze Welt umspannt und nur noch ein Volk beherbergt, nämlich das der Waldelfen. Ich hätte gedacht, Ihr wisst davon, wo Euer Volk sich doch an so vieles erinnert. Füher führte ein Weg durch Horuns Bauch nach Ilian.«

»Davon habe ich nie gehört. Sei ehrlich, hat das Land der unverzweigten Quellen wirklich im Verborgenen überdauert?«

»Es gibt Ilian noch so wie mich und Euch, Herrin. Alle Gewässer stammen von dort. Bis zu meinem zehnten Lebensjahr war es im Winter mein Zuhause.«

Walgreta versuchte, sich vorzustellen, dass das die Wahrheit war. Vielleicht gehörte es aber zu Fayanús Talent als Wandererzählerin, dass sie immer den Eindruck erweckte, ehrlich zu sprechen.

Eine Weile beobachteten sie die Nebel, die unaufhörlich aus den feuchten Wäldern stiegen und über den See krochen, und Walgreta ertappte sich dabei, wie sie tatsächlich Ausschau hielt nach Lindwürmern. Aber sie sah keine. Natürlich nicht … Oder?

Die Welt war riesig. Wer wusste schon, was sich in ihr verbarg? In ihren Lehrjahren hatte Walgreta mehr Geheimnisse und Rätsel erlebt als Antworten erhalten, und die Sphäre der Wyken war ja nur ein Teil der Wirklichkeit. Fayanú hatte bei ihrem Volk und auf der Wanderschaft bestimmt vieles erlebt, was Walgreta sich gar nicht vorstellen konnte. Plötzlich verspürte sie das Bedürfnis, Fayanú etwas von der Zauberei zu zeigen, die sie beherrschte. Doch sie tat es nicht, da sie sich ihrer Geltungssucht peinlich bewusst war.

»Bist du deshalb nach Horuns Bauch gekommen, um den alten Weg nach Ilian zu nehmen?«, fragte sie stattdessen.

»Ach was. Ich will nicht zurück. Sonst würde ich die Iliaden suchen.«

Trotz ihres flapsigen Tons glaubte Walgreta ihr den Schmerz anzuhören, den es ihr bereiten musste, keinen Kontakt mehr zu ihren Leuten zu haben.

Fayanú wandte sich ab und begann, Fledermaus zu streicheln, bis es der Gans zu viel wurde und sie sich watschelnd ein paar Schritte entfernte.

»Du kannst deiner Familie nicht verzeihen, was sie dir aufgebürdet hat«, stellte Walgreta fest.

»Ja. Oder … ich weiß es nicht. Was fändet Ihr schlimmer: Wenn die Zukunft bereits festgelegt wäre oder wenn es von unseren Entscheidungen und Taten abhinge, was mit uns geschieht?«

Walgreta legte den Kopf schief. Sie dachte an ihr eigenes Leben, ihre zerstörte Hoffnung, eine Wyka zu werden. Hätte von Anfang an festgestanden, dass sie niemals die Nachfolge einer Wyka antreten würde, wäre alles Bemühen, Hoffen und Bangen nichts als eine sinnlose Quälerei gewesen. Aber wenn es nicht das ihr vorherbestimmte Schicksal war, dann war alles, was in den letzten sieben Jahren geschehen war, ihrem persönlichen Versagen zuzuschreiben.

»Natürlich will man frei sein, Herrin über Sieg und Scheitern«, sagte sie. »Aber wenn man dann wirklich scheitert …«

»… dann will man, dass es Schicksal war«, beendete Fayanú plötzlich zusammen mit ihr den Satz, und sie grinsten beide.

»Vorher Freiheit, nachher Schicksal. So hätte ich es am liebsten.« Walgreta zuckte kichernd die Schultern. Sie wunderte sich. Wer hätte gedacht, dass sie über ihr Versagen bei den Wyken *kichern* würde?

Doch dann wurden sie wieder ernst.

»Aber du meinst noch etwas anderes«, begann Walgreta vorsichtig. »Entweder die Elfen vom Wald haben dich willentlich dem ausgesetzt, was dir widerfahren ist, um die Iliaden durch dich zu bekommen … oder sie haben sich dem Schicksal gebeugt, das von ihnen verlangte, dich, ihr eigenes Kind, zu opfern. Ich glaube, das ist die Frage, die dich nicht loslässt.«

Sie sah Fayanú an, dass es stimmte, und ein tiefes Mitleid ergriff sie, das urplötzlich in Wut umschlug: »Sich dem Schicksal zu beugen, auf diese Weise – wenn du mich fragst, kann man gar keine größere Schuld auf sich laden!«

Etwas in Fayanús Blick brach auf. Als würde sie Walgreta zum ersten Mal wirklich anschauen … und sich für sie interessieren.

Donner erscholl von den Bergen her, als Himmel und Erde sich gegeneinanderwarfen.

»Komm«, sagte Walgreta. »Gehen wir rein.«

23

ES WAR IRRITIEREND, FAYANÚ wieder in dem Lederwams zu sehen. Nichts verriet mehr ihr Geschlecht. Ihre Art, sich zu bewegen, sogar ihre Miene und ihr Tonfall hatten etwas, was Walgreta zutiefst männlich vorkam, auch wenn sie es nicht an Einzelheiten festmachen konnte.

Nach dem Einsalben der Wunden, die gut verheilten, und dem Abendessen saßen sie schweigend in Walgretas Zimmer am Herdfeuer, jede in ihre eigenen Gedanken versunken, während draußen der Sturm heulte. Walgreta, die Flachs zu einem Faden auf eine Spindel wickelte – eine Tätigkeit, vor der sich leider keine Frau drücken konnte, insbesondere in den dunklen Jahreszeiten nicht –, merkte, wie sie immer wieder zu Fayanús Frage nach der Vorherbestimmtheit aller Ereignisse, in der Vergangenheit wie in der Zukunft, zurückkam.

Noch auf der Suche nach den richtigen Worten räusperte sie sich. »Bei unserem ersten Gespräch wusstest du etwas über meine Vergangenheit, Fayanú«, sagte sie, ohne ihre Spinnarbeit zu unterbrechen. »Dass ich es bereuen würde, wieder hierher zurückgekommen oder je von hier fortgegangen zu sein. Was weißt du noch über mich, was ich dir nicht selbst gesagt habe?«

Fayanú beugte sich vor und stützte die Arme auf die Knie. »Ihr sagtet, dass Ihr mich kennenlernen wolltet. Was Ihr nicht gesagt habt, ist, dass ich auch Euch kennenlernen soll. Ihr wollt von mir gesehen werden.«

Walgreta widersprach nicht, sondern drehte nervös die Spindel. »Warum würde ich das wollen?«

»Jeder will gesehen werden. Man ist sich selbst eine große Frage. Ihr traut mir eine Antwort zu.«

»Hast du denn eine?« Walgreta blickte auf. Sie spürte, dass sie nicht mehr atmete. Doch wozu brauchte sie schon Atem, wenn sie endlos in Fayanús Augen versank? Und auch Fayanú sah sie auf diese neue, leuchtende Weise an, wie heute auf dem Balkon …

»Ich könnte Euch eine geben«, sagte Fayanú langsam. »Aber dann müsst Ihr mir versprechen, dass ich gehen kann, wann immer ich will – mit all meinem Hab und Gut.«

»Nichts, was du mir sagst, soll dir schaden.«

»Auch was ich Euch zeige, müsst Ihr geheim halten. Schwört es!«

Kurz durchzuckte Walgreta der Gedanke, wie anmaßend die Elfe war, als heimatlose Vagabundin von einer Hochgeborenen Horuns einen Schwur zu fordern. Aber immerhin war wohl auch Fayanú etwas Besonderes. »Ich schwöre, dass ich deine Geheimnisse wahren werde.«

Fayanú schien sich damit zufriedenzugeben. »Also wollt Ihr,

dass ich Eure Vergangenheit sehe, so wie sie war, mit allen Schattenseiten?«

Walgreta nickte nervös.

Fayanú stand auf und öffnete ihren Quersack. Sie nahm ein Gefäß heraus – den Becher, mit dem sie Wasser aus dem Weiher geschöpft hatte, als Walgreta sie zum ersten Mal sah.

Fayanú füllte ihn nun auch mit Wasser und stellte ihn zwischen sich und Walgreta auf den Boden. »Die Überlieferung der Elfen besagt, dass die Zauberkraft dieses Bechers darin besteht, dass Fische freiwillig hineinspringen. Aber in unserer Sprache sagt man auch, wenn eine lange vergessene Erinnerung zurückkehrt, dass man ›Fische unter spiegelndem Wasser entdeckt‹ hat.«

Walgreta machte große Augen, als sie begriff. Der Blickende Becher – die Iliade der Menschen vom Seenland! Der Blickende Becher befand sich in Fayanús Besitz.

»Wie hast du ihn bekommen? Er galt jahrhundertelang als verschollen.«

»Mein Volk wusste dank der Lindwürmer, wo er sich befindet. Auch die Flüsternde Flöte war für uns nie verschollen. Die Elfen vom Wald haben die magischen Artefakte nur nicht geholt, weil …« Sie seufzte. »Angeblich sahen sie in der Sternenscheibe – der Iliade, die die Zukunft zeigt –, dass sich Ilian wieder über die ganze Welt ausbreiten und die Herrschaft des Kleinen Volkes enden würde, sobald der Blickende Becher und die Flüsternde Flöte den Elfen vom Wald wieder geschenkt würden.«

Walgreta erschrak, wie leichtfertig Fayanú vom Ende der Zwergenherrschaft sprach. »Dann haben die Elfen vom Wald die Iliaden nicht früher geholt, weil sie ihnen geschenkt werden sollen – weil sie *dir* geschenkt werden sollen. Du wurdest losgeschickt, um die Zuneigung derjenigen zu gewinnen, die die Iliaden besitzen … Wie schrecklich!«

Fayanú starrte in den Becher und schien unwillig, darauf einzugehen. »Beug dich vor, Waldgrüne Herrin.«

Walgreta dachte daran, dass die Elfe sie nie zuvor so vertraulich angesprochen hatte. Doch sie folgte der Aufforderung, so dass ihre Köpfe sich berührten. Im warmen Schein des Herdfeuers spiegelten ihre Gesichter sich überraschend deutlich auf der Oberfläche, das eine dunkler, lang und hochwangig, das andere hell und rund. Walgreta fand, Fayanús Schönheit betonte ihre eigene, und sie freute sich wie ein kleines Mädchen über das Bild, das sie zusammen abgaben.

Dann bemerkte sie einen Strudel unter der stillen Oberfläche des Wassers. Farben glommen auf, strahlten ihr Gesicht an und erfassten Walgreta, so dass sie glaubte, in das Licht hineingesogen zu werden …

Es war wie ein Traum, in dem Walgreta wusste, dass sie träumte. Doch alles, was sie sah, erkannte sie wieder. Sie erkannte es in einer Klarheit und Fülle, wie sie im Wachsein nie erreicht wurden und nur hellen Träumen und Visionen vorbehalten blieben. Sie bewegte sich in einem Strom, der ihr Leben war. Der Anfang, wie das Ende, zerfloss in kühlem Nebel. Wo sollte sie zuerst hin?

Zum Anfang! Sie tastete sich durch die Nebel. Einmal hörte sie deutlich ihre Mutter Gildrun zu Königin Hekteba sagen, dass sie ein Kind erwartete. Sie hörte ihre Mutter in der Schwangerschaft über ihren Heißhunger lachen und fühlte, wie sie ihren Bauch streichelte, fühlte es von innen …

Walgreta wich zurück, erschrocken über die uralte, viel zu intime Berührung, und wandte sich ihren bewussten Erinnerungen zu. In Kleinigkeiten – einem bestickten Schuh, einem Geschmack, einem Ausruf – steckten Falltüren in andere und nochmals andere Zeiten. Walgreta begriff, dass die Einzelheiten ihres Lebens unerschöpflich waren und dass im Kleinsten die Ewigkeit wohnte. Aber noch befand sie sich unter dem Zwang der Zeit. Sie konnte nicht endlos in ihrer Vergangenheit umherirren. Irgendwo in weiter Ferne befand sich ihr Körper, über einen Becher gekauert, bewegt vom Takt ihres Herzschlags. Und Fayanú war bei ihr und *war* sie, während sie …

Sie ist zwei oder drei Winter alt und rennt durch Herbstlaub, das ihr um die Beine fliegt. Dann fällt sie hin, und zwei große, dunkle Hände heben sie auf. Wer ist der Mann, der ihr aufhilft? Sie kennt seinen Namen nicht und wird ihn nie kennen. Doch dieses Gesicht, wettergegerbt, voller Falten und einem Lächeln, prägt sich in ihre Seele.

Sie ist acht. Ungehalten, platzt immerzu fast vor Langeweile, ist vorlaut und albern. Mit zwei Dutzend hochgeborenen Töchtern und ein paar älteren Priesterinnen sitzt sie Nachmittag für Nachmittag in einem der großen Handarbeitssäle, spinnt und webt und stickt und lernt dabei die Geschichten ihrer Mütter auswendig. Die Priesterinnen erzählen, und die Mädchen sprechen jeden Satz einstimmig nach. Dann wird ein Mädchen aufgerufen, die Geschichte allein aufzusagen, und für jeden Fehler gibt es eine Strafe. Einmal weiß Walgreta nicht, wie eine Geschichte weitergeht, und kurzerhand erfindet sie etwas Freches. Die anderen Mädchen kringeln sich vor Lachen, doch die Priesterinnen verstehen keinen Spaß. Sie befehlen Walgreta, zur Quelle der Tränen hinaufzupilgern, über Nacht davor zu wachen und die Große Geberin um Vergebung zu bitten. Sie soll auch ihr kostbares Kleid als Opfer dort lassen. Die anderen Mädchen erzittern bei dieser Vorstellung, aber Walgreta verneigt sich, als sei es ihr eine Ehre. Auf dem Weg nach oben merkt sie, dass sie Angst vor dieser einsamen Nacht im Wald haben könnte, doch sie lässt die Angst nicht in sich hinein. In ihr lodert der Grimm. Mögen die Sorgen der anderen Mädchen sie umklirren wie Eis!

Es wird die längste Nacht ihres Lebens. Die Finsternis erstickt das letzte bisschen Gelassenheit, das sie gewahrt hat. Blind und schutzlos fühlt sie sich von Augen beobachtet, und jedes Geräusch, das sich vom traurigen Plätschern der salzigen Quelle abhebt, lässt sie eine Bestie erwarten, die sich auf sie stürzt. Sie fleht die Große Geberin um Vergebung an, um Schlimmeres abzuwenden, und betet auch um Verzeihung, dass ihre Reue so selbstsüchtige Gründe hat. Als der Mond untergeht, fällt sie in einen ohnmachtsgleichen Schlaf voll wirrer Albträume, und erst die Priesterinnen, die zum Morgenritual heraufkommen, wecken sie.

Kaum ist sie nicht mehr allein, trägt sie wieder ihre trotzige Gleichgültigkeit zur Schau, um die Priesterinnen zu schockieren.

Königin Hekteba fasst sie an den Schultern und beäugt sie. Für Walgreta ist ihre Großmutter mehr eine Göttin als eine Frau aus Fleisch und Blut, mehr eine Naturgewalt als eine Herrscherin. Wenn sie sich die Riesin Horun vorstellt, trägt sie Hektebas Züge.

»Was bist du für ein außergewöhnliches Mädchen. Heute wirst du nicht am Unterricht teilnehmen. Du wirst bei mir sein und sehen, was Strafen bedeuten.«

Gleichermaßen stolz und beunruhigt folgt Walgreta ihrer Großmutter an diesem Morgen in den Thronsaal. Ganz genau beobachtet sie, wie die Priesterinnen um Hekteba herumhuschen und Streiter vor ihr katzbuckeln. Die knappen, zackigen Gesten der Königin verlängern sich durch die anderen in größere Bewegungen, in gemeinsame Taten, und ihre Befehle vervielfältigen sich durch zahllose Echos und Auslegungen. Walgreta begreift, dass Königin Hekteba der Ursprung aller Handlungen in Horuns Bauch ist, dass alles Leben in der Stadt ein Nachhall des Lebens der Königin ist. Sie empfindet Ehrfurcht. Ob sie einmal Hektebas Nachfolgerin wird?

Walgreta darf sich auf einen kleinen Schemel zu Füßen der Königin setzen. Zuerst treten Händler vor den Thron. Sie bringen Geschenke und bitten um Erlaubnis, in Horuns Bauch zu tauschen. Anfangs findet Walgreta den feinsinnigen Wechsel von Worten und Waren faszinierend und müht sich, anmutig wie eine Staute dazusitzen. Doch mit der Zeit wird ihr auch das langweilig. Als sie schon glaubt, es nicht mehr auszuhalten, endet das Vorsprechen der Händler, und es gibt eine kurze Pause mit Erfrischungen für die Priesterinnen. Walgreta beobachtet auch ihre Mutter Gildrun, befindet sie aber für uninteressant und heftet ihren Blick lieber wieder an Hekteba, die selbst kauend der Welt noch Vorbild ist.

Nach der Pause treten Urier in groben Fellumhängen und Lederharnischen ein, gefolgt von Streitern, die Menschen in Ketten mit sich führen. *Sklaven*, denkt Walgreta mit jenem flauen Gefühl im Magen, den der Anblick von Sklaven ihr immer bereitet. Aber dann sieht sie, dass die Gestalten blutig sind. Sie müssen getreten und gestoßen werden, um vor der Königin zu knien. So dumm sind Sklaven doch sonst nicht?

Aus dem Gespräch mit den Uriern und den Streitern geht hervor, dass es keine Sklaven sind, sondern Rebellen. Walgreta hat das Wort noch nie gehört. Es scheint ein Menschenvolk zu sein. Die Urier erzählen, dass die Rebellen sie bekämpfen, obwohl die Urier doch vom Kleinen Volk die Erlaubnis haben, ihre Viehherden im Mitterland zu weiden.

»Zum Ausgleich dürft ihr euch das Land nehmen, das den Rebellen gehörte«, sagt Hekteba den Uriern. Dann wendet sie sich an die Gefangenen: »Da ihr euer Land verloren habt, droht euch der Hungertod. Doch aus Gnade geben wir euch Arbeit in unseren Minen. Wenn ihr unsere Gnade nicht annehmt, müssen wir davon ausgehen, dass die Not euch zu Räubern machen wird. Das können wir nicht zulassen. Nehmt ihr also unsere Hilfe an?«

Einer nach dem anderen werden die Rebellen gefragt. Die, die weinend *Danke* flüstern, werden von den anderen grob beschimpft. Doch die meisten bedanken sich nicht, sondern brüllen Verwünschungen in ihrer derben Sprache.

Walgreta hat sich in der Dunkelheit der Nacht vor Bestien gefürchtet, doch jetzt, im Mittagslicht, steht sie wirklich Bestien gegenüber. Die Rebellen werfen sich gegen ihre Ketten und spucken blutig nach der Königin aus. Es fällt den Streitern nicht leicht, sie festzuhalten und mit Streitäxten zu köpfen. Blut überschwemmt den Steinboden, auf dem eben noch Händler ihre edlen Waren ausgebreitet haben.

Reglos sieht Walgreta bei alldem zu. Es ist das erste Mal, dass Menschen gewaltsam vor ihr sterben. Nie wäre ihr in den Sinn gekommen, dass man jemanden mit dem Tod bestrafen könnte. Wie kann jemand damit bestraft werden, dass er danach gar nicht mehr da ist?

Die Königin legt ihr eine Hand auf die Schulter. Walgreta spürt die Berührung wie eine Streitaxt auf sich. Nicht jeder vernichtende Hieb ist brutal. Und nicht jede Bestie brüllt.

»Stolz ist beeindruckend, nicht wahr?«, raunt ihre Großmutter. »Aber ohne Rechtschaffenheit führt Stolz ins Verderben. Du bist stolz, Walgreta. Sei auch rechtschaffen.«

Rechtschaffen. Dieses Wort verfolgt sie viele Jahre. Ihre Bewunderung für die Königin und alles, was diese umgibt, flackert auf und erlischt wie so viele Kinderträume. Sie ist von nun an gehorsam, lernt still und gründlich und wird nicht mehr bestraft. Wenn sie sich von Feierlichkeiten und königlichen Banketten früh verabschiedet, liegt sie wach im Bett und denkt an die Dunkelheit, die Nacht vor der Quelle der Tränen, fern des Tagwerks der Königin. Sie denkt daran, eine Wyka zu werden.

Ein Strudel aus Erinnerungen trug Walgreta weiter, ließ die sieben Jahre bei den Wyken aufblitzen, doch dort wollte sie nicht verweilen. Sie wandte sich dem Moment zu, als sie Fayanú zum ersten Mal am Weiher gesehen hatte, und begriff: Fayanú hatte nicht aus dem Becher trinken, sondern Walgretas Spiegelbild einfangen wollen. So hatte sie einen Blick auf ihre Vergangenheit erhascht! Fayanú war keine Zauberin, besaß aber diesen Zauberbecher.

Walgreta kam zu sich, als sie den Schemen im Nebel ihrer

Zukunft entgegenlief und zugleich vor der ersten Begegnung mit Fayanú floh, durch den Wald und zurück auf den Weg nach Horuns Bauch, wo sie die Urier sah. Den urischen Reiter, der ihr lächelnd einen Platz auf seinem Pferd bot …

Mit einem taumelnden Gefühl gelangte sie wieder in der Gegenwart an. Sie schnappte nach Luft, und Fayanú fing sie auf, bevor sie ins Herdfeuer kippte. Der vom Flammenschein erhellte Raum kam ihr schummerig vor, wie von Schleiern verhängt. War die Wirklichkeit immer so trüb?

»Ich hatte schon Sorge, du kehrst nie zurück.« Fayanú lächelte, aber ihr war die Erleichterung anzuhören. »Die meisten Leute gehen in ihre Vergangenheit, um einen bestimmten Moment zu finden.«

»Geht das denn, nie zurückkehren?« Ihre Stimme fühlte sich rau an. Dankbar nahm sie das Wasser, das Fayanú ihr reichte.

»Man würde irgendwann vor Erschöpfung ohnmächtig werden.«

Durstig trank Walgreta. Erst jetzt ließ Fayanú sie los, einen Moment später als nötig. Als sie sich in die Augen sahen, errötete Fayanú, obwohl Walgreta diejenige war, deren Vergangenheit ausgebreitet worden war.

Fayanú strich ihr über die Wange, flüchtig und zart. »Ich wusste schon vorher, dass du anders bist.«

»Anders?«

Sie schien nach Worten zu suchen. »Gerecht.«

Schaudernd schmiegte Walgreta sich in Fayanús Hand. Warm und fest und behutsam lagen ihre Finger in ihrem Nacken, fuhren in ihr Haar und streichelten sie. Tränen stiegen Walgreta in die Augen. Einfach weil die Berührung so vollkommen war, genau so, wie sie sie immer ersehnt hatte.

Eine merkwürdige Traurigkeit überschattete Fayanús Blick. Walgreta wollte die Traurigkeit aufhalten. Sie küsste die Elfe auf die Stirn.

»Behandle mich nicht, als wäre ich eine Frau«, sagte Fayanú.

»Wie dann?«

Fayanú umfasste ihr Gesicht. Als sie sie küsste, öffnete Walgreta die Lippen und schmeckte ihren heißen Atem.

24

WIE VIEL ZEIT MOCHTE vergangen sein? Walgreta und Fayanú tauchten aus Umarmungen auf und wieder ein wie in eine andere Welt. Walgreta spürte, wie sie sich unter Fayanús Berührungen verwandelte – nein, nicht verwandelte, sondern sie selbst wurde, zum ersten Mal wirklich sie selbst. Fayanús Hände und Lippen zeichneten ihr Grenzen und gaben ihr eine Gestalt. Wie einfach und erstaunlich Walgretas Gestalt war! Und Fayanú … auch Fayanú war einfach und erstaunlich. Er hatte den Körper einer Frau. Aber er war keine Frau. Er war das Andere, das zu finden Walgretas wahre Lebensaufgabe gewesen war, die Lebensaufgabe von allen. Es war so einfach!

Sie stießen aus Versehen den Blickenden Becher um, das Wasser rann eiskalt unter Walgretas Rücken, und sie mussten sich lachend aufrappeln. Als das Wasser in den Herd sickerte, verrauchten die Flammen, die ohnehin nur noch sehr klein gewesen waren. Fledermaus wachte auf und schnatterte über die Dunkelheit. Das machte sie vollends albern. Walgreta musste über irgendeine Bemerkung so sehr lachen, dass sie kaum das Stroh in die Glut stecken konnte, um ein neues Feuer zu entfachen. Als sie endlich auch den zweiten und dritten Lachanfall überwunden hatten und der Herd wieder flackerte, waren sie so ausgekühlt, dass sie sich erst einmal bibbernd ans Feuer setzten.

Walgreta erwartete jeden Moment, dass sich ein Gefühl der Befangenheit zwischen ihnen einstellen würde, doch es geschah nicht. Als hätten sie schon ihr ganzes Leben zusammen verbracht, breitete Fayanú eine Felldecke über sie beide und schloss Walgreta in die Arme. Fledermaus kam angewatschelt, und er lachte sein leises, raues Lachen und streichelte sie. Die Gans wirkte noch grimmiger als sonst, weil sie geweckt worden war oder sich ausgeschlossen fühlte oder beides.

Walgreta griff nach dem Blickenden Becher und wendete ihn nachdenklich in den Händen, so dass der Feuerschein das zarte Obsidian durchdrang und die Adern und Wolken im schwarzen Gestein sichtbar machte. Sie merkte, dass Fayanú sich anspannte.

»Hast du Angst, dass ich ihn dir wegnehme?«, fragte sie neckend.

»Er würde dir nichts bringen. Ich müsste ihn dir schon schenken, damit er seine Zauberkraft für dich entfaltet.«

Walgreta studierte das Relief am Rand. Es wirkte sehr, sehr alt, wie ein archaisches Muster, das sich dort schlängelte. »Wie glatt und schön er sich anfühlt.«

Fayanú legte seine Hände um Walgretas, und zusammen befühlten sie den Becher.

»Seinetwegen haben die Elfen mich entsandt. Seinetwegen habe ich …« Er presste die Lippen zusammen. »Eher als dass ich ihnen den Becher bringe, werfe ich ihn in den Finsteren See.«

Walgreta stellte das magische Artefakt zur Seite und wandte sich zu Fayanú um. »Mir ist der Becher egal.«

Mit brennendem Blick sah Fayanú sie an. Walgreta schlang die Arme um seinen Hals und begann alle Zweifel, die er haben mochte, mit Küssen zu vertreiben.

25

IN SEINEN TRÄUMEN STÜRZTE Mauskin in die Vergangenheit, eine funkelnde Schatztruhe voller Klingen. Er landete in den Armen von Kastanie, in ihrer weichen, nach Gräsern duftenden Wärme. Ihr silbrigbraunes Haar knisterte an seinem Gesicht, und ihr Atem wiegte ein Lächeln.

Jetzt muss ich dich wohl heiraten, hatte sie gesagt, als sie zum ersten Mal beieinandergelegen hatten, an jenem Sommermorgen auf dem Hügel hinter ihrem Dorf, als Mauskin die Sommerriten verpasst hatte und Kastanie sich ihm trotzdem hingab, einfach so, aus Liebe und völlig argloser Unsittlichkeit.

Sie war eine lustige Frau mit seltsamen Launen gewesen. Oft hatte sie tagelang stillschweigend einen Streich ersonnen, nur um über Mauskins dummes Gesicht lachen zu können. Viele Leute verstanden ihre Albernheit nicht, so wie Kastanie den Ernst des Lebens nie ganz zu verstehen schien, aber alle anderen liebten sie wie einen Dachs, der das Sprechen gelernt hatte, um mit den Menschen Späße zu treiben. Mauskin liebte sie. Auf eine merkwürdige Weise erinnerte sie ihn an seinen alten Vater, der ebenfalls zu schlechten Witzen neigte.

Sein alter Vater war zu Hause gewesen, als die Urier kamen. Die Urier hatten ihn aufgehängt und angezündet, und seine verkohlten Arme waren ausgestreckt gewesen, als Mauskin ihn fand, eine leer gebliebene Umarmung. Wie der angekokelte Strick sich knirschend im Wind gedreht hatte …

Jetzt musst du mich wohl heiraten. Kastanies Flüstern ging in einen gellenden Schrei über. Sie schrie wie bei der Geburt ihres kleinen Sohnes Amselkin, doch sie gebar nicht; aus ihr fraß sich das Feuer. Er wartete vergeblich auf ihr Lachen, aber es war kein Streich, nicht mal ein schlechter …

Als Mauskin aufschrak, gab er ein quäkendes Geräusch von sich. Er fuhr sich über den Bart und hielt sich die Hand vor den Mund, um seine Kameraden und die Hausbewohner nicht mit seinem keuchenden Atem zu wecken. Vom Herdfeuer in der Mitte des Raumes ging noch ein kräftiger Glutschein aus. Es konnte noch nicht lange her sein, dass sie sich niedergelegt hatten.

Schlaf weiter, sagte er sich. Ihnen stand ein langer Tag bevor. Aber Mauskin wusste, dass er jetzt keinen Schlaf finden würde. Er hatte ja schon Angst, die Augen zu schließen und in seiner eigenen Dunkelheit zu sehen, wie …

Ein erwachsener Mann, der sich nicht traute, die Augen zuzumachen! Innerlich fluchend, stand er auf, nahm seine Stiefel und seine Streitaxt und stieg über die Schlafenden hinweg zur Tür. Draußen war es so kalt, dass man sich von der Luft die Wangen rasieren lassen konnte. Mauskin schlüpfte in seine Schuhe und sprang von dem Steg, der das Haus mit den Nachbarhäusern am Ufer eines Baches verband. Er landete im Schnee, und seine Knie ächzten mehr als früher. In der Nähe witterten ihn die gestohlenen Pferde des Neunten Stammes und schnaubten. Kurz erwog er, zu ihnen zu gehen. Mittlerweile hatten sich die Biester mit ihm abgefunden. Sie scheuten nicht mehr vor ihm zurück und versuchten kaum noch, ihn zu beißen. Aber als er schon auf dem Weg zu ihrem Unterstand war, ging er doch an ihnen vorbei. Eine betäubende Sehnsucht zog ihn weg von allem Lebenden.

Ziellos wanderte er am Bach hinauf, bis er den Finsteren See erreichte, der das Sternenlicht spiegelte wie poliertes Metall. Schilf brach unter Mauskins Schritten. Weiter und weiter marschierte er, bahnte sich den Weg durch das Dickicht. Er musste die Streitaxt ziehen, um das Schilf niederzuschlagen. Glitzernder Frost wölkte auf. Weiter, weiter, seit Jahren schon, und vielleicht gab es kein Ende, vielleicht durfte er einfach nicht stehen bleiben, weil … weil …

Enten flatterten krächzend vor ihm auf. Mauskin hielt inne, das Herz pochte ihm bis zum Hals. Erst jetzt merkte er, wie heiß ihm vor Anstrengung geworden war. Er drehte sich um und sah die Schneise, die er ins Schilf geschlagen hatte. Ein hässlicher Pfad der Zerstörung. Seine Schultern bebten, die Streitaxt traf klirrend auf den Boden. Doch er schluchzte nicht.

Amselkin, ihr Sohn, war keine vier Sommer alt gewesen, als sie ihn verbrannten. Heute wäre er acht. Kinder wuchsen so schnell … Mit acht konnte man einem Kind das Kämpfen mit Holzwaffen beibringen, und mit zwölf hätte Amselkin sie schon auf Handelsreisen begleitet. Mit fünfzehn wäre er ihnen natürlich davongerannt, um viel zu früh irgendein Mädchen zu heiraten.

Am fernen Anfang seiner Zerstörungsschneise erschien eine Gestalt. Sie war groß und schmal, und für einen schrecklichen Augenblick zweifelte Mauskin nicht, dass es sein Sohn war, sein erwachsener Sohn. Aber dann erkannte er Eliodys geschmeidigen Gang, da sie auf ihn zukam. Nein, er war kein seniler Alter, der seine Albträume mit der Wirklichkeit verwechselte. Er hatte keine Träume, nur Erinnerungen.

Eliody blieb vor ihm stehen. In ihrem müden, abgekämpften Gesicht sah er die Schatten des Unglücks, das sie noch vor sich hatten. Er wusste nicht, was er sagen sollte. Beschämt steckte er seine Streitaxt wieder in den Gürtel.

Eliody sah auf den See hinaus, dann an den schroffen Bergen hoch, die nur innezuhalten schienen, um ihr Spiegelbild zu betrachten. Ein beißender Wind kam auf und trieb Schneeflocken vor sich her. Die Wolkenschleier zogen um die Gipfel. Dahinter erstreckte sich ein endloses Sternenmeer. Es sah aus, als wären die Schneeflocken gefallene Sterne.

»Wie seltsam«, sagte Eliody leise. »Ich bin sicher, dass wir kein Jahr mehr leben werden. Aber ich bin glücklich. Ich weiß nicht … ob ich früher je so glücklich war.«

Ihre Worte erschreckten ihn. Auch er kannte jenes gleißende, verwirrende Glück, das in der tiefsten Dunkelheit aufblitzen konnte – wenn man nichts mehr zu verlieren hatte, durch Kummer und Verlust leicht und frei und unverwundbar geworden war. Es war ein stärkeres Gefühl als die Zufriedenheit, die sie verloren hatten.

Was für ein entsetzlicher Gedanke! Er betrachtete Eliody, ihr schönes, vom Sternenlicht umrissenes Profil. Übermächtig wuchs in ihm das Verlangen, sie an sich zu ziehen und nichts mehr zu spüren als ihre Haut, ihren biegsamen Körper …

Es wäre genau dieses Glück. Und danach wäre alles wie vorher, nur schlimmer.

Jetzt musst du mich heiraten.

Sie hatten noch nicht alles verloren, bei weitem nicht. Solange Fürst Noharion lebte, hatte auch ihr Leben einen Sinn.

Er zog die Nase hoch und räusperte sich, um sicherzugehen, dass seine Stimme nicht bebte. »Wir sollten schlafen. Morgen steht uns viel bevor.«

Ihnen blieb keine andere Wahl. Am vergangenen Abend hatte Mauskin es immer wieder gesagt. Nun, am Morgen, wiederholte er es in Gedanken, ohne seine eigenen Sorgen damit verscheuchen zu können.

Sein übernächtigter Blick wanderte an den unwirtlichen Ufern des Finsteren Sees entlang, der ausgerechnet heute alles andere als finster unter der Wintersonne glitzerte. Kein Hauch von Nebel zeigte sich. Trotzdem. Sie mussten mit den Pferden über das Eis. Würden sie den langen Weg über die westlichen Berge nach Horuns Bauch nehmen, würden sie es nicht rechtzeitig zur Hochzeit von Hauptmann Ganwalen schaffen, die wie alle Eheschließungen des Kleinen Volkes zur Wintersonnenwende stattfand.

Zwei Dinge sprachen dagegen, mit den gestohlenen vier Pferden, die sie noch besaßen, über den See zu ziehen. Erstens konnten die Pferde ausrutschen und sich die Knochen brechen, was nicht nur den Verlust eines kostbaren Besitztums bedeuten würde, sondern auch das Scheitern ihres langegehegten Plans, Fürst Noharion vom Neunten Stamm der Urier zu vernichten – oder, besser gesagt, vernichten zu *lassen*.

Zweitens waren sie von weither sichtbar, wenn sie sich auf das Eis begaben. In den zwei Mondphasen seit ihrem Diebstahl hatten sie eine rastlose Reise kreuz und quer durch das Land hinter sich gebracht, um alle Pferde bis auf vier zu verkaufen oder an Freunde zu verschenken und zugleich ihren urischen Verfolgern immer wieder zu entkommen. Nun schien es, als hätten sie die Urier abgehängt – später als geplant, aber immerhin. Sofern die Urier wirklich auf die falsche Fährte reingefallen waren, die nach Norden führte … und sofern sie Mauskin und seinen Freunden nicht eben diese Unverfrorenheit zutrauten, für ein Fest nach Horuns Bauch zu reisen.

Beides vorausgesetzt, hing Mauskins ganze Hoffnung daran, dass Fürst Noharion nicht zu früh zur Hochzeit aufkreuzte, sondern erst am Tag der Wintersonnenwende – wenn die Freunde längst über alle Berge wären. Oder wenigstens über ein paar davon.

»Und außerdem könnten wir einfach durch das Eis brechen«, knurrte Faridas, der den Pferdemist im Schilf verscharrte. Sie durften keine Spuren hinterlassen – auch damit das Dorf nicht in Schwierigkeiten geriet, falls Fürst Noharion vorbeikam.

»Weißt du, wie oft wir schon Säcke voller Korn über diesen See geschleppt haben? Das Eis ist zu dieser Jahreszeit dicker als Baumstämme«, erwiderte Rehfang gereizt.

Auch Mauskin verdrehte die Augen. Faridas war ein Urier und nicht im Seenland aufgewachsen. Das Einzige, was ihm mehr Angst machte als Wasser, war Wasser mit Eis darauf.

»Und weißt *du*, wie schwer solch ein Ross ist?«, knurrte Faridas zurück – bestimmt zum hundertsten Mal, seit sie beschlossen hatten, den Weg über den See zu nehmen. »Dicker als Baumstämme, papperlapapp! Was für Baumstämme denn? Doch höchstens die einjähriger Birken!«

Während sich das altbekannte Gespräch zwischen Faridas und der Vernunft entspann, diesmal vertreten durch Rehfang, ging Mauskin zu den Pferden, streichelte ihr weiches Fell und zupfte ihnen Stroh aus der Mähne. Das größte und schönste Pferd, ein heißblütiger schwarzer Hengst mit weißer Blesse, die spitz zulief wie ein Dolch, war Noharions Schlachtross. Mauskin hatte den Fürst auf ihm reiten sehen, mit wehendem Umhang, dem gefürchteten Kurzbogen der Urier und einer gehörnten Kappe ... dieser Angeber!

»Ich bin froh, wenn wir die Gäule los sind«, sagte Oteba. Die Zwergin verwischte die Spuren der Hufe im Schnee mit einem Tannenzweig, wobei sie respektvollen Abstand zu den Tieren hielt. »Es ist einfach nicht richtig, dass Sterbliche sich von anderen Sterblichen auf dem Rücken tragen lassen. Einfach nicht richtig.«

Mauskin lachte. Oteba hatte sich bisher nicht mit den Pferden anfreunden können und war nur mit Farida geritten, der fast besser reiten konnte als gehen.

»Es ist wirklich eine Sünde«, sagte Eliody, die lautlos den Bach heraufgekommen war. Für Elfen war es undenkbar, Tiere in Gefangenschaft zu halten, und obwohl Eliody nicht gerade traditionell lebte, steckten ihr viele Eigenarten ihres Volkes in den Knochen. »Ich habe kein Anzeichen von unseren Verfolgern gefunden. Wenn sie auf der Reise nach Horuns Bauch sind, dann haben sie nicht den Weg entlang der Fünf Hellen Seen genommen, sondern über die Berge.«

Sie streichelte die Pferde, wobei ihr dünner Umhang zurückglitt und ihre tätowierten Arme entblößte. »Ich werde das angenehme Reisen zu Pferd trotzdem vermissen.«

»Und ich werde Horuns Bauch vermissen«, murmelte Oteba. Nachdenklich blickte sie über den See. »Obwohl ich das hochgeborene Pack hasse, missfällt es mir irgendwie, von ihnen gehasst zu werden.«

Mauskin klopfte ihr auf die Schulter. »Es ist immerhin deine Heimat. Ich sag's noch mal: Du musst nicht mitkommen, wenn …«

Oteba schüttelte ihn ab und sah sich nach den anderen um. »Wie viele Jahre braucht ihr noch? Lasst uns endlich Krieg zwischen den Zwergen und Uriern säen, damit hier Blut fließt!«

In dem Moment fiel Mauskin auf, dass die alte Frau, in deren Haus sie hatten nächtigen dürfen, mit ihren zwei kleinen Enkelsöhnen gekommen war, um sich zu verabschieden. Das Lächeln der Alten erstarrte, und sie machte mit den Kindern sogleich wieder kehrt.

Oteba lief rot an.

»Nun … wenn sonst niemand ausrutscht heute …«, sagte Rehfang vergnügt.

Dann nahmen sie die Pferde am Zaumzeug und führten sie durch das Uferschilf. In angespannter Stille betraten sie das Eis.

26

MAMAGOTT MUSSTE SIE LIEBEN – oder Fürst Noharion hassen –, denn kaum waren sie auf dem See, zogen Nebel von den Wäldern im Westen auf und verbargen sie zumindest vor möglichen Beobachtern, die auf dem Gebirgsweg nach Horuns Bauch sein mochten.

Das glatte, dunkle Eis gluckerte und ächzte unheimlich unter ihnen. Wenn wenigstens Schnee liegen würde! So war es entsetzlich leicht auszurutschen … Einmal geriet eins der Pferde ins Straucheln und versetzte auch die anderen Pferde in Panik. Obwohl Faridas Schweiß auf der Stirn glänzte, reagierte er sofort und brachte die Tiere rasch wieder unter Kontrolle. Danach machte er eine unflätige Geste in Richtung Himmel, die etwas mit seinem Gemächt zu tun hatte und in etwa besagte, dass er der Größte war.

Während sie ihren Weg über das trügerische Eis fortsetzten, bang auf jeden auftretenden Huf horchend, schloss sich wieder jene Enge um Mauskins Brust, die er am meisten fürchtete. Es war die Sorge um seine Freunde. Dabei musste er kalt und ruhig bleiben, so wie die anderen auch. Jeder von ihnen – Oteba, Faridas, Eliody und Rehfang – trug so tiefe Wunden in der Seele, dass sie für ein normales Leben ohnehin nicht mehr geeignet waren, und trotzdem … sie mochten verbittert sein, aber sie hatten nicht alles an Charakter eingebüßt.

Für einen Moment erlaubte Mauskin sich, seine Liebe zu ihnen zuzulassen. Sogar Rehfang sah er wieder als Knirps vor sich, wie er auf die Apfelbäume kletterte, eifrig nach ganz oben, bis ein Ast brach und er herabstürzte, und wie damals krallte sich die glühende Angst in Mauskins Herz, die nur wenige Menschen in ihm auslösen konnten.

Nein. Er durfte sich seinen Sentimentalitäten nicht hingeben. Er durfte nur an einen denken: Fürst Noharion.

Noharion. Das Schwein.

Immer dichtere Nebel zogen auf. Es schien bereits zu dämmern, so als müsste dieser Tag jung sterben. Irgendwo in den trüben Schwaden hörten sie Kinder lachen. Und dann sauste ein Schlitten an ihnen vorüber. Vor ihnen tauchten die Grotten auf, in denen zu anderen Jahreszeiten die Boote vor Horuns Bauch anlegten. Ein paar Streiter hielten Wache. Als sie die Händler kommen sahen, befahlen sie den Kindern, ihre Schlittenrennen zu unterbrechen.

»Geschenke für Hauptmann Ganwalen und die Priesterin Didanwen«, rief Mauskin in seinem beschwingtesten Ton.

Daran, wie unbeeindruckt Streiter und Kinder von den schönen Tieren waren, ließ sich erahnen, wie viele Gäste schon mit prunkvollen Geschenken eingetroffen waren. Mauskin verteilte ein paar Strähnen dickes Pferdehaar, die als Saiten für Instrumente verwendet werden konnten. Dann ließ man sie passieren.

Der Weg zur Stadt im Berg war freigeschaufelt worden, doch nun begann neuer Schnee zu fallen, weich und flaumig. Als sie oben ankamen, mühten sich Männer, den Weg erneut freizuschippen.

Der Platz von Horun lag beinahe verlassen da, doch im Inneren des Berges herrschte Feststimmung. So viele Gäste waren gekommen, dass Hauptmann Ganwalen und Didanwen nicht oben bei den Hochgeborenen empfingen, wie es sonst Brauch war, sondern unten beim gemeinen Volk. Mauskin und seine Freunde reihten sich in die Schlange vor der Tribüne ein, auf der das künftige Königspaar saß. Große Feuerschalen brannten zu beiden Seiten, und Felle zum Sitzen waren ausgebreitet. Es gingen auch Priesterinnen umher, um die Neuankömmlinge mit heißer Brühe und Brot zu begrüßen.

Auch ich werde die Hauptstadt der Zwerge vermissen, dachte Mauskin, während er die Brühe trank und sich für einen Moment erlaubte, nach der beschwerlichen Reise auszuruhen. Dann sah er sich in der weiten Halle um. Er erspähte ein paar urische Blondschöpfe: da den Gesandten des Fürsten vom Vierten Stamm und dort, auf dem Weg nach oben, den Fürsten des Ersten Stammes mit seinen Männern. Der Erste Stamm – wie auch der Zweite, Fünfte und Achte – war nicht sehr bedeutend und bestand hauptsächlich aus kleineren Hirtenverbänden. Gefährlicher waren da schon der Dritte oder der Vierte. Die großen Heerscharen schließlich gehörten zum Sechsten, Siebten und Neunten Stamm. Von ihnen entdeckte Mauskin noch niemanden. Sie waren mächtig genug, um sich nicht um die Gunst der Zwerge bemühen zu müssen.

Hoffentlich tat Fürst Noharion es trotzdem.

Das hing von den Überredungskünsten des falschen Sechsten Fürsten Rianon ab. Was für eine seltsame Laune des Schicksals, dass Mauskin und Fürst Noharion einmal denselben Mann als ihren Handlanger bezeichnen würden! Rianon war ein bemerkenswerter Bursche. Fürst Noharion traute bisweilen seinen eigenen Söhnen nicht, aber dem Doppelgänger des Fürstensohnes aus dem Sechsten Stamm, der Noharion seine wahre Identität erfolgreich verheimlicht hatte, war es gelungen, in den engeren Kreis des Neunten Fürsten vorzudringen und dort auch zu bleiben. Ein seltenes Einfühlungsvermögen war dafür ebenso notwendig wie das Talent, sich dem Fürsten immer wieder als nützlich zu erweisen. Mauskin würde Rianon im Auge behalten müssen.

Endlich waren sie an der Reihe. Sie führten die Pferde vor Ganwalen und Didanwen, die nach Hunderten von Beglückwünschungen immer noch höflich lächelten.

»Verehrte Priesterin Didanwen, verehrter Hauptmann Ganwalen«, begann Mauskin. »Wir sind nur eine Gruppe einfacher Händler, die jedes Jahr nach Horuns Bauch pilgern. Obwohl wir, wie Ihr sehen könnt, aus allen Winkeln dieser Erde stammen, ist die Hauptstadt des Kleinen Volks immer wieder aufs Neue unser liebstes Ziel. Eine so glückliche Verbindung wie zwischen Euch beiden rührt daher unser Herz besonders, und wir wünschen Euch eine kinderreiche Ehe, die ganz Horuns Bauch eine Zeit des Friedens und der Fruchtbarkeit schenken möge. Als Zeichen unserer Freude wollen wir Euch diese Pferde geben: Sie stammen aus der Zucht von Sorike, dem wahren Sechsten Fürsten der Urier. Er hat sie gern mit uns getauscht, als er hörte, dass wir auf dem Weg zu Eurer Hochzeit sind.« Diese kleine Spitze gegen Rianon hatte er sich nicht verkneifen können.

»Sehr freundlich«, sagte Hauptmann Ganwalen und klang skeptisch. »Wie geht es dem Sechsten Fürsten? Man hört dieser Tage viele Gerüchte, dass sein Stamm zersplittert ist und sich gegenseitig bekriegt.«

»Genaues wissen auch wir nicht.« Mauskin deutete eine Verneigung an. »Wir sind nicht seine Gesandten, sondern nur

Händler, die ihn trafen, als wir auf dem Weg nach Horuns Bauch waren.«

»Wie viele Tagesreisen entfernt?«, erkundigte sich Ganwalen sofort.

»Eine halbe Mondphase«, sagte Mauskin rundheraus.

Ganwalen und auch Didanwen atmeten sichtbar auf. Die Nähe eines Fürsten, der in Machtkämpfe mit seinen eigenen Männern verwickelt war, konnte bedeuten, dass die Handelswege litten und das Kleine Volk sich einmischen musste.

Didanwen erhob sich von ihrem Thron, um die Pferde zu begutachten. Die Priesterin war trotz der beträchtlichen Holzabsätze ihrer Schuhe so klein, dass sie kaum bis zur Widerristhöhe reichte. Dennoch streckte sie die schmuckklimpernde Hand aus, um die Tiere zu streicheln. Die Pferde scheuten nervös, und auch Didanwen zog erschrocken die Hand zurück.

»Pferde sind nur vor einen Wagen gespannt schicklich. Daran müssen die Tiere vermutlich erst noch gewöhnt werden«, sagte Ganwalen etwas kauzig.

»Sie sind sehr schön«, sagte Didanwen. »Was für ein kostbares Geschenk. Sagt Ihr mir Eure Namen?«

Mauskin stellte alle in der Gruppe vor.

»Jeder aus einem anderen Volk«, stellte Didanwen mit einem Lächeln fest. »Möge Eure Freundschaft der Welt ein Vorbild sein. Ich fühle mich geehrt, dass Ihr zu unserer Hochzeit gekommen seid. Vielen Dank.«

»Fühlt Euch in Horuns Bauch wie zu Hause«, sagte nun auch Hauptmann Ganwalen und trat neben Didanwen. Es war nicht zu übersehen, wie die junge Priesterin sich neben ihm anspannte. Trotz ihrer hohen Ämter schien sie sich vom Auftreten des Hauptmanns eingeschüchtert zu fühlen. Sicher war es keine Liebesheirat. Ganwalen klopfte den Pferden auf den Hals, was sie sich lieber gefallen ließen als Didanwens zarte Berührung.

»Der Pferdewagen ist königlicher als das Reiten«, sagte Mauskin. »Trotzdem kann man die Vorteile des Reitens im Kampf schwer von der Hand weisen.«

Ganwalen sah ihn prüfend an, aber natürlich widersprach er nicht. Es war kein Geheimnis, dass die Urier das Mitterland kontrollierten, immer weiter ins Seenland vorrückten und die jahrhundertealte Herrschaft des Kleinen Volkes in Frage stellten. Lange würden die Streiter von Horun nicht mehr in den Bergen sitzen bleiben können, ehe man sie Feiglinge nennen musste.

»Fürst Sorike vom Sechsten Stamm hat eine prachtvolle Pferdezucht«, fuhr Mauskin fort. »Er wäre sicher zu einem größeren Tausch bereit, wenn Ihr irgendwann Eure Liebe zu den Tieren entdeckt.«

»Ich danke Euch. Gewiss seid Ihr müde von der Reise. Lasst Euch ein Lager zeigen«, sagte Ganwalen und setzte sich wieder auf den Thron. Dann winkte er seine Männer heran, damit sie sich um die Pferde und die Gäste kümmerten.

27

WALGRETA HATTE DIE BUNTEN Vorhänge ihres Bettes zugezogen. Nur eine Brennschale mit Dufthölzern spendete Helligkeit, vervielfacht von den Goldplättchen am Saum der Stoffe. Wie in einer großen Laterne lag sie mit Fayanú zwischen Decken und Kissen, warm trotz des eisigen Windes, der draußen heulte und alle Türen und Kristallfenster knarzen ließ. Walgreta war sogar mehr als warm. Ihr Körper glühte vom Scheitel bis in die Zehenspitzen. Fayanús Haut war dagegen kühl und glatt wie poliertes Holz, aber er beteuerte, nicht zu frieren.

»Die Leute vom Alten Volk sind gegen Kälte unempfindlicher, sagt man«, fiel Walgreta ein.

»Was sagt man noch?«, fragte er spöttisch.

Sie folgte mit den Fingern dem breiten, geschmeidigen Bogen seiner Schultern, als er sich über sie beugte. Folgte dem Nacken hinauf zum Haaransatz, zu den dichten, struppigen Locken, die im Licht einen Kupferschimmer hatten.

»Dass ihr nie aus Freude lacht. Dass ein Lächeln eine Drohung ist …«

Walgreta fuhr seine Mundwinkel, seine Augenbrauen nach, dunkel und feinhaarig wie die Flügel eines Falters. Und seine Augen … Ein süßer Schmerz sprang in ihr auf, weil sie seine Schönheit niemals fassen, ihn nie ganz würde besitzen können. Sie würde nie mehr von ihm haben als diesen Anblick, diese Berührung.

Er nahm ihr Handgelenk und drückte es ins Kissen. »Was könnte ich dir androhen?«

»Vieles. Alles …«

Still senkte er sich herab und küsste sie, küsste sie sehnsüchtig, dann beinah wütend, weil sie nur das hatten, nur die Vergänglichkeit, wieder und wieder. Walgreta berührte seine Brust, und er zuckte zurück, ganz leicht nur, als wollte er sich nicht anmerken lassen, dass es ihn verunsicherte. Er legte seine Stirn in ihren Nacken, scheu ihren Blick meidend.

Wie zart seine Haut war. Walgreta erschauderte bei der Vorstellung, wie groß seine Verletzlichkeit war, und sie schwor sich, ihn vor allen Gefahren zu beschützen. Könnte sie ihn doch hemmungslos umarmen! Aber sein Rücken war noch nicht ganz verheilt.

Er schob ihre Beine auseinander und berührte sie auf diese Weise, bei der sie glaubte, an sich selbst zu ertrinken. Fahrig versuchte sie, seine Bewegungen nachzuahmen, ihm alles zurückzugeben, aber ab einem gewissen Punkt versank sie in der Unendlichkeit ihrer eigenen, unteilbaren Strömung, einem geheimnisvollen Ende entgegen, das nach dem Zederndu ft von Fayanús Haar und der klaren, zitternden Glätte seiner Lippen schmeckte.

Danach lagen sie mit pochenden Herzen übereinander, unfähig zu sagen, welches Bein und welcher Arm wem gehörte, und hatten Durst.

Sie tranken kaltes Wasser.

»Zeigst du mir jetzt deine Vergangenheit?«, fragte Walgreta, als sie den Blickenden Becher in den Händen hielt.

Er gähnte. »Ich bin todmüde. Lass uns schlafen.«

»Das hast du auch gestern gesagt. Und vorgestern.«

»Was, ich wollte wirklich jeden Abend schlafen? Merkwürdig.«

Sie stieß ihn an. »Du hast es versprochen. Du hast auch meine Vergangenheit gesehen.«

Er antwortete nicht.

»Fayanú«, sagte Walgreta irgendwann.

Er öffnete die Augen und war zu schuldbewusst, um so zu tun, als wäre er eingeschlafen. »Ein andermal.«

»Wann?« Da er wieder nicht antwortete, schmiegte Walgreta sich an ihn und streichelte seine Stirn. »Glaubst du, es wird irgendwann leichter sein? Im Gegenteil, je länger du es aufschiebst …«

Ärgerlich stand er auf zog sich an.

»Fayanú.«

»Was?«, fuhr er sie an. »Ich bin nicht deine Schatzkiste, in der du wühlen kannst, wie du willst!«

Erschrocken sah sie zu ihm auf. Als ihr Schreck allmählich zu Entrüstung gerann, war er längst aus dem Zimmer gegangen.

Mitten in der Nacht schlich Walgreta zu den Kammern der Diener. Sie war Fayanú erst böse gewesen, doch jetzt fühlte sie sich nur noch elend. Die Kammer war leer. Ängstlich lief sie auf den verschneiten Säulengang hinaus, aber auch hier war Fayanú nicht. Der Wind schnitt ihr eisig in die Haut, während sie auf das dunkle Land hinabblickte. Fayanú konnte doch nicht …

Nein, das glaubte sie nicht.

Als sie schon drauf und dran war, in ihrem Nachthemd den Spiralweg durch den Berg hinabzulaufen, hörte sie ein wohlvertrautes *Nag-nag-nag*. Sie fuhr herum und entdeckte Fledermaus, die müde und grimmiger denn je aus Fayanús Kammer gewatschelt kam.

»Walgreta!«

Aus dem Flur, der zu Walgretas Gemach führte, eilte Fayanú auf sie zu. Sie fielen einander in die Arme.

»Ich habe dich gesucht.«

»Ich war auf dem Weg zu dir.«

»Ich auch.«

Sie lachten vor Erleichterung, bemüht, leise zu sein, damit die Wache haltenden Streiter sie nicht bemerkten. Und fast gleichzeitig sagten sie: »Tut mir leid, dass …«, und lachten wieder.

»Du musst mir deine Vergangenheit nicht zeigen«, flüsterte Walgreta schweren Herzens. Aber als es ausgesprochen war, fühlte sie sich besser.

Fayanú streichelte ihre Wange. Er schien Danke sagen zu wollen, aber eigentlich gab es dafür keinen Grund. Stattdessen sagte er: »Verzeih mir.«

Walgreta nahm ihn an der Hand. »Lass uns schlafen.«

Sie redeten noch lange über dies und jenes, lauter wichtige Dinge, die das unendliche Bild ausschmückten, das sie voneinander woben.

Als Walgreta einschlief, träumte sie sich durch wirre, zusammenhangslose Sorgen. Dann wachte sie auf, obwohl es noch dunkel war.

Fayanú lag nicht neben ihr. Er saß auf dem Bettrand, die Arme auf die Knie gestützt, und hielt den Blickenden Becher in den Händen. Er musste hören, dass sie erwacht war, drehte sich aber nicht um. »Ich zeige es dir«, sagte er.

Er stand auf, schob neue Scheite ins Herdfeuer, füllte den Becher und stellte ihn zwischen sich und Walgreta aufs Bett.

»Wir müssen das nicht tun«, sagte sie. »Vor allem nicht jetzt.«

Er sah noch müder aus, als Walgreta sich fühlte. Doch sein Blick war auf die stille Wasseroberfläche fixiert. Die Knöchel seiner Finger traten hervor, so fest hielt er den Becher. Schon kringelten sich Lichter auf der Oberfläche. Walgreta rutschte näher und legte sachte ihre Hände über seine. Er schien es nicht mehr zu merken. Das Türkis seiner Augen leuchtete aus dem Wasser auf, blendete Walgreta, und als sie wieder sehen konnte, sah sie …

Wald. Der Wald ist in Bewegung. Die Tannen raffen ihre Zweige wie Röcke, als wollten sie alle in verschiedene Richtungen fortmarschieren, und taumeln doch nur auf der Stelle. Fauchend lacht der Wind über ihre Unentschlossenheit.

Fayanú steht im Kreis seiner Leute. Mutter, Onkel, Großeltern und sein großer Bruder sind da, aber auch entferntere Verwandte, Fremde und die zwölf Wächter Ilians. Sie segnen ihn. Zeichnen seine Stirn mit ihren Fingern. Sie bitten die Ahnen um Beistand und sprechen von Fayanú nur mit seinem ganzen Namen: *Die Blüte, die der Wind riss, dass sie fliegen konnte*. Um böse Geister zu täuschen, wird man nach Dingen benannt, die in Bewegung sind und an denen böse Geister kein Interesse haben – Wellen im Fluss, trudelndes Herbstlaub, kullernde Kiesel. Sein Name erlaubt Fayanú sogar zu fliegen, ohne dass er sich bei den bösen Geistern verrät.

Danach wandern sie unter den rauschenden Bäumen dahin. Fayanús großer Bruder Arant Yul Saida Alyun Lyr, *der rieselnde Eisstern auf der Lawine*, wischt sich Tränen aus den Augen. Ist er traurig, weil er nicht der Auserwählte ist? Fayanú hat Mitleid mit ihm. Mit jedem, der nicht besonders ist wie er.

Denn Fayanú wurde am Tag geboren, nicht nachts. Man sagt, jeder Stern am Firmament sei die Sonne eines Tages gewesen, und jede Sonne, die über den Tag hinwegzieht, ist ein Verstorbener auf der Reise in die Ewigkeit der Ahnen. Bei einer Geburt verlieben sich alle Sterne, die zuschauen, in das neue Geschöpf und beschützen es ein Leben lang.

Im grellen Licht der Sonne zur Welt zu kommen ist ein zwiespältiges Omen. Fayanú wird keine Sternenfamilie zu seinem Schutz haben, sondern nur eine einzige Sonne, eine romantische Liebe.

Er ist geschaffen, um geliebt zu werden. Das haben die Wächter von Ilian gesagt, seit er sich erinnern kann.

Auch seine Mutter wirkt betrübt. Welche Mutter will ihr Kind schon anderen zum Lieben überlassen? Aber sie ist auch stolz auf ihn, das weiß er. Nur seinetwegen wird sie von den Wächtern von Ilian so oft ins Vertrauen gezogen.

Im Dickicht taucht ein Lager auf. Ein Dutzend Männer und Frauen aus dem Volk der Küstenelfen hockt oder liegt um ein dürftiges Feuer. Sie tragen keine feinen Kleider aus abgestreifter Lindwurmhaut, sondern aus Gras gewebte Stoffe, die fast so derb sind wie die Stoffe der Erdgeborenen. Als sie die Elfen vom Wald bemerken, fahren sie auf und ziehen ihre Waffen.

»Ihr seid doch Händler«, sagt Megehan, die alte Wächterin von Ilian, gelassen. »Wir haben einen Tausch anzubieten.«

Die Elfen vom Wald legen Gaben nieder, während der Händlertrupp noch immer mit gezückten Waffen dasteht.

»Das Echte Essen und das Echte Wasser von Ilian«, erklärt Gyland, der alte Wächter von Ilian. »Genug, um eure Krankheiten zu heilen und euch viele Lebensjahre zu schenken. Nehmt es, wenn ihr uns dafür einen Gefallen tut.«

Fayanú spürt, wie seine Mutter ihm die Hände auf die Schultern legt. Ihre Finger krallen sich in seine Haut.

»Verkauft unser Kind«, sagt Megehan, »an den Händler Rautenkhal in Pen Korwall.«

Ein Windstoß fährt so heftig durch die Bäume, dass alle Blätter ihre hellen Bäuche zeigen.

Fayanú stecken Worte in der Kehle, Fragen, die nicht herauskommen. Die ihn ersticken.

Einer der Küstenelfen senkt die Waffe und grinst. »Von mir aus.«

Erinnerungen wie Herbstlaub im Wind. Abgerissen.

Abgerissen auf grausame Weise.

Fayanú hört auf, Vergangenheit anzuhäufen. Er geht spurlos durch die Zeit, so wie die Elfen lautlos durch den Wald schleichen. Füllt sich mit fremden Erinnerungen, die der Becher ihm schenkt. Füllt sich mit Rautenkhal … Rotkehlchen. Er *wird* Rotkehlchen.

Der Mohnsaft hat den alten Händler einschlummern lassen und durch Träume geschickt wie auf fremde Lebenswege. Verwundert findet er sich in seinem Körper wieder, auf einem Lager aus Hirschgeweih, Granit und weißen Robbenfellen. Das elfische Kind liegt an seiner Seite.

Schon immer hat die Unschuld kindlicher Leiber Rotkehlchen Trost verschafft, insbesondere aber jetzt, da er zu krank ist, um eine Frau zu nehmen. Das Elfenkind ist gerade erst dabei zu erblühen. Unter dem hauchigen, nur am Hals verschnürten Hemdchen ertastet er Brustspitzen, zart und geheim wie verschlossene Rosen. Er kann sich nicht sattfühlen daran. Seufzend fährt er zwischen die Schenkel des Kindes und sucht die winzige, unwillige Öffnung.

Die Elfe gibt keinen Ton von sich. Kein Blinzeln erschüttert den Glanz ihrer wundersamen, türkisblauen Augen. Das Haar wallt ihr über die Schultern und riecht nach Frühlingsgras und süßem Rahm. Rotkehlchen zieht sie enger zu sich heran und atmet ihren Duft ein. Welche Jugend! Fast vergisst er sich selbst.

»Dich haben die Götter erträumt«, murmelt er und liebkost das Kind. »Weißt du, wie schön du bist? Verstehst du, was Schönheit bedeutet? Es bedeutet, alle müssen dich lieben.«

So liegen der alte Mann und das Kind eine Weile auf den Pelzen. Ein Feuer knistert im Kamin. Rotkehlchen fühlt Träume vorüberflirren, zu schnell, um sie zu begreifen. Der Nachhall eines Glücks erreicht ihn, das in der Vergangenheit verwahrt wird wie ein Schatz. Oh, er hat herrliche Schätze angehäuft. Sie sind nur zu fern, zu gut verborgen … Seine größten Freuden haben sich in seiner Brust zu Gold verklumpt, so fühlt es sich an. Doch all die Schönheit, die er zeit seines Lebens in Frauen, Mädchen und Knaben gesucht hat, hat er erst mit dem elfischen Kind in vollkommener Reinheit gefunden.

Das Glück überwältigt ihn, und er will es nicht länger für sich behalten. Schwerfällig stemmt er das Kind von seinem Schoß und stellt es auf die Füße. »Na, kleines Reh, wollen wir uns wieder schöne Dinge ansehen? Heute zeige ich dir etwas Besonderes. Schau dort im Schrank nach. Du musst die Leiter nehmen. Ganz oben ist eine verborgene Schublade. Bring mir die ganze Schublade.«

Er genießt es zu beobachten, wie sie mit ihren zweigdünnen, etwas ungeschickten Gliedern in den Schrank hineinkrabbelt. Dann bringt sie ihm die Schublade, die mit Daunen gefüllt ist. Zwischen den Daunen befindet sich ein einziger Gegenstand: ein zierlicher Becher aus Obsidian.

Rotkehlchen hat dem Mädchen schon etliche Geschenke gemacht. Prunkvollen Schmuck ebenso wie edle Gebrauchsgegenstände, Musikinstrumente, Spielzeug und nicht zuletzt seine Lebenserfahrung, die sie später als Händlerin brauchen wird. In manchen Augenblicken, wenn der Gedanke an seinen Tod über ihn kommt, beschließt er, ihr alles zu vermachen. Aber noch ist sie klein, und noch lebt er, um sich an ihr zu erfreuen.

»Komm, jetzt erzähle ich dir, was es mit dem Becher auf sich hat«, sagt er und nimmt das Kind wieder auf den Schoß. »Ich habe den Becher seit über vierzig Wintern. Viel länger, als du lebst. Als ich ihn kaufte, war ich noch kein sesshafter Händler, sondern zog den ganzen Sommer von Land zu Land. Pen Korwall war damals noch nicht, was es heute ist. Nur eine erbärmliche Siedlung zum Überwintern. Hungernde Urier, die wahrscheinlich die Überlebenden einer besiegten Räuberhorde waren, boten mir eines Winters den Becher dafür, dass ich sie für zwei Monde durchfütterte. Das mag nach einem hohen Preis klingen, aber der Becher ist kein gewöhnliches Gefäß. Ich hatte das Gefühl, ihn wiederzuerkennen, als ich ihn in die Hände nahm …

Als ich ein Kind war, jünger als du heute, überfielen urische Räuber mein Dorf und verkauften mich nach Horuns Bauch. Ein paar Jahre wurde ich im Schlafgemach eines hochgeborenen Herren gehalten. Er hatte mich sehr lieb, auf seine Weise. So wie ich dich. Aber dann wurde der Zwerg krank, und ich wurde älter und hässlicher. Man warf mich in die Kupferminen, wo Sklaven sich zu Tode schuften, ohne je das Sonnenlicht zu sehen. Mein alter Liebhaber fädelte ein, dass ich fliehen konnte.

An all das erinnere ich mich nur undeutlich, an meine Heimat im Mitterland überhaupt nicht mehr. Doch als ich den Becher zum ersten Mal in die Hände nahm, da schien es mir, als käme die Vergangenheit zu mir zurück … und ich weinte. Denn obwohl ich wieder die Schrecken von einst durchlitt, begriff ich, dass meine Vergangenheit ein Schatz ist. Ja, die Vergangenheit ist der größte Schatz, den man haben kann. Das kannst du jetzt noch nicht verstehen, weil du kaum Vergangenheit hast. Aber eines Tages, wenn du hoffentlich so alt bist wie ich, wirst du dich an meine Worte erinnern.

Ich ging also den Tausch ein und bekam den Becher. Und obwohl ich danach noch oft Hunger litt, gab ich ihn nie her. Ich wendete ihn gern in den Händen, betrachtete die rätselhaften Gravuren am Rand und ließ das Licht durch die zarten Wände des Bechers strahlen. Manchmal sank ich dabei in Tagträume und glaubte, wieder zu wissen, wann ich den Becher in meiner Kindheit gesehen hatte, aber bis heute komme ich nicht darauf …

Mit der Zeit erstand ich neue Schätze, wagte riskante Geschäfte, verlor viel, gewann noch mehr, wurde verraten und bestahl die Leute, die ich nicht mochte. Von meinen Gaunerabenteuern habe ich dir ja schon oft erzählt, damit du später genauso gewieft wirst wie ich.« Er kicherte und seufzte dann. »Alles, was ich in diesem Leben noch will, ist, in der Vergangenheit schwelgen. Willst du mir dabei helfen, kleines Reh? Weißt du, wie? Füll ein wenig Wasser in den Becher. Und jetzt schau auf meine Spiegelung auf der Oberfläche. Siehst du mich? Ich will, dass du mich siehst, wie ich früher war … jung und schön, so wie du … Du hättest mich geliebt. Alle haben mich geliebt, nicht wahr? Zeig mir, wie es damals war … Ich schenke dir den Becher, kleines Reh, hörst du? Du sollst meine Vergangenheit haben und dich an mich erinnern, wenn ich nicht mehr bin. Ich will so gern, dass du mich siehst und liebst …«

Ein Aufschrei ertönt und das Wasser schwappte aus dem Blickenden Becher. Mit Schwindel kam Walgreta zu sich und sah, dass Fayanú die Iliade weggestoßen hatte.

»Es ist vorbei, Fayanú.«

Als sie ihn berührte, stieß er auch sie weg. »Fass mich nicht an!«

Erst dann schien er sie zu erkennen. Das Entsetzen in seinen Augen verwandelte sich. Doch bevor er etwas sagen konnte, wurde die Tür aufgestoßen, und zwei Streiter kamen herein. »Herrin! Alles in Ordnung?«

Sie verstummten, als sie Fayanú auf dem Bett entdeckten.

»Danke, alles gut«, sagte Walgreta. »Geht.«

Die Männer entfernten sich mit vielsagenden Blicken. Das würde Tratsch geben. Bisher hatte Walgreta ihr Möglichstes getan, damit niemand mitbekam, dass Fayanú bei ihr schlief.

»Ich … verzeih«, murmelte er.

»Nein, entschuldige dich nicht.«

Er krümmte sich zusammen und schien gar nicht hinzuhören. »Rautenkhal hat … und ich habe ihn sterben lassen, ich habe einfach …«

»Denk nicht mehr daran. Es ist vorbei.«

Er sagte nichts und rührte sich nicht, als versickerte das Leben in ihm. Walgreta legte tröstend eine Hand auf seine Schulter. Das war alles, was sie dem Sog der Vergangenheit entgegensetzen konnte.

Nach einer langen Zeit nahm er ihre Hand zwischen seine.

28

ES WAR, WIE MAUSKIN erwartet hatte. Am nächsten Tag kamen noch mehr Hochzeitsgäste. Horuns Bauch war zwar nicht so überfüllt wie zum Erntefest, aber die Menge schien dafür doppelt so prachtvoll. Wer im Winter den beschwerlichen Weg auf sich nahm, musste sich viel davon versprechen, darum waren unter den Gästen vor allem Priesterinnen und hochrangige Streiter aus den drei Schwesterstädten, wohlhabende Händler, urische Fürsten und Sprecher großer Menschenvölker, darunter auch ein paar Weise Frauen. Branhilda, die Hohepriesterin von Mún Toleda, der Zwergenstadt im Osten, kam mit einem Pferdewagen und einem vor Gold und Kupfer blitzenden Gefolge von einhundert Streitern, denn Hauptmann Ganwalen war ihr Bruder.

Mauskin hielt mit Eliody beim Weg über die westlichen Berge Ausschau nach Fürst Noharion, während Rehfang, Faridas und Oteba sich im hohlen Berg verstreuten, um seine Ankunft nicht zu verpassen, falls er vom See her kam. Als die Dämmerung früh am Nachmittag einsetzte und die Hochzeitsfeier begann, war der Neunte Fürst noch immer nicht da. Mauskin erinnerte die anderen daran, dass das nichts heißen musste. Aber er zweifelte selbst.

Die Priesterinnen kamen mit Flöten- und Trommelspiel aus den obersten Stockwerken herunter, gefolgt von den geweihten

Bräuten, die schwere Bärenfelle umgelegt trugen. Die Bräutigame flohen vor ihnen nach unten, wo die Zuschauer und Gäste bereits warteten, den Männern gut zuredeten, ihnen lachend Ratschläge erteilten und ihnen dabei die Waffen abnahmen. Als der Zug der Frauen immer näher kam, stießen die Gäste schließlich den traditionellen Wehruf aus, und der ganze Berg erbebte unter den Echos der gellenden Stimmen. Jetzt mussten die Bräutigame in aller Eile ihre Kleider abstreifen. Einer von ihnen hatte es geschafft, eine Erektion zu bekommen, und die Menge jubelte. Die anderen waren angesichts ihrer Prüfung nicht so kühn. Nackt, wie sie waren, rannten sie nach draußen auf den zugeschneiten Marktplatz, rieben sich mit Schnee ab und greinten und fluchten. Kinder bewarfen sie mit Schneebällen. Als die Männer genug geplagt worden waren, stürmten sie wie wilde Stiere wieder nach drinnen. Kinder und Gäste wichen zurück. Nur die Bräute standen noch da, öffneten unter dem Trommelschlag ihre Felle, so dass die schönsten Kleider und Schmuckstücke sichtbar wurden, und nahmen ihre vereisten, schlotternden Bräutigame in die funkelnde Wärme auf. Alle applaudierten den wirbelnden Paaren, die teilweise umfielen und lachend in ihren Fellen über den Boden rollten.

Es war unmöglich, sich von der wilden Freude nicht anstecken zu lassen, fand Mauskin. Sogar er und seine Freunde klatschten.

Die alten Kleider der Männer wurden feierlich verbrannt, und die Priesterinnen reichten den Bräuten neue Kleidung, die, entsprechend der Zunft der Bräutigame, kunstvoll bestickt war.

Die Frauen hatten kaum begonnen, den Männern die Hemden überzustreifen, als sich dumpfes Hufgetrappel in den fröhlichen Lärm mischte. Aus dem Blau des Abends kam eine Reiterschar.

Es war Fürst Noharion mit seinen Männern. Mauskin erkannte ihn sofort an der Kappe mit den vergoldeten Stierhörnern. Abgesehen davon entsprachen die Urier in ihren zotteligen Fellumhängen ganz dem Bild der Barbaren, das das Kleine Volk von ihnen hatte.

Mauskin trat mit seinen Freunden in die Schatten des Höhlengangs zurück, floh aber nicht. Was jetzt geschah, würde über alles entscheiden.

»Man sagt, heute heiratet Hauptmann Ganwalen«, rief Noharion.

Ganwalen, noch halbnackt, strich sich das lange Hemd glatt und ließ sich seine Streitaxt geben. Auch im Hintergrund klirrten leise die Waffen. »Und wer seid Ihr?«

»Fürst Noharion vom Neunten Stamm der Urier«, brüllte der Fahnenträger des Fürsten. Die Krieger stießen einen dumpfen, kurzen Jubelruf aus.

»Seid Ihr der Hauptmann?«, fragte Noharion. Der Hohn in seiner Stimme war kaum zu überhören.

Im Schatten grinste Mauskin.

Ganwalen baute sich vor dem Fürsten auf, barfuß im Schnee, und musterte die Urier. »Der bin ich.«

Fürst Noharion gab ein Zeichen. Einer seiner Männer führte neun prächtige rotbraune Pferde nach vorn. »Ein Geschenk vom Neunten Stamm an die Zwerge von Horuns Bauch.«

Ein Gemurmel lief durch die Menge. Obgleich das Geschenk sich sehen ließ, hatte der Fürst sich einen Patzer erlaubt, das Kleine Volk *Zwerge* zu nennen. Diese liebevolle Spöttelei durften sich nur die Kinder von Horun selbst erlauben.

»Habt vielen Dank«, schaltete sich Ganwalens Braut Didanwen nun ein. »Es sind wundervolle Tiere. Im Frühling werde ich ihnen beibringen, einen Wagen zu ziehen.«

Die Urier lachten verhalten. Aber Fürst Noharion deutete eine Verneigung an und verschwieg, was man in seinem Volk von Wagen und von weiblichem Umgang mit Pferden hielt.

»Steigt doch ab«, forderte Didanwen sie freundlich auf, »wir wollten gerade mit dem Festmahl beginnen.«

Die Urier taten wie geheißen, und damit schien die angespannte Situation gelöst.

Schon wurden die Bänke für das Festessen aufgebaut, mit

einer Schneise in der Mitte, damit auch weiterhin Gäste vor die Tribüne der Brautpaare treten und Geschenke überreichen konnten. Die Schlachttiere wurden von Streitern und Priesterinnen nach draußen geführt, und kurz darauf drangen die Wehrufe herein, die ihre Tötung begleiteten. Währenddessen zeigten die Streiter von Horun den urischen Neuankömmlingen, wo sie ihre Pferde unterbringen konnten.

»Lass uns abhauen«, zischte Rehfang.

»Moment noch.« Mauskin beobachtete, wie die Urier in einem Wabengang weiter unten verschwanden. Sein Herz pochte schwer. *Gleich. Gleich.*

Fürst Noharion kam wieder aus dem Gang gestürmt. Er sah sich um. Rannte auf Ganwalen zu, gefolgt von seinen Männern. Zwergische Streiter stellten sich ihnen alarmiert in den Weg.

Fürst Noharion sprach jetzt sehr leise, so dass Mauskin ihn nur schwer verstand. Sagte etwas von Pferden. *Seinen* Pferden. Er hatte sie also entdeckt.

»Jetzt wird's brenzlig«, zischte Oteba. »Wir verdünnisieren uns!«

Aber Mauskin konnte sich noch nicht losreißen. Hauptmann Ganwalen verschränkte die Arme. Der Lärm des Festes war zu laut, um ihn zu hören. Plötzlich zog Fürst Noharion seinen Stabdolch. Schreie erschollen, als die gezückte Waffe den Umstehenden auffiel, dann legte sich entsetztes Schweigen über die Menge.

»… gern zu diesen Anschuldigungen befragen«, sagte Hauptmann Ganwalen eisig. »Dann wird sich das Ganze klären, und Ihr könnt Euch bei uns entschuldigen.«

»Entschuldigen?!«, brüllte Noharion. »Wo ist Sorike? Wo ist dieser Mauskin? Ich verlange, dass Ihr ihn rausrückt!«

»Ihr seid in Horuns Bauch«, mahnte Ganwalen. »Handel ist Handel und Geschenke sind Geschenke. Die Streitigkeiten, die Ihr mit einem anderen Fürsten, einem Händler oder einem

Dieb außerhalb unserer Stadt hattet, sind nicht unsere Sache. Und jetzt steckt Eure Waffe weg.«

Fürst Noharion wandte sich an seine Männer: »Los, durchsucht den Berg!«

Die Urier strömten aus. Hauptmann Ganwalen rief einen Befehl, aber Mauskin sah nicht mehr, ob die Streiter von Horun sich den Uriern in den Weg stellten oder sie im Gegenteil durchließen. Denn Eliody hatte ihn am Kragen gepackt und zerrte ihn hinter sich her.

Sie hasteten den Höhlengang entlang, bis links und rechts keine Behausungen mehr waren. Der Gang wurde hier so niedrig, dass man nur gebückt hindurchpasste. Es war dunkel und feucht und roch nach Abwasser. Doch nachdem sie sich eine Weile durch den niedrigen Spalt vorangetastet hatten, fanden sie einen steilen Weg nach oben, in den hier und da Stufen gehauen waren. Halb gehend, halb kletternd, folgten sie ihm hinauf. Seitlich fiel ein matter Lichtschimmer aus den bewohnten Höhlengängen durch die Gesteinsspalten – kaum genug, um etwas zu erkennen. Sie mussten sich alle am Umhang ihres Vorgängers festhalten und stießen sich die Köpfe und Schultern an. Einmal hörten sie Bewaffnete in scheppperndem Rüstzeug vorbeilaufen. Aber niemand suchte sie in dem Kanalschacht. Noch nicht.

Nach einer Ewigkeit steilen Aufstiegs stießen sie auf einen beinahe waagerecht verlaufenden breiten, niedrigen Tunnel, in dem Abwasser stand. Sie wateten durch das faulige Wasser, bis sie eine unebene Mauer hochklettern konnten und durch ein niedriges Fenster auf eine Terrasse gelangten. Damit waren sie im Bereich der ältesten Familien angekommen. Das weite, nebelverhangene Land erstreckte sich unter ihnen. Ein paar kahle Obstbäume wuchsen am Rande der Terrasse; dahinter fiel der Berg in eine schroffe, überaus enge Schlucht ab – die Brustklamm, die Horuns Bauch von den Gebirgen im Rücken abgrenzte.

Rehfang machte sich bereits daran, den größten Obstbaum,

eine Kirsche, mit seiner Streitaxt zu fällen. Mauskin kam ihm zu Hilfe. Faridas widmete sich einem langen Pflaumenbaum. Als die Bäume fielen, kippten die Freunde sie mit vereinten Kräften über die Klamm, so dass die Stämme drüben auflagen.

Eliody war die leichteste von ihnen. Sie band sich ein Seil um die Hüfte, dessen anderes Ende Mauskin ebenso an sich befestigte. Dann kletterte sie über die knackenden, raschelnden Bäume. Mauskin wagte kaum zu atmen, während Eliody hinüberbalancierte. Doch dann hatte sie es geschafft, suchte Halt an einem Felsausläufer, lehnte sich zurück, um das Seil zu spannen, und winkte, dass die anderen ihr nun folgen konnten.

Fluchend klammerte Oteba sich an dem Seil fest, das zwischen Mauskin und Eliody gespannt war, und balancierte daran über die Baumstämme. Gleich am Anfang knackten Äste unter ihrem Gewicht, und der Pflaumenbaum rutschte mit einem Splittern, das wie ein Kreischen klang, einen halben Meter in die Brustklamm und verkeilte sich dort.

»Weiter, weiter!«, rief Eliody ihr zu, und Oteba hastete über die Schlucht, ohne sich umzudrehen.

Endlich hatte auch sie es geschafft und setzte sich auf der anderen Seite auf die Baumstämme, um sie ein wenig zu stabilisieren. Faridas kletterte als Nächster hinüber, wobei er darauf achtete, nur den Kirschbaum zu benutzen. Dann folgte Rehfang.

Mauskin blickte zurück. Er war nicht sicher, ob die hallenden Geräusche aus dem Berg Kampfeslärm waren. Es klang metallisch, schien aber einem Rhythmus zu folgen.

Plötzlich tauchte ein junger Mann in dem Durchgang zur Terrasse auf. Selbst im Abendschimmer war deutlich zu erkennen, dass die Augen in seinem goldgrünlich anmutenden Gesicht zu hell für einen Zwerg oder Menschen waren. Es war ein Elf. Ein Waldelf.

Mauskin, der wohl ein Dutzend Mal vom Nordmeer bis zu den südlichsten Grenzen des Mitterlands gereist war, konnte an den Händen abzählen, wie oft er jemanden vom Alten Volk des

Waldes gesehen hatte, und auch der Waldelf wirkte verblüfft. Einen Moment lang schienen alle ratlos, was zwei Seenländer, ein Waldelf, eine Küstenelfe, ein Urier und eine Zwergin mit Lumpenhaartuch hier oben verloren hatten. Dann ging der Waldelf rückwärts und verschwand wieder nach drinnen.

Nun, da sie entdeckt worden waren, gab es wirklich keine Zeit mehr zu verlieren. Mauskin kletterte über die Baumstämme, wobei er das Seil bei jedem Schritt straffte. Der Pflaumenbaum rutschte endgültig weg und zerbarst an den Klippen. Dann war Mauskin auf der anderen Seite, Eliody hängte ihm ihr Ende des Seils wie einen Siegerkranz um, und sie flohen in die verschneiten Wälder.

»Diese verdammten Schweinehunde«, keuchte Oteba, »hätten ruhig erst nach dem Festessen kommen können.«

Und obwohl ihnen allen der Magen knurrte – obwohl ihnen im besten Fall viele kalte, hungrige Nächte im Freien bevorstanden, mussten sie lachen. Sie hatten Streit zwischen den Zwergen und dem Neunten Stamm gestiftet. Dieser Streit wärmte sie von innen wie ein fröhliches Feuer.

29

KÖNIGIN HEKTEBA EILTE ZUR Balustrade ihres Gemachs und blickte in den Berg hinab, als sie den Lärm hörte. Ihre Frisur war noch nicht fertig, und das musste sie eigentlich auch noch nicht sein, denn der Tradition nach kamen die Brautpaare erst nach dem Festessen zum Thronsaal hinauf, um sich den Segen abzuholen. Um sich den beschwerlichen Weg nach unten und nachher wieder nach oben zu sparen, hatte sie dem Festessen fernbleiben wollen.

Nun beugte sie sich so weit über die Balustrade, dass ihr

das Haartuch vom Kopf wehte. Ihre Augen mussten ihr einen Streich spielen. Es konnte doch nicht sein, dass gekämpft wurde, noch dazu an einem Festtag!

Aber während das Haartuch in die Tiefe flatterte, erkannte Hekteba immer deutlicher die urischen Männer, die den Weg emporliefen, Leute beiseitestießen und in die Wabengänge eindrangen. Im Erdgeschoss war ein Tumult ausgebrochen. Klingen krachten auf Klingen, und die Festtafeln stürzten um.

»Mein Kleid!«, befahl Hekteba.

Die Dienerinnen hatten das Kupferne Kleid bereits gebracht. Im Gehen legten sie es ihr an und schlossen die Spangen an Schultern und Taille. Hekteba spürte, wie ihre Schritte auf dem Weg nach unten sicherer wurden, sobald sie es trug. Sie schien zu wachsen … ja, sie wurde größer, überragte ihren eigenen Schatten. Sie breitete die Arme aus, damit nichts die kupfernen Plättchen bedeckte. Von überall zogen die Metallschuppen Licht an. Je mehr sie leuchteten, umso dunkler wurde die Umgebung.

Die Urier, die sie bemerkten, blieben stehen oder wichen unsicher zurück. Hekteba strauchelte auf einer Stufe, und die Dienerinnen mussten sie stützen. Aber das Kleid wirkte weiter. Die Kupferplättchen begannen zu zittern und klapperten aneinander. Das prasselnde, klirrende Geräusch wogte durch den Berg. Die Echos klangen wie Schlachtenlärm, wie Waffenklirren, sirrende Pfeile und verzerrte Schreie.

Der Kampf unten hatte aufgehört. Alle starrten zu ihr, der Königin, hinauf, deren Kleid die einzige Geräusch- und Lichtquelle geworden zu sein schien.

Fürst Noharion gab seinen Männern einen Befehl, und sie rannten in einen Wabengang. Wenig später kamen sie mit den Pferden wieder. Sie sprangen auf die Rösser. Fürst Noharion wuchtete einen Verwundeten auf sein Reittier, ehe er sich selbst hinaufschwang; dann ergriff er die Zügel zweier weiterer Pferde.

»Wir sehen uns wieder«, fauchte er Ganwalen an.

Hekteba atmete tief aus, und eine Sturmbö aus gellenden

Schreien fegte durch den Berg. Der Urierfürst erstarrte. Doch sein Pferd galoppierte auch ohne sein Zutun davon, und er schaffte es gerade noch, nicht herabzufallen. Seine Männer jagten ihm nach.

Die hatte sie vertrieben. Hekteba hob den Blick zu all den vielen Stockwerken, die sie herabgeeilt war, plötzlich sehr erschöpft. Ihr Volk begann sie zu umringen und schob sie jubelnd auf die Tribüne, wo man ihr einen Stuhl bot, ihr Honigwein reichte und ihre Hände und Füße küsste. Didanwen und Hauptmann Ganwalen, die Priesterinnen und ihre Angehörigen umgaben sie. Viele hatten Tränen der Rührung in den Augen.

Hekteba fühlte eine unendliche Traurigkeit in sich aufsteigen. Sie waren so jung … Sie wussten so wenig über ihre eigene Vergänglichkeit. So wenig über den Zauber des Kupfernen Kleides. Es waren echte Schreie gewesen. Die Schreie von Frauen und Männern, die gelebt und sich unbesiegbar gefühlt hatten wie sie alle hier … und im Angesicht des Kleides gestorben waren.

Hekteba war zu müde, um davon zu erzählen. Sie ließ den Kopf hängen und seufzte so tief, dass sie meinte, ihre Seele auszuatmen.

»Was habt Ihr, meine Königin?«, fragte Didanwen. »Die Urier sind vertrieben dank Euch!«

»Oh, sie sind nicht vertrieben«, erwiderte Hekteba ihrer Enkelin, und nun stiegen auch ihr Tränen in die Augen.

Ärgerlich unterdrückte Hekteba sie, und als sie den Kopf hob, spürte sie in ihren alten Knochen nur den Grimm. »Ein Unheil ist geschehen. Und es wird uns noch Jahre verfolgen!«

30

EINIGE TAGESREISE NÖRDLICH DER Hauptstadt des Kleinen Volkes stand Rianon auf einer Anhöhe und betrachtete den schwarzen Horizont, als würde sich ihm offenbaren, was in Horuns Bauch geschah, wenn er nur lange genug starrte. Doch das Land lag reglos unter dem Schnee, unter den Wolken, unter der dumpfen Finsternis der längsten Nacht des Jahres.

Die anderen hatte er ein Stück weiter unten, wo ein Felsüberhang ihrem Zelt Schutz bot, am Lagerfeuer zurückgelassen: sieben seiner Männer und dreiundzwanzig aus dem Neunten Stamm, unter ihnen Tebireon, Fürst Noharions jüngerer Halbbruder. Tebireon war unbedeutend genug, um nicht von Fürst Noharion nach Horuns Bauch mitgenommen zu werden, und brutal genug, um Rache für den Pferdediebstahl zu üben. Sie hatten die Familie der Sklavin aufgesucht, die anscheinend Mauskins Nichte war und die Rianon heimlich laufen gelassen hatte. Das Mädchen – Melisse war ihr Name – war jedoch klugerweise nicht wieder zu Hause aufgetaucht. Sie hatten das ganze Dorf auf den Kopf gestellt, doch keine Spur von ihr, von den Pferden oder ihrem berüchtigten Onkel und seiner Bande gefunden. Zumindest was Mauskin und die Pferde anging, war Rianon nicht überrascht gewesen. Er wusste ja, wo der Tugaller sich gerade befand.

Nachdenklich rieb Rianon sich das Kinn. Was für eine Falle hatte Mauskin dem Fürsten des Neunten Stammes wohl gestellt?

Ganz gleich, was Fürst Noharion in Horuns Bauch erwartete – er würde Rianon dafür verantwortlich machen. Ihn, der dem Neunten Fürsten geraten hatte, die Hochzeit zu besuchen.

Rianon mochte der unrechtmäßige Fürst seines Stammes sein, aber er war kein Feigling. Lieber, als sich hier versteckt zu halten, wäre er jetzt in Horuns Bauch gewesen, um mit eigenen Augen zu sehen, wie es Fürst Noharion im Inneren des mächtigen Berges erging.

Es ärgerte ihn, in der Dunkelheit stehen und bangen zu müssen wie eine Frau. Bangen zu müssen um das Gelingen eines Plans, den ein anderer ersonnen hatte und über den er nichts wusste. Egal ob dieser Mauskin ehrlich gewesen war oder ihn nach Strich und Faden betrog, Rianon fühlte sich von ihm erniedrigt. Je länger er über den Tugaller nachdachte, umso ärgerlicher wurde er.

Eine Gestalt kam die Anhöhe herauf. An ihrem Umriss, der sich vor dem schwachen Schein des Lagerfeuers weiter unten abhob, erkannte Rianon seinen Freund und ersten General Redike.

»Willst du dir die Füße abfrieren?«, fragte Redike, als er bei ihm angelangt war. »Die könntest du noch brauchen, wenn wir fliehen müssen.«

»Wieso sollten wir fliehen müssen?«, entgegnete Rianon, und seine Stimme klang schneidend und hart in seinen eigenen Ohren.

Redike knurrte etwas Unverständliches.

Dann stemmte er die Arme in die Seiten und kam nach dem steilen Anstieg wieder zu Atem. Auch er sah zum Horizont, als würde die Finsternis bald etwas preisgeben.

Lange standen die Männer schweigend nebeneinander.

31

IN DEN TAGEN NACH der Wintersonnenwende folgte eine Versammlung auf die andere, die Beratungen nahmen kein Ende. An einen winterlichen Rückzug ins Hochzeitsgemach war bei

Hauptmann Ganwalen und Didanwen nicht zu denken. Soweit Walgreta es am Rande mitbekam, hatten sich in Horuns Bauch zwei Lager herausgebildet: Die einen wollten sofort alle Urier des Neunten Stammes aus dem Seenland verjagen, die anderen hielten es für ratsamer, alle Streitkräfte in Horuns Bauch zu behalten, falls Fürst Noharion wiederkehrte.

Hauptmann Ganwalen vertrat mit Inbrunst das erste Lager. Immer wieder rechnete er vor, dass sie allein mit Unterstützung der Schwesterstadt Mún Toleda sechstausend Streiter zusammenhätten, dazu genug Waffen, um doppelt so viele Seenländer auszurüsten.

Doch die Königin zögerte, ihre Streiter auszusenden – trotz der Macht des Kupfernen Kleides, das einmal mehr bewiesen hatte, dass es Horuns Bauch besser zu schützen vermochte als Klingen und Schilde.

Da alle dergestalt mit Wichtigerem beschäftigt waren, schenkte keiner mehr Walgreta und ihrem Umgang mit der vermeintlichen Elfe die befürchtete Aufmerksamkeit. Ja, Walgreta fühlte sich sogar so entbehrlich, dass sie beschloss, Horuns Bauch für einige Tage zu verlassen, um gemeinsam mit Fayanú auf den Spuren der Elfen des Waldes zu wandeln und sich mit ihm auf die Suche nach einem Lindwurm zu machen.

Doch als sie an diesem Morgen in der Dämmerung aufbrachen, war Walgreta seltsam mulmig zumute. Fledermaus wollte sich aus unerfindlichen Gründen von Fayanú nicht mitnehmen lassen und flog aus einem der Säulengänge davon, und die Angelegenheit, am heimeligen Herdfeuer halb im Scherz als kleines Abenteuer ausgeheckt, wurde nun plötzlich ernst. Auch hatten sie nicht darüber gesprochen, was sie tun würden, wenn sie tatsächlich einen Lindwurm fanden, der womöglich einen geheimen Weg nach Ilian bewachte.

Walgreta hatte ihre Beutel mit Proviant für drei Tage gepackt. Es war verrückt, mitten im Winter in die Berge zu ziehen und sich auf Übernachtungen im Freien einzulassen.

Wenn sie nicht im Schnee ausrutschten und sich in einer Schlucht das Genick brachen, konnten sie sich auch einfach tödlich unterkühlen.

Aber Walgreta kannte den Weg gut. Sie wollten zu einem kleinen, verträumten See, der nur eine Tagesreise über Horuns Bauch lag. Und überhaupt: Sie fühlte sich mit Fayanú unverwundbar, so als könnte nichts Schlimmes geschehen, solange sie nur zusammen waren.

Wie Diebe schlichen sie sich über eine Treppe nach oben aus dem hohlen Berg und versuchten, unerkannt an den Wache haltenden Streitern vorbeizukommen. Als man sie aufforderte, sich zu offenbaren, und sie anschließend mit irritierten Blicken die Brücke über die Brustklamm passieren ließ, musste Walgreta sich zusammenreißen, um nicht zu glucksen.

»Ich bin gespannt, was für Tratsch das geben wird«, raunte sie Fayanú zu. »Ich werde es spätestens dann erfahren, wenn die Königin mich, sobald wir zurück sind, zu sich bestellt.«

»Berichte ihr doch einfach, was du durch mich erfahren und gelernt hast.« Er drückte ihre Hüfte unauffällig unter ihrem Umhang.

»Ja, am besten machen wir es ihr vor!«

Lachend verließen sie die Brücke, und Walgreta rannte bis zum Waldrand durch hohen Schnee. Unter den dunklen Bäumen fing Fayanú sie ein. Während sie Atem schöpften und langsam weiterstapften, ließen sie einander nicht los.

Bald öffnete sich die Landschaft vor ihnen, und die überwältigende Schönheit des Gebirges zog sie in ihren Bann. Mächtige Felsen erhoben sich überall in den seltsamsten Formen, bildeten efeuumwucherte Höhlen und Aussichtsplattformen, die sich weit über Abgründe reckten.

Als sich die Sonne gleißend ihrem Zenit näherte, machten sie auf einem schwindelerregend hohen Felsvorsprung eine Pause.

In alle Richtungen dehnte sich die Welt aus: Hinter ihnen lagen die Wälder des Seenlands, vor ihnen im Süden, Westen und Osten reihten sich schneebedeckte Berggipfel endlos aneinander und verschmolzen am Ende der Welt mit dem Himmel.

»Ganz schön viele Ahnen, die dein Volk da hat«, bemerkte Fayanú.

»Nicht viele, nur sehr große. Sie heißen nicht umsonst *Riesen*.«

Sie aßen Brot aus Linsenmehl und Trockenfrüchten und hartgekochte Eier. Im Sonnenlicht war es so warm, dass Walgreta ihren Mantel ablegte, und die Lust, Fayanú etwas zu erzählen, überkam sie.

»Es gibt in meinem Volk eine Geschichte über den Untergang der Riesen, die im Kampf gegen die Himmelsgötter fielen. Willst du sie hören?«

Er nickte.

Walgreta kam auf die Knie hoch und räusperte sich. Dann begann sie zu erzählen und begleitete ihre Worte, obschon ohne ihr Brotstück wegzulegen, mit den anmutigen Gesten, die fast genauso wichtig waren wie das Gesprochene.

»Vor dem Ansturm auf den Himmel gingen die Erdgötter zu einem mächtigen Dämon, der in einem dunklen Tal hauste wie eine Schlange in einem Erdloch. Sie sagten ihm, er solle sich ihrem Kampf gegen die Himmelsgötter anschließen. Aber der Dämon mochte seinen dunklen Platz auf der Erde. Er wusste aber auch, dass die Erdgötter es nicht hinnehmen würden, dass er nicht mitkämpfte, und ihn für einen Feigling oder gar einen Verräter halten würden. Also griff er zu einer List. Er sagte: ›Lasst mich mit den Göttern des Himmels verhandeln, damit wir nicht kämpfen müssen. Ich schlage ihnen vor, dass wir das Feuer und das Wasser der Erde mit ihnen teilen, wenn sie euch dafür bis in den Himmel ragen lassen.‹«

»Ich ahne, was passiert«, sagte Fayanú zwischen zwei Bissen – zumindest in der Art, wie schnell und wie viel er hinunterschlingen konnte, unterschied er sich nicht von einem gewöhnlichen jungen Mann.

»Kennst du die Geschichte schon?«

Er schüttelte den Kopf. »Es sind kleine Formulierungen, die mich aufhorchen lassen. Aber erzähl weiter.«

»Wenn du währenddessen nicht all unseren Proviant vertilgst …«

»Entschuldigung.« Er legte sein Brot weg, halbierte dann das Brot in ihrer Hand mit einem schnellen Bissen und schaffte es noch, ihren Protest unter Küssen zu ersticken.

Als Walgreta sich wieder beruhigt und alle Krümel aus ihrem Schoß auf ihn geworfen hatte, sammelte sie ihre Gedanken. Dann fuhr sie fort: »Die Erdgötter, die Riesen, beratschlagten also und willigten ein. Der Dämon stieg zu den Wolken auf, den Pforten des Himmelsreichs, und brachte das Feuer und das Wasser der Erde im Mund mit, jeweils in seiner linken und rechten Backe. Er unterbreitete den Göttern des Himmels sein Tauschangebot. Doch die Himmelsgötter dachten nicht daran, auf den Handel einzugehen, denn die Erde ist endlich, und der Himmel ist unendlich. Was sollten die Himmelsgötter mit dem Feuer und dem Wasser der Erde, wenn sie die Sonne und den Mond hatten, das endlose Feuer und Wasser?

Aber der Erddämon war schlau. Er sagte: ›Geht den Handel ein, und ihr werdet die Erde und den Himmel für euch allein haben.‹ Daraufhin schmiedete er das Feuer und das Wasser der Erde zusammen, und so entstand der Blitz.

Die Himmelsgötter waren beeindruckt von der Waffe, die als einzige Unsterbliche töten kann, und ließen sich auf den Tausch ein. Als nun die Erdgötter in den Himmel aufsteigen wollten, wurden sie vom Blitz erschlagen. Sie tobten und kämpften bis zum Letzten, aber der Blitz streckte sie alle nieder.

Die Himmelsgötter jedoch hielten Wort: Die Riesen durften bis in den Himmel aufragen. Jedoch nur als Gebein.«

Walgreta wies auf das Gebirge und senkte dann die Arme.

»Was wurde aus dem Erddämon?«, fragte Fayanú.

»Es gibt verschiedene Überlieferungen. Eine Geschichte

besagt, dass der Dämon selbst zum Blitz wurde. Die andere Geschichte besagt, dass er auf die Erde zurückkehrte, um das Fleisch von den Knochen der Riesen zu nagen. Und damit ist er tief im Gebirge bis heute beschäftigt.«

»Für mich klingt das, als wäre der Dämon ein Lindwurm gewesen«, sagte Fayanú nachdenklich. »Lindwürmer lieben Pakte. Und sie versuchen immer, einen zu überlisten.«

»Was für einen Pakt haben die Elfen mit den Lindwürmern geschlossen, dass sie Ilian bewachen?«

»Du willst auch eine Geschichte hören?« Fayanú ließ sich auf den Rücken sinken, die Hände hinter dem Kopf verschränkt, und blinzelte gegen das Sonnenlicht. Er hielt sich nie an die Erzählformen, die Walgreta zu Hause und bei den Wyken erlernt hatte. Kein Wunder, schließlich hatte er die Geschichten nur aufgeschnappt, nicht studiert. Und doch besaß er beim Erzählen seine ganz eigene, mitreißende Eleganz.

Walgreta legte ihren Kopf auf seine Brust und wartete. Eine Weile betrachtete er sie nur lächelnd, spielte mit den kleinen geflochtenen Zöpfen, die aus ihrem Haartuch baumelten, und hing seinen Gedanken nach.

Schließlich begann er: »Das Alte Volk sagt, dass die Seele der Welt früher im Wind lag, und dann versank sie in der Erde. Früher war das Land flach, und auf ihm wandelten riesige sprechende Tiere und meine Vorfahren, die viele Jahrtausende alt wurden, denn sie atmeten den beseelten Wind. Aber die Seele der Welt versank … es ist eine traurige Geschichte. Jedenfalls wurden die Tiere und wir danach kurzlebig, und die beseelte Erde wölbte sich zu Bergen aus und ließ mächtige Bäume sprießen. Zu dieser Zeit wurde Euer Volk aus den Bergen geboren. Ihr schlugt Kupfer, Silber und Gold aus der Erde und legtet Felder an, um von der versunkenen Seele der Welt zu zehren. Für mein Volk war das ein Frevel. Wir zogen gegen Euch in den Krieg.«

»Ein Krieg zwischen Elfen und uns? Davon ist in unserer Überlieferung nirgends die Rede.«

»Genau, weil Euer Volk verloren hat.«

Walgreta war sprachlos.

»Als mein Volk Euer Volk niederwarf«, fuhr Fayanú fort, »stellte es eine Bedingung: Der Boden sollte nicht mehr entweiht werden, weder durch Feldarbeit noch durch das Halten von Tieren.

Doch wie sollten die Erdgeborenen überleben? Sie waren keine Jäger, sie stammten nicht vom Wind ab und kannten nicht die geheime Sprache der Wolken und die wahren Namen der Hirsche, der Auerochsen und Schwäne. Also schenkten die Elfen ihnen einen magischen Becher, in den die Fische der Flüsse freiwillig sprangen. Dankbar gaben die Erdgeborenen den Blickenden Becher einem jungen Mädchen aus ihrem Volk, das nie gekämpft und nie Elfenblut vergossen hatte. So wurde der Becher immer an ein junges Mädchen vererbt, das als Große Fischerin für das Überleben ihres Volkes zuständig war.

Ihr Volk wuchs. Als eine Fischerin allein nicht mehr ausreichte, um alle zu versorgen, schenkten die Elfen den Erdgeborenen noch eine Flöte, die wilde Tiere anlockte, die sich bereitwillig erlegen ließen. Wieder sollte eine junge Frau die Flöte besitzen. Doch Zank entstand, welche Frau sie bekommen sollte, und so schenkten die Elfen noch ein drittes magisches Artefakt: einen kupfernen Schild, mit der eine dritte Frau die Trägerinnen des Bechers und der Flöte beschützen sollte. Denn der Kupferne Schild war zugleich ein Spiegel, der jedem, der die Iliaden begehrte, sein wahres Wesen zeigte. So erkannten die Neider und Gierigen, dass sie von Angst getrieben waren, und hielten erschüttert inne.

Die drei magischen Artefakte wurden stets von Weisen Frauen gehütet, die einen Eid ablegten, nicht zu kämpfen, nicht zu heiraten und auch allen anderen Bereichen der Gemeinschaft zu entsagen. Damit sollte verhindert werden, dass die Artefakte für einen Krieg missbraucht wurden, und man nannte die Weisen Frauen *Wyken* in Eurer Sprache und ›die Sanftmütigen‹, *Aylur*

Bahenra, in unserer. Es war das Zeitalter ihrer friedlichen Herrschaft, und es gab keine Krieger oder Streiter.

Das Volk der Erdgeborenen wuchs und wuchs, und mein Volk sorgte sich, dass es die ganze Erde bedecken würde. Eine vierte Iliade wurde hergestellt – eine magische Scheibe, die den Lauf der Sterne anzeigt und so einen Blick in die Zukunft gewährt. Die Elfen erkannten, was auf sie zukam. Was immer sie sahen, es betrübte sie zutiefst. Sie schenkten die Sternenscheibe nicht den Erdgeborenen, sondern behielten das Wissen um die Zukunft für sich.

Die Erdgeborenen wurden so viele, dass eine Hungersnot begann. Kämpfe brachen zwischen Geschwistern aus. Diejenigen, die vertrieben wurden, gründeten die aberhundert Völker des Seenlands und des Mitterlands. Manche verbargen sich in den Grasmeeren des Tieflands. Als sie wieder hervorkamen, war ihr Haar sonnengebleicht und ihre Haut braun, sie waren ein neues Volk, die Urier, was in ihrer Sprache ›die ersten Menschen‹ heißt, obwohl sie die letzten waren. Der Hunger hatte sie verrohen lassen. Ihre Anführer waren keine Weisen Frauen mehr, sondern Krieger, die raubten, um ihre Familien zu ernähren. Erst raubten sie die Flüsternde Flöte, dann auch den Blickenden Becher, und zuletzt zerstörten sie sogar den Kupfernen Schild, wodurch die Zauberkraft der Artefakte verlorenging, denn sie müssen in Liebe verschenkt werden, um ihre Macht zu bewahren. So endete die friedliche Herrschaft der Weisen Frauen, und das Zeitalter der Kriegsfürsten und Streiter brach an. Die Leute mussten wieder Felder bestellen und Tiere halten, um nicht zu verhungern, und stets drohte ihnen die Gefahr, überfallen zu werden und alles zu verlieren.

Das Alte Volk beratschlagte, ob es für diesen Frevel erneut Krieg gegen die Neuen Völker führen sollte. Doch das hätte nur geheißen, die Geschichte zu wiederholen. Man beschloss, sich von nun an aus allem herauszuhalten. Die Elfen des Waldes befahlen den Lindwürmern, das Reich Ilian vom Rest der Welt abzuschirmen … Die Elfen der Küsten indes wollten mit den Lindwürmern nicht paktieren und blieben zurück. Sie leben jetzt neben den Erdgeborenen, essen wie sie und sterben wie sie.«

Walgreta sann über die Erzählung nach. Ein Krieg zwischen den Erdgeborenen und den Elfen … Dann hatte es nie Eintracht zwischen den Völkern gegeben? Zu gern würde sie die Elfen vom Wald fragen.

»Hoffentlich finden wir einen Lindwurm, der uns nach Ilian bringt«, überlegte sie laut.

Schlagartig verfinsterte sich Fayanús Miene, und er setzte sich auf. »Wer sagt denn, dass wir das wollen?«

Walgreta wurde klar, dass sie selbstverständlich davon ausgegangen war, dass Fayanú insgeheim nach Ilian wollte, um seine Familie zur Rede zu stellen. Nun sagte sein Blick etwas ganz anderes. Warum war er dann hier?

Die Antwort konnte Walgreta sich selbst geben: Schließlich war sie auf den Ausflug noch viel versessener gewesen als er, obwohl sie sich lediglich danach gesehnt hatte, mit ihm Abenteuer zu erleben und Geheimnisse aufzudecken. Das war der Unterschied zwischen den Helden der Legenden, die immer um etwas Wichtiges kämpften, und den Heutigen, die vor allem gegen Langeweile kämpfen mussten … Der Heldenglanz, in dem sie Fayanú bisher gesehen hatte, verblasste ein wenig.

Er schien es zu merken. Rastlos stand er auf und ließ den Blick in die Ferne schweifen, wie so oft, wenn sein innerer Drang zur Flucht überhandnahm. Walgreta fühlte eine vage Bedrohung für ihre Liebe, etwas kaum Fassbares, das vielleicht nichts anderes war als die dahinrieselnde Zeit selbst. Warum nur konnte man nicht glücklich bleiben, wenn man es einmal war?

Verunsichert setzte auch sie sich hin. »Was gaben die Elfen denn nun den Lindwürmern?«

»Das ist die Frage«, sagte Fayanú, verzog spöttisch den Mund, dann schüttelte er sich und schulterte seinen Quersack. »Zeit, dass wir unseren Weg fortsetzen.«

32

ES DUNKELTE BEREITS, ALS sie den Gebirgssee erreichten. Atemlos vom letzten Anstieg blickten sie auf die Eisscheibe hinab, die zwischen den Felsen lag. Zu viel Schnee hatte sich darauf niedergelassen, als dass die rosigen und violetten Himmelslichter sich darauf hätten spiegeln können.

»Kein Nebel«, sagte Fayanú und wischte sich die Haare aus der Stirn. »Schlecht für Lindwürmer.«

»Wir müssen den Morgen abwarten.«

An einem der schrofferen Hänge war eine Höhlenöffnung, von der lange Eiszapfen hingen. Im Sommer strömte ein kleiner Wasserfall daraus hervor. Walgreta und Fayanú kletterten zu ihr hinab, wobei sie sich an Sträuchern und dürren Fichten festhielten. Walgreta war ihre ganze Kindheit an Felsen entlanggeturnt, aber Fayanú riss ein Loch in seinen Umhang, als er versuchte, ihr ebenso schnell und wendig zu folgen.

Dann hatten sie es in die Höhle geschafft. Walgreta konnte noch aufrecht darin stehen, Fayanú musste den Kopf einziehen. Eine Rinne mit gefrorenem Wasser verlief zwischen dem Gestein, doch es war genug Platz an der Seite, um ein Lager zu errichten. Sie schnitten Fichtenzweige ab, um darauf zu schlafen, und Fayanú brachte ein paar trockene Blätter und Äste zum Brennen.

Trotzdem kroch mit der Dunkelheit eine Kälte herauf, die wie ein Räuber um ihr Feuer schlich. Walgreta riss Wurzeln aus dem Abhang, um die Flammen zu nähren, und murmelte einen Zauberspruch, so dass die Feuchtigkeit aus dem Holz lief und sich am gesplitterten Ende zu Eisperlen sammelte.

»Wykenzauber«, erklärte sie, von Fayanús Bewunderung peinlich berührt. »Onyx, die Weise Frau vom Ulmenhain, war nach einer kräftezehrenden Zeremonie so erschöpft, dass ich sie mehrere Tage pflegen musste. Das war zu Beginn meines Lehrjahres letzten Frühling. Wir hatten kein trockenes Brennholz mehr. Onyx war zu schwach, um die Nässe aus dem Holz zu treiben, darum verriet sie mir den Zauberspruch. Sonst hat sie mich kaum in ihre Kunst eingeweiht. Sie wusste wohl von Anfang an, dass sie mich nicht behalten wollte.«

»Was hast du bei den anderen sechs Wyken gelernt?«

»Wenig«, gestand Walgreta. »Gerade genug, um ihnen eine nützliche Dienerin zu sein. Die eigentliche Zauberkunst bringen sie nur ihren Nachfolgerinnen bei.«

»Es ist gut und richtig, dass nicht so viel Macht in unbedarfte Hände fällt«, gab Fayanú zu bedenken.

Walgreta nickte und schwieg.

»Alle kleinen Mädchen von hier bis zum Nordmeer träumen davon, ein Jahr bei einer Wyka in die Lehre gehen zu dürfen«, sagte er aufmunternd. »Und du hattest sieben. Du kannst dich glücklich schätzen.«

Walgreta schnaubte. »Das liegt nur daran, dass ich eine Hochgeborene aus dem Kleinen Volk bin.«

»Eben, du kannst dich glücklich schätzen.«

Sie verfiel wieder in Schweigen, packte ihren Proviant aus und schälte ein gekochtes Ei.

»Es ist erniedrigend«, murmelte sie. »Siebenmal wurde ich abgelehnt. Und die ganze Welt weiß es.«

»Ich wusste es nicht, bevor du es mir sagtest.« Er lachte leise. »Die Welt ist riesig, mein Waldgrün. Und auch wenn du ihr Mittelpunkt bist, ahnen die allermeisten davon gar nichts.«

»Gäbe es doch einen Wandererzähler, der sie alle aufklären würde!«

Er umschlang sie. »Dann musst du aber immer mitkommen, sonst glaubt mir keiner. Soll ich das mit den sieben Ablehnungen beschönigen oder lieber ganz verschweigen?«

Eine Weile rangen sie kichernd miteinander. Dann strich

Fayanú ihr das Haartuch zurecht und sah sie mit jenem Blick an, der süß und traurig zugleich war und Walgreta am besten gefiel.

»Vielleicht hätten die Wyken dich gern als Nachfolgerin genommen, aber sie haben eine andere, wichtigere Aufgabe für dich gesehen.«

Walgreta hatte bisher nicht gewagt, sich mit diesem Gedanken zu schmeicheln. Aber aus Fayanús Mund klang er beinahe glaubwürdig. Sie belohnte ihn mit einem Kuss. »Soll ich dir noch einen Feuerzauber zeigen?«

Ohne seine Antwort abzuwarten, blies sie in die Flammen. Sie loderten auf – und verloren ihre Farbe. Nur ein schwaches violettes Zittern verriet, dass das Feuer nicht erloschen war.

»So macht man den Rauch sichtbar, bevor er in die Luft aufsteigt.«

Er hielt die Hände nah daran. »Die Flammen sind noch so warm wie vorher. Aber das Licht …«

»Sie sind sogar wärmer als vorher, wenn sie ihre Farbe verlieren«, sagte Walgreta vergnügt. »Das hält uns bis morgen früh warm.«

Er streichelte sie wieder. »Es ist wirklich wärmer. Aber ich will lieber wieder mehr sehen können …«

Als sie dem Feuer neuerlich Farbe einhauchen wollte, hielt Fayanú sie zurück. »Da!«

Sie folgte seinem Fingerzeig, sah aber nichts als schneebedeckte Hänge und Klippen. Doch dann hörte sie etwas. Ein Rattern und Klopfen, als würde etwas durch den Schnee gezogen. Ein Licht flimmerte zwischen den dunklen Tannen auf und verschwand wieder. Gestalten lösten sich aus dem Wald.

Im ersten Moment hielt Walgreta sie für Bären. Aber es waren Männer, beladen mit schweren Säcken. Manche zogen auch gemeinsam Holzkarren, auf denen sich Säcke türmten. Streiter mit Laternen gingen vor und hinter dem Zug.

»Minenarbeiter«, flüsterte Walgreta. »Sie kommen nachts

und immer über andere Routen, damit die Lage der Minen geheim bleibt.«

Einer der Lastenträger, ein besonders kleiner, rutschte aus und kugelte den Hang hinab, geradewegs auf den See zu. Die Streiter bellten Befehle. Mehrere Sklaven legten ihre Säcke ab, um hinterherzueilen. Doch sie kamen zu spät. Der gestürzte Lastenträger rutschte über den letzten, steilen Felshang und fiel in einem Hagel aus Schnee und Erzbrocken auf den gefrorenen See.

Das Eis knackte, splitterte und brach. Wie schwarzes Öl schwappte das Wasser empor und schluckte den Unglücklichen. Kreischend klammerte er sich an die Eisscherben. Es war nicht die Stimme eines Mannes, sondern die eines Kindes.

Die anderen Sklaven kletterten vorsichtig zu ihm hinunter. Doch statt dem Kind zu helfen, das im Eiswasser versank, sammelten sie das Erz am Ufer wieder ein. Als einer endlich zum Einschlagloch kriechen wollte, wurde er von den Streitern weiter oben barsch zurückbeordert.

Walgreta war starr vor Entsetzen.

Steh auf. Steh auf!, dachte sie, von einer finsteren Faszination wie gelähmt.

Nun sah sie, dass einer der Streiter sich an den Abstieg machte. Fayanú umschloss ihr Handgelenk, wie um zu verhindern, dass sie sich einmischte.

Der Streiter kam unten an und beleuchtete das Einschlagloch. Wellen schwappten herauf. Mehr nicht. Der Streiter kam nicht näher. Und auch Walgreta griff nicht ein. Die Sklaven kletterten mit dem Erz bereits wieder den Hang hinauf.

Plötzlich brach ein Tumult aus. Die Streiter schrien auf. Erneut rollte Erz zum See hinunter. Einer der Sklaven hatte Reißaus genommen und hastete mit schwerfälligen Sprüngen in Richtung Wald. Der Streiter, der am Ufer stand, warf einen Kurzspeer nach ihm. Langsam schien der Stab durch die Luft zu segeln, doch als er sich zwischen die Schulterblätter des Fliehenden bohrte, riss er den Mann drei Schritte weit vorwärts.

Walgreta fühlte sich, als wäre sie selbst getroffen worden. Aber sie schrie nicht. Der Schnee, der den tödlich verwundeten Sklaven auffing, schien auch sie zu umschließen.

Der Streiter holte sich seinen Speer wieder und ließ den Sklaven zum Sterben liegen. Die übrigen Sklaven hatten sich wieder in den Tross eingefügt und setzten ihren Weg fort. Es dauerte nicht lange, bis ihre Laternen in der Dunkelheit versanken.

33

»WIR MÜSSEN … HELFEN!«

Walgreta wollte aus der Höhle klettern, aber Fayanú hielt sie fest. Sein Griff war so stark, dass sie sich nicht lösen konnte. Oder war sie so schwach?

»Sie sind tot, Walgreta.«

Schweiß benetzte ihre Haut. Sie begann zu zittern. »Wie schrecklich«, schluchzte sie. »Wieso haben sie dem Kind nicht geholfen?«

»Was sollen sie mit einem Sklaven, der nicht arbeiten kann? Selbst wenn er die Unterkühlung überlebt hätte – bei dem Sturz hat er sich doch die Knochen gebrochen.«

»Wie kannst du so reden?«

Fayanú ließ sie los. Sein Gesichtsausdruck war hart, geradezu feindselig. »Hör auf zu weinen.«

Durch Tränen sah sie ihn an und verstummte vor Fassungslosigkeit tatsächlich. Fayanú zog die Knie an und verschränkte die Arme. Lange sagten sie beide nichts. Die Stille der Toten draußen schien in die Höhle zu sickern wie Eiswasser.

»Du weißt, woher der Wohlstand deines Volkes kommt. Es liegt nicht nur am Kupfernen Kleid der Königin.«

Walgreta setzte sich auf. Noch immer fror sie erbärmlich, aber sie wollte oder wagte es nicht, sich fester in ihren Umhang zu wickeln. Wie konnte sie es sich gemütlich machen, wenn gerade ein Mann und ein Kind gestorben waren, denen sie nicht im Geringsten zu helfen versucht hatte? Wie konnte sie überhaupt je wieder … irgendwas tun?

Ekel erfasste sie. Ekel vor ihrem privilegierten Leben. Und Scham. Aber konnte sie etwas dafür? Sie driftete in halbgesponnene Gedanken ab. War es so, weil es immer so gewesen war? Und weil es nicht anders sein konnte? Vielleicht hatte es Ilian, das Reich des unverzweigten Miteinanders, nie gegeben. Vielleicht stimmte die Überlieferung der Elfen …

Sie zog die Nase hoch. »Nicht das Kupferne Kleid ist zu schwach. Die Menschen sind zu schwach. Hätten sie alle noch ihre Wyken und Iliaden …«

»Wie sollte der Blickende Becher ihnen helfen können?«, fragte Fayanú. »Und wenn die Urier die Flüsternde Flöte wiederhätten, dann würden sie noch mehr Pferde gewinnen, oder nicht? Und womit würden sie dann die Welt überziehen?«

Walgreta schüttelte den Kopf. »Frieden kann es nur geben, wenn alle Völker ihn wollen. Wenn sie auf Gewalt verzichten und an die alte Ordnung glauben.«

»Wenn es diese alte Ordnung denn je gab«, erwiderte Fayanú.

Walgreta erwiderte eine Weile nichts.

»Wir wissen nicht, welche Geschichte die wahre ist«, sagte sie schließlich. »Und egal, was in der Vergangenheit passiert ist – die Zukunft kann doch immer anders sein! Den Elfen fehlt einfach die Hoffnung. Ich will lieber hoffen und enttäuscht werden, als mich mit einem Elend abfinden, das womöglich zu ändern wäre!«

Fayanú schien ein Seufzen zu unterdrücken, aber der harte Ausdruck verschwand. Er breitete einen Arm aus. Walgreta schmiegte sich an ihn. Wie gut es war, ihm nahe zu sein! Walgreta klammerte sich an ihn, und auch er hielt sich an ihr fest, aber zögerlicher, so als stieße ihn ihre Arglosigkeit ab. Und draußen lagen die Toten …

»Du hältst mich für weltfremd, nicht wahr?«, flüsterte sie.

»Nein. Du bist mutig. Ich will so sein wie du.«

»Man muss doch hoffen!«

»Ja. Wenn man es kann.«

Wieder dachte Walgreta daran, wie privilegiert sie war, und dass auch ihr Glaube an die Möglichkeit einer friedlichen Welt sicher daher rührte, dass sie nicht halb so viel Übles erlebt hatte wie er. Nur war es albern, sich dafür zu schämen. Sie konnte nichts dafür, wer sie war. Es ging hier nicht um Schuld. Nein, was auf ihr lastete, war Verantwortung. Sie konnte hoffen. Sich etwas anderes, etwas Besseres vorstellen …

Und wenn Fayanú richtiggelegen hatte – konnte das nicht der Grund sein, warum die Wyken sie nicht in ihren Dienst genommen hatten?

Walgreta hatte geglaubt, kein Auge zutun zu können, aber im Morgengrauen kam sie verwirrt zu sich, ohne Erinnerung daran, wie sie eingeschlafen war. Sie kauerte immer noch in Fayanús Armen. Als sie sich regte, erwachte auch er. Ihr Schlaf musste leicht gewesen sein. Sie fühlten sich kaum erholt.

Walgreta begann, ihre Sachen zusammenzupacken. Sie hatte keinen Appetit, aber sie würde Kraft brauchen, also zwang sie sich zu einem Frühstück. Fayanú wollte nichts.

Wie sie vermutet hatten, lockten die ersten Sonnenstrahlen Nebel aus dem Boden. Die Hänge und Wälder schienen vor ihren Augen zu verblassen. Aber nach einem Lindwurm hielten sie nicht Ausschau.

Sie verließen die Höhle und kletterten hinab zum See. Walgreta ging über Ufersteine, die aus dem Eis ragten, voran. Unweit sah sie den Krater, in dem das Kind untergegangen war. Doch von der Leiche fehlte jede Spur. Sie musste irgendwo unter der Eisoberfläche treiben. Walgreta konnte für das Kind nichts mehr tun. Sie stapfte den Hang hinauf, wo der von dem Speer getroffene Sklave zurückgelassen worden war. Sie stieß so unvermittelt auf seinen Leib, dass sie beinahe auf ihn getreten wäre.

Da lag er. Frost überzog seine offenen Augen. Bedrückender als die von dunklem Blut verkrustete Wunde in seinem Rücken fand Walgreta seine Schmutzigkeit. Er trug Lumpen, die fast nur aus Staub und Schlamm zu bestehen schienen und längst nicht mehr verrieten, ob er aus dem Seenland oder dem Mitterland stammte. Seine Haut, die der Kälte überall ausgesetzt gewesen war, ließ sich kaum von Lederfetzen unterscheiden. Walgreta hatte gewusst, dass die Sklaven ein hartes Leben in den Minen führten. Aber keine Kreatur sollte so existieren. Egal, welches Verbrechen der Mann begangen haben mochte. Es war falsch, falsch … und Walgreta hatte es zugelassen. Ihr Leben lang.

»Wir brauchen Brennholz, um ihn zu bestatten.«

»Glaubst du, seine Seele findet Trost darin, nach Zwergenart bestattet zu werden?«, gab Fayanú zu bedenken.

»Wir können ihn jedenfalls nicht begraben, wenn die Erde gefroren ist und wir keine Schaufel haben. Und liegen lassen werden wir ihn schon gar nicht.«

Fayanú sagte nichts mehr, sondern ging zum Waldrand hinauf, um Brennholz zu suchen.

34

DIE BÄUME STANDEN NICHT dicht, so dass Schnee den Boden bedeckte. Sie fanden ein paar abgebrochene Zweige, die in den Wurzelmulden von Fichten und Tannen trocken geblieben waren. Ansonsten gab es nur feuchtes Reisig. Walgreta blieb am Waldrand, um es mit Wykenzauberei zu trocknen, während Fayanú mehr Holz suchte.

Die Zauberei war mühevoll, auch wenn sie nicht so aussah.

Man musste Spiegelbilder entwerfen, damit die Wirklichkeit sich ihnen anpasste. Eine Wyka mochte geschickt genug sein, wahre Worte zu sprechen, welche die Wirklichkeit im genau beabsichtigten Maße krümmten, doch Walgreta war keine Wyka. Mit jedem Ast, den sie entwässerte, veränderte sich ihr Körper. Erst schwitzte sie, dass ihr schwindelig wurde, und als sie das Schwitzen endlich unter Kontrolle hatte, drückte ihre Blase. Zuletzt war ihr Mund so trocken, dass sie die Worte kaum noch sprechen konnte. Sie lutschte Schnee und überlegte, wie sie verhindern konnte, dass der Zauber ein Spiegelbild in *ihr* suchte. Beim nächsten Versuch gelang es ihr, die Spiegelungen in die Umgebung zu verlagern: Der gefrorene See knackte und knirschte, und Dampf stieg aus den Rissen im Eis auf.

Sie erschrak. Noch nie hatte sie einen so großen Zauber gewirkt.

Nicht, dass sie nicht experimentiert hätte. Aber nie war es ihr gelungen, den Wasserzauber zu erweitern und damit die Umgebung zu verändern. Unkontrolliert Spiegelbilder zu vervielfältigen war der Grund, warum Zauberei so gefährlich werden konnte.

Unwillkürlich hielt Walgreta Ausschau nach weiteren Krümmungen im Umland. Könnte sie den Schnee zum Schmelzen bringen, eine Lawine auslösen, gar das kostbare Innere eines Berges hervorbrechen lassen?

Sie bekam Angst vor ihren Ideen und konzentrierte sich auf den alten Baumstumpf vor sich, den sie entwässern wollte. Wenn die Spiegelung im Umland wieder in ihren Körper zurückfiel, könnte sie sich mit so großen Zaubern versehentlich leicht selbst umbringen.

Nebel stieg aus dem See. Es geschah so schnell, dass Walgreta sich regelrecht von feuchten Schleiern umgeben wähnte. Bald sah sie nichts mehr außer dem Holz vor sich. Das Knacken von Eis hallte weiter zu ihr herauf. Es wurde immer lauter. Als ein Rumoren durch die Erde ging, ließ Walgreta das Holz los.

Stille. Nur ein frisch gewachsener Eiszapfen fiel von einem Ast in den Schnee.

»Walgreta?«

Fayanús Stimme waberte durch den Nebel.

»Ich bin hier.« Sie stand auf. »Am Waldrand. Da, wo ich vorher war.«

»Ich sehe dich nirgends. Walgreta? Ich bin am Ufer.«

»Warte, ich komme runter!« Walgreta stolperte den Hang hinab. Der Nebel war so dicht, dass sie kaum bis zu ihrer ausgestreckten Hand sehen konnte. Hatte sie das alles bewirkt? Seit wann war sie so zaubermächtig?

»Fayanú?«

Sie erreichte das Ufer. Überall lagen Eissplitter, so als hätte es einen Einschlag gegeben. Sie konnte doch nicht an der Stelle angekommen sein, an der das Kind ertrunken war? Es lagen auch zu viele Splitter herum.

»Walgreta, bist du da?«

»Ja, hier. Am Ufer.«

Walgreta sah zu Boden. Die Steine glänzten dunkel, als hätten sie eben noch im Wasser gelegen. Hier war nicht das Ufer … Hier war der See. Gewesen.

»Das Wasser ist verschwunden.«

Sie hörte platschende Schritte. Dann tauchte Fayanú aus dem Nebel auf, und sie fielen sich in die Arme.

»Ich habe nur das Holz trocknen wollen, so wie gestern. Ich verstehe nicht, wie ich …«

»Es ist kein gewöhnlicher Nebel«, sagte er, ohne ihr zuzuhören. Dann fuhr er herum. »Hast du das gesehen?«

»Was?« Walgreta spähte in die Richtung, in die er schaute. Aber sie sah nichts.

»Sie …«

»Wer? Was hast du gesehen?«

Er ging ein paar Schritte, sie folgte an seiner Hand. Doch er erwiderte den Druck ihrer Finger nicht.

»Fayanú. Was ist los, siehst du jemanden?«

»Warum?«, murmelte er, als würde er etwas anderes hören als sie.

»Allmählich machst du mir Angst.«

Wasser schwappte zu beiden Seiten. Es war nicht verschwunden – es hatte eine Schneise freigegeben. Die glitschigen Steine lagen so beieinander, dass sie Stufen zu ergeben schienen.

Als kein Zweifel mehr bestand, dass vor ihnen eine Treppe abwärtsführte, hielt Fayanú inne.

Walgreta sog die Luft ein. »Es ist ein Weg. Der Weg nach Ilian!«

Verwirrt setzte Fayanú einen Fuß vor den anderen. Die Treppe wand sich in die Erde, spiralförmig wie der Weg durch Horuns Bauch.

»Untergang«, flüsterte Fayanú.

Walgreta hielt ihn fest und drehte ihn zu sich um. »Fayanú! Was ist mit dir?«

Er sah sie mit schreckensweiten Augen an. »Das will ich nicht.«

»Was willst du nicht?«

Er blinzelte, schien zu sich zu kommen und hielt sich an ihr fest. »Nicht weiter. Ich will nicht. Wir gehen zurück.«

»Wieso? Was hast du gerade gehört?«

Er setzte sich in Bewegung. Doch wenigstens hielt er jetzt ihre Hand. Umklammerte sie geradezu, dass ihr nichts anderes übrigblieb als hinterherzulaufen.

»Warte doch. Der Weg nach Ilian, begreifst du nicht? Wir könnten endlich deine Familie finden. Sie fragen, warum …«

»Ich will nichts von ihnen wissen«, fuhr er sie an. Seine Augen funkelten. »Das ist es mir nicht wert.«

»Was meinst du?«

Für einen Moment schien er antworten zu wollen, aber dann ergriff er ihren Arm und zog sie weiter.

»Aber der Weg hat sich geöffnet«, versuchte Walgreta es noch einmal. »Vielleicht laden sie uns ein.«

»Das Blutopfer gestern hat den Weg geöffnet. Ein Zufall, mehr nicht.«

Walgreta spürte, wie es sie eiskalt überlief. Hatte das ertrunkene Kind als *Blutopfer* gedient? Auch bei den Wyken gab es Zauber, die ein Blutopfer erforderten … aber höchstens von Tieren. Nur in sehr alten Geschichten kamen Opfer von Männern, Frauen oder Kindern vor. Doch die Traditionen der Elfen waren uralt …

Wasser kroch um ihre Füße.

»Der See schließt sich wieder.«

Sie begannen zu laufen. Brennende Kälte drang durch die Sohlen ihrer Stiefel. Wasser rann über die Steine, folgte ihr, stieg unaufhaltsam, und Walgreta versank bis zu den Knöcheln darin, ehe sie endlich das Ufer erreichte.

Als sie sich umdrehte, löste sich der Nebel wie Rauchschwaden auf. Eissplitter trieben auf dem wirbelnden Wasser, doch von der Treppe auf dem Grund des Sees war nichts mehr zu erkennen.

Der Tag trübte sich bereits, als sie das Bestattungsfeuer entzündeten. Wie magere Aasfresser kletterten die Flammen über das Holz, umrundeten den Toten und begannen nur widerwillig, ihn zu verzehren. Weil Walgreta und Fayanú den Heimweg nicht im Dunkeln zurücklegen wollten, blieben sie nicht länger.

Vor ihnen versank die Sonne zwischen den Bergen, hinter ihnen brannte der Scheiterhaufen – ein sterbendes und ein erwachendes Licht in der zudrückenden Dämmerung.

Endlich begann Fayanú zu erzählen. Er hatte ihre Fragen bis jetzt so stur ignoriert, dass sie ihm schon böse geworden war.

»Nicht deine Zauberei hat den Nebel gerufen, sondern das Blutopfer. Und meine Anwesenheit. Die Lindwürmer öffnen den Weg nur für Elfen vom Wald. Sie haben zu mir gesprochen.«

Seine Gedanken schienen im Stillen davonzuwandern, und Walgreta fühlte einen Stich, weil er sie schon wieder allein ließ.

Sie versuchte, sich zu erinnern, ob sie im Nebel etwas gesehen hatte. Aber nein, nicht einmal einen Schatten. Und in ihrer Einfalt hatte sie geglaubt, den Nebel mit ihrer Zauberei erzeugt zu haben!

»Was haben sie dir gesagt?«, fragte Walgreta, bemüht, ihre gekränkte Eitelkeit zu unterdrücken.

»Sie haben die alte Prophezeiung wiederholt: Sobald der Blickende Becher und die Flüsternde Flöte nach Ilian zurückgebracht werden, soll … soll Horuns Bauch untergehen. Und Ilian breitet sich wieder über die ganze Erde aus.«

Betroffen sah Walgreta ihn an. »Und du glaubst daran?«

»Ja. Der uralte Pakt zwingt die Lindwürmer, uns Elfen nur die Wahrheit zu sagen. Bloß sagen sie die Wahrheit auf eine Weise, die leicht misszuverstehen ist. Darum sind ihre Prophezeiungen so gefährlich.«

Walgreta dachte wieder an den Nebel. Wie konnte sie nichts von den Lindwürmern bemerkt haben?

Aber Fayanú hatte so abwesend gewirkt, als wäre er in einer völlig anderen Welt. Und gehörte er nicht tatsächlich zu einer anderen Welt?

Ilian, das Land der unverzweigten Quellen. Bewacht von Nebeln, die nur ein Blutopfer zum Leben erweckte.

Ilian, das sich wieder über die ganze Welt ausbreiten würde, wenn Horuns Bauch unterging.

35

EIN GESCHOSS BOHRTE SICH in den Schnee, genau dort, wohin Mauskin soeben seinen Fuß hatte setzen wollen. Für einen Moment sah er seinen Tod gekommen. Doch es war kein urischer Pfeil, sondern ein Speer aus Erlenholz, das über Flammen gehärtet worden war und die kreisförmigen Verzierungen des Kleinen Volkes trug. Langsam hob Mauskin die Hände und versuchte zugleich, die Schneeflocken abzuschirmen, die ihm die Sicht raubten. Im Abendnebel erspähte er den Werfer jedoch nicht.

In über zwanzig Jahren als Händler war Mauskin noch nie so weit oberhalb von Horuns Bauch gewesen. Und wieso auch? Niemand wohnte hier, wo die Berggipfel in ewigem Winter schlummerten. Oder jedenfalls niemand, der Handel treiben wollte. Die Sonne lugte nur mittags hinter dem Massiv im Süden hervor, wo das verwitterte Gebein der Riesen in den Wolken verschwand. Den Rest des Tages senkten sich scharfzackige Schatten über die unbewaldeten Hänge. Es war ein Land des Todes. Und doch schien es in manchen windstillen Augenblicken, als dröhnte ein Herzschlag im Inneren der Berge.

Wollte man die Ursache finden, musste man den Weg zu den geheimen Minen von Horuns Bauch kennen. So wie Oteba. Oder man musste jemandem folgen, der den Weg kannte. So wie Fürst Noharion und dessen Männer, die nach dem Zwischenfall in Horuns Bauch Mauskins Fährte und die seiner Freunde wiederaufgenommen hatten.

Mauskin grinste. Es war kein geringes Kunststück, gerade so viele Spuren zu hinterlassen, dass der Neunte Stamm sie verfolgen konnte, ohne sie je einzuholen.

»Gebt euch zu erkennen!«, rief jemand in der Sprache des Kleinen Volkes, und Echos hallten durch die Schluchten.

»Wir sind Händler aus verschiedenen Völkern, vereint in Freundschaft. Ich bin Mauskin vom Volk der Tugaller!«

»Und ich sein Bruder Rehfang!«

Wie immer unterschlug er, dass er der Jüngere war.

»Eliody, Tochter der Küstenelfen und Söldnerin.«

»Oteba von Horuns Bauch, bewandert in allen Künsten der Lebenserhaltung!«

»Und Faridas, Söldner vom Vierten Stamm der Urier!«

Stille. Nur der Wind heulte um die zerklüfteten Felsen. Dann endlich antwortete der Unsichtbare: »Wenn ihr Händler seid, dann zeigt eure Waren!«

Mauskin nickte. Daraufhin öffneten er und seine Freunde ihre Umhänge und präsentierten fünfundsechzig Pfeile, dreizehn Kleinbogen, acht Kriegsbeile, sieben Äxte, fünf Stabdolche, zwei Kriegshämmer und eine Sichellanze, die ihre Körper behängten wie ein Gestrüpp aus Stein, Holz und Kupfer.

»Wir handeln mit diesem und jenem, was auch immer gerade gefragt ist«, rief Mauskin. »Allerdings haben wir auch etwas Besonderes, das nur für euch wertvoll ist – euch, die Wächter der Minen von Horuns Bauch.«

Wieder Stille. Vielleicht erwog der Sprecher zu leugnen, dass hier die geheimen Stätten waren, wo Metall oder Salz abgetragen wurde. Schließlich aber kam ein zögerliches: »Rück raus mit der Sprache.«

»Wir haben eine Botschaft. Es wäre unklug, sie zu brüllen. Wir würden sie lieber leise verlauten lassen, vielleicht bei etwas zu essen.«

»Die fette Frau soll kommen und es uns sagen! Aber die Waffen legt sie vorher ab!«

Oteba grunzte. »Natürlich. Lasst die laufen, der es am schwersten fällt.«

Murrend entledigte sie sich ihrer Lasten und verteilte sie an die Kameraden. Dann stapfte sie durch den Schnee hinauf zu den Lichtern. Zwei Streiter traten aus einem Felsspalt. Im

Heulen des Windes waren die Worte nicht zu hören, die sie wechselten. Aber Mauskin hatte vollstes Vertrauen in Oteba. Sie war zwar manchmal erschreckend direkt, doch wundersamerweise bekam das nur selten jemand in den falschen Hals. Wenn es allerdings passierte …

Mauskin ertappte sich dabei, wie er ein Stoßgebet an Mamagott sandte, wie er es seit langem nicht mehr getan hatte. Vielleicht sogar seit Kastanies Tod nicht mehr.

Sein müder Geist driftete ab. Sie hatten seit sechs Tagen nichts Warmes mehr gegessen, kaum geschlafen, immerzu gefroren. Sein Bewusstsein war wackelig geworden, kippte oft. Im Schneegestöber wirbelte eine tiefer werdende Dunkelheit … All die Kämpfe, die er überlebt hatte. Männer, die er hatte sterben sehen. Und Frauen. Kastanie. Amselkin, ihr kleiner Sohn.

Doch das alles hatte er nicht mitangesehen und überlebt, um in den Bergen zu verwittern wie ein Maiglöckchen. Nicht so, nicht ohne Gerechtigkeit! Der Tod macht das Leben bedeutsam, hatte sein Vater immer gesagt. Und die schwieligen Fischerhände auf Mauskins Schultern gelegt. Aber Mauskin begriff nicht, welche Bedeutung es haben sollte, dass Kastanie und Amselkin und sein alter Vater ermordet worden waren. Er spürte, wie er in Erinnerungen hineinschlingerte, die gleißend und blendend waren, und riss sich zurück.

Oteba redete immer noch mit den Zwergen. Es sah aus, als würde sie einen von ihnen umarmen. Rangen sie etwa miteinander? Mauskin spannte sich an, wollte schon seine Wurfaxt ziehen – da erkannte er, dass Oteba eine Behandlung an dem Zwerg durchführte. Langsam ließ sie dessen Arm im Gelenk kreisen. Ein jäher Schrei erscholl. Schließlich trat Oteba zurück. Nach einigen Momenten winkte sie den Freunden und rief: »Wir sind zum Essen eingeladen!«

Die Streiter befahlen ihnen, ihre Waren abzulegen. Unbewaffnet folgten sie ihnen durch die Felsspalte ins Innere des Berges.

Ein schmaler Korridor zwischen Gestein und Eiswand führte in eine niedrige Höhle, teils von einem Felsen überdacht, teils von pechbestrichenen Matten. Mehrere Leitern führten durch Luken in die Tiefe, aus der Fackelschein zitterte und fernes Hämmern heraufklang. Es waren Stollen, aus denen Salz oder Metall geschlagen wurde.

Ein mächtiges Herdfeuer pustete Rauch durch eine Öffnung im Mattendach, wenn nicht gerade eine Schneeböe hereinfegte. Neben dem Feuer hockte ein gelangweilt wirkender Zwerg, der einen Spieß drehte. Am Spieß briet eine Rinderkeule. Mauskin wurde fast schwindelig vor Seligkeit.

Mehrere Streiter sprangen auf, als sie die Neuankömmlinge sahen.

»Händler«, erklärte einer der Männer, die sie hereingeführt hatten. »Und eine Heilerin, die den Namen verdient.«

Ein noch recht junger Streiter trat vor. Zwei goldene Spangen fassten sein mittig gescheiteltes Haar. Auch sein Umhang aus Marderpelzen wurde von goldenen Nadeln gehalten, und ein breiter, kupferbeschlagener Gürtel panzerte seinen Bauch. Er musste ein Hochgeborener sein.

»Spione«, knurrte er.

36

MAUSKIN LÄCHELTE. »SPIONIERT HABEN wir nur zu Euren Gunsten, ehrenwerter …«

»Egdeban, Sohn der Melcheda, Tochter der Godrun von Horuns Bauch.«

»Ehrenwerter Egdeban! Wir haben mitgehört, dass …«

Der andere Wächter kam Mauskin zuvor: »Sie sagen, eine urische Räuberbande ist auf dem Weg zu uns.«

»Hundertzwanzig Mann«, bestätigte Mauskin mit einem verstimmten Blick auf den Wächter, der seine Botschaft vorweggenommen hatte. »Sie wissen, wo Eure Minen liegen. Vor neun Tagen haben wir sie am Finsteren See belauscht, wo sie den Überfall planten. Wir haben sie verfolgt, bis wir sicher waren, dass sie hierher unterwegs sind. Da ihre Pferde sie zwingen, den längeren Weg von Westen her zu nehmen, konnten wir sie überholen, um Euch zu warnen.«

Die Zwerge schienen wie erstarrt. Nur das Herdfeuer tanzte und fauchte. Der Duft des bratenden Fleisches ließ Mauskin das Wasser im Mund zusammenlaufen. Er versuchte, nicht hinzusehen.

»Warum warnt ihr uns?«, fragte Egdeban.

Mauskin verneigte sich. »Wir sind Händler. Freundschaft ist unser Prinzip. Lasst uns heute Abend gesellig sein, Speise und Trank und Geschichten teilen. Das reicht uns.«

Der Zwerg musterte sie. Ihre fiebrigen, ausgemergelten Gesichter schienen ihn zu überzeugen. Er wies zum Feuer. »Setzt und wärmt euch. Das Fleisch braucht noch eine Weile.«

»Ich mag Rind roh am liebsten«, sagte Oteba schnell.

Egdeban erbarmte sich und nickte dem Mann beim Spieß zu. Der säbelte die äußersten Schichten des Fleisches ab. Nicht nur Oteba, auch die anderen streckten bereitwillig ihre Essschalen aus. Während sie sich am Feuer niederließen und die rosigen Fleischscheiben hinunterschlangen, legte man ihnen flachgedrückte Teigstücke auf einen heißen Stein. Kurz darauf konnten sie den Bratensaft mit Fladenbrot auftunken.

Hinter ihnen klapperte und klirrte es: Die Streiter trugen ihr Waffenarsenal herein. Egdeban wies sie an, alles nebeneinanderzulegen, damit er die Pfeile, Hämmer und Klingen begutachten konnte. Dann nahm er auf einem Hocker am Feuer Platz. Angesichts der Botschaft, die sie ihm überbracht hatten, wirkte er gefasst. Doch Mauskin konnte die Gedanken erraten, die durch den Kopf des finster dreinblickenden Zwergs rasten.

»Woher weiß ich, dass ihr nicht Spione der Urier seid, um vorab bei uns einzudringen und Waffen zu deponieren?«

»Weil wir verschwinden werden, bevor die Urier kommen«, sagte Mauskin. »Und zwar mit unserer Ware, wenn Ihr erlaubt.«

»Wenn draußen wirklich Urier sind, kann ich euch leider nicht mit all den Waffen ziehen lassen. Sie könnten in falsche Hände geraten.«

Mauskin leerte seine Schale und stellte sie mit einem höflichen Lächeln vor den Mann beim Spieß. Dabei sagte er zu Egdeban: »Dann ziehen wir also ohne unsere Waffen. Wir überlassen sie Euch gern, denn Ihr werdet sie dringender brauchen als wir. Schaut Euch die Stücke nur in Ruhe an. Es sind Pfeile und Klingen der Küstenelfen und Kupferzeug aus den Schmieden von Falla Ridwen. Ich bin sicher, Ihr werdet uns im Gegenzug ebenfalls großzügig beschenken. Metall oder Salz oder einfach Nahrung – wir können mit allem etwas anfangen.«

Der Zwerg schwieg nachdenklich. Natürlich wollte er sie nicht hier bei den Waffen haben, wenn tatsächlich Räuber angriffen. Aber er konnte sie auch nicht gehen lassen, da sie den geheimen Zugang zu den Minen kannten. Wenn das Geheimnis einmal offengelegt war, mochten alle möglichen Leute versuchen, sie zu überfallen.

Mauskin wusste, bei welcher Lösung Egdeban unweigerlich ankommen würde. »Ich schätze, die Minen sind nicht ausreichend bewacht, um hundertzwanzig Reiter abzuwehren«, sagte er daher und nahm dankend die Schale entgegen, die für ihn noch einmal gefüllt worden war. »Vielleicht habt Ihr doppelt so viele Sklaven hier oben. Aber sind Sklaven verlässliche Kämpfer? Ganz zu schweigen davon, dass Meißel und Hammer keine guten Waffen gegen berittene Urier sind. Mit unseren Pfeilen und Bögen wärt Ihr besser ausgerüstet. Nur habt Ihr danach das Problem, dass Eure Sklaven bewaffnet wären.«

Als Mauskin lachte, trat Panik in die Augen des Zwergs. »Ihr bietet euch also als Söldner an«, knurrte Egdeban. »Aber ich wäre ein Narr, euch an die Waffen zu lassen! Einer von euch«, er wies auf Faridas, »ist sogar ein Urier!«

»Oh, wir haben keine Lust zu kämpfen«, versicherte Mauskin. »Als Händler pflegen wir Freundschaft zu jedermann.«

»Das ist Freundschaft zu niemandem.«

»An einem übellaunigen Tag könnte man es auch so sehen, ja.« Mauskin leckte sich das Bratenfett von den Fingern. »Wenn ich Euch einen Rat geben darf, ehrenwerter Egdeban: Versucht, es nicht zu einem Kampf kommen zu lassen. Zumindest nicht, bis Verstärkung aus Horuns Bauch anrückt. Löscht alle Feuer. Die Sklaven sollen mit ihren Schlägen innehalten. Euer bester Schutz sind die Berge. Vielleicht verirren sich die Räuber im Schneetreiben.«

Da Egdeban in dem Vorschlag anscheinend keine List finden konnte, die den Händlern Nutzen gebracht hätte, erhob er sich und wies die Wächter an: »Dunkelt die Schächte ab. Alle Arbeit soll ruhen. Besetzt die Aussichtspunkte, und lasst die Lawinen los, wenn Reiter auftauchen.« Zu den Händlern gewandt fuhr er fort: »Auch das Herdfeuer müssen wir löschen. Gut, dass euch rohes Fleisch mundet.«

Schon wurden Steine auf die Flammen gelegt, um sie zu ersticken. Nur ein Glutschimmer blieb, der den Dingen schwache Umrisse verlieh.

»Ich darf mir doch das Fell hier nehmen«, grummelte Oteba und wickelte sich in ein Bärenfell auf dem Boden.

»Ihr bleibt sitzen, wo ihr seid«, befahl Egdeban. »Wenn einer zu den Waffen schleicht …«

»Niemals würden wir die scharfen Augen herausfordern, die man Eurem Volk nachsagt«, erwiderte Rehfang, gähnte und streckte sich neben Oteba aus. Das Essen hatte sie ermüdet. Auch Mauskin spürte, wie eine schwere, warme Schläfrigkeit von seinem Bauch heraufzog und ihm die Lider schließen wollte.

Die Zwerge liefen in der Dunkelheit hin und her, um Befehle weiterzugeben. Mauskin zählte neun Streiter, von denen einer nach Horuns Bauch aufbrach, um Erkundigungen einzuziehen und im Zweifelsfall Verstärkung zu holen. Schließlich setzte Egdeban sich wieder auf seinen Hocker und versuchte, Ruhe auszustrahlen. Geisterhaft rieselte der Schnee durch die Abzugsöffnung im Dach.

Erst als der Streiter zu sprechen begann, merkte Mauskin, dass er weggedöst war. Unauffällig kam er wieder zu sich.

»Und wenn die Urier nicht auftauchen, dann haben sie sich wohl verirrt. Und wir sind euch zu Dank verpflichtet«, sagte Egdeban mit kaum verhohlenem Misstrauen.

»Dank ist keine Pflicht, sondern ein Geschenk«, antwortete Mauskin.

»Vielleicht tauchen keine Urier auf, weil nie welche auf dem Weg hierher waren.«

»Ihr seid klug. Doch ein wacher Geist treibt, ebenso wie die Jugend, stets zur Eile. Nehmt Euch Zeit, so einfach zu denken wie wir: Wüssten wir nur, wo die Minen von Horuns Bauch liegen, könnten wir bei jeder waghalsigen Räuberbande mehr für dieses Geheimnis bekommen als ein halbgares Mahl hier oben in den Bergen. Da es aber schon Räuber gibt, die Euch überfallen wollen, hat unser Wissen nur noch für Euch einen Wert – für uns springt dabei ein Abendessen heraus. Nun, ein kleiner Tausch ist besser als gar keiner. Aber gewiss nicht besser als ein großer Tausch.«

Egdeban schien vorerst beruhigt. Doch bald hatte sein Argwohn eine neue Unstimmigkeit gefunden: »Warum würdet ihr für ein halbgares Mahl in die Berge reisen, wenn ihr kostbare Waffen habt, die ihr überall gegen Essen tauschen könntet?«

Mauskin blinzelte, plötzlich hellwach. »Nun, ich muss gestehen, dass wir in der Vorstellung schwelgten, unsere Warnung könnte freundschaftliche Gefühle in Euch wecken. Eine Freundschaft zu einem Hochgeborenen von Horuns Bauch wäre mehr wert als alles, was erhandelt werden kann. Auch kommen wir mit unseren Waffen zu Euch und nicht zu irgendwem sonst, weil …«

Mauskin kam nicht dazu, den Satz zu beenden. Dabei war er recht stolz auf die Geschichte, die sie sich auf dem Weg ausgedacht hatten. Es war eine nette, gerade so unglaubwürdige Geschichte, dass man sie nicht für erfunden halten würde. Aber wie so oft wurde der sorgfältigste Teil des Plans nicht verwirklicht, weil das Schicksal ein vorlauter, schlechter Erzähler war: Genau in diesem Moment krachte ein zwergischer Streiter durch das Pechmattendach.

Im Wirbel der Mattentrümmer glaubte Mauskin einen Speer zu erkennen, der aus dem Rücken des Toten ragte. Wie zur Bestätigung hagelte es Geschosse aus dem Nachthimmel.

»Räuber!«, brüllte jemand.

37

»URIER«, STAMMELTE EGDEBAN FASSUNGSLOS.

Oteba stieß einen unflätigen Fluch aus, der sogar Egdeban davon überzeugen musste, dass die Händler nicht mit den Räubern unter einer Decke steckten. Schon war Mauskin – und mit ihm Rehfang, Faridas und Eliody – bei den Waffen.

Bevor Egdeban protestieren konnte, schwang Eliody ihre Lanze mit der durchsichtigen Frostscherbenklinge und fegte den Urier von den Füßen, der von oben herab in die Höhle gesprungen kam. Den nächsten Mann erwischte Rehfangs Streithammer. Drei, vier, sechs weitere Urier landeten inmitten der Trümmer. Faridas warf vier von ihnen mit Wurfmessern um, der fünfte wich aus und ließ seine Axt auf Faridas niedersausen, bevor der sich neu bewaffnen konnte.

Gerade noch rechtzeitig, um Faridas zu retten, warf Mauskin sich gegen den Angreifer, riss ihn zu Boden und rammte seinen Ellbogen in dessen Gesicht. Etwas traf Mauskin mit Wucht in die Seite. Er glaubte, einen Dolch unter die Rippen bekommen zu haben, und hackte blind hinter sich, wo er den Angreifer vermutete. Dann erkannte er, dass ein Pfeil aus seinem Harnisch ragte. Er packte ihn, zog und brüllte. Schmerz zerriss sein Innerstes wie ein Blitz. Er würde sterben, bei den Himmelsgöttern, er *wollte* sterben!

Als der Blitz zu einem grellen Flackern zusammengesackt war, versuchte Mauskin zu atmen, rappelte sich auf und schleuderte den bluttriefenden Pfeil weg. Er stand. Sogar weniger wackelig als nach so mancher Nacht in einer Schänke. Oteba würde ihn später schon wieder zusammenflicken. Wenn es ein Später gab.

Die Höhle war voller zuckender Schatten. Mauskin schlug alles nieder, was auf ihn zukam. Urier oder Zwerge – beide griffen ihn an, griffen jeden an, der fremd wirkte. Wo war Oteba? Die Heilerin verstand sich nicht aufs Kämpfen. Mauskin suchte sie im Durcheinander und fand sie unter dem Bärenfell zusammengekauert.

»Komm.« Er zog sie auf die Beine. »Nach draußen!«

Er hoffte, auch die übrigen Freunde hatten ihn gehört, und bahnte sich und Oteba einen Weg zu dem Gang, durch den sie gekommen waren. Zwerge rannten ihnen entgegen. Mauskin versuchte, sie vorbeizulassen, ohne seine Deckung aufzugeben oder besonders bedrohlich zu wirken. Nur einer schwang seinen Hammer schreiend nach ihm.

»Ich bin auf eurer Seite«, rief Mauskin und leitete den Hammer mit seiner Axt gegen die Felswand. Der Zwerg, eingeschüchtert oder vertrauensvoll, rannte weiter.

Rehfang war hinter ihm aufgetaucht. Im Zwielicht glaubte Mauskin auch Eliody auszumachen. Nur Faridas fehlte. Aber um ihn musste man sich am wenigsten Sorgen machen; er war ihr bester Kämpfer. Mauskin lief mit den anderen in den Gang, in dem jetzt keine einzige Fackel mehr brannte. In beinah völliger Finsternis tasteten sie sich an Eis und Gestein entlang. Schlachtenlärm hallte von vorn wie von hinten herein. Dann endlich sah Mauskin einen Hauch Helligkeit vor sich – im Freien ging vom Schnee ein gespenstischer Schimmer aus, gerade genug, dass man nicht völlig blind war.

Mauskin orientierte sich dennoch mehr am Klirren der Waffen und dem Geschrei der Verwundeten. Irgendwo wieherten Pferde. Über den Hang, den sie zuvor erklommen hatten, bewegten sich nun große Flecken Finsternis: urische Reiter.

Die Reiter mähten die Streiter des Kleinen Volkes, die vor ihnen davonrannten, einfach nieder. Nur noch wenige Herzschläge, und sie würden den Eingang im Berg erreichen. Doch ein Rückzug war Mauskin und seinen Freunden nicht möglich: zwergische Streiter rannten hinter ihnen aus der Höhle nach draußen, verfolgt von einer Überzahl von Uriern. Auch Mauskin und seine Leute mussten sich erneut zur Wehr setzen, und wieder griffen sie Zwerge wie Urier an.

Brennender Schweiß rann Mauskin in die Augen. Der Schmerz in seiner Körpermitte rollte wie eine Woge hoch, so dass ihm schlecht wurde und er sich erbrach.

Über ihnen wurden Befehle gebrüllt. Ein Knallen erscholl, als würde eine mehrschwänzige Peitsche auf die Erde niedersausen, gefolgt von einem markerschütternden Donnern. Der Boden erbebte. Baumstämme flogen durch die Luft, weggesprengt von Fluten über Fluten von Schnee. Die Streiter hatten eine ihrer Lawinen losgelassen.

Die weißen Massen stürzten krachend über die Felsen und begruben die Reiter. Das grauenhaft abgebrochene Wiehern der Pferde vervielfachte sich in den Schluchten. Nur wenige waren rechtzeitig zur Seite gesprengt. Männer und Tiere kämpften darum, nicht im Schnee unterzugehen.

Vor dem Eingang zum Berg aber waren die Kämpfenden geschützt geblieben. Die Streiter nutzten die Verwirrung ihrer Feinde, die vielleicht fürchteten, dass die Ahnen des Kleinen Volkes zum Leben erwacht waren, und so fielen einige den Klingen der Zwerge zum Opfer. Binnen weniger Atemzüge schwand die Übermacht der Angreifer dahin.

Mauskin und seine Freunde beeilten sich, der Schneeflut nachzueilen, fort von den Kämpfen. Irgendwo auf den Felsen oben waren Feuer entfacht worden, vermutlich von den Streitern, die diese Lawine ausgelöst hatten. Das unruhige Flimmern reichte aus, dass Mauskin einen Reiter entdeckte, dessen Pferd sich gerade so aus dem strömenden Schnee retten konnte. Mauskin starrte den Mann an.

»Mauskin«, brüllte Fürst Noharion.

Mauskin sparte es sich, den Fürsten des Neunten Stammes zu grüßen, der ihn seit fast einem Mond verfolgte. Alle diese Tage waren nichts im Vergleich zu den vier Jahren, die Mauskin gebraucht hatte, um herauszubekommen, wen er suchte, diesen Mann schließlich zu finden – und dessen Leben Schritt für Schritt zu zerstören, so wie dieser Mann Mauskins Leben zerstört hatte. Und das Leben vieler anderer.

Mauskin vergaß seinen Schmerz. Er fühlte nur noch die Griffe seiner Äxte in den Händen, glatt und heiß, als würde das Leben aus ihm heraus in die Waffen fließen und sie mit seinem Willen beseelen.

So stapfte er Fürst Noharion entgegen. Der Urier war älter als Mauskin, oder vielleicht wirkte er nur älter, weil er ein Anführer war, hochgeboren und von früh an gewöhnt, auf andere herabzublicken.

»Wieso kämpfen die Zwerge für dich?«, schrie Fürst Noharion. »Deine fette Hexe hat sie wohl verzaubert, dass sie für einen Köter in den Tod stürzen!«

Mauskin wollte lachen, weil sein Plan aufgegangen war: Fürst Noharion hatte unwissend die Minen des Kleinen Volkes angegriffen. Was für ein Narr! Er wollte ihm ins Gesicht lachen, aber aus seinem Mund kam nur Atmen, tief und schwer, während er durch den Schnee stieg.

Noharions Hengst sackte erneut in das unberechenbare Weiß

ein, fiel zurück, kämpfte sich hoch und schien auf der Stelle zu galoppieren. Der Neunte Fürst legte einen Pfeil auf die Sehne seines Kurzbogens, zielte und spannte. Mauskin hörte das Pfeifen des Geschosses und duckte sich. Die Pfeilspitze schlitterte klirrend über eine seiner Äxte.

Schon legte Noharion den nächsten Pfeil auf.

Das Pferd sprang mit einem Ruck aus dem Schnee. Es musste festen Untergrund gefunden haben, einen Felsvorsprung oder Eis. Nun kam es geradewegs auf Mauskin zu.

Noharions Pfeil zischte an Mauskins Schädel vorbei und riss sein rechtes Ohr in Fetzen. Statt zu fliehen, warf Mauskin sich gegen die Brust des mächtigen Tieres und klammerte sich fest. Das Pferd strauchelte und kippte seitlich zurück in den Schnee. Noharion hechtete nach vorn, um nicht unter dem Tier begraben zu werden.

Mauskin holte mit seiner Steinaxt aus. Er konnte nicht sein ganzes Gewicht in die Bewegung legen, weil er noch am Hals des Pferdes hing. Doch der Hieb ging glatt in den Nacken des Uriers. Blondes Haar flog durch die Luft. Das Leder des Harnisches knirschte und gab nach. Blut spritzte Mauskin ins Gesicht, warm und ölig.

Das Pferd rollte zur Seite und riss wiehernd aus. Arm in Arm, fast wie ein Liebespaar, sackten die Männer in den Schnee. Fürst Noharion krallte seine Finger in Mauskins Wangen. Starrte ihn mit seinen hellgrauen, tiefliegenden Augen an. Und plötzlich sah Mauskin nicht mehr den Mann unter sich, der ihm alles genommen hatte – das Ungeheuer, das zu vernichten Mauskins ganzer Lebensinhalt geworden war –, sondern ein blinzelndes, früh vergreistes Kind. Ja, der Urier blickte zu ihm auf, wie ein Sohn zu seinem Vater aufblickte. Nicht wie ein Mörder, der seine gerechte Strafe erhielt. Nicht wie ein Sterbender, der seinen Mörder über sich hatte.

Nein, sorgenvoll und verängstigt klammerte er sich an Mauskin fest. »Warum … Warum …«

»Weil du sie umgebracht hast. Du hast … meine …« Mauskin wusste nicht, ob er flüsterte oder schrie oder die Antwort nur dachte und gar nicht aussprach.

Der Urier schien ihn nicht zu hören. Er wimmerte irgendein Wort, das Mauskin nicht verstand, nicht verstehen wollte. Dann verstummte er, und in seinen Augen versiegte der Blick, als wäre das Leben nichts als eine Leerstelle, die sich flüchtig in den Dingen auftat.

Mauskin hielt die Leiche seines Erzfeindes, des großen Fürsten Noharion vom Neunten Stamm der Urier, in den Armen.

Er war am Ziel. Hatte seine Rache.

Er weinte.

Buch II

Die Welt, bevor sie brannte

38

ZWISCHEN DEN SCHNEEBEDECKTEN HÜGELN preschten drei Reiter hervor. An ihrem Ungestüm war abzulesen, dass sie jung waren, vielleicht noch Kinder.

»Rianon!«, riefen sie ihm zu. »Willkommen, Fürst!«

»Seid gegrüßt.« Rianon lachte, als er ihre strahlenden Gesichter sah. Auch wenn es wirklich noch halbe Kinder waren – es waren seine Untergebenen, und sie sagten *Fürst* zu ihm. »Seit wann dürfen Wachen ihren Posten verlassen?«

»Aber jetzt bist du doch da, Fürst. Und deine Generäle! Wer kann uns da schon gefährlich werden?«, erwiderten sie und meinten es ernst.

Sie zügelten ihre Pferde und schlossen sich Rianons kleinem Gefolge an.

»Stimmt es, dass Fürst Noharion und alle seine Söhne von den Zwergen getötet wurden?«, fragte einer der Jungen.

Rianon nickte. »Davon habt ihr also gehört.«

»Jeder hat davon gehört! Die Nachricht ist mit dem Wind gewandert.«

»Und hat sich gewiss an jeder Flussbiegung, in jedem Wirtshaus und auf jedem Marktplatz verändert«, antwortete Rianon schmunzelnd.

»Hatte das Kleine Volk Noharion wirklich eine Falle gestellt? Um einen Krieg gegen den Neunten Stamm zu rechtfertigen?«, fragte ein anderer.

Rianon tauschte mit Redike einen beredten Blick. Nie zuvor hatte ein urischer Fürst die Zwerge angegriffen – und erst recht hatte nie ein Fürst versucht, die Minen zu plündern. Daher war es nicht verwunderlich, dass Noharions Leute behaupteten, das Kleine Volk müsste dem Fürsten eine Falle gestellt haben.

»Jedenfalls sind die Zwerge empört«, sagte Redike. »Die Königin hat verkündet, dass kein Urier des Neunten Stammes mehr einen Fuß ins Seenland setzen darf. Zweihundert Trupps von je dreißig Streitern sind ausgerückt und haben ein Dutzend urische Statthalter und ihre Hirten getötet, die in den Siedlungen der Seenländer überwintert haben. Und es waren bei weitem nicht nur Urier aus dem Neunten Stamm.«

»Davon haben wir ebenfalls gehört«, sagte einer der Jungen grimmig. »Also ziehen wir gegen das Kleine Volk in den Krieg?«

»Vielleicht«, sagte Rianon. »Das hängt von mehr ab als bloßen Rachegelüsten. Wir haben eine Delegation von Priesterinnen gesehen, eskortiert von über tausend Streitern, die auf dem Weg nach Mún Toleda war, der Zwergenstadt im Osten, wo das Mitterland an die Gebirge des Tieflands grenzt. Anscheinend wollen sie, dass der Neunte Stamm auch aus dem Mitterland vertrieben wird.«

»Der Neunte Stamm hat mit all seinen Verbündeten mehr Männer als Horuns Bauch«, sagte einer der Jungen verächtlich.

»Und wie viele Verbündete hat Horuns Bauch?«, gab Rianon zu bedenken.

»Das Kleine Volk hat nicht mal Pferde, nur Priesterinnen!«

Nachsichtig lauschte Rianon dem Geplapper der Jungen. Die Hastigkeit, mit der sie Schlüsse zogen, erinnerte Rianon daran, wie er selbst noch vor wenigen Jahren gewesen war. Aber er hatte die Streiter gesehen, die ins Seenland ausschwärmten. Er hatte das Metall der Klingen förmlich in der Luft schmecken können. Ein Krieg zwischen den Zwergen und dem Neunten Stamm bahnte sich an, der alle Urier und etliche andere Menschenvölker in einen Strudel der Gewalt ziehen konnte. Und ein einziger Mann hatte das bewirkt: Mauskin.

Rianon konnte sich einer gewissen Bewunderung nicht erwehren – und, schlimmer noch, er fürchtete sich ein wenig vor dem Tugaller. Sobald die dringlicheren Aufgaben erledigt waren, würde er den Händler wirklich suchen, und dann würde sich herausstellen, ob Mauskin sein Blutsbruder würde oder sein Todfeind. Etwas dazwischen konnte es mit einem Mann von seinen Fähigkeiten nicht geben.

Ganz abgesehen davon, hatte Mauskin Rianons Hengst Naflit nicht am vereinbarten Ort zurückgelassen, und Rianon würde dem Händler alle Knochen brechen, wenn seinem Lieblingspferd etwas zugestoßen war.

Rianon sah das Lager seines Stammes erst, als sie zwischen den Hügeln angelangt waren und sich unter ihnen ein Tal erstreckte, das zu einem felsigen Flussufer hin abfiel. Im Schatten der Anhöhe drängten sich Dutzende Rundzelte, in denen Ehefrauen, ihre Mütter und Kinder lebten, dazu niedrigere, länglichere Zelte für Hirten, Bedienstete und Sklavinnen sowie ein großes Fürstenzelt für die Versammlung der Familienoberhäupter. Außerdem gab es mehrere mit Seilen umspannte und mit einfachen Überdachungen versehene Unterstände für die Pferde, Rinder und Schafe. Der Geruch von Rauch, von den Tieren und dem Leder der Zelte wehte Rianon entgegen und hieß ihn willkommen.

Sein Stamm.

Oder vielmehr sein *Teil* des Sechsten Stammes, der ihn als wahren Fürstensohn und rechtmäßigen Herrscher anerkannte. Ihn, den Sohn einer Sklavin! Manchmal träumte er davon, sein Geheimnis zu offenbaren, damit alle erkannten, was er vollbracht hatte.

Während die drei jungen Wachen auf ihrem Posten zurückblieben, ritten Rianon und seine sechs Generäle den Hügel hinab und kamen an einer Wiese vorbei, auf der junge Burschen sich im Kämpfen mit Holzstäben übten. Als die Jungen Rianon sahen, rannten sie ihm entgegen und wollten alles von seinen neuen Abenteuern hören. Er vertröstete sie auf später. Der Mann, der die Jungen unterwiesen hatte, ein hinkender, aber zäher Greis namens Gotheon, schüttelte ihm kräftig den Arm und schickte ein paar Jungen los, damit sie die Neuankömmlinge meldeten.

Rianon bestand darauf, sein Pferd selbst zu versorgen, bevor er die Zelte aufsuchte. Er brachte es auf die Koppel vor dem Lager und saß ab.

Die Sonne ging hinter den Hügeln unter, und Rianon nahm Frühlingsduft wahr, wo das Licht den gefrorenen Boden erröten ließ. Obwohl die Zukunft unsicherer geworden war, fühlte er sich so zufrieden wie lange nicht mehr. Er war zu Hause.

Er tränkte sein Pferd, nahm ihm den Sattel und das Zaumzeug ab, striegelte es und untersuchte seine Hufe, ob alles in Ordnung war. Redike und die übrigen Generäle wollten nicht eher ins Zelt gehen als ihr Herr. Darum kümmerten auch sie sich um ihre Pferde. Schweigend genossen sie die einfache Arbeit, ihre Erschöpfung von der langen Reise und die Vorfreude auf ein Bad und ein warmes Essen, auf die Frauen …

Schnell versank die Sonne. Noch immer übten die Jungen weiter oben auf der Wiese. Ein durchdringender Schrei erscholl – einer von ihnen war wohl verletzt worden. Aber kurz darauf ging das Klappern der Stöcke weiter.

Rianon driftete in ernstere Gedanken ab. Da die Unterstützung durch den Neunten Stamm ungewiss geworden war, stand nun möglicherweise auch sein Fürstentitel auf der Kippe.

Als er und Tebireon von Noharions Tod erfahren hatten, hatten sie ihre Suche nach Mauskin und den entwendeten Pferden natürlich abgebrochen. Tebireon war zum Neunten Stamm zurückgekehrt. Ja, er hatte es verdammt eilig gehabt, davonzupreschen und sich als Bruder des toten Fürsten auf den Thron zu schwingen. Denn nicht nur Noharion war umgekommen, sondern auch seine drei ältesten Söhne hatten ihr Leben gelassen, und es stand keineswegs fest, wer der neue Fürst des Neunten Stammes werden würde: entweder der letzte Sohn Noharions, der noch ein Kind war, oder Tebireon, dieser Dummkopf, oder ein zweiter Bruder Noharions, der ein Krüppel war und bislang wie ein Verstoßener über ein vergessenes Gebiet des Mitterlands herrschte.

Rianon schüttelte den Kopf. Da blieb nur zu hoffen, dass seine Geliebte Pasarime, die nun endlich eine der Witwen Noharions war, nicht nur mit sehnsüchtigem Herzen an ihn denken, sondern auch eine Möglichkeit finden würde, um ihn zum Neunten Stamm einzuladen, während die Verhandlungen um die Nachfolge des Fürsten liefen. War er nicht immer Noharions treuer Ziehsohn gewesen? Womöglich könnte er dort im Versammlungszelt genug Männer hinter sich bringen, um den Sieg über diese drei Schwächlinge davonzutragen!

39

RIANON HÖRTE EINE HALBE Mondphase lang nichts vom Neunten Stamm. Und als endlich ein Bote kam, ließ dieser im Namen des neuen Fürsten Neharas, dem neunjährigen Sohn Noharions, verlauten, dass Rianon und seine Männer um Unterstützung im Krieg gegen das Kleine Volk gebeten wurden. Angeführt werden sollte dieser Krieg von Tebireon, dem Onkel des neuen Fürsten, der in den kommenden Jahren die Geschicke des Neunten Stammes für den Jungen lenken würde.

Rianon hätte toben mögen vor Wut, doch er ließ sich seinen Unmut nicht anmerken. Dass es eine Einigung zwischen Tebireon und Noharions kleinem Sohn gegeben hatte, war denkbar schlecht. Aber er würde so schnell nicht aufgeben. So viel hatte er schon erreicht! Sollte es ihm da nicht auch möglich sein, diese beiden Unfähigen hinterrücks aus dem Sattel zu hebeln?

Und so beschloss Rianon, mit seinen Männern der Aufforderung des neuen Fürsten vom Neunten Stamm nachzukommen.

Im östlichen Teil des Seenlands, wo der Donwall durch breite Schluchten krachte, trafen sie auf Tebireon, der ein Heer von vierzehntausend Mann versammelt hatte und noch mehr erwartete. Es waren nicht nur Männer des Neunten Stammes, sondern auch deren Verbündete aus dem Achten und Vierten Stamm. Nie hatte Rianon so viele Zelte und Pferde auf einmal gesehen. Es war ein beeindruckender Anblick.

Die Befehlsgewalt über all diese Männer machte Tebireon bereits so siegestrunken, dass er Rianon kaum zu sehen schien, als er ihn begrüßte. Fahrig lächelnd ritt er umher, bellte Befehle und wiederholte, was sein Beraterstab aus Schmeichlern ihm einflüsterte.

Gespielt demütig hörte Rianon sich am Morgen nach ihrer Ankunft die Befehle an, die Tebireon ihm im Fürstenzelt erteilte. Rianon und seine Männer sollten ein Gebiet im Westen sichern, das hauptsächlich aus einem Küstenstreifen und ein paar Inseln bestand und kaum größere Siedlungen aufwies. Wenn das riesige Heer von Tebireon vorbeikam, sollte es dort von den Seenländern mit dem Nötigsten an Nahrungsmitteln versorgt werden.

Kaum war diese Order gegeben, schickte Tebireon Rianon aus dem Zelt – er traute ihm offenbar nicht genug, um ihn auch die restlichen Pläne für das Heer hören zu lassen.

Aber das musste Rianon auch gar nicht. Aus dem, was er am vergangenen Abend an den Lagerfeuern mitbekommen hatte, konnte er bereits schließen, dass Tebireon auf die schiere Macht der Überzahl vertraute und langsam, aber geradewegs auf Horuns Bauch zusteuern würde. Klüger wäre es gewesen, zuerst rasch und unerwartet die Regionen nahe Horuns Bauch mit kleineren Truppeneinheiten zu besetzen. Doch Tebireon wollte offenbar sein herrliches, großes Heer nicht zerstückeln, und so würde er den Zwergen genug Zeit lassen, um eine stattliche Verteidigung im Süden aufzubauen.

Nun, Rianon war das nur recht. Er würde mit seinen Männern

in das Gebiet aufbrechen, das Tebireon ihnen zugeteilt hatte, und die Zeit nutzen, um Kontakt zum Kleinen Volk aufzunehmen …

Als das riesige Heer unter Tebireon neun Tage später die Küste vor den Inseln erreichte, erwartete Rianon den Oberbefehlshaber schon.

Das Erste, was dem offenbar sauer aufstieß, war, wie gering die Vorräte ausfielen, die Rianon und seine Männer von den Seenländern eingetrieben hatten, um die Truppen zu versorgen, und er rief Rianon in sein Zelt, wo er ihn zur Rede stellte.

»Das haben wir auch bemerkt«, erklärte ihm Rianon, um einen bedauernden Tonfall bemüht, ehe er mit fester Stimme fortfuhr: »Wir haben etwas deutlicher nachgefragt und schließlich herausbekommen, dass kurz vor unserem Eintreffen eine Horde von zweitausend Mitterländern hier vorbeikam. Sie haben sich versorgen lassen und sind weiter nach Süden gezogen.«

»Mitterländer?«, wiederholte Tebireon verwundert. »Und das weißt du aus sicherer Quelle?«

»Ich habe mir erlaubt, selbst in Richtung Süden zu reiten. Dort habe ich die Mitterländer gesehen. Es sind bis an die Zähne bewaffnete Männer und Frauen, Rebellen, die schon seit langem gegen uns Urier aufbegehren. Die Zwerge müssen ihnen die Unabhängigkeit versprochen haben oder die Herausgabe ihrer Gefangenen, wenn sie sich auf die Seite des Kleinen Volkes schlagen.«

»Wer hätte gedacht, dass die Mitterländer ihre Wälder verlassen? Und das ausgerechnet für die Zwerge«, sagte Tebireon argwöhnisch.

Rianon winkte ab. »Es kann uns egal sein. Zweitausend Krieger zu Fuß, zum Teil Frauen, gefährden unseren Sieg nicht.«

»Egal ist das trotzdem nicht!«, fuhr Tebireon ihn an. »Wohin sind die Mitterländer gezogen?«

»Entlang des Flusses Arien. Die Spuren sind noch zu erkennen. Die Arien macht zwei Tagesreisen weiter einen Bogen nach Westen. Wenn eine kleinere Truppe von uns, sagen wir viertausend Mann, geradeaus durch den Wald reitet, könnten wir ihnen bei einem Felsmassiv auflauern, an dem der Fluss entlangführt. Dort könnten wir sie niedermachen.« Rianon zuckte mit den Achseln, seufzte und fügte hinzu: »Wenn du willst, übernehme ich diese Truppe.«

Tebireon lachte. »Du? Das wäre ein hübscher Aufstieg für dich, nicht wahr? Plötzlich viertausend meiner Männer zu befehligen. Aber du hast schon genug getan. Ich finde, du hast dir ein wenig Ruhe verdient. Bleib beim großen Heer. Ich werde selbst mit sechstausend Mann den Mitterländern auflauern. Der Rest des Heeres zieht weiter wie geplant, und ich werde euch in drei Tagen einholen.«

»Wie du es wünschst.« Rianon presste die Lippen zusammen und verneigte sich erneut.

Selten war es ihm schwerer gefallen, ein Grinsen zu unterdrücken.

40

ZU RIANONS ZUFRIEDENHEIT KAM es, wie Tebireon angekündigt hatte: Mit sechstausend Reitern trennte der Oberbefehlshaber des Neunten Stammes sich vom Heer, während der Rest der urischen Streitkräfte, darunter auch Rianon mit seinen Männern, den Weg Richtung Horuns Bauch fortsetzte.

Drei Tage später erreichten sie den vereinbarten Ort, an dem Tebireon sich wieder mit ihnen hatte zusammenschließen wollen. Doch Tebireon und seine sechstausend Reiter kamen nicht. Rianon schlug den anderen Befehlshabern vor, gemeinsam nach ihm zu suchen, aber das widersprach den Ordern von Tebireon.

Rianon argumentierte dagegen und zog schließlich allein mit seinen Männern ab, Order hin oder her. Damit machte er sich zwar zu einem Aufsässigen, aber er wirkte auch mutig und loyal um jeden Preis, und das würde bei den Oberhäuptern, die jetzt die Köpfe schüttelten, einen langfristigen Eindruck hinterlassen.

Mitten in der Nacht erreichte Rianon mit seinen Getreuen den Fluss. Wie die Zwerge gesagt hatten, ragten hier hohe Felsen aus dem Boden und bildeten eine natürliche Absperrung, wie gemacht für eine Falle. Der Vollmond stand am Himmel und warf sein Licht auf die Wellen und auf das Metallzeug der Krieger.

Es waren keine Mitterländer, die hier kämpften. Die zweitausend mitterländischen Rebellen, die mit den Zwergen paktierten, waren Rianons Erfindung gewesen. Wer die Urier hier tatsächlich erwartet hatte, waren die Streiter von Horuns Bauch und Mún Toleda – wie viele, hatte Hauptmann Ganwalen nicht verraten wollen, als Rianon ihm den Plan für den Hinterhalt unterbreitet hatte.

Nun, da Rianon die Schlacht zu erfassen versuchte, schätzte er drei- oder vielleicht viertausend zwergische Streiter. Obwohl die urischen Reiter unter Tebireon in einer Flussenge überrascht worden waren, wo die Pferde ihnen nicht viel halfen, waren es offenbar zu wenige Zwerge gewesen. Hauptmann Ganwalen hatte sich verschätzt.

Leichen von Pferden und Männern übersäten das Ufer. Viele mussten bereits von der Strömung davongetragen worden sein.

Auf einer kleinen Anhöhe, von wo aus die Zwerge wohl anfangs Geröll auf die Reiter unten in der Schlucht hatten stürzen lassen, wehrten sich nun Streiter erbittert gegen die Urier, indem sie die für ihr Volk typischen Figuren der Verteidigung einnahmen: Sie bildeten Reihen und Dächer aus Schilden und stachen auf Kommando mit ihren Speeren durch rasch entstehende und sich wieder schließende Lücken. Die Taktik war gut, aber trotzdem rissen die Urier Öffnungen in die Verteidigung der Zwerge, die nicht schnell genug wieder gefüllt wurden. Die Streiter wichen immer weiter an den Abgrund zurück, und von manchen der kleineren Einheiten stürzten bereits Einzelne kreischend in die Tiefe, dem sicheren Tod entgegen. Viel Zeit blieb nicht mehr, bis Tebireon siegte.

Rianon ritt vor seine Oberhäupter und Generäle. »Heute Nacht verlange ich das Äußerste von euch. Dies ist ein Hinterhalt. Verrat. Aber denkt daran, dass diese Männer hier in Wahrheit nie etwas anderes waren als unsere Feinde! Heute Nacht zeigen wir ihnen die Wahrheit. Reitet ihr mit mir?«

»Ja«, kam die dumpfe Antwort.

»Für unsere Väter! Für unsere Söhne!«

Dann verteilten sich die Männer rund um das Kampfgebiet im Wald. Aus der Dunkelheit begannen sie, Pfeile abzufeuern. Ein feindlicher Urier nach dem anderen fiel getroffen aus dem Sattel.

Rianon hielt nach Tebireon Ausschau. Er tötete zahlreiche Männer, die *er* hätten sein können, aber immer wieder entdeckte er einen neuen Pulk aus Reitern, die die Fürstengarde sein mochten.

Schließlich wurden Befehle gebrüllt, und mehrere Reiter wandten sich dem Wald zu. In ihnen erkannte Rianon Tebireon und seine Leibgarde. Sie preschten von der Anhöhe herab, wohl um die im Wald verborgenen Angreifer ausfindig zu machen.

Rianon ritt ihnen entgegen. Der Waldboden war hier nur an manchen Stellen mit Schnee bedeckt, der das Mondlicht auffing. Ansonsten herrschte Dunkelheit. Geisterblass sah man den Atem der Männer und der Pferde in der Luft.

Pfeile sirrten von der Rianon gegenüberliegenden Seite auf Tebireons Garde. Auch Rianon und seine Begleiter schossen. Die Männer des Oberbefehlshabers teilten sich ungeordnet auf und brachen links und rechts ins Unterholz.

Rianon schob seinen Bogen in die Halterung am Sattel und zückte den ersten seiner drei Kurzspeere. Schon kam ein Reiter auf ihn zu. Gleichzeitig warfen sie ihre Speere. Die Waffe des Gegners traf Rianons Pferd in die Brust, doch Rianons Speer riss den Gegner aus dem Sattel. Rianon stürzte über sein Pferd, das mit grellem Wiehern zusammenbrach. Rechtzeitig rollte Rianon sich weg, bevor das Tier ihm das Bein zerquetschte, stieß mit dem Kopf gegen seinen eigenen Streithammer, den er auf dem Rücken trug, und torkelte auf seinen Gegner zu. Der riss sich brüllend den Speer aus der Seite. Rianon rammte ihn um, entwand ihm den Speer und durchbohrte ihm damit die Kehle, bis er spürte, wie die Spitze in den gefrorenen Waldboden eindrang.

Rasch schwang er sich auf den Hengst des Toten. Es war ein großes, kraftvolles Tier, das aber vor Erschöpfung zitterte. Schweiß dampfte aus seinem Fell. Rianon stieß ihm die Fersen in die Flanken, lenkte es geradewegs auf mehrere Reiter zu, die vorüberkamen und nicht zu seinen Männern gehörten. Er schleuderte seinen Speer und traf einen unter der Achsel, als dieser gerade den Bogen spannte. Die anderen wurden von Rianons Männern erledigt. Aber Rianon sah aus den Augenwinkeln, dass auch einer von seinen Leuten aus dem Sattel stürzte, einen Pfeil im Hals.

Rianon riss seinen Streithammer empor.

Von der Seite stürmten zwergische Streiter auf sie zu, die sich offenbar einen Ausweg von der Anhöhe erkämpfen wollten. Rianon sah die Gefahr: Woher sollten sie wissen, dass er und seine Männer auf ihrer Seite waren?

Noch ehe er ihnen etwas zurufen konnte, taumelte sein Pferd, von einem Speer getroffen. Erneut musste er abspringen und sich vor dem Gewicht des Tieres retten. Und schon krachte eine zwergische Streitaxt gegen seinen Streithammer, dass Funken spritzten. »Wir kämpfen an eurer Seite, zusammen mit Hauptmann Ganwalen!«, rief er.

Der Streiter, über und über mit Blut besudelt und am Rande seiner Kräfte, schien ihn nicht zu verstehen. Schien gar nichts mehr zu verstehen.

Rianon bekam den Stabdolch zu fassen, den der Zwerg am Gürtel trug, und stach den Streiter ab. Der nächste Zwerg kam auf ihn zu, doch einer von seinen eigenen Männern deckte Rianon.

Nein, keiner von seinen Männern. Einer vom Neunten Stamm.

Als er sich zu Rianon umdrehte, nutzte Rianon den Moment und schlug ihm den Schädel ein. Dann sah Rianon Tebireon.

Der kämpfte, umringt von seinen Männern, gegen die Streiter des Kleinen Volks, die ihnen in den Wald gefolgt waren.

Rianon näherte sich den Kämpfenden. Versuchte, an Tebireon heranzukommen.

Tebireon entdeckte ihn. Hass verzerrte sein Gesicht. »Der gehört mir!«, brüllte er und bahnte sich einen Weg durch die Krieger.

Rianon bereitete sich auf den Zusammenstoß vor. Tebireon schwang seine Keule. Rianon machte Anstalten, mit seinem Streithammer zu parieren, duckte sich dann aber weg und glitt hinter Tebireon. Tebireon nutzte den Schwung seiner Keule, um sich mitzudrehen. Rianon holte mit seinem Hammer aus. Die Waffen rasten aufeinander zu.

Eine Wurfaxt traf Tebireon mitten ins Gesicht. Er knickte nach hinten weg, die Keule fiel polternd auf den Waldboden, Rianons Hammerschlag ging ins Leere.

Wer die Axt geworfen hatte, erfuhr Rianon nie. Vielleicht ein Zwerg, der kurz darauf Rianon attackierte. Es spielte keine Rolle mehr.

Als der Mond untergegangen war und die letzten Urier des Neunten Stammes im Schnee verendeten, trat Rianon vor Hauptmann Ganwalen. Der Zwerg war unter Blut und Exkrementen kaum wiederzuerkennen. Rianon wusste, dass es um ihn selbst nicht besser stand. Während sie einander ins Gesicht starrten, konnte er kaum fassen, dass sie keine Feinde sein sollten.

»Ich dachte«, ergriff Rianon schließlich als Erster das Wort und spuckte blutig aus, »dass Ihr mehr Streiter mitbringen würdet.«

»Und ich dachte, Ihr lügt mich an«, sagte Ganwalen rundheraus.

Rianon brauchte einen Moment, um diese Beleidigung zu schlucken. »Wie Ihr seht, habe ich nicht gelogen.«

»Ja. Das sehe ich.« Ganwalen maß ihn ohne einen Funken Anerkennung. Dann verneigte er sich. »Ich bin Euch zu Dank verpflichtet. Und doch frage ich mich, was einen Mann dazu bewegt, seine eigenen Leute zu verraten.«

Rianon ließ den Blick über die Toten wandern, die im zuckenden Flammenschein geplündert wurden. »Meine eigenen Leute? Meine Leute sind die, die mich ihren Fürst nennen! Euer Dank bedeutet mir viel, Hauptmann Ganwalen. Aber sagt nicht mir, sondern sagt dem Rest der Welt, dass Euer Sieg dem Sechsten Stamm unter Fürst Rianon zu verdanken ist!«

41

»DAS HEER DES NEUNTEN Stammes ist zwar ohne einen Anführer, aber keineswegs zerschlagen.« Hauptmann Ganwalen hielt inne, um das Gewicht seiner Worte wirken zu lassen. Er stand im Thronsaal von Horuns Bauch, um der Königin Bericht zu erstatten. »Mehr als achttausend Mann zu Pferd befinden sich noch im Seenland, werden sich wahrscheinlich neu formieren und gegen Horuns Bauch ziehen.«

Mit versteinertem Gesicht hörte Königin Hekteba ihm zu. Der Winterwind fuhr heulend durch den hohlen Berg, und obwohl im Saal Feuerschalen brannten, zeigte sich der Atem der Anwesenden in blassen Wolken. Die Priesterinnen rings um die

Königin hatten sich in so viel Stoff gewickelt, dass sie wie bunte Wespennester aussahen, unter ihnen auch seine eigene Frau Didanwen. Sie kam ihm in diesem Moment sehr fern vor, fast wie eine Fremde.

»Es war voreilig, Krieg gegen den Neunten Stamm anzufangen«, sagte die Königin nun tonlos, den Blick auf einen unbestimmten Punkt über seinem Kopf gerichtet.

»Hätten wir nicht mit solcher Entschlossenheit auf Fürst Noharions Überfall auf unsere Minen reagiert, hätten wir sämtliche urischen Räuberbanden dazu aufgefordert, sich straffrei an uns zu vergehen«, hielt Ganwalen dagegen.

Der Blick der Königin richtete sich wie eine Pfeilspitze auf ihn. Von den dreitausend Streitern, die er gegen den Neunten Stamm angeführt hatte, waren weniger als tausend nach Horuns Bauch zurückgekehrt. Mit so großen Verlusten hatte hier niemand gerechnet.

»Ganwalen, Ihr habt auf einen Kampf gedrängt, und ich habe ihn gestattet, ohne den Gegner zu kennen. Ohne zu ahnen, wie zahlreich diese Urier sind und wie rasch sie ein Heer aufstellen können. Die Schuld liegt bei mir. Und die Strafe wird uns in Form dieser barbarischen Menschenhorden ereilen. Aber Ihr habt Euch ohne meine Erlaubnis mit Uriern des Sechsten Stammes verbündet, die Ihr ebenso wenig kennt, und dafür ziehe ich Euch zur Verantwortung.«

Ganwalen traute seinen Ohren kaum. »Es war keine Zeit, zuerst Eure Erlaubnis einzuholen«, stieß er zwischen zusammengebissenen Zähnen hervor, ehrlich bemüht, an sich zu halten. »Hätten wir uns nicht auf den Vorschlag des Sechsten Stammes eingelassen, würden jetzt doppelt so viele Urier auf Horuns Bauch zustürmen!«

»Unsere Macht«, entgegnete die Königin, »lag nie in den Waffen. Sie lag in unseren Schätzen, unserer edlen Abstammung und unserer Freundschaft zu allen Völkern. Ihr jedoch habt Euch im Namen von Horuns Bauch mit Barbaren verbündet, um Barbaren zu bekämpfen. Auf diesem Weg werden wir selbst zu Barbaren – und gewiss nicht die Mächtigsten unter ihnen.«

»Was wäre dann Eurer Meinung nach zu tun?«

Ganwalen konnte nicht verhindern, dass die Frage vor Spott troff. Aus den Augenwinkeln bemerkte er, wie Didanwen zusammenzuckte.

»Ihr werdet Eure Befehle erhalten, wenn ich mich entschieden habe. Für die weitere Besprechung brauche ich die Stimme der Streiter nicht.«

Hitze wallte durch seinen Körper, als er derart schmählich entlassen wurde. Er warf einen letzten Blick auf Didanwen, doch sie sah zu Boden. Mit einer knappen Verneigung verließ Ganwalen den Saal.

»Morgen brechen wir auf«, sagte er draußen zu seinen acht ranghöchsten Kommandanten.

»Dann geben uns die Priesterinnen heute Abend den Segen?«, fragte einer.

»Nein. Wir schaffen es ohne ihren Segen.«

Walgreta wurde zur Königin gerufen. Da es in Horuns Bauch seit der Wintersonnenwende fast nur noch um die Bedrohung durch den Neunten Stamm der Urier ging, kam Walgreta beim besten Willen nicht darauf, was Hekteba von ihr wollte. Vielleicht hatte sie eine besondere Frage bezüglich der Weisen Frauen oder der Zauberei … Aber Walgreta fürchtete, dass es um Fayanú ging. Sie hätte ihn der Königin längst persönlich vorstellen müssen, dafür sorgen sollen, dass er als Ehrengast akzeptiert wurde. Aber aus Angst, die Königin könnte seiner Anwesenheit eine Frist setzen, hatte Walgreta bisher versucht, ihn möglichst unsichtbar zu halten. Wahrscheinlich war das ein Fehler gewesen …

Voller Sorgen und Befürchtungen betrat sie den an den Thronsaal angrenzenden Beratungssaal.

Zu Walgretas Überraschung war Hekteba, bis auf ein paar

Dienerinnen, allein. Auf dem Tisch vor ihr standen Tee und Gebäck, was die Intimität des Treffens noch zusätzlich unterstrich. Würde es vielleicht doch nicht so schlimm werden?

»Setz dich zu mir. Hast du gehört, was der Bote gestern von unseren Streitern berichtet hat?«, fragte die Königin ohne weitere Vorrede.

»Dass … Hauptmann Ganwalen unversehrt ist und eine weitere Schlacht gewonnen hat«, antwortete Walgreta. Das wusste jeder in Horuns Bauch, schließlich war die gute Nachricht gefeiert worden.

»Aber du weißt nichts von den Uriern, vermute ich. Unseren *Verbündeten*.« Die Königin schnaubte.

Walgreta blickte sie fragend an.

»Die Urier des Neunten Stammes sind unsere Feinde, mein liebes Kind. Aber die Urier des Sechsten Stammes sind dank Hauptmann Ganwalen auf unserer Seite. Oder wir auf ihrer. Jedenfalls gehen die beiden gewonnenen Schlachten mehr auf den Sechsten Stamm zurück als auf unsere tapferen Streiter.«

»Das … wusste ich nicht.«

»Natürlich nicht. Ich hätte dieses Bündnis nicht gewollt. Ganwalen ist es aber in der Situation eingegangen. Ich hätte auch nicht gewollt, dass unsere Streiter heute Morgen erneut ausrücken. Aber sie sind Ganwalen gefolgt.«

Walgreta versuchte, das alles zu verstehen, obwohl sie schockiert war. »Ganwalen hat sich Eurem Befehl widersetzt?«

»Nein. Das nicht. Er hat meine Befehle nur schlichtweg nicht abgewartet.« Hekteba seufzte. »Ein Mann verwandelt sich auf dem Schlachtfeld. Das Grauen, das sich ihm bietet, lässt ihn Anstand und Gesetze vergessen … Ganwalen ist ein tapferer Mann, aber zu viele Klingen blenden ihn, so dass er das große Ganze nicht mehr sieht. Er glaubt, Horuns Bauch geht unter, wenn er nicht kämpft, kämpft, kämpft. Genau das jedoch wird unser Untergang sein.«

Walgreta schlug die Augen nieder. Warum weihte die Königin sie in all das ein? »Was gedenkt Ihr zu tun?«, erkundigte sie sich leise.

»Ich bin nach reiflicher Überlegung zu dem Entschluss gekommen, dass es sinnlos ist, die Urier zu bekämpfen. Wo doch das Problem nicht in ihrem bloßen Dasein liegt, sondern in ihren barbarischen Sitten. Ich habe daher vor, ihre barbarischen Sitten zu verändern. Und zwar durch ihre Frauen.«

Walgreta war mehr als verblüfft. »Habt Ihr denn Kontakt zu ihnen? Man bekommt doch immer nur Sklavinnen von den Uriern zu sehen. Wie wollt Ihr an die Ehefrauen …«

Walgreta verstummte. Würgte fast, als sie begriff.

Forschend und ohne Mitleid sah die Königin sie an. »Der Fürst des Sechsten Stammes soll ein kluger Taktiker sein. Er pflegt Verbindungen zu etlichen Stämmen und jetzt auch zu unseren Streitern. Er konnte das furchtbare Heer des Neunten Stammes mit seinen eigenen Männern zerschlagen. Und er will unbedingt Frieden mit uns. Er ließ mir ausrichten, dass er schon in Horuns Bauch zu Gast war und unsere Stadt verehrt …«

»Ihr wollt mich verheiraten«, presste Walgreta hervor. Dann versagte ihr die Stimme.

42

WALGRETA SPÜRTE IHR HERZ im Rippenkäfig flattern, während sie verzweifelt darauf wartete, dass ihre Großmutter widersprach.

Königin Hekteba atmete hörbar durch die Nase aus, ein Zeichen ihres Überdrusses. »Sieben Jahre, Walgreta. So lange hast du gelernt. Wofür? Um Horuns Bauch zu dienen. Horuns Bauch, nicht dir selbst. Du bist eine junge Frau von unbeirrbarer Neugier, felsenfester Überzeugung und kühnem Verstand. Solch eine Frau brauchen wir, um den Zauber zu wirken, der die Urier verwandeln wird. Eine Frau, die die Wirklichkeit nach ihrem eigenen Spiegelbild krümmen kann. Bist du diese Zauberin? Oder waren die sieben Jahre verschwendet?«

Walgreta stand auf und wich zurück, so angewidert war sie. »Und Ihr redet davon, barbarische Sitten beenden zu wollen … Da will ich lieber, dass unsere Streiter rauben und schlachten wie die Urier, als dass unsere Frauen wie bei den Uriern verkauft werden!«

»Setz dich«, knurrte Hekteba. Der Flammenschein verzerrte ihr regloses Gesicht.

Walgreta gehorchte. Sie konnte sich sowieso nicht auf den Beinen halten, ihre Knie zitterten zu sehr.

»Du hattest nie Angst vor dem Fremden. Schon als Kind wolltest du immer vor allem das verstehen, was anders und seltsam war. Jetzt musst du das Fremde werden, Walgreta, damit das Fremde unseres wird. Ich bin sicher, wenn du an der Seite eines urischen Fürsten wärst, dann wärst *du* der Fürst. Meinst du nicht?

Komm näher und höre gut zu: Mir wurde berichtet, der Fürst des Sechsten Stammes habe viele Feinde in seinen eigenen Reihen. Eine aufmerksame Gemahlin könnte ihn in dieser misslichen Lage stärken und beraten, so dass er tief in ihrer Schuld stünde. Und was für ein Beispiel wäre das für die urischen Frauen! Deine natürliche Autorität, zusammen mit deiner Aufgeschlossenheit und deiner einnehmenden Weisheit würde ihre Herzen erobern und ihr Bedürfnis wecken, dir nachzueifern. Du könntest sie lenken, ja, du könntest sie als ihre Weise Frau beherrschen, so wie du es bei den Wyken gelernt hast!«

Wie betäubt schüttelte Walgreta den Kopf. »Die Urier halten ihre Frauen aus allen Entscheidungen heraus. Wieso sollten sie bei einer Zwergin eine Ausnahme machen?«

»Weil du keine gewöhnliche Gemahlin wärest. Das liegt in deinem Wesen. Und an den Vorkehrungen, die ich getroffen habe.« Die Königin erhob sich und gab ihren Dienerinnen einen Wink.

Diese öffneten die hohe Tür zum Thronsaal, und als Walgreta sich umdrehte, sah sie, dass alle Priesterinnen und mehr als hundert Hochgeborene versammelt waren und warteten.

Königin Hekteba legte ihr eine Hand auf die Schulter und raunte: »Heute ist der Tag, an dem ich abdanken werde. Ich habe einen schwerwiegenden Fehler gemacht, indem ich einen Krieg zuließ, der uns zweitausend Söhne, Brüder und Ehemänner genommen hat und mehr Urier ins Seenland brachte als je zuvor. Noch einen Fehler erlaube ich mir nicht. Aber sag du mir, Walgreta: Wem soll ich das Kupferne Kleid geben? Hauptmann Ganwalens Frau oder der Frau, die die Fürstin der Urier sein wird?«

Walgreta starrte in die dunklen, kalten Augen der Königin. Schmerzhaft bohrten sich Hektebas Finger in ihre Schulter.

Dann verzog sich Hektebas Mund zu einem Lächeln. »Das dachte ich mir.«

Die Königin ging in den Thronsaal hinaus, ohne sich umzusehen, ob Walgreta ihr auf den Fersen blieb.

Vielleicht war es Walgreta deshalb unmöglich, ihr nicht zu folgen.

Es war wie ein Traum, der eigentlich ein Albtraum war.

Die Königin dankte ab. Die Menge reagierte mit Entsetzen, doch nur die wenigsten Ausrufe klangen aufrichtig. Anscheinend hatten die meisten es erwartet und sogar gewollt.

Das Kupferne Kleid, aufbewahrt in einem mächtigen metallbeschlagenen Schrank, wurde offenbart. Dann rief die Königin Walgreta zu sich und erklärte feierlich, Walgreta habe die noble Aufgabe übernommen, den Frieden zu sichern, indem sie sich einen Mann bei ihren Verbündeten nahm, dem Sechsten Stamm der Urier, um die Völker zu einen.

Die Priesterinnen applaudierten. Sie mussten von den Plänen

gewusst, sie vielleicht selbst mit erdacht haben. Walgretas Blick begegnete dem ihrer Mutter. Gildrun lächelte gleichmütig und sah schnell weg. Und Didanwen? Die klatschte auch, wirkte aber wenigstens beklommen und wich Walgretas Blick nicht aus.

Trotzdem. Auf solches Mitgefühl konnte Walgreta verzichten! Für einen Moment richtete sich ihr Hass gegen Didanwen, die vom Schicksal Verwöhnte. Aber dann versank das Gefühl wieder in einer größeren Angst.

Walgreta wich einen Schritt vor Hekteba zurück. Jetzt konnte sie noch ablehnen. Solange noch applaudiert wurde …

»Das Kupferne Kleid wird an die Tochter Horuns gehen, an der es am hellsten leuchtet«, sagte Hekteba. »Und in diesen dunklen Zeiten muss es fern der Heimat getragen werden, damit sein Licht die Welt erhellt. Walgreta, nimmst du es an?«

Didanwen, die schon hatte vortreten wollen, sackte in sich zusammen und musste von umstehenden Priesterinnen aufgefangen werden.

Diesmal war das Entsetzen der Menge durch und durch aufrichtig. Selbst die Priesterinnen schienen nichts von diesem Vorhaben Hektebas gewusst zu haben.

»Das kann sie nicht machen!«, rief irgendwo in der Menge eine Verwandte aus Ganwalens Familie.

Walgreta ließ sich das Kleid geben. Es war schwer wie ein Kind. Zögerlich setzte Beifall ein.

Dann eilten Dienerinnen herbei, um Walgreta das Kleid anzulegen. Klickend schlossen sich die Schnallen an Schultern, Armen, Brust und Taille. Das Gewicht verschmolz mit Walgreta, und sie wurde ein Teil des Kleides, nicht umgekehrt.

Der Applaus wurde stärker. Walgreta sah an sich herab. Wie hell und bewegt die einzelnen Plättchen des Kleides waren! Auf jedem spiegelte sich der gesamte Saal wider, mit allen Leuten … Ja, es waren Spiegel!

So oft hatte Walgreta das Kupferne Kleid schon an der Königin gesehen, aber erst jetzt verstand sie, dass sie bisher nur sich selbst darin gesehen hatte. Und jetzt – jetzt zeigte ihr das Kleid, wer die anderen waren. Sie sah deren Sehnsucht. Deren Geltungsdrang. Und deren Angst.

So viel Angst, dass es ein Leichtes ist, sie zu beherrschen.

Königin Hekteba nahm den gezackten Goldreif ab und schloss die zierliche Krone um Walgretas Haartuch.

Walgreta hob die Arme. Sie waren schwer wie aus purem Kupfer, aber Walgreta hatte das Gefühl, ihre Kraft sei nun unermesslich. Die Anwesenden knieten nieder. Walgreta ging wie eine Schlafwandlerin zu ihnen, um ihnen den ersten Segen der neuen Königin von Horuns Bauch zu spenden.

Für den Rest des Tages und bis tief in die Nacht hinein war Walgreta keinen Augenblick allein. Nach den Segnungen und Glückwünschen der Hochgeborenen wurde ein Fest für das Volk bekanntgegeben. Walgreta wanderte im Kupfernen Kleid durch den hohlen Berg, begleitet von den musizierenden Priesterinnen und den hohen Familien, und segnete auch die einfachen Leute. Die Verblüffung stand ihnen allen ins Gesicht geschrieben.

Walgreta hörte überall Getuschel über ihre Hochzeitspläne und so manche leise Mutmaßung, ihre Ernennung zur Königin sei nichts anderes als ein Streich gegen Ganwalen, und zwar vor allem auf Kosten seiner Gattin Didanwen.

Die Tradition wollte, dass die neue Königin alle Bereiche des Mutterberges durchschritt, segnete und Segen erhielt. Im Untergrund, wo die Schmieden lagen, herrschte eine gespenstische Leere. Walgreta wurde nur von ein paar alten Männern und Jungen empfangen, die nicht kämpfen konnten. Riesig waren die Hallen, in denen die Schmelzöfen loderten, aber sie kamen Walgreta wie Grabkammern vor.

Noch tiefer im Berg waren die Schatz- und Vorratskammern. Eine Reihe von Feuerschalen leuchtete Walgreta den Weg über Steinplatten und hölzerne Brücken. Hundegebell kam ihr entgegen. Hinter einer Biegung lag die letzte Treppe. Sie führte auf ein mächtiges steinernes Rad zu, das an der Wand lehnte. Vier Streiter mit großen grauen Wolfshunden an der Leine erhoben sich überrascht, um sich zu verneigen. Dann rollten sie mit vereinten Kräften das steinerne Rad beiseite. Ein Grollen erschütterte den Berg, als würde Horun zum Leben erwachen. Das Herz der Riesin öffnete sich.

Langsam schritt Walgreta an den Wänden aus Truhen und Krügen vorbei. Korn, Linsen, Mohnsaft und Honigwaben, Flechtkörbe, überquellend von Trockenfrüchten, Haselnüssen, Leinsamen und Mandeln, und ganze Ballen feingesponnenen Leinens. Daneben gab es abgehangenes oder eingelegtes Fleisch von Schweinen, Rindern, Ziegen und Rehen und aberhundert Räucherfische. Weiches Kalbsleder, Fuchs-, Marder- und Biberfelle. Kostbares Salz und unbehandelter Feuerstein, Grünstein, Quarz und Obsidian. In offenen Kisten lagerten leuchtend blaue und grüne Splitter Erz.

Im Vorübergehen nahm Walgreta ein Stück, befühlte es und drückte einen Kuss auf den Knochensplitter der Ahnen. Alles Vertraute war ihr auf einmal fremd. Am meisten sie selbst.

Sie selbst, die Königin.

Konnte das wirklich sein?, fragte sie sich, und eine Stimme in ihr flüsterte: *Hast du es nicht immer geahnt?*

Tränen rannen ihr über die Wangen. Doch sie wusste nicht, ob vor Bestürzung oder vor Freude.

43

ALS WALGRETA ENDLICH IN ihr neues Gemach, das offizielle Gemach der Königin, eskortiert wurde, trat ihr Fayanú in den Weg.

Beim Festmahl hatte sie ihn noch in der Menge gesucht, aber

danach hatte sie gar nicht mehr an ihn gedacht – es war einfach zu viel Trubel gewesen.

Es mochte einen schlechten Eindruck machen, aber Walgreta gab zu verstehen, dass Fayanú mitkommen durfte. Im königlichen Gemach angekommen, schickte sie alle bis auf ihn fort, selbst die Dienerinnen.

Fayanú sah sich in dem prunkvollen Raum um. Noch immer roch es nach der alten Frau, obwohl ihr Bett weggeschafft und durch Walgretas ersetzt worden war. Walgreta fühlte sich trotzdem wie ein Eindringling. Vor allem jedoch kam ihr Fayanús Anwesenheit nun wie ein Frevel in diesem Raum vor.

»Wusstest du es?«, fragte er.

»Sie hat es mir erst unmittelbar vorher gesagt. Ich hatte keine Zeit, einen Gedanken zu fassen.«

Fayanú trat vor sie. Sah ihr in die Augen. Obwohl ein Rest Fremdheit in seinem Blick war, küsste er sie und setzte sich aufs Bett, um sie im Kupfernen Kleid zu betrachten.

»An deiner Großmutter wirkte das Kleid furchteinflößender«, sagte er.

»Kommt mir auch so vor.« Walgreta biss sich auf die Lippe. »Sie hat es mir aus Kalkül geschenkt, nicht aus Zuneigung. Darum wird das Kleid an mir nie so mächtig sein wie an ihr.«

»Alles nur, um eurem Hauptmann eins auszuwischen?«

Walgreta versuchte, ihre Tränen zurückzuhalten, und es gelang ihr, indem sie langsam und zittrig durchatmete. Dann erzählte sie Fayanú den Rest der Geschichte.

Still hörte Fayanú zu. Fast sah es aus, als hätte sich ein Lächeln an seinem Mund festgebissen, aber es war eine Grimasse der Abscheu.

»Und du wirst es tun«, stellte er ruhig fest, doch die Art, wie er seine Finger knetete, strafte diese Ruhe Lügen. »Den Urier heiraten.«

Walgreta spürte, wie sie den Kopf schüttelte. »Ich kann nicht. Ich kann das nicht.«

»Aber du hast eingewilligt, indem du das Kupferne Kleid annahmst.« Als Walgreta nicht antwortete, ging Fayanú auf und ab und trat wütend einen Schemel um. »Du hättest nein sagen können.«

Das konnte Walgreta nicht bestreiten. Kleinlaut gab sie zurück: »Dann hätte Ganwalen mit seiner Kriegstreiberei noch mehr Einfluss gewonnen. Ich musste auch an Horuns Bauch denken.«

»Indem du einen Urier zum König deines Volkes machst?«

»Er wird nicht König sein. Nur ich werde Fürstin der Urier.« Walgreta kniff die Augen zu. Sie wusste nicht mehr, was sie denken sollte. Ihr war klar, dass Hekteba sie benutzte, um die Urier an ihr Volk zu binden – und um Ganwalen auszubooten. Ein Machtkampf spielte sich zwischen Hekteba und dem Hauptmann ab, zwischen den Priesterinnen und den Streitern, und sie selbst war nur ein Opfer, um das keine der beiden Seiten sich scherte. Beschämt schwieg sie.

Endlich, nach einer halben Ewigkeit, ging Fayanú zur Tür.

»Warte.« Walgreta folgte ihm. »Wo gehst du hin?«

»Wohin mich der Zufall weht. Wie immer.«

»Bleib bei mir. Bitte.«

»Soll ich dich zu deinem Gemahl begleiten wie ein Leibdiener?« Fayanú lachte bitter. »Für keine Frau der Welt gehe ich zu den Uriern.«

Walgreta stellte sich vor die Tür. »Dann gehe ich auch nicht. Mir ist alles egal, Hauptsache, wir sind zusammen.«

»Den Eindruck erweckst du nicht.« Er schob sie beiseite.

Walgreta hielt ihn fest, dann riss sie an den Schnallen des Kupfernen Kleides. »Es ist mir alles egal. Es bedeutet mir nichts. Ich schenke dir das Kupferne Kleid. Glaubst du mir jetzt?«

Durch Tränen sahen sie sich an. Fayanú hatte die Tür bereits geöffnet. Nun schluckte er und schloss sie wieder, damit niemand draußen solche Worte hörte.

»Ich schenke es dir. Ich kann darüber verfügen, und ich

schenke es dir, weil ich dich liebe und weil die Iliaden in Liebe verschenkt werden sollen.«

»Hörst du dich reden?«, flüsterte er. »Du bist verrückt.«

»Nein, die anderen sind verrückt. Ich tue das Richtige.« Und als sie das sagte, wusste Walgreta, dass es stimmte.

Das Kleid glitt klirrend zu Boden. Walgreta hob es auf und begann, es Fayanú anzulegen. Er wich erst zurück, ließ es aber dann geschehen, starr vor Schreck.

Noch ehe Walgreta alle Schnallen geschlossen hatte, spürte sie die Wirkung des Kleides. Sie ging rückwärts, schlug die Hände vor den Mund und sank auf die Knie.

Das Kupferne Kleid leuchtete. Ein Glanz wie von göttlichen Augen strahlte von den Plättchen ab. Und sie schienen zu atmen, schienen ein Lied der Ewigkeit zu murmeln, als wären mit einem Mal Hunderte, ja Tausende Geister anwesend, die Fayanú umgaben wie ein Heer. Groß und unaushaltbar schön stand er vor ihr, wie ein Gott … und zugleich ein Mann. Ja, nie hatte sie einen Mann gesehen, der diese Bezeichnung mehr verdiente. Ihr tat das Herz weh, so voller Liebe war es.

Fayanú schien hin und her gerissen zwischen Rührung und Grauen. Erstickt sagte er: »Ich wollte das nicht.«

»Siehst du es nicht? Dass es richtig ist?«

Er schüttelte den Kopf. »Ich will das nicht. Ich will keine Iliaden geschenkt bekommen. Warum … hast du das getan?«

»Weil ich es wollte.«

Fayanú schüttelte unmerklich den Kopf; dann öffnete er seinen Quersack und holte den Blickenden Becher hervor.

Er legte ihn in Walgretas Hände. »Ich will nicht zwei Iliaden besitzen. Nimm du den Becher. Du verrücktes Ding! Nimm. Er ist dein.«

Der Becher leuchtete in ihren Händen, und ein durchdringendes, überirdisches Licht erfüllte sie und löste alle Dunkelheit in ihr auf. Sie und Fayanú sahen sich im Licht und in der Weichheit ihrer Tränen an und lachten.

»So viel zum Schicksal«, sagte Walgreta. »Gerade hat es sich erfüllt. Ab jetzt sind wir frei!«

Und dann lagen sie beieinander, ohne das Kleid und ohne den Becher und ohne einen Fetzen Stoff am Leib, Arm in Arm, die Finger ineinandergeschlungen.

»Wenn es nur so sein könnte wie früher«, flüsterte Walgreta. »Eine Welt, regiert von Weisen Frauen nach dem Gesetz des Schenkens. Ohne eine einzige Waffe.«

»Dann müssten wir das Kupferne Kleid und den Blickenden Becher aber weggeben.«

»Ich würde es tun. Du nicht?«

»Natürlich nicht. Ich verschenke nichts, was du mir gegeben hast.«

»Stell dir vor, die Urier würden ihren barbarischen Bräuchen abschwören und sich einer Weisen Frau aus ihrem Volk unterwerfen, die mit der Flüsternden Flöte regiert. Und dein Volk würde nicht mehr im Verborgenen leben, sondern neben uns, geführt von einer Wyka mit der Sternenscheibe. Dann würde ich nicht zögern, auch den Blickenden Becher einer Weisen Frau zu geben, die einem Menschenvolk des Seen- und Mitterlands entstammt. Und ich würde dir keine Ruhe lassen, bis du das Kupferne Kleid einer Wyka von meinem Blut schenkst!«

»Am besten dir, oder?«

»Ich bin keine Wyka. Und man kann die Iliaden nicht hin und her schenken.«

Das stimmte. Sie hatten es ausprobiert, weil Fayanú argwöhnisch hatte sichergehen wollen. Aber die Wirkmacht der Artefakte war nun umgekehrt an sie gebunden.

Fayanú stützte den Kopf in die Hand. »Die Macht der Iliaden hat sich durch das Schenken gesteigert. Wenn wir die Artefakte noch weiterschenken würden, wären sie sogar noch mächtiger. Aber es würde viel Vertrauen kosten … Dir vertraue ich. Niemandem sonst.«

»Du musst. Wir beide müssen, das ist unsere Verantwortung als Träger der Iliaden. Wir sind ja nicht allein auf der Welt. Was nützt unsere Liebe, wenn um uns herum Chaos herrscht?«

Zärtlich streichelte er ihre Wange. »Ich tue alles, was du willst. Aber du kannst nicht verlangen, dass ich es aus einem anderen Grund tue als für dich.«

»In einem hat Hekteba recht: Die Urier können nicht besiegt werden, nur verändert, und zwar von innen heraus. Wenn eine Frau aus ihrem Volk die Flüsternde Flöte bekäme und sämtliche Tiere ihr gehorchen würden – auch die Schlachtrösser! –, dann würde sie auch die urischen Krieger beherrschen. Es wäre vorbei mit den verheerenden Kämpfen zwischen machtgierigen Fürsten. Sie würden alle einer Weisen Frau gehorchen, und die würde Schülerinnen haben, so ähnlich wie bei uns die Königin mit den Priesterinnen, nur wirklich weise, wirklich gut.

Fayanú … lass uns die Flüsternde Flöte holen! Und dann eine Urierin auswählen, die bei den Wyken in die Lehre gehen soll.«

»Ich will die Flüsternde Flöte nicht suchen.«

»Hör auf, dich so sehr vor der Prophezeiung deines Volkes zu fürchten! Du hast mir den Blickenden Becher doch geschenkt, also kannst du gar nicht mehr der Auserwählte sein, der die magischen Artefakte nach Ilian zurückbringt. Wir haben unser Schicksal selbst in der Hand, sieh es ein! Das werde ich auch den Elfen vom Wald sagen, wenn wir nach Ilian gehen. Es muss sein! Alle Völker müssen mitmachen. Und wenn die Waldelfen nicht wieder zurückkehren möchten, müssen wir die Sternenscheibe stehlen und einer Weisen Frau von den Küstenelfen geben.«

»Die Sternenscheibe *stehlen*?«

»Wenn es dazu dient, den Frieden zwischen den Völkern wiederherzustellen …«

»Aber dir ist klar, dass du *stehlen* willst, um das Rauben und *Stehlen* zu beenden?«

Sie zuckte die Schultern. »Um zu einer besseren Welt zurückzukehren, brauchen wir die Iliaden.«

»Falls es diese bessere Welt je gegeben hat.«

»Wenn ich den Blickenden Becher weiterschenke und er dann wieder weitergeschenkt wird, vielleicht gewährt er uns dann einen Blick so tief in die Vergangenheit, dass wir die Geschichte überprüfen können. Wir müssen nur vertrauenswürdige Wyken beschenken, dann finden wir es heraus. Aber lass uns zuerst die Flüsternde Flöte holen!«

Fayanú sah aus, als müsste er lachen. Doch er lachte nicht. »Du bist … verrückt. Ich schätze, das sind alle Träumer, die die Welt bewegen.«

»Also bist du auf meiner Seite?«

»Walgreta …« Er legte sich mit zweiflerischer Miene wieder hin, als er merkte, wie begeistert sie ihn ansah. »Aber ich werde dich nicht zu den Uriern begleiten, um zuzuschauen, wie du einen Fürsten heiratest. Das nicht. Niemals.«

Sie stieß ihn ungestüm mit dem Kopf an. »Als ob! Ich will *echten* Frieden wiederherstellen, nicht die Herrschaft meiner Großmutter.« Sie kaute auf ihrer Unterlippe. »Ich werde meine Aufgabe als Hüterin einer Iliade erfüllen. Das ist meine höchste Aufgabe als Königin. Ich werde die Prophezeiung deines Volkes erfüllen, so dass Ilian sich wieder über die ganze Welt erstreckt – aber nicht so, wie die Elfen vom Wald sich das vorstellen!«

Er umschlang sie. »Du und ich.«

»Ja, du und ich«, flüsterte Walgreta. »Du und ich!«

44

IN DEN FOLGENDEN TAGEN wurde Walgreta in das Geschäftsvorhaben mit den Uriern eingeweiht, dessen Tauschware sie selbst war. Sollte die Vertreibung des Neunten Stammes erfolgreich verlaufen, würden die Urier des Sechsten Stammes mit den

Streitern nach Horuns Bauch zurückkehren, das Bündnis mit dem Kleinen Volk besiegeln und ihre Braut abholen. Die Hochzeit würde nach urischer Sitte vollzogen werden, denn hielte man sich an die Tradition des Kleinen Volkes, müsste sie bis zur nächsten Wintersonnenwende warten. Der Sechste Stamm wollte sich verpflichten, auch alle urischen Räuberhorden aus dem Seenland zu vertreiben; dafür bekäme er die Erlaubnis, seine Viehherden im Seenland weiden zu lassen. Auch ein besonderes Tauschrecht mit den Menschenvölkern des Seenlands stand im Raum.

Walgreta fand sich in der sonderbaren Situation, als Einzige in Horuns Bauch zu hoffen, dass die Streiter und die urischen Verbündeten *nicht* siegreich heimkehrten. Wenn der Neunte Stamm sie einfach belagerte, dann würde Horuns Bauch zwar von Barbaren angegriffen, aber sie selbst würde wenigstens nicht verheiratet werden. Vielleicht würde es ihr und Fayanú mit den Iliaden sogar gelingen, die Barbaren abzuwehren …

Aber alle ihre Hoffnungen wurden zerschlagen, als drei Wochen später die Streiter ihres Volkes mit den Verbündeten aus dem Sechsten Stamm auftauchten.

Es war ein erbärmlicher Haufen von verwundeten und verdreckten Männern, aber sie sangen bei ihrem Einzug Siegeslieder, die das Volk aufgriff und tausendfach durch den Berg schallen ließ.

Walgreta betrachtete vom königlichen Stockwerk aus, wie die Urier zu ihr nach oben ritten. Einer von diesen rohen, gewalttätigen Männern musste ihr Bräutigam sein. Ihr Herz hämmerte so sehr, dass sie glaubte, sich übergeben zu müssen.

Aber sie war jetzt die Königin. Die *Königin.* Sie musste sich beherrschen, die Männer im Thronsaal empfangen und ihnen den Dank des Volkes übermitteln.

Als die Streiter schließlich vor sie traten, verstummten der Gesang und das Lachen. Alle im Raum starrten sie an. Starrten auf den königlichen Goldreif, der ihr Haartuch hielt, und auf das

Kupferne Kleid, das ihr nicht mehr gehörte und an ihrem Körper stumpf glänzte wie eine gewöhnliche Rüstung aus Metall.

»Begrüßt die neue Königin von Horuns Bauch!«, donnerte Hekteba, die als Hohepriesterin neben ihr stand. »Königin Walgreta, Tochter der Gildrun, Tochter der Hekteba und künftige Ehefrau des Fürsten Rianon vom Sechsten Stamm der Urier!«

Rüstungen und Schilde klirrten, als Hauptmann Ganwalen sich nach vorn drängte. Wie ein wilder Stier erschien er vor Walgreta, den Priesterinnen und der ehemaligen Königin.

Walgreta beobachtete seine Hand, die über dem Griff seiner Streitaxt schwebte. Er atmete schwer. In diesem Moment bereute Walgreta, das Kupferne Kleid verschenkt zu haben. Jetzt stand sie ihm machtlos gegenüber, unbewaffnet und ausgeliefert …

Aber da trat einer der Urier vor. Er war groß wie alle Urier und kräftig. Sein Bart konnte allerdings nicht kaschieren, dass er noch recht jung sein musste; er hatte volle Wangen wie ein Kind. Seine tiefliegenden Augen mit den leicht hängenden Lidern musterten Walgreta schamlos, ehe er sich vor ihr verneigte.

»Es ist mir eine Ehre, dich kennenzulernen«, sagte er mit grobem Akzent und offenbar ohne sich darüber im Klaren zu sein, wie beleidigend es war, dass er sie duzte. »Ich bin Redike und werde dich zu meinem Herrn Rianon bringen, dem Fürsten des Sechsten Stammes. Er ist untröstlich, dass er nicht selbst kommen konnte. Aber er wurde verwundet und konnte die Reise nicht unternehmen.«

»Verwundet«, wiederholte Walgreta und hoffte, dass ihre Erleichterung nicht allzu deutlich war – Erleichterung auch, weil der hässliche, pausbäckige Urier nicht ihr Gemahl werden sollte.

»Er wird sich erholen«, sagte Redike mit einem gleichmütigen Lächeln. »Mit deiner Pflege ist er bestimmt bald wieder auf den Beinen.«

Walgreta deutete eine Verneigung an, und ihr Blick huschte zu Ganwalen. Er sah aus, als würde er an seinem Zorn ersticken, aber immerhin entlud sich seine Wut nicht nach außen.

Mit Gefühlen, die besser auf ein Schlachtfeld gepasst hätten, begaben sie sich in die Halle, in der das Festbankett stattfinden sollte.

Die Verhandlung mit den urischen Gesandten führten Hekteba und ihre Priesterinnen unter Ausschluss der Streiter. So wenig, wie Walgreta hervorbrachte, hätte sie ebenfalls abwesend sein können. Sie sprach nur leere Floskeln aus, wenn die Höflichkeit es erforderte.

Man einigte sich darauf, dass Walgreta im Sommer das Nomadenleben des Fürsten führen würde, im Winter aber mit dem Fürsten nach Horuns Bauch heimkehren sollte. In ihrer Abwesenheit würde die Hohepriesterin Hekteba regieren. Alle Töchter Walgretas und des Fürsten würden nach Sitte des Kleinen Volkes erzogen, alle Söhne nach Sitte der Urier. Wobei Letzteres, wie Walgreta wusste, kein reines Zugeständnis an die Urier war, sondern vor allem bedeutete, dass ihr Volk das Geheimnis seiner Schmiedekunst den Söhnen des Uriers nicht offenbaren würde.

Während die anderen so über ihre Zukunft entschieden, dachte Walgreta vor allem an ihren eigenen Plan. Die Sache schien ebenso einfach, wie die Gefahren und Hindernisse unabsehbar waren: Fayanú würde Horuns Bauch verlassen und in einer Siedlung an der Grenze zwischen Seenland und Tiefland auf Walgreta warten. Walgreta würde mit den Uriern in Richtung Nordosten aufbrechen, sich dann aber fortschleichen und dem Fluss folgen, der von dort ins Tiefland führte, bis sie die Siedlung erreichte, in der Fayanú sie erwartete. Wieder vereint, würden sie Kontakt zu den Weisen Frauen aufnehmen und sie in ihren Plan einweihen, auch noch die beiden fehlenden Iliaden zu finden und wieder gerecht zu verschenken. Was würden die

Wyken für große Augen machen, wenn ausgerechnet Walgreta ihnen die Iliaden schenkte! Sie, die immer wieder von den Weisen Frauen abgelehnt worden war …

Diese Vorstellung hatte auch etwas vage Beunruhigendes. Aber dann dachte Walgreta an Fayanú, an ihre Liebe und an die Gewissheit, das Richtige zu tun, und alles schien ihr erreichbar, weil sie es erreichen *musste*.

45

FRÜH SCHMOLZ IN DIESEM Jahr der Schnee. Die Frühlingswinde brachten warme Luft aus dem westlichen Seenland, und die Bäche schwollen an, bis man das Eiswasser im hohlen Berg klimpern hörte. Obwohl noch nichts grünte, legte Hekteba Walgreta bei einer ihrer privaten Audienzen nahe, bald aufzubrechen, um die Ehe zu schließen.

»Je eher ich dich bei den Uriern im Land draußen weiß, umso beruhigter bin ich«, sagte Hekteba. »Du weißt, wie ich das meine.«

»Ich denke schon.«

Sie standen auf einem der Balkone des Thronsaals und blickten über den Finsteren See, der an diesem Tag trüb wie ein Schatten im Nebel lag.

»Während des ersten Mondes wird dich Fürst Rianon mit seiner Lebensweise vertraut machen. Dann, wenn die Frühlingsriten gefeiert werden, reist ihr nach Mún Toleda, um euch dem Volk dort zu zeigen, ehe ihr den Sommer im Tiefland auf urische Weise verbringt. Auf dem Rückweg besucht ihr Falla Ridwen und Ydris Kap«, sagte Hekteba, »und im Herbst bist du zum Erntefest wieder hier, bis wir anlässlich der Wintersonnenwende eure Hochzeit dann auch auf unsere Weise feiern.«

Walgreta nickte tapfer. Sie nickte so oft in letzter Zeit, dass die Muskeln in ihrem Nacken schon zu schmerzen begannen.

Unerwartet ergriff Hekteba ihre Hand und drückte sie fest. »Es ist sehr wichtig, dass du dir in Mún Toleda Freunde suchst. Die Hohepriesterin Branhilda ist Ganwalens Schwester. Bisher hat sie treu zu mir gestanden. Sie muss ebenso treu zu dir stehen!«

»Ich weiß«, sagte Walgreta und versuchte, ihre Finger aus Hektebas zu lösen, aber ihre Großmutter war nicht gewillt, sie loszulassen.

»Um es ganz unverblümt zu sagen, mein Kind«, fuhr Hekteba kaum hörbar fort, »die Hohepriesterin Branhilda muss deine Partei ergreifen, im Zweifelsfall sogar gegen ihren eigenen Bruder. Branhilda ist stolz wie Ganwalen, aber weniger eigensinnig. Du musst ihr einen Platz an deiner Seite bieten. Ich weiß, dass du mit deinem Mut und deiner Ehrlichkeit beeindrucken kannst, Walgreta, aber du musst auch lernen, die Worte zu finden, die im Herzen deines Gegenübers schlummern.«

Walgreta nahm wahr, wie ihre Großmutter sie mit einem Seitenblick maß. Dann seufzte Hekteba schwer und sah wieder hinaus ins Land, ohne ihre Hand loszulassen, und Walgreta spürte, dass die Sorge ihrer Großmutter echt war.

Sobald sie konnte, zog Walgreta sich ins königliche Gemach zurück, wo Fayanú hinter den Vorhängen des Bettes in seine Handwerksarbeit vertieft war.

Walgreta umarmte ihn von hinten und betrachtete das Ergebnis: Aus den Kupferplättchen, welche die Vorhänge geziert hatten, und den goldenen Gliedern sämtlicher Schmuckstücke, die Walgreta besaß, hatte Fayanú eine Art Kettenhemd hergestellt, das diesem Teil des Kupfernen Kleides leidlich ähnelte.

»Wenn ich einen Umhang darüber trage, wird man den Unterschied hoffentlich nicht merken«, sagte Walgreta, nun doch ein wenig bange.

»Du solltest das Kupferne Kleid nehmen, solange du …«

»Auf keinen Fall«, unterbrach sie ihn. »Es gehört jetzt dir. Außerdem wirst du es vielleicht brauchen.«

Sie half Fayanú, auch das vordere Stück des Rockes zusammenzusetzen. Seit sie ihren Plan gefasst hatten, arbeiteten sie schon daran. Im Morgengrauen schließlich probierte Walgreta es an.

Da das Kupferne Kleid an ihr ohnehin kaum Zauberkraft besessen hatte, würde wahrscheinlich niemandem etwas auffallen, beteuerte sie sich in Gedanken immer wieder. Vor allem Hekteba musste doch wissen, wie es in ihrem berechnenden Herzen aussah, als sie ihrer Enkelin das Kupferne Kleid geschenkt hatte, und dürfte sich nicht wundern.

»Wenn du den Blickenden Becher in der Tasche deines Mantelkleids trägst, wird seine zauberische Ausstrahlung auf dich abfärben«, meinte Fayanú aufmunternd.

Walgreta nickte. »Mach dir um mich keine Sorgen.«

Er nahm ihr Gesicht in die Hände. »Das sagst du so.«

Eine Weile umarmten sie einander, aber Walgreta war unruhig. »Du musst dich beeilen, Fayanú. Je weniger Leute dich sehen, umso besser.«

Er hängte sich den Quersack über die Schulter. Das Kupferne Kleid rasselte leise darin. »Ich frage dich ein letztes Mal: Willst du mich wirklich mit dem Schatz deines Volkes ziehen lassen?«

»Ja«, sagte sie mit einem Kloß im Hals, und für einen Moment spürte sie wieder Hektebas faltige Finger, die ihre drückten. Dann sagte sie fester: »Ja, ja und nochmals ja. Du sollst das Kupferne Kleid tragen.«

»Ich habe ein ungutes Gefühl, ohne den Becher zu reisen«, gestand Fayanú. »Aber ich weiß, dass er in deine Hände gehört. Ihn dir zu schenken war das Beste, was ich je getan habe. Ich wünschte nur … du kämest jetzt schon mit mir.«

»Ich auch. Aber unerkannt gelange ich nicht aus der Stadt.«

Er nickte und küsste sie lange zum Abschied, doch als er sich löste, zog Walgreta ihn zurück. Die Panik, die sie bis jetzt unterdrückt hatte, überschwemmte ihren Verstand. Was, wenn etwas schiefging? Wenn sie sich nie wiedersahen?

Nein. Daran durfte sie nicht denken!

Fayanú nahm Fledermaus auf den Arm. »Ich werde auf dich warten. Tage, Monde, Jahre, wenn nötig.«

»Zwei Tage. Mehr nicht.«

Sie sahen einander noch einmal an, beinahe wie beim ersten Mal, als sie sich im Sonnenschein gegenübergestanden hatten, auf dem großen Marktplatz von Horuns Bauch. Mit der ihm eigenen Eleganz beugte sich Fayanú zu ihr hinab und legte seine Stirn an ihre. Dann verließ er das Gemach.

Walgreta schaute ihm hinterher, wie er durch Schatten und Licht des hohen Ganges tauchte. Eine erdrückende Angst schloss sich um ihre Brust, da sie ihn so davongehen sah.

Dreh dich um, dachte sie.

Doch er drehte sich nicht noch einmal um, und eine kindische Stimme in ihr flüsterte, dass dies ein böses Omen war.

46

GANWALEN WAR NIE EIN besonders zärtlicher Gatte gewesen. An diesem Abend jedoch kam er Didanwen geradezu rücksichtslos vor. Sie biss ins Kissen, um nicht aufzuschluchzen. Nach wenigen, harten Stößen ergoss er sich in sie. Schweratmend wie nach den Kampfübungen mit seinen Streitern sank er aufs Bett und wandte sich ab.

Didanwen berührte ihren Bauch und kämpfte gegen Tränen des Selbstmitleids an. Wie albern! Sie wusste doch, dass Ganwalen nicht aus Bosheit oder Geringschätzung grob zu ihr war, sondern aus Unbeholfenheit … und wenigstens hatte er sie überhaupt wieder angerührt. Seit er zurückgekehrt war und von Walgretas Ernennung zur Königin wusste, hatte er kaum ein Wort mit ihr, seiner selbsterwählten Gattin, gewechselt, ganz so, als sei es ihre Schuld.

Damit tat er ihr unrecht. Auch seine Rücksichtslosigkeit war ungerecht. Obschon leichter zu verkraften als die unausgesprochene Verachtung der letzten Tage. Wo sie doch sein Kind erwartete …

Didanwen drehte sich auf den Rücken und blickte ins Leere. An seinem Atem hörte sie, dass er noch nicht schlief. Langsam spürte sie seinen Samen über ihre Schenkel rinnen.

Er ist mein Gemahl, dachte sie und versuchte, Mut daraus zu schöpfen. *Der Vater meines ersten Kindes*. Sie waren miteinander verbunden vor den Göttern. Außerdem war es in diesen schwierigen Zeiten wichtiger denn je, dass sie als Priesterin und Streiter zusammenhielten. Unter den Decken tastete sie nach seiner Hand und ergriff sie. Nach kurzem Zögern schloss er seine Finger um ihre. Die Kraft seines Körpers, die sie eben noch erschreckt hatte, kam ihr nun wieder tröstlich vor. Sie suchte nach etwas, was sie ihm sagen konnte.

»Heute früh habe ich Walgretas Gast, diese Elfenzauberin, Horuns Bauch verlassen sehen.«

»Wen?«, nuschelte er, offenbar aus fernen, anderen Gedanken kommend.

»Die Elfe vom Wald, die am Erntefest Prophetie betrieben hat. Sie ist gegangen.«

Ganwalen richtete sich auf, so dass die Decken auch von Didanwen glitten. Der Feuerschein zeichnete seine von schwarzem Flaum bedeckten Schultern nach. »Das erzählt Ihr mir erst jetzt?«

»Wann sonst?«

»Nein – dass sie überhaupt noch da war, habt Ihr mir verschwiegen!«

»Ich dachte, das wüsste jeder. Es gab viele gemeine Gerüchte darüber, warum Walgreta so viel Zeit mit ihrem elfischen Gast verbringt. Dass Ihr davon nichts mitbekommen habt, ehrt Euch. Ich wollte davon auch nichts hören. Jetzt im Nachhinein … musste ich daran denken, dass Walgreta die Elfe als gefährlich bezeichnet hat. Deshalb wollte sie nicht, dass ich auch nur irgendwie mit ihr zu tun hatte.«

Ganwalen knurrte in einem Ton, den sie nur als beleidigend empfinden konnte: »Ihr glaubt, Walgreta wollte Euch beschützen?«

»Ja. Schließlich hatte ich die Elfe wegen verbotener Prophetie angezeigt. Sie hätte dafür Rache an mir nehmen können.«

»Zum Beispiel … indem sie Walgreta zur Königin macht«, sagte er tonlos.

Didanwen stieg Hitze in die Wangen. »Das ist ein weithergeholter Verdacht.«

Er hielt nicht mehr ihre Hand, sondern ihr Gelenk. Sie versuchte, sich aus seinem Griff zu winden und wieder zuzudecken, aber er umschloss ihren Arm fester.

»Was denkt Ihr denn?«, fragte er wieder in dem sarkastischen Ton, der beleidigend war.

»Die Elfe ist eine Zauberkundige, und Walgreta hat sie den ganzen Winter bei sich behalten. Das ist alles.« Didanwen zuckte die Schultern. »Und … und mir ist aufgefallen, dass Walgreta über die frühere Herrschaft der Weisen Frauen forscht. Sie hat mich vor kurzem, ihr einige Geschichten aufzusagen.«

Ganwalen atmete langsam und tief durch. Blinzelte. »Dann ist die Elfe eine Wyka ihres Volkes. Sie hat Walgreta zur Königin gemacht – zu ihrer Marionette! Vielleicht wurde Hekteba manipuliert, oder vielleicht hat Hekteba selbst ein Bündnis mit den Wyken geschlossen, weil die ihr immer noch lieber sind als wir Streiter …«

Didanwen biss sich auf die Lippe. Wenn sie geahnt hätte, welche Bedrohungen Ganwalen sehen würde, hätte sie lieber nichts gesagt. Oder? Ein wenig argwöhnte sie doch auch, dass die als Mann verkleidete Elfe etwas mit Walgretas plötzlichem Aufstieg zu tun haben könnte. Wenn Didanwen ganz ehrlich zu sich war, dann hatte sie Ganwalens Reaktion sogar erwartet. Sie *wollte*, dass er ihrem Verdacht nachging, weil sie selbst es nicht wagte …

Doch als sie ihn wie einen Wahnsinnigen murmeln hörte, schüttelte sie unwillkürlich den Kopf. »Wir sollten mit Hekteba sprechen und auch Walgreta befragen«, sagte sie. »Aber nicht jetzt. Morgen.«

Er bog ihr den Arm um und zog sie dicht zu sich heran. »Wieso habt Ihr mir nicht früher von der Elfe erzählt?«

»Ihr tut mir weh … Ganwalen! Bei Horun, was hat mich oder Euch der Gast einer Prinzessin interessiert, die nicht einmal Priesterin war? Ich habe nichts gesagt, weil ich nie gedacht hätte, dass Walgreta Königin wird.«

»Wirklich nicht?«

»Was meint Ihr?«

Endlich ließ er ihren Unterarm los – doch nur, um ihren Kopf zu umschließen. Langsam drückte er sie zurück ins Kissen. Didanwen sah vor Tränen nur noch verschwommen. Seine Hände drückten in ihre Wangen und quetschten ihren Kiefer. Ein Sirren erfüllte ihr linkes Ohr.

»Lügt mich niemals an«, sagte er ruhig, doch sie hörte, wie viel Kraft ihn diese Ruhe kostete. »Wer wusste von den Machenschaften dieser Elfenwyka? Nur Walgreta? Oder auch Ihr?«

»Lasst … mich …«

»Ihr antwortet mir mit Ja oder Nein. Wussten die Priesterinnen, dass Walgreta die elfische Wyka die ganze Zeit zu Gast hatte?«

»Ja, aber …«

»Haben die Priesterinnen mit der Wyka Gespräche geführt?«

»N-nein.«

»Hat Hekteba mit ihr gesprochen?«

»Ich weiß nicht. Wenn ja, weiß ich nichts davon.« Didanwen

konnte ein Schluchzen nicht mehr unterdrücken. Ihr war, als würde sein Griff sich etwas lockern.

»Wenn es Absprachen zwischen den Priesterinnen und irgendwelchen Wyken gab, um den Streitern die Macht zu entreißen, dann haben sie Euch als meine Gemahlin vielleicht davon ausgeschlossen. Könnte hinter Eurem Rücken so etwas geschehen sein?«

Didanwen sammelte ihren Mut, zerrte an seinen Händen, seinen Armen, die dick wie Baumstämme waren. »Lasst mich los! Ihr seid ja wahnsinnig … Wie könnt Ihr es wagen, von der *Macht der Streiter* zu sprechen? Ihr seid Diener der Königin!«

Er ließ sie los. Didanwen wich zurück, noch immer das Sirren im Ohr, wo er zugedrückt hatte. Sie zwang sich, nicht wieder zu schluchzen. Diese Blöße wollte sie sich nicht vor ihm geben. Erleichtert sah sie, dass er aufstand und sich anzog. Keinen Moment länger konnte sie mit ihm in einem Raum sein.

Doch statt zu gehen, nahm er seinen Stabdolch aus dem Waffengürtel.

Didanwen kletterte aus dem Bett, strauchelte und fiel auf den Boden. Schon stand Ganwalen über ihr. Für einen Moment schien er ihr aufhelfen zu wollen. Dann legte er die lange Klinge unter ihr Kinn.

Die Welt schrumpfte auf die Stelle zusammen, wo das Metall ihre Haut berührte. Mit der Klarheit, die den Tod ankündigt, begriff sie, dass ihr Gemahl die Waffe gegen sie erhob. Dass ein Streiter die Waffe gegen eine Priesterin erhob.

Sie flüsterte Gebete, um den Fluch abzuwenden, den Ganwalens Dolch über ihr Volk verhängte. Und tatsächlich … Er senkte die Waffe.

»Entweder Ihr seid durchtrieben wie Walgreta oder hoffnungslos dumm, wenn Ihr nicht begreift, was um Euch herum geschieht! Aus Liebe will ich von Letzterem ausgehen. Zu Eurem eigenen Wohl und zum Wohl unseres Volkes gehorcht Ihr von jetzt an mir. Nicht der Königin, nicht der Hohepriesterin, sondern mir. Und Ihr berichtet mir jedes Wort von den Priesterinnen. Habt Ihr verstanden?«

Jener Teil von ihr, der nicht sterben wollte – und es war der größte Teil –, drängte sie zu nicken. Aber sie nickte nicht. Sie senkte den Blick und flüsterte: »Eine Priesterin gehorcht nur den Göttern.«

Tränen funkelten in seinen schwarzen Augen. Dann stürmte er aus dem Gemach.

47

DIE BÄCHE, DIE VOM Finsteren See zu den fünf Hellen Seen hinabströmten, waren durch den geschmolzenen Schnee zu einem Fluss angeschwollen. Nachts glänzte das Mondlicht auf den Fluten, so dass Fayanú ohne Laterne in dem schmalen Kanu dahintreiben konnte. Mit dem anbrechenden Tag wurde es kaum heller. Ein zäher, dämmerblauer Nebel stieg aus der Erde, und Fayanú merkte nur an der schwindenden Strömung, nicht an der Umgebung, dass er auf den ersten der Hellen Seen glitt. Unter der kristallklaren Oberfläche schossen schlanke Fische einher, grau und weiß wie der steinige Boden. Fledermaus glitt ins Wasser und schwamm neben dem Kanu.

Ein Geruch von Rauch wehte heran. Fayanú wusste, dass linker Hand ein Dorf im Schilf lag, aber er hatte genug Proviant, um alle fünf Hellen Seen zu überqueren, ehe er in einem Gasthof einkehren würde, und er wollte keine unnötige Aufmerksamkeit erregen.

Dennoch ruderte er am Ufer entlang. Die Seen waren groß, und bei dem Nebel konnte man sich leicht verirren. Geisterblass trieben Schilf und Felsen an ihm vorüber. Fledermaus verschwand darin. Lange sah Fayanú sie nicht wieder. Erst als die

Sonne stieg und den Nebel auflöste, entdeckte er die Gans in der Luft: Sie flog über dem Wasser, landete auf einer Wiese, schien ihn zu beobachten und erhob sich wieder.

Fayanú kannte dieses Verhalten, und ein Gefühl der Einsamkeit legte sich um seine Schultern. Es wurde Frühling … Fledermaus würde wieder in den Osten davonfliegen, in ihre Heimat. Und obwohl es nur richtig war, wünschte Fayanú, die Gans würde ihn nicht verlassen. Wenigstens nicht, solange Walgreta noch nicht bei ihm war.

Im Verlauf des Tages ließ Fledermaus die Distanz zu ihm immer größer werden. Fast schien es, als wartete sie in besseren und immer besseren Verstecken, dass er sie entdeckte – mal im Schilf, mal im hohen Gras, mal weit draußen auf dem Wasser. Zuletzt sah er sie in den Himmel aufsteigen und hinter den Bäumen verschwinden.

Mit der Abenddämmerung wurde es erneut nebelig, und sie kam nicht wieder. Fayanú beschloss, an einer geeigneten Stelle am Ufer anzulegen. In der Nähe rauschten Bäche und krächzten Vögel. Wie seltsam nah alles klang, getragen vom Nebel. Fast, als wäre direkt hinter ihm …

Fayanú drehte sich um. Zwei Boote tauchten auf, und ehe er auch nur den Mund öffnen konnte, traf ihn ein Paddel so hart in den Rücken, dass ihm die Luft wegblieb. Er stürzte nach vorn. Das Kanu schwankte. Dann verwandelte sich alles in spritzendes Wasser und Paddel und flatternde Flügel. Fledermaus zeterte so durchdringend, wie Fayanú es selten gehört hatte. Sie war zurück!

»Nicht!«, rief er und stieß einen der Streiter, der nach Fledermaus schlug, mit dem Paddel weg. Die Kanus schaukelten wild. Ein Hieb traf Fayanú gegen die Schläfe, dass Risse durch sein Bewusstsein liefen. Ihm fiel das Paddel aus den Händen. Wie im Traum merkte er, dass jemand ihn am Kopf hochriss und einen Strick um seinen Hals legte. Fledermaus flatterte um ihn herum und hackte nach den Augen der Streiter.

»Tut … ihr … nichts.«

Noch immer schwankten die Kanus, und eine Ohnmacht griff nach ihm. Aber er durfte nicht ohnmächtig werden. Er musste … Fledermaus …

Wieso war sie nicht fortgeflogen?

Jemand zerrte ihn an der Halsschlinge über Kies und gefrorenes Moos. Aber immerhin hörte er noch Fledermaus schnattern. Sie lebte noch. Sie war noch da.

Wasser platschte unter den schweren Schritten der Streiter. Eine Fackel wurde entzündet. Sie waren in einer Grotte. Fayanú wurde auf Felsen gestoßen. Trotz der blitzenden Schmerzen in seinem Kopf drehte er sich nach Fledermaus um. Ein Streiter hielt sie am Hals und um die Flügel gepackt.

»Du brichst ihr die Knochen!« Fayanú rappelte sich auf, aber jemand hinter ihm riss so hart an der Halsschlinge, dass er zurückfiel. »Lass …«

Der Streiter, der den Strick hielt, trat vor ihn und nahm sein Kinn unsanft in die Hand. Fayanú erkannte ihn. Es war der Hauptmann von Horuns Bauch.

»Das soll eine Frau sein?« Ganwalen drehte sein Gesicht in beide Richtungen. »Mich verzauberst du mit deiner Knabenvisage jedenfalls nicht.«

»Lasst die Gans los.«

Ganwalen zerrte ihn am Strick zum Wasser, das zwischen dem Gestein hervorsprang, und hielt seinen Kopf unter das eisige Nass. »Du redest nur, wenn du meine Fragen beantwortest. Verstanden?«

Fayanú strampelte und traf Ganwalen. Für einen Moment kam er frei, rollte über die Felsen und fiel beinahe in den See. Der Strick spannte sich und schnürte ihm die Luft ab. Mehrere Hände zerrten ihn zurück. Doch der Quersack rutschte ihm von der Schulter und versank blubbernd in der Finsternis. Das Kupferne Kleid!

Schwankend stellte Ganwalen seinen Stiefel auf Fayanús Brust und spannte den Strick. »Schluss jetzt mit den Sperenzchen. Wie hast du es bewirkt, dass Walgreta zur Königin ernannt wurde?«

Fayanú verstand nicht. Er hustete. Die Kälte stach ihm wie Nadeln in die Kopfhaut. »Was?«

»Tu nicht so ahnungslos. Du gehörst zu den Wyken, nicht wahr? Rede, oder ich rupfe die Gans bei lebendigem Leibe.«

»Wäre ich eine Wyka, würde ich mich doch befreien.«

Ganwalen riss ihn erneut unter das sprudelnde Wasser. Fayanú verschluckte sich, hustete und schnappte vergebens nach Luft.

Als Ganwalen ihn wieder aus dem Quell hervorzog und den Stiefel auf seine Brust stellte, sagte er ruhig: »Hast du noch mehr schlaue Sprüche, oder beantwortest du meine Frage?«

»Ich bin keine Wyka. Ich habe nichts damit zu tun, dass Walgreta Königin wurde.«

Ganwalen drehte sich um und griff nach ein paar Federn an Fledermaus' Flügel.

»Tut ihr nicht weh. Bitte. Ich habe nichts damit zu tun, das schwöre ich.«

Ganwalen riss ihr die Federn aus. Der Schmerzenslaut der Gans drang Fayanú bis ins Mark. Er schrie vor Zorn auf. »*Nein!*«

Ganwalen stopfte die blutigen Federn in Fayanús Mund. Die Streiter hielten ihn fest und lachten rau.

»Die muss mal entspannen«, murmelte einer. »Entspann dich, Kleine. Von jetzt an nur noch Federn aus deinem Mund, ja? Wir wollen uns doch einfach unterhalten.«

»Es muss anstrengend sein, ständig zu lügen«, sagte ein anderer. »Bei uns musst du nicht lügen. Wir wissen, was du bist. Vor uns musst du keine Geheimnisse haben.«

Sie streichelten und kniffen ihn. Ihre Hände wühlten sich unter seine Kleider. Mit aller Macht bäumte er sich auf, aber die Streiter pressten seinen Kopf gegen den Felsen und tätschelten ihn lachend. Ganwalen schob ihm das Wams hoch und zog seine Hose runter. Die Streiter staunten vergnügt. Hände überall, die ihn erforschten, um ihn verhöhnen zu können.

»Wieso wehrt sie sich nicht mit Zauberei?«, gab einer im Hintergrund zu bedenken. »Vielleicht ist sie tatsächlich keine Wyka.«

»Vielleicht gefällt es ihr«, schnaufte einer dicht an seinem Ohr. »Es gefällt dir, oder? Rede mit uns, oder willst du gar nicht, dass wir aufhören …«

Tatsächlich hörten sie auf. Doch nicht weil Fayanú etwas gesagt, sondern weil Ganwalen ein Zeichen gegeben hatte. »Wohin warst du unterwegs?«

Fayanú würgte. Spuckte blutige Federn.

»In welches Schlangennest wolltest du dich verkriechen, hm?«, wiederholte Ganwalen. »Ich will Namen hören. Die Namen aller Wyken, die an der Verschwörung beteiligt sind.«

»Die … Namen … Horun. Toleda. Ridwen …« Fayanú kam nicht dazu, alle Riesinnen zu nennen, auf deren Abstammung die Zwerge sich beriefen. Ganwalen fasste ihm grob zwischen die Beine.

»Ich lasse mich nicht zum Narren halten«, sagte der Hauptmann mit tonloser Stimme. »Ihr wollt die Herrschaft an euch reißen, heimlich und feige wie Nattern. Walgreta ist eitel, deshalb konntet ihr sie leicht zu eurer Dienerin machen. Aber so leicht wie sie übertölpelt ihr das Kleine Volk nicht. Nicht, solange wir es verteidigen.« Ganwalens Finger machten sich an ihm zu schaffen. »Wie ich es mir dachte: Unter dem Zauberwerk steckt ein gewöhnliches Weib. Dir bring ich noch bei, was du bist … das bist du, eine ganz gewöhnliche Fotze …«

Fayanú glaubte schreien zu müssen, aber er verstummte. Verstummte wie früher. Wie immer. Während sein Körper ein Ding wurde, das anderen gehörte, stürzte er in einen Abgrund, der vollkommen still war, lichtlos und ohne Ende.

Er hatte geglaubt, er würde nie wieder in dem Abgrund sein. So wie er nie wieder in Rautenkhals Turm in Pen Korwall sein würde, in dem er drei Jahre gefangen gewesen war. Wie er nie wieder in Gestalt eines Mädchens auftreten müsste.

Doch er hatten diesen Abgrund nicht für immer hinter sich gelassen. Er konnte ihn nicht hinter sich lassen wie einen Raum oder Zeitpunkt. Denn der Abgrund war *in* ihm. Das brennende Nichts, das ihn in den drei Jahren bei Rautenkhal geschützt hatte, weil es alles, was ihm nahe kam, zu Asche versengte. Jetzt und für immer umloderte Fayanú eine kalte Flamme Nichts, während sich draußen, an seinem Körper, Ereignisse abspielten.

Wie durch lautloses Flackern sah er, was seine Augen in der fernen Welt der Dinge sahen: Ganwalen, der über ihm zuckte, das Gesicht zu einer geradezu lächerlichen Grimasse des Zorns verzogen. Dann trat der Hauptmann zurück.

Es wurde geredet. Einander auf die Schultern geklopft. Gelacht. Fayanú kämpfte gegen die Griffe an und erntete eine so heftige Ohrfeige, dass er für einige Herzschläge in Dunkelheit versank. Als er wieder zu sich kam, herrschte Bewegung um ihn herum. Einer der Streiter, der ihn festhielt, wollte ihn als Nächstes besteigen. Die Zeit schien sich zu verlangsamen. Fayanú merkte, dass sein Arm nicht mehr so fixiert war wie bis eben noch. Er könnte sich losreißen, wenn er seine ganze Kraft in einen Ruck legte, und dem Streiter die Faust ins Gesicht schlagen, während der noch an seinem Gürtel nestelte …

Die Möglichkeit zeigte sich Fayanú so klar, so berechenbar wie der Einfall des Sonnen- und Mondlichts in den Grabkammern seiner Ahnen, damals, als er klein gewesen war … Wenn er jetzt aus dem Abgrund auftauchte …

Er konnte nicht.

Jetzt, du musst es jetzt tun!

Er würde niemals …

Mit aller Kraft!

Mit einem Brüllen, das nur als Ächzen über seine Lippen kam, riss er sich los, schlug dem Streiter die Faust ins Gesicht und biss in die Hand, die ihn zurückdrückte. Er konnte sein Bein befreien, trat um sich. Sein Kopf wurde gegen den Felsen gestoßen, ohne dass er den Schmerz spürte. Nur Ekel. Ätzenden Ekel vor der Lächerlichkeit dieser Männer, ihren plumpen Fingern, ihrem schnaufenden Atem. Schon versuchten sie, ihn wieder zu Boden zu drücken. Er warf sich zur Seite und sprang, nein ... *fiel* über die Felsen ins Wasser.

Die Kälte prasselte wie Klingen auf ihn ein. Für einen Moment glaubte er zu sterben. Konnte sich nicht rühren. Dann riss er die Augen auf. Um ihn herum war nur Finsternis, pochend und flimmernd wie sein Herz, das gegen das Versagen ankämpfte. Er stieß sich abwärts, die Hände ausgestreckt. Seine Haut verbrannte vor Kälte. Endlich fanden seine Fingerspitzen Grund. Er tastete über die Felsen. Luft drang ihm aus den Lungen, und Eiseskälte fraß sich in seinen Mund, in seinen Hals, seine Eingeweide. Da ertastete er seinen Quersack. Blindlings zerrte er die Schnüre auf. Gaben sie nach? Oder riss er sich die gefrorenen Finger ab? Er spürte nichts im Dröhnen der Kälte. Aber dann *hörte* er etwas.

Einen Gesang, der nicht aus sterblichen Kehlen drang. Tröstend und so zärtlich, dass er vor Glück innehielt. Es war das Kupferne Kleid. Seine Geister flüsterten Fayanú ins Herz mit aller Liebe, zu der sie fähig waren – mit aller Liebe, die Walgreta in das Geschenk gelegt hatte. Er konnte es weder ertasten noch sehen, aber er fühlte, dass er es wieder besaß.

Er stieß sich vom Grund ab. Nach Luft japsend, war er zurück an der Oberfläche. Auf dem Felsen standen die Streiter und wirkten unentschlossen, ob sie ihn hochziehen oder seinem Schicksal überlassen sollten. Fayanú hielt das Kupferne Kleid hoch und schrie, weil die Kälte ihn umbrachte.

Ein tausendstimmiges Brüllen echote durch die Grotte, dass die Felsen erzitterten, knackten und bröckelten. Ganwalen und seine Streiter pressten sich die Hände auf die Ohren. Mit aufgerissenen Augen wichen sie vor dem Kupfernen Kleid zurück, und drei von ihnen stürzten ins Wasser.

Fayanú zog sich an den Felsen hoch. Für einen Moment sang das Kleid leiser, weil er es neben sich legen musste, und er hörte das Heulen der Streiter, die im eisigen Wasser versanken. Dann hatte er sich hochgestemmt und presste wieder das Kleid an sich. Wie lieblich es für ihn klang!

Als er aufschaute, sah er gerade noch, wie Ganwalen und der Streiter, der Fledermaus festgehalten hatte, mit der Fackel aus der Grotte flohen.

Auf Knien und Händen, das Kleid mit sich schleifend, kroch Fayanú durch das Halbdunkel zu Fledermaus. Die Gans lag auf den Felsen. Aber sie bewegte sich noch. Ihr linker Flügel zitterte. Der andere war in einem unnatürlichen Winkel abgeknickt.

»Nein, o nein, nein …« Fayanús Hände schwebten über dem verletzten Tier. Er wagte nicht, es zu berühren. Als Fledermaus ihn erkannte und einen schwachen Laut ausstieß, erlaubte auch er sich ein Aufschluchzen.

Aber bald hatte er sich wieder gefasst. Zitternd legte er sich das Kupferne Kleid um, das nun, da er allein war, so kalt und schwer wie der Tod an ihm hing. Egal. Er nahm Fledermaus möglichst behutsam in die Arme. Schlotternd tastete er sich an der Wand der Grotte entlang. Es war nun beinahe finster. Er stolperte über seine Füße, die taub waren vor Kälte, auf den einzigen Schimmer Helligkeit zu.

Doch er gelangte nicht aus der Grotte. Die Helligkeit kam nicht vom Himmel, sondern von einem zähen Nebel, der vom Höhlenboden aufstieg … Wo eben noch Wasser gewesen war, dampfte jetzt feuchter Grund.

Blut hat den alten Weg geöffnet … geh ihn nicht, geh ihn nicht weiter! Es ist nicht die Zeit …

Undeutlich hörte Fayanú die dämonischen Stimmen. Es waren Lindwürmer, die ihn vor etwas zu warnen schienen, was längst keine Rolle mehr spielte. Seine Körperwärme wehte einfach davon, und der Brand der Kälte fraß sich durch seine Haut, seine Knochen, bis er sein Bewusstsein fraß und den Schmerz selbst vernichtete.

48

IN DER NACHT VOR ihrer Abreise führten die Priesterinnen Walgreta zur Quelle der Tränen. Hell stand der Mond am Himmel und versilberte das verschneite Land. Walgreta war erschöpft und aufgeregt zugleich. Sie kannte die Riten der Priesterinnen nur ungefähr und vermutete, dass ihr eine Weihung bevorstand, um das Wohlwollen der Ahnen für die zur Unzeit anberaumte Hochzeit zu erbitten.

Aber würden die Götter denn nicht erraten, dass Walgreta gar nicht vorhatte zu heiraten? So oder so war es lästerlich, an dem Ritual teilzunehmen, mit dem Geheimnis, das sie trug. Es war eine Sache, Sterbliche zu belügen, aber eine ganz andere, die Götter zum Narren zu halten.

Die Quelle der Tränen entsprang einer in einer Höhle gelegenen Felswand, sammelte sich innerhalb der Höhle in einem Kalksteinbecken und floss dann als kleiner Fluss weiter, der weder Fischen noch Pflanzen Leben spendete. Normalerweise durften nur Priesterinnen den Ort betreten. Über Unbefugte brachte er Unheil.

Summend schritten die Priesterinnen durch die Höhle und benetzten sich das Gesicht mit Wasser. Im Schein ihrer Fackeln glitzerte das Gestein vor Salz. Auf einem Bett aus getrocknetem Moos und Tannenzweigen hießen die Priesterinnen Walgreta niederknien. Dann umkreisten sie sie mit langsamen Tanzschritten.

Aus dem Becken wurde ein versiegelter Krug gehoben, geöffnet und dann von Mund zu Mund gereicht. Auch Walgreta trank von dem zähen, süßen Gemisch aus Honig, Wein und Blut, das brennend ihre Kehle hinabrann. Die Höhle erwärmte sich durch die Fackeln und die tanzenden, summenden Priesterinnen, und die Feuchtigkeit trübte die Luft. Nach und nach wurde Walgreta entkleidet. Erst der dicke Winterumhang, dann das gegürtete Mantelkleid, das Unterkleid und das Hemd. Sogar die Schuhe und das Haartuch wurden ihr abgenommen, so dass nur noch ihre dunklen Haare ihre Blöße bedeckten.

Die Priesterinnen drückten Walgreta mit sanften Händen nach unten. Fröstelnd streckte sie sich auf dem Rücken aus und blickte zur Decke, an der die raschen Spiegelungen des Wassers und die Schatten der Tanzenden flackerten.

Große Geberin, dachte sie. *Du weißt, was ich getan habe und was ich noch tun will. Zeig mir, ob du es gutheißt!*

Aber die Urmutter weinte unablässig ihr Tränenwasser, ohne Walgreta ein Zeichen zu geben.

Die Toten sehen und schweigen, wenn die blinden Lebenden reden – so ging das Sprichwort.

Hekteba stellte sich vor sie, und die Priesterinnen reihten sich summend mit ihren Fackeln hinter der Hohepriesterin auf, so dass der Schatten ihrer Großmutter Walgreta bedeckte. Hekteba murmelte Zauberformeln, Begriffe so alt, dass ihr Sinn teils schon verlorengegangen war. Dann nahm sie Walgretas Arm und schlitzte mit einem Dolch eine der Venen auf. Walgreta zuckte zusammen, und das Blut quoll aus der Wunde hervor.

»Von Grün zu Rot fließt dieses Blut, denn es ist das Blut der Urmutter. So wie das Blut der Ahnen grün im Stein liegt und sich beim Schmieden rötet, so fließt dieses Blut grün und rötet sich beim Hervortreten. Horun, bei deinem lebensspendenden Blut und deinen stumm machenden Tränen werden wir in deiner Kleinen Tochter das Gebende und das Nehmende neu aufteilen.«

Hekteba legte den Dolch weg, streckte die Arme aus und trat zur Seite, so dass ihre Hände Schattenmuster auf Walgretas Körper warfen. Walgreta sah, wie die Schatten über ihre Brust und ihren Bauch wanderten und ihre Gestalt veränderten. Konzentriert wob Hekteba die Schattenmuster mit ihren alten

Fingern, so dass sie magische Formen, Masken und springende Tiere wurden.

»Der Leib der Kleinen Tochter, im Ebenbild der Mutter, soll nehmen aus dem Herzen des Mannes, der sie nackt erblickt. Ihr schöner Leib soll mehr nehmen als geben und salziger Strom im Willen des Mannes sein, der sie nackt erblickt. Ihr Geist wird ihm eingeben, was er denken soll, ihr Geist wird gebend sein, wie das harte Blut der Ahnin gebend ist und härter als Stein.«

So murmelte Hekteba, während die Priesterinnen summten und die Schatten Walgretas Körper zeichneten und Walgreta begriff, dass ein Liebeszauber um sie gewoben wurde. Ein Liebeszauber, um ganz sicherzugehen, dass der urische Fürst ihr hörig sein würde!

Mit rasendem Herzen lag sie da, blickte zur Decke der Höhle und dachte an Fayanú. Auch er war von seinem Volk ins Unbekannte geworfen worden, geopfert, um an etwas Kostbares zu kommen.

Walgretas Wut auf die Elfen, die ihm das angetan hatten, vermengte sich mit ihrer Empörung über Hekteba, so dass sie hätte aufspringen und ihre Großmutter schlagen mögen; aber sie tat es nicht. Stattdessen loderte ihr Zorn nach innen, erfüllte sie mit der tiefen Gewissheit, dass sie nichts von dem tun würde, was Hekteba sich erhoffte.

Große Geberin, du kennst mein Herz. Steh mir bei.

Die Priesterinnen begannen wieder zu tanzen. Ihre Schatten schlängelten sich über die Felsen, und der Rhythmus ihrer Stimmen machte Walgretas Gedanken porös. Es wurde so warm, dass Kondenswasser auf sie herabtropfte und ihr über die Haut rollte, und jeder Tropfen schien sie zu zeichnen.

Wieder wurde ihr der Trank aus dem Becken an die Lippen gesetzt. Brennend floss er in sie hinein. Sie begann, die Schönheit ihres Körpers zu fühlen, die Sinnlichkeit aller Vertiefungen und Wölbungen und die Geschmeidigkeit ihrer Haut. Sie fühlte die Begierde, die sie auslösen konnte. Eine unzähmbare, uralte Begierde, die auch sie verschlang …

Walgreta glaubte zu fallen, endlos zu fallen, und der Genuss wurde immer berauschender, bis sie in einer tiefen Ohnmacht versank.

Der Abschied verlief am nächsten Morgen ohne Feierlichkeiten. *Fast wie ein Trauerzug*, dachte Walgreta, während sie auf einem zweirädrigen Prunkwagen, gezogen von zwei stämmigen kornfarbenen Pferden, vorbei an den Priesterinnen, den Hochgeborenen von Horuns Bauch und schließlich dem einfachen Volk den Spiralweg durch den Berg hinabfuhr. Ängstlich hielt sie die Zügel vor der Brust, damit niemand das Kupferkleid unter ihrem Winterumhang zu genau sah. Wie Fayanú empfohlen hatte, trug sie darunter in der Tasche ihres Mantelkleids den Blickenden Becher. Vielleicht bildete sie es sich nur ein, aber sie glaubte, seine Aura zu spüren, und fühlte sich mit ihm an ihrer Hüfte machtvoller und sicherer.

Die gegenteilige Wirkung hatte das Ritual letzter Nacht. Sie erinnerte sich nicht daran, wie sie zurückgekommen war, und beim Erwachen hatte sie sich hundeelend gefühlt. Ihre Nacktheit unter den Kleidern war ihr deutlicher bewusst als sonst, und ein neues, unumstößliches Wissen hatte sich in ihr festgesetzt: Sie war schön. Und das irritierte sie mehr, als dass es ihr Mut einflößte.

Unten warteten die Urier auf ihren Pferden. Walgreta lenkte den Wagen ungeschickt in ihre Mitte, und die Reiter wichen nachsichtig aus. Die Priesterinnen gaben ihr die letzte Weihung, schmückten sie mit Tannenzweigen und Goldbroschen und hängten ihr eine Pyramide aus zusammengeflochtenen Salzsteinen an den Gürtel. Ihre Mutter lächelte sie an, und für einen Moment fürchtete Walgreta, sie würde sie umarmen oder streicheln, aber dann verneigte sich Gildrun nur und stieg in ihren eigenen Wagen – sie würde sie zum Fürsten begleiten und als Priesterin alle nötigen Rituale vollziehen. Walgreta dachte daran, wie ihre Mutter allein bei den Uriern sein würde, wenn sie selbst längst geflohen war ... Was für eine befremdliche Vorstellung.

Hekteba, die als Hohepriesterin in Walgretas Abwesenheit regieren würde, zeichnete mit dem Daumen einen Hochzeitssegen auf Walgretas Stirn und auf ihren Unterleib, den Blick dabei fest in Walgretas gebohrt. Fast glaubte Walgreta, Entrüstung in den alten Augen zu lesen, aber Hekteba konnte nicht wissen, dass Walgreta das Kupferne Kleid verschenkt hatte ... Nein, Hekteba wollte sie nur im Stillen an die Aufgabe erinnern, die sie zu erfüllen hatte.

Ein letztes Mal sah Walgreta auch Didanwen. Ihr kindliches, liebes Gesicht wirkte verweint, aber sie hob den Kopf und warf Walgreta einen mitfühlenden Blick zu – oder zumindest einen verständnisvollen. Welchen langen Gedankengang Didanwen auch genommen haben mochte, sie war Walgreta offenbar nicht böse. Sonderbarerweise regte Walgreta das auf. Sie hätte lieber eine Feindin gehabt, die ihr das königliche Amt neidete, als eine mitleidige Freundin. Vage Schuldgefühle mischten sich in ihre Gereiztheit, und sie wünschte, sie würden endlich aufbrechen.

Aber zuerst mussten noch ihre Habseligkeiten und Hochzeitsgeschenke auf die Pferde geladen werden. Es war sehr ungewöhnlich, dass eine Braut zu ihrem Bräutigam zog, denn der Besitz vererbte sich immer von Mutter zu Tochter und band die Frauen an ein Zuhause. Den gesamten Besitz Walgretas zu verfrachten, nun, da sie die Königin ihres Volkes war, ließ sich nicht bewerkstelligen, aber es wurde annähernd versucht. Walgreta schaute zu, wie Kiste um Kiste voller Schmuck, edler Waffen, Stoffen, Salz und Honigwein verladen wurde, außerdem dreihundert Spangenbarren reinen Kupfers und dreihundert Tauschsteine mit diversen Stempeln – die flachen, aus Sand und Kalk geformten Presslinge zeigten Symbole für Waren und

Mengen, die man jederzeit in Horuns Bauch gegen die Tauschsteine bekam. So mussten sie nicht Hunderte Säcke Korn, Dörrobst und Fleisch transportieren und konnten dennoch überall Geschenke machen und handeln.

Walgreta dachte daran, dass die Schätze an die Urier gehen würden, wenn sie davongelaufen war, und Panik sickerte in ihr hoch, aber dann drückte sie mit dem Ellenbogen den Blickenden Becher an ihre Hüfte und wurde ruhiger. Sie hatte sich für das Richtige entschieden, und sie würde das Richtige tun, ganz gleich, ob sie am Ende erfolgreich das alte Reich Ilian wiederherstellte oder nicht. Es wenigstens zu versuchen war das Wichtigste.

Wenn doch nur Fayanú bei ihr wäre!

Plötzlich fiel ihr auf, dass Unruhe herrschte. Irgendetwas stimmte nicht. Unauffällig zog sie wieder den Umhang vor dem Kupferkleid zu. Worauf wartete man? Als ein Streiter sich zu ihr beugte, schrak sie zusammen.

»Meine Königin, wir können Hauptmann Ganwalen nicht finden. Er ist mit ein paar Streitern ausgerückt und kam bisher nicht zurück.«

»In Ordnung«, sagte sie, ohne recht zu verstehen. »Ich meine, es wird einen Grund haben. Wir brechen trotzdem auf.«

»Meine Königin, bitte vergebt mir – die Streiter weigern sich, Euch Geleitschutz zu geben, solange der Verbleib unseres Hauptmannes ungeklärt ist.«

Endlich begriff sie. Ihr Blick irrte über die argwöhnischen Gesichter der Streiter, die ihr Gefolge bildeten. Sie mussten glauben, Hekteba und die Priesterinnen hätten ihren Hauptmann hinterrücks beseitigt, noch ehe Walgreta Horuns Bauch verlassen hatte. Und vielleicht, dachte sie erschaudernd, hatten sie recht.

Hekteba wirkte wie versteinert, als wollte sie den Ungehorsam der erzürnten Streiter nicht wahrnehmen. Mit einem stummen Befehl in den Augen sah sie Walgreta an: *Geh!*

Walgreta wandte sich an ihr Gefolge: »Ich trage das Kupferne Kleid. Darum verzichte ich auf Euren Geleitschutz. Bleibt hier, um Horuns Bauch zu bewachen, bis der Hauptmann wieder da ist. Möge ihn eure Treue milde stimmen, wenn er euch dafür bestraft, der Königin den Dienst verweigert zu haben.«

Ihre frostigen Worte wirkten. Das Misstrauen der Streiter löste sich ein wenig, und sie verneigten sich vor Walgreta. Sie kehrte ihnen den Rücken, insgeheim erleichtert, ihren Geleitschutz losgeworden zu sein. Umso einfacher würde sie sich davonschleichen können.

Aber was würden die Streiter in Horuns Bauch tun, wenn Ganwalen nicht wiederkam, weil Hekteba ihn tatsächlich aus dem Weg geräumt hatte? Bei der Vorstellung, die Streiter ohne Hauptmann könnten sich gegen die Priesterinnen ohne das Kupferne Kleid erheben, wurde Walgreta flau im Magen.

Sie gab das Zeichen zum Aufbruch. Während sich der Zug in Bewegung setzte, sangen die Priesterinnen ein Hochzeitslied, das Walgreta seit ihrer Kindheit alljährlich mitgesungen hatte, und ganz Horuns Bauch stimmte mit ein.

Walgreta zog sich die Kapuze tief ins Gesicht, damit niemand sah, dass sie weinte.

49

SELBST DER LÄNGERE, LEICHTERE Weg über die Hügelkämme war beschwerlich, denn Pferde, Männer und Walgretas Wagen mussten sich durch Gebirgsschnee kämpfen. Die Mittagssonne brannte vom Himmel und blendete sie in all dem Weiß, das nur hier und da durchbrochen wurde von den Schatten spitzer Felsen. Mehr denn je bemitleidete Walgreta ihre Ahnen, deren Knochen zersplittert aus der Erde ragten. War es nicht eine weitere Erniedrigung für sie, dass die Königin ihrer Nachkommen einen Menschen heiratete?

Auf dem holpernden Wagen wurde ihr bald übel. Redike bot ihr in seiner gebrochenen Sprache eine Reiterhose an, damit sie auf seinem Pferd aufsitzen konnte, aber Walgreta lehnte ab. Für eine Tochter Horuns geziemte es sich nicht, wie ein Barbar auf einem Tier zu reiten.

Abends rasteten sie in einem Dorf, dessen Bewohner zum Volk der Pardoren gehörte – einem der größeren Völker des Seenlands, das bekannt dafür war, seine Kleider mit kunstvollen schwarzen Borten zu verzieren. Die Menschen staunten nicht schlecht, als sie hörten, dass die Königin von Horuns Bauch ihr Gast war, und sie staunten noch mehr, als sie den Grund ihrer Reise erfuhren.

Obwohl es einfache Leute waren, schämte sich Walgreta vor ihnen. Es sah doch so aus, als würde sich das Kleine Volk vor dem Sechsten Stamm der Urier verneigen. Wie konnte sie da noch erwarten, dass die Seenländer zu ihr aufblickten?

Am nächsten Tag reisten sie von Dorf zu Dorf entlang eines Flusses. Der Schnee war hier bereits geschmolzen, und Wiesen voller Schneeglöckchen und Krokusse erstreckten sich zu beiden Seiten. Sie kehrten in einer Siedlung vom Volk der Jeremiden ein. Dies war der Punkt ihrer Reise, an dem Walgreta fliehen musste. Und vielleicht war die Große Geberin doch auf ihrer Seite, denn in der Dämmerung stieg aus den Auen Nebel auf.

Zu aufgeregt, um etwas zu sich zu nehmen, wartete Walgreta den Abend ab. Ihre urischen Wächter und die Bewohner des Hauses, in dem sie untergekommen waren, legten sich auf dem Boden zum Schlafen, während Walgreta, Gildrun und die beiden Dienerinnen, die sie mitgenommen hatte, das Bett der Dorfältesten bekamen. Als niemand sich mehr regte, stand Walgreta auf und zog sich leise an. In den Taschen ihres Mantelkleides hatte sie schon in den letzten Tagen Proviant und Tauschsteine gesammelt, so dass sie nicht mehr an ihr Gepäck musste.

Ihre Mutter erwachte und fragte verwundert, ob sie etwas bräuchte. Auch ein paar Urier regten sich nun. Walgreta verkniff sich einen Fluch und antwortete, sie wollte den Abort aufsuchen.

Das Dorf lag still in der Nacht, und ein frostiger Dunst dämpfte das Schillern der Wellen des Flusses. Walgreta eilte über die Stege bis zu einer Anlegestelle. Im Dunklen konnte sie nur raten, welche Seile welches Boot festhielten. Sie löste ein paar Knoten und merkte, dass eins der Boote mit dem Heck ins Wasser sank. So geräuschlos wie möglich ließ sie es ganz hinab. Dann kletterte sie hinein. Sie fand ein langes Ruder und eine Hacke an der Seite. Mit einem Dolch, den sie mitgenommen hatte, schnitt sie das letzte Seil durch.

Viel schneller als erwartet, trug die Strömung sie davon. Walgreta verlor beinahe den Halt, stützte sich auf dem Bootsrand auf und brachte das kleine Boot gefährlich zum Schwanken. Hastig griff sie nach dem Ruder. Obwohl der Fluss hier breit war, musste sie sich abstoßen, um nicht gedreht oder ans Ufer getrieben zu werden. Das Boot zu steuern war viel schwerer, als es bei den Seenländern ausgesehen hatte, die sie sonst gefahren hatten. Innerhalb kürzester Zeit stand Walgreta der Schweiß auf der Stirn. Noch dazu war es so finster …

Einmal stieß sie so hart gegen einen Felsen, der aus dem Wasser ragte, dass sie fürchtete, das Boot würde zerschellen. Jetzt in diesen eisigen Fluss zu fallen wäre ihr Tod! Dann würde Fayanú vergeblich in der Siedlung auf sie warten, und der Blickende Becher der Seenländer wäre vielleicht für immer auf dem Grund des Flusses verloren.

Aber das Boot blieb heil. Der Wald zog rechts und links vorüber. Tannen und kahle Eichen wie Reihen um Reihen riesenhafter Zuschauer, vor Schreck erstarrt. Die Nacht wollte nicht enden … und obwohl Walgreta fast so schnell durch das Land glitt, als würde sie auf einem Lindwurm fliegen, schien die Zeit stillzustehen. Müdigkeit drückte ihr von innen gegen den Schädel. Aber sie durfte nicht rasten, und abgesehen davon, hatte sie ein wenig Angst vor dem dunklen Ufer.

Wie unsinnig – als könnten die Ahnen, deren Zorn sie fürchtete, sie nicht auch auf dem Fluss treffen! Und doch fühlte es sich so an … als dürfte sie nie wieder einen Fuß an Land setzen, weil sie das Kupferne Kleid verschenkt hatte, weggelaufen war und ihr Volk verraten hatte … und von jetzt an konnte sie nur noch auf der Flucht sein, auf einem rasenden Strom ohne festen Grund unter sich, bis sie aus Unachtsamkeit an einem Felsen zerbarst und in tausend Stücken unterging. Sie glaubte, wieder weinen zu müssen, aber keine Tränen kamen. Nichts linderte ihre Verlorenheit.

Als sich das erste Grau in die Dunkelheit wob, trieb das Boot auf einen schmaleren Flussarm, der schließlich in einen Weiher mündete, der von Schilf überwuchert war. Walgreta stieß sich durch das Dickicht, so weit sie konnte. Dann verließ sie das Boot und stapfte über quietschendes, feuchtes Moos. Sie konnte Kaminrauch riechen, sah im Zwielicht aber nicht, wo das Dorf war. Ohnehin hatte sie nicht vor einzukehren. Trotz ihrer Erschöpfung ging sie rasch am Ufer entlang weiter und hielt sich in westlicher Richtung. Ein alter Pinienwald mit wenig Unterholz tauchte vor ihr auf, so dass sie zügig vorankam. Die Sonne stieg und blinzelte erst kühl und hell, dann trüb und rot durch die Bäume. Walgreta wanderte den ganzen Tag und aß im Gehen Brot und Trockenfrüchte.

Es wurde Nacht, bevor sie die Siedlung erreichte. Weil schon wieder Nebel in der Luft hing, drang kaum Mondlicht herab. Sie entzündete ein Feuer im Schutz einiger umgestürzter Bäume. Die Erschöpfung pochte wie ein Schmerz in ihr, aber sie fühlte sich so verloren und ängstlich, dass sie keine Ruhe fand. Ob sie wirklich für ein Leben auf der Flucht gemacht war? Nicht einmal der Gedanke an Fayanú gab ihr Mut.

Als sie doch einschlief, taumelte sie durch aufreibende Träume und schrak beim leisesten Geräusch auf. Einmal war sie sicher, dass jemand neben ihr stand – eine Weise Frau, die sie musterte und wieder ging –, aber dann wachte sie auf und besann sich, dass sie das mit geschlossenen Augen wohl kaum gesehen haben konnte.

Das Feuer war erloschen, und Walgreta war so kalt, dass sie ihre Füße und Hände nicht spürte. Sie aß etwas und setzte ihren Weg fort, allein schon, um sich aufzuwärmen.

Das Firmament im Osten schimmerte auf. Doch der Wald blieb dunkel wie ein Grab. Wo waren die Vögel? Oder war sie schon in der Nähe des Heiligen Hains, wo sie ihr zweites Ausbildungsjahr verbracht hatte? Walgreta wartete darauf, dass das verwunschene Häuschen der Wyka Ibowen erschien, umgeben von jahrhundertealten Pinien, deren Wurzeln wie Riesenhände durch den Boden gruben.

Ibowen war eine rundliche, wortkarge und zugegebenermaßen etwas spröde Zwergin gewesen, mit der Walgreta nie viel zu bereden gehabt hatte. Ausgerechnet bei ihr hatte Walgreta damals ihre erste Blutung bekommen. Ibowen hatte sie mit ihrer ruhigen, nüchternen Art ins Frausein eingeweiht und ihr erklärt, wie sie ihr Blut der Erde zurückgeben sollte, ohne die Ahnen zu beleidigen, und Walgreta hatte sich erniedrigt und zugleich auserwählt gefühlt. Sie hatte geglaubt, von da an mit der Wyka auf besondere Weise verbunden zu sein. Aber Ibowen hatte sie nicht zu ihrer Nachfolgerin ernannt, und die unerwartete Abweisung hatte sich untrennbar mit dem Gefühl des Ausgeliefertseins verknüpft, das die Blutung in ihr hervorrief.

Wie ausgeliefert musste Fayanú sich damit wohl fühlen? Walgreta verscheuchte den Gedanken, als täte sie Fayanú unrecht. Sie erinnerte sich, wie sie einmal im Bett gelegen hatten und Fayanú fragte: »Hast du dich in mich verliebt, als du mich für einen Mann hieltest oder als … als du wusstest, was ich bin?«

Und sie hatte ehrlich geantwortet: »Ich habe mich in dich verliebt, als ich dich für einen Mann hielt. Und nichts hat sich seitdem geändert.«

Aber nun schien es nicht die ganze Wahrheit gewesen zu sein. Sie hatte Fayanú schön gefunden, bevor sie ein Wort wechselten, doch das Tragische an ihm – dass er nicht das war, was er zu sein schien – machte ihre Liebe zu ihm intensiver.

Als sich der Wald lichtete, hielt sie inne. Doch nicht der Pinienhain der Wyka, sondern ein Tal lag unter ihr, in dem etliche kleine Wasserläufe glänzten. An den sanften Hängen waren Umfriedungen zu erkennen, die Viehweiden und Äcker markierten. Überall entlang der Ufer stieg aus Häusern Rauch auf. In einem davon musste Fayanú sein. Und trotzdem … trotzdem fühlte Walgreta, wie die Verlorenheit in ihr wuchs.

Sich gegen ihre Großmutter und ihr Volk zu stellen war eine Sache. Aber wenn die Wyken sich ihr nicht zeigten und ihren Plan nicht unterstützten, wäre das eine Ablehnung, die sie nicht verkraften würde. Zum ersten Mal konnte sie wirklich nachvollziehen, warum Fayanú davor zurückscheute, nach Ilian zu gehen und seine Familie zur Rede zu stellen. Etwas einzufordern und verweigert zu bekommen war schmerzlicher, als etwas nur insgeheim zu ersehnen.

O, was war sie für ein Kind! Sie hatte sich trotzig freigestrampelt. Jetzt musste sie auf eigenen Beinen stehen …

Ein halb flehendes, halb entschuldigendes Gebet an ihre Mütter murmelnd, wanderte sie ins Tal hinab.

50

ER WANDERTE ÜBER DEN Himmel mit den Sternen.

Sicher war er tot und sah deshalb, wie sich die Erde unter seinen Füßen drehte. Aber warum hatte er noch Füße?

Weil er Walgreta treffen musste. Wie Ringe auf der Oberfläche des Blickenden Bechers zog ihn ihr Name in einen neuen

Traum. Er sah Walgreta vor sich, wie sie ihm mit lodernden Augen befahl, für die Gerechtigkeit zu kämpfen. Und er würde kämpfen. Für sie. Denn sie war die Gerechtigkeit.

Und dann fühlte er Hände in sich, die seinen Willen lähmten. Hände, die ihn quetschten und packten und so zärtlich streichelten, dass er geschrien hätte, wenn er es nur gekonnt hätte. Er wollte nach Walgreta rufen, doch in seinem Mund verwandelte sich ihr Name in *Rautenkhal*. Der hatte ihm die erste Iliade geschenkt, den Blickenden Becher. Warum hatte Walgreta ihm das Kupferne Kleid gegeben und nicht, wie prophezeit, die Flüsternde Flöte?

Was die Wächter von Ilian behauptet hatten, war eine Lüge. Nichts stand über ihn in den Sternen, gar nichts! Und er wollte sich nicht lieben lassen, um die Iliaden zu bekommen.

Er wollte auch nicht, dass jemand seinetwegen starb. Aber er hatte Rautenkhal sterben lassen, röchelnd auf seinem Lager, ohne ihm die Medizin zu reichen, die seine Schmerzen gelindert hätte. Und er hatte die Streiter getötet mit dem Kupfernen Kleid. Er hatte getötet … und es würde wieder geschehen, wenn er die Flüsternde Flöte bekam, ganz bestimmt.

Wo ist die Flüsternde Flöte?

Er hörte Stimmen. Aber nicht aus den Nebeln, sondern aus den Sternen, hell und klar. Er flog noch immer mit ihnen über die Erde. Flog. Rasend im Kreis.

Der Blickende Becher ist fort.

Sie hat ihn verschenkt. Sie ist abtrünnig. Fayanú bedeutet nicht umsonst gerissen …

Redeten sie über ihn? Aber er war keine *Sie*. Er war … er war der Mann, den Walgreta liebte. Sie liebte ihn wirklich, so wie er war.

Warum hast du das nur getan?, flüsterte jemand in einer Sprache, die er lange nicht mehr gehört hatte. Es musste wohl die Sprache der Sterne sein, zu denen er heimkehrte.

Sie gehört nicht zu uns. Lasst uns gehen.

Als Fayanú zu sich kam, war es weder Nacht noch Tag. Er lag auf einem Bett aus getrocknetem Blaumoos, und ein harziger, leicht mineralischer Duft umgab ihn. Für unbestimmte Zeit registrierte er diese Dinge, ohne darüber nachzudenken. Dann, als ihm klarwurde, dass er überhaupt nicht wusste, wo er war, wollte er sich aufrichten, aber er schaffte es kaum, den Kopf zu heben.

Er befand sich in einer Wurzel. Das wusste er, bevor er wusste, was es bedeutete. Es war die glosende, hohle Wurzel eines Salzsteinbaums. Obwohl er die Umgebung innerhalb eines Herzschlags erkannte, weigerte sich sein geschwächter Geist, Schlüsse daraus zu ziehen. Mit verschwommenem Blick musterte er die Wände ringsum, deren Maserung ihn an Meereswogen erinnerte. Überall wucherten Ranken aus lebendem Metall und kleine, salzige Kristalle wie Blütenknospen. Das kristalline Holz, das lebendige Gestein, strahlte einen bläulichen Glanz ab, der Fayanú an seine Kindheit erinnerte. In diesem Schimmerlicht hatten sie in Ilian gelebt …

Ilian!

Nun begriff er.

Er war zu Hause.

Wie, warum? Was war passiert? Der Reihe nach. Er war in der Grotte gewesen. Mit dem Kupfernen Kleid hatte er die Streiter getötet, dann war das Wasser zu Nebel geworden, und ein Weg tiefer in die Grotten hatte sich aufgetan … Die Lindwürmer hatten ihn gewarnt, aber er war trotzdem hineingelaufen, taub vor Kälte, mit Fledermaus im Arm. Wo war Fledermaus?

Er versuchte, nach ihr zu rufen, und brachte nur ein Flüstern zustande. Ihm war, als hätte er Fieber. Aber er richtete sich zitternd auf und sah sich um.

Der Wurzelgang war niedrig und machte in beide Richtungen eine Biegung, so dass er nicht weit sehen konnte. Neben ihm glänzte das Kupferne Kleid bräunlich im blauen Schimmer des Salzsteinbaumes. Sein Wams, seine Stiefel und sein Hemd waren zum Trocknen ausgebreitet. Er sah, dass seine Hose eine neue Naht hatte, wo sie zerrissen worden war. Fein säuberlich lagen ein Wasserschlauch und mehrere Pakete neben ihm. Er öffnete die kleinen, aus Binsen geflochtenen Körbchen und fand das Essen seiner Kindheit: Walnüsse, getrocknete Himbeeren, Honigwaben und frische Rehleber, dazu geröstete Schenkelknochen mit fettem Knochenmark – Nahrung für Kranke und Schwangere.

Erinnerungen flirrten vorüber, zu schnell, um sie zuzuordnen. Er dachte an seine Verwandten und alle anderen, die in seinem Gedächtnis hinter einem Schleier standen, reglos, entrückt. Die Vorstellung, dass sie in der Nähe waren, jeden Moment zurückkehren mochten, schnürte ihm die Kehle zu. Wie oft er sich ein Wiedersehen ausgemalt hatte! Doch in seinen Phantasien war er immer wütend gewesen und hatte heftige Vorwürfe formuliert. Jetzt empfand er Scham. Er schämte sich für das, was ihm widerfahren war. Wie sollte er den Elfen in die Augen schauen, wenn sie wussten, was man ihm angetan hatte?

Die Sorge um Fledermaus zog ihn aus diesen Gedanken. Warum hatte man sie nicht bei ihm gelassen? Er wollte aufstehen, aber stattdessen sank er zurück, schloss erschöpft die Augen und schlief wieder ein.

»Du musst essen, Blüte im Wind.«

Jemand hob seinen Kopf und flößte ihm eine warme, dicke Brühe ein, die nach Salz, gekochtem Blut und Knochen schmeckte. Er spürte, wie mit der Nahrung Leben in ihn hineinrann. Ein wildes, kraftvolles Leben, das nicht um Erlaubnis bat. Für einen Herzschlag ekelte er sich, doch dann gab er sich der Macht hin und schloss den Pakt mit dem toten Wesen, dessen Schatten mit seinem verschmolz.

Es schmeckte köstlich. Er trank und trank, und wieder dauerte es eine Weile, bis er begriff, woher er die Stimme kannte, die mit ihm gesprochen hatte.

Er verschluckte sich, wich panisch zurück, als würde er einen Geist sehen, und stieß sich den Kopf.

Vor ihm saß eine große, aufrechte Frau des Alten Volkes. Ihre Haut wirkte im Schein des Salzsteinbaumes grün wie Efeu, ihre Augen waren hellblau wie die Kristallblüten an den Wänden. Fayanú wusste, dass er ihr täuschend ähnlich sah, abgesehen davon, dass ihre Locken, von Silberranken zu vielen Zöpfen zusammengefasst, bis zu ihrer Taille fielen und dass ein schwungvoller Bogen an ihrem Haaransatz entlang tätowiert war und tropfenförmig zwischen ihren Brauen zusammenlief. Die Tätowierung, die man zur Weihe des Erwachsenwerdens erhielt, hatte Fayanú nie bekommen.

»Ona.« Das Wort drang beinahe lautlos über die Lippen seiner Mutter.

Ona, *Wind* – so hatte ihn seit vielen Jahren niemand mehr genannt.

»Ungestüm und laut wie der Sommerwind«, hatten seine Onkel gesagt. »Und genauso lästig«, hatte sein Bruder hinzugefügt. Und er selbst war um seine Familie herumgerannt, hatte Pustegeräusche gemacht und die anderen gestört, bis irgendwer ernsthaft böse wurde.

»Du musst essen«, wiederholte sie und setzte ihm erneut die Schale mit der Suppe an den Mund. Er hörte ihrer Stimme an, dass sie geweint hatte, doch ihr Gesicht war wie unbewegtes Wasser.

Er schob die Schale weg und hielt sich an ihrem Handgelenk fest. »Ich habe euch gesucht. Ich war bei den Gräbern. Wo wart ihr?«

»Wir verlassen Ilian nicht mehr. Seit deiner Entsendung haben wir uns vollständig zurückgezogen. Aber stelle jetzt keine Fragen. Iss auf, damit du wieder zu Kräften kommst.«

Er ließ zu, dass sie ihm Brühe einflößte, und versuchte wirklich, keine Fragen mehr zu stellen, nicht einmal innerlich. Sein Herzschlag beruhigte sich. Er würde alles erfahren. Warum die Elfen sich nie wieder bei ihm hatten blicken lassen. Ob sie gewusst hatten, was sie ihm antaten? Wie sie es hatten zulassen können …

»Warum kommst du ohne die Iliaden?«, fragte seine Mutter leise und setzte die Schale ab. Der enttäuschte Ausdruck ihres Gesichts verriet, dass sie eine ernstgemeinte Antwort gar nicht hören wollte, vielleicht sogar fürchtete.

Sanft legte sie seinen Kopf ab, um ein Lederband von ihrem Arm zu wickeln, an dem eine winzige, lebendig gewachsene Ranke aus Silber hing. Sie legte sie ihm um den Hals. »Du hast es nicht leicht gehabt, ich weiß … Aber du wirst als unser strahlender Held heimkehren. Man wird deinen Namen durch die Jahrtausende besingen. Daran zweifle ich nicht.«

»Aber ich.« Seine Stimme war rau, er hustete.

»Behalte das Kupferne Kleid«, fuhr sie dazwischen. »Gut, dass du es bekommen hast, auch wenn wir es nicht brauchen. Dir wird es helfen, während du den Blickenden Becher zurückholst. Und die Flüsternde Flöte.«

»Ich habe den Blickenden Becher verschenkt.«

»Das wissen wir, mein Kind. Wir verzeihen dir. Du wirst ihn von anderer Hand wiederbekommen, denn so steht es in den Sternen. Wir machen uns keine Sorgen, keiner zweifelt an dir.«

Er schüttelte den Kopf, so gut er konnte. Schmerz schwappte zwischen seinen Schläfen. »Ich glaube nicht an eure Sterne.«

»Bald ist das Fieber fort.« Mit zitternden Händen knotete sie das Lederband um seinen Hals zu. »Trage dieses Amulett. Es schützt gegen bösen Zauber. Wer weiß, was die Zwergenkönigin gehext hat, dass du diese Torheit begingst … Noch einmal wird es jedenfalls nicht passieren. Ich weiß, dass wir uns bald wiedersehen, mein Kind. Und dann trennt uns nie wieder etwas.«

Damit erhob sie sich und eilte davon.

»Was? Ist das alles? Oliahde … Mutter!«

Doch sie war bereits hinter der Biegung des Ganges verschwunden.

51

WALGRETA FRAGTE SICH DURCH die ganze Siedlung und weiter durch ein Dorf nach dem anderen. Nirgends hatte man Fayanú gesehen.

Konnte es sein, dass sie schneller gewesen war als er? Aber er war früher aufgebrochen. Selbst wenn er kein Boot genommen hatte, müsste er längst angekommen sein. Etwas war schiefgegangen.

Sie suchte den Waldrand und die Flussufer ab. Sie fand zerstörte Scheunen und Stege, wo kürzlich ein Feuer gewütet haben musste. Eine alte Fischerin erzählte ihr, dass Urier des Neunten Stammes seit einigen Jahren in der Siedlung überwintert hatten, bis in diesem Winter der Krieg ausgebrochen war und die Streiter die Urier vertrieben hatten. Bei einem Versuch der Urier, die Siedlung zurückzuerobern, hatten die Streiter sie erneut geschlagen. Dabei waren viele Seenländer gestorben.

»Die Zwerge halten uns für Verbündete der Urier. Die Urier halten uns für Verbündete der Zwerge«, klagte die Alte. »Wer sein Heim verlässt, riskiert sein Leben. Alle Flüsse und Wege verwaisen!«

Walgreta wurde bang ums Herz. War Fayanú zwischen die Fronten geraten? Aber wer würde einen Waldelf schon für einen Komplizen der Urier oder des Kleinen Volkes halten? Zudem hatte er doch das Kupferne Kleid, um sich zu schützen.

Wenn, dann war Walgreta diejenige, die als Tochter Horuns in Gefahr schwebte, solange die Urier des Neunten Stammes durch das Seenland zogen. An diese Gefahr hatte sie gar nicht gedacht.

Wenn Fayanú nur endlich auftauchte!

Als es dunkel wurde, quartierte Walgreta sich im größten

Gasthof der Gegend ein, der mit seinen Laternen auch Fayanú auffallen würde. Ängstlich blieb sie dem Schankraum fern und verbarg sich in ihrer Kammer, ging rastlos auf und ab und bekam von der Linsensuppe, die sie bestellt hatte, keinen Löffel hinunter. Was hielt Fayanú bloß auf? Welchen harmlosen Grund könnte es geben?

Und dann traf es sie wie ein Blitz. Der Blickende Becher! Mit dem Blickenden Becher konnte sie versuchen, seine Vergangenheit zu sehen. Immerhin war die Macht des Bechers gesteigert worden, als er in Liebe verschenkt worden war. Vielleicht zeigte er ihr jetzt auch die Vergangenheit von jemandem, der gar nicht anwesend war?

Sie holte den Becher aus der Tasche ihres Kleides und füllte ihn mit Trinkwasser. Obwohl nur ein Torflicht die Kammer erhellte, glomm ihr Spiegelbild auf der Oberfläche.

»Fayanú … wo bist du gewesen?«

Die Dunkelheit im Becher vertiefte sich, und Walgretas Antlitz verschwamm zu Farbschlieren. Aber keine neuen Bilder formten sich.

»Fayanú!«, flehte sie.

Doch nichts zeigte sich.

Jenseits der Tür erklangen polternde Schritte und ein Gewirr von Stimmen. Sie schaffte es gerade noch, den Becher zu leeren und einzustecken, da wurde bereits die Tür aufgerissen.

Redikes schwerlidrige Augen fixierten sie. Mit der Hand am Griff seiner Streitaxt trat er zur Seite, damit sie hinauskommen konnte. Im Schankraum hinter ihm standen noch mehr Männer des Sechsten Fürsten.

Walgreta erhob sich, ohne auf ihn zuzugehen.

»Es freut mich, dich unversehrt zu finden, Königin. Haben deine Entführer schon das Weite gesucht oder …« Redike starrte in ihre Kammer, auf das zerwühlte Bett.

»Entführer? Es gibt keine Entführer.« Sie fühlte, wie ihr das Blut in die Wangen stieg.

Redike lächelte leicht. Dann sagte er über die Schulter zu seinen Männern auf Urisch: »Sucht nach dem Hauptmann!«

Die Männer begannen, die Türen aufzustoßen und die Kammern zu durchsuchen, was einen mittellauten Protest der Gäste und der Wirtsleute auslöste.

Unterdessen wandte sich Redike ihr erneut zu. »Wo ist Hauptmann Ganwalen?«

»Woher soll ich das wissen?« Walgreta schüttelte energisch den Kopf. »Meine Umkehr war nicht geplant. Ich habe meine Meinung geändert, und falls ich euch damit beleidigt habe, tut es mir leid. Die Priesterinnen meines Volkes werden über mein Verhalten gewiss entsetzt sein, aber ich werde euren Fürsten nicht heiraten, und ich übernehme dafür die volle Verantwortung.«

Er rieb sich über den Bart. »Königin, die Verantwortung liegt jetzt bei meinem Herrn, deinem Gemahl. Das heißt: bei mir, solange du in meiner Obhut bist.«

Ihr blieb der Atem weg.

»Der Hauptmann ist nicht hier. Kein einziger Streiter«, meldete einer der Urier.

Redike ging nach draußen. Seine Männer blieben im Schankraum stehen. Walgreta verstand nicht, warum sie ihm nicht folgten. Aber da kam Redike auch schon wieder. Er hatte eine Reiterhose in der Hand und hielt sie Walgreta hin. »Auf deinen Wagen mussten wir verzichten. Zieh die an!«

Sie rührte sich nicht. »Richte deinem Fürsten aus, dass er zu neuen Verhandlungen nach Horuns Bauch kommen soll. Bis dahin …«

»Du willst sicher nicht nackt reiten«, schnitt er ihr das Wort ab. Grob packte er ihren Arm. »Entweder du ziehst dir die Hose an, oder ich ziehe sie dir an. Du entscheidest gewiss gern selbst.«

Walgreta schloss Ringfinger und Daumen zu einem Kreis und atmete hindurch auf sein Gesicht. Der Urier blinzelte irritiert.

Sein Griff lockerte sich, und er schwankte, von einer plötzlichen zauberischen Müdigkeit ergriffen.

Walgreta machte sich von ihm los. Aber es war nur ein kleiner Zauber. Schon kam Redike wieder zu sich. Er trat auf sie zu, packte Walgreta um die Hüfte und drehte sie um.

Noch nie war ihr Gewalt angetan worden. Wenn sie überhaupt je gegen ihren Willen angefasst worden war, dann von ihrer Großmutter, die sie tätschelte. Und jetzt … jetzt begriff sie, dass der Urier ihr die Hose anzuziehen versuchte wie einem bockigen Kind!

Endlich fand sie ihre Fassung wieder und setzte sich zur Wehr. Aber so sehr sie auch strampelte und schlug, er gab nicht nach, schob ihr Kleid hoch, ergriff ihre Knöchel und stopfte ihre Füße in die Hose. Ehe sie sich's versah, steckte sie in dem garstigen Kleidungsstück, und er schnürte es fest um ihre Taille. Dann packte er sie wieder und warf sie sich über die Schulter.

Obwohl Walgreta mit Fäusten und Knien auf ihn eindrosch, dass er taumelte, trug er sie hinaus und setzte sie in den Sattel. Erst als ihre Hände mit den Zügeln verknotet waren, hörte Walgreta auf zu kämpfen. Redike schwang sich hinter ihr in den Sattel und trieb sein Pferd an.

Blind vor Tränen überließ Walgreta sich dem Galopp des Tieres, in dessen Rhythmus sie gegen den Urier gedrückt wurde. Dachte an nichts mehr. Fühlte nur noch Hass.

52

FAYANÚ FOLGTE DEM WURZELGANG, in dem Oliahde verschwunden war. Weil es zu lange gedauert hätte, sich vollständig anzuziehen, legte er nur das Kupferne Kleid an und ließ Wams und Schuhe zurück. Obwohl das Kupferne Kleid ihn mit einer gewissen Kraft umströmte, musste er sich mit beiden Händen am lebenden Gestein abstützen. Die Kristallblüten zerbröckelten zwischen seinen Fingern und fügten ihm winzige Schnitte zu, in denen Salz brannte.

Vor ihm gabelte sich der Weg. Wohin war seine Mutter geeilt? Glaubte sie wirklich, er würde ihr nicht folgen, sondern artig in die Welt der Erdgeborenen zurückkehren, um seine Aufgabe zu erfüllen?

Fayanú biss die Zähne zusammen, entschied sich für eine Verzweigung. Er würde die Elfen zwingen, ihn anzuhören. Seine Mutter, seine Familie, die hohen Wächter Ilians – sie alle sollten erfahren, was sie ihm angetan hatten und dass er ihnen die Iliaden nicht bringen würde. Sie konnten ihn nicht einfach ignorieren. So leicht würde er es ihnen nicht machen!

Er schleppte sich voran. Immer wieder musste er eine Pause einlegen, weil das Fieber mit schwarzen Flammen über seine Augen leckte. Vielleicht schlief er sogar ein, halb im Stehen an das lebende Gestein gelehnt. Doch wann immer er zu sich kam, wusste er noch, dass er weitermusste, seiner Mutter nach. Er hatte nicht nur von ihr geträumt. Oder doch?

Der Tunnelgang gabelte sich noch viele Male. Er wählte fast willkürlich seinen Weg, solange es bergauf ging, gelangte in Sackgassen, musste zurück, verlief sich. Die Wurzeln der Salzsteinbäume waren Labyrinthe, in denen man jegliche Orientierung verlieren konnte. Sie durchdrangen die Gebirge. Das Kleine Volk hatte das Salz und Metall aus dem hohlen Berg abgetragen und Horuns Bauch geschaffen, ohne zu begreifen, dass es zu einem lebendigen Organismus gehörte.

Doch die uralten geheimen Wege nach Ilian waren unberührt, weil die Lindwürmer sie mit Wasser und Nebel verschlossen.

Wenn die Zwerge wüssten, wie viel Salz und Metall sie noch gar nicht entdeckt hatten! Mehr Salz und Metall, als es Sklaven gab, um sie abzutragen.

Bald kam Fayanú in einen Gang, der sehr steil und schmal

war. Er zog sich vorwärts, fiel auf die Knie und kroch weiter. Er würde hier nicht sterben. Er war doch der Auserwählte! Oder war er am Ende doch frei und die Prophezeiung ganz bedeutungslos?

Als er schon die Augen schließen und sich der Ohnmacht hingeben wollte, ertastete er eine Stufe. Tatsächlich: Da waren Stufen ins Gestein gemeißelt, glatt und weiß und ohne Leuchten, da das harte Gewebe des Baums an der Stelle zu sehr verletzt worden war. Fayanú kletterte die Stufen auf allen vieren empor. Über ihm schimmerte ein grünlich goldenes Licht, das heller war als das blaue Glosen des Salzsteinbaumes.

Endlich erreichte er eine Öffnung, flankiert von feingemeißelten, weißglitzernden Säulen. Er kroch hindurch, rollte sich auf den Rücken und schnappte nach Luft.

Alles drehte sich. Das weiche, gelblich blasse Moos, die Kuppel aus Nebel …

Die Kuppel aus Nebel?

Er war auf einer Lichtung, die nicht unter dem Himmel lag, sondern unter einem See: *Galhel Yud*, die Halle der Dämmerung.

Es waren Lindwürmer, die weit oben den See mit ihren durchschimmernden, träge sich umeinanderringelnden Leibern hielten wie eine lebende Schale aus Nebel. Einst, als die ersten Elfen einen Pakt mit den Lindwürmern schlossen und sich daraufhin in ein Küstenvolk und ein Waldvolk teilten, war Galhel Yud für die Waldelfen entstanden, ein ausgedehntes Heiligtum unter Wasser, in dessen Mitte sich die Sternenscheibe befand, nicht groß genug, um sich darin zu verlaufen, aber auch nicht zu klein für verschwiegene Pagoden aus Salzsteinbäumen, geheime Grotten mit Süßwasserquellen und Wäldchen aus Wurzelgespinst, die von weit oben durch die Kuppel herabwuchsen.

Trübe, honigfarbene Lichtstrahlen drangen durch die Nebelkuppel. Kein Wind war zu hören, kein Vogelzwitschern. Es war zu spüren, dass die Halle der Dämmerung sich auf dem Grund eines Sees befand, fernab der Welt der Erdgeborenen.

Oberhalb des Sees erstreckte sich das eigentliche Reich der ungeteilten Quellen, das die Lindwürmer vom Rest der Wirklichkeit abschirmten, so wie sie die Halle der Dämmerung vor dem Wasser bewahrten. Ein Stück bewahrte Vergangenheit. *Ilian.*

Von den Spiraltreppen, die in manche Wurzeln der Salzsteinbäume geschnitzt waren, eilten Gestalten herbei. Fayanú sah Gesichter, die ihm vertraut vorkamen, und hörte, wie in der Sprache seines Volkes getuschelt wurde.

Der Auserwählte.

Bringt sie den Blickenden Becher und die Flüsternde Flöte?

Wo sind die magischen Artefakte?

»Sie hat die Iliaden nicht«, hörte er seine Mutter sagen, und es klang wie eine verzweifelte Entschuldigung.

Er suchte sie in der Menge, fand sie aber nicht.

»Bleib!«, rief er. »Bleib hier!«

Dann verlor er das Bewusstsein.

Augenblicke oder Tage mochten vergangen sein, als er wieder zu sich kam. Er hörte Amseln singen, das sanfte Rauschen von Wind in Blättern und plätscherndes Wasser. Wärme wanderte über seine Haut. Er öffnete die Augen und kniff sie gleich wieder zusammen, weil ihn Sonnenstrahlen durch das Laub hindurch blendeten.

»Sie erwacht! Ona, hörst du mich?«, fragte eine Männerstimme, die ihm vage vertraut vorkam.

Sein Kopf wurde angehoben, ein kühler Steinkelch an seine Lippen gesetzt. Wasser, aromatisiert mit Wildblumen, rann ihm die Kehle hinab.

Fayanú stützte sich zitternd auf und hob den Blick.

Ein junger Mann saß bei ihm, im Hintergrund stand ein älterer. Beide trugen Gewänder aus Lindwurmhaut, die zart wie verdichteter Nebel um ihre Schultern fielen. Ihr Haar war mit durchbohrten Perlen nach hinten geflochten und ließ den Blick auf Tätowierungen frei, die sich über die Brauen schnörkelten und einen Strich über ihren Nasenrücken zogen. Der Ältere hatte ein kräftiges Kinn und eine niedrige Stirn, die ihm etwas Energisches verliehen. Fayanú erkannte ihn, ohne sich zu erinnern, wer er war. Den Jüngeren hingegen musste er nur für einen Herzschlag ansehen, um zu begreifen, dass es Saida war, sein Bruder.

Saida umklammerte seine Hand. Sein Gesicht war markanter als früher, aber seine großen, lichterfüllten Augen hatten sich nicht verändert. »Weißt du noch, wer ich bin, kleine Schwester?«

»Bruder.« Fayanú räusperte sich, seine Stimme war belegt.

Saida … Wie er geweint hatte, als Fayanú fortgegeben wurde. Er musste gewusst haben, was Fayanú bevorstand. Wie viel waren Tränen wert?

Er zwang sich, darüber jetzt nicht nachzudenken. »Wie lange habe ich …«

»Seit heute Morgen. Jetzt ist die Sonne dabei zu sinken. Du warst lange krank, als du in den Wurzelgängen lagst. Mehr als sieben Tage. Unsere Mutter pflegte dich.«

Fayanú wollte fragen, warum er nicht sofort nach Ilian gebracht worden war, aber ihm fehlte der Mut. Oder die Kraft, eine Antwort zu ertragen. Also wandte er sich dem älteren Mann im Hintergrund zu.

»Heliandal von der Familie Ydh«, stellte der sich vor.

Heliandal. Wann hatte er den Namen schon gehört? Fayanú erinnerte sich. Die Familie Ydh war uralt und groß. Ihre Angehörigen wurden in der Halle der Dämmerung bestattet, denn sie hatten damals Galhel Yud gegründet. Oder durften inzwischen auch andere Familien in der Halle der Dämmerung ruhen, nun, da niemand mehr die Gräber im Land draußen besuchte?

Fayanú fühlte, wie sein Unwissen ihn überwältigte. Alles war so vertraut und so fremd zugleich, dass es wehtat.

Er sah sich um. Sie befanden sich in einem Salzsteinbaum.

Eine Spiraltreppe wand sich durch das Zimmer. In alle Richtungen öffneten sich tropfenförmige, kunstvoll ins lebende Gestein geschnitzte Fenster und Türen, die auf Balkone oder Brücken hinausführten. Die Salzsteinbäume selbst hatten kein Laub, nur Kronen aus kristallinen Verästelungen, doch allerlei Schlingpflanzen und Ranken kletterten an ihnen empor. So wuchs in die Räume neugieriges Grün.

»Wo ist Oliahde?«

»Sie hat sich schlafen gelegt. Darauf habe ich bestanden. Sie hat kaum ein Auge zugetan, seit du erschienen bist«, sagte Heliandal.

Fayanú ballte die Fäuste um das weiche Moos, auf dem er lag. »Und die elf Winter, die ich fort war, hat sie die gut geschlafen?«

»Nein«, sagte Heliandal schlicht.

Fayanú hatte den Mann als Kind getroffen, ganz gewiss.

»Warum ist er hier?«, fragte Fayanú seinen Bruder.

Saida überließ die Antwort Heliandal und bestätigte damit dessen Autorität.

»Ich bin einer der zwölf Wächter. Während des dritten Frühlingsmondes wache ich über Ilian. Komm nach unten, wenn du bereit bist. Wir haben Fragen an dich.« Er erhob sich und ging nach draußen.

Ein Wächter. Das erklärte sein selbstbewusstes Auftreten.

»Hast du Hunger?«, fragte Saida.

»Fragen. *Ich* habe Fragen!«, murmelte Fayanú. Eine Weile saß er auf dem Moos, lauschte den Vögeln und dem Rascheln der Blätter. Ihm fiel auf, dass man ihm das Kupferne Kleid nicht abgenommen hatte, aber ein zarter Mantel lag über seinen Schultern, seine Beine steckten in Hosen, und gutes Schuhwerk stand auf dem Boden. Er schlüpfte hinein, wobei er Saidas Hilfe abwehrte. Die fehlende Kraft zwang ihn zur Langsamkeit. Erschöpft trank er den Kelch aus und folgte auf unsicheren Füßen Heliandal. Saida ging dicht hinter ihm. Sein Bruder. Einer, der ihm nicht beigestanden hatte, als es nötig gewesen wäre.

Aber das bedrückte Fayanú letztlich nicht am meisten, sondern die Fremdheit. Der junge Mann hinter ihm hätte irgendwer sein können, so wenig Unterschied machte es.

Sie traten auf eine Brücke hinaus, die in den Ast des Salzsteinbaums gemeißelt war. Von Heliandal fehlte jede Spur, er musste durch eine der Türöffnungen oder über eine Brücke entschwunden sein. Aber Fayanú suchte nicht weiter nach ihm. Der Anblick seiner alten Heimat nahm ihn vollkommen ein.

Inmitten der riesigen Salzsteinbäume, die unter ihrem Kleid aus Schlingpflanzen silbern und bläulich funkelten, lag der See Ydrah, *das kleine Meer*. Sein salziges Wasser leuchtete grün, wo es im Schatten der Bäume lag, und glitzerte draußen hell, als hätte die Sonne selbst ihre Tränen darauf vergossen. Fayanú beugte sich hinab und sah auf dem Grund des Sees die Lindwürmer, verwechselbar mit dem Spiegelbild rasch vorüberziehender Wolken.

Bäche verliefen zwischen den Wurzeln der Salzsteinbäume, verschwanden in den Wäldern dahinter und stürzten in der Ferne über felsige Hänge in Richtung Norden, Osten und Westen, wo die Länder der Erdgeborenen lagen. Hinter Ilian, am südlichen Horizont, erhoben sich blass die Gebirge, die das Ende der Welt markierten. Ilian selbst lag weit oben, in einer verborgenen Bucht am Fuß dieser Berge, die nur als Grenze, als Undenkbarkeit existierten.

Für Fayanú, der über ein Jahrzehnt in den abgeholzten, ausgeschürften, beackerten und umfriedeten Ländern der erdgeborenen Völker verbracht hatte, wirkte aber auch die Schönheit des Tals Ilian unecht. In diesem verkapselten Traum lebte die Erde noch wie früher.

Eigentlich konnte das nicht sein. Er spürte das Zauberische um sich und misstraute seinen Sinnen. Sogar die Luft kam ihm süßer, geschmeidiger vor als unten. Es wäre leichter für ihn gewesen, wenn Ilian nicht so betörend gewesen wäre wie in seiner Erinnerung.

»Wo ist Fledermaus, meine Gans?«, fragte er unvermittelt, ohne sich zu Saida umzusehen.

»Eine Fledermaus oder eine Gans?«

»Eine Gans. Sie war verletzt. Wo ist sie?«

»Wenn sie den Ritualen entsprechend gefangen wurde, hat Mutter sie wahrscheinlich für dich zubereitet, als du krank warst.«

Fayanú wurde eiskalt. »Sie war keine Beute. Das hätte jeder gesehen. Wo ist sie?«

»Frag am besten Mutter.«

Fayanús Magen verkrampfte sich, und er suchte Halt am Geländer des Balkons. »Wo ist Oliahde? Bring mich zu ihr.«

Saidas Mund wurde schmal. Bestimmt hatte er sich ihr Wiedersehen herzlicher vorgestellt. Doch gehorsam führte er ihn über eine Brücke, von der ein Vorhang aus Schlingpflanzen bis zum Wasser hinabfiel, zu einem Balkon an einem anderen Baum. Über diesen betraten sie einen Raum, in dem ein Bett an silbernen Ranken von der Decke hing. Oliahde saß in getrocknetem Moos und Daunenfedern, offenbar geweckt von Heliandal, der bei ihr war. Sie wandten sich um, und Heliandals Hand glitt von ihrer Schulter. Es war eine vertraute Berührung, und da dämmerte es Fayanú. Er wusste wieder, wo er Heliandal gesehen hatte: eines Winters bei einem Totenfest, irgendwo draußen im Land, in den Katakomben eines Grabes ihrer Ahnen. Viele Familien waren zusammengekommen, große und kleine, und Heliandal war ein angesehener Mann gewesen. Dennoch hatte er Oliahde aus der kleinen Familie Kyr gebeten, die Nacht mit ihm zu verbringen.

Fayanú erinnerte sich an die Einsamkeit, die über der Familie gehangen hatte, als Oliahde fehlte. Oder war nur er einsam gewesen? Es gehörte dazu, dass die Männer und Frauen sich bei den großen Treffen mischten. Kinder wurden von Müttern und ihren Brüdern aufgezogen. Väter galten nur als entfernte Verwandte. Dennoch war Fayanú auf den neuen Mann eifersüchtig gewesen. Wenn seine Mutter sich in den angesehenen Mann verliebte, würde sie Fayanú dann noch genauso lieben? Und wenn sie ein neues Kind von ihm bekam, wäre es dann nicht liebenswerter als Fayanú?

All diese Erinnerungen brachen innerhalb eines Wimpernschlags über ihn herein, und er ahnte, dass seine Mutter und Heliandal immer noch ein Liebespaar waren – dass sie wahrscheinlich längst Kinder hatten.

»Du bist wach«, rief Oliahde aus. »Wie fühlst du dich? Hast du gegessen?«

»Wo ist die Gans?«, fragte Fayanú mit einem Kloß im Hals.

»Die Gans? Ach, das Tier, das du dabeihattest. Es gibt hier bessere Kost. Du solltest lieber …«

»Nein.« Er schluckte schwer. »Wenn du sie angerührt hast …«

»Sie war tot.«

»Du lügst. Du hast sie zurückgelassen, obwohl sie verletzt war. So wie du mich zurücklassen wolltest!«

»Beruhige dich«, mahnte Heliandal. »Du hast noch Fieber.«

»Was ich habe oder nicht habe, geht dich einen feuchten Dreck an! Was seid ihr für Leute?« Er schubste Saida weg, als der ihn stützen wollte, und taumelte selbst gegen die Wand. Er fühlte sich tatsächlich fiebrig. Aber daran waren sie schuld! »Wie konntest du? Fledermaus …« Seine Stimme versagte, und er schluchzte unkontrolliert.

Endlich trat seine Mutter vor ihn. Er duckte sich unter ihrer Hand weg. Er wollte nicht getröstet werden, er wollte anklagen!

Oliahde ließ die Hand wieder sinken, ballte sie aber in ihrem Ärmel zur Faust. »Reiß dich zusammen!«, befahl sie.

Das wirkte. Fayanú hatte nicht mit harten Worten gerechnet, und plötzlich erinnerte seine Mutter ihn an Walgreta. Tatsächlich. In ihrer Strenge ähnelten sie sich. Das war ihm früher nie aufgefallen.

»Du willst Rechtfertigungen von uns? Gut, du sollst sie hören. Sprich mit den Wächtern!« Oliahde drehte sich zu Heliandal um.

Dieser nickte säuerlich.

53

MIT GEFESSELTEN HÄNDEN, WIE eine Sklavin, wurde Walgreta zum Lager des Sechsten Stammes gebracht. Frühlingswinde schoben Wolkenmassen über die spärlich bewaldeten, felsigen Hügel zwischen Mitterland und Seenland. Der Donwall stürzte durch ein wildes Flussbett, an dem nur selten ein Menschendorf Platz fand. Die Urier lenkten ihre Pferde auf eine Klippe zu, die im letzten Moment einen gewundenen Pfad offenbarte – hinab zu einem langen Uferstreifen des Flusses, der von allen Seiten durch Felsen vor Blicken geschützt dalag. Dutzende runde und eckige Zelte aus Tierhäuten standen dicht an dicht, umgeben von Viehherden. Buntgewebte Fahnen flatterten über manchen Zelten, wahrscheinlich Familienwappen. Ein Kreis mit herausragendem Bogen als Symbol für den Sechsten Stamm zierte sie alle, wenn auch auf verschiedene Weise. Es roch nach Dung und Feuer, und Krähen umschwärmten die Abfallhaufen am Rand.

Walgreta schämte sich vor den Blicken der Männer, die ihre Ankunft beobachteten, und verbarg ihre angebundenen Gelenke unter den Ärmeln. Dabei hätte sie am liebsten geschrien vor Empörung über diese Ungerechtigkeit.

Aus einem der Zelte kamen ihre beiden Dienerinnen ihr entgegen. Redike löste ihre Hände aus den Zügeln und hob sie vom Pferd. Sein Griff um ihre Taille ließ sie vor Abscheu erschaudern.

»Ich werde dem Fürsten Bescheid geben, dass du angekommen bist. Sicher willst du dich waschen, bevor du zu ihm gehst«, sagte er und wies auf das Zelt, das offenbar für sie gedacht war.

Walgreta ließ sich nicht dazu herab, etwas zu erwidern. Sie ging zu ihren Dienerinnen und hörte hinter sich, wie Redike Wachen vor dem Zelteingang postierte.

Von innen wirkte das Zelt geräumiger und gemütlicher, als man es ihm von außen ansah. In der Mitte war ein Herdfeuer mit einer Abzugklappe für den Rauch. Ihre persönlichen Reisekisten standen da, ebenso wie die wertvollsten Hochzeitsgeschenke. Aber es gab kein Bett, nur Felle und Decken auf dem Boden, der mit Binsenmatten abgedeckt war.

»Wo ist meine Mutter?«

»Zurückgekehrt nach Horuns Bauch, um Euer Verschwinden zu melden«, sagte die ältere der Dienerinnen. »Wir dachten schon … Nun, es gab alle möglichen Spekulationen.«

Walgreta sagte nichts, um die Neugier der Dienerinnen zu befriedigen. Sie brachten ihr Essen und bereiteten ein Bad vor. Walgreta hatte in den letzten Tagen kaum gegessen, aber in Anwesenheit ihrer Frauen gab sie nach und trank in kleinen Schlucken die heiße Suppe. Sie spürte, wie das Leben wieder in sie zurückkehrte. Und das wollte sie nicht. Sie wollte nicht leben, wenn Fayanú vielleicht …

Der bloße Gedanke brach wie ein Gletscher in sie ein und betäubte ihren Geist. Sie kniff die Augen zu, um nicht wieder zu weinen. Sie wusste nicht, was Fayanú zugestoßen war. Konnte ihm nicht mitteilen, wo sie sich befand. Dass sie eine *Gefangene* war.

Obwohl sie sich vorgenommen hatte, nichts von dem zu tun, was die Urier von ihr verlangten, ließ sie sich doch von ihren Dienerinnen baden. Es tat gut, ins heiße Wasser zu gleiten und den Schmutz der Reise abzuwaschen. Sie tauchte unter und versuchte, in der Verschwiegenheit des Wassers die Tränen zu weinen, die niemand sehen durfte. Aber es gelang ihr nicht, ihren Gefühlen freien Lauf zu lassen. Als sie auftauchte, war der Klumpen aus Bitterkeit, Hass und Verzweiflung in ihr nur noch fester.

Die Dienerinnen hatten ihr Hochzeitskleid herausgelegt, über und über mit Edelsteinen, Gold und Silber bestickt, aber Walgreta entschied sich für ein dunkel gefärbtes Mantelkleid mit steifen Ärmeln und hohem Kragen, in das sie sich wie in einen Käferpanzer hüllen konnte. Die Dienerinnen wirkten verwundert, aber sie waren schließlich auch verwundert, dass Walgreta mitten in der Nacht verschollen und nun gefesselt wieder zurückgebracht worden war.

Redike rief von draußen: »Herrin. Darf ich hereinkommen?«, und da sie nicht antwortete, trat er ein. »Der Fürst kann dich jetzt empfangen. Bist du bereit?«

Walgreta saß am Feuer, ohne zu reagieren.

Schließlich nahm er sie am Arm und zog sie auf die Füße. Die Dienerinnen stießen Laute des Entsetzens aus. Die ältere von ihnen ging dazwischen: »Lass die Königin los, Urier!«

Redike wies zum Ausgang. »Begleitet eure Königin zum Fürsten.«

Walgreta riss sich los und setzte sich wieder, woraufhin ein Handgemenge zwischen ihr, Redike und den Dienerinnen ausbrach. Geohrfeigt und getreten, ging Redike schließlich auf Abstand. Seine Augen funkelten. Doch er sagte nichts.

»Der Bräutigam kommt zur Braut, so gehört sich das«, kläffte die ältere Dienerin.

Redike verließ das Zelt.

»Danke«, flüsterte Walgreta.

»Ihr müsst Euch nicht bedanken. Solche unverschämten Kerle!«

Während die Dienerinnen schimpften, konzentrierte Walgreta sich auf das Beben in ihrer Brust, das Tränen ankündigte, ohne dass sie geweint hätte.

Draußen erklang Lärm, und die Zeltplane wurde erneut zurückgeschlagen. Ein Mann trat ein und schloss die Plane sorgfältig wieder hinter sich.

Walgreta musterte ihn. Er war groß, mit aschblondem, glattem Haar, einer himmelwärts zeigenden Nase und schmalen Augen, die ihm etwas Vergnügtes, Listiges verliehen. Obwohl sein Gesicht einen maskulinen Schnitt hatte und nicht so rundlich war wie Redikes, verriet die Glätte seiner Haut, dass er nicht viel älter sein konnte als sein General.

»Erinnert Ihr Euch an mich?«, fragte er.

Walgreta verstand die Frage nicht, obwohl seine Aussprache überraschend gut war.

»Ihr wolltet Euch nicht auf meinem Pferd mitnehmen lassen. Auf dem Weg nach Horuns Bauch, letzten Herbst.« Er lächelte über ihren Gesichtsausdruck. »Das Schicksal meint es gut mit mir. Wenn ich meine Braut hätte wählen können, hätte ich Euch ausgesucht.«

Er kam näher. Walgreta bemerkte, dass er leicht humpelte, um den linken Fuß nicht zu belasten. Er setzte sich gegenüber von ihr ans Herdfeuer.

»Heißes Wasser, bitte«, sagte er zu den Dienerinnen. »Oder, besser noch, den Tee, den mein Heiler mir bereitet hat. In meinem Zelt.«

Walgreta ahnte, dass er die Frauen nur loswerden wollte. Wahrscheinlich hatte Redike berichtet, was ihm widerfahren war. Über die Schulter sagte sie: »Geh du, Senwa. Gindwen, du bleibst!«

Die Jüngere ging, während sich die Ältere mit verschränkten Armen hinter Walgreta postierte.

Noch immer schienen die Augen des Uriers zu lächeln. Sie waren hellgrau wie Stein. »Ich habe zwar gehofft, dass Euer Volk mir eine Priesterin zur Frau gibt, aber ich hätte nie gedacht, dass ich gleich die Königin bekomme. Ihr seid doch im Besitz des Kupfernen Kleides? Ihr tragt es nicht.«

Walgreta fragte sich, ob er ihr Gepäck durchsucht und das

gefälschte Kupferkleid gefunden hatte. Ihre Mutter musste es gesehen haben. Ihre Mutter hätte sofort erkannt, dass es eine Fälschung war. Wahrscheinlich hatte sie sich deshalb unverzüglich nach Horuns Bauch zurückbegeben: um es Hekteba mitzuteilen. Walgretas Magen verkrampfte sich.

Der Urier wartete.

Sie gab sich einen Ruck. Beschloss, ihm die Wahrheit ins Gesicht zu schleudern. Wenn die Sachen so standen und es anders nicht möglich war, würde sie eben auf diese Weise von ihm freikommen!

Sie wandte sich an ihre Dienerin: »Geh Senwa nach. Ich will nicht, dass sie allein im Lager herumläuft!«, und Gindwen zog sich mit einem Räuspern zurück, das fast nach einem Knurren klang.

Dann, als sie mit dem Urier allein war, holte Walgreta tief Luft und sagte, ehe sie es sich noch einmal anders überlegen konnte: »Ich habe das Kupferne Kleid nicht mehr. Ich habe es verschenkt. Du bist der Erste, dem ich davon erzähle. Es war nie meine Absicht, deine Gemahlin zu werden. Nimm es meinem Volk nicht übel, denn die Priesterinnen, mit denen deine Männer verhandelt haben, wussten davon nichts.«

Er musterte sie aufmerksam. »Haben meine Männer nicht mit dir, der Königin, verhandelt?«

Ihr entging nicht, dass er sie nun auch duzte. Sie hoffte, dass er es nicht als Zeichen von Intimität auffasste. Sie hatte beschlossen, keinen Barbaren mehr gehoben anzureden, egal, welchen Rang er innerhalb seiner Horde einnahm.

»Ich habe meine Meinung auf dem Weg geändert.«

»Das hat Redike mir erzählt. Wie kam es zu dem Sinneswandel?«

»Ich habe sieben Sommer bei Weisen Frauen gelebt. Manche Aufgaben sind unerledigt geblieben. Ich werde dort mehr gebraucht als hier«, sagte Walgreta und merkte, dass sie gar nicht groß lügen musste.

»Ich dachte, dich überkam einfach die Angst einer jungen Braut.« Er runzelte die Stirn. »Dass du aus Angst allen Anstand verlierst, könnte ich verzeihen. Aber dass du für einen Auftrag der Weisen Frauen bereit bist, mich so sehr zu beleidigen, dass ich deinem Volk den Krieg erklären könnte – das ist interessant. Noch dazu, wo du deinem Volk das Kupferne Kleid weggenommen hast, seine stärkste Verteidigung.«

Walgreta hörte ihm nur mit halbem Ohr zu. Sie hatte nur noch *ein* Ziel. »Ich bin sicher, du findest eine andere Braut in Horuns Bauch, die mit Freuden bei dir lebt. Aber ich breche noch heute auf. Behalte alle Geschenke als Entschädigung.«

In diesem Moment kehrten die Dienerinnen mit dem Tee zurück. Rianon nahm die dampfende Schale dankend an und trank. Seinem Gesichtsausdruck nach zu urteilen, war der Tee ungenießbar.

»Holt mir bitte noch einen Becher heiße Milch, damit ich das mischen kann.«

Walgreta nickte den Frauen zu, und sie gingen wieder.

Nachdenklich drehte Rianon die Schale in den Händen. »Ich vermute, du wirst mir nicht verraten, was du bei den Weisen Frauen willst? Nein? Gut. Dann kann ich dich nicht ziehen lassen.«

»Im Gegenteil, du kannst mich nicht *hierbehalten.*«

»Wenn du das Kupferne Kleid verschenkt hast, dann gibt es wohl einen Machtkampf zwischen dem Kleinen Volk und den Weisen Frauen«, überlegte er laut. »Du stehst also auf der Seite der Weisen Frauen. Und Horuns Bauch steht, soweit ich weiß, auf meiner Seite. Die Feinde meiner Freunde sind auch meine Feinde. Du siehst, ich kann dich gleich doppelt nicht gehen lassen: Du bist meine Frau und meine Feindin.«

»Nenn mich ruhig deine Feindin. Aber zwischen uns ist keine Ehe geschlossen, und bevor mich jemand deine Frau nennen könnte, würde ich mich umbring…«

Er ergriff ihr Gelenk und drückte ihr einen Kuss auf die

Hand. »So schließt man bei uns eine Ehe. Du bist meine Frau.«

Empört stieß sie ihn weg, doch er lachte nur. »Ein gefangenes Wildpferd reißt sich an den Seilen blutig, aber so sehr es auch tobt, am Ende trinkt es Wasser und frisst sein Gras. Du bringst dich nicht um. Dafür hast du zu viel Temperament.«

Walgreta sprang auf, und auch er erhob sich. Ohne ein Wort ging er an ihr vorbei.

Doch bevor er das Zelt verließ, drehte er sich noch einmal um. »Ich verlange, dass du mir alles über den Grund deiner Flucht erzählst. Bis dahin bist du eine Gefangene.«

54

IN DIESER NACHT SCHLIEF Walgreta wie ein Stein. Erst spät am nächsten Tag kam sie zu sich, verwirrt angesichts der Umgebung. Sie hatte schlechte Träume gehabt, an die sie sich nur noch dunkel erinnerte, und als ihr einfiel, was wirklich geschehen war, wollte sie sich am liebsten wieder in den Schlaf flüchten. Sie schloss die Augen.

Von jenseits der Zeltplane drang ein beständiger Lärm von Menschen und Tieren zu ihr. Wie lange lagerte der Sechste Stamm schon hier? War der Neunte Stamm bereits vollständig besiegt? Ihre Gedanken wanderten zu Fayanú. Warum nur war er nicht am vereinbarten Treffpunkt gewesen?

Ohne viel Hoffnung erhob sie sich, füllte den Blickenden Becher mit Wasser aus einem tönernen Krug, ließ sich wieder auf ihrem Lager nieder und befragte die Iliade nach Fayanú. Auch jetzt erschien nicht mehr als ihre Spiegelung.

Wahrscheinlich zeigte er nur die Vergangenheit von Anwesenden. Aber seine Zauberkraft war doch bei ihr stärker geworden, weil Fayanú ihn ihr in Liebe geschenkt hatte.

Versuchsweise flüsterte sie: »Zeig mir Ganwalens Vergangenheit.« Schließlich stellte auch sein Verschwinden sie vor Rätsel. Es passte nicht zu seiner gesetzestreuen Art, ihr einfach den Geleitschutz zu verweigern. Wenn wirklich Hekteba dahintersteckte, ihn aus dem Weg hatte räumen lassen …

Plötzlich verzerrte sich Walgretas Spiegelbild zu Fayanús Gesicht, und Fayanú schrie! Walgreta sah Streiter, die ihn am Boden festhielten, und sie beugte sich über ihn und …

Nein, nicht sie. Ganwalen! Sie war Ganwalen! Ein Tumult brach aus, Fayanú landete im Eiswasser und tauchte mit dem Kupfernen Kleid wieder auf. Ein unerträgliches Kreischen brachte die Luft zum Kochen. Die Streiter krümmten sich, aber sie, Ganwalen, konnte fliehen …

Der Becher fiel Walgreta aus den Händen, und sie kam zu sich, nach Luft schnappend, ohne Luft zu bekommen. Ein Heulen drang aus ihrer Kehle, als würde eine andere Stimme aus ihr sprechen.

Sie hob den Becher wieder auf, klammerte sich an ihn und wusste nicht, wohin mit sich. Fayanú! Was hatten sie ihm angetan?

»Zeig mir Fayanú«, rief sie in den Becher. Das Wasser erzitterte, doch nichts, immer noch nichts. Er durfte nicht … Wenn er starb, würde auch sie sterben! Ihr Herz raste. Wie von Sinnen lief sie aus dem Zelt.

Zwei Wachen versperrten ihr den Weg.

»Wo ist euer Fürst?«, stieß sie hervor. »Bringt mich zu ihm, sofort!«

Die Wachen tauschten Blicke, winkten ihr aber dann mitzukommen. Walgreta war egal, ob diese Urier sie im Unterkleid sahen. Mit nackten Füßen hastete sie über zertretene Erde. Die Wachen steuerten ein großes, bewachtes Zelt an und meldeten sie. Man hieß sie warten.

Aber Walgreta wollte nicht warten, sie wollte gleich zum Fürsten. Die Wachen gerieten in ein Gerangel mit ihr und ihren beiden Dienerinnen, die vom Fluss her auftauchten und ihr zu Hilfe kamen; bis plötzlich die Lederplane des Fürstenzelts zurückgeschlagen wurde und man sie hereinließ. Walgreta stürmte nach drinnen.

Der Sechste Fürst saß am Feuer, seinen verletzten Fuß hochgelegt. Ein Dutzend Männer in Lederharnischen und reichverzierter Wollkleidung schien bis jetzt mit ihm im Gespräch gewesen zu sein. Sie musterten Walgreta mit ihrem wirren Haar und ihrem kaum verhüllten Leib und schienen eher entsetzt als amüsiert.

»Ich verlange meinen Wagen und eine Eskorte nach Horuns Bauch. Sofort!«, fauchte sie.

Er gab seinen Männern ein Zeichen. Stirnrunzelnd erhoben sie sich und gingen hinaus. Als sie allein waren, fragte er: »Hast du beschlossen, mich in deine wichtigen Angelegenheiten einzuweihen?«

Walgreta schluckte die verächtliche Erwiderung hinunter, die ihr auf der Zunge lag. »Der Mann, den ich liebe, liegt im Sterben. Ich muss zu ihm.«

Ächzend nahm er den Fuß vom Kissen und streckte ihn vor sich aus. Walgreta konnte keine Wunde erkennen, aber der Fuß war leicht geschwollen. Vielleicht war es ein Knochenbruch, mindestens eine Verstauchung.

»Erst sagst du, dass dich eine Aufgabe bei den Weisen Frauen ruft. Jetzt ist es die Liebe zu einem Sterbenden. Wenn deine Beweggründe so schnell wechseln, wirst du vielleicht schon morgen glücklich darüber sein, hier zu leben.«

»Ich will alle Beleidigungen vergessen, die mir zuteilwurden, wenn du mich auf der Stelle gehen lässt.«

»Du bist es gewohnt, mit Untergebenen zu sprechen«, bemerkte er. »Aber ich bin nicht dein Untergebener, Königin des Kleinen Volks. Erzähl, was wirklich los ist, und dann entscheide ich, wohin du gehst.«

Walgreta hätte ihm am liebsten die Augen ausgekratzt. Aber

sie zwang sich zur Ruhe. Sie nahm am Herdfeuer Platz. Sein Blick folgte jeder ihrer Bewegungen. Sie sah ihm in die länglichen Augen, die wie ein rascher Strom nur spiegelten und nicht erkennen ließen, was darunterlag.

»Hauptmann Ganwalen hat den Mann, den ich liebe ... auf hinterhältige Weise überfallen. Ich muss erfahren, warum, und Ganwalen zur Rechenschaft ziehen.«

»Ich habe gehört, Ganwalen und du, ihr habt denselben Vater. Dein Bruder wollte wohl deine Ehre retten.«

»In meinem Volk ist es durchaus ehrbar zu lieben.«

»Dann wollte Ganwalen *meine* Ehre retten. In meinem Volk ist eine Braut mit einem Liebhaber nämlich eine Schande.« Er machte eine Pause. Dann kniff er die Augen zusammen, so dass sie noch schmaler wurden als ohnehin. »Wie hast du von dem Ereignis überhaupt erfahren? Es kam kein Bote an. War es Zauberei? Hast du das bei den Wyken gelernt?«

Walgreta hielt es nicht mehr aus. Ihre Stimme bebte, weil sie so sehr das Schreien unterdrückte. »Was muss ich tun, damit du mich gehen lässt?«

»Lass uns etwas essen«, sagte er gelassen. »Horuns Bauch liegt fünf Tagesreisen entfernt, wenn es keine Komplikationen gibt. Bei einem Sterbenden kämest du nach fünf Tagen ohnehin zu spät.«

Der Fürst streckte sich ächzend zur Seite aus, wobei er sein Bein halten musste, um nach einer Tonschale zu greifen. Er füllte sie mit etwas Brühe, die über dem Herdfeuer in einem Kessel köchelte, und drückte sie ihr in die Hände.

Irritiert nahm Walgreta das Gefäß und stellte es auf dem Boden ab. Das Letzte, woran sie jetzt dachte, war ein Frühstück.

»Warum bist du auf der Seite der Weisen Frauen und nicht auf der deines Volkes? Die Weisen Frauen sind doch eigentlich aus den Geschlechtern der Seenländer und Mitterländer«, erkundigte er sich nahezu beiläufig.

»Die Wyken entstammen allen Völkern. Früher sogar deinem

Volk. Und sie würden sich niemals verschwören, um die Macht zu ergreifen.«

»Warum wolltest du dann gestern noch zu den Weisen Frauen? Hast du einer von ihnen das Kupferne Kleid geschenkt?«

»Du wirst nie auf die Wahrheit kommen«, sagte sie leise. »Denn für dich gibt es nichts anderes als Macht und Besitz.«

»Jeder, der etwas will, will es auch besitzen. Und Macht heißt nichts weiter, als es auch zu erreichen. Vielleicht wollen die Weisen Frauen nichts, aber du scheinst sehr wohl etwas zu wollen. Du hast dafür gesorgt, dass du zur Königin ernannt wurdest, und dann hast du den größten Schatz deines Volkes verschenkt. Du warst bereit, deine Leute zu verraten und mich aufs Äußerste zu beleidigen. Also sag mir: Wofür? Was willst du?«

»Ich will, dass du mich gehen lässt, wie es mein Recht ist.«

»Gut. Behalte deine Geheimnisse. Falls du überhaupt welche hast und nicht einfach Launen.« Er stand auf, humpelte zum Ausgang, sagte zu den Wachen: »Bringt sie zurück, und lasst Redike auf sie aufpassen. Sie wird versuchen zu fliehen.«

Dann wandte er sich ihr zu. »So erheiternd die Unterhaltung mit dir auch ist, edle Gemahlin, ich habe nicht endlos Zeit. So ist das leider, wenn man etwas will und die Macht hat, es auch zu erreichen.«

»Du strunzdummer Ochse!«, platzte Walgreta hervor. »Dass du mit deiner Dummheit überhaupt sprechen kannst, muss an den Dämonen liegen, von denen du abstammst, du Gezücht von Wanzen und Würm…!«

Er gab ihr eine Ohrfeige. Ihr Kopf flog zur Seite. Auch wenn es kein harter Schlag gewesen war, ging ihr die Erschütterung bis in die Knochen.

»Ich heiße Rianon. Fürst Rianon vom Sechsten Stamm. Nenn mich gefälligst so.«

Seine Männer fassten sie an den Armen und bugsierten sie zum Ausgang. Diesmal wagten ihre Dienerinnen nicht einzugreifen. Mit gesenkten Blicken folgten sie, während die Wachen Walgreta durch das Lager schleiften.

55

RIANON WARF HOLZSTÜCKCHEN, DIE er von einem trockenen Zweig brach, in die Flammen seines Feuers. Die Überheblichkeit der Königin regte ihn mehr auf, als er sich eingestehen wollte. Sein Leben lang war er von Hochgeborenen wie ihr behandelt worden, als sei seine bloße Gegenwart schon eine Zumutung. Aber jetzt ließ er sich das nicht mehr gefallen. Wer ihn nicht respektieren wollte, den würde er dazu zwingen. Und das galt nicht nur für sie, sondern auch für all jene Männer, die den Neunten Stamm führten.

Seit der zweiten Schlacht, in der seine Männer und die Streiter des Kleinen Volkes den Neunten Stamm besiegt hatten, war eine halbe Mondphase vergangen. Die Überlebenden des Neunten Stammes wussten, dass er ihnen in den Rücken gefallen war, und planten in den Gebirgszügen des Tieflands gerade ihre Rache. Der mächtige Vierte Stamm ebenso wie der kleine Achte waren auf ihrer Seite. Der kleine Erste und der noch kleinere Zweite Stamm jedoch hatten mit den Zwergen gegen den Neunten gekämpft, und mit ihnen musste er jetzt seine Gegner ausfindig machen und attackieren.

Was ihm wirklich Unbehagen bereitete, war sein Fuß. Was für eine ärgerliche Verletzung! Ein Hammer war daraufgefallen, und seitdem schwoll der Fuß immer stärker an. Seit einigen Tagen hatte er auch Fieber, das er mit bitteren Tränken bekämpfte und vor allen anderen zu verbergen suchte.

Wenn die Zwergenkönigin nur nicht so hasserfüllt wäre, könnte sie ihn sicher besser behandeln als sein Heiler. Das Kleine Volk war für seine Heilkunst berühmt. Noch dazu hatte die Königin lange bei Weisen Frauen gelernt, die angeblich sämtliche Arten von Zauberei beherrschten.

Die Weisen Frauen … er wusste fast nichts über sie, nur, dass sie als Einsiedlerinnen in den Wäldern hausten und von den Menschenvölkern und Zwergen verehrt wurden. Oder? Was spielte sich zwischen den Zauberinnen und dem Kleinen Volk ab?

Für einen Moment erlaubte er sich, seine Erschöpfung zu spüren. Er hatte Schmerzen in seinem Fuß, und sein Kopf dröhnte. Dabei konnte er es sich jetzt nicht erlauben, krank zu sein. Er brauchte frische Luft.

Rianon humpelte aus dem Zelt. Draußen wandte er das Gesicht dem Himmel zu, aus dem haarfeiner Nieselregen fiel. Fast wie Schnee.

Als er ein Junge war, hatte Pasarime ihm einmal gesagt, er solle die Schneeflocken mit dem Mund fangen, und sie hatte ihn ausgelacht, als er es versuchte. Ihr Lachen. Während seiner Kindheit, als alle im Neunten Stamm ihn für einen Fürstensohn des Sechsten hielten, war Pasarime die Einzige gewesen, die keine Distanz zu ihm wahrte. Und als er ihr seine wahre Abstammung gestand, achtete sie ihn dennoch wie einen Hochgeborenen. Sie hatte sich nie beirren lassen – sie hatte ihn immer erkannt. Und er schuldete es ihr, so zu sein, wie sie ihn sah. Ein Herrscher. Wenn er sie nur jetzt schon holen könnte! Bei sich hätte!

»Habt Ihr Blutegel?«, fragte jemand in der Sprache des Kleinen Volkes.

Er blinzelte. In gebührendem Abstand vor ihm stand die jüngere Dienerin der Königin in Begleitung eines Wächters. Sie schien Wasser geholt zu haben, trug einen großen Krug auf der Hüfte.

»Blutegel«, wiederholte sie betont und durchaus unwirsch. »Wie Würmer. Findet man in Teichen und Tümpeln. Saugen Blut ab.« Sie deutete auf seinen Fuß.

»Ah«, machte er verwundert. »Ist das ein Ratschlag deiner Königin?«

»Nein. Und es wäre besser, wenn Ihr sie nicht drauf ansprecht.«

»Sonst hätte ich gedacht … Blutegel … sind sicher giftig. Aber sie sind bekömmlich? Du willst mich nicht umbringen?«

Die Frau grinste. »Man isst sie nicht, sondern lässt sich von ihnen essen, jedenfalls zum Teil. Ich könnte mal nach welchen in der Umgebung suchen.«

»Wodurch habe ich deine Fürsorge gewonnen?«

Die Frau atmete hörbar durch. »Meine Königin benimmt sich augenblicklich nicht so, wie eine Königin von Horun sich benimmt. Ich bin nur eine Dienerin, aber auch ich repräsentiere mein Volk. Ich helfe Euch, gesund zu werden. Und Ihr legt nie wieder Hand an meine Königin.«

Er schwieg eine Weile. »Mir scheint, du bist mehr Händlerin als Dienerin. Ich bin einverstanden.«

»Mein Name ist Senwa, Tochter der Tibrun, Tochter der Ledweda. Mein Stammbaum reicht nur sechs Mütter zurück, aber meine Urmutter ist immer noch Horun. Und ja, das Handeln liegt uns im Blut. Also … überlegt Euch, wie Ihr mich von meiner Königin wegruft, damit ich Blutegel suchen kann. Und eine Schiene baue ich Euch bei der Gelegenheit auch.«

Die Frau ging, und der Wächter folgte ihr, wobei er ein ratloses Grinsen mit Rianon wechselte.

56

FAYANÚ STIEG MIT SAIDA, ihrer Mutter und Heliandal über gewundene Treppen und Brücken, durch kleine Kammern und offene Hallen zum Fuß der Salzsteinbäume hinab, bis sie aus dem letzten Baum traten und ans flache Ufer des Sees Ydrah gelangten. Spätes Nachmittagslicht flirrte durch die Ranken und Lianen und schillerte auf den Wogen, die gegen die hellen Steine schwappten, und nachdem er bisher außer Vögeln keine Seele weit und breit gesehen hatte, erblickte er nun endlich auch jemanden: Kinder, die ins Wasser sprangen und eilig hinaus zu einem Floß schwammen. Doch noch während er sie betrachtete, fragte sich Fayanú mit einem Stich im Herzen, ob das Oliahdes Kinder mit Heliandal sein könnten – Verwandte, die für ihn nur Fremde waren.

Während sie weiter am Ufer entlanggingen, sah Fayanú im licht- und schattendurchwirkten Wäldchen Gestalten, die sie beobachteten und davonliefen, wann immer er sich zu ihnen umdrehte. Ein Zittern befiel ihn, das nicht von Schwäche herrührte, sondern von Wut. Waren wirklich alle so feige, dass sie ihm nicht unter die Augen treten konnten?

Vor ihnen bildeten mächtige Wurzeln eine Kuppel über einer kleinen, über Stufen erreichbaren Insel zwischen Bächen. Es war die Insel des Rats. Elf Männer und Frauen saßen dort um ein Feuer, über dem ein Knochenkessel hing. Sie erhoben sich, als sie sie kommen sahen. Nicht zuletzt ihre würdevolle Haltung und ihr unbeeindruckter Stolz verrieten, dass sie die Wächter Ilians waren.

Fayanú erkannte Esajal wieder, die Wächterin des ersten Sommermonats, die jung zur Wächterin ernannt worden war und ihm heute mit ihrem nachtschwarzen Haar und ihrem glatten Gesicht tatsächlich jung vorkam, anders als früher. Er erkannte auch Gyland, den krummen Alten mit der Hakennase, der seit Ewigkeiten Hüter des letzten Wintermonats war und nun so fahl wirkte, als sähe er das Tor zum Jenseits vor sich aufklaffen.

Sie setzten sich wieder, als Heliandal sich zwischen ihnen niederließ. Oliahde und Saida blieben stehen, ebenso Fayanú, den Regeln dieses Ortes entsprechend.

Da aber keiner sie begrüßte, beschloss Fayanú, selbst das

Wort zu ergreifen: »Seid ihr meinetwegen vollzählig? Sollten nicht alle bis auf einen von euch im Land draußen sein und die alten Sternenwege wandern?«

»Wir verlassen Ilian nicht mehr«, sagte Heliandal. »Keiner von uns.«

»Setze dich, letzter Wanderer«, seufzte eine alte Wächterin mit breiten Wangenknochen und so hellen Augen, dass sie fast blind wirkte. Das tätowierte Band auf ihrer Stirn war nur noch blassgrün auszumachen. Megehan war ihr Name – Fayanú erinnerte sich jetzt.

»Setze dich hin«, murmelte Ojahde, als er sich nicht regte.

Er ließ sich nieder, ein bitteres Lächeln im Mundwinkel. Welch eine Ehre!

Die Alte griff nach einem Knochenbecher, um ihm etwas vom köchelnden Tee aus dem Kessel einzuschenken. Doch die Wächterin Esajal hielt sie am Gelenk fest.

»Du vergisst, in welchem Zustand sie sich befindet«, sagte Esajal leise, schnell wie ein kalter Luftzug.

»Sie soll trinken. Sie ist noch immer die Auserwählte«, mischte sich Heliandal ein.

Nach einem Augenblick des stillen, unbewegten Kampfes ließ Esajal den Arm der alten Wächterin los, und Megehan füllte den Becher, um ihn Fayanú zu reichen.

Fayanú beobachtete die Wächter. Manche bemühten sich um eine ausdruckslose Miene, andere zeigten ihre Verärgerung, ihre Besorgnis oder eine traurige Milde. Aber keiner sagte etwas. Der Duft des Tees, dessen Geschmack er noch so gut in Erinnerung hatte, stieg ihm in die Nase. Fast fürchtete er sich davor, ihn zu kosten und festzustellen, dass … dass alles wie früher war. Dass all dies existiert hatte, ohne sich zu verändern, während sich für ihn alles verändert hatte.

»Du trägst das Kupferne Kleid der Zwerge«, stellte Heliandal fest. »Warum hast du es gegen den Blickenden Becher eingetauscht?«

Ihm drängte sich eine Gegenfrage auf: »Wie viel berichten die Lindwürmer euch von mir?«

»Sie berichten alles, was mit den Iliaden zu tun hat. Aber sie sind tückisch. Man muss sich vor ihren doppelsinnigen Worten in Acht nehmen. Auch du darfst nicht vergessen, dass sie Dämonen sind, die uns Elfen hassen, weil wir ihre Herren sind.«

Fayanú schmunzelte freudlos. »Ihr denkt, die Lindwürmer hätten mich dazu gebracht, den Blickenden Becher zu verschenken.«

»Das Kupferne Kleid hast du dir wahrscheinlich von ihnen aufschwatzen lassen, weil es eindrucksvoll an der Königin der Zwerge wirkt«, sagte Esajal mit unverhohlener Verachtung. »Aber es ist wertlos – ein Hilfsmittel, um zu blenden und zu vernichten.«

»Was du da trägst, kann man getrost den Zwergen überlassen«, pflichtete Heliandal der jungen Wächterin bei. »Es sind nur die verdrehten Überreste des Sprechenden Spiegels, der einst wahrhaft mächtig war. Es war töricht, den Blickenden Becher dafür herzugeben.«

»Töricht?«, wiederholte Fayanú. Er hätte so vieles erwidern können, dass er nicht wusste, wo er anfangen sollte.

»Welchen guten Grund könnte es geben, den Blickenden Becher zu verschenken, um das Trümmerkleid zu bekommen?«, entfuhr es Esajal, und für einen Moment wurde ihr schönes Gesicht wie eine in Fels geritzte Fratze. »Warum, Fayanú Ona?«

»Weil es das einzig Richtige war.«

Die zwölf Wächter wirkten sprachlos.

»Nun verstehe ich«, murmelte der fahle Greis, Gyland. Früher hatte er mit Fayanú und anderen Kindern Haselruten für Bogen geschnitten, und er war sanft gewesen wie ein Ahne, der schützend über den Lebenden wacht. »Du lehnst dich gegen das Schicksal auf, Ona. Du willst dich deiner Freiheit vergewissern. Selbstsucht!«

Fayanú wollte widersprechen, aber Gyland hatte recht. Er

lehnte sich auf, weil er an seine Freiheit glauben wollte. Vielleicht war das selbstsüchtig. Aber er wollte lieber selbstsüchtig sein, als sich in sein Schicksal zu ergeben und alles zu erdulden!

»Auch ihr solltet euch auflehnen«, sagte er gepresst.

Hinter sich hörte er, wie Oliahde oder Saida scharf die Luft einsogen. Wahrscheinlich starben sie gerade vor Scham, dass jemand ihrer Familie den zwölf Wächtern einen Rat erteilte. Nun, Fayanú gönnte es ihnen.

»Auflehnung ist eine Idee der Erdgeborenen«, seufzte Megehan. »Wer so viel weiß wie wir, kann sich nicht mehr so kindisch verhalten. Stell dir vor, wir würden unsere alten Wege, unsere Gräber und Heiligtümer verteidigen. Wir müssten Kriege führen und Schlächter werden. Und wen wir nicht töten wollten, den müssten wir gefangen halten, so wie die Erdgeborenen ihre Tiere. Wir wären nicht besser als sie – und im Glauben, sie besiegt zu haben, hätten wir uns ihnen in Wahrheit unterworfen. Und neben ihnen leben, ihre Gräuel erdulden? Die Küstenelfen zeigen uns, in welcher Schande das endet. Nein, es ist, wie es ist. Die Erdgeborenen haben die Seele der Welt so sehr verstümmelt, dass sie aus Schreck in Ohnmacht gefallen ist. Sie schläft, und in ihren dunklen Träumen bekriegen sich die Erdgeborenen. Erst wenn die drei intakten Iliaden in Ilian sind, werden sich die ungeteilten Quellen der Vergangenheit wieder über die ganze Erde ergießen. Dann bricht die Zeit des Erwachens an – und das Kleine Volk geht unter. Wir werden wieder groß sein, und die Erdgeborenen werden in unserem Schatten leben. Das verspricht die Sternenscheibe. Und darum ist es so wichtig, den Blickenden Becher und die Flüsternde Flöte zu bergen.«

»Aber … wieso kämpfen wir nicht für eine Zukunft, in der wir und das Kleine Volk in Frieden nebeneinander leben?«

Heliandal lachte freudlos. »Du redest wie einer von den Erdgeborenen.«

»Ich hatte vor, mit der Frau zu kommen, die ich liebe«, sagte Fayanú. »Sie ist die Königin der Zwerge, und sie hat mir das

Kupferne Kleid geschenkt. Wir wollen die Iliaden gerecht unter den Völkern verteilen, denn so war die Welt früher. Das ist das wahre Ilian.«

Die ungläubigen Blicke der Wächter waren gerade noch erträglich, aber als Heliandal wieder anfing zu lachen, verstummte Fayanú.

»Das wahre Ilian?«, wiederholte Heliandal. »Das wahre Ilian ist hier – das Reich unseres Volkes. Glaubst du an die Märchen der Zwerge? Sie erzählen sich alles, solange es sie in ein gutes Licht rückt.«

»Die Zwergenkönigin mag dir ihr Kleid aus Splittern geschenkt haben, aber das ist noch kein Grund, ihre Lügen zu glauben«, pflichtete Esajal ihm bei und wollte noch etwas hinzufügen, doch Megehan gebot ihr mit einer Geste Einhalt.

Die Alte musterte Fayanú. »Höre gut zu, Ona. Es ist eine zwergische Lüge, dass die Iliaden vier verschiedenen Völkern entstammen. Die Iliaden sind von uns hergestellt worden, und wir haben sie den Erdgeborenen vor langer Zeit geliehen, und das war ein Fehler. Wir haben doch längst versucht, was du vorschlägst: Die magischen Artefakte sollten eine Herrschaft der Liebe und des Schenkens sichern, und was passierte? Sie wurden korrumpiert, zur Macht missbraucht, gestohlen und wirkungslos. Einmal zu vertrauen ist eine Pflicht des Herzens. Zweimal zu vertrauen eine Dummheit. Die Erdgeborenen sind nicht zu retten. Was sie anfassen, das verdirbt.«

Fayanú spürte Blicke über seinen Körper wandern. Mit bebender Stimme sagte er: »Ihr wusstet, was mich erwarten würde. Selbst als ich den Blickenden Becher hatte, teuer erkauft, reichte euch das nicht. Ihr habt nie versucht, mich zurückzuholen. Warum nicht?«

Niemand antwortete.

Er versuchte, ihnen fest in die Augen zu blicken, aber er schaffte es nicht. Er schämte sich so. Wütend wischte er sich die Tränen weg.

»Ona«, sagte die alte Wächterin eindrücklich. »Du bist die Auserwählte. Jeder von uns hätte deinen Platz eingenommen, wenn er es gekonnt hätte. Du hast gelitten, das wissen wir. Aber es muss nicht umsonst gewesen sein. Du kannst die Iliaden wiedererwecken und nach Hause bringen, damit die Welt gerettet wird. Das ist wichtiger als das Leben jedes Einzelnen.«

Fayanú spürte, wie ihre Härte ihm das Herz brach. Er weinte still, mit gesenktem Kopf.

Esajal schnaubte. »Gibt es etwas Schlimmeres als jemanden, der ein Held sein könnte und nur über sein Unglück flennt?«

»Rede nicht so über sie!«, mischte sich Saida ein. Sein Ton verriet, wie schwer es ihm bis jetzt gefallen war, zu allem zu schweigen.

Heliandals Blick richtete sich mahnend auf Saida. »Dies ist nicht der Ort für dich zu sprechen.«

Eine Brise kam vom See her, und das Licht der späten Sonne tanzte wie Flammen durch das Laub. Fayanú schluckte seine Tränen hinunter und erhob sich.

»Danke, Bruder«, murmelte er. Ein einziger Blick in Saidas Augen genügte, um zu wissen, dass jemand auf seiner Seite war, und zwar nicht erst seit heute.

Saida nickte, und Fayanú bemerkte, wie ihre Mutter sich hilfesuchend an Heliandal wandte.

»Wir haben dich gehört, Ona, und du uns auch. Du darfst dich zurückziehen. Deine Mutter und dein Bruder werden dich von dieser Insel begleiten. Das Wichtigste ist, dass du dich jetzt erholst.«

57

DIE KINDER WAREN DIE Ersten, die sich in Fayanús Nähe wagten. Sie saßen um ihn herum, wenn er aufwachte, egal ob in der Halle der Dämmerung oder in einer vermeintlich verborgenen Kammer der Salzsteinbäume. Sie verfolgten ihn, wenn er entlang des Ufers des Sees Ydrah wanderte, und schauten mit ihm in die Ferne, wo die Bäche wie Adern aus Licht aus den Wäldern wuchsen und über die Klippen stürzten, hinab zu den Ländern der Erdgeborenen, die nur ungenau am Horizont schwebten wie die Erinnerung an einen schlechten Traum.

Nachdem er die Kinder nach ihren Namen und Familien gefragt hatte, trauten auch sie sich, Fragen zu stellen. Sie wollten alles wissen, was es über die Welt jenseits von Ilian zu wissen gab, und interessierten sich für die verwunderlichsten Details: ob es da auch regnete und ob die Erdgeborenen sich gegenseitig fraßen und warum die eingefangenen Tiere sich einfach mit ihrem Schicksal abfanden.

Fayanú versuchte, so gut zu antworten, wie er konnte, und begann Geschichten der Menschenvölker und der Zwerge zum Besten zu geben.

Nach einigen Tagen zeigten sich auch die Erwachsenen. Manche holten nur ihre Kinder und eilten wieder fort, aber die meisten hörten sich mit sorgenvoller Miene an, was er erzählte. Er spürte, dass sie Fragen hatten, aber sie sprachen sie nicht aus. Vorwurf und Enttäuschung blitzten in ihren Augen, wenn Fayanú sie ansah, selbst wenn sie sich zu einem Lächeln für ihn durchrangen.

Oliahde und Saida, auch seine beiden Onkel und deren Mutter und Onkel kümmerten sich rührend darum, dass er wieder zu Kräften kam. Er war kaum allein, so oft brachten sie ihm heilende Tränke, Brühen und seine Lieblingsspeisen von früher.

Er bedankte sich hundertmal am Tag und fühlte sich dennoch einsam und fremd unter seinen Leuten. Er misstraute ihrer Zuneigung. In ihrer Fürsorge witterte er Schuld.

Bald durchschaute er auch, dass sie ihm auf Schritt und Tritt folgten, damit er nichts Unerlaubtes tat. Natürlich gab keiner von ihnen das zu. Aber wenn er in die heiligen Wälder gehen wollte, wo gejagt wurde, behaupteten sie, dass er noch nicht gesund genug für einen Ausflug sei. Und von den heiligen Quellen ließen sie ihn nie selbst schöpfen, sondern brachten ihm aus vermeintlicher Hilfsbereitschaft das Wasser.

Es war sonderbar.

Eines Nachts, nachdem er mit Saida in dessen gemütlicher Kammer in einem der Salzsteinbäume Forellen in Salzkruste verspeist hatte, hielt Fayanú es nicht länger aus. Er musterte seinen großen Bruder im Glutschimmer des Herdfeuers und der Laternenlichter, die durch die efeuumwucherten Fenster drangen.

»Hast du je in die Sternenscheibe geschaut und gesehen, was sie über mich sagt?«

Saida nickte zögerlich. »Was die Sternenscheibe zeigt, ist nicht leicht zu deuten. Aber ich habe gesehen, dass du die Auserwählte bist, ja. Das hat jeder hier gesehen.«

»Ich erinnere mich nur, das gesehen zu haben, was ich sehen wollte. Welches Kind hätte nicht glauben mögen, auserwählt zu sein? Ich hatte ja keine Ahnung. Ich möchte jetzt noch einmal hineinschauen. Führst du mich hin?«

Saida erbleichte. »Wenn du willst. Aber solltest du nicht lieber die Wächter fragen?«

»Nein, gehen wir allein.«

Saida schien etwas erwidern zu wollen, doch schließlich nickte er und erhob sich. Sie verließen den Raum und stiegen eine lange Wendeltreppe durch den Salzsteinbaum hinab, vorbei an

Balkonen und kleineren Sälen, aus denen heitere Stimmen und Musik wehten, bis sie sich in Galhel Yud wiederfanden, weit unter der Kuppel aus Nebel. Da die Sonne untergegangen war, herrschte tiefgrüne Dämmerung, nur hier und da durchbrochen vom bläulichen Schimmer der Salzsteinbäume und Laternen, wo Elfen im Moos beieinandersaßen, sich leise unterhielten. So wirkte das Tal unter dem See bei Nacht noch entrückter und zauberhafter als bei Tag.

In der Mitte der Halle führten mehrere Stufen zu einem Altar empor, auf dem die Sternenscheibe stand. Sie erinnerte an eine flache Schale aus gekrümmtem Silber und war nicht besonders groß; ein Kind hätte sie mit den Armen ganz umfassen können.

Fayanú erklomm die Stufen. Das glatte Silber der Iliade schien Licht auszustrahlen.

Saida blieb zurück. »Ona, warte. Wir sollten die Wächter wirklich besser um Erlaubnis bitten.«

»Wieso, gehört die Sternenscheibe nicht mehr uns allen?«, gab Fayanú zurück, ohne innezuhalten. Schon hatte er die Schale erreicht. Sie glomm sanft wie ein voller Mond und schien blasse Schatten zu enthalten … Es war die Nebelkuppel weit oben, die sich darin spiegelte. Dadurch wirkte die Sternenscheibe tiefer, als sie war.

»Zeig mir meine Zukunft«, sagte Fayanú. Obwohl er leise sprach, schien seine Stimme die Luft in der Halle der Dämmerung zum Erzittern zu bringen.

Die Schatten in der Scheibe gerieten in Bewegung. Fayanú blickte auf und sah, dass über ihm die Lindwürmer, die den See hielten, erwachten. Ihre Leiber ringelten sich umeinander, und als Fayanú wieder auf die Sternenscheibe sah, hatte sie sich verfinstert – und was zuvor als Schatten auf ihrem Grund gelegen hatte, leuchtete nun. Die Spiegelung der Lindwürmer wirkte geschrumpft und hatte sich zugleich vervielfältigt zu zahlreichen kleinen Wirbeln, die voneinander forttrieben und schließlich nur noch wie Sterne in der Finsternis der Scheibe funkelten.

Es war hypnotisierend, den Sternen bei ihrer langsamen Wanderung im Kreis zuzuschauen. Fayanú folgte einzelnen Lichtpunkten mit dem Blick, verwechselte sie, glaubte mit ihnen mitzutanzen, tiefer und tiefer ins Unergründliche hinab. Er fühlte die Gewissheit, dass jeder Stern derselbe Stern war, nur zu einem anderen Zeitpunkt, und der Himmel enthielt nichts anderes als die Gemeinschaft aller Zeiten – eine Geschichte. Und die Geschichte lautete … Sie lautete …

Wir kennen deine Geschichte, wie wir alle Geschichten kennen, denn Geschichten sind gemacht aus Beginnen und Dauern und Enden, sich windenden Schlangen, die wir sind. Der Stoff des Werdens, bevor es ist, raunten die Lindwürmer aus einer Ferne, die Fayanús Innerstes mit Weite erfüllte.

Er *sah* es nicht in der Scheibe – das Kreiseln der Sterne im schwarzen Wasser machte ihn eher blind –, nein, er *wusste* einfach mit der ganzen Sicherheit seines Verstandes und dem dunklen Gewicht der Intuition, dass er dafür verantwortlich sein würde, dass die Flüsternde Flöte und der Blickende Becher hier landen würden, in Ilian. Er war der Auserwählte. Der letzte Wanderer seines Volkes. Zwischen den Welten. Zwischen den Geschlechtern. So stand es in den Sternen.

Doch es war nicht immer so gewesen. Die Zeit war ein feines Gespinst aus Möglichkeiten … Dass er der Auserwählte war, hatten die Wächter einst beschlossen, und ein anderer hätte seinen Platz einnehmen können, zu einem anderen Zeitpunkt …

Jemand ergriff ihn und zerrte ihn zurück. Für einen Moment war er außerhalb seines Körpers, ein Geist in den Untiefen der Zeit. Dann landete er auf den Stufen, rang nach Luft und sah Heliandal über sich.

»Wer hat dir erlaubt, in die Sternenscheibe zu schauen?«

Fayanú fehlte die Kraft aufzustehen, also blieb er auf den Stufen liegen. Die Wächter umringten ihn, etwas abseits stand Saida mit schuldbewusster Miene. Hatte er sie etwa geholt? Oder war er nur mit ihm gemeinsam hier ertappt worden?

»Ich dachte«, begann Fayanú matt, »sie steht jedem zur Verfügung.«

»Sie gehört allen Elfen vom Wald.« Heliandal stockte, ehe er erklärte: »Aber du darfst nicht hineinschauen. In dir ist etwas Fremdes.«

In dir? Er meinte, da sei *etwas in ihm*?

Fayanú ließ den Blick hilfesuchend über die Gesichter der anderen Wächter wandern.

Es war Esajal, die sich auf die ihr eigene Art seiner erbarmte. »Die Sternenscheibe steht jedem von uns zur Verfügung, auch dir … sobald du die Beschmutzung durch die Zwerge losgeworden bist.«

Und der Blick der jungen Wächterin glitt über seinen Bauch wie die Spitze eines Messers.

58

WALGRETA VERSTAND SELBST KAUM, wie sie die folgenden Tage überlebte. Sie hätte sich zu Tode gehungert, wenn sie sich nicht ihren Dienerinnen gegenüber schuldig gefühlt hätte, die sie anflehten, etwas zu sich zu nehmen. Jeder Bissen war ihr eine Qual.

Wenn sie es im Zelt nicht mehr aushielt, begleitete Redike sie auf Schritt und Tritt. Er hielt fast ständig Wache. Da er ein wichtiger Mann im Sechsten Stamm zu sein schien, kam der Fürst zu ihm vors Zelt, wenn er mit ihm reden wollte, anstatt dass Redike zum Fürsten ging. Bei Walgretas Spaziergängen durch das Lager und zum Fluss hinunter, dessen graue Fluten gleichgültig vorüberströmten, hielt er sich so dicht hinter ihr, dass sie das von Blutspritzern und Schweiß gegerbte Leder seines Harnisches riechen konnte. Schon ein kleiner Schritt zur

Seite genügte, und prompt packte er sie am Arm, als könnte sie ernsthaft vorhaben, einfach loszurennen.

Redikes Berührungen waren Walgreta so zuwider, dass sie schließlich das Zelt nicht mehr verließ, wenn er davor lauerte.

Doch so abstoßend dieser Urier auch sein mochte, ihr wahrer Feind war Ganwalen. Nicht erst seit dem Überfall auf Fayanú. Seine Kriegslust und das Bündnis, das er ohne Hektebas Erlaubnis mit dem Sechsten Stamm geschlossen hatte, waren der Grund, weshalb Walgreta hierher verheiratet worden war.

Umso schlimmer, dass er wusste, dass sie das Kupferne Kleid Fayanú geschenkt hatte! Bestimmt hatte er ganz Horuns Bauch davon erzählt. Und sie konnte ihn nicht stellen, denn käme sie zurück, ließe sich sofort beweisen, dass sie das Kupferne Kleid nicht mehr besaß.

Nein, nein, sie konnte nicht zurück nach Horuns Bauch.

Aber auch nicht nach Mún Toleda, wo man sie und den Sechsten Fürsten anlässlich der Frühlingsriten erwartete. Vermutlich war Branhilda, Ganwalens Schwester, die als Hohepriesterin die Stadt des Ostens regierte, ebenfalls längst vor ihr gewarnt.

Walgreta überwand sich und stattete dem Fürsten einen weiteren Besuch ab. Es war ein frostiger Morgen, und die Erde knirschte hart wie Stein unter ihren Füßen. Halb hatte sie damit gerechnet, dass der Fürst noch schlafen würde, doch als Redike ihr die Plane aufhielt, sagte er: »Dein Fürst ist soeben von seinem Ausritt zurückgekehrt.«

Sie trat ein. Eine Dienerin trocknete gerade Rianons Rücken ab, während zwei andere den Waschtrog hochhoben, um ihn nach draußen zu schleppen.

Walgreta sah die Narben auf seinem zähen, geschmeidigen Körper, und sie zweifelte nicht, dass er sich absichtlich Zeit damit ließ, sich anzuziehen. Lässig schlüpfte er in ein feines Wollhemd und fuhr sich durch das feuchte Haar.

»Was gibt es?«, fragte er, ohne sie anzusehen.

Walgreta beschloss, nicht länger als nötig seine Gegenwart

zu erdulden. »Es geht um unsere Weiterreise. Auch wenn der Frühling beginnt – ich kann nicht nach Mún Toleda. Ganwalens Schwester herrscht über die Stadt, und womöglich ist sie inzwischen informiert, dass ich das Kupferne Kleid verschenkt habe.«

»Und was kümmert das mich?« Er schnürte sich die Stiefel. Sein Fuß sah besser aus – geschient von jemandem, der sein Handwerk verstand.

Walgreta trat näher. »Ohne das Kupferne Kleid wird man mich vielleicht nicht mehr als Königin akzeptieren. Wenn herauskommt, dass ich es sogar verschenkt habe, werde ich als Verräterin meines Volkes angeklagt. Und du wirst in den Skandal mit hineingezogen. Denn wie siehst du aus, wenn du deine Gemahlin nicht verteidigst?«

»Vielleicht gibt man mir in Mún Toleda eine andere Frau. Eine, die leichter zu handhaben ist.«

Walgreta verstummte. Sie musste überlegen. Es noch einmal anders versuchen. »Vielleicht. Wenn du jeden Verdacht von dir weisen kannst, mit mir unter einer Decke gesteckt zu haben. Du musst Ganwalen aufsuchen – ihm berichten, dass ich geflohen bin. Dann kannst du dich gemeinsam mit ihm über mich empören und bist weiterhin mit ihm verbündet. Gegen mich.«

Endlich sah er sie an. »Aber du wärest nicht geflohen, sondern ich hätte dich laufen lassen. Für solche Verschwörungen traue ich dir nicht genug.«

Walgreta ballte die Fäuste, aber ihre Stimme blieb ruhig. »Wozu brauchst du mich? Was willst du?«

»Ich brauche Streiter, die mir helfen, den Neunten Stamm im Tiefland anzugreifen«, sagte er rundheraus. »Und ich kann mir gut vorstellen, dass Ganwalen nicht mehr gut auf mich zu sprechen ist, seit du mir zur Frau gegeben wurdest. Genau darum werde ich mein Glück in Mún Toleda versuchen.« Und dann sagte er etwas, was Walgreta niemals erwartet hätte: »Hilfst du mir?«

Sie war perplex. Dass er die Hilfe einer Frau erbat, hätte sie ihm nicht zugetraut. Und zu welchem Zweck wollte er überhaupt Streiter ins Tiefland führen? Es gab dort weder Erz noch Boden für Bauern, nur unwirtliche Gebirgswälder und endlose Steppen.

Er seufzte. »Wenn irgendjemand dir in Mún Toleda Probleme macht, werde ich dich selbstverständlich verteidigen. Aber dafür musst du auch zu mir stehen. Du musst die Streiter von Mún Toleda in den Krieg gegen den Neunten Stamm schicken – und zwar bis ins Tiefland. Den Befehl kannst du als Königin doch geben? Danach lasse ich dich gehen, wohin du willst. Auch wenn ich dir raten würde, bei mir zu bleiben – angesichts der Feinde, die du hast.«

»Warum willst du so sehr diesen Krieg? Was hast du gegen den Neunten Stamm?«

Er lächelte. »Das verstehst du bestimmt, als Volksverräterin. Ich bin beim Neunten Stamm aufgewachsen.«

59

FAYANÚ WAR IN EINER Kuhle zwischen mächtigen Wurzeln am Ufer des Sees Ydrah eingeschlafen, als bereits der Morgen graute. Weil mannshohes, weißes Federgras ringsum wucherte, hatte er sich vor jeglichen Blicken geschützt gefühlt, aber er hätte sich denken können, dass die Elfen ihn nicht aus den Augen ließen … Das Geräusch behutsamer Schritte auf dem Moos weckte ihn. Er blickte auf und entdeckte seine Mutter, die mit einem geschlossenen Kelch niederkniete.

»Wie fühlst du dich?«, fragte sie, als wäre nichts gewesen. Als hätte niemand ihr erzählt, was in der Halle der Dämmerung zwischen ihm und den Wächtern vorgefallen war.

Er richtete sich auf, ohne Antwort zu geben.

Sie nickte dennoch. »Man sieht dir an, dass du wieder wohlauf bist. Wie schön du bist, mein Kind.«

»Heißt das, ihr werft mich bald raus?« Er hatte versucht, es humorvoll klingen zu lassen, aber das Gesicht seiner Mutter erstarrte.

»Ona …«

Er seufzte. »Steh wenigstens dazu.«

Eine Weile schwiegen sie sich an. Es war leicht zu schweigen, weil die Vögel sangen und der Wind die Gräser rauschen ließ und die Zauberhaftigkeit Ilians wie etwas Lebendiges zwischen ihnen wogte.

»Was ist das für ein Heilmittelchen?« Er wies auf den Kelch.

»Wir glauben, du bist wieder kräftig genug, um … dich von dieser unliebsamen Sache zu befreien.« Sie reichte ihm den Kelch, als wollte sie ihn nicht länger behalten. »Es wird wehtun. Aber dein Zustand ist stabil genug, um es jetzt auszuhalten. Und wir sind da, um dich zu pflegen.«

Er begriff. Obwohl er nicht wollte, drängte ihn eine dunkle Neugier, den Deckel zu heben. Ein intensives, bitteres Aroma stieg empor. Im Kelch schwappte eine zähe Flüssigkeit mit getrockneten Beeren und spitzen Blättern.

Diese unliebsame Sache. Das war es also. Eine *Sache.*

»Sonst noch was?«, fragte er.

»Du solltest es auf nüchternen Magen trinken. Wie wäre es, wenn wir danach ein Frühstück einnehmen mit Saida und …«

»Geh.«

Sie hielt einen Moment inne, als hätte sie ihn nicht gehört. Aber dann nickte sie wieder, ein Seufzen unterdrückend, und verschwand.

Heuchlerin!, dachte er. Und doch wusste er, dass er sie ebenso gehasst hätte, wäre sie geblieben. Oder?

Lange saß er zwischen den Wurzeln, hielt den Kelch in den Händen und beobachtete das Federgras, das sich in der Brise bewegte, ohne wirklich etwas wahrzunehmen. Er dachte an vieles und an nichts. Die Verwirrung, die sich in ihm entflocht, fand nur Wortfetzen.

Ja, er hatte es geahnt. Die Worte der Wächter waren eindeutig gewesen. Aber mehr noch: Er hatte es gefühlt. In der Tiefe seines Bauches. *Die unliebsame Sache.*

Schließlich stand er auf und ging mit dem Kelch am Ufer entlang, weiter und weiter den ziellosen Weg, den er letzte Nacht schlaflos begonnen hatte. Irgendwann stieg er durch einen hohlen Salzsteinbaum nach unten. Er wusste nicht, wohin mit sich. Was sollte er tun? Die Frage raste wie eine Sternschnuppe durch die Finsternis seiner Gedanken. Dabei war doch klar, was er tun sollte! Was sonst? Es war schließlich undenkbar, dass er …

Oder war beides undenkbar? Das eine wie das andere?

Die unglaubliche, entsetzliche Kälte der Elfen, die Kinder für *Sachen* opferten, Kinder wie *Sachen* beseitigten … Hatte seine Mutter ihm wirklich gerade den Kelch gegeben, im goldfunkelnden Morgenlicht, um ihr eigen Fleisch und Blut zu …

Er konnte die Gedanken nicht zu Ende denken. Sein Magen verkrampfte sich, als hätte er bereits aus dem Kelch getrunken. Er atmete tief durch. Blieb stehen.

Fast unbeabsichtigt hatten seine Füße ihn in die Halle der Dämmerung getragen. Die Lichter des Sees weit oben strichen wie geisterhafte Finger durch die Wäldchen aus herabhängenden Wurzeln und über die Wiesen voller kleiner weißer Blumen.

Fayanú sah auf den Kelch in seinen Händen hinab. Die Wahrheit war, dass er ein Kind in sich hatte. Einen Beweis für die Gewalt, die ihm angetan worden war. Einen Beweis dafür, dass er den Körper einer Frau besaß, ganz gleich, wer oder was er zu sein behauptete.

Und doch … doch würde die Schande, die Beschmutzung, die widerwärtige Gewalt ein Kind werden, wenn man es ließ, das keine Schuld an den Ereignissen seiner Entstehung trug. Ein Kind. Sein Kind!

Er zitterte vor Abscheu. Nie war sein Körper monströser gewesen. Nicht einmal als Rautenkhal in ihm gewesen war, um ihn für immer mit Leere zu versengen. Und ausgerechnet jetzt fühlte sich Fayanú zum ersten Mal mit seinem Körper im Reinen. Wie war das möglich? Wie konnte er den Becher verabscheuen, wenn es sein Körper war, den er verabscheuen sollte?

Er lehnte sich gegen eine Wurzel und wartete, bis sein Herzschlag sich beruhigt hatte. Dann blickte er zur Nebelkuppel auf, und seine Gedanken verflüchtigten sich. Das langsame Auftauchen und Verschwinden der wurmartigen Leiber im Nebel hatte etwas Hypnotisierendes. Je länger er ihnen zusah, umso mehr hatte er das Gefühl, sie auch zu hören. Die Lindwürmer waren wach in ihrem engen Gefängnis dort oben. Sie lauerten. Ihm war, als zitterte die Luft von einem sehr leisen, grummelnden Kichern.

Fayanú erinnerte sich, dass er sie gehört hatte, als er in die Sternenscheibe geblickt hatte. Es waren die Lindwürmer gewesen, ganz sicher. Sie hatten sich als der Nebel bezeichnet, der alles ist, bevor etwas wird. Oder so ähnlich. Schlangen aus Anfang, Dauer und Ende – Geschichten, die sich umeinanderwanden.

Wieso waren die Lindwürmer in der Sternenscheibe erschienen?

Fayanú spürte ein kaltes Rieseln in der Wirbelsäule, wie so oft, wenn er über die Lindwürmer nachdachte, und merkte, wie wenig er von ihnen wusste. »Wer seid ihr?«, murmelte er.

Er lauschte. Nichts. Die Halle der Dämmerung lag still da wie der Grund des Sees, der sie war.

Wie Fische tauchten vier Gestalten in langen, hellen Gewändern aus den Schatten in einen Lichtstrahl, und er erkannte Heliandal, die alte Megehan, Esajal und den Greis Gyland. Die Wächter setzten sich unweit von ihm auf die Stufen, die zur Sternenscheibe emporführten, und gaben ihm zu verstehen, er möge sich zu ihnen gesellen.

»Heute Abend, wenn es dir gutgeht, kannst du die Sternenscheibe noch einmal nach deinem Schicksal befragen«, sagte

Heliandal, und die strenge Zufriedenheit in seinem Ton verriet, dass er es für eine große Ehre hielt.

Fayanú ließ sich nieder. Erwartungsvoll beobachteten die Wächter ihn und den Kelch.

»Es ist nie leicht.« Die alte Megehan schüttelte den Kopf.

»In diesem Fall ja wohl schon!«, sagte Esajal schroff.

»Woher wissen die Lindwürmer eigentlich, wo der Blickende Becher und die Flüsternde Flöte sind?«, fragte Fayanú.

Die Wächter wirkten verdutzt.

»Weil die Iliaden miteinander verbunden sind«, erklärte Heliandal geduldig. »Je stärker eine Iliade ist, umso stärker ist seine Hellsicht. Die Sternenscheibe hat ihre magische Kraft bei uns voll entfaltet, weil sie allen gehört, ein Geschenk von jedem an jeden von uns. Darum sehen die Lindwürmer selbst über weite Entfernungen hinweg, was aus dem Blickenden Becher und der Flüsternden Flöte wird …«

»Also sind die Lindwürmer Teil der Sternenscheibe.« Fayanú stieß den Atem aus. »Wie könnt ihr den Visionen der Sternenscheibe dann trauen? Die Lindwürmer sind verlogen, das sagt ihr selbst!«

Megehan lächelte gutmütig. »Die Zukunft, die in der Sternenscheibe sichtbar wird, kann von den Lindwürmern nicht verfälscht werden. Es ist wahr, die Lindwürmer sind ein Teil der Sternenscheibe. Alle vier Iliaden – der Blickende Becher, die Flüsternde Flöte, damals der Sprechende Spiegel und die Sternenscheibe – können auf je zwei Weisen wirken. Der Blickende Becher zeigt die Vergangenheit, aber er kann auch benutzt werden, um Fische zu fangen – allerdings keine gewöhnlichen Fische. Genau genommen erlaubt der Blickende Becher, die Dämonen der tiefen Gewässer zu beherrschen. Die Flüsternde Flöte ermöglicht ein Zwiegespräch mit Tieren, aber sie verzaubert und unterwirft auch die Seele der Tiere, wenn man möchte. Der Sprechende Spiegel … nun, als er zerbrach, blieb nur seine gewalttätige Zauberkraft bestehen, die du zur Genüge kennst.

Die zwei Zauberweisen der Sternenscheibe sind die Schau der Zukunft und die Herrschaft über die Lindwürmer, die Dämonen der Luft.«

»Es ist die Sternenscheibe selbst, die Ilian vor der Außenwelt verschließt, und zwar in Gestalt der Lindwürmer«, erklärte Esajal auf ihre knappe, ungeduldige Art.

Fayanú starrte die Wächter an. Hatten sie wirklich gerade das gesagt, was er verstanden hatte? Sie benutzten die Sternenscheibe auf *beide* Weisen? Ja, mehr sogar zur Herrschaft als für die Weisheit! Deshalb waren die Zukunftsvisionen in der Sternenscheibe so unklar, während die Zauberkraft der Lindwürmer, die Ilian verborgen hielten, unbestreitbar war.

»Es geht euch nicht um Erkenntnis, nicht wirklich. Sondern um Macht.«

Megehan wollte widersprechen, doch Esajal kam ihr zuvor: »Würden wir die Lindwürmer nicht knechten, gäbe es kein verborgenes Ilian. Keine Halle der Dämmerung. Keinen Ort, der vor den Erdgeborenen sicher ist. Es stimmt, wir benutzen die Sternenscheibe, um Macht auszuüben. Ist das so überraschend?«

»Ja.« Fayanú sah von einem zum anderen. »Ja! Ich dachte, die Iliaden müssten hierhergebracht werden, damit sich die Prophezeiung erfüllt und die ganze Welt wieder so friedlich wird wie unser Reich. Dabei tut ihr hier die ganze Zeit dasselbe wie die Erdgeborenen?«

»Nicht dasselbe«, sagte Heliandal, um Nachsicht bemüht. »Herrschaft ist nicht gleich Herrschaft. Es zählt, wozu sie dient. Und über wen geherrscht wird. Es ist nicht verwerflich, den Dämon Wurm zu knechten!«

Fayanú senkte den Blick, drehte den Kelch in den Händen. Es stimmte, die Lindwürmer waren nicht gerade Geschöpfe, mit denen man besonders Mitleid haben konnte. Falls sie überhaupt Geschöpfe waren und nicht nur ein einziger, geheimnisvoller Dämon. Und dennoch – er konnte nicht fassen, dass die Waldelfen die Sternenscheibe auf beide Weisen gebrauchten. Noch dazu mit solcher Selbstverständlichkeit!

»Ich verstehe deine Verwirrung«, krächzte der Greis Gyland und hob eine zittrige Hand. »Die magischen Artefakte schenken Erkenntnis und Weisheit, das Gute und Schöne auf der einen Seite – und Macht und Gewalt auf der anderen Seite. Es ist verführerisch zu glauben, die magischen Artefakte sollten nur auf die eine Weise benutzt werden. Aber nichts in der Welt ist einseitig. Alles muss ausgeglichen sein. So will es der Geist von Leben und Tod, Erde und Himmel, Frau und Mann, Licht und Dunkel. Du, Ona, hast ein Herz voller Liebe. Du willst das Gute und Schöne für alle, überall. Nun … das kann es nicht geben, denn niemand würde es erkennen, wenn es nicht auch das Böse und Hässliche gäbe, das an seinen Rändern flackert. Keine Liebe ist möglich, die nicht ausgrenzt. Und nichts Kostbares kann verwahrt werden, ohne es mit Gewalt zu beschützen.

Unser Volk hütet eine Welt, die fast vergangen ist. Wir haben die Aufgabe, das Gute und Schöne zu verwahren und zurückzubringen. Hier, zwischen uns, ist die Liebe. Dafür müssen wir ausgrenzen. Es tut weh, und es ist hart. Aber es ist der Ausgleich, den der große Geist der Welt von uns verlangt. Daran ist nichts zu ändern.«

Gyland hatte lange gebraucht, diese Gedanken in Worte zu kleiden, und danach schwiegen alle. Schon wieder drohte Fayanús Empörung in verwirrter Traurigkeit zu versickern, aber er riss sich zusammen. Diesmal wollte er nicht so leicht einknicken. Er musste nachdenken über das, was die Wächter sagten. Ob es richtig sein konnte …

Er war zu aufgewühlt, um zu entscheiden. Ihm schwirrten nur Satzfetzen durch den Sinn. *Keine Liebe, die nicht ausgrenzt. Ausgleich, den der Geist der Welt verlangt. Nichts zu ändern.* Noch immer drehte er den Kelch in den Händen, und plötzlich, aus reinem Ungeschick, fiel ihm der Deckel herunter, und etwas vom Trank schwappte über den Rand. Heliandal stieß einen überraschten Laut aus, und da erkannte Fayanú, dass das, was er tat, das Richtige war.

Er ließ zu, dass der Trank aus dem Kelch rann. Langsam, dann schneller und vollständig, als Heliandal hochfuhr und ihn aufhalten wollte.

Eine schwarze, dickflüssige Pfütze lag nun zwischen ihnen, mit unkenntlichen Klumpen darin.

Die Wut, die Heliandal offenbar bis jetzt in sich versteckt hatte, trat ihm in die Züge. »Du Narr!«

»Ich glaube, ich muss nicht noch einmal in der Sternenscheibe lesen, das ist alles«, sagte Fayanú, und eine tiefe Ruhe überkam ihn, jene Ruhe, die nur das Gewissen zu schenken vermag.

Er erhob sich, reichte Heliandal, der bleich vor Zorn war, den Kelch. »Es gibt eine Geschichte. Einst regierten Weise Frauen mit vier magischen Artefakten alle Völker der Erde – nicht mit Gewalt, Herrschaft und Unterdrückung, sondern nach dem Prinzip des Schenkens. Wie, das weiß ich auch nicht. Niemand kann es sich heute vorstellen. Deshalb glaube ich an die Geschichte. Und eure Weisheiten … die könnt ihr für euch behalten, hier in eurem Grab.«

60

»DU WIRST DIESE SCHANDE nicht austragen«, krächzte Gyland, der Greis, und stemmte sich bebend von den Stufen hoch. »Fayanú Myrel Ona Tane, unser Blut wird sich nicht mit dem der Zwerge mischen!«

Fayanú wies zur Sternenscheibe empor, während er rückwärts ging. »Schau nach.«

Esajal verdrehte die Augen und schien Heliandal zu fragen, wo denn Fayanús Familie bloß blieb. Genau hörte Fayanú nicht mehr hin. Er ignorierte auch Megehan, die ihn mit einem müden Lächeln bat zu bleiben. Er drehte sich um und schritt davon.

Doch er war noch nicht bis zum nächsten Wäldchen gelangt, da kam ihm auch schon seine Mutter entgegen. Sie hatte wohl alles aus der Ferne beobachtet, um im Zweifelsfall einzugreifen.

»Ona«, jammerte sie. »Was haben sie dir gesagt? Ach, sie können so harte Worte finden. Denk jetzt nicht darüber nach, du bist noch schwach und brauchst Ruhe. Ich habe mich geirrt, dass du schon …«

Er sah sie an, und sie verstummte. Wie sehr er sich nach einer Antwort gesehnt hatte, warum sie ihn nicht beschützt hatte. Aber jetzt wusste er, dass er die Antwort nie erhalten würde. Oliahde war die Frau, die ihn geboren hatte. Dann hatte sie ihn weggegeben. Nun konnte auch er die Bande zu ihr lösen. Das war alles.

Er hoffte, dass sie diese Gedanken an seinen Augen ablesen konnte, damit er sie nicht aussprechen musste.

Er ging an ihr vorbei und durch den Wald aus herabhängenden Wurzeln. Das Tageslicht erlosch, und die Blüten der Sträucher und Kräuter umschlossen ihn mit wehmütigem Duft. Als er zu einem Salzsteinbaum gelangte, schlüpfte er hinein, und dann lief Fayanú die Treppe hinab, tiefer und tiefer.

Ihm war, als hörte er Schritte über sich, und einmal erklang deutlich die Stimme von Saida, der ihm etwas nachrief. Sicher waren sie um ihn besorgt, aber noch stärker war wohl ihre Angst, den Wächtern zu missfallen. So wie die Iliaden auf zwei Weisen wirkten, so waren auch alle Herzen in zwei geteilt, und in jedem guten Willen versteckten sich die Maden der Selbstsucht. Oder?

Nein, er weigerte sich, so zu denken! Mochten die Wächter so sein, seine Familie und alle Elfen vom Wald, aber er weigerte sich, eine Entschuldigung für sie zu finden!

Die Treppe wurde immer unförmiger, und schließlich verloren sich die Stufen in einem bläulich glimmenden Wurzelgang. Fayanú verlangsamte seine Schritte. Niemand verfolgte ihn mehr. Es war still bis auf seinen Atem. Ob die Elfen wussten, dass er Ilian verlassen hatte? Dass er vorhatte, nie wiederzukommen?

Vielleicht. Sie nahmen seinen Willen ohnehin nicht ernst.

Ihm kamen selbst Zweifel. Konnte er denn einfach so gehen? Unwillkürlich strichen seine Hände über seine Brust, seinen Bauch. Er trug noch das Kupferne Kleid, doch das würde ihn nicht vor dem bewahren können, was ihm bevorstand, wenn er nicht umkehrte.

Wie auf der Flucht vor seiner Unentschlossenheit begann er zu laufen. Abwärts, immer abwärts rannte er, tief hinab in die Wurzelgänge, bis er sicher war, dass er den Weg zurück nicht mehr finden würde.

Fayanú hatte geglaubt, zu einem Ausgang zu gelangen, wenn er nur immer bergab ging. Als seine Erschöpfung, sein Durst und Hunger jedoch immer größer wurden, musste er sich eingestehen, wie naiv diese Annahme war. Die Salzsteinbäume wuchsen schließlich durch das ganze Gebirge. Er kam in silberglänzende Sackgassen, wo der Weg zu eng wurde, um ihm zu folgen. Oft blieb ihm keine andere Wahl, als bergauf zu gehen. Und selbst wenn er eine Grotte fände oder einen unterirdischen See, müsste er die Lindwürmer bitten, ihm den Weg nach draußen ohne Blutopfer zu öffnen. Stand es überhaupt in ihrer Macht, das zu tun? Würden sie ihm einfach so gehorchen?

Immer wieder sah er die Wächter vor sich, wie sie sich ganz selbstverständlich dazu bekannten, mit der Sternenscheibe die Lindwürmer zu beherrschen. Und wie der Greis Gyland, ausgerechnet Gyland, der so liebevoll zu den Kindern war, befohlen hatte, dass er, Fayanú, aus diesem Kelch trank!

Er musste es hinter sich lassen. Er konnte vergessen, und die Erinnerung würde schlafen.

Kraftlos lehnte er sich gegen die Wand, dann ließ er sich zu Boden sinken und schloss die Augen. Die Ohnmacht kam und ging, schwarze Flügel, die über ihn hinwegglitten. *Fledermaus*, dachte er. Sie war einsam gestorben, im ungerührten Glanz der Salzsteinbäume. Zurückgelassen von ihm. Er weinte. Schlief ein. Schwarze Flügel, die ihn davontrugen und zurückbrachten.

Fayanú wusste nicht, wie er zu sich kam. Er war einfach da, wach und denkend, während er auf dem Boden des Wurzelgangs lag und der matten, bläulichen Glut des lebenden Gesteins zusah.

Sein Bauch schmerzte leicht vor Leere. Bestimmt war schon eine lange Zeit vergangen. Aber er hatte zuletzt das Echte Essen und das Echte Wasser zu sich genommen, das ihn länger nähren würde als gewöhnliche Kost. Wie ein Stich flammte der schreckliche Verdacht in ihm auf, seine Mutter könnte Fledermaus doch getötet und ihm zu essen gegeben haben. Aber er schob die Vorstellung beiseite, wehrte sich dagegen.

Er hatte von Fledermaus geträumt, aber auch von Rautenkhal. Nach dessen Tod hatte er fast nicht mehr an ihn gedacht, aber in den ersten Jahren hatte er sich in seinen Träumen regelmäßig in Rautenkhal verwandelt und die Erinnerungen wieder und wieder durchlebt, die der alte Händler ihn hatte sehen lassen. Je mehr er von Rautenkhal träumte, umso mehr verbannte er ihn tagsüber aus seinen Gedanken, und umso mehr träumte er wieder von ihm.

Jetzt, da er kraftlos hier lag und nichts mehr fürchtete, ließ er die Vergangenheit vor sich aufziehen, betrachtete sie, wie man ferne Gewitter am Horizont anschaute.

Rautenkhal hatte ihn geliebt. Er hatte das Beste für Fayanú gewollt, ihn unterrichtet, ihm Geschichten erzählt und mit seiner Liebe sogar die zauberische Kraft des Blickenden Bechers für ihn erweckt. Und Rautenkhal hatte ihn erniedrigt, zerstört, ihn für seine ekelhaften Bedürfnisse benutzt. Diese beiden Tatsachen standen miteinander unvereinbar nebeneinander, und zwischen ihnen lag der Abgrund, in den Fayanú immer wieder stürzte, in dessen schlammigem Boden er erstickte …

Du gehst nicht verloren. Du gehörst mir!

Fayanú sah Walgreta deutlich vor sich, wie sie mit ihren klaren, festen Worten das trübe Grau des Abgrunds erleuchtete, die schmerzhaften Zweifel aus seinem Herzen vertrieb. Sie hätte nicht geduldet, dass er so dalag und sich ergab. Sie hätte eine Faust in die Hand klatschen lassen und ihm befohlen aufzustehen.

Er strömte über vor Sehnsucht. Bevor er sie traf, hatte er nicht geglaubt, dass es so etwas geben konnte: eine zur Herrschaft Geborene, die die Herrschaft der Weisheit überlassen wollte. Doch wenn es Walgreta geben konnte, dann konnte es auch eine Welt geben, die ohne Gewalt auskam, einen Frieden, der nicht mit Krieg erkauft wurde; es konnte Hoffnung geben, die über allem bisher Gewesenen flog.

Er glaubte daran. Und er musste mithelfen, die Geschichte wahrzumachen, die Walgreta ihm erzählt hatte. Das war seine Verantwortung. Der Sinn, den er seinem eigenen Leben verleihen würde.

Er raffte sich auf. Alles drehte sich, und vor Durst konnte er kaum schlucken. Doch es gelang ihm, einen Fuß vor den anderen zu setzen. Einmal, dann wieder. Immer weiter. Weiter. Seinem Ziel entgegen.

61

ALS AN DEN BUCHEN erstes Grün spross, brach der Sechste Stamm nach Mún Toleda auf. Die Zelte wurden abgebaut und in lange, von Ochsen gezogene Wagen verfrachtet. Auch Frauen und Kinder reisten in überdachten Wagen. Die Viehherden wurden von den Hirten zusammengetrieben, die Krieger schwangen sich auf ihre Pferde, bereit für alle Gefahren, die ihnen auf dem

Weg durch das ehemalige Gebiet des Neunten Stammes begegnen mochten.

Aber wie würden sie reagieren, wenn ihnen in Mún Toleda Ganwalens Männer entgegentraten? Würden die Urier für Walgreta kämpfen?

Redike bemerkte ihre besorgten Miene und schien etwas sagen zu wollen, also drehte sie sich weg. Sie stellte sich vor, wie die Urier sie verteidigten und Redike sein Leben für sie ließ, und es ekelte sie.

Der Fürst kam angeritten. Sein Bart war säuberlich gestutzt, eine Kappe mit Stierhörnern und Goldreif schmückte seinen Kopf, und ein Umhang aus glänzendem Marderpelz ließ seine Schultern noch breiter wirken. Widerwillig musste sie anerkennen, dass er einschüchternd aussah.

Sie hingegen trug kein einziges Schmuckstück, war abgemagert und blass von schlaflosen Nächten.

»Königin«, sagte er und legte zum Gruß eine Hand aufs Herz. »Es wäre gut, wenn du das Kupferne Kleid trägst, wenn wir reisen. Unsere Feinde sollen dich sehen. Unsere Verbündeten übrigens auch.«

Still ließ sie ihn die Verachtung aus ihren Augen trinken. Sie merkte, dass er nicht so siegesgewiss war, wie er vorgab. Sicher dachte er in diesem Moment an den Vorteil im Kampf, den das Kupferne Kleid ihm gebracht hätte, und ärgerte sich einmal mehr über sie. Das immerhin war erfreulich.

Ihre Dienerin Senwa murmelte ihr ins Ohr: »Meine Königin … denkt daran, dass Ihr unser Volk repräsentiert!«

Die Ermahnung traf sie unerwartet. Walgreta fühlte sich ihrem Volk gegenüber schuldig genug, auch wenn die Dienerinnen nicht ahnen konnten, weshalb. Mit größter Überwindung sagte sie zu den Frauen: »Ich lege das Kupferne Kleid allein an, ihr müsst mir nicht helfen. Ladet meine Sachen weiter auf.«

Walgreta verschwand im Zelt, um sich zu kleiden. Hoffentlich ging das Kupferkleid jetzt nicht kaputt. Sie zog ihren Winterumhang darüber und stieg auf ihren Wagen.

Als alles gepackt und zum Aufbruch bereit war, hielt Rianon eine Rede vor seinen Kriegern, um sie auf einen Vernichtungsschlag gegen den Neunten Stamm einzuschwören. Walgreta musste anerkennen, dass Rianon kein schlechter Redner war. Er sprach leidenschaftlich und mitreißend und löste Jubel aus. Noch während die Männer sich gegen die Brustpanzer trommelten, ritt er zu Walgreta und küsste ihre Hand, ehe er ihren Arm zu einer Siegesgeste emporriss.

Walgreta wollte sich losmachen, aber er hielt sie noch einen Moment fest, ehe er nachgab. »Sie jubeln auch dir zu, Königin«, murmelte er.

»Komm mir nicht so nah mit deinem Atem, oder ich erbreche mich!«

Er lachte und drückte ihr einen Kuss in den Nacken, der ihr einen Schauer über den Rücken jagte.

Der lange Zug aus Menschen und Tieren setzte sich in Bewegung. Walgreta holperte auf ihrem Prunkwagen dahin, links und rechts von sich den Fürsten und seine Männer. Aus den Augenwinkeln betrachtete sie Rianon. Seine Hand, die locker am Griff seines Stabdolches lag, war geübt im Umgang mit Waffen.

Walgreta stellte sich vor, wie er gegen Ganwalen kämpfte … aber es fiel ihr schwer, ihm den Triumph zu gönnen. Wenn jemand Ganwalen besiegte, wollte sie es sein.

Schmerzlich sah sie ein, wie unwahrscheinlich das war. Sie konnte nur hoffen, dass Rianon sie in Mún Toleda gegen alle Anschuldigungen verteidigte, und ihm dafür Streiter beschaffen und überhaupt alles tun, was er von ihr verlangte. Oder es gelang ihr doch noch zu fliehen …

Sie zogen am Donwall entlang, dessen Ufer seit Jahrhunderten bewandert wurden und so ausgetreten waren, dass sie mit den Tieren und Wagen gut vorankamen. Auf beiden Seiten blickten sie in das lichtdurchwirkte Grün junger Wälder, die sich gelegentlich zu blühenden Auen öffneten. Sie sahen auch Siedlungen – oder das, was davon übrig geblieben war: Der Krieg gegen den Neunten Stamm hatte Spuren hinterlassen. Die Asche von Hütten, die bis auf die Stümpfe abgebrannt waren, erstickte ganze Uferböschungen in grauem Schlick. Wo Dörfer nur zum Teil zerstört worden waren, baumelten Leichen von den Bäumen, von Fliegen so umschwärmt, dass die Spirale auf ihrer Kleidung, das Symbol des Neunten Stammes, kaum noch zu erkennen war.

Die Seenländer, die in Booten fuhren oder auf den Stegen vor ihren Hütten saßen, verneigten sich vor den Uriern mit einer Ergebenheit, die Walgreta abstieß. Dabei wusste sie, dass diese einfachen Leute keine Wahl hatten, als sich zu unterwerfen. Sie durften ja nicht einmal Metallwaffen tragen, wenn das Kleine Volk sie nicht für einen gemeinsamen Kampf ausrüstete.

Als die Sonne zu sinken begann, erreichten sie eine felsige Anhöhe, die das Land durchschnitt und den Fluss durch Löcher und Höhlen im Fels hinabstürzen ließ. Diese Anhöhe wirkte wie ein Wall, der sich, mal hoch wie ein Hügel, mal niedrig wie ein Pferderücken, so weit das Auge reichte, durch die Landschaft zog und das Seenland vom Mitterland trennte. Doch es war kein Wall, den jemand errichtet hatte. Es war das Rückgrat des toten Riesen Higema, der halb Mann, halb Schlange gewesen war und aus Eitelkeit versucht hatte, länger zu werden als die Flüsse.

Heute ragte nur noch Higemas Wirbelsäule aus der Erde, bleich und von unzähligen Höhlen und Pässen durchzogen. Zwischen die Wirbel hatte man im Lauf der Zeit Steine gesetzt, so dass der Wirbelweg entstanden war, der von der Zwergenstadt Falla Ridwen im Westen bis zur Zwergenstadt Mún Toleda im Osten reichte.

Sie folgten dem Wirbelweg Richtung Nordosten. An den schmalsten Stellen war er gerade breit genug für die Wagen, andernorts wölbten sich die ausgehöhlten Wirbel wie Brücken über ihnen. Anfangs genoss Walgreta noch den herrlichen Ausblick, denn das Seenland erstreckte sich rechter Hand bis zu den dunstigen Gebirgen, wo Horuns Bauch lag, und linker Hand öffnete sich das Mitterland mit seinen uralten, finsteren Wäldern wie ein Schattenreich. Doch als sie immer höher kamen und der Weg sich erneut verschmälerte, musste sie sich zwingen, nicht mehr nach unten zu schauen, wo sich die Wipfel der Bäume im Wind wiegten und den Eindruck noch verstärkten, dass sie kippte …

An allen Flüssen, die unter ihnen dahinströmten, lagen Dörfer mit Viehweiden und Äckern, doch manchmal roch Walgreta nur den Rauch von Feuern, ohne die Hütten im Dickicht zu entdecken. Dafür zeigten sich Mädchen und Jungen, die am löchrigen Gebein Higemas herumkletterten, vorgeblich, um Vogeleier zu suchen, während sie in Wahrheit wohl auskundschafteten, wer vorbeikam.

Rianon winkte sie heran, begann, mit ihnen zu scherzen, und ihnen kleine Nester getrockneten Fleisches zuzustecken, von denen die Urier sich ernährten.

Das Tageslicht versickerte jenseits der Buckel des Wirbelwegs. Zuerst strömten die Farben aus der Welt, dann auch die Konturen. Fackeln und die Laternen an den Wagen wurden entzündet.

»Ist es wirklich ratsam, in der Dunkelheit den Wirbelweg zu nehmen?«, gab Walgreta ihrem ständigen Wächter zu bedenken, da sie nicht weit entfernt wieder einen sehr hohen, schmalen Pass kommen sah.

»Wir werden im Gebiet des Zweiten Stammes lagern, nicht mehr weit von hier«, erklärte Redike, der gerade neben ihrem Wagen herritt.

Walgreta umklammerte die Zügel. Der Flammenschein tanzte auf den eingespannten Pferden, und sie beschloss, sich nur noch an ihren Vorreitern zu orientieren, wenn es so weit war, und nicht mehr zu versuchen, den Weg unter sich zu erkennen. Bei jedem Kieselstein, der sich löste, sank ihr das Herz ein wenig.

Dann endlich nahmen sie eine Rampe aus Felsen und Holzpflöcken auf mitterländischer Seite nach unten, wo ein Flusstal mit mehreren Siedlungen in den hohen Hallen uralter Zedern lag. Eins der typischen mitterländischen Langhäuser war von der Dorfgemeinschaft geräumt worden und beherbergte den Fürsten des Ersten Stammes und den Fürsten des Zweiten Stammes, die mit ihren Männern und zahlreichen Frauen gekommen waren, um Rianon zu erwarten.

Während die Fürsten und ihre Oberhäupter sich begrüßten, wurde von den einfachen Männern das Lager am Rande der Siedlung aufgeschlagen. Mehrere Frauen des Sechsten Stammes in feingewebten Schleiern traten vor Walgreta, nannten den hohen Rang ihrer Gemahle und baten sie, den Abend in ihrer Runde zu verbringen. Walgreta fiel auf die Schnelle keine Ausrede ein, also nickte sie und bereute es im Stillen.

Die Ehefrauen warteten im Gras, bis ihr Zelt errichtet war, und blickten auf eine höflich neugierige Weise an Walgreta vorbei. Walgreta wandte sich dem Wald zu. Sicher gab es hier in der Nähe eine Weise Frau. Sie drehte möglichst unauffällig die Handflächen nach oben und versuchte, in den Wald zu horchen. Zuerst hörte sie nur das Schnauben der Pferde, das Knirschen der Lederplanen und das Hämmern der Zeltbauer. Aber dann glaubte sie einen Atem zu vernehmen, einen sehr langsamen Atem, der durch den Boden ging, die Wurzeln an- und abschwellen ließ und die Zweige spreizte …

Nicht weit entfernt huschte ein Fuchs durch das Unterholz. Er schien Walgreta direkt anzusehen. Sie zweifelte nicht, dass es der Bote einer Wyka war, und rasch streckte sie die Hände aus und malte ein Zeichen in die Luft, um sich zu erkennen zu geben.

»Was machst du?« Redike drückte ihren Arm herunter und nahm schließlich ihr Kinn in die Hand, damit sie ihn ansehen musste. »Was soll das werden?«

Ärgerlich machte sie sich los und stieß ihm den Ellenbogen in die Rippen. Nun wurden auch die Urierinnen auf sie aufmerksam und tuschelten.

»Gibt es ein Problem?« Rianon kam zu ihnen.

»Sie wirkt einen Zauber …«

»Er betatscht mich!«, fauchte sie und schob energisch Redike weg, der sie festhalten wollte.

»Vorsicht, welche Anschuldigungen du gegen meinen General vorbringst«, sagte Rianon mit einem unsteten Lächeln. »Ich will weder ihn noch dich zur Rettung meiner Ehre umbringen müssen.«

Die Männer ringsum grinsten.

Walgreta ging ein paar Schritte weg und atmete tief durch, um nicht zu schreien. Würde die Wyka, die in diesem Wald lebte, sie aus dem Lager führen können, ohne dass jemand es merkte? Die Weisen Frauen konnten Schatten rufen, Bäume verschieben und mit dem Wind wandeln …

Andererseits hatte Walgreta schon erlebt, wie eine Wyka tatenlos zusah, als urische Räuber ein Dorf überfielen und die Leute verschleppten. Was eine Wyka konnte und was nicht, war von einer Außenstehenden schwer zu beurteilen. Und jedenfalls kam niemand, um sie jetzt zu befreien.

Als die Zelte errichtet waren, setzten die Urierinnen sich mit ihr an den Herd. Dienerinnen schichteten Holz auf, doch Walgreta sollte das Feuer entzünden. Dann brachten Dienerinnen Fleisch, Kräuter, Wurzeln, Milch und Kochgeschirr. Die Ehefrauen überwachten die Zubereitung der Speisen, während sie selbst um das Herdfeuer saßen und sich heiße Milch mit Honig reichen ließen. Nur wenn etwas in die Kessel gefüllt oder auf die heißen Steine gelegt werden sollte, erwarteten sie, dass Walgreta Hand anlegte oder ihnen erlaubte, es zu tun.

Weil sie nur Urisch verstanden, blieb die Unterhaltung schleppend. Walgreta wollte nicht offenbaren, wie gut ihre Sprachkenntnisse waren, denn etwas in ihr sträubte sich, die Urierinnen besser kennenzulernen. Sie bemitleidete die Frauen und verachtete sie dafür, wie sie sich behandeln ließen. Freundliches Geplänkel kam ihr unaufrichtig vor.

Wann immer das Schweigen zu lang wurde, boten die Frauen ihr mehr Milch oder Naschereien aus Milch an: säuerlichen Käse, eingekochten Rahm oder mit Milch gebackene Klöße. Später gab es gebratene Scheiben Rinderherz und Trockenfleisch mit Wurzelgemüse, das in winzigen Happen immer wieder ausgeteilt wurde.

Schließlich schickte Walgreta ihre Dienerinnen los, echte Leckereien aus ihrem Vorrat zu holen: in Honig gedörrte Äpfel- und Birnenstücke, Küchlein aus Nüssen, Honig und Kräutern und feine Streifen Räucherschinken. Die Urierinnen schienen begeistert, doch weniger vom Geschmack als von der Fremdheit, wie Walgreta argwöhnte. Sie fragten, in welcher Reihenfolge die Dinge gegessen wurden, und als Walgreta erklärte, es gäbe keine Etikette, wirkten sie bestürzt. Erst da dämmerte Walgreta, dass das kontinuierliche Darreichen von Milch, Käse, Klößen und Fleisch einem bestimmten Ritual folgte.

Nachdem die Urierinnen merkten, dass Walgreta nicht sehr gesprächig war, erzählten sie von sich und verwickelten sich in heitere bis aufgebrachte Gespräche über Kindererziehung, Krankheiten, Geschenke ihrer Männer und Ärgernisse mit Dienerinnen. Im Grunde ähnelten sie den Frauen von Horuns Bauch, nur dass sie aufgescheuchter und quengeliger wirkten … aber nicht schüchterner, nicht *unterdrückt*.

Selbst als die Ehefrauen aufbrachen, um ihren Männern das Essen zu bringen, schienen sie sich nur zu freuen, ihren sorgfältig ausgewählten Schmuck und die prachtvollen Kleider endlich zu präsentieren, die sie mit größter Sorgfalt unter den weißen Schleiern hervorlugen ließen.

Gerade das schockierte Walgreta. Diese Frauen gebaren die Kinder von Räubern und galten nicht als viel mehr denn Kriegsbeute. Und es schien sie nicht im Geringsten zu bekümmern.

Redike trat ein und richtete Walgreta die Bitte des Fürsten aus, sie möge ihm das Essen wie eine Ehefrau bringen.

Sie prustete. »Wenn der Fürst sich damit brüsten will, dass die Königin des Kleinen Volkes seine Frau ist, dann soll er mich bitten, an seinen Beratungen teilzunehmen. Das Essen würde ich ihm nur bringen, wenn es vergiftet wäre!«

Zu ihrem Erstaunen kam Redike wenig später erneut und sagte: »Fürst Rianon bittet dich, an der Versammlung seines Rats teilzunehmen.«

62

WALGRETA HÄTTE MIT ALLEM gerechnet, nur damit nicht. Irgendeine Erniedrigung musste Rianon damit im Sinn haben. Aber er würde sehen, wie weit er kam!

Sie folgte Redike zum Langhaus des Statthalters, wo die Oberhäupter an einem mächtigen Herdfeuer saßen. Im hinteren Bereich waren die Ställe der Pferde, im Mittelteil ein Labyrinth von Räumen, die jedoch keine Familien beherbergten wie sonst üblich, sondern Vorratskammern waren – auch für Sklavinnen, wie man am Stimmengewirr hören konnte.

In einem Kreis aus Fellen und Kissen, die für urische Zelte typisch waren, saßen die Urier und tranken den Kräuterbrand, der ihnen so viel bedeutete.

Rianon erhob sich, als er Walgreta sah. »Ich bin erfreut, dass du kommst. Bitte, nimm Platz.«

Die Männer rückten zur Seite, manche mit missbilligender Miene, doch die meisten eher neugierig. Vor allem, als die Ehefrauen eintraten und begannen, das Essen auszuteilen. Bei Walgreta gerieten sie ins Stocken.

»Behandelt die Königin wie einen Ehrengast«, sagte Rianon.

Die ranghöchste Ehefrau reichte Walgreta eine Schüssel mit Knochenfleisch, Leber und Brot und konnte sich in dem Moment ein Auflachen nicht verkneifen. Auch die anderen Frauen kicherten jetzt.

Als die komplizierte Reihenfolge des Essenausschenkens durch verschiedene Frauen vollbracht und die Frauen wieder gegangen waren, herrschte eine Atmosphäre der Betretenheit. Walgreta ahnte, dass es als unschicklich galt, sie beim Essen zu sehen. Oder vielleicht schämten sich die Männer, dabei von ihr gesehen zu werden.

»Bei meinem Volk danken wir Vater Sonne und Mutter Erde für die Speisen, bevor das Mahl beginnt«, sagte sie gegen die Verlegenheit, und Rianon hob daraufhin seinen Becher.

Auch die anderen Männer hoben ihre Becher. Dabei fiel auf, dass nur Walgreta keinen hatte.

Rianon gab sich einen Ruck und schenkte ihr ein wenig Kräuterbrand ein. Jemand murmelte etwas Empörtes. Walgreta sah Rianon in die Augen, als er ihr den Becher reichte. Warum stieß er seine Verbündeten so sehr vor den Kopf um ihretwillen? Er wollte doch sicher etwas.

Sie nahm den Becher und leerte ihn, als alle zum Trinken ansetzten. Der Brand war stark vergoren und fraß sich durch die Kehle wie Feuer. Aber sie verzog nicht das Gesicht, und aus den Augenwinkeln sah sie, dass Rianon sie beobachtete und seinerseits ein Grinsen unterdrückte.

Sie aßen, und niemand sah Walgreta dabei an. Obwohl sie bereits vom Mahl mit den Frauen satt war, wollte sie nicht den Anschein erwecken, aus Schüchternheit oder Rücksicht nichts zu sich zu nehmen, und langte kräftig zu.

»Meine Gemahlin, die Königin von Horuns Bauch«, fing Rianon an, »wird heute mit uns beraten, wie wir gegen den Neunten Stamm vorgehen. Viele Jahre hat der Neunte Stamm den größten Teil des Mitterlands beherrscht. Nun hat das Kleine Volk das Land zurückerobert, und wir als seine Verbündeten werden einen Teil für uns erwerben, wenn wir den Neunten Stamm gründlich in die Schranken weisen. Was wir bisher besprochen haben«, fuhr Rianon an sie gewandt fort, »betraf die Aufteilung unserer Reiter, um den Neunten Stamm bestmöglich anzugreifen, wenn er den Siebten Stamm im Tiefland aufsucht.«

Er deutete in die Asche am Rand des Herdes, in die mit einem Stock gezeichnet worden war. »Hier ist der Wirbelweg, wo wir uns jetzt befinden. Über uns sind die weiten Gebiete des Mitterlands, die der Neunte Stamm bisher beherrschte. Südöstlich davon liegt die Gebirgskette, die das Mitterland vom Tiefland trennt. Der einfachste Übergang, die Falkenhügel, gehören dem Siebten Stamm. Dort müsste der Siebte Fürst mit seinem Stamm auch überwintert haben. Da der Neunte Fürst noch ein Kind ist, führt sein Onkel den Stamm, ein ehemaliger Statthalter des Gebiets im Mitterland, das an die Falkenhügel grenzt. Wir vermuten, dass er darum auch beim Siebten Fürsten, seinem Nachbarn und Verbündeten, die Rückeroberung des Mitterlands planen wird. Die Falkenhügel sind der ideale Ort, um das Mitterland anzugreifen und sich rasch wieder zurückzuziehen. Die Viehherden, Frauen und Kinder des Neunten werden ebenfalls in der Nähe überwintert haben.«

Jemand hüstelte. Die Männer schmatzten und schlürften laut. Das alles war ihnen schon bekannt und langweilte sie.

»Also … wo werdet ihr sie erwarten?«, fragte Walgreta.

»Das Tiefland ist in dieser Gegend zu dieser Jahreszeit sumpfig und nicht mit Pferden zu durchqueren. Es gibt nur drei Wege, die der Neunte Stamm zum Siebten nehmen könnte: von Westen entlang der Knochenberge, von Osten entlang der Falkenhügel oder von Süden entlang der felsigen Ufer des Flusses Nabal.« Er deutete mit dem Stock auf drei Bögen in der Asche.

»Den Weg von Westen her habt ihr aber schon ausgeschlossen, nehme ich an? Denn über den Knochenbergen thront Mún Toleda, und es ist unwahrscheinlich, dass der Neunte Stamm an der Zwergenstadt vorbei ins Tiefland geflohen ist und dort in der Nähe sein Winterlager errichtet hat. Also bleiben zwei Wege übrig: der am Fluss Nabal entlang aus der Mitte des Tieflands und der Weg entlang der Falkenhügel aus dem Osten. Ich habe gehört, die Steppe ist im Winter ein schrecklicher Ort, den eure Stämme meiden, wenn sie können. Das spräche dafür, dass der Neunte Stamm eher im Osten am Rand der Falkenhügel überwintert hat. Es sei denn, er wollte absichtlich dort lagern, wo man ihn nicht erwarten würde. Ihr würdet euch nicht mehr beratschlagen, wenn das keine Möglichkeit wäre.« Walgreta sah sich in der Runde um. »Entweder ihr setzt auf eine der beiden Richtungen und riskiert, den Neunten Stamm zu verpassen, oder ihr postiert Männer an beiden Wegen. Wahrscheinlich erwägt ihr gerade Letzteres.«

Rianon stützte seine Arme auf die Knie. »Du denkst sehr schnell. Und du redest ebenso schnell. Ich war noch gar nicht fertig zu erklären: Es geht nicht darum, das Winterlager des Neunten Stammes zu finden, sondern die ausgerückten Männer, die sich irgendwo in den Falkenhügeln auf ihren Angriff aufs Mitterland vorbereiten werden. Und wir haben schon auf einen Weg gesetzt, indem wir uns an den Knochenbergen im Osten auf die Lauer gelegt haben. Da sie nicht vorbeikamen, beratschlagen wir, ob wir am Fluss Nabal hinabreisen sollten oder weiter nach Osten entlang der Falkenhügel – was riskanter ist, da der Siebte Stamm uns bemerken könnte.«

Nun lachten einige Männer, aber Rianon nicht. Walgreta ballte die Hände im Schoß. Sie fühlte sich vorgeführt.

»Und warum lauert ihr ihnen nicht einfach auf, wenn sie zu ihrem Lager zurückkehren?«, fragte Walgreta.

Ein weißhaariger Mann sagte freundlich: »Wir Urier haben nicht nur *ein* Lager. Ein Lager ist, wo Leute um ein Feuer sitzen.«

Einer der Männer gähnte. Ein anderer ging mit der Ankündigung hinaus, Wasser zu lassen.

Walgreta betrachtete die Zeichnungen in der Asche. Dann nahm sie Rianon den Stock ab, bohrte ihn in eine Stelle und sagte: »Es gibt nur ein Winterlager. Und ohne das ist der Neunte Stamm nur eine Horde Räuber ohne Besitz.«

Nun wurde es wieder ruhig. Walgreta hatte zwei Kreuze an den östlichen Gebirgen und am Fluss Nabal gezeichnet, wo die Frauen und Kinder des Neunten Stammes angeblich überwinterten.

»Du schlägst vor«, sagte Rianon langsam, »dass wir ihre Frauen und Kinder angreifen?«

»Ihr könnt euch dort auch nur auf die Lauer legen. Früher oder später kehren die Männer des Neunten zu ihren Frauen und Kindern zurück, oder nicht?«

Einer der Männer grunzte. »Ja, aber vielleicht erst im nächsten Winter.«

Walgreta biss die Zähne zusammen. »Dann nehmt ihnen die Familien und Viehherden weg, während sie nach Verbündeten suchen. Wäre der Neunte Stamm überhaupt noch ein Stamm, wenn ihm Familien und Viehherden fehlten?«

»Und wären wir noch ein Stamm, wenn wir Frauen und Kinder rauben?«, blaffte eines der Oberhäupter.

Rianon stand auf. Er ging hin und her. »Viele Ehefrauen des Neunten Stammes sind Töchter aus anderen Stämmen. Durch einen solchen Raub würden wir diese Stämme gegen uns aufbringen, wenn sie nicht schon längst gegen uns sind.« Er blieb stehen, sah die versammelten Männer an und fuhr fort: »Die meisten Stämme sind längst auf der Seite des Neunten gegen uns. Unentschieden sind nur der Fünfte und der Siebte Stamm. Die würden wir uns durch den Raub ihrer Töchter zu Feinden machen.«

Redike schüttelte den Kopf. »Der Fünfte und der Siebte Stamm werden sich trotzdem gut überlegen, ob sie gegen uns kämpfen oder lieber mit uns verhandeln, um die Ehre ihrer Töchter zu retten – und den Frieden an ihren Grenzen. Denn wir haben das Kleine Volk auf unserer Seite. Beim Kleinen Volk ist es auch nicht schändlich für eine Frau, erst den einen und dann den anderen Mann zu heiraten. Wenn die Streiter sich an unserem Überfall beteiligen, können wir uns auf ihre Sitten berufen.« Er warf Walgreta einen flüchtigen Blick zu.

»Es wäre also kein Raubzug, sondern eine Befreiung«, sagte Rianon mit einem kleinen Lächeln. »Wir erklären dem Fünften und Siebten Stamm, dass wir ihre ehrwürdigen Töchter vor den Schwächlingen bewahren, die sie nicht beschützen konnten. Dann bieten wir den Frauen einige der höchsten Ränge in unseren Stämmen an.«

»Wir sollen Witwen heiraten?« Der Fragende schien alles andere als begeistert.

Rianon erwiderte: »Um den Feind zu besiegen, können wir ihn nicht einfach auslöschen. Wir müssen der Neunte Stamm *werden.*«

Eine erbitterte Diskussion entbrannte. Soweit Walgreta mitbekam, waren vor allem die Fürsten des Ersten und Zweiten Stammes wenig angetan von der Idee, die Frauen des Neunten Stammes zu rauben. Offenbar gab es einen Ehrenkodex unter den Uriern, den die meisten nicht zu brechen bereit waren. Rianon und seine Männer aus dem Sechsten Stamm jedoch hatten damit keine Schwierigkeiten. Sie waren wohl selbst unter den Uriern Barbaren … und dann bekam Walgreta durch eine Nebenbemerkung mit, dass Rianons Abstammung im Sechsten Stamm umstritten war – dass er im Streit um die Nachfolge des letzten Fürsten nicht einmal die Mehrzahl der Familien hinter sich gesammelt hatte und sein Gegner, ein gewisser Sorike, ihn als Hochstapler bezeichnete.

Walgreta war nicht sicher, ob sie das schnell gesprochene Urisch der Männer richtig verstanden hatte. Die Unterhaltung ging auch gleich weiter. Aber bei Gelegenheit würde sie nachforschen. Es würde einiges erklären, wenn Rianon kein legitimer Fürst war, sondern ein dahergelaufener Lügner.

Nun sah sie ihn und die ganze Runde in einem anderen Licht. Die Skepsis der Männer aus den anderen Stämmen schien tiefreichender zu sein. Und Rianons feurige Worte, der unbedingte Rückhalt durch Redike wirkten mit einem Mal wie das Gebaren von Außenseitern, die aus mehreren Gründen dazu aufriefen, alte Bräuche zu überwinden.

Walgreta staunte. Zum ersten Mal interessierte sie sich für ihren sogenannten Gemahl, wenn auch auf eine Weise, wie man sich für eine besonders abscheuliche Spinne interessierte.

»Und die kleinen Söhne aus dem Neunten Stamm?«, polterte der Erste Fürst, Perenion, gegen Rianon an. »Wenn wir sie leben lassen, werden sie sich später rächen. Und wenn wir sie töten, werden ihre Mütter und deren Familien uns das niemals verzeihen.«

»Es sind kleine Jungen«, sagte Rianon. »Wenn wir ihnen mit Großherzigkeit begegnen, werden sie uns lieben.«

»Mit Großherzigkeit«, spottete der weißhaarige Zweite Fürst. »Während an unseren Händen das Blut ihrer Väter und großen Brüder klebt!«

»Das Blut von Feiglingen und Streithähnen, die Krieg gegen das Kleine Volk angefangen haben und ihre eigenen Familien nicht schützen konnten. Wenn wir siegen, erzählen *wir* die Geschichte«, sagte Redike.

Erneut redeten alle durcheinander. Das Ratsgespräch endete erst tief in der Nacht und weniger dank einer Einigung denn aus Erschöpfung. Dennoch war der Widerstand des Ersten und Zweiten Stammes gegen Rianon schwächer geworden, und als Rianon die Runde auflöste, wählte er Worte, die fast so klangen, als gäbe es bald die Befreiung der ehrenwerten Frauen zu feiern, die noch beim Neunten Stamm festsaßen. Einer seiner Männer erkundigte sich nach den Frauen des Ersten und Zweiten Stammes, und jemand stand auf, um die Sklavinnen zu holen, wie Walgreta vermutete.

Rianon entschuldigte sich damit, Walgreta zu ihrem Zelt zu

geleiten, und sie war insgeheim erleichtert, nicht wieder Redike übergeben worden zu sein.

Sie gingen nach draußen und stapften durch das Lager. Man konnte die Grillen nicht nur zirpen hören, sondern auch durchs Gras springen sehen, denn das Licht des Vollmondes strahlte von einem klaren, mehr blauen als schwarzen Himmel. War wirklich schon fast eine Mondphase vergangen, seit sie Horuns Bauch verlassen hatte? Einerseits war es die längste, quälendste Zeit ihres Lebens gewesen, andererseits ... andererseits kam ihr alles noch so frisch vor: Horuns Bauch, Hekteba, der Abschied von Fayanú. Fayanú ...

Rianon humpelte neben ihr. Normalerweise versuchte er zu überspielen, dass sein Fuß noch nicht verheilt war. Vielleicht war er gerade unachtsam.

»Warum behandelst du mich plötzlich mit Respekt?«, fragte sie.

Er schien verwundert. »Dasselbe wollte ich dich fragen. Du hast dich mit mir beraten wie ...«

»... eine Königin?«

Er nickte. »Natürlich hast du mir ein geradezu selbstmörderisches Abenteuer vorgeschlagen, aber nichts anderes hatte ich erhofft.«

»Du wolltest, dass ich vorschlage, die Frauen zu rauben«, stellte sie ruhig fest.

Er warf ihr einen Blick zu. »Ja. Ich dachte mir, dass es dich ärgern würde, wie wir die Frauen bei unserer Strategie ignorieren. Hätte ich den Vorschlag gemacht, hätten die anderen Fürsten sich entrüstet von mir abgewandt. Aber du als Königin des Kleinen Volkes, die unsere Sitten nicht kennt – du konntest den Vorschlag äußern.«

Sie nickte. Es war leicht zu durchschauen gewesen, dass er sie deshalb an seiner Ratssitzung hatte teilnehmen lassen. »Niemand würde euch den Raub verzeihen. Es *wäre* selbstmörderisch, ganz zu schweigen davon, dass es widerwärtig wäre.«

»Und deshalb hast du es vorgeschlagen.«

Walgreta lächelte dünn. Es stimmte, sie hatte den Uriern mit ihrem barbarischen Vorschlag zeigen wollen, wozu sie sie für fähig hielt.

»Hast du darüber nachgedacht, was es für die Frauen und Kinder bedeuten wird, wenn wir sie entführen?«, fragte er.

»Ich denke durchaus darüber nach, was es bedeutet, dass eure Frauen wie Pferde verschachert, entführt und gefangen gehalten werden. Für die Frauen des Neunten Stammes ändert sich doch durch euren Beutezug nichts.«

Sie erreichten ihr Zelt und blieben stehen.

»Ich verstehe immer noch nicht, was du willst«, sagte er. »Du forderst deine Freiheit. Aber wozu? Um den Wyken wieder zu alter Herrschaft zu verhelfen?« Er schüttelte den Kopf. »An meiner Seite könntest du das leichter erreichen als in irgendeinem entlegenen Hain. Ich halte dich nicht gefangen, Walgreta. Du machst dich selbst zur Gefangenen. Und weißt du, was ich glaube? Ich glaube, du tust es aus Bequemlichkeit. Weil du es gewohnt bist, auf deinem goldenen Wägelchen zu sitzen und von der Welt serviert zu bekommen, was du wünschst, und darüber noch die Nase zu rümpfen.«

Sie holte zu einer Ohrfeige aus, weil sie zu spät daran dachte, dass sie ihm auf den verletzten Fuß hätte treten können.

Geflissentlich wich er zurück. »Ich habe recht«, sagte er leise.

Sie wollte ihn beleidigen, ihm wenigstens widersprechen. Aber sie fühlte sich mit einem Mal schwach und entblößt. Irritiert wandte sie sich ab, um ins Zelt zu fliehen.

»Warte.« Er hielt die Plane fest. Sein Ton wurde versöhnlich: »Falls das nicht klargeworden ist: Ich biete dir meine Freundschaft an. Ich würde dir gern vertrauen können. Und, in aller Bescheidenheit, du könntest jemanden wie mich gebrauchen.«

»Du bist das Letzte, was ich brauche«, murmelte sie, riss die Plane beiseite und schlüpfte nach drinnen.

Einen Moment länger in seiner Nähe, und sie hätte angefangen zu weinen. Und dafür hasste sie ihn vielleicht am meisten.

63

ALS ER ES SCHON nicht mehr erwartet hatte, fand Fayanú eine Treppe, die aufwärtsführte. War er im Kreis gelaufen und wieder in Ilian? Selbst wenn – er empfand nichts als Dankbarkeit. Es würde Wasser geben! Vor Durst konnte er kaum noch denken. Mit letzter Kraft taumelte er die Stufen empor. Zäher, feuchter Nebel umgab ihn. Dann trat er in Pfützen. Er ließ sich auf die glitschigen Steine fallen und trank, verschluckte sich, hustete, trank weiter. Erst als sein Magen sich verkrampfte und er merkte, dass er das Wasser wieder erbrechen würde, wenn er mehr trank, hielt er inne. Noch immer hatte er quälenden Durst.

Fahles Tageslicht drang durch den Nebel. Er sah, wie träge Würmer aus Dunst über den Boden krochen, hin zur Treppe, über die er gekommen war. Sie hinterließen eine Spur aus Wasserrinnsalen. Wankend stand er auf und lief in die entgegengesetzte Richtung. Fische zappelten in den Pfützen, bis das steigende Wasser sie überschwemmte. Einmal flutschte ein Neunauge über Fayanús Füße. Er kletterte auf einen Felsen, den er für das Ufer des Sees oder Flusses hielt. Doch als die Nebel davonglitten und sich ein gleißender Sonnenstrahl herabsenkte, merkte er, dass er auf einer kleinen Insel gelandet war: einer Ansammlung von Steinbrocken und zwei dürren Tannen. Erst fünfzehn oder zwanzig Schritte weiter begann der Wald.

Rasch flutete das Wasser zurück. Fayanú erkannte, dass er von einem Weiher umgeben war. Die Bäume spiegelten sich auf der Oberfläche, die so still und dunkel war, als hätte nichts sie je erschüttert. Nur dass keine Libellen oder Wasserläufer zu sehen waren, verriet, dass die Lindwürmer eben noch den geheimen Weg nach Ilian freigegeben hatten.

Sie hatten ihn freigegeben. Ohne Blutopfer. Wahrscheinlich auf Befehl der Elfen. Oder das Blutopfer war nur notwendig, wenn man von draußen kam.

Die letzten Dampfschwaden lösten sich in der Brise auf, die durch die grünenden Wipfel strich, und Fayanú versank in der Gewöhnlichkeit dieses sonnigen Frühlingstages wie in einem Daunenbett.

Zitternd schöpfte er mehr von dem kalten, klaren Wasser, trank aus den hohlen Händen. Dann rollte er sich auf die Seite und schlief beim Vogelgesang in den tanzenden Lichttupfern ein.

Der Boden bewegte sich unter ihm. Er hörte das Knarzen von Wurzeln und Zweigen, wurde von einer zum anderen gereicht wie ein Kind unter Verwandten. Er wollte die Augen öffnen, aber sein Körper gehorchte ihm nicht. Erst als ein Windstoß über sein Gesicht strich, erwachte er aus seiner Starre. Atemlos fuhr er auf.

Er war in einer Hütte, und jemand fächelte ihm Luft zu. Nein, nicht ihm, sondern einem Herdfeuer, wobei er etwas von dem Luftzug abbekam.

»Oh. Du bist wach.« Die Frau, die zwischen ihm und dem Feuer stand, wandte sich ihm zu. Sie war groß und hager, mit einem Gespinst grauer Haare, das ihr über den Rücken fiel. Sie nahm ihre Pfeife aus dem Mundwinkel und blies ein Wölkchen violetten Rauchs zur Seite.

»Der Abzug funktioniert mal wieder nicht richtig. Verqualmt hier drinnen, was? Das ist ungesund.« Sie wedelte erneut mit dem Kräuterbündel durch die Luft.

Fayanú wollte fragen, wer sie war und wohin man ihn gebracht hatte, aber sicher ahnte sie auch so, was ihn bewegte. Er tastete über seine Brust und stellte erleichtert fest, dass er das Kupferne Kleid noch trug.

»Welche Sprache verstehst du?«, fragte sie und fuhr im Dialekt der Küstenelfen fort: »Die des Alten Volkes?«

»Deine Sprache wäre mir lieber.«

Die Frau zog die Augenbrauen hoch. »Ein Waldelf, der lieber die Zunge der Menschen spricht? Das kommt einem nicht alle Tage unter.«

Sie ließ sich in einen mit Lammfell gepolsterten Sessel sinken und paffte. »Ich bin Onyx, die Weise Frau vom Ulmenhain. Und da sind wir jetzt. Ich habe dich am Weiher gefunden. Das heißt, meine Schülerin hat dich gefunden. Du hast der Kleinen einen ganz schönen Schrecken eingejagt mit all dem Nebel und den Lindwürmern … und dem geheimen Weg nach Ilian.«

Sie verstummte erwartungsvoll. Aber Fayanú zeigte auf den Wasserkrug, der hinter Onyx auf einer Baumtischplatte stand.

Onyx reichte ihn ihm. »Haferbrei ist auch gleich fertig. Ich vermute, du hast Hunger. Alle haben immer Hunger.«

Er trank. Geschmeidig rann ihm das Wasser die Kehle hinab und linderte das Brennen, aber wieder rebellierte sein Magen. Er musste sich zügeln. Schluck für Schluck.

Die Tür öffnete sich, und ein Mädchen mit einer Schürze voller Kräuter trat ein, dürr und langbeinig wie Onyx, aber mit einem sommersprossigen Mondgesicht zwischen vielen kleinen Zöpfen. Sie mochte nicht älter als zwölf sein. Als sie Fayanú wach sah, erstarrte sie.

»Schlag' keine Wurzeln im Türrahmen, das wäre unpraktisch.« Onyx wies zwischen dem Mädchen und Fayanú hin und her. »Das ist meine Schülerin Haselkin, und das ist – ja, wie heißt du eigentlich?«

»Fayanú.« Er schluckte. Seine Stimme war kaum mehr als ein Krächzen. »Und Ihr … Onyx? Ihr seid wirklich eine Wyka? Könnt Ihr das beweisen?«

Die Alte zuckte die Schultern und drehte sich wieder zu

Haselkin um, die inzwischen die Tür hinter sich zugezogen hatte.

»Sie ist die Weise Frau vom Ulmenhain«, bestätigte Haselkin.

»Dann sagt mir, wie Eure Schülerin im letzten Jahr hieß.«

Wieder überließ die Alte es dem Mädchen zu antworten: »Im letzten Jahr hieß Onyx' Schülerin Waldgrün. Waldita in der Sprache des Kleinen Volkes.«

»Walgreta«, korrigierte Onyx.

»Ja, Walgreta«, murmelte Haselkin hastig. »Walgreta.«

Fayanú nahm die Schüssel Haferbrei und den Holzlöffel entgegen, die Onyx ihm reichte.

»Moment.«

Bevor er den Löffel eintauchen konnte, winkte Onyx ihre Schülerin heran, wühlte in ihrer Schürze und zog einen Stängel süßer Glockenblätter heraus. Sie zupfte drei Blätter ab und zierte damit Fayanús Haferbrei.

»So. Guten Appetit.«

Der Haferbrei war, gespickt mit getrockneten Apfelstückchen und Walnüssen, heiß und klumpig und köstlich. Innerhalb kürzester Zeit hatte er alles vertilgt.

»Ich empfehle dir ein Päuschen vor dem Nachschlag«, brummte Onyx. »Du könntest erzählen, was dich hierherverschlägt. Ich habe lange keinen Elf vom Wald mehr gesehen. Aber du musst auch nicht. Ich sterbe zwar vor Neugier, doch das tue ich ohnehin in dieser Welt voller Rätsel.«

»Ich will Euch erzählen, was mich hierherverschlägt.« Fayanú warf einen vielsagenden Blick auf das Mädchen.

»Haselkindchen, klettere mal aufs Dach und sieh nach, ob der Kamin verstopft ist«, sagte Onyx.

»Jetzt sofort?«, fragte Haselkin, zweifellos in der Absicht, darauf hinzuweisen, wie unpassend diese Aufgabe war.

Knarzend schwang die Tür wie von Geisterhand auf, und das war die einzige Antwort, die Onyx gab. Das Mädchen schlurfte hinaus. Hinter ihr schloss sich die Tür, ohne dass Onyx sich gerührt hätte.

Die Weise Frau machte es sich in ihrem Sessel gemütlich. »Der Kamin ist sehr verstopft, sie wird uns eine ganze Weile nicht hören. Leg' los.«

64

UNTER IHRER FELLDECKE BEFRAGTE Walgreta auch in dieser Nacht den Blickenden Becher nach Fayanú. Doch so sehr sie sich auch sammelte und konzentrierte, so sehr sie auch hoffte – er zeigte nichts als ihr eigenes blasses Gesicht.

Fayanú durfte nicht tot sein. Das durfte nicht wahr sein! Aber wenn er nicht tot war, dann fiel ihr als einzige Erklärung ein, dass er in Ilian sein musste, verborgen hinter zauberischen Nebeln, wohin der Blick des Bechers nicht reichte. Also hatte er das geheimnisvolle Reich der Elfen aufgesucht.

Walgreta beschloss, bei dieser Vermutung zu bleiben. Sich an sie zu klammern. Auch wenn sie nicht verstand, warum er zu seinem Volk hätte zurückkehren sollen. Er hatte doch mit ihr vereinbart, sie zu treffen. Mit ihr die Flüsternde Flöte zu suchen. Dafür zu sorgen, dass die Iliaden gefunden wurden und endlich wieder in die Hände der Weisen Frauen gelangten. Er hatte ihr versprochen, gemeinsam mit ihr diesen Weg zu gehen …

Es tat weh, solche Gedanken weiterzuspinnen. So sehr, dass sie es körperlich spürte und sich zusammenkrümmte. Heiße Tränen liefen ihr übers Gesicht, und lange lag sie so da, schwankend zwischen Weinen und innerlichem Erstarren.

War sie eingeschlafen?

Draußen herrschte noch tiefste Dunkelheit, als Walgreta aus wirren Träumen aufschrak. Das Herdfeuer neben ihr war erloschen. Ein Luftzug trieb Wellen durch die Zeltplane, und die Dunkelheit schien sich in flatternde Schatten zu verwandeln. Fröstelnd richtete sie sich auf.

In einem matten Violett erstrahlte die Glut im Herd neu. Walgreta hielt den Atem an. Am Fuße ihres Schlaflagers stand eine Frau.

Sie war noch nicht alt, womöglich nur ein paar Jahre älter als Walgreta. Aber ihre stille Würde verriet, dass sie das Zwiegespräch mit höheren Wesen als Sterblichen gewöhnt war.

»Wyka«, stieß Walgreta hervor und strich sich zum Gruß über das Herz.

»Du wolltest mit mir sprechen«, erwiderte die Frau freundlich. »Es war nicht leicht, dich in einem Wald aus Speeren zu finden.«

»Ich bin so froh, dass Ihr gekommen seid! Danke, tausend Dank!« Als Walgreta näher rutschte, sah sie, dass die Gewänder der Wyka aus Rauch zu bestehen schienen. Sie war nicht wirklich da …

»Du batest mich um Hilfe zu fliehen«, stellte die Weise Frau fest. »Doch wenn du vor deinem Leben fliehst, verlierst du es.«

Walgreta biss die Zähne zusammen. »Ihr habt leicht reden. Ihr steht außerhalb der Welt der Sterblichen.«

Die Wyka schwieg, aber sie ging nicht.

»Dass Ihr außerhalb der Welt steht, ist das Problem! Ich will die alte Ordnung wiederherstellen«, flüsterte Walgreta und spürte, wie ihr das Herz überfloss. »Ihr Weisen Frauen müsst regieren. In Frieden, gerade so wie früher. Die vier Iliaden könnten wieder in euren Besitz gelangen! Diese Kriege, die Feindschaft zwischen den Völkern beenden. Wie in den alten Geschichten! Dafür will ich sorgen …«

Noch immer schwieg die Wyka. Betrachtete sie prüfend.

Schließlich neigte sie den Kopf, und ihre Augen wurden schmal. »Auf dir liegt ein Zauber.«

Walgreta nickte, irritiert vom plötzlichen Themenwechsel. »Die Königin – die *ehemalige* Königin wollte sicherstellen, dass mein Gemahl Gefallen an mir findet.«

»Die ehemalige Königin ist weise. Früher war die Königin des Kleinen Volkes immer auch eine Wyka.«

»Und so soll es wieder sein.« Walgreta ballte die Fäuste. »Aber ich kann nichts tun, wenn ich eine Gefangene bin!«

Ein Lächeln glomm in den großen, sanften Augen der Frau. »Du willst die Gewalt der Kriegsfürsten durch eine Regierung von Zauberinnen ersetzen? Dann lasse den Zauber wirken, der auf dir liegt. Bleibe bei deinem Gemahl. Begib dich in seine Nähe und sieh, was der Zauber mit ihm macht.«

»Ich soll … und dann?«

Die Eingangsplane wurde geöffnet. Ein Windstoß ging durch das Zelt, und die Weise Frau zerstob wie eine Rauchschwade.

»Ich habe Stimmen gehört«, sagte Redike und trat ein. »Ist alles in Ordnung?«

65

ALS FAYANÚ ALLES ERZÄHLT hatte, blies die Weise Frau ihre Backen auf und ließ die Luft hörbar wieder aus ihnen entweichen.

»Was haltet Ihr von Walgretas und meinem Vorhaben?«, fragte er vorsichtig.

»Hm. Hmmm.« Onyx tastete ihren Mantel aus Ziegenfellstreifen ab, zückte einen Beutel voll Violettenkraut und stopfte ihre Pfeife, ohne sich mit einer Antwort zu beeilen.

Fayanú nahm sich einen Nachschlag Haferbrei aus dem Kessel, wobei er enttäuscht feststellte, dass nicht viel übrig war. Der

Brei war noch klumpiger geworden und schmeckte vorzüglich. Wer brauchte schon das Echte Essen der Waldelfen? Dann lebte er eben nicht viele Jahrhunderte. Es gab Wichtigeres zu tun!

»Du trägst also das Kupferne Kleid der Zwerge?«, fragte Onyx.

Fayanú zog ein paar der Ketten hervor, die er unter dem Wams festgesteckt trug.

»Dann warst du es, die vor einigen Wochen die drei Streiter in der Grotte getötet hat.«

Die leisen Worte bohrten sich wie Dolche in Fayanú. »Woher …«

»Das Wasser der Flüsse und Bäche erzählt mir, was sich in ihm ereignet hat.«

»Und woher wisst Ihr, dass ich …« Fayanú mahlte mit den Zähnen. »Ihr habt an mir rumgeschnüffelt, als ich schlief!«

Seelenruhig paffte Onyx. »Wo denkst du hin? Ich hielt dich bis gerade eben für einen jungen Mann – keine Sorge, das Kupferne Kleid blendet auch Wyken. Aber wenn du diejenige bist, die jene Streiter auf dem Gewissen hat, dann bist du auch diejenige, die von ihnen missbraucht wurde. Ich zähle nur zusammen, was das Wasser so tratscht … Mein Beileid«, fügte sie etwas ungeschickt hinzu.

Er spürte, wie er errötete. Er hatte das Leben anderer beendet, doch größer als seine Gewissensbisse war seine Beschämung. Er ertrug es nicht, dass jemand wusste, was ihm angetan worden war. Er wollte weinen oder um sich schlagen … und verharrte doch reglos zwischen seinen widersprüchlichen Gefühlen, so wie früher. So wie immer.

Die Wyka wechselte das Thema: »Ihr habt also das Kupferne Kleid und den Blickenden Becher und wisst, wo die Flüsternde Flöte ist. Werden die Waldelfen mit der Sternenscheibe mitmachen?«

Fayanú wendete nachdenklich seine leere Schüssel in den Händen. Auf dem Dach holperte und raschelte Haselkin. Die junge Schülerin der Wyka versuchte zweifellos, sie zu belauschen. Er senkte die Stimme.

»Was ist, wenn die Küstenelfen die Sternenscheibe bekommen? Dann würde das Alte Volk mitmachen, eben nur die Waldelfen nicht.«

Onyx kniff die Augen schmal. »Ihr wollt die Sternenscheibe stehlen, um sie den Küstenelfen zu geben?«

Fayanú nickte knapp.

Etwas Kühles, Hartes trat in den Blick der Weisen Frau. »Lass mich raten, das ist Walgretas Idee. Stehlen, um Frieden herzustellen, grandios! Und du unterstützt sie dabei – gegen dein eigenes Volk!«

»Die Waldelfen sind nicht mein Volk.« Er presste die Lippen zusammen. Die Wyken hielten sich für etwas Besseres, so wie die Elfen des Waldes, weil sie sich die Finger nicht schmutzig machten. Das war nicht schwer, wenn man sich vor der Welt versteckte.

Onyx stopfte sich eine weitere Pfeife. »Ganz richtig, dass du an uns Weisen Frauen zweifelst. Selbst wenn es dir und Walgreta, auf welchen krummen Wegen auch immer, gelingen sollte, die Sternenscheibe aus Ilian zu holen, stünde euch die nächste Schwierigkeit bevor: die Iliaden an den oder die Richtige zu verschenken. Ich wünschte, ihr könntet unter den Wyken keine falsche Wahl treffen. Aber schließlich verloren die magischen Artefakte schon einmal ihre Wirksamkeit im Besitz misstrauischer und machthungriger Wyken. Wer weiß, ob die Schülerinnen dieser Frauen heute besser sind als diese damals … Walgreta wird daran zweifeln. Glaubst du, sie wird die Iliaden wirklich verschenken? Wo sie doch so sehr selbst eine Wyka sein will …«

»Sie hat das Kupferne Kleid verschenkt«, erinnerte Fayanú sie.

»Ja, gewiss. Im Tausch gegen den Blickenden Becher und dein Wissen darüber, wo die Flüsternde Flöte ist und der geheime Weg nach Ilian. Und überhaupt … wie kam sie an das Kupferne Kleid?«

Fayanú erhob sich. »Ich werde mir nicht anhören, wie Ihr sie beleidigt!«

»Ich kenne Walgreta. Aber wenn du nicht willst, dass ich laut nachdenke, dann lasse ich es bleiben.« In aller Seelenruhe rauchte sie.

»Wie kann man so hochmütig sein?«, entfuhr es ihm. »Walgreta will alles für Euch tun, sie riskiert ihr Leben, und was ist Euer Dank? Böse Unterstellungen! Vielleicht ist unser Plan wirklich zu naiv. Die Iliaden wiederzufinden, das ist möglich. Aber an Euch zu glauben – das scheint mir immer schwieriger.«

»So ist es. Leider.«

Fassungslos starrte er auf die Alte herab. Was hatte er hier noch verloren? Die Antwort lautete: nichts. Er stellte die Schüssel ab und ging.

»Junge!« Onyx folgte ihm zur Tür. »Es mag nicht so geklungen haben, aber ihr habt meine Unterstützung – solange ihr keine Gewalt anwendet. Wohlgemerkt kann ich nur in meinem Namen sprechen, nicht im Namen aller Wyken. Ich an deiner Stelle würde ein wenig mehr Misstrauen pflegen – vor allem da, wo es scheinbar unangebracht ist.«

Im Türrahmen blieb Fayanú stehen. Er sah aus den Augenwinkeln, dass Haselkin über den Dachrand lugte, aber was er zu sagen hatte, durfte die Schülerin ruhig hören.

»Ich habe mich immer gefragt, wie die Weisen Frauen allein mit Vertrauen und Schenken regiert haben sollen. Aber von Euch kann ich keine Antwort erwarten. Danke für den Haferbrei.«

66

BEHERZT WARF SICH RIANON Wasser aus dem Bach ins Gesicht. Die Kälte stach wie Nadeln, doch dann setzte die Betäubung ein und tat gut. Er hatte lange nicht mehr so schlimm gesoffen wie letzte Nacht. Aber das Gelage war nötig gewesen, um den Rückhalt des Ersten und Zweiten Fürsten zu gewinnen. Noch ein paar solcher Nächte, dann würden sie ihm folgen, um die Frauen des Neunten Stammes zu rauben.

Er unterdrückte ein Lächeln. Wenn es ihm gelang, ehrwürdige Fürsten zu einer solchen Tat zu überreden, dann würde ihm alles gelingen. Dann würden seine geschickten Worte jede Klinge verbiegen, jeden Thron stürzen können …

Ein Zweig knackte. Er wandte sich um. Im Dämmer der riesigen Bäume stand Walgreta, und ein paar Schritte hinter ihr wie ein Schatten Redike.

Rianon nickte ihm zu, um ihn zu entlassen. Redike ging zurück in Richtung Lager, und seine Schritte verklangen.

Rianon wünschte, sein Kopf würde nicht so dröhnen. Er rieb sich den Haaransatz am Ärmel trocken. »Was verschafft mir die Ehre?«

Die Königin trat näher und öffnete den Mund, doch dann lehnte sie sich nur schweigend gegen einen niedrigen Ast, als schien sie auf etwas zu warten. Im schwachen Widerschein des Baches schimmerten ihre Wangen wie Perlen.

Und dann lächelte sie. Es war nur ein flüchtiges Lächeln, das über ihr Gesicht irrlichterte, bevor sie wieder ernst wirkte, geradezu konzentriert.

»Was?«, fragte Rianon.

»Ich … habe nachgedacht. Über deine Worte gestern. Dass du mein Verbündeter …«

Plötzlich ließ ein durchdringender Laut die Luft erzittern.

Es war ein Horn. Ein *Kriegshorn.*

Brennende Pfeile prasselten aus dem Wald und bohrten sich in Häuser und Zelte.

Rianon fühlte sich schlagartig wieder klar im Kopf. Er packte die Königin bei der Hand und zog sie mit sich. Ohne ein Wort duckte sie sich und kroch vor ihm in eine Kuhle zwischen den Wurzeln eines Baums und dem porösen Gestein des Wirbelwegs.

Er verbarg sie hinter seinem Rücken, versuchte, die Schützen im Dunkel des Waldes zu erkennen. Überall glommen Lichter, hinter jedem Zweig und jeder Wurzel tauchte für einen Augenblick ein Arm auf.

Wild leckten die Flammen an den Dächern der Häuser und fraßen sich durch die Zeltplanen. Schreie erschollen. Frauen und Männer rannten aus den Behausungen. Und da zeigten sich auch die Angreifer: Hinter den Schützen sprangen Männer mit Waffen für den Nahkampf hervor und näherten sich geduckt der Siedlung. Eine Spirale, die nach links aufschwang, prangte auf ihren Wämsen. Das Symbol des Neunten Stammes.

Rianon packte einen Mann, der an ihnen vorbeirennen wollte, schlug seinen Kopf auf die Felsen im Bach und entwand ihm den Streithammer. Die Waffe ähnelte seinem eigenen, auch wenn er etwas schwerer war und schlichter gearbeitet zu sein schien.

Rianon hatte keine Zeit, sich eingehender damit zu befassen. Ein weiterer Angreifer sprang über die Wurzeln, den Speer auf Rianons Herz gerichtet. Rianon warf sich zur Seite, trat dem Angreifer gegen die Knie und schleuderte ihm den Hammer von hinten in den Rücken. Dann riss er den Speer aus dem Boden und warf ihn auf den nächsten Krieger, der über Walgreta herfiel. Der Getroffene sackte über der Königin zusammen. Rianon zerrte ihn am Speer zurück und sah, dass Blut über ihren Kopf lief.

»Bist du verletzt?«, fragte er. An der Art, wie sie sich mit zitternden Händen das Blut abwischte, erkannte er, dass es nicht ihres war.

Rianon hörte Pferde wiehern und drehte sich um. Ein Glück – seine Männer hatten die Pferde aus dem Haus geholt, dessen Dach inzwischen lichterloh brannte. Sie ritten den Angreifern entgegen und verteidigten das Zeltlager, wo urische Frauen und Kinder die Rampe zum Wirbelweg hinaufliefen, um sich in Sicherheit zu bringen. Schafe, Ziegen und Rinder liefen in Panik durcheinander. Die Mitterländer flohen in den Wald.

Redike kam angaloppiert, Rianons Pferd am Zügel.

Rianon zog Walgreta aus der Kuhle im Boden und half ihr, in eine besser versteckte Öffnung im Gestein des Wirbelwegs zu klettern. »Versteck dich. Ich werde in deiner Nähe bleiben.«

Sie verschwand bereits in der Felshöhle.

»Rianon!« Redike zügelte die Pferde, und Rianon schwang sich auf seinen Hengst. Er war ungesattelt, so wie Redikes Hengst, was ihnen den Kampf erschweren würde. Aber Rianon war froh, dass sie die Pferde überhaupt hatten retten können.

»Warum haben unsere Wachposten nicht Alarm geschlagen?«

»Die Hälfte von ihnen waren Männer des Zweiten Stammes«, knurrte Redike.

»Unser Vorschlag gestern Abend kam wohl doch nicht so gut bei ihrem Fürsten Ligerion an. Aber dass er uns dafür gleich in den Rücken fällt, wird ihm noch teuer zu stehen kommen. Wo ist er jetzt?«

Redike zeigte nach Osten. »In den Wald vorgeprescht.«

Wie zum Beweis erschollen wilde Rufe und Wiehern aus der Richtung. Die Krieger zu Fuß waren nur die Vorhut gewesen. Nun erschienen die Reiter des Neunten Stammes. Rianon versuchte, die dunkle Flut einzuschätzen, die zwischen den Stämmen hervorquoll. Es waren hundert, vielleicht zweihundert Reiter. Doch sie wirkten ungeordnet, so als wäre der Angriff in aller Eile beschlossen worden.

»Ich begegne ihnen beim Zeltlager. Du führst deine Reiter

fort, als würdet ihr fliehen, und dann kommt ihr von hinten zurück«, befahl Rianon.

»Jawohl!« Redike trieb sein Pferd an und brüllte einen Befehl, während er über das Schlachtfeld ritt, das rings um die Häuser und Zelte entstanden war. Die Reiter, die Redike unterstellt waren, ließen vom Kämpfen ab und preschten mit ihm in den Wald davon. Es sah aus wie eine Flucht.

Rianon ritt zu den übrig gebliebenen Männern, etwa fünfzig Reitern und hundert Fußsoldaten, zwischen denen panische Mitterländer versuchten, ihr Hab und Gut aus den Flammen zu retten. Als sie die Überzahl der berittenen Angreifer kommen sahen, nahmen auch die letzten Dorfbewohner Reißaus. Umso besser! Wenn die Angreifer ihnen folgten, verstreuten sie sich über das Gelände.

Rianon stürzte sich auf die Feinde. Viele erkannte er wieder. Es waren die hochgeborenen Söhne des Neunten Stammes, mit denen er aufgewachsen war. Manche schrien ihm Beleidigungen entgegen, anderen sprach die Verachtung nur aus den Augen. *Lügner. Verräter.*

Ja, es stimmte. Er hatte sich als ihr Freund ausgegeben, und in Wahrheit hatte er gegen sie gearbeitet. Je zorniger sie ihm entgegentraten, umso leichter fiel es ihm, sie zu töten. Den eitlen Estanerion, der ihn bei jeder Gelegenheit hatte spüren lassen, dass er eine Geisel beim Neunten Stamm war. Sein Kopf knickte mit geöffneter Kehle in den Nacken. Und Bakuras, der besser reiten konnte als jeder andere im Neunten Stamm und mit dem Rianon in seiner Kindheit viel Unsinn getrieben hatte. Ihm rammte er die Klinge in den Rücken und wandte sich ab, ohne ihm noch einmal in die Augen zu schauen. Und den dürren Orekas, den er immer gemocht hatte und der auch für ihn oft Partei ergriffen hatte. Er kämpfte erbittert gegen Rianon und fiel, von einem Speer unter der Achsel getroffen.

Rianon erstach, erschlug und zermalmte Männer, mit denen ihn unzählige Erinnerungen verbanden, und in ihm herrschte

Stille. Bei manchen hatte er davon phantasiert, sie eines Tages zu töten. Aber selbst ihre Abscheu vor ihm und ihre Verwünschungen rissen etwas aus ihm heraus, rissen es mit in ihren Tod. So kalt wie eine Klinge mähte er alles nieder, was ihm in den Weg kam.

Erst als ein Dolch seinen Oberschenkel aufschlitzte, brachte der Schmerz ihn zur Vernunft. Er siegte nicht, weil ein dämonischer Schatten loderte, wo sein Herz sein sollte, sondern weil so viele Männer gegen den Neunten Stamm kämpften ... Männer, die nicht seine waren.

Blinzelnd sah Rianon ins Getümmel. Zwischen den Kämpfenden hasteten Mitterländer umher. Mehr Mitterländer, als in der Siedlung wohnen konnten. Es waren Männer und Frauen mit geflochtenen Zöpfen und grober Kleidung. Obwohl sie so taten, als wollten sie das Feuer löschen, zogen sie nur brennende Trümmer aus den Häusern – um damit Männer niederzuschlagen. Immer gingen mehrere auf einen los, so dass man von außen nicht sah, ob sie auf Flammen oder Männer eindroschen.

Rianon beobachtete, wie sie den Gefallenen die Waffen entrissen und unterschiedslos beide Seiten attackierten, den Neunten Stamm wie den Sechsten.

Langsam begriff er. Nicht der Zweite Fürst war heimlich nachts zum Neunten Stamm übergelaufen. Sondern die Mitterländer hatten dem Neunten verraten, dass sie hier lagerten.

Aber warum? Der Sechste Stamm kontrollierte im Mitterland nur kleinere Gebiete und war darum eigentlich kein Feind. Vielleicht hassten die Rebellen den Zweiten Stamm, der das Gebiet beherrschte. Oder es war den Mitterländern nicht um sie gegangen, sondern um den Neunten Stamm ... Ja, sie hatten den Neunten hierhergelockt, damit der Sechste ihn zerschmetterte! Das erklärte, warum die Männer des Neunten sie offen angriffen, obwohl sie zahlenmäßig unterlegen waren. Jemand musste ihnen eine falsche Information gegeben haben. Da die meisten Männer des Sechsten in den Langhäusern geschlafen und ihre

Zelte nicht aufgebaut hatten, musste es so ausgesehen haben, als wären sie viel weniger Krieger.

Endlich brachen Redike und seine Reiter aus dem Hinterhalt. Trotz des Rauchs, der schwer von den brennenden Dächern herunterwallte, ließ sich erkennen, dass sie deutlich weniger waren als vorher. Mindestens zwei Reitertrupps mussten im Dunkel der Bäume gefallen sein oder kämpften dort noch gegen den Neunten Stamm – und gegen die mitterländischen Rebellen.

Mit Pfeilen rissen Redike und seine Reiter Löcher in den Pulk der Feinde, die sich plötzlich umzingelt sahen. Männer stürzten aus dem Sattel, Pferde brachen, während ihre Reiter sie noch herumreißen wollten, mit schrillem Wiehern zusammen.

Von den drei Angreifern, die eben noch auf Rianon zugestürmt waren, erreichte ihn nur noch einer, und den holte Rianon mit einem Speer vom Pferd. Dahinter tauchte eine Garde von Reitern auf. Mit ihren kraftvollen Schlachtrössern bildeten sie beinahe eine Mauer und blieben Seite an Seite. Der Grund war der Reiter in ihrer Mitte: eine kleine Gestalt mit einem großen Geweihschmuck auf dem Kopf. Es war ein Kind. Ein Junge, nicht älter als zehn Jahre. Rianon erkannte Neharas, den letzten Sohn und rechtmäßigen Erben Noharions.

Ihre Blicke kreuzten sich. Der Bengel, besudelt mit Rotz und Blut, spannte seinen Kurzbogen und ließ einen Pfeil auf Rianon loszischen.

67

RIANON DUCKTE SICH AN die Seite seines Pferdes und spürte, wie das Geschoss über seine Schulter schrammte und im Umhang stecken blieb. Ein weiterer Pfeil folgte und riss ihn vom Pferd. Rianon landete auf dem Boden zwischen Verwundeten und Toten und biss die Zähne zusammen. Er war mit dem verletzten Fuß aufgekommen. Immerhin hatten die Pfeile ihn verfehlt. Er zerrte sie aus seinem Umhang, dass das Leder riss, und entwand den Händen eines Gefallenen zwei Kurzspeere. Aus der Deckung seines Pferdes schleuderte er den ersten.

Er traf einen Leibwächter des Fürsten an der Seite. Fürst Neharas selbst schoss weiter auf Rianon und traf sein Pferd in die Flanke, so dass es strampelnd einknickte. Rianon duckte sich, zielte und schleuderte seinen Speer.

Das schmale Geschoss ging zwischen den Schilden und Waffen der Leibwächter hindurch und bohrte sich in die weiche Kinderwange des Fürsten.

Der Junge fiel in die Arme seiner Männer.

Eine Kälte stürzte durch Rianon, die in Zorn umschlug und ihn schreien ließ. Er klaubte eine Steitaxt und einen verbeulten Schild auf und stürzte sich auf die Leibwachen. Er sah keine Männer mehr, nur noch Masse, die Widerstand leistete. Von allen Seiten kamen ihm Klingen zu Hilfe, schlachteten die Streitrösser und dann die Reiter. Rianon glaubte, die Kinderleiche im Gemenge zu entdecken, schlaffe Arme, denen der Bogen entglitt, und das entsetzlich entstellte Gesicht. Rianon schlug um sich, bis nichts mehr erkennbar war im Wirbel der brüllenden Krieger und Pferde und Klingen.

Die Männer des Neunten Stammes kämpften tapfer. Vielleicht ergriff der eine oder andere die Flucht, als der Qualm der brennenden Häuser immer dichter wurde und der Sieg des Sechsten Stammes immer deutlicher. Doch die Oberhäupter und ihre Brüder und Söhne – sie kämpften bis zum letzten Mann und nahmen fast ebenso viele Männer des Sechsten Stammes mit. Von den Mitterländern, deren Siedlung vollständig abbrannte, blieben nur Verwundete zurück. Wie wilde Tiere hatten sich die Übrigen ins Dickicht des Waldes geflüchtet.

Als die letzten Klingen übereinanderschrammten und ins Fleisch drangen, wurde es bereits wieder dunkel. Doch die Feuer brannten noch immer, und ein Funkenschauer prasselte in den Himmel, wann immer ein größerer Balken einstürzte.

Als die Männer des Sechsten Stammes keine Gegner mehr fanden und sich stattdessen in die Arme fielen, rann ihnen allen der Schweiß in Bächen über den Leib. Rianons Kopf dröhnte vor Schmerz. Seine Lippen waren spröde, er hustete und watete durch den zähen Schlamm aus Blut, Exkrementen und Asche.

Zusammen mit Redike und anderen taumelte er zum Bach. Erst jetzt fiel ihm wieder die Königin ein. Er blickte an den Felsen empor, hielt nach ihr Ausschau. Doch sie war nirgends zu sehen. Er humpelte am Wall des Wirbelwegs entlang.

Da erschien sie aus einer dämmrigen Höhle. Sie hatte die über und über von Ruß bedeckte Senwa im Arm, die jüngere ihrer Dienerinnen. Rianon erschrak, so geisterblass war die Königin.

Rianon hob die Arme. Dann rief er so laut, dass seine Stimme über das ganze Schlachtfeld wehte: »Der Sieg gebührt der Königin! Sieg der Königin im Kupfernen Kleid!«

Von nah und fern wurde sein Ruf wiederholt.

Rianon ging über den felsigen Untergrund auf sie zu, wollte ihr herabhelfen. Aber er hatte kaum die Kraft, sich aufrecht zu halten. Als sie sich auf seine Schultern stützte und er ihre Taille umfasste, stolperte er rückwärts.

Sie kam auf dem Boden auf und hielt ihn fest. Ihre Finger krallten sich in seine Arme. Vielleicht verachtete sie ihn mehr denn je, nun, da er so viele alte Verbündete, sogar Freunde getötet hatte. Und den kleinen Fürsten. Aber ihr Blick durchdrang ihn, als hätte sie mehr als das gesehen. Als hätte sie auch gesehen, dass alles auf irgendeine Weise notwendig und richtig war. Er wollte sie fragen, denn er selbst wusste es nicht, kannte seine eigenen Gründe nicht mehr.

Während die Jubelrufe aus erschöpften Kehlen erschollen, führte Walgreta ihn an den Bach, und sie half ihm trinken.

Im Glutschein der Trümmer zählten sie die Überlebenden. Die meisten Frauen und Kinder waren oben auf dem Wirbelweg verschont geblieben, doch mehr als die Hälfte ihrer Männer und fast alle Pferde waren gefallen. Viele waren verwundet, und es gab kein Haus und nur wenige Zelte, in denen sie sich niederlegen konnten. Sie benutzten die Schilde, Umhänge und Satteldecken der Gefallenen, um im Schutz der Bäume ihr Lager zu errichten. Dann häuteten sie die toten Pferde, spannten die Felle zwischen Lanzen auf und kochten das Fleisch in Kupferkesseln, die den Brand überstanden hatten.

Auch die Toten wurden gezählt. Rianon sah die Leichen fast aller Oberhäupter des Neunten Stammes. Der Neunte Stamm, der mehr Land gehabt hatte als alle anderen, war fast ausgerottet, und das in so kurzer Zeit …

Rianon dachte zum ersten Mal, dass das nicht an ihm lag, nicht an seinen Intrigen oder denen dieses geheimnisvollen Tugallers Mauskin. Sondern an Noharions unbesonnenem Zorn, an Tebireons Selbstüberschätzung und an der Unerfahrenheit dieses Kindes Neharas. Es bedurfte großer Männer, um einen Stamm zu führen. Größerer Männer, als es brauchte, um einen Stamm zu zerschlagen. Und alles, was Rianon bisher gelungen war, schrumpfte angesichts der Aufgaben, die noch vor ihm lagen – wenn er überhaupt so lange durchhielt.

Erschöpfung überkam ihn, und aus lauter Angst davor begann er, hin und her zu humpeln, Befehle zu bellen, das zerstreute Vieh zusammentreiben und die Gefallenen zusammentragen zu lassen. Er bestand darauf, dass auch die Gefallenen des Neunten Stammes in die Erde gelegt wurden, statt sie den Krähen und dem Wind zu überlassen. So entstanden zwei Hügel hinter der niedergebrannten Siedlung: einer für den Neunten Stamm und die mitterländischen Rebellen, einer für den Sechsten und seine Verbündeten.

Schließlich zwang sein Bein ihn, sich an ein Feuer zu setzen. Nicht nur schmerzte sein Fuß, auch der Schnitt am Oberschenkel machte ihm allmählich jeden Schritt unerträglich. Jemand reichte ihm eine Kelle Brühe mit Fleisch. Das Essen tat gut und ließ ihn spüren, wie ausgehungert er war. Und doch musste er sich dazu zwingen. All seine gefallenen Männer. Und die kostbaren Pferde …

Er entdeckte Walgreta zwischen den Verwundeten. Sie und ihre Dienerin hatten keinen Augenblick geruht, seit die Schlacht vorbei war; unermüdlich renkten sie Knochen ein, verbanden Wunden, schienten Brüche und verbreiteten Schreie und Schluchzen, wohin sie kamen.

Rianon sah ihnen aus der Ferne zu. Sie hätte leicht fliehen können. Aber sie war geblieben. Was sie wohl gewollt hatte, heute Morgen? Er driftete in Gedanken ab, die in Tagträume und dann in Stille zerfaserten … und so nickte er ein, im Sitzen, bis ein Schrei erscholl.

Es war die Königin. Eine der verwundeten Mitterländerinnen hatte ihre Dienerin abgestochen. Die wilde Menschenfrau riss ihren Stabdolch aus Senwas Kehle, packte Walgreta am Schopf und hielt ihr die Klinge an den Hals. Alle Männer, die aufgesprungen waren, erstarrten.

»Ein Pferd!«, befahl die Mitterländerin. Sie überragte die Königin um zwei Köpfe. Grob zog sie Walgreta vor sich, um sie als Schild zu benutzen. »Ein gesundes Pferd, sofort!«

»Tut schon, was sie sagt«, rief Rianon.

Redike brachte ein Pferd und versetzte ihm einen Stoß, damit es zu der Rebellin trabte. Angespannt um sich blickend, schob diese Walgreta auf das Pferd zu und befahl ihr aufzusitzen.

»Ich komme da nicht hoch«, schien Walgreta zu stammeln.

Das Pferd war ungesattelt.

Fluchend half die Rebellin ihr. Rianon sah einen Bogen in Reichweite liegen. Aber selbst wenn es ihm gelänge, die Waffe an sich zu nehmen, zu zielen und zu treffen, bevor die Mitterländerin ihn sah, könnte diese auch verletzt noch der Königin den Hals öffnen.

Die Rebellin versuchte, Walgreta hochzuhelfen, ohne die Klinge von ihrer Kehle zu nehmen. Doch das Pferd tänzelte zur Seite. Für einen Moment sah es aus, als würde Walgreta auf die Mitterländerin *pusten*. Die Mitterländerin schwankte. Ihre Klinge rutschte ab, bevor ein Speer sie von der Seite traf und von dem Pferd wegschleuderte.

Laute des Entsetzens gingen durch das Lager. Das Pferd galoppierte los, Walgreta stürzte zwischen die Verwundeten, und die Mitterländerin lag zuckend am Boden. Der Speer hatte ihre Brust durchbohrt.

Redike, der den Speer geworfen hatte, war als Erster bei der Königin, um ihr aufzuhelfen. Rianon humpelte hinzu. Man machte ihm Platz. Walgreta zitterte und rieb sich den Kopf, ansonsten schien sie unverletzt. Schlimmer hatte es den Verwundeten getroffen, über den das Pferd getrampelt war.

Rianon wandte sich ab und betrachtete die Rebellin. Ihre Augen hatten schon ihr Licht verloren. Doch die Muskeln ihres Gesichts zuckten noch, als wollte sich ihr Hass über den Tod hinaus in einer Grimasse verewigen. Rianon hatte das Gefühl, verflucht zu werden, indem er nur hinsah. Von all den Feinden, deren Blut sie heute vergossen hatten, schauderte ihm vor dieser am meisten. Er wusste nichts über sie …

68

ER MUSSTE VIELE TAGE durch die hohlen Wurzeln der Salzsteinbäume in Richtung Norden gewandert sein. Anders konnte Fayanú sich nicht erklären, wie er noch am Abend, nachdem er Onyx verlassen hatte, bei der Siedlung ankam, bei der er mit Walgreta verabredet gewesen war. Oder hatte sich Onyx' Ulmenhain zauberisch ausgedehnt? Immerhin hatte die Weise Frau Fayanú auch von der Insel im Weiher in ihre Hütte verfrachtet, und das nicht, indem sie und ihre Schülerin geschwommen waren.

Jedenfalls öffneten sich die Wälder, als die Sonne gerade verglüht war, und vor Fayanú lag ein Tal voller Wasserläufe. Er folgte den Felsbrocken neben einem kleinen Wasserfall hinab und ging am Ufer entlang, wo ein Trampelpfad durch wilde Blumenwiesen führte. Er hörte Rinder und Schafe, die im hohen Gras standen oder sich unter Holzverschlägen zur Nachtruhe begeben hatten, und erblickte Felder, Hänge mit Obstbäumen und Baumstümpfe, wo Brennholz geschlagen worden war. Ihm fielen auch eine Reihe von Ruinen auf. Feuer hatten hier gewütet. Wahrscheinlich im Krieg zwischen den Zwergen und den Uriern des Neunten Stammes.

Zum Glück stieß er auf einen großen Gasthof, der unbeschädigt war und weithin sichtbar. Er stand am Ufer, von Laternen beleuchtet, und bunte Wimpel wehten auf dem Dach. Der musste auch Walgreta aufgefallen sein! Wenn sie irgendwo auf ihn wartete, dann hier.

Obgleich ihm schwindelig war vor Schwäche, lief er das letzte Stück – und zögerte dann doch an der Tür. Ihm sank das Herz. Durch das Holz hörte er Frauengesang, begleitet von Zupfen und einer Rassel. Wenn er die Tür öffnete, würde er Walgreta vielleicht finden. Ja, er *würde* sie finden. Denn wenn nicht …

Er schob die Tür auf.

Zwei Frauen sangen ein fröhliches Lied, begleitet von ihren Instrumenten. Die Wirtin drehte einen Wildbraten über dem Herdfeuer. Ein kleiner, behänder Mann, vermutlich der Wirt, hüpfte von den Weinfässern in der Ecke und kam auf Fayanú zu.

»Willkommen in der Singenden Unke. Wir geben Speise und Schlafplatz, ein warmes Feuer und natürlich Musik. Womit auch immer Ihr uns danken wollt, wir danken sehr!«

Der Mann musterte Fayanú mit Neugier. Auch die drei Dutzend Gäste und die Musikantinnen hatten ihn inzwischen bemerkt. Traurige, müde Gesichter wandten sich ihm zu. Wahrscheinlich hatten manche von ihnen bisher in den Häusern gewohnt, die abgebrannt waren. Aber Walgreta entdeckte er nicht.

»Ich suche eine Frau vom Kleinen Volk. Sie dürfte mich hier schon erwarten …«

Schlagartig änderte sich die Stimmung im Raum, die Mienen wurden verschlossen, die Musikantinnen spielten nur noch leise vor sich hin und tauschten beunruhigte Blicke, und der Wirt trat zwischen ihn und die Türen der Gästekammern und verschränkte die Arme vor der Brust. Obwohl er zwei Köpfe kleiner war als Fayanú, lag eine stille Strenge in seinem Blick.

»Streiter vom Kleinen Volk waren hier«, sagte die Wirtin und spuckte auf den Boden. »Viele Streiter. Vielleicht war unter einem der Helme eine Frau. Aber ganz gleich, ob Mann oder Frau: Sie sind hier nicht willkommen.«

Fayanú war sprachlos. Doch die Wirtin drehte ihren Fleischspieß gelassen weiter.

»Habt Ihr sie verjagt?«, stammelte er.

»Wie sollten wir jemanden verjagen? Wir sind einfache Bauern«, schaltete sich der Wirt ein und wedelte mit den Händen, als wollte er die Wirtin zum Verstummen bringen. »Zwerge sind hier seit einem Mond oder länger nicht mehr gewesen. Die Urier vom Neunten sind auch fort. Keiner interessiert sich mehr für uns, und so soll es auch bleiben. Wir wollen keine Schwierigkeiten.«

Einer der Gäste erhob sich. Es war ein junger Bursche mit geballten Fäusten und bebenden Lippen. »Die Zwerge haben meinen Vater, meinen Onkel und meine beiden Vettern gehängt. Weil sie sich mit den Uriern verschworen haben sollen. Aber das stimmt nicht! Die Zwerge haben es nicht mal selbst geglaubt. Sie wollten nur uns anderen Angst machen.«

Jemand klopfte dem Jungen auf den Rücken, doch er ließ sich nicht besänftigen: »Wenn ich einen Zwerg sehe, dann werde ich ihn umbringen. Ich werde …«

Der Rest seines Gestotters ging unter in den aufgebrachten Ermahnungen der Leute, und der Junge wurde von mehreren Händen wieder auf seinen Hosenboden gezogen.

Fayanú begann zu zittern. Hatten diese Menschen Walgreta etwas angetan? Schwarze Funken tanzten ihm vor den Augen. Er hatte das Gefühl, die Kontrolle zu verlieren … und plötzlich sah er deutlich, was passieren würde: Er würde den Umhang zurückschlagen, das Wams aufknüpfen und das Kupferne Kleid auf die Leute wirken lassen. Sie würden ihm in Todesangst verraten, was sie mit Walgreta gemacht hatten. Und dann würde er sie alle mit dem Kupfernen Kleid …

»Sachte, sachte«, murmelte der Wirt, als er ihn auffing. Fayanú wäre sonst auf den Boden gesackt. Ein paar Gäste eilten zu Hilfe, und man machte Fayanú Platz am Herdfeuer.

»Was hast du?«

»Er hat Fieber, das sieht man doch.«

»Gebt ihm zu essen!«

Im Nu hatte er eine Schüssel Eintopf in den Händen. Mit größter Mühe schluckte er seine Tränen hinunter.

Er fand den Mut, aufzublicken und die erschöpften, sorgenvollen Menschen zu betrachten. Konnten sie ihre karge Mahlzeit mit ihm teilen und gleichzeitig ein Verbrechen an Walgreta begangen haben? Ja, vielleicht. Hass war ein Strom, er durchäderte die Seele, ohne sie gleich zu durchtränken. Aber Fayanú wusste, dass er kein Verbrechen an *ihnen* begehen konnte. Nicht aus Liebe zu Walgreta. Und er hatte keine Ahnung, ob er darüber froh oder unglücklich war.

Er erzählte den Leuten die Wahrheit. Oder zumindest einen Teil davon: dass die Königin des Kleinen Volkes darum kämpfte, die Gewaltherrschaft der Streiter und der Urier zu beenden und den Weisen Frauen wieder die Regierung der Menschenvölker, Zwerge und Elfen zu überlassen. Wahrscheinlich hätte man Fayanú als Lügner davongejagt, wäre er nicht für einen

Gesandten der Waldelfen gehalten worden, die mit der Zwergenkönigin zu diesem Zweck paktieren wollten.

Doch obwohl er sah, wie das Misstrauen in den Mienen schmolz, sagte ihm niemand, wo Walgreta war. Er hütete sich, seine Gefühle diesbezüglich zu zeigen. Es war besser, wenn die Leute ihn für einen Gesandten und nicht für Walgretas Geliebten hielten.

Da er selbst keine Fragen mehr stellte, begannen die Seenländer, von sich aus zu reden. Von den urischen Besetzern, die jeden Winter gekommen waren, um ihre Vorräte aufzubrauchen. Von den Zwergen, die es bis zum Ausbruch des Krieges erlaubt hatten und nun die Seenländer dafür bestraften. Von den Toten. Den Verlusten. Dem Hunger. Doch sie waren stolz darauf, ihren Eintopf mit jedem Gast zu teilen. Wenn ihnen auch alles andere genommen wurde, ihren Anstand würden sie sich nicht nehmen lassen.

Fayanú hörte genau zu und erbebte bei dem Gedanken, es könnten Lügen sein, während Walgretas Leiche keinen Steinwurf entfernt im Schilf verrottete.

Aber nein, das glaubte er nicht. Nur wo war sie? Wäre sie ohne ihn gegangen? Wohin? Die Seenländer mussten etwas wissen.

»Ich bitte euch, denkt noch einmal nach. Kam keine Zwergin vorbei, ganz allein? Es muss fast einen Mond her sein. Der Frieden des Seenlands hängt davon ab, dass ich sie finde.«

Niemand sagte etwas, nur die Wirtin gab ein Prusten von sich. »Der Frieden des Seenlands! Dafür wollen heutzutage alle kämpfen. Und so kämpfen sie. Einer gegen den anderen. Ich bin nur eine einfache Frau. Ich kämpfe für gar nichts, und dabei bleibt es auch!« Ihr Blick fegte wie ein Besen durch den Raum, und manch einer zog den Kopf tiefer zwischen die Schultern.

»Habt Dank für die Mahlzeit und eure Gesellschaft. Ich werde mich in den anderen Siedlungen umhören.«

»Dafür musst du schon mit Toten sprechen können«, wandte

der Wirt ein. »Alle Überlebenden sind geflohen oder hier bei uns. Der Rest … Ruinen.«

»Dann sehe ich mir die an.« Fayanú erhob sich. Er hatte nichts bei sich außer seinen Kleidern. Doch in seinem Haar waren noch ein paar Silberranken mit Perlen aus Ilian, die die Kinder ihm hineingeflochten hatten. Er legte eine davon auf den Schemel, auf dem er gesessen hatte, und verließ das Gasthaus.

Draußen glitzerte ein Sternenmeer am Himmel. Es musste spät sein, denn der Mond war bereits hinter den waldigen Hügeln versunken.

Nachdem er eine Weile gegangen war, tauchten tatsächlich Ruinen auf. Holzpflöcke ragten wie Knochenstümpfe aus dem Wasser, Strohdächer und Stiegen waren fast vollständig verbrannt. In der Dunkelheit erhoben sich Steintürmchen und frische Erdhügel, wo vorher Äcker und Weiden gewesen sein mussten.

Er kam an mehreren zerstörten Dörfern vorbei. Was, wenn Walgreta in die Gefechte geraten war? Wenn die Urier des Neunten sie getötet hatten, vielleicht ohne zu ahnen, wer sie war? Denn was, wenn nicht der Tod, hätte sie davon abgehalten, auf ihn zu warten?

Fayanú konnte kaum atmen. Wie betäubt wandelte er am Wasser entlang, bis er zwischen Gras und Uferkies zu Boden sackte. Gespensterhaft kamen Erinnerungen über ihn, nicht nur an Walgreta, sondern auch an die Jahre seines Herumreisens, an Rautenkhal, an seine Kindheit. Alles wäre ohne Zusammenhang geschehen, ohne Grund oder Sinn, wenn Walgreta tot war. Erstarrt vor Einsamkeit, schlingerte er durch die Zeit, und mit ihm alle Menschen, Zwerge, Elfen und Tiere. Die ganze Welt. Bedeutungslos.

Der Morgen hauchte seine Leichenblässe in den Himmel. Die Vögel sangen. Vielleicht, ohne sich selbst zu verstehen. Ein Fischerboot glitt über das Wasser. Statt weit hinauszupaddeln, blieb es nah am Ufer.

»Fayanú«, rief eine leise Stimme.

Er war nicht sicher, ob er richtig gehört hatte. Dennoch stand er auf, fast verwundert, dass seine steifen Beine ihm noch gehorchten.

»Bist du's, Junge?«

Er schluckte. »Wer ist da?«

Das Boot näherte sich. In der Dämmerung erkannte Fayanú den Wirt.

»Bist du allein?«

»Ja. Warum?«

Der Wirt schien den Atem anzuhalten. »Sie war da. Nur einen Abend lang. Urier vom Sechsten Stamm kamen und haben sie verschleppt. Die Urier haben uns gedroht, alle umzubringen, wenn wir jemandem davon erzählen. Weil sie doch die Braut des Fürsten werden sollte und anscheinend geflohen war.«

»Urier vom Sechsten Stamm?« Wie ein Blitz schlug die Hoffnung wieder in ihn ein, und Fayanú versuchte, seine flirrenden Gedanken zu ordnen. »Wohin verschleppt?«

»Das weiß ich nicht. Ich habe alles gesagt, was wir wissen. Es darf niemals herauskommen, dass ich dir davon erzählt habe. Ich riskiere das Leben von allen hier! Wenn jemand fragt, dann hat Mauskin es dir verraten.«

»Mauskin?«

»Der Tugaller. Der mit einer List die Zwerge gegen den Neunten Stamm aufgebracht hat. Nie gehört? Er ist ein Held der rebellischen Menschenvölker, und es heißt, er hat Spitzel im Sechsten Stamm.«

Er begann, auf den offenen See zurückzurudern.

»Warte«, rief Fayanú. Er wusste, dass er nicht mehr erfahren würde, aber er war so überwältigt, dass er den Mann noch nicht gehen lassen wollte. Er zog das Amulett unter seinem Wams hervor, das Oliahde ihm gegen bösen Zauber gegeben hatte. »Nimm. Zum Dank.«

»Nein, ich will nichts dafür. Tausch bringt Unheil, schenken segnet. Und wir brauchen jeden Segen, den wir kriegen können.«

69

WALGRETA GING DIE FRAGE nicht mehr aus dem Kopf. *Wer von euch ist die Königin?* Das hatte die Mitterländerin gefragt. Senwa hatte zu Walgreta geschaut. Dieser Blick war Antwort genug gewesen für die Mitterländerin, um mit dem Dolch zuzustoßen. Hätte Walgreta unsicherer gewirkt, zuerst Senwa angesehen, dann wäre sie jetzt tot.

Während der ganzen Zeit, die sie Zweige zusammentrug und den Scheiterhaufen für Senwas Bestattung aufrichtete, zitterte sie. Als wären ihre Knochen hohl, heulte die Kälte in ihr.

Rianon half ihr bei der Bestattung unermüdlich, obwohl seine Haut vor Schweiß glänzte. Walgreta wollte ihm sagen, er sollte sich ausruhen, aber sie brachte kein Wort hervor. Also arbeiteten sie schweigend. Er stand dabei, als sie Senwa die letzte Weihung gab und ihr rußgeschwärztes Gesicht mit Tränen benetzte. Es zerriss ihr das Herz, die junge Frau so weit von zu Hause ins Totenreich zu verabschieden. Was hatten sie hier überhaupt verloren, in diesem Wald, in einem Krieg, den sie nicht verstanden? Senwa war nur ihretwegen hier. Wegen der Königin.

Wer von euch ist die Königin?

Senwa nicht. Und darum war sie tot. So wie ihre ältere Dienerin Gindwen, die nicht aus dem brennenden Zelt gekommen war.

Walgreta entzündete den Scheiterhaufen. Die Zweige wollten kaum brennen und qualmten nur. Als endlich ein paar Flammen zu der Toten hinaufkletterten, wurde Walgreta so schlecht, dass sie sich krümmte und Galle erbrach. Sie konnte den Rauch nicht mehr riechen. Die Flammen nicht mehr sehen.

Sie taumelte weg und spürte, wie Rianon einen Arm um sie legte und sie zu einem Lager führte. So wie er hinkte, musste sie ihn mehr stützen als er sie.

Dann saßen sie im Schatten, während hinter ihnen eine junge Frau verbrannte, die niemandem etwas getan hatte, und Walgreta verbarg das Gesicht in den Händen, um zu weinen. Aber keine Tränen kamen. Sie fühlte sich leer. Fahrig wischte sie sich über den Mund und nahm den Wasserschlauch, den Rianon ihr reichte.

Seit Stunden, so kam es ihr vor, wich er nicht von ihrer Seite, ohne dass sie ein Wort sprachen. Sie wusste, dass er das nicht tat, um sie am Weglaufen zu hindern. Nach einer Weile schob er ein Fell zu ihr hin, und sie zog es mit vor Kälte tauben Fingern über sich. Auch er wickelte sich in eine Decke. Walgreta saß lange da und schrak auf, wann immer sie in Albträume davontrieb.

Schließlich schlief sie ein.

Als sie zu sich kam, war es noch immer Nacht, und Rianon lag neben ihr, das verletzte Bein ausgestreckt, der Kopf auf die Brust gesunken. Er wirkte sehr kindlich im matten Schimmer der Lagerfeuer ringsum, trotz seiner Bartstoppeln. Walgreta dachte an all das, was sie ihn hatte tun sehen. Aber so deutlich die Bilder auch waren, sie konnte sie einfach nicht mit dem Schlafenden in Verbindung bringen, der da in seiner Decke hing wie ein Junge, der zweifelte, ob man ihn schelten oder belohnen würde.

Ein Gewirr widersprüchlicher Gefühle wucherte in ihr, aber sie war zu erschöpft, um sie zu ordnen. Sie trank den Wasserschlauch leer und merkte, dass Rianon sich neben ihr regte. Kaum wach, griff er nach einem anderen Trinkschlauch. Dem scharfen Geruch nach enthielt der Kräuterbrand.

Als er den Schlauch wieder verschloss und ein Stöhnen zu unterdrücken suchte, linste Walgreta auf sein verwundetes Bein.

»Senwa war eine gute Heilkundige«, murmelte er und zog sich die Decke wieder um die Schultern.

Senwa hatte also ... Walgreta biss sich auf die Lippe. »Warte. Schlag die Decke zurück. Lass mich dein Bein ansehen.« Sie beugte sich vor, um den Schnitt in seinem Oberschenkel in Augenschein nehmen zu können. »Das sollte genäht werden.«

Rianon musterte sie einen Augenblick prüfend. Dann nickte er.

Unter ihrem Gürtel waren noch Pferdehaare und dazu Nadeln, mit denen sie und Senwa offene Wunden geschlossen hatten. Sie begab sich zum nächsten Lagerfeuer, holte einen Scheit und reinigte die Nadel in der Flamme. Wieder kam der Brechreiz in ihr hoch, aber sie drängte ihn zurück, konzentrierte sich auf das, was getan werden musste.

Sie ließ Rianon den Holzscheit halten und stützte sich auf sein Schienbein.

»Ich dachte, du wünschst uns allen den Tod«, sagte er ruhig.

»Das dachte ich auch.« Sie tunkte ein Pferdehaar in den Kräuterbrand, schob es durch die Nadel und stach ihm durch die Haut. Hilflos zappelte er mit dem Fuß, während sie rasch und mitleidlos das Pferdehaar durch sein Fleisch zog. »Aber ich glaube, ich wünsche niemandem den Tod. Nicht mal dir.«

Er spannte sich an. Dann räusperte er sich merkwürdig, und sie hätte schwören können, dass er damit ein Schluchzen bemänteln wollte. Aber sie blickte nicht von ihrer Arbeit hoch.

Als die Wunde verschlossen war, träufelte sie, ohne weiter auf sein Stöhnen zu achten, Kräuterbrand darüber. Mehr konnte sie nicht tun.

Also saßen sie wieder schweigend nebeneinander, sie fest in ihr Fell gewickelt, er halbaufgedeckt, um sein Bein von der Kälte betäuben zu lassen. Die Finsternis des Waldes ging in den pechschwarzen Himmel über, an dem weder Mond noch Sterne zu sehen waren, und Walgreta hatte das Gefühl, dass es nie wieder hell werden würde.

Nachdem sie schon glaubte, er sei eingeschlafen, flüsterte er: »Warum wollte die Mitterländerin dich entführen?«

Darüber nachzudenken tat weh. Sie wollte verdrängen, was geschehen war. Aber sie riss sich zusammen und erwiderte leise: »Ich glaube, sie wollte mein Leben gegen das ihrer Leute tauschen. In unseren Minen arbeiten sicher so einige Rebellen.«

Walgreta wusste, dass er argwöhnte, sie könnte das Ganze geplant haben. An seiner Stelle hätte sie dasselbe gedacht. Noch letzte Nacht hatte sie nichts sehnlicher gewollt als zu fliehen. Aber alles hatte sich seitdem geändert. Ihr Hass war verschüttet unter dem, was sie mitangesehen hatte, und jetzt verstand sie nicht nur, sondern fühlte auch, dass es nichts Wichtigeres gab als ein Ende der Gewalt.

Keine Streiter mehr, keine Krieger, keine Schlachtrösser, keine Waffen, keine Rache …

»Warum hasst du den Neunten Stamm so?«, fragte sie Rianon.

»Ich hasse ihn nicht. Sie waren wie alle anderen, nur mächtiger. Aber nicht mächtig genug. Erst wenn einer wirklich Macht über alle hat, hört der Krieg auf. Und solch ein Frieden ist mit viel Blut erkauft. Ich habe schon zu viel Blut gezahlt … ich gebe nicht auf, bis ich herrsche. Und dann …« Er lachte bitter. »Vielleicht werde ich nicht weiter kommen als die Männer vor mir. Aber was bleibt einem anderes übrig, als es immer wieder zu versuchen?«

»Keiner, der der Macht würdig ist, will die Macht ergreifen«, sagte Walgreta trotzig.

»Nicht mal deine Weisen Frauen?«

»Wenn sie danach greifen wollten, wären sie der Macht nicht würdig.«

Er lachte nicht und widersprach auch nicht. Doch nach einer langen Pause flüsterte er wie zu sich selbst: »Die Männer, die ich heute getötet habe, kannte ich seit meiner Kindheit.«

Er verstummte, zog die Nase hoch. Und sie schwiegen wieder, bis die Umrisse der Baumkronen vor dem Firmament sichtbar wurden.

Ein neuer Tag begann.

Beim Frühstück sahen die Männer übel zugerichtet aus, obwohl sie versorgt worden waren und sich gewaschen hatten. Schweigend schaufelten sie das Essen in sich hinein. Kummer lastete auf jedem von ihnen.

Endlich sagte der Zweite Fürst: »Wir müssen die Verfolgung der Mitterländer aufnehmen. Auch wenn sie uns den Neunten Stamm ausgeliefert haben, sind es Rebellen, Feinde von uns allen.«

»Wie sollen wir sie verfolgen?«, erwiderte Redike. »Sie kennen diesen Wald besser als wir und können sich darin unsichtbar machen.«

»Aber wir haben Gefangene«, warf ein anderes Oberhaupt des Zweiten ein und deutete auf das Lager der Kranken. »Die werden wir zum Reden bringen.«

»Werden wir nicht«, sagte Walgreta fest. Alle sahen sie an. »Ich habe die Verwundeten in meine Obhut genommen. Keinem wird etwas angetan, egal ob Mitterländer oder Urier.«

Einer der Oberhäupter wandte sich an Rianon, um zu widersprechen, doch Rianon kam ihm zuvor: »Vergesst die Rebellen. Wir müssen das Lager der Frauen und Kinder des Neunten finden.«

Verwirrt starrten ihn seine Männer an.

»Aber wozu?«, brachte der Zweite Fürst hervor. »Die Oberhäupter des Neunten liegen unter der Erde.«

»Wir müssen die Familien des Neunten aufnehmen, um wie Sieger auszusehen«, sagte Rianon.

»Wir *sind* die Sieger.«

»Aber wir sehen nicht so aus«, sprang Redike seinem Fürsten bei. »Wir müssen dringend wieder an Zahl zunehmen und uns neue Pferde beschaffen. Nur so können wir die Verbündeten des Neunten Stammes abschrecken – ebenso wie Sorike und seine Anhänger.«

»Wenn Sorike erfährt, wie es momentan um uns steht, wird er angreifen. Und siegen«, knurrte ein Oberhaupt zustimmend.

Die Erwähnung des anderen Sechsten Fürsten wirkte. Rianon sah, wie die Mienen sich verfinsterten.

»Aber die Frauen des Neunten zu rauben würde uns nur Feinde machen und Sorike Verbündete zuspielen«, widersprach ein anderes Oberhaupt. »Rianon, ich habe dir bewiesen, dass ich dir treu bin, im Zweifelsfall bis in den Tod. Aber wenn dich alle im Sechsten Stamm als ihren Fürsten anerkennen sollen, musst du dich auch wie ein Fürst benehmen.«

»Beleidige nicht unseren Herrn mit deinen Worten!«, blaffte Redike.

Und alle redeten durcheinander.

»Wir müssen in unseren Besitz bringen, was dem Neunten Stamm gehörte, damit wir ihn neu aufbauen können«, sagte Rianon mit Nachdruck. »Außerdem lässt nichts uns so stark erscheinen wie die Besitztümer des Neunten.«

Walgreta beobachtete Rianon. Dann erhob sie sich, um mehr Suppe aus dem Kessel zu schöpfen. Sie zögerte, dann füllte sie auch Rianons Schale nach.

»Bis nach Mún Toleda sind es noch drei, vier Tagesreisen, schätze ich?«, fragte sie.

»Mehr mit unseren Verwundeten«, erwiderte Rianon.

»Nicht alle Mitterländer, die verwundet wurden, waren Rebellen. Die meisten sind brave Leute, die ihre Heimat verloren haben«, begann Walgreta. »Ich will sie nach Mún Toleda mitnehmen, damit sie versorgt werden. Dann wird mein Volk ihnen helfen, eine neue Siedlung zu errichten, damit sie gar nicht erst zu Rebellen werden.« Walgreta setzte sich und rührte in ihrer Suppe, um sie abzukühlen. »Und als Königin meines Volkes werde ich euch in Mún Toleda Streiter zur Seite stellen, damit ihr euch der schutzlos gewordenen Familien des Neunten Stammes annehmen könnt.«

Noch am Morgen brachen sie auf. Diejenigen, die zu schwer verletzt waren, um die Reise auf sich zu nehmen, blieben mit einer Handvoll Pflegern und Wachen zurück, die ausgelost wurden. Keiner wollte freiwillig im Wald bleiben, der vielleicht von feindseligen Rebellen wimmelte. Es war kaum ein Trost für die Unglücklichen, dass man ihnen versprach, so schnell wie möglich aus Mún Toleda Hilfe zu schicken. Der Rest schulterte die Waffen und andere Dinge von Wert, trieb die Viehherden zusammen und folgte weiter dem Wirbelweg.

Weniger als zwanzig Pferde hatten die Schlacht überstanden, darum ging Walgreta zu Fuß, obwohl Rianon anfangs protestierte. Doch sie bestand darauf, dass es sinnvoller war, jedes Pferd zu nutzen, um die Wagen der Verwundeten zu ziehen.

Während der ersten zwei Tage beobachteten sie unentwegt den alten Wald des Mitterlands, dessen mächtige Bäume sich wie Klauen nach dem Wirbelweg ausstreckten und ihn teilweise überragten, aber der erwartete Angriff weiterer Rebellen blieb aus.

Vier mitterländische Verwundete flohen nachts. Walgreta vermutete, dass sie Angst hatten, man könnte sie in Mún Toleda foltern oder in die Minen werfen. Sie spürte, dass die Menschen ihr misstrauten, obwohl sie ihre Wunden pflegte.

Endlich krümmte sich der Wirbelweg nach Osten, und der alte Wald des Mitterlands blieb hinter ihnen zurück. Der Frühling, der dort nur wie ein Gedanke durch die Baumkronen geschlichen war, versetzte hier alle Pflanzen und Tiere in Aufruhr.

Am fünften Tag begann der Wirbelweg über Felsen bergauf zu führen. Unbewaldete Abhänge fielen links und rechts in die Tiefe. Bei Sonnenuntergang konnten sie auf ein weites Tal hinabblicken, in dem die Adern eines Flusses glänzten. Auf der gegenüberliegenden Seite des Tals endete der Wirbelweg in drei massiven, schädelartigen Felsen. An den Augen-, Ohren- und Nasenhöhlen und den breiten Mundschlitzen waren Balkone angebaut worden. Wasserfälle stürzten zwischen turmlangen Zähnen in die Tiefe, und Brücken führten darüber hinweg. Ein paar kleinere, gelbliche Felstürme, die besonders ebenmäßig in den Himmel ragten, waren von Hand gebaut. An den Hängen weiter unten hatte man Terrassen angelegt. Im Tal lagen seenländische Dörfer im Wasser, und der Wind trug manchmal verzerrtes Kinderlachen und Hundegebell herauf.

Es schimmerte gerade noch genug rosige Helligkeit vom Himmel, dass sie die Truppen erkennen konnten, die ihnen auf dem Wirbelweg entgegenkamen, Helme und Lanzenspitzen aus grünangelaufenem Metall.

»Wer seid ihr, und was wollt ihr?«, fragte der Redenführer der Streiter.

Walgreta trat vor, doch Rianon antwortete bereits: »Mein Name ist Rianon, Fürst des Sechsten Stammes, und dies sind meine Männer. Wir …«

Er verstummte, da alle Blicke sich auf Walgreta richteten, die auf die Streiter zuging und ihren Umhang öffnete, so dass das Kupferkleid hervorblitzte. »Eure Königin steht vor Euch. Ich bringe meinen Gemahl, den Sechsten Fürsten, und verwundete Mitterländer, die Hilfe brauchen.«

Walgreta betete, dass noch kein Bote Ganwalens hier gewesen war. Sie betete …

Der Redenführer nahm den Helm ab. »Königin Walgreta! Verzeiht, wir … wir haben Euch von ferne nicht erkannt.«

Ihr kam das breitwangige Gesicht hinter dem Bart vertraut vor. Doch sie wusste erst, wer vor ihr stand, als er lächelte.

»Vetter«, sagte sie verwundert. Sein Name fiel ihr nicht ein. Aber sie erinnerte sich, dass er ein Sohn ihres Onkels Gedawin war und dass sie als Kinder an Festtagen zusammen Verstecken gespielt hatten, wenn er in Horuns Bauch zu Besuch gewesen war.

»Vetter für Euch, meine Königin. Für alle anderen Senbelin, Kommandant der Dritten Abteilung der Streitkräfte von Mún Toleda«, sagte er und half ihr damit vielleicht absichtlich aus der Verlegenheit.

»Ein Kommandant seid Ihr? Das ist eine hohe Würde. Ich freue mich für Euch.«

»Meine Ernennung liegt keine zwei Monde zurück. Wir trauern noch um meinen Vorgänger, den tapferen Renbarim, Sohn der Edwa, Tochter der Renanwen von Falla Ridwen. Renbarim fiel im Kampf gegen den Neunten Stamm«, erklärte er und musterte die Männer hinter Walgreta. Erst als sein Blick zu ihr zurückkehrte, wurde sein Lächeln wieder warm. Er verbeugte sich, und sie erteilte ihm einen raschen Segen.

»Willkommen in Mún Toleda, meine Königin. Es ist uns eine große Ehre, Euch zu den Frühlingsriten bei uns willkommen zu heißen! War Eure Reise beschwerlich? Soll ich Euch einen Wagen holen lassen?«

»Ich bin so weit gelaufen, das letzte Stück schaffe ich auch noch. Aber die Verwundeten brauchen Hilfe.«

Senbelin schickte Männer los, um Tragen zu holen. Walgreta und die Urier wurden zur Stadt eskortiert. Diskret eilten zwei Streiter voraus, um sie anzukündigen.

Im Näherkommen wurde das Donnern der Wasserfälle so laut, dass Senbelin verstummen musste. Ansonsten redete er fortwährend von den Veränderungen, die der Winter gebracht hatte, von den Schlachten und Verlusten, aber er gratulierte Walgreta auch überschwänglich zu ihrer Ernennung. Walgreta hatte das Gefühl, er freute sich wirklich für sie – so wie er sich wohl für jede andere an ihrer Stelle gefreut hätte. Er schien zu jenen seltenen Wesen zu gehören, denen Neid und Missgunst fremd waren. Ja, er hatte etwas Argloses an sich, das ihr Herz berührte, und sie hatte das Gefühl, dass Senbelin ihr erster Verbündeter in Mún Toleda sein würde.

Kurz bevor sie ein mächtiges Tor passierten, das sich zwischen den Felsen auftat, kamen sie an Terrassen vorbei, auf denen keine Felder lagen, sondern Berge von Steinschutt. Aus Löchern im Boden tauchten immer wieder abgemagerte Männer auf, um Kübel voll Gestein an die Frauen und Kinder zu reichen, die an der Oberfläche warteten. Auch sie waren mager und trugen Lumpen. Emsig sortierten sie die Brocken, füllten Karren mit Erz und zogen diese die schmalen Pfade entlang, die am Abgrund vorbeiführten. Walgreta erinnerte sich, schon bei ihrem früheren Besuch, als sie ein einziges Mal mit ihrer Mutter hier gewesen war, die Minen von Mún Toleda gesehen und sich erschreckt zu haben. Anders als in Horuns Bauch war hier alles in Sichtweite, was das Königreich des Kleinen Volkes begründete – die seenländischen Äcker ebenso wie die Bergwerke.

Sie spähte zu Rianon zurück. Er wirkte missmutig darüber, dass Senbelin ihn ignorierte, oder der Anblick der Sklaven ging ihm nah. Kurz kreuzten sich ihre Blicke, und Walgreta wandte sich wieder Senbelin zu. Es war nur gerecht, den Fürsten ein wenig spüren zu lassen, wie sie sich in seiner Obhut gefühlt hatte.

Jenseits des Tores empfing sie ein Platz inmitten von Steintürmen, halbverwachsen mit den Felswänden und größer als die größten Bäume des Mitterlands. Ein Höhleneingang öffnete sich wie ein Maul zwischen ihnen, doch anders als in Horuns Bauch befanden sich dort unten keine endlosen Hallen, sondern nur ein paar Grotten, kaum weitläufig genug für die Vorräte Mún Toledas.

Aus einem der Türme traten die neun Priesterinnen in herrlich gefärbten und bestickten Gewändern. Ihr Haar war von mindestens ebenso reich verzierten Stoffbahnen und Runenketten umschlungen, welche die Priesterinnen sich über den Arm legen mussten, damit sie nicht über den Boden schleiften. Die Frau, die voranging und sich weniger tief verneigte als die anderen, war die Hohepriesterin, die Herrin über Mún Toleda.

»Branhilda«, sagte Walgreta und erteilte den Segen, wobei

sie versuchte, unauffällig ihren Umhang vor das Kupferne Kleid gleiten zu lassen.

»Meine Königin. Willkommen in Mún Toleda, wo der Mund der letzten Riesin atmete! Bitte verzeiht, dass mein Gemahl, Hauptmann Orbanim, nicht hier ist, um Euch zu empfangen. Er kümmert sich im Tal um das Besucherlager für die Frühlingsriten. Er wäre mit seinen Streitern hier, hätten unsere Späher Euch erkannt. Euch muss Schreckliches widerfahren sein.«

Die Hohepriesterin verneigte sich wieder und hielt dabei ihren schwangeren Bauch mit beiden Händen. Wie gut ihr Name, *Braunbärin*, zu ihr passte! Obwohl sie nicht mehr jung war, sprach aus ihren schwungvollen Bewegungen, ihrem kräftigen Körperbau und ihrem fröhlichen, etwas derben Gesicht große Lebenskraft. Ihre Augen funkelten schwarz unter den Brauen hervor wie die von Ganwalen, aber was bei ihm ernst war, strotzte bei seiner Schwester von Fröhlichkeit. Walgreta misstraute dieser Fröhlichkeit.

»Wir wurden vom Neunten Stamm angegriffen. Doch mein Gemahl und seine Getreuen haben für das Kleine Volk gefochten und brauchen dringend Versorgung. Was mich angeht, so behandelt mich bitte wie einen einfachen Gast der Frühlingsriten.«

Branhilda lachte laut und hakte sich ohne besondere Ehrfurcht bei Walgreta unter. »Ihr seid bescheiden, meine Königin. Ein einfacher Gast! Nun gut, lasst mich Euch zeigen, wie wir Gäste im Berge Mún behandeln. Schließlich sind uns Gäste ganz besonders heilig.« Sie war schon losgegangen, Walgreta im Schlepptau, als sie innehielt und sich nach den Männern umsah. »Wen von Eurem Gefolge wollt Ihr beim Abendessen dabeihaben?«

Walgreta wandte sich den Uriern zu. Gereizt sah Rianon sie an, und sie ließ ihn eine Weile zappeln, ehe sie mit dem Finger auf ihn zeigte. »Dies ist der Sechste Fürst, mein Gemahl. So soll er behandelt werden.«

Dann ließ sie den Blick über Redike und die übrigen urischen Fürsten und Oberhäupter wandern, lächelte und ließ sich von der Priesterinnenschar in den größten der fünf Bergtürme geleiten.

70

DANKBAR LIESS WALGRETA SICH in das heiße Bad sinken, das für sie vorbereitet worden war. Ein Nebel aus Kirschblütenduft umfing sie, und sie tauchte bis zur Nasenspitze unter, ohne die Augen zu schließen. So behielt sie die beiden Dienerinnen im Blick, die sanft begannen, den Schmutz von ihr zu schrubben. Die Erinnerung an Senwa und Gindwen krallte sich in ihr Herz, und sie zwang sich, an etwas anderes zu denken. An sich selbst.

Bisher deutete nichts darauf hin, dass Mún Toleda durch einen Boten von Ganwalen oder eine Feuernachricht der Priesterinnen von Horuns Bauch darüber informiert worden war, dass sie das echte Kupferne Kleid heimlich verschenkt hatte. Natürlich fragte sie sich, ob dies ein Hinterhalt war. Der helle steinerne Raum, in den sie geführt worden war, wirkte prachtvoll mit seiner spitz zulaufenden Decke, der riesigen, in den Boden eingelassenen Herdstelle und der Badewanne aus rosafarbenem Quarz. Doch jenseits des Balkons stürzte rauschend ein Wasserfall in die Tiefe, ideal, um das Anschleichen eines Meuchelmörders zu übertönen … oder Schreie eines Kampfes.

Aber nein, selbst wenn Branhilda plante, Walgreta zu stürzen, würde sie sie nicht heimlich meucheln, sondern das gefälschte Kupferne Kleid entlarven. Walgreta hatte es vorsichtshalber mit in die Badewanne genommen – es lag schwer wie eine versenkte Opfergabe zu ihren Füßen, und die Dienerinnen schienen bemüht, ihm keine Beachtung zu schenken. Wahrscheinlich, um seiner Wirkung zu entgehen.

Als die Dienerinnen innehielten, verkrampfte Walgreta sich vor Schreck. Sie fuhr auf und sah, dass Rianon mit einer Krücke in den Raum trat. Wo sollte ihr Gemahl nach der Behandlung durch die Heilerinnen von Mún Toleda auch sonst hingeschickt werden, wenn nicht ins gemeinsame Schlafgemach? Sie hätte natürlich andere Weisungen geben können. Aber es war auch beruhigend, jemanden in der Nähe zu haben, der ein Interesse daran hatte, dass sie Königin blieb.

Langsam humpelte er mit seiner Krücke durch den Raum und sah sich den Prunk der gemeißelten Säulen und Decke an. Die Dienerinnen fuhren fort, Walgreta zu waschen. Obwohl sie sich gelassen gab, hämmerte ihr Herz. Ein kleiner Teil von ihr hatte darauf spekuliert, dass er kam, während sie noch badete. Der Rat der Wyka war eindeutig gewesen … *Dann lasse den Zauber wirken, der auf dir liegt.* Aber Walgreta empfand Scham.

Schließlich blieb er stehen und erwiderte ihren Blick. Daran, dass ein Lächeln seine Augen schmal werden ließ, merkte sie, wie finster sie ihn offenbar anstierte. Er zuckte die Schultern und beobachtete die beiden Dienerinnen bei ihrer Arbeit. »Keine Sorge, ich fordere mein Recht nicht ein. Redike hat mir erzählt, was für Dinge passieren, wenn man sich dir nähert.«

Wenn du wüsstest, dachte sie. Dann gab sie den Dienerinnen ein Zeichen, ihr aus dem Bad zu helfen. Das Herz schlug ihr bis zum Hals. Sie *würde* sich ihm zeigen, und wenn der Zauber sie in ihrer Sache nicht weiterbrachte, dann allein, um ihn zu quälen!

Doch als sie ihren Mut zusammenfasste, sich erhob und nackt und nass im Raum stand, sah er sie nur einen Herzschlag lang an, mit kaum merklich geweiteten Augen. Dann wandte er sich ab, als hätte er die Gefahr gewittert. Oder aber er verfügte über mehr Anstand, als sie einem Urier zugetraut hätte.

Irritiert starrte Walgreta ihm auf den Rücken. Rianon warf die Krücke aufs Bett und ließ sich ebenfalls darauf sinken. Er schloss die Augen. Hätte der Zauber, der auf ihr lag, ihn nicht in ihren Bann ziehen und gefügig machen sollen?

Abgetrocknet und mit Hemd, Unterkleid und Mantelkleid bedeckt, das feuchte Haar über eine Schulter gelegt, schickte sie die Dienerinnen fort und setzte sich ans Feuer. Er lag noch immer reglos auf dem Bett. Schlief er etwa? Wahrscheinlich hatte er einen schmerzstillenden Trunk bekommen.

»Ich brauche mindestens tausend Streiter«, sagte er unvermittelt, öffnete die Augen und blickte zur Decke auf. »Und Pferde. Gibt es hier Pferde, die wir ausleihen oder kaufen können?«

»Ich werde fragen. Du strengst dich ganz schön an für die Frauen des Neunten. Es geht um mehr als nur Kriegstaktik, nicht wahr?«

Er schnaubte belustigt, aber die Reaktion kam etwas zu schnell, und das verriet ihn.

»Da muss es dir ja eine mächtig angetan haben«, stichelte sie.

»Nur eine? Wie romantisch meine Königin ist«, seufzte er. Aber er schien tatsächlich zu erröten.

»Du brauchst dich nicht zu schämen, wenn du jemanden liebst. Erst recht nicht, wenn du dadurch Frieden zwischen euren Stämmen stiften kannst.« Walgreta hielt einen Moment inne, überlegte.

Dann gab sie sich einen Ruck. Dies mochte der geeignete Moment sein, um ihm ihr Vorhaben zu enthüllen. Wenn er so verletzlich war, war er womöglich am ehesten empfänglich für ihre Ideen.

»Hast du je von den vier Iliaden gehört, die einst den Frieden zwischen den Völkern sicherten?«

Er sah sie von der Seite her an. »Den was?«

Mit ernster Stimme begann sie, ihm von der friedvollen Herrschaft der Weisen Frauen in grauer Vorzeit zu erzählen, von den vier magischen Artefakten, von ihrer Zauberkraft. Sie benutzte die uralten Worte, die fest dazugehörigen Gesten, ließ sich von ihnen tragen und hatte das Gefühl, mit Händen greifen zu können, was sie vor ihrem geistigen Auge sah.

Als sie geendet hatte, sah sie Rianon forschend an. Wartete. Doch er schwieg.

Walgreta kaute auf ihrer Lippe. »Hast du wirklich nie von den vier Iliaden gehört? Dank der Flüsternden Flöte ließen sich die ersten Pferde von deinen Ahnen reiten. Stell dir vor, du könntest ohne Mühe ganze Herden zähmen!«

Er musterte sie eher skeptisch als amüsiert. »Es gibt tatsächlich eine Sage, die ich als Kind von den Frauen vorgesungen bekommen habe. Die Sage von der Jungfrau, die so herzergreifend Flöte spielte, dass die ersten Pferde zu ihr kamen. Aber das ist nur eine alte Geschichte von einem musizierenden Mädchen ...«

»Von einer Weisen Frau!«, fiel sie ihm ins Wort, so erleichtert war sie. »Es waren einst Weise Frauen, die auch die Urier regierten. Die Flüsternde Flöte ist nur verlorengegangen. Aber sie ist unzerstörbar, so wie alle magischen Artefakte. Ihre Macht kann wieder geweckt werden, wenn sie in Liebe verschenkt wird. Sie liegt in einem Grab jenseits des Tieflands. Ich will sie holen! Und ich will, dass *du* die Flöte bekommst. Damit du sie eines Tages einer Weisen Frau aus deinem eigenen Volk gibst.«

Im ersten Moment schien ihre Aufrichtigkeit ihn sprachlos zu machen. Hatte sie sich in ihrer Begeisterung vielleicht zu weit vorgewagt?

Dann stand er auf, humpelte zu ihr ans Feuer und setzte sich ihr gegenüber hin. Blickte ihr geradewegs in die Augen.

»Also schön«, sagte er. »Dann lass uns einen Pakt schließen. Sobald du mir Streiter und Pferde aus Mún Toleda verschafft hast und wir die Frauen des Neunten Stammes bei uns in Sicherheit wissen, machen wir uns auf die Suche nach dieser Flüsternden Flöte.«

71

FÜR DEN GROSSEN EMPFANG, den man ihr als der Königin in Mún Toleda an diesem Abend bereiten wollte, hatte Walgreta ein nachtblaues Gewand mit hellblauen Ärmeln angelegt, an dem Perlen wie Mondstrahlen schimmerten und zu einem noch dichter mit Perlen besetzten Haartuch überleiteten. Von all ihren Kleidern, die in einer Truhe vor dem Feuer geschützt geblieben waren, roch es noch am wenigsten nach Rauch.

Das Mahl fand in einer hellen Steinhalle statt, von deren Decke eiszapfengleiche Kristalle und unzählige bunte Laternen hingen.

»Was sterbliche Hände geschaffen haben, kann sich nicht mit den Gebeinen der Götter messen«, sagte Branhilda mit einer selbstgefälligen kleinen Verneigung, als sie Walgreta und Rianon an den Tischen der Hochgeborenen vorbei zu der prächtigen Tafel führte, »doch haben wir in Mún Toleda schon immer den Göttern unsere größte Ehrerbietung gezollt, indem wir ihnen nacheiferten. Mún Toleda ist zur Hälfte von Riesen und zur Hälfte von Zwergen erschaffen.«

Walgreta und Rianon nahmen auf den Thronsesseln an einem Ende der Tafel Platz, während sich Branhilda und ihr Gemahl, Hauptmann Orbanim, ans andere Tischende setzten. Orbanim war deutlich jünger als Branhilda, ein anmutiger Krieger mit schneeiger Hautfarbe, schwarzen Locken und schwerlidrigen, abschätzigen, mädchenhaften Augen, die den markanten Formen seines Gesichts auf eine Weise widersprachen, über die man gern nachsann. Das war sicherlich ein Grund, warum Branhilda nach dem Tod ihres ersten Gatten ihn und keinen anderen Mann, der mehr Mütter hätte aufzählen können, zum Gemahl genommen hatte.

Auch die Priesterinnen und ihre Männer, die die Kleidung von Streitern oder Schmieden trugen, setzten sich. Walgreta fiel auf, dass an den übrigen Tischen deutlich weniger Männer anwesend waren als Frauen. Die Kämpfe des Winters hatten in Mún Toleda große Lücken gerissen.

Die Kinder der Anwesenden trugen die Speisen auf, und fast vergaß Walgreta, dass es an ihr war, das Essen zu weihen und einen Anteil den Göttern zurückzugeben. In den letzten Wochen war sie nicht gerade wie eine Königin behandelt worden. Ihr Rang kam ihr beinahe so unwirklich vor wie am ersten Tag.

Während des Mahls bat sie Rianon, von den Kämpfen gegen den Neunten Stamm und die mitterländischen Rebellen zu berichten, da alle darauf zu warten schienen. Er erzählte nicht schlecht; sein nüchterner Tonfall unterstrich das Bestürzende der Ereignisse sogar. Er endete, indem er den Sieg Walgreta zuschrieb: »Ohne meine Königin im Kupfernen Kleid wäre es böse ausgegangen für uns.«

Alle hoben ihren Kelch, stießen auf die Königin an, und Walgreta hoffte, dass ihre eigene Betretenheit wie Demut wirkte.

»Der Neunte Stamm wird uns also keine Schwierigkeiten mehr bereiten«, sagte Branhilda, als wäre das etwas, was man einfach so beschließen konnte. »Unsere Söhne, geliebten Gatten und Brüder haben ihr Leben nicht umsonst gelassen in diesem Winter. Meine Königin, mein Fürst, Ihr bringt uns die Nachricht, auf die wir so sehnlich gewartet haben.«

»Der Neunte Stamm hat immer noch zahlreiche Verbündete«, entgegnete Rianon. »Solange es noch Frauen gibt, die ihre Kinder als unsere Feinde großziehen, wird der Kampf weitergehen. Darum müssen wir die hilflosen Frauen des Neunten bei uns aufnehmen, ihnen mit Großmut und Vergebung begegnen.«

Alle schienen den Atem anzuhalten, warteten ab, wie Walgreta darauf reagierte. Frauen zu rauben war das Schlimmste, was man Uriern nachsagte. Und nun hatte der Gemahl der Königin es gleichermaßen selbst vorgeschlagen.

»Ich stehe hinter dem Vorhaben des Fürsten«, sagte Walgreta entschieden. »Der Krieg gegen den Neunten Stamm hat uns gezeigt, dass nicht alle Urier gleich sind. Der Sechste Stamm unter meinem Gatten, Fürst Rianon, hat gelobt, nach unseren Gesetzen zu leben. Ich sehe es als meine Aufgabe an, so viele urische Frauen wie möglich aus der Unterdrückung zu befreien. Denn nur freie, geachtete Frauen ziehen achtbare Kinder groß. Das ist unser Ziel. Das Ziel meiner weisen Vorgängerin Hekteba, des Sechsten Stammes und mir.«

Ein gemeinsames Aufatmen schien durch die Höhle zu gehen. Erneut hob das Kleine Volk die Kelche, und die Gespräche an den Tafeln setzten wieder ein.

Später erzählte eine Priesterin die Geschichte der Gründung von Mún Toleda, da Rianon sie nicht kannte. Während die Priesterin die Legende der im Sterben liegenden Riesin Toleda aufleben ließ, die einst verirrte Kinder Horuns vor dem Erfrieren bewahrt hatte, indem sie sie in ihrem Mund übernachten ließ und mit ihrem letzten Atemzug wärmte, drifteten Walgretas Gedanken zu Fayanú ab. Sie hörte nicht mehr die Priesterin, sondern ihn, wie er erzählte, wie er sie ansah … Sie vermisste ihn so sehr.

Als die Geschichte endete, hatte Walgreta Tränen in den Augen. Zum Glück hatte die Priesterin offenbar wirklich gut erzählt, so dass man Walgretas Rührung nachvollziehen konnte.

»Ich hörte, dass Ihr die Kunst des Erzählens schätzt, meine Königin«, sagte ihr Vetter Senbelin. »Nun sehe ich, dass es stimmt. Morgen bei den Frühlingsriten werdet Ihr unsere gespielten Geschichten sehen!«

»Die gespielten Geschichten sind natürlich keine althergebrachte Kunst, sondern eine Erfindung von Mún Toleda«, sagte Hauptmann Orbanim in einem spöttischen, gelangweilten Ton, der Unsicherheit verriet. »Vielleicht gefällt der Königin das Traditionelle mehr … Schließlich wart Ihr sieben Jahre bei Wyken in der Lehre, nicht wahr, meine Königin?«

Walgreta erriet, worauf die Frage abzielte: Natürlich fragten sich auch die Hochgeborenen vom Berg Mún, ob Walgretas überraschende Ernennung zur Königin etwas mit den Zauberkünsten zu tun haben könnte, die sie in der langen Zeit bei den Wyken erlernt haben mochte.

Sie beschloss, den unterschwelligen Argwohn zu ignorieren. »In der Tat liebe ich unsere Traditionen. Jedoch bedarf es manchmal neuartiger Mittel, um sie zu wahren. Ich freue mich schon, die berühmten gespielten Geschichten von Mún Toleda zu sehen.«

»Ihr sprecht mit der Weisheit einer Wyka«, lobte Branhilda. »Ihr müsst sehr viel von ihnen gelernt haben?«

Walgreta lächelte. So dringend wollte Branhilda es also wissen!

»Die Wyken versuchten, mich zu lehren, das Verschwiegene zu hören und das Verborgene zu sehen.« Sie beobachtete die Hohepriesterin genau. Branhilda schien unruhig zu werden. »Aber ich bin hier und nicht in einem heiligen Hain. Das mag Auskunft darüber geben, wie erfolgreich die Wyken mit mir waren.«

»Ihr seid zu bescheiden«, sagte Senbelin rundheraus. »Bestimmt seid Ihr eine große Zauberin.«

»Das kann ich bestätigen«, schaltete Rianon sich in das Gespräch ein.

Alle sahen ihn erwartungsvoll an.

Als Walgreta ihn mit einem leicht erschrockenen Seitenblick bedachte, lächelte er. »Sie hat meine Männer und mich vom ersten Tag an verzaubert«, sagte er ölig und legte eine Hand auf ihre.

Damit erntete er allgemeines Gelächter, und man erhob die Kelche mit dem Honigwein auf die Königin und ihren Gemahl.

Es war erstaunlich, dachte Walgreta, wie geschickt er sich in solchen Situationen zu verhalten wusste. Nie hätte sie erwartet, dass ausgerechnet er die Worte finden würde, die ihr die Herzen ihrer Untertanen in Mún Toleda zufliegen lassen würden.

72

SELTEN HATTE ES BEI den Frühlingsriten so viele Besucher in Mún Toleda gegeben. Zu den Uriern und den verwundeten Mitterländern kamen die üblichen Vertreter aus über hundert Menschenvölkern. Vormittags war es in den Türmen und Höhlen von Mún Toleda, auf dem großen Platz und den Terrassen bereits so voll, dass die Quartiere der Sklaven geräumt werden mussten, um dort die Tiere unterzubringen.

Walgreta beobachtete die Besucher von einem hochangelegten Garten aus. Manche Völker erkannte sie an ihren Trachten, andere waren in Horuns Bauch so gut wie nie. Es gab Seenländer von großem Wuchs mit geflochtenen Zöpfen oder kahlgeschorenen Schädeln, dunkelhäutige Leute von den fernen Küsten im Westen, gehüllt in Umhänge und Hüte aus Stroh, und Mitterländer aus den tiefen Wäldern, die, soweit man es sehen konnte, von Kopf bis Fuß bemalt zu sein schienen. Und alle brachten die Schätze ihrer Heimat mit: fette Lachse, Hirschgeweihe und Hornzeug, Räucherschinken, eingelegtes Gemüse, Wein aus Wildbeeren, Brand aus Korn. Felle und Lederwaren jeder Art, gewebtes Leinen mit traditionellen Stickereien, Töpferware in allen erdenklichen Formen und Stilen, verschiedenste Musikinstrumente zum Blasen, Schlagen, Zupfen und Schütteln, geschnitztes Spielzeug und Amulette, Schmuck aus Flusssteinen und Zähnen. Ocker, Malachit und Steinblau zum Schminken und Färben, mit Jasmin, Lilien und Apfelblüten parfümierte Fettsalben. Getrocknete Heilpflanzen, Pilze und Schrumpfköpfe glückbringender Tiere. Dazu in Holzschatullen und Flechtkörben aufbewahrte Schlangen, Salamander und Kröten für Opferrituale und in filigranen Käfigen flatternde Vögel mit gelbgeränderten Augen und menschlicher Stimme.

Auch ein paar großgewachsene rothaarige Küstenelfen mit Perlen und Bernstein vom Meer waren unter den Gästen, aber nicht viele. Für sie war bei den Frühlingsriten nicht so viel zu gewinnen wie beim Erntefest. Beim Erntefest verteilte das Kleine Volk Salz und Kupfer, bei den Frühlingsriten Samen und Körner, die im letzten Jahr von den Menschenvölkern eingetrieben worden waren. Darum bedeuteten die Frühlingsriten vor allem den Menschenvölkern etwas, die sich ihren Teil der Aussaat zurückholten, mit Vieh handelten und mit Pflanzensetzlingen.

Den ganzen Morgen hatte Walgreta der Begüßung der Gäste vorgestanden und zugeschaut, wie die Priesterinnen die Geschenke der Landvölker annahmen. Es war wichtig, vor den vielen Gesandschaften der Menschenvölker ihre Herrschaft über Mún Toleda zu demonstrieren, und wenn einmal Gerüchte aufkommen sollten, dass sie das Kupferne Kleid nicht mehr besaß, würden die Leute sich an den heutigen Vormittag erinnern und widersprechen.

73

RIANON WAR ZUFRIEDEN. BISHER hatte es in der Stadt der Zwerge keine größeren Schwierigkeiten gegeben, und an diesem Vormittag waren auch keine zu erwarten, da es anscheinend nur darum ging, dass seine Gemahlin in Gegenwart der Priesterinnen Geschenke anlässlich des Frühlingsfestes annahm. Dabei war er gut abkömmlich, und so beschloss er, gleich nach dem gemeinsam mit den Hochgeborenen des Berges eingenommenen Frühstück nach den Pferden zu sehen.

Ein Kuhjunge zeigte ihm den Weg. Die Pferde waren in den Ställen untergebracht, in denen die Rinder überwinterten, die jetzt auf der Weide standen.

Als Rianon eintrat, kamen sofort ein paar Pferde zu ihm, schnupperten an ihm und suchten in seinen Händen und an seinem Gürtel nach möglichen Leckereien. Rianon streichelte und kraulte sie. Mehr hatte er leider nicht.

Plötzlich drängte sich ein Pferd vor und knabberte ihn von der Seite an. Er traute seinen Augen nicht.

»Naflit!«, rief er aus.

Tatsächlich – sein Hengst, sein Lieblingshengst, den Mauskin ihm damals im Lager des Neunten Stammes gestohlen hatte!

Fassungslos schlang Rianon ihm die Arme um den Hals. Er hatte längst die Hoffnung aufgegeben, ihn je wiederzufinden. »Was machst du denn hier?« Rianon lachte. Der Hengst stieß ihn zärtlich an, suchte nach Leckerbissen und schnaubte betrübt. Dann stellte er sich eifersüchtig zwischen Rianon und die anderen.

Rianon merkte, dass Naflit zwar wohlgenährt und sorgfältig gestriegelt war, aber kaum die Beine stillhalten konnte. Er war ein feuriges Pferd, und seine Unruhe verriet, dass er nicht genug Bewegung bekam.

Rianon rief den Kuhjungen, der am Ende des Ganges mit Milcheimern beschäftigt war, zu sich. »Wem gehört dieser Hengst?«

Der Zwerg betrachtete Naflit ratlos. »Das wissen nur die Stallburschen. Die haben heute früh frei. Dürfen zu den Herden auf dem Frühlings…«

»Wer reitet ihn aus?«, unterbrach Rianon ihn ungeduldig.

»Ausreiten, Herr?«

Rianon ertrug die Einfalt des Jungen nur schwer. Aber es war schließlich nicht dessen Schuld. Ruhig bat er: »Bring mir einen Sattel und Zaumzeug. Ich kümmere mich um ihn.«

Naflit konnte es kaum erwarten, aus dem Stall zu kommen. Rianon musste ihn zügeln, damit er nicht sofort lospreschte vor lauter Energie.

Das ist das richtige Pferd für mich, der ich noch humpele, dachte

Rianon. Zum ersten Mal seit langer Zeit freute er sich von ganzem Herzen.

Als er auf dem Rücken des Pferdes den großen Platz von Mún Toleda überquerte, wichen die Besucher respektvoll zur Seite. Doch vor dem Tor stellten sich ihm die Wache haltenden Streiter in den Weg.

»Kommt ihm lieber nicht zu nah! Wer hat den Hengst hierhergebracht?«, fragte Rianon.

Ein Junge von acht oder neun Jahren drängte sich vor, schwarzlockig, wohlgenährt und von bezaubernder Niedlichkeit. »Das ist der Hengst des Hauptmanns«, rief er aus.

»Und seit wann?«

»Hat Hauptmann Orbanim Euch sein Pferd geliehen?«, fragte einer der Streiter zurück.

Rianon ärgerte sich über den argwöhnischen Tonfall. »Dies war bis vor kurzem mein Pferd. Und wenn es in Zukunft irgendwem gehören soll, muss es bewegt werden, sonst dreht es durch. Also lasst mich vorbei.«

»Man kann ihn nicht reiten«, sagte der kleine Junge fest. »Er ist zu wild.«

»So?« Rianon lächelte. »Er ist nur zu wild, wenn du zu zahm bist, Junge. Wie lautet dein Name?«

»Ich bin Beoreg, Sohn der Branhilda, Tochter der Iserwen, Tochter der Ganriva von Horuns Bauch.«

Der Sohn der Hohepriesterin? »Beoreg, ich bin erfreut. Mein Name ist Fürst Rianon vom Sechsten Stamm der Urier.«

»Ich weiß doch!« Der Junge grinste. »Ich habe dich gesehen, bei dem großen Festmahl gestern Abend. Und schon davor hat meine Mutter mir gesagt, wer du bist.«

»Dann weißt du, dass ich kein Pferdedieb bin.«

»Doch, bist du.« Beoreg gluckste. »Ein Räuber!«

»Ich bin ein Mann, der auch das wildeste Pferd reiten kann«, korrigierte Rianon. »Komm, ich zeig's dir. Wenn du dich traust.«

Beoreg sah sich ängstlich zu den Streitern um. Als einer von ihnen jedoch die Hand auf seine Schulter legte, machte Beoreg sich von ihm los und sprang vor. »Ich trau mich.«

Lachend zog Rianon den Jungen vor sich in den Sattel. Die Streiter schienen protestieren zu wollen, aber Beoreg befahl ihnen, aus dem Weg zu gehen. Sie gehorchten widerwillig, und los ging's: Rianon musste Naflit nicht einmal anspornen, schon preschten sie an den Wasserfällen und Felsen vorbei, unter freiem Himmel, hinab ins Tal.

Der kleine Beoreg krallte sich an der Mähne fest, und bald gewöhnte er sich an die Bewegungen des Tieres und vertraute ihm. Als sie das Tal erreichten, jauchzte er vor Freude. Schnaubend verfiel Naflit in Trab und ließ sich vom Wind kühlen, der über die Weiher strich und schwer war vom süßen Atem der Blüten.

»Du hältst dich wacker«, lobte Rianon den Jungen. »Bekommst du Reitunterricht?«

»Nein, das geziemt sich nicht.«

»Schade. Vielleicht kann man aber für Naflit eine Ausnahme machen. Würdest du ihn gern öfter mit mir ausreiten?«

Ohne zu zögern, rief Beoreg aus: »Ja!«

Als Rianon am frühen Nachmittag mit Beoreg und Naflit nach Mún Toleda zurückkehrte, wurden sie am Tor bereits erwartet. Hauptmann Orbanim war offenbar über das Verschwinden seines Reittiers und des Sohnes seiner Gemahlin informiert worden.

Argwöhnisch huschte der Blick des Hauptmanns zwischen Rianon, dem Jungen und dem Hengst hin und her. Schließlich sagte Orbanim: »Bei mir war er nie so fügsam.«

»Der Eindruck trügt. Beoreg hätte mir Naflit am liebsten weggenommen, um auf und davon zu galoppieren.«

Beoreg lachte.

»Ich meinte den Hengst«, sagte Orbanim trocken.

Rianon klopfte Naflit den Hals. »An mich ist er gewöhnt. Bevor er Euch gehörte, gehörte er mir.«

»Das hörte ich von meinen Wachen. Wie kommt es, dass mir der Hengst von Fürst Sorike vom Sechsten Stamm geschenkt wurde?«

Rianon erstarrte innerlich. »Es gibt nur einen Fürsten des Sechsten Stammes, und der bin ich. Sagt … hat zufällig ein Händler namens Mauskin vom Volk der Tugaller Euch den Hengst gebracht?«

An Orbanims verwundertem Ausdruck las Rianon ab, dass er richtiglag, und ihm kam eine Idee. Er schwang sich von Naflits Rücken und reichte Orbanim die Zügel. »Ich hatte ein ungutes Gefühl, den Tugaller zu beauftragen.« Rianon stieß einen Seufzer aus und schüttelte wie bedauernd den Kopf. »Er hatte mir beteuert, mit meinem Feind Sorike gebrochen zu haben, und einem Überläufer traue ich normalerweise nicht. Aber einen meiner eigenen Männer konnte ich zu dem Zeitpunkt nicht entbehren, um Euch den Hengst zu bringen … Nun, zum Glück hat dieser Mauskin keinen Schaden angerichtet, der nicht wieder behoben werden könnte: Nicht Sorike, sondern *ich* bin der Sechste Fürst, der Euch beschenkte. In meinem Volk ehrt der Bräutigam die Familie der Braut bei der Hochzeit mit einer Gabe. Und Mún Toleda ist ebenso die Familie der Königin wie Horuns Bauch.«

Die Streiter sahen ihn verdutzt an.

»Ein Pferd im Gegenzug für unsere Königin?« Orbanim runzelte die Stirn. Seine Männer schnalzten mit der Zunge.

»Nicht ein Pferd, sondern sechs«, erwiderte Rianon geistesgegenwärtig. »Oder hat dieser vermaledeite Tugaller nur ein Pferd überbracht?«

Ein Lächeln zuckte um Orbanims Mund. Offenbar war er stolz darauf, dass seine Fangfrage ins Ziel getroffen zu haben schien: »Es waren drei.«

Rianon stemmte die Hände in die Hüften und wandte sich kurz ab, um laut genug zu fluchen. Innerlich aber lachte er. Nun war er wieder Herr der Lage.

Dann sagte er zu Hauptmann Orbanim: »Vergebt mir, dass mein Geschenk so dürftig bei Euch ankam. Jedenfalls war mir Eure Königin nicht drei, sondern sechs Pferde wert. Das mag Euch eine Vorstellung davon geben, wie sehr Urier ihre Pferde schätzen. Wenn Ihr unsere Pferde besser kennenlernt, werdet Ihr das verstehen. Ihr solltet Naflit morgen ausreiten, und ich werde Euch begleiten. Ich zeige Euch, wie Ihr ihn führen müsst.«

Orbanim musterte den Hengst ehrfürchtig. »Einverstanden. Ich danke Euch, Fürst Rianon.«

Rianon freute sich über diesen Sieg. Jetzt hatte er nicht nur Beoreg, sondern auch Orbanim auf seiner Seite.

74

ZUM FESTMAHL BEGLEITETEN WALGRETA die hohen Ehefrauen des Ersten, Zweiten und Sechsten Stammes, und das Volk betrachtete den Zug der Königin und ihrer urischen Untergebenen mit Staunen. Walgreta hatte sich an diesem Abend noch prächtiger herausgeputzt als gestern: Das gefälschte Kupferne Kleid lugte zwischen einem Mantel aus feinster urischer schwarz- und grüngefärbter Wolle hervor, dessen breite Borten aus Goldgarn und grünen Edelsteinen den Glanz des Kupfers steigerten. Ein passendes Haartuch, das fast vollständig aus Goldgarn bestand, umrahmte ihren Kopf und fiel in feinen, von Edelsteinen klickernden Streifen zu Boden.

Die Urierinnen hielten schüchtern ihre Schleier vor das Gesicht, doch gerade so, dass ihr herrlicher Schmuck und ihre leuchtend bunten Gewänder mit jedem Schritt darunter hervorblitzten. Ehrfürchtig machte man ihnen Platz und verneigte sich vor Walgreta, als sie den unterirdischen Saal betraten. Er war umgeben von Kristallgrotten, aus denen hier und da Quellen strömten und sich in weiten Teichen sammelten. Eine Brücke führte über das Wasser hinweg zu den langen, über und über mit Frühlingsblumen geschmückten Tafeln. Laternen trieben schaukelnd auf den Teichen, und durch manche Höhlenöffnungen fiel noch ein wenig Abendlicht, so dass die Kristalle an den Wänden und der Decke in allen Farben schillerten.

Die Urierinnen nahmen an einer Tafel direkt neben der der Königin Platz, ausgestattet mit einem Vorhang, damit die übrigen Gäste ihnen nicht beim Essen zuschauen konnten. Dennoch war es das erste Mal, dass man überhaupt urische Ehefrauen bei einem öffentlichen Fest sah. Und das war Walgreta, der neuen Königin, zu verdanken.

Während Diener kleinere Vorspeisen und gesüßte Getränke servierten, boten auf einer Tribüne in der Mitte des Saales Priesterinnen die heiligen Geschichten dar, begleitet vom Klang ihrer Instrumente. Die Besonderheit Mún Toledas, Geschichten nicht von einer Erzählerin vortragen zu lassen, sondern mit mehreren nachzuspielen, verlieh allem eine verblüffende Lebendigkeit und Farbenpracht, und Walgreta war von dem Schauspiel begeistert. Sogar die Urierinnen, die kein Wort verstanden, sahen gebannt zu.

Wein wurde ausgeschenkt, und Platten mit Spanferkeln, im Ganzen gebratenen Lämmern und Kälbern wurden hereingetragen. Die Geschichten wurden immer heiterer und im Lärm der Feiernden auch immer schwerer zu verfolgen. Nun durften Kinder Geschichten singen oder hochgeborene Zwerginnen, die vom Volk dazu aufgerufen wurden, die Legenden ihrer Mütter aufsagen. Schließlich rief jemand: »Königin! Die Königin soll eine Geschichte erzählen.«

»Eine Geschichte der Königin!«, pflichteten andere lautstark bei, und der Ruf wurde von zahllosen Kehlen aufgenommen und hallte durch den prachtvollen Höhlensaal. Applaus brandete an den langen Tafeln auf, und alle Blicke richteten sich auf sie.

Walgreta trank ihren Wein aus und tupfte sich die Lippen trocken. Und mit einem Mal wusste sie, welche Geschichte sie zum Besten geben wollte. Sie würde ihrem Volk von den Iliaden erzählen. Von dem alten Reich Ilian, das einst die ganze Welt umspannt hatte. Sie wollte mit allen Anwesenden ihre Hoffnung teilen.

Walgreta erhob sich und wollte gerade beginnen, da ertönte eine Stimme aus der Menge: »Sie soll erzählen, wie das Kupferne Kleid unserem Volk abhandenkam!«

Schlagartig verstummten auch die letzten leisen Gespräche. Die Blicke der Leute irrten zwischen ihr und einem Streiter hin und her, der sich von seinem Platz an einer der hinteren Tafeln erhoben hatte. Es war ein Streiter im roten Umhang von Horuns Bauch, flankiert von vier Kameraden.

Walgreta war starr vor Schreck. Die Blicke der Menge blieben an ihrem gefälschten Kupferkleid hängen, zogen wie Gewichte daran, schienen es herunterreißen, sie entblößen zu wollen …

Die übrigen vier Streiter aus Horuns Bauch standen nun ebenfalls auf. Ihre Mienen ließen keinen Zweifel, dass sie Bescheid wussten.

»Im Namen unseres Volkes wollen wir hören, wie das Kupferne Kleid, der Schatz unserer Mütter, in den Besitz einer *Elfe* geraten konnte!«, donnerte ihr Wortführer.

Verwunderte Ausrufe und Gemurmel wogten durch die Menge.

»Das ist Verleumdung …« Walgreta versuchte es mit lauter Stimme zu rufen, aber sie brachte nur ein Stammeln zustande. »Wie wagt Ihr es, mir solche …«

»Ich habe die Zauberin mit eigenen Augen gesehen«, rief der Streiter, nun nicht mehr an sie gewandt, sondern an die Bewohner von Mún Toleda. »Eine Elfe vom Wald, die anlässlich der Wintersonnenwende bei uns erschien und klammheimlich aus Horuns Bauch verschwand, sobald die neue Königin ernannt war! Wir haben die Zauberin unter Hauptmann Ganwalen verfolgt, und als wir sie gestellt haben, blitzte an ihrer Brust das Kupferne Kleid unserer Mütter. Damit hat diese *Elfe* meine Kameraden getötet. Die Königin, die ihr hier vor euch seht, hat sich die Krone mit unserem Schatz erkauft!«

Walgreta wollte ihn überschreien, ihn festnehmen lassen, ihn verspotten – aber die Angst rann wie erkaltendes Metall durch ihre Adern, und sie stand stumm und reglos im Hagel der Vorwürfe.

Rianon und seine Generäle waren geistesgegenwärtiger. Noch während der Streiter seine Worte brüllte, sprangen sie über die Tafel hinweg und eilten mit gezückten Waffen auf ihn zu.

Auch die fünf Streiter aus Horuns Bauch zogen ihre Waffen. Ringsum wichen die Gäste entsetzt zurück.

»Du verbreitest Lügen über meine Gemahlin«, stieß Rianon, mühsam beherrscht, hervor. »Entschuldige dich!«

»Wenn es Lügen sind«, entgegnete der Streiter und blitzte Walgreta an, »dann soll die Königin mich hier und jetzt mit dem Kupfernen Kleid töten. Tötet mich mit dem Kupfernen Kleid, oder gebt Eure Verschwörung zu!«

»Du erteilst meiner Gemahlin keine Befehle!« Rianon machte einen Satz und ließ seine Streitaxt auf den Zwerg niedersausen. Der parierte, und Funken spritzten von den Klingen.

Im nächsten Moment hatten sich die Streiter und Rianons Generäle in ein Knäuel wirbelnder Gliedmaßen und klirrender Waffen verwandelt. Blut prasselte zu Boden.

»Halt!«, schrie Walgreta.

Die Streiter von Mún Toleda warfen sich dazwischen. Auch die Priesterinnen eilten hin und wischten panisch das Blut mit ihren Röcken auf, damit die Erde an diesem Festtag nicht entweiht wurde.

»Betrügerin! Verräterin!«, brüllten die Streiter aus Horuns Bauch, noch während sie die Flucht ergriffen. »Fordert sie heraus! Sie trägt nicht das Kupferne Kleid!«

»Lasst sie laufen!«, befahl Walgreta, froh, dass sie ihre Stimme wiedergefunden hatte, als Rianon und seine Generäle den fünfen nachsetzen wollten. »Kein Blutvergießen, oder wollt ihr die Erde selbst gegen uns aufbringen?«

Rianon drehte sich zu ihr um, die Zähne gefletscht. Schweratmend steckte er seine Streitaxt ein.

Einen Augenblick später folgten seine Generäle seinem Beispiel.

Walgreta straffte die Schultern und wandte sich der Menge zu. Von Argwohn über Furcht und Empörung schlug ihr alles entgegen. Seltsamerweise überkam Walgreta plötzlich Ruhe. Dies war ihre Chance. Und sie musste sie nutzen. Musste das Volk von Mún Toleda auf ihre Seite ziehen. So, wie Hekteba es ihr geraten hatte.

»Was ihr soeben gesehen habt, war ein Pfeil, den feige Verschwörer auf mich abgefeuert haben. Aber sorgt euch nicht. Lügen sind die einzige Waffe, die sie gegen mich haben.« Sie hielt einen Moment inne, holte tief Atem. »Ich möchte euch in einen Plan einweihen, den meine Großmutter und Vorgängerin Hekteba, Fürst Rianon und ich im letzten Winter fassten: Wir wollen die Kämpfe im Seen- und Mitterland beenden und den Krieg zwischen den Stämmen, der auch in dieser Stadt so zahlreiche Opfer gefordert hat. Wir wollen Frieden schaffen in allem Land und zwischen den Menschenvölkern. Und wir wollen ihn sichern, wie es uns die alten Geschichten unserer großen Mütter raten: mit Hilfe der vier Iliaden.«

Überraschtes Gemurmel wurde laut, einzelne Rufe: »Hört! Hört!«, und erster Beifall erklang. Doch viele Mienen blieben verschlossen.

Walgreta hob die Hand, gebot den Anwesenden mit herrschaftlicher Geste, noch einmal zu schweigen, und fuhr fort: »Erinnert ihr euch? Einst gab es auch eine Iliade für die Menschen des Tieflands. Die Flüsternde Flöte. Sie wurde geraubt und galt als verschollen. Doch ich weiß, wo sie sich befindet.

Und wir, Fürst Rianon und ich, wollen auf Geheiß meiner weisen Großmutter Hekteba die Flüsternde Flöte holen.«

Rianon war näher getreten und starrte sie aus unergründlichen Augen an. Ein Blutspritzer zeichnete sein Gesicht. Doch als er sich an die Anwesenden wandte, erklärte er fest: »Es ist, wie die Königin sagt. Eine Iliade für mein Volk. Wie einst.«

Branhilda erhob sich. »Die Flüsternde Flöte für das Menschenvolk der Urier«, wiederholte sie langsam, wie um zu testen, wie die Worte klangen.

Walgreta nickte. »Nur wenn das Volk der Urier Einigkeit findet, gibt es Frieden für uns alle. Meine Heirat mit Fürst Rianon war der Anfang eines gemeinsamen Weges. Eines gemeinsamen Weges unserer Völker, den wir gehen *müssen*.«

Hauptmann Orbanim stand nun ebenfalls auf und legte eine Hand auf den Rücken seiner Gemahlin. »Ich sehe noch nicht, wie es unsere Heimat schützen soll, ein so mächtiges Menschenvolk wie die Urier mit einem magischen Artefakt auszustatten.« Er deutete eine Verneigung in Rianons Richtung an. »Verzeiht mein Misstrauen, Fürst Rianon, doch Ihr wisst ebenso gut wie wir, dass nicht alle Urier so ehrbar sind wie der Sechste Stamm.«

Die Menge lauschte gespannt, als Walgreta lächelnd erwiderte: »Gerade deshalb ist es so wichtig, dass die Urier sich einem gemeinsamen Gesetz beugen: der uralten Weisheit der Wyken. Eine Frau soll die kriegerischen Fürsten regieren! Und wir werden sie dazu ermächtigen.«

Ein Raunen ging durch die Menge. Branhilda nickte ergriffen, doch Walgreta entging nicht, dass Hauptmann Orbanim skeptisch blieb. Sie erkannte, was zu tun war.

»Die Streiter Mún Toledas sollen mich bei dieser großen Aufgabe durch das Tiefland begleiten«, fuhr Walgreta fort. »Wir werden die Flüsternde Flöte finden und einer Urierin schenken, die ihrer würdig ist. Branhilda, sicher seid Ihr gewillt, mir Euren Hauptmann für einige Monate zum Schutz mitzugeben.«

»Und Euer Sohn Beoreg kommt auch mit, was, Beoreg?«, rief

Rianon fröhlich. »Dann lernst du reiten wie der Wind. Du wirst dein eigenes Pferd fangen und zähmen.«

Beoreg schwieg, doch als er seine Mutter ansah, strahlten seine Augen.

»Beoreg würde viel für seine Zukunft lernen, wenn er das Tiefland mit uns bereist«, sagte Walgreta, und in diesem Moment mochte sie Rianon mehr denn je. Er wusste genau, was er tat: Mit Beoreg hätten sie ein Druckmittel, um sowohl Branhilda zu Hause als auch Orbanim unterwegs zu kontrollieren.

Branhilda lachte verblüfft. »Also, Beoreg ist noch nicht in dem Alter …«

»Ich saß in meinem dritten Sommer schon auf einem Pferd«, sagte Rianon. »Und Beoreg ist kein Kind mehr, sondern ein junger Mann.«

»Wäre das nicht etwas: ein Hauptmann des Kleinen Volkes, der zu Pferd kämpfen kann wie ein Urier?«, setzte Walgreta hinzu.

Branhilda wollte widersprechen, doch Beoreg raunte ihr verärgert etwas ins Ohr, und Mutter und Sohn waren für einen Moment miteinander beschäftigt.

Walgreta nutzte die Gelegenheit: »Kommandant Senbelin, Ihr seid mein Vetter. Ich will Euch als Königin und als Verwandte bitten, in der Abwesenheit des Hauptmanns für den Schutz der Hohepriesterin und ihres ungeborenen Kindes zu sorgen.«

»Wenn die Hohepriesterin einverstanden ist«, sagte Senbelin und verbeugte sich tief vor Walgreta.

Feierlich trat Walgreta zu Branhilda und legte ihr die Hände auf die Schultern. »Ich danke Euch, Freundin. Wenn ich scheitere oder mir etwas zustößt … dann will ich wissen, dass Ihr Euch für eine friedliche Zukunft einsetzt. Ihr sollt das Kupferne Kleid nach mir tragen, komme, was wolle.«

Branhilda öffnete den Mund und fand keine Worte. Sie umarmte Walgreta.

Das Volk, das bis jetzt wie ein einziges großes Lebewesen gespannt den Atem angehalten zu haben schien, brach in Jubel aus.

»Freundin, das werde ich tun«, stammelte Branhilda.

Rianon trat dazu, um Hauptmann Orbanims Hand zu ergreifen. »Ich bin froh, Euch an unserer Seite zu wissen. Auf die Zukunft unserer Völker!«

»Auf die Zukunft unserer Völker!«, wiederholte Redike mit donnernder Stimme.

Die Menge nahm die Worte auf, und die Rufe ließen die Felswände des Berges Mún erbeben.

Buch III

Blüten, die der Wind riss

75

WALGRETA LIEF AUF DEM leuchtenden Wasser, das im Blickenden Becher schwappte, und Bucheckern fielen aus dem Himmel. Sie musste ihnen ausweichen und schaffte es doch nie. Jeder Treffer brandmarkte ihre Haut, denn sie trug das Kupferne Kleid nicht. Und aus der Welt unter Wasser, wo die Bucheckern sanfte Schneeflocken waren, schauten die Weisen Frauen zu ihr herauf und schüttelten betrübt die Köpfe. Walgreta hatte versagt, hatte ihr Volk verraten, und alle wussten es.

Aber dann nahm jemand ihre Hand. So fest, dass es wehtat und den Schmerz der aufprallenden Bucheckern verblassen ließ.

Fayanú, dachte sie.

Sie spürte ihn neben sich wie damals, als sie schweigend durch den Wald nach Horuns Bauch gegangen waren – zwei Fremde, die für eine Weile denselben Weg nahmen. Wie war es doch gewesen, als sie sich zum ersten Mal in die Augen geblickt hatten, an jenem sonnigen Herbsttag auf dem Marktplatz von Horuns Bauch? Seine tiefen, klaren Augen mit dieser Traurigkeit, die aus den Abgründen der ganzen Welt geschöpft war …

Hilfesuchend wandte sie sich der Gestalt an ihrer Seite zu – und erstarrte.

Neben ihr stand Rianon. Sein sonnengebräuntes Gesicht unter dem aschblonden Haar kam ihr umso derber und verschlagener vor, da sie Fayanús irrlichterne Schönheit erwartet hatte. Sie wollte die Hand wegziehen, aber Rianon hielt sie unerbittlich umschlossen. Und sie dachte, dass es gut sein würde, sich zu ergeben.

Ein Lächeln schmälerte seine Augen. Es waren nicht Himmelsaugen wie Fayanús, sondern Kieselsteine.

Vielleicht erkannte er sie deshalb so gut, weil auch sie zur Erde gehörte, in den Schmutz.

Walgreta kämpfte nicht mehr darum freizukommen, und seine warme, starke Hand drückte immer fester zu. Noch immer hagelten Bucheckern auf sie herab, aber langsamer, im Rhythmus ihres Herzschlags, und ihr ganzer Körper bebte vor heftigen, tiefen Erschütterungen.

76

MAUSKIN BLICKTE AUF DIE trübe Oberfläche seines Gerstenbiers. Sein Spiegelbild war ein alter, versoffener Mann. Er wusste nicht, seit wann er hier war, in dieser zwielichtigen Spelunke. Seit einem Viertelmond? Zwei Monden? So oder so – das stickige Gefühl in seinem Kopf verriet, dass es nicht lange her sein konnte, dass er im hinteren Bereich des Langhauses gewesen war, wo eine kräuterkundige Alte gegen Bezahlung Pfeifen vorbereitete, die mit Violettenkraut und zu Pulver getrocknetem Mohnblumensaft gestopft waren.

Mauskin erinnerte sich vage, dass er das Lager der Pfeifenträumer verlassen hatte, vorbeigeschlurft war an den Kammern des Mittelbereichs, in denen mehrere Familien hausten sowie wohlhabende Händler auf der Durchreise, dazu Rebellen, wie im ganzen übrigen Dorf. Hier, im vorderen Bereich des Hauses, wo der geräumige Schankraum lag, hatte er sich unter Otebas tadelndem Blick ein Bier bestellt und sich an den Tresen gelehnt. Er trank, und die Kühle des Biers trudelte wie alle Wahrnehmungen in den Nebel davon, der seine Sinne einhüllte, seit er Fürst Noharion besiegt hatte. Seit er keine Aufgabe mehr in diesem Leben hatte, in dem alles so sinnlos war. So entsetzlich ermüdend.

Und die Liebe? Ja, ich habe geliebt … Es ging so leicht kaputt, wie ein Knochen bricht. Wie die Morgenkälte unter Kleider kriecht. Mein Hass hat mich warm gehalten, so wie die Zwerge sagen: Hass ist das Feuer gegen die Kälte der Angst.

Und dann verzehrte mein Hass, was es zu verzehren gab. Rache war köstlich, bis man sie aß.

Er lachte in sich hinein. Das war doch ein Sprichwort vom Volk der Hegidier aus dem Mitterland. Oder vom Volk der Samoviler. Schwermütige, romantische Völker mit einer Vorliebe für Knoblauch.

Er trank.

Seit Tagen regnete es ohne Unterlass. Es war jener Frühjahrsregen, den die Erde gierig aufsog, um ihr Grün üppig werden zu lassen. Über das Prasseln auf dem Dach hinweg hörte er statt der üblichen Musik nun eine melodische Stimme, die von Frieden und Weisen Frauen erzählte. Mauskin schnaubte. Als hätten nicht immer schon Krieg und Gewalt die Welt regiert!

»… lange waren die beiden Iliaden verschollen, doch die Zeit ist gekommen, sie wiederzufinden, und wenn ihr, die ihr hier versammelt seid, einen kennt, der sich Mauskin nennt – Mauskin, der Tugaller –, so sagt es mir!«

Nun war nur noch das Regenprasseln zu hören. Alle im Schankraum waren verstummt. Mauskin wandte sich um – eine Bewegung, die ihm gewaltig wie ein Erdbeben vorkam – und sah, dass ein Wandererzähler mit dem Rücken zu ihm am großen Herdfeuer in der Mitte des Raumes saß, umringt von Gästen und der Herrin des Hauses, einer wuchtigen Samovilerin, die den Suppenkessel über dem Feuer bewachte und jede Schüssel, die sie nachfüllte, zuerst mit einem weißen Kreidestrich markierte … Er spürte, wie seine Gedanken abdrifteten.

Ein Knarren von Holz verriet ihm, dass Oteba sich auf ihrer Bank in der Ecke zurücklehnte, um tiefer in den Schatten zu verschwinden. »Warum suchst du den Tugaller?«, fragte die Zwergin.

»Ich brauche seine Hilfe.«

»Hört, hört!«, erklang eine Stimme aus Otebas Ecke. Eliody war also auch da.

Irgendjemand gähnte laut. »Als wäre mit dem noch was anzufangen …«

Rehfang, dachte Mauskin. Sein Bruder lehnte am Geländer des Obergeschosses, ein Mädchen im Arm, das er wahrscheinlich nicht einmal dafür bezahlte. Der schäbige Schönling.

Der Erzähler wandte den Kopf und kniff die Augen zusammen, um Rehfang im Dämmerlicht besser zu erkennen. »Er ist eine Legende. Er hat Rache genommen an dem großen Fürsten Noharion. Er hat den Neunten Stamm zerstört und die Menschen des Seen- und Mitterlands zur Rebellion ermutigt. Er hat für Frieden und Gerechtigkeit gekämpft. Und genau das will ich auch.« Langsam erhob sich der Erzähler, ging an Mauskin vorbei und verneigte sich vor Rehfang. »Ich erkenne Euch … Ihr seid es doch, Mauskin! Wir haben uns gesehen, als Ihr aus Horuns Bauch geflohen seid! Erinnert Ihr Euch? Ich bin Fayanú. Ich will die Iliaden finden und den Weisen Frauen zurückgeben, damit die Völker wieder in Frieden leben, so wie einst. Dafür brauche ich Eure Hilfe!«

Mauskin lehnte sich schwer gegen den Tresen. Diese eigentümlich goldgrün schimmernde Haut … *Ein Waldelf.* Vage erinnerte er sich, einem Waldelf in Horuns Bauch über den Weg gelaufen zu sein. Der Junge gefiel ihm. Diese naive Ehrlichkeit, die manchmal im Schatten des Wahnsinns gedieh.

Rehfang schoss Mauskin einen Blick zu. Dann seufzte er. »Ich bin nicht Mauskin. Wenn du mir erzählst, was du von ihm willst, richte ich es ihm aus.«

77

EIN HERRLICHER FRÜHLINGSTAG BRACH an. Zart wie Daunen trieben die Wolken des Himmels im Sonnenaufgang. Tausende von Leuten hatten sich auf dem Platz von Mún Toleda und den Terrassen versammelt, um die Streiter zu verabschieden, die mit ihr, der Königin, und dem Sechsten Stamm ausrückten.

Nachdem die Priesterinnen ihre Zeremonie vollzogen hatten, hielt Walgreta eine kurze Abschiedsrede und erteilte den Zurückbleibenden ihren königlichen Segen. Die Sonne schien durch das Tor und ließ ihr Kupferkleid erstrahlen, als sie die Arme ausbreitete. Obwohl ihre Rede nicht besonders schwungvoll gewesen war, brandete tosender Applaus auf. Sie spürte die Begeisterung, die Hochstimmung aller in diesem großen Moment, da das Kleine Volk und die Urier gemeinsam auszogen, um die Frauen und Kindern des Neunten Stammes unter ihren Schutz zu stellen.

Nun ergriff Rianon ihre Hand, reckte mit ihr den Arm empor. Walgreta sah ihn an. Ihr Schatten fiel auf seine Brust, doch sein Gesicht lag im Licht, und er kniff die Augen schmal. Sie waren wirklich wie Kieselsteine. In ihnen war nichts Geheimnisvolles, nichts Unergründliches. Er wollte siegen, einzig und allein siegen, nicht mehr und nicht weniger. Walgreta spürte, dass auch sie mehr als alles andere das wollte: siegen.

Sie stieg auf den Prunkwagen, auf dem schon der kleine Beoreg stand. Er war von den Stiefeln bis zum Umhang ganz in Goldbrokat gekleidet, trug einen Goldreif, an dem Eichhörnchenschwänze baumelten, und wirkte verdrießlich, denn er hatte auf einem Pferd reiten wollen wie ein Urier und es nur dank Rianons guten Zuredens als Ehre akzeptiert, bei der Königin mitfahren zu dürfen.

Rianon schwang sich auf einen braunen Hengst, den Branhilda und Orbanim ihm im Rahmen der Frühlingsriten zum Geschenk gemacht hatten. Obwohl der Sechste Stamm praktisch alle Pferde aufgekauft hatte, die auf dem Frühjahrsmarkt in Mún Toleda greifbar gewesen waren, mussten immer noch viele Männer zu Fuß gehen, wilde Entschlossenheit im Gesicht, daran etwas zu ändern, sobald sich die Gelegenheit ergab.

In einem langen Zug verließen sie Mún Toleda über den Wirbelweg.

Als sie die erste Rampe hinab in Richtung Mitterland erreichten, trennten sich die Männer des Zweiten Stammes unter dem weißhaarigen Fürsten Ligerion von der Gruppe. Man nahm in Frieden voneinander Abschied, dankbar für die bisherige wechselseitige Unterstützung und in Freundschaft.

Die weitere Reise über den Wirbelweg verlief friedlich. Sie kamen an Siedlungen vorbei und forderten gelegentlich Nahrung ein, doch es gab keinen Widerstand. Sofern noch Rebellen in der Gegend waren, wagten sie es offenbar nicht, sich mit Rianons Kriegern und den neunhundert Streitern von Mún Toleda unter Hauptmann Orbanim anzulegen. Walgreta war erleichtert. Nur zu deutlich standen ihr die Bilder des Schreckens vor Augen, die Toten und Verwundeten des letzten Überfalls.

Schließlich verließen sie den Wirbelweg, um über die Knochenberge in Richtung Osten ins Tiefland vorzustoßen. Eine Straße, die teils in den weißen Fels gehauen, teils von Wagenrädern und Hufen ins Grün gedrückt war, schlängelte sich durch Birken- und Buchenhaine. Zwischen den sanften Gipfeln reichte der Blick gelegentlich bis zum Horizont, wo sich das Grasland erstreckte.

Nach drei Tagen hatten sie die Knochenberge hinter sich gelassen, und die Straße verlor sich in kniehohen Wiesen. Walgreta sah zum ersten Mal in ihrem Leben das Tiefland. Die Wälder waren hier schon vor Jahrhunderten für Weidefläche gerodet worden. Vollkommen flach, ohne Hügel oder Bäume, verschwammen in der Ferne Erde und Himmel. Walgreta fühlte, wie die Weite der Landschaft ihr den Atem raubte. Das Rascheln des blumendurchsetzten, herrlich duftenden Grases im Wind klang nach Freiheit. Und die Pferde konnten sich satt fressen.

Mit der Zeit gewöhnte Walgreta sich an die Offenheit des Landes. Die Urier führten sie durch Seen von leuchtendem Violettenkraut und orientierten sich an weißen Heiderosen und Sumpfdottern, um nicht in Moortümpel zu geraten. Aberhundert Vogelschwärme zogen durch die Luft. Die Sonne, die leuchtenden Farben der Wiesen und die Wärme des kommenden Sommers durchdrangen Walgreta und vertrieben ihre Sorgen. Selbst die Vorstellung, dass Fayanú tot sein mochte oder sie vergessen hatte, trieb nurmehr wie ein Schatten über ihr, finster zwar, doch schwerelos wie alles in dieser Jahreszeit.

An den Abenden, wenn sie ihr Lager aufschlugen und Walgreta nun, da die Streiter sie begleiteten, als Königin alle Freiheiten genoss, beobachtete sie am liebsten Rianon und den kleinen Beoreg mit den Pferden. Hauptmann Orbanim hatte seinem Stiefsohn erlaubt, sich von Rianon das Reiten beibringen zu lassen. Und als Beoreg wieder und wieder von Naflit abgeworfen wurde, hatte er vorgeschlagen, die Pferde zu tauschen. So ritt Rianon nun Naflit und Beoreg dafür den zahmen braunen Hengst.

Versonnen betrachtete Walgreta Rianon, wie er auf Naflit dahingaloppierte und dabei aussah, als wollte er jauchzen. Es war ein Anblick, der leicht vergessen ließ, wie sie ihn sonst erlebt hatte.

Walgreta seufzte. In alle ihre Gedanken wob sich dieser Tage Rianon. Seit ihrem Traum geisterte er durch ihr Bewusstsein. Sein Händedruck hatte ihr mehr noch als sein Einsatz in Mún Toleda versichert, dass sie sich auf ihn verlassen konnte. War es möglich, dass der Zauber, der ihn hatte binden sollen, umgekehrt auf sie wirkte? Er hatte gesehen, wie sie sich nackt aus der Wanne erhoben hatte, wenn auch nur für einen Augenblick …

Eines Nachts allein im Zelt beschloss sie, den Blickenden Becher nach ihm zu befragen. Sie brauchte Gewissheit, wie es um ihn stand; sie musste *er* werden, um zu erfahren, was in ihm vorging.

Den Blick auf die Oberfläche des Wassers gerichtet, nahm sie ihren Mut zusammen und flüsterte: »Zeig mir Rianons Vergangenheit!«

Er ist vielleicht elf oder zwölf Sommer alt, klein für sein Alter und dürr wie ein Zweig. Man schrubbt ihm den Schmutz von der Haut, bis sie brennt, streift ihm die Kleider eines Hochgeborenen über. Das hochgeschlossene Wams und der Gürtel, an dem ein verzierter Stabdolch aus den Schmieden des Kleinen Volkes steckt, schnüren ihn ein; er wagt kaum zu atmen.

Fürst Esmeron vom Sechsten Stamm der Urier lässt ihn zu sich bringen, um ihn zu begutachten. Nie zuvor war er in dem prächtigen Zelt. Er versucht, sich alles genau anzusehen, die von edlen Frauenhänden gewebten Teppiche und kunstvoll geflochtenen Matten, die glockenförmigen Krüge, in denen Kräuterbrand lagert, und natürlich die Männer: wie sie sich vor dem Fürsten verbeugen, wie jedes ihrer Worte, jede ihrer Gesten und Grimassen ihren Rang offenbaren.

An Fürst Esmerons Seite steht ein Junge. Allem Anschein nach etwas jünger als er selbst, doch ebenso gekleidet wie er: der Fürstensohn. Sein Name lautet Rianon. Mit verächtlichem Blick beobachtet der Fürstensohn, wie er begutachtet und hin und her gedreht wird.

»Man soll ihm noch die Haare schneiden, dann sieht er deinem Sohn zum Verwechseln ähnlich«, sagt einer der Generäle des Fürsten.

Die anderen brummen zustimmend. Nur der Fürstensohn rümpft die Nase.

Fürst Esmeron nimmt ihn an den Schultern. »Du wirst statt meines Sohnes zum Neunten Stamm gebracht werden und dort leben, bis du die Reife erreichst. Niemand darf erfahren, dass du nicht mein Sohn bist. Hast du verstanden?«

Er nickt.

»Wie heißt du?«, fragt der Fürst.

»Kerenike.«

Der Fürst schlägt ihm mit der flachen Hand ins Gesicht, links und rechts, und er würde stürzen, hielte der Fürst ihn nicht am Kragen fest.

Ein Dröhnen erfüllt seine Ohren, sein Schädel pocht, und er schmeckt Blut.

»Rianon«, stammelt er, fast ohne sich selbst zu hören. »Ich heiße Rianon. Sohn von Fürst Esmeron, mein Herr.«

Hinter dem Fürsten sieht er den echten Fürstensohn stehen, die Miene still und bleich. Dann streicht der Fürst ihm über den Kopf, nimmt sein Gesicht zwischen die Hände und beugt sich hinab, so dass er ihn durch das Dröhnen hindurch vernimmt: »Wenn herauskommt, wer du wirklich bist, wird man dich an vier Pferde binden und in Stücke reißen.«

»Rianon? Rianon, wo bleibst du?« Lachend jagt die junge Frau ihren Schimmel vor ihm her, die Glut der untergehenden Sonne in ihrem hellen Haar.

Rianon. Wenn sie ihn so nennt, fühlt es sich an, als wäre es wirklich sein Name. Als hätte er nicht einen anderen Namen mit der Erinnerung an seine Mutter in sich verschlossen, tief unter seiner Angst. Er gibt seiner Stute die Sporen und prescht hinter der schönen Herrin her, doch gibt er acht, sie nicht zu überholen. Das mag sie nicht. Und er will sie auch lieber sehen können, wie sie den Schimmel reitet, wild und ungestüm, so dass der Schleier hinter ihr herflattert wie eine Geisterhand des Windes. Er fühlt sich in diesem Moment ebenso frei wie sie.

Seit er beim Neunten Stamm lebt, bei den Feinden, stellt er

immer das verächtliche Gesicht zur Schau, das er am echten Fürstensohn gesehen hat. Er imitiert ihn vom ersten Augenaufschlagen beim Erwachen bis zum Gähnen, wenn er schlafen geht. Er ist wie eine Puppe an Fäden, die er selbst ziehen muss. Mit jeder Bewegung fühlt er die Stränge, die ihn fesseln und zerreißen werden, sobald er sich verheddert … Aber nicht jetzt. Jetzt ist er so frei wie die junge Zweite Frau des Fürsten Noharion.

Wenn die Männer nicht im Lager sind, nehmen sich manchmal die hohen Ehefrauen Pferde und reiten aus. Pasarime ist die beste Reiterin, die Rianon je gesehen hat. Zu Hause beim Vierten Stamm ist sie jeden Tag geritten, hat sie ihm anvertraut. Sie ist Fürst Noharion erst kurz, bevor Rianon zum Neunten Stamm kam, zur Frau gegeben worden. Nur sechs oder sieben Jahre mehr als Rianon zählt sie, verhält sich ihm gegenüber aber wie eine Mutter … wenn sie sich nicht gerade selbst vergisst, so wie jetzt.

Sie reiten weit ins Grasland hinaus, bis zur Gabelung des Flusses. Pasarime steigt ab und entkleidet sich im Schutz der hohen Gräser. Dann gleitet sie mit einem Auflachen ins Wasser. Die spiegelnden Wellen zersplittern, vervielfältigen ihre Nacktheit.

»Komm rein!«, ruft sie fröhlich, als hätte sie nicht die geringste Ahnung, was sie ihm antut.

Mit zitternden Fingern löst er den Verschluss seines Kragens. Wenn man sie entdeckt, wird Fürst Noharion sie beide töten. Rianon weiß, dass Pasarime es genau deswegen will – wegen der Gefahr. Sie probiert aus, was er für sie zu riskieren bereit ist. Er hat den Eindruck, sie kann sich gar nicht genug Mutproben für ihn ausdenken.

Sie schwimmen gegen den sanften Strom an, lachend, Wasser schluckend, geblendet von der sinkenden Sonne. Alles schmilzt in flüssiges, kaltes Gold.

Dann liegen sie auf den Steinen, um sich trocknen zu lassen, und Rianon weiß, dass Pasarime hinter ihren verschränkten Armen zu ihm herüberlinst, um zu prüfen, ob er sie heimlich anschaut. Aber er beobachtet nur ihren nassen Kopf, wie allmählich immer mehr goldene Haare im Wind wehen, und erbebt unter den Schlägen seines Herzens wie die Erde unter den Hufen der Herden.

In blauen Tönen atmet die Dämmerung ins Land. Sie kleiden sich an und steigen auf ihre Pferde. Das Rasseln der Grashüpfer wird so laut, dass es das Murmeln des Wassers übertönt. Im Rhythmus der Abermillionen winziger Stimmen erlauben auch Pasarime und Rianon sich, freimütig zu reden. Sie sprechen über alles und nichts, über Pferde und das Wetter, Essen und ihre Träume, über den Neunten Stamm und ihre Vergangenheit. An den Dingen, die Rianon *nicht* sagt, scheint Pasarime sein Geheimnis zu erkennen. Sie sieht ihm lange in die Augen, ein unergründliches Ahnen liegt in ihrem Ausdruck. Rianon hat gelernt, den Blick nie zu senken wie ein Diener. Aber jetzt schafft er es nicht – er muss die Augen niederschlagen.

Er wird vom Neunten Stamm respektvoll behandelt, um dem Sechsten Stamm keinen Anlass für einen Krieg zu geben. Er schläft auf weichen Fellen, isst im Zelt mit den Hochgeborenen, wird mit den anderen Söhnen im Kampf unterrichtet und darf auf den schönsten Pferden reiten. Doch die Jungen lassen ihn nur an ihren Spielen teilnehmen, um zu sehen, wie er verliert. Die Erwachsenen meiden ihn wie einen kostbaren Gegenstand, der im Weg herumsteht und nicht kaputtgehen darf. Niemand will ihn hier haben. Er ist nur als Unterpfand da. Keiner sieht ihn wirklich an außer Pasarime.

»Mein Leben liegt in deiner Hand, Herrin«, sagt er mit dem Weitblick und Wagemut eines Mannes, und er staunt selbst, dass diese Verwundbarkeit ihn zum Mann macht, hier im Schimmer der Glühwürmchen, kurz bevor sie das Lager erreichen.

»Ich weiß«, sagt sie leichthin.

Pasarime weiß alles über ihn, nur nicht, dass er sie ebenso durchschaut. Sie ist einsam wie er, darum spielt sie mit ihm. Wenn sie ihn neckt, ihn verkleidet, ihm die Befehle erteilt, die nur eine Mutter ihrem Sohn erteilen darf, dann versteht er, dass sie die Kontrolle über ihn braucht, weil sie sonst an nichts Halt findet. Ihr zuliebe stellt er sich tollpatschiger, als er ist, und schenkt ihr die schmachtenden Blicke, die sie so gern provoziert. Je mehr er sich ihr ausliefert, umso mehr verlangt sie von ihm und umso mehr braucht sie ihn.

Eines Tages ruft Pasarime ihn in ihr Zelt. Er kommt gerade von den Kampfübungen und ist schmutzig und zerschunden. Pasarime hat ein Bad vorbereitet. Sie will ihn eigenhändig baden wie eine Mutter ihr Kind.

Während sie ihm Fragen über seine Kampfausbildung stellt, zieht sie ihn langsam aus. Als wäre es das Normalste der Welt und nicht ein Verbrechen, das sie beide den Kopf kosten könnte, wenn jemand zufällig hereinkäme, löst sie die Schnüre seiner Stiefel, öffnet sein Wams, streift ihm das Unterhemd ab. Rianon muss seine Erregung gar nicht spielen; er bringt nur einsilbige Antworten hervor. Aber auch Pasarimes vergnügtes Lächeln hat etwas Flatterndes, Angstvolles. Die Geräusche von draußen, jedes wiehernde Pferd und jeder Luftzug an der Zeltwand lässt sie zusammenfahren. Als er nackt vor ihr steht, hilft sie ihm in die Wanne und beginnt, ihn unter Wasser abzureiben. Dabei sieht sie ihm in die Augen … doch diesmal ist sie es, die zuerst den Blick senkt. Aber sie hört nicht auf, ihn zu berühren.

Als er das zehrende Glück nicht mehr aushält und in tausend Stücke zu zerspringen glaubt, bringt sie ihr Spiel schnell und nervös zu Ende und lässt von ihm ab. Dann schickt sie ihn fort. Die ganze Nacht liegt er wach und bereut, ihr nicht Einhalt geboten zu haben, bevor die untrügliche Wahrheit über ihr Spiel aus ihm hervorgekommen ist.

In den folgenden Tagen ruft sie ihn nicht zu sich, und er leidet wie ein Hund an der Vorstellung, sie könnte ihn verbannt haben. Doch dann soll er nach den Übungen wieder in ihr Zelt kommen. Wieder steht ein Bad für ihn bereit.

Pasarime ringt um ihr überlegenes Lächeln. Während sie ihn entkleidet, beantwortet sie selbst die Fragen, die sie ihm stellt. Warum tut sie es? Warum spielt sie mit ihm? Er hält ihre Hände fest, beugt sich hinab und küsst sie auf die Stirn. Tränen steigen ihr in die Augen.

»Du hältst mich für eine schreckliche Person«, flüstert sie. »Geh!«

Er küsst sie wieder, erst auf die Stirn, dann auf die Augenlider, die Wangen und zuletzt, als er ganz sicher ist, dass es ihr nicht unangenehm ist, auf die Lippen. Er spürt ihren Atem auf der Haut, ihre warme Zungenspitze an seiner Zungenspitze. Wie berauscht öffnet er ihre Kleider. Sie setzt sich dem Schein nach zur Wehr, schiebt nur ihre Arme zwischen ihn und sich, damit er diese nicht zu streicheln vergisst. Dann liegt sie nackt vor ihm auf den Bodenmatten, und er betrinkt sich an ihrem Anblick.

Sie ist kaum noch größer als er, seit er im vergangenen Jahr einen Wachstumsschub hatte. Ihre Brüste und ihr Bauch sind leicht angeschwollen von dem Kind, das sie Fürst Noharion gebären wird. Merkwürdigerweise wirkt sie dadurch zarter und jünger und nicht fraulicher. Vielleicht, weil sie so hilflos dabei aussieht. Es ist ihr erstes Kind.

Als Rianon sich auf sie legt, rinnt ihr eine Flut stiller Tränen aus den Augenwinkeln. Lange hält er sie in den Armen, ohne sich zu regen, und zum ersten Mal sind sie sich in echter Unschuld nahe. Zögerlich beginnt Pasarime seine Umarmung zu erwidern. Ihre Finger fahren über seine Haut, durch sein Haar und klammern sich an seine Schultern.

»Rianon«, flüstert sie.

»Pasarime.«

»Rianon …«

»Pasarime? Sag's noch mal. Den Namen.«

»Rianon. Rianon, Rianon, Rianon.«

Er vergräbt das Gesicht in ihrer duftenden Halsbeuge. Betrachtet ihre feinen, goldenen Härchen, die wie Gräser in der Brise erzittern, wenn er atmet.

Rianon war der Name eines großen Fürsten, der in grauer Vorzeit den Sechsten Stamm aus dem verdorrten Land der Geister geführt und das Tiefland erobert hat. Rianon steht für einen Neuanfang. Für eine Eroberung. Und mit jedem Mal, dass Pasarime den Namen ausspricht, wird er mehr *sein* Name, wird *er* mehr Rianon. Er spürt mit seiner Seele und seinem Körper, wie sie ihn verwandelt.

Pasarime weint nicht mehr. Still blicken sie einander in die Augen, als wagten sie zum ersten Mal, sich wirklich zu sehen. Erst dann betrügen sie Fürst Noharion als Mann und Frau.

78

MAUSKIN LAG AUF EINER Schneelawine, die aus den Bergen herabraste, um die Welt zu begraben. Sein alter Vater beugte sich über ihn, um ihn zuzudecken, so wie in seiner Kindheit. Doch seine verkohlten Hände verzischten zu Qualm und Ruß, als er den Schnee berührte. Und da begriff Mauskin, dass sein Vater ihn nicht zudecken, sondern töten wollte. So, wie *er* Fürst Noharion getötet und in den Schnee gebettet hatte. Er wollte schreien und aufspringen, aber er war wie gelähmt ... Die Lawine raste, doch er bewegte sich keinen Millimeter.

Er blinzelte. Durch verklebte Wimpern sah er Leute durcheinanderrennen. Manche rüttelten ihn an der Schulter, raunten ihm Unverständliches zu. Knurrend schüttelte er sie ab. Normalerweise herrschte nicht so viel Hektik hier hinten im Haus, wo die Lager der Pfeifenraucher waren. Schon wieder schwieg die Musik. Ebenso wie die Alte, die sonst immer auf ihrem niedrigen Sessel hockte und Pfeifen präparierte, die Arme rasselnd vor Schmuck. Irgendetwas war hier passiert. Oder passierte noch.

Er dämmerte wieder ein.

»Wir wissen, dass ihr Mauskin und seine Bande beherbergt!«, donnerte es von draußen in der Hochsprache der Zwerge.

Streiter? Hier? Seinetwegen?

Immerhin ein realistischer Traum.

»Rückt sie raus, oder ihr macht euch zu Mitverschwörern!«

Wasser stürzte auf ihn herab. Mauskin fuhr erschrocken hoch oder versuchte es zumindest. Alles war nass. Er wollte sich die Augen reiben und verfehlte sein Gesicht.

Draußen erschollen nun auch die Stimmen der Wirtsleute. Sie schienen so zu tun, als wüssten sie nicht, wer er war, und verstrickten die Streiter in Fragen.

Langsam wurde Mauskin klar, dass er nicht geträumt hatte.

Jemand fasste ihn am Arm. Es war der Waldelf. In der Dunkelheit des Raumes leuchteten nur seine Augen hell. »Deine Freunde warten unten an der Zwillingsbuche. Beeil dich!«, sagte er leise.

Noch ehe Mauskin aufstehen konnte, zog ihn schon der Elf auf die Füße. Dabei ließ er einen leeren Eimer fallen. Das Wasser … Er hatte den Wassereimer über ihn geleert! Während Mauskin darüber nachsann, zerrte ihn der Elf durch das Langhaus. Die Türen des Schankraums standen offen, und Mauskin sah die Bewohner, versammelt auf dem Vorplatz. Der Elf drängte ihn in eine der Kammern im Mittelteil des Hauses. Ein Webstuhl und Körbe mit Spindeln und gekämmter Wolle standen darin herum.

»Hilf mit!« Der Waldelf schob den Webstuhl ächzend zur Seite. Mauskin half ihm. Darunter kam eine Bodenklappe zum Vorschein. Der Elf zog sie auf und bugsierte Mauskin die Stiege hinab. In dem wenigen Licht, das durch eine Fensterluke fiel, erkannte Mauskin, dass er in einem geheimen Waffenlager gelandet war. Sanft schimmerten die metallenen Klingen.

»Da unten muss sich der Zugang zu einem Tunnelschacht befinden. Er führt zu einer Höhle am Fluss. Du weißt doch, wo von dort aus die Zwillingsbuchen stehen? Dort findest du deine Freunde. Mach voran!«

Der Elf schloss die Luke über ihm, bevor Mauskin sich bedanken konnte. Er hörte, wie der Webstuhl wieder zurechtgerückt wurde. Er wischte sich über den tropfenden Bart und griff reflexartig nach seiner Streitaxt, doch sie steckte nicht in seinem Gürtel. Er hatte sie oben irgendwo liegen lassen.

Also suchte er sich halbblind unter den Waffen eine neue aus. Ein schlechtes Gewissen brauchte er deswegen nicht zu haben. Im Gegenteil – er hätte den Dorfleuten einen Gefallen damit getan, alle Waffen mitzunehmen, damit die Streiter sie nicht fanden.

Aber es waren zu viele Metallklingen. Und Mauskin *hatte* ein schlechtes Gewissen. Wäre er nicht so lange geblieben, hätten die zwergischen Streiter das Rebellendorf wahrscheinlich gar nicht erst entdeckt.

Die Leute werden für mich sterben, dachte er finster. *Weil ich eine Legende bin.*

Ein verzweifeltes Lachen entrang sich seiner Kehle. Dann ging er auf die Knie und tastete nach dem versprochenen Tunnel. Endlich fand er ihn. Der schwache Lichtschimmer, der durch die Fensterluke hereindrang, gelangte hier nicht mehr hin. In völliger Finsternis kroch Mauskin voran, spürte feuchte Erde und Steinbrocken unter den Händen, Spinnweben auf dem Gesicht. Schließlich wurde der Tunnel so schmal, dass er auf dem Bauch robben musste. Felsen umgaben ihn. Er schob sich voran. Eine Ahnung von Helligkeit tauchte vor ihm auf.

Er kam in eine Höhle, wo zwei mächtige Felsen gegeneinandergesunken waren. Unter einem von Farnen und Moos überwachsenen Geröllhang strömte ein schmaler Fluss entlang. Mauskin erkannte die Gegend vage wieder. Er wusste, wo die Zwillingsbuchen standen, die riesigen Bäume, die das Wahrzeichen des Dorfes waren. Schweratmend kletterte er aus der Höhle. Doch statt die Beine in die Hand zu nehmen und schleunigst zu seinen Freunden zu eilen, blieb er reglos im Wald stehen.

Ihm war, als sei er lange nicht mehr unter freiem Himmel gewesen. Vielleicht war es tatsächlich so. Wie viele Tage hatte er im Pfeifenrauch vor sich hinvegetiert? Jetzt grünten die Bäume leuchtend über ihm, die Vögel sangen, und Insekten schwebten in goldenen Vorhängen aus Sonnenlicht.

Manchmal war es möglich, die Dinge klarzusehen, ohne Worte dafür zu finden. So ging es ihm nun. Sein Leben breitete sich vor seinem geistigen Auge aus, unverständlich, aber eindeutig. Bis hier war er gekommen. Er hatte Gutes und Schlechtes getan, und was wozu gehörte, würde er nicht mehr herausbekommen. Nur eines wusste er sicher: Zu fliehen war falsch.

Er kehrte zum Dorf zurück.

Die Leute waren vor den Langhäusern zusammengedrängt und umzingelt worden. Lärm drang aus dem Inneren. Offenbar durchsuchten einige Streiter die Häuser. Es war nur eine Frage der Zeit, bis sie die Waffen und den Tunnel unter der Schänke fanden.

Die Menschen beäugten ihre zwergischen Widersacher finster. Vermutlich trugen die meisten Erwachsenen versteckte Waffen bei sich, aber die Zwerge waren in der Überzahl, hatten Streitäxte, Hämmer und Lanzen. Mauskin staunte. Es mussten fast dreihundert Streiter sein. Auf ihren blauen Umhängen prangte ein Kranich, das Wappentier der Weststadt Falla Ridwen. War er tatsächlich so berüchtigt, dass alle Zwergenstädte ihre Streiter nach ihm aussandten? Einmal mehr verfluchte er die Tratschsucht der Leute, denen er seinen Ruhm zu verdanken hatte.

Er straffte sich, trat zwischen den Bäumen hervor und hob die Waffen, sichtbar für alle.

Ausrufe des Erstaunens erhoben sich, als man ihn bemerkte. Die Streiter bellten sich Warnungen zu, und innerhalb von Augenblicken kamen alle aus den Häusern gerannt. Mauskin ließ sein Messer und die Streitaxt, die er eben erst mitgenommen hatte, ins Gras fallen.

»Ich bin Mauskin! Ich habe die Leute angeschwindelt, damit sie mich aufnahmen. Aber irgendwer muss mich erkannt und verraten haben. Wer von euch hat mich …«

»Auf die Knie! Hände auf den Rücken!«, brüllten die Streiter, so dass er sein Schauspiel gar nicht weiter aufführen konnte. Schicksalsergeben ließ er sich auf die Knie sinken. Schon eilten die Zwerge mit Seilen herbei, um ihn zu fesseln.

Doch dann, von einem Augenblick auf den anderen, flammten blitzhelle Stimmen auf – ein Chor von Hunderten, ja Tausenden kreischenden Stimmen.

Mauskin presste sich die Hände auf die Ohren, aber der unaushaltbare Lärm schien nicht weniger zu werden, sondern wütete wie ein Sturm, der die Welt in Fetzen riss. Vor Schmerz stimmte er in das Geheule ein, so wie alle ringsum.

Jemand packte ihn an den Armen und zerrte ihn hoch. Kaum konnte er erkennen, wer es war. Verwechselte er Vergangenheit und Gegenwart? Zerriss das dämonische Kreischen sogar die Zeit?

Mauskin sah die blauen Augen des Waldelfs. Etwas blendete ihn wie geschmolzenes Metall.

Dann stolperte er durch das Unterholz, noch immer gezogen von fremder Hand. Von dem Waldelf. Nun erkannte er ihn, trotz des glühenden Lichts, das sein Körper zu sein schien.

Die tödlichen Stimmen nahmen zu einem Sirren ab, das sich wie Schrauben in Mauskins Kopf bohrte. Doch die Welt war wieder geordnet. Über ihm der Himmel, unter ihm die Erde und dazwischen Luft, nach der er gierig schnappte.

»Was ist passiert?«, rief eine vertraute Stimme, und Eliody fiel ihm in die Arme. Oder besser gesagt, sie fing ihn auf, als er aus dem Dickicht hervorbrach.

Seine Freunde standen unter den mächtigen Zwillingsbuchen,

deren Stämme sich über den Strom neigten. Ein langes elfisches Boot lag am Ufer bereit.

»Keine Fragen!«, stieß der Waldelf hervor. »Beeilt euch!«

Sie kletterten in das Boot. Obwohl das Flussbett schmal war, war die Strömung recht kräftig. Rasch trugen die Wellen sie voran, und Rehfang und Eliody benutzten die Paddel, damit sie sich nicht in der Uferböschung verfingen.

Allmählich kam Mauskin wieder zu sich. Sein Herz hämmerte ihm seltsam schmerzhaft in der Brust, doch das unbeschreibliche, alles vernichtende Chaos hatte sich gelegt. Und das Metallkleid des Waldelfs glühte nur noch so schwach, dass man fast meinen konnte, es spiegelte einfach die Flecken aus Sonnenlicht, die durch das Laubdach fielen …

»Das Kupferne Kleid der Zwerge!«, entfuhr es Mauskin.

Der Waldelf warf einen unsicheren Blick um sich. Die Freunde beäugten nun ebenfalls sein schillerndes Gewand. Allen schien es die Sprache verschlagen zu haben. Selbst Oteba öffnete nur den Mund.

»Ich habe euch doch gesagt, die Königin des Kleinen Volkes und ich wollen die Iliaden wieder verschenken. Das Kupferne Kleid hat sie mir bereits geschenkt.«

Nun begriff Mauskin, was da eben passiert war. Er atmete schwer. »Hast du die Streiter umgebracht … damit?«

»Ich hoffe, nicht. Du bist noch am Leben, also dürften die anderen es auch sein.«

Mauskin kniff die Augen zu. Wenn die Streiter nicht tot waren, würden die Dorfbewohner es bald sein. Auch wenn der schreckliche Zauber des Kupfernen Kleides alle gleichermaßen getroffen hatte, würden die Streiter die Dorfbewohner vermutlich für seine Komplizen halten und niedermetzeln oder in ihre Minen verschleppen.

»Legt an!«, befahl Mauskin. »Wir gehen zurück. Du hast noch etwas zu erledigen, Junge.«

Der Waldelf starrte ihn ungläubig an.

»Na, wird's bald?« Mauskin entriss Rehfang das Paddel und versuchte, das Boot zum Ufer zu lenken.

»Nein, ich gehe nicht zurück«, sagte der Waldelf. »Ich werde das Kupferne Kleid nicht einsetzen, um jemanden zu töten. Egal wen.«

»Dann hast du die Dorfleute auf dem Gewissen!«

Leise sagte der Waldelf: »Ich kann nicht. Es tut mir leid.«

»Und ob du kannst. Das wirst du gleich sehen.«

»Es war schwer genug, nicht vorhin schon alle zu töten!«

»Mauskin«, schaltete sich Eliody ein. Erst jetzt bemerkte Mauskin, dass sie die ganze Zeit mit ihrem Paddel verhinderte, dass er ans Ufer gelangte. »Lass es.«

Er warf einen Blick zurück, wo die Zwillingsbuchen längst nicht mehr zu sehen waren. Dort hätte er sterben können. Er, und nicht die Leute, die ihn für einen Helden hielten, während er sich wie ein Feigling davonstahl.

»Mauskin.«

»Verflucht, was …?« Er verstummte, als er sich umdrehte.

Vor ihnen versperrte ein riesiger umgestürzter Baum den Fluss. Auf dem Stamm standen fünf Streiter mit glänzenden Lanzen und Rüstungen. Und in ihrer Mitte eine junge Frau.

»Das ist er!«, sagte sie.

79

REHFANG UND ELIODY HATTEN sofort ihre Waffen gezückt, doch selbst wenn Mauskin und Faridas ebenso gewandt gewesen wären, hätte das schwankende Boot ihnen keine Möglichkeit gegeben, sich den Streitern zu stellen.

»Keine Gewalt!«, rief die junge Frau und schien damit ihre Streiter ebenso wie ihn und seine Freunde zu meinen.

Mauskin kniff die Augen zusammen. Er erkannte die Zwergin trotz ihres einfachen dunkelblauen Umhangs und des groben Haartuchs. Das war Hauptmann Ganwalens Braut! Die Herrin Distel – Didanwen in ihrer Sprache.

Als das Boot gegen den Baumstamm stieß, waren fünf Lanzenspitzen auf Mauskin und seine Freunde gerichtet, doch keiner der Streiter rührte sich.

»Tu uns nichts«, sagte Didanwen zu dem Waldelf, und es klang sonderbar, da die Waffen doch in die andere Richtung zeigten. Die Priesterin aus Horuns Bauch wusste also von dem Kupfernen Kleid. »Ich muss mit dir reden.«

Ohne eine Antwort abzuwarten, wandte sie sich an Mauskin und die anderen: »Ihr habt nichts von mir zu befürchten, obwohl ich weiß, wer ihr seid. Für eure Listen sollen andere euch bestrafen.«

Wie aufs Stichwort hörten sie jetzt Stimmen und klappernde Rüstungen durch den Wald hallen. Offenbar hatten die Streiter die Siedlung verlassen, um ihre Verfolgung aufzunehmen. Ein Hoffnungsschimmer glomm in Mauskin auf. Dann hatten sie die Leute in der Siedlung wohl verschont. Zumindest vorerst.

»Schnell, hebt das Boot aus dem Wasser«, befahl Didanwen. »Meine Männer werden die Streiter von Falla Ridwen ablenken, und wir verstecken uns hinter diesem umgestürzten Baumriesen.«

Es blieb keine Zeit, den Plan zu überdenken. Oder überhaupt zu fragen, warum die Priesterin ihnen half. Die Streiter ließen sie ihre Lanzen packen, um sie ans Ufer zu ziehen. Dann hoben sie das Boot rasch über den Baumstamm. Auf der anderen Seite legten sie es zwischen den herabhängenden Zweigen des Baums ans Ufer und kauerten sich darauf zusammen.

Zu Mauskins Verwunderung versteckte sich Didanwen mit ihnen, während ihre Männer den Streitern von Falla Ridwen entgegenschritten. Durch das Dickicht versuchte er zu beobachten, was geschah. Die Streiter der beiden Zwergenstädte begrüßten sich in aller Höflichkeit, wirkten jedoch überrascht, sich zu treffen. Mauskin hörte, wie sein Name mehrfach fiel. Didanwens Männer schüttelten die Köpfe, wiesen hinter sich und schienen zu bestreiten, ihm begegnet zu sein. Schließlich setzten beide Truppen, die große und die kleine, sich im Eilschritt in Bewegung und entfernten sich von ihrem Versteck.

»Jetzt müssen wir warten, bis meine Männer zurückkehren«, sagte Didanwen leise, sobald die Streiter außer Hörweite waren, und seufzte. Sie wischte sich über die Stirn, auf der ein Schweißfilm glänzte.

Warum in aller Welt, fragte sich Mauskin, sollte sie sich vor den Streitern von Falla Ridwen fürchten?

Sie und der Waldelf sahen einander in die Augen.

»Königin Walgreta hat dir das Kupferne Kleid geschenkt, die Iliade meines Volkes. Und du, geheimnisvolle Tochter der Waldelfen, hast mir prophezeit, dass ich dir die Flüsternde Flöte bringen werde.«

Mauskin starrte den Waldelf an. Die *Waldelfe*. Er blinzelte unwillkürlich. Nie hätte er erraten, dass eine Frau vor ihm saß.

Da Fayanú schwieg, ließ die Priesterin der Zwerge den Blick über die anderen schweifen und schien sich einen Ruck zu geben. »Lasst mich es euch erklären.« Sie griff nach den Schüren in ihrem Haartuch und ließ die herabbaumelnden Runenperlen nervös durch ihre Finger gleiten. »Nachdem unsere Königin zum Sechsten Stamm aufgebrochen war und du, Fayanú, mit dem Kupfernen Kleid verschwunden warst, hat mein Gemahl, Hauptmann Ganwalen, mit seinen Streitern die Herrschaft über Horuns Bauch ergriffen. Alle, die sich ihm entgegenstellten, ließ er töten oder als Sklaven in die Minen werfen. Die Priesterinnen mussten sich seiner Gewalt beugen. Und in diesem Moment bereitet er die Ausrottung der Wyken vor. Weil er glaubt, sie stecken dahinter, dass Hekteba, Walgreta und du uns verraten habt. Er hat geschworen, jeden heiligen Hain vom Seenland bis zum Nordmeer niederzubrennen ...« Sie verstummte, kämpfte darum, sich von ihrer offenkundigen Verzweiflung nicht überwältigen zu lassen, und fuhr mit bebender Stimme fort: »Ich habe versucht, ihn davon abzubringen. Aber er glaubt mir nicht. Hätte ich die Wyken weiter verteidigt, hätte er mich womöglich als Verräterin hinrichten lassen. Und sicher war ich mir schließlich selbst nicht. Darum bin ich heimlich aus Horuns Bauch geflohen. Mit diesen fünf Streitern, die mir treu ergeben sind und mir Geleitschutz bieten.« Tränen standen in den großen, dunklen Augen der Priesterin. »Fayanú, du hast mir prophezeit, dass ich dir die Flüsternde Flöte bringen würde. Stimmt das? Bin ich dazu ausersehen? Und wirst du, wenn ich das tue, meinem Volk freiwillig und mit liebendem Herzen seine Iliade wiedergeben?«

80

EINS MUSSTE RIANON DEN zwergischen Streitern lassen: Sie verfügten über bewundernswerte Disziplin. Innerhalb von Augenblicken konnten die Truppen sich neu formieren, einen undurchdringlichen Hügel aus Schilden bilden oder in speergespickte, bewegliche Reihen zerfallen, die wie Glieder eines zusammenhängenden Organismus agierten.

Um in das Gebiet des Neunten Stammes vorzudringen, teilte Hauptmann Orbanim seine Männer in fünf Einheiten auf, eine voran und zweimal zwei hintenan, die sich bei einem Angriff decken und den Feind umschließen konnten, egal aus welcher Richtung er kommen mochte.

Rianon und seine Männer ritten vorn mit, manche als Vorhut fünfzig Meter weiter. Sie hielten sich, so gut es ging, auf offenem Gelände, wo sie Feinde schnell erspähen würden. Doch als sie den Fluss Nabal erreichten, schlossen sich junge Wälder um sie. Alles grünte und versperrte die Sicht. Der Wind raschelte in den Zweigen und spielte Rianon mehrmals einen Streich. Es war denkbar, dass der Rest des Neunten Stammes ihnen mit Verbündeten auflauerte. Wie viele mochten sie auf die Schnelle mobilisieren können? Dreihundert, fünfhundert, zweitausend? Nein, nicht so viele, sonst hätten sie längst angegriffen.

Feiner Regen setzte ein und füllte die warme Luft mit Dunst. Obwohl der Tag noch nicht alt war, versickerte das Licht in den Nebelschwaden. Von einer Anhöhe aus erblickten sie am Ufer des Nabal, geschützt zwischen Bäumen und Hügeln, etwa einhundert Zelte. Rianons Herz machte einen Sprung. Er war Pasarime so nah wie seit vielen Monden nicht mehr!

Seine Reiter näherten sich in einem weiten Bogen, um das Lager genauer anzusehen, während die zwergischen Streiter auf der Anhöhe blieben und die Umgebung im Blick behielten. Rings um die Zelte grasten Rinderherden, Schafe und Ziegen. Kaum Pferde. Etwas abseits war ein Hang fast vollständig für Brennholz gerodet. Aus jedem Zelt schien Rauch aufzusteigen. Seltsam. Würden die Familien nicht zusammenrücken, wenn die Männer fort waren?

Ein ungutes Gefühl beschlich Rianon. Angestrengt blinzelte er durch den Regen. Und da – da sah er eine Frau von einem Zelt ins andere laufen. Erst glaubte Rianon, es sei eine Sklavin, doch dann sah er, dass sie einen weißen Schleier trug. Keine hohe Ehefrau würde aber so durch den Regen rennen, erst recht nicht allein. Nun war er sicher. Jemand verbarg sich in den Zelten, der wusste, dass sie hier draußen waren. Jemand, der sie näher locken wollte und dafür eine Frau hatte laufen lassen, die ihren Argwohn zerstreuen sollte.

Rianon erteilte seinen Generälen Befehl, dann galoppierten sie auf die Viehherden zu und trieben die aufgeschreckten Tiere geradewegs ins Lager, ohne selbst zu folgen. Wenn wirklich nur Frauen, Kinder und Alte in den Zelten waren, würden sie jetzt nach draußen kommen. Und wenn nicht … dann war die Falle aufgeflogen.

Die Zelte öffneten sich hier und da einen Spaltbreit. Nach und nach schlüpften Frauen und größere Kinder heraus und versuchten, die Tiere wieder zusammenzutreiben. Rianon glaubte, ein paar von ihnen zu erkennen. Es waren wirklich die Familien des Neunten Stammes. Hatte er sich nur verrückt machen lassen? Aber wo waren die alten Hirten? Sie müssten doch die Ersten sein, die sich um die Tiere kümmerten.

Und dann sah er eine hochgewachsene Frau, die eine Stute und ihr Fohlen besänftigte. Er erkannte sie an ihren Bewegungen, bevor sie sich umdrehte und ihm ihr Gesicht zeigte.

Rianon galoppierte ins Lager. Pasarime erblickte ihn und erschrak. Keine Freude blitzte in ihren Augen auf. Und da wusste er, dass es wirklich eine Falle war.

Die Zeltplanen wurden zurückgeschlagen, und Krieger stürzten von allen Seiten auf sie. Es waren keine Urier. Sie waren kleiner, dunkler. Ihre Haut und ihre Kleider waren mit zackigen, roten Runen bemalt, und Holzperlen steckten in ihren verfilzten Zöpfen. Es waren Menschen aus dem Mitterland!

Rianon war für einen Moment unfähig zu begreifen. Noch nie hatte er von rebellischen Mitterländern gehört, die ins Tiefland vordrangen. Sie waren nicht hier, um ihre Heimat zu verteidigen und um für ihre Freiheit zu kämpfen. Sie wollten vernichten!

Und es waren nicht nur Männer, sondern auch Frauen und Halbwüchsige. Sie schleuderten Steine und schossen Pfeile nach den Reitern des Sechsten Stammes, verfehlten jedoch glücklicherweise fast alle, da die Viehherden in Panik durcheinanderliefen und sie aus allen Richtungen anstießen.

Auch Rianon und seine Männer setzten ihre Kurzbögen gegen die Rebellen ein, ohne gut zu treffen – es war zu viel Bewegung um sie herum. Zwei Rebellen packten Pasarime und benutzten sie als Schutzschild, doch Rianon preschte auf sie zu und fegte einen von ihnen mit seiner Streitaxt von den Füßen, der andere floh. Es waren fast noch Kinder.

»Rianon!«

»Pasarime!« Er sprang vom Pferd, um sie in die Arme zu schließen. Dann hob er sie auf Naflit. »Reite zur Anhöhe und versteck dich.«

»Kalimune und Risabe sind noch am Leben«, stammelte sie. »Als Geiseln, im Zelt.«

Sie drückte sich an Naflit und ritt los. Der Hengst gehorchte ihr auf Anhieb, denn sie war eine ausgezeichnete Reiterin. Rianon rannte hinterher und versuchte, ihr Deckung zu geben. Zum Glück schienen die Mitterländer wenige Wurf- und Schießwaffen zu haben. Mit ihren Äxten, Hämmern und Stabdolchen kamen sie nur schlecht an die Reiter heran, aber Rianon war ihnen am Boden ein willkommener Gegner. Während er sich gegen mehrere Angreifer zur Wehr setzte, sah er aus den Augenwinkeln, wie Pasarime Naflit vor einem Zelt zügelte.

Rianon tauchte unter einer Axt hindurch, rammte die stumpfe Seite seiner Klinge in den Rücken der Angreiferin, parierte den nächsten Schlag von oben mit seiner zweiten Axt und zerschlitzte dem Mitterländer den Hals. Er rannte zu Pasarime, als plötzlich die Zeltplane zurückgeschlagen wurde und mehrere junge Mitterländer Pasarime vom Pferd zerrten.

Gleichzeitig warf sich jemand auf Rianons Rücken. Ein Arm schlang sich um seinen Kopf, und er spürte kaltes, dickes Metall an der Kehle. Spürte, wie seine Haut sich unter der groben Klinge öffnete. Blindlings zerrte er an den Gliedmaßen, die ihn umklammerten. Die Welt kippte. Er hörte ein Schaf blöken, dann war das strampelnde Tier unter ihm. Zwischen Huftritten und kratzenden Fingernägeln kam er frei, bog die Hand um, die das Messer durch seine Kehle hatte ziehen wollen, und grub es hinter sich in den Bauch des Gegners.

Der *Gegnerin.*

Es war ein junges Mädchen. Kindlich unter der roten Bemalung. Rianon riss sich von ihrem erlöschenden Blick los und eilte zum Zelt, in dem Pasarime verschwunden war. Er spürte, wie sein Blut in pochenden Schüben unter seinen ledernen Kragen rann. Aber er wusste, dass er nicht fallen würde, nicht jetzt, nicht hier.

Er schlüpfte ins Zelt und erschlug mit einer Bewegung den Mann, der neben dem Eingang gelauert hatte. Gellende Frauenrufe erschollen. Im Glutschimmer erkannte er Pasarime, ihre Töchter und andere Urierinnen in weißer Kleidung, dazu einen Haufen rotbemalter Mitterländer, die jedoch nicht viel größer wirkten. Es waren fast ausschließlich Frauen. Manche verbargen sich hinter ihren Geiseln und hielten ihnen Klingen an die Kehle, andere kamen wie Schatten näher. Eine trat er zu Boden, die andere fügte ihm einen langen Schnitt über den Unterarm zu. Rianon schlug mit der Axt nach ihr, sie parierte – von der anderen Seite kamen drei weitere Mitterländer auf ihn zu.

»Halt!«, rief eine von ihnen in dem harten mitterländischen Dialekt, den Rianon nur schwer verstand. »Das ist der Mann, der mich laufen ließ.«

81

DIE MITTERLÄNDERIN ZEIGTE MIT dem Stabdolch auf ihn. »Erkennst du mich, Urier?«

Er versuchte, die roten Bemalungen wegzudenken. Doch er kam nicht darauf, wer die junge Frau mit den kleinen Haarknoten sein mochte.

»Vielleicht hast du öfter Sklavinnen aus dem Neunten laufen lassen. – Wer ist da draußen, Verbündete vom Neunten?«

Er schüttelte den Kopf. »Meine Männer. Vom Sechsten. Und mehr Streiter, als ihr überleben könnt.«

»Das werden wir sehen.«

Seine Gedanken blitzten durch sein Bewusstsein. »Ihr wartet

auf die Männer des Neunten? Da könnt ihr lange warten. Ich habe sie besiegt! Am Wirbelweg. Wir sind nicht eure Feinde.«

Sie schien zu lächeln, obwohl es wie eine Grimasse wirkte, denn auch ihre Zähne waren rotgefärbt. »Wir wissen, wer wen im alten Wald besiegt hat. Die Männer des Neunten, die überlebten, sind längst zurückgekommen. Wir warten hier auf alle Urier, die Beute machen wollen. *Ihr seid alle unsere Feinde*.«

Und da, als sie ihn mit ausgestreckter Klinge zu umrunden begann, erkannte Rianon sie. Sie war das Mädchen, das er damals bei Mauskins Pferdediebstahl hatte laufen lassen. Mauskins Nichte. Der Name fiel ihm nicht mehr ein. Aber sie hatte ihn erkannt, und sie hatte sein Leben verschont.

»Dich lasse ich laufen«, sagte sie. »Wir sind quitt.«

»Ich gehe nicht ohne die Frauen.«

Pasarime beobachtete sie bebend, und wahrscheinlich ahnte sie, worum es ging, obwohl sie kein Mitterländisch sprach.

»Hau ab, oder ich überleg's mir anders«, knurrte die Mitterländerin.

Von draußen erdröhnten gleichförmige Schritte im Takt. Schilde, die gegeneinanderklirrten. Die Streiter waren gekommen. Auch die Rebellen horchten auf.

»Ich gehe mit den Frauen hinaus«, sagte Rianon ruhig, »und wenn ihr flieht, werde ich euch nicht nachjagen.«

Die Mitterländer zogen sich zu ihren Geiseln zurück und schienen zu beraten.

»Weg vom Eingang«, befahl die Rebellin.

Rianon gehorchte.

Dann drängten die Mitterländer aus dem Zelt, jeweils eine Urierin als Schild vor sich herschiebend. Mauskins Nichte ging zuletzt, drohend die Klinge auf Rianon gerichtet. Sobald sie hinausgeschlüpft war, lief Rianon hinterher.

Obwohl er nur wenige Augenblicke im Zelt gewesen war, herrschte plötzlich Düsternis. Die Reihen der Streiter, die von allen Seiten ins Lager einmarschierten, hoben sich mit ihren kupferbraun schimmernden Rüstungen und Helmen kaum vom jähen Einbruch der Dunkelheit ab, und auch der Regen glimmerte seltsam in der dunstigen Luft, als hätte sich ein Rest Tageslicht in ihm verfangen.

Rianon packte das mitterländische Mädchen, das Pasarime vor sich herschob, und bog ihr den Arm um, so dass Pasarime freikam. Doch in dem Moment zerrann alles Feste zwischen Rianons Händen, und er hielt keinen Arm mehr, sondern *Nebel.*

Blinzelnd starrte er ins Leere. Pasarime fuhr sich zitternd über den Hals, an dem weißer Dunst emporkroch. Entschlossen rannte Rianon ihren Töchtern nach und stieß die Rebellen von ihnen weg. Aber die Rebellen stolperten nicht; sie lösten sich einfach in wabernde Helligkeit auf, die wie Atem in der Finsternis verflog. Ein Zauber …

Im ganzen Lager verstummte der Schlachtenlärm. Alle Mitterländer verschwanden. Fassungslos beobachteten die urischen Frauen, Rianons Männer und die Streiter, wie die leuchtenden Nebelerscheinungen zerfielen.

»Wo sind sie hin?«, riefen immer mehr Stimmen. »Was ist das? Raus aus der Finsternis!«

Rianon trat zu Pasarime, die ihre beiden Töchter an sich drückte. Auch er hätte sie gern in die Arme geschlossen, aber in Anwesenheit ihrer Töchter war das nicht möglich.

Langsam wich die Düsternis, und zurück war der graue Nachmittag. Ratlos sahen die Streiter und Urier sich an. Von den Mitterländern waren nur jene noch zu sehen, die beim Angriff gefallen waren.

Rianon entdeckte Hauptmann Orbanim mit Beoreg bei den Streitern; die beiden hatten also heil überlebt. Dann fiel sein Blick auf Walgreta. Sie war von ihrem Prunkwagen gestiegen und kam auf ihn zu. Mit geweiteten Augen sah sie ihn an.

Er trat ihr entgegen, zog sie zu sich heran und senkte die Stimme. »Warst du das?«

Ihre Reaktion überraschte ihn: Sie schüttelte nur den Kopf. »Du blutest«, murmelte sie.

Tatsächlich lief ihm Blut den Hals hinab.

»Spiel nicht die Ahnungslose«, setzte er nach. »Zauberei hat die Rebellen gerettet. Und du …« Er verstummte. Ihr Gesichtsausdruck verriet, dass sie von dem Zauber ebenso verwirrt war wie er.

Nachdenklich löste sie sich aus seinem Griff und presste ihre Finger auf seinen Hals, um das Blut aufzuhalten. »Ich weiß. Wykenzauber.«

Walgretas kostbares Haartuch fest auf seine Halswunde gedrückt, ging Rianon zu den Familien des Neunten Stammes, die sich verängstigt zwischen den Truppen der Streiter und seinen Reitern drängten, so weit das Auge reichte. Pasarime stand im Vordergrund, ihre älteren Töchter links und rechts neben sich. Migewe, ihre Jüngste, die erst vier Sommer zählte, war nirgends zu sehen. Pasarime hatte auch nicht von ihr gesprochen … War es Trauer um ihr Kind, der sie so alt wirken ließ?

»Ich weiß nicht, was Euch herführt«, sagte sie mit zitternder Stimme, doch laut genug, dass die Familien sie hörten, »aber eines weiß ich: Ihr habt uns von den Barbaren befreit. Dafür danke ich Euch, Fürst Rianon!«

Sie kniete nieder und zog Kalimune und Risabe mit sich.

Die anderen Frauen taten es ihr gleich. Es war ebenso ein Zeichen des Danks wie eine Bitte um Gnade.

Rianon ließ den Blick über sie schweifen, sah, dass auch alle Streiter und seine Krieger zu ihm herschauten. Dies war der Moment, für den sie gemeinsam gekämpft hatten. Seite an Seite.

»Kniet nicht«, sagte er mit weittragender Stimme und half Pasarime und ihren Töchtern auf, dann den anderen Frauen in seiner Nähe, die scheu die Köpfe senkten. »Bitte. Wir sind gekommen, um euch zu beschützen. Der Krieg zwischen unseren

Stämmen hat eure Männer das Leben gekostet, und ich bereue es zutiefst. Denn unser Hass beruhte auf den Lügen der Rebellen. Sie haben den Neunten Stamm gegen uns und das Kleine Volk aufgewiegelt. Urier gegen Urier gehetzt. Euch als Geiseln genommen. Und ich gelobe hiermit vor euch, dass ich sie zur Rechenschaft ziehen werde. Ich, der ich viele Jahre unter euch gelebt habe, werde die gefallenen Väter, Ehemänner und Söhne des Neunten Stammes rächen, die nie unsere Feinde hätten werden dürfen!«

Walgreta stieg wieder auf ihren Wagen, weithin sichtbar für alle, und ein Lächeln breitete sich auf ihrem Gesicht aus. »Frauen der Urier, von heute an seid ihr frei – dafür steht das Kleine Volk ein!«

Sie neigte hoheitsvoll das Haupt vor den Familien des Neunten Stammes.

Ringsum taten es ihr neunhundert Streiter gleich.

82

RIANON KONNTE NICHT GLAUBEN, was er hörte. Elf Tage waren die Familien des Neunten Stammes Geiseln der Mitterländer gewesen, eingepfercht in wenigen Zelten, geschlagen und ausgehungert. Alle Männer, egal wie alt oder gebrechlich, und alle Jungen, die den Namen ihres Vaters aussprechen konnten, waren sofort getötet worden. Ebenso wie etliche, die ihnen in aller Unschuld in die Quere gekommen waren, so auch Pasarimes jüngste Tochter Migewe.

Die Mitterländer hatten gedroht, für jeden, der floh, drei Angehörige umzubringen. Darum war niemand fortgelaufen, um Hilfe zu holen. Und als vor sechs Tagen die überlebenden Männer aus der Schlacht zurückgekehrt waren, hatten die Mitterländer den armseligen Haufen Verwundeter in der Mitte des Lagers massakriert, vor den Augen ihrer Familien.

Die zwölf hochrangigsten Ehefrauen berichteten von den Schrecken, während sie im Versammlungszelt vor ihm, seinen Generälen, der Königin, Hauptmann Orbanim, den ranghöchsten Streitern und den Oberhäuptern seines Stammes saßen. Pasarime war unter ihnen, sprach aber nur wenig. Wann immer sie den Blick hob, glühten ihre Augen in einer Mischung aus Kummer und Sehnsucht, die Rianon erschreckte. Er hatte sein Versprechen gehalten; Fürst Noharion war besiegt, ihnen stand nichts mehr im Weg. Aber Pasarime hatte den Preis gezahlt. Ihre jüngste Tochter hatte den Preis gezahlt.

Obwohl Rianon vor Mitleid wie versteinert war, flüsterte eine Stimme in seinem Innern, dass es für ihn besser nicht hätte laufen können. Die Rebellen hatten ihm die Drecksarbeit abgenommen und die letzten Männer des Neunten Stammes beseitigt. Sie hatten den Hass der Familien auf sich gezogen, so dass er selbst tatsächlich als Retter auftreten konnte. Die Götter mussten ihn lieben.

Nach ihrem Bericht baten die Frauen, die Bestattung ihrer Angehörigen vollziehen zu dürfen. Die Leichen lagen, von Steinen bedeckt, am Ufer des Nabal. Rianon befahl seinen Männern, bei der Bergung zu helfen. Er selbst wollte mitmachen, damit alle sahen, dass er die Gefallenen des Neunten Stammes ehrte.

Trotz der Tortur der letzten Tage gab es kaum eine Frau, die sich nicht anschloss. Sie wollten weder essen noch schlafen, ehe ihre Toten Frieden gefunden hatten. In einem weinenden, klagenden Zug wanderten sie zur Uferstelle, wo die Leichen hingeworfen worden waren wie Abfall, halbzerquetscht unter Geröll. Inzwischen war es Abend geworden, und sie mussten Fackeln entzünden, die im Nieselregen fauchten und qualmten. So blieb ihnen wenigstens ein deutlicher Anblick erspart.

Während die Frauen die Leichen beweinten, aus dem Schlamm zogen und reinigten, hoben die Männer seines Stammes Gräber aus. Es entging Rianon nicht, dass der eine oder andere fluchte. Ihnen machte niemand vor, dass irgendwelche Rebellen aus dem Mitterland, und nicht der Neunte Stamm, ihre Feinde gewesen waren.

Rianon aber empfand tatsächlich keinen Groll gegen die Toten. Er hatte viele Jahre an der Vernichtung des Neunten Stammes gearbeitet, und jetzt, da er den Sieg davongetragen, sein Ziel erreicht hatte, spürte er, wie der Hass endlich aus ihm wich.

83

ALS DER ABEND DÄMMERTE, waren Didanwens Streiter noch immer nicht zurück. Inzwischen hatte Mauskin mit seinen Freunden das Boot ganz aus dem Wasser gezogen, und sie alle hatten sich in den Wurzelkuhlen am Ufer niedergelassen. Die gefallene Eiche hatte eine Lücke im Dickicht der Baumwipfel hinterlassen, so dass sie wie durch ein Guckloch die Sterne und den Mond aufgehen sahen. Oteba hängte eine faltbare Fischreuse in den Strom, eine ihrer eigenen Erfindungen, die außerdem vor Vergewaltigungen schützen sollte. Niemand fragte nach, wie es funktionierte. Sie alle waren einfach nur froh, zum Abendessen Fisch und Flusskrebse zu haben. Sie gruben ein Loch in die Erde, damit niemand ihr Feuer aus der Ferne bemerkte.

Mauskin spürte, dass ihm seine übliche Pfeife fehlte. Der Nebel des Schlafmohns lichtete sich, und die Wirklichkeit kam ihm gräulicher und abstoßender vor denn je. Fisch und Krebsfleisch schmeckten nach einem abscheulich süßlichen Moder. Er bekam kaum etwas hinunter. Faridas schien ebenfalls mit wenig Appetit zu essen. Vielleicht hatte er etwas zum Rauchen dabei?

Mauskin traute sich nicht, vor allen zu fragen.

Später fand er keinen Schlaf, weil er abwechselnd vor Kälte mit den Zähnen klapperte und sich nassschwitzte. Schmerz schoss durch seine Stirn, und in seinen Eingeweiden wogte Übelkeit. Als er merkte, dass er sich übergeben musste, taumelte er zum Ufer. Doch die Würgereflexe blieben aus. Die Übelkeit wälzte sich weiter auf und nieder, Flammen auf einem giftigen Öl. Mittlerweile wollte er gar nicht mehr unbedingt eine Pfeife. Ein kräftiger Hammerschlag auf den Kopf hätte ihm gereicht.

Und dann erbrach er sich doch und meinte, seine letzte Lebenskraft zu verlieren, Hände und Nasenspitze im rasch fließenden, eisigen Wasser.

Jemand zog ihn zurück, bevor er ganz in den Fluss sackte. Er erkannte Eliody an der Weise, wie sie ihn berührte, bevor er ihren Umriss in der Finsternis ausmachte. Sie lehnte ihn gegen einen Baumstamm.

»Eliody. Ich …«

Sie wartete.

»Ich komme schon zurecht. Danke.«

Er fühlte ihren Blick trotz der Dunkelheit auf sich ruhen. Sie nahm die Hand nicht von seiner Schulter.

Sie wusste es.

Sie wusste, was er für sie empfand … und dass er nie etwas unternehmen würde. Niemals.

»Hör auf, dich selbst zugrunde zu richten«, sagte sie schlicht.

Im Morgengrauen kamen die fünf Streiter aus Horuns Bauch wieder. Sie sahen aus, als hätten sie kaum geschlafen, und tatsächlich hörte Mauskin, wie sie Didanwen leise berichteten, dass sie mit den Streitern von Falla Ridwen bis zum Abend gen Westen gezogen waren. Dann hatten sie sich verabschiedet, um angeblich auf der Nordstraße weiterzusuchen, und waren die ganze Nacht hindurch den Weg zurückgelaufen.

»Haben sie euch geglaubt, dass ihr eigentlich die Aufgabe habt, mich zu finden?«, fragte die zwergische Priesterin.

»Das haben sie, Herrin. Wie vereinbart, haben wir von einer

Entführung gesprochen. Ganz gewiss werden sie das so weitererzählen, und es wird nicht lange dauern, bis die Geschichte so auch nach Horuns Bauch durchdringt.«

»Sehr gut«, erwiderte Didanwen, und Mauskin glaubte, ihre Erleichterung geradezu mit Händen greifen zu können. »Nun müssen wir nur noch zusehen, dass wir ihnen nicht noch einmal begegnen.«

84

»ABER DAS IST UNMÖGLICH«, beharrte Fürst Perenion vom Ersten Stamm, als Walgreta mit Rianon, den Generälen und Oberhäuptern, Orbanim und den hochrangigsten Streitern spät nachts Rat hielt. »Die Frauen des Neunten Stammes müssen in neue Familien gegeben werden, und die Auswahl bedarf größter Sorgfalt und Klugheit.«

»Und was könnte klüger und sorgfältiger sein als ihr eigener, freier Wille?«, entgegnete Walgreta geduldig. Obwohl der Erste Fürst die Hände rang und auch die übrigen urischen Generäle und Oberhäupter eher ungehalten wirkten, wiederholte sie: »Wir vom Kleinen Volk sind hier, um die Familien unserer Feinde zu retten. Wir wollen ihre Zuneigung gewinnen, damit ihre Kinder nicht zu Hass gegen uns erzogen werden und der Krieg sich nicht in zwanzig Jahren wiederholt. Wie soll das gehen, wenn wir die Frauen wie Beute verschachern? Nein, die Frauen sollen selbst entscheiden, ob sie neu heiraten oder nicht, ob sie beim Sechsten Stamm bleiben oder zu einem anderen Stamm gehen.«

»Begreift doch, Königin«, versuchte es nun ein altes Oberhaupt. »Unsere Frauen sind nicht wie die des Kleinen Volks. Würde man sie vor die Wahl stellen, wären sie heillos unentschlossen. Und wir können sie auch nicht bleiben und gehen lassen, wie es ihnen einfällt. Stellt Euch vor, sie gingen zu unseren Feinden. Oder sie gingen nur zu einem Stamm, nicht aber zu den anderen – man würde uns nicht nur verspotten, sondern uns übelnehmen, dass wir die Frauen so ungleich verteilen.«

»Aber ihr würdet sie ja nicht verteilen, das ist der springende Punkt!«

Der alte Urier breitete die Arme aus. »Der springende Punkt ist, dass unsere Frauen anders sind als Ihr. Sie vertrauen auf die Weisheit ihrer Väter und Brüder. Sie kennen ihre Bedeutung für den Frieden, wenn sie sich dem Ehemann fügen, der für sie gewählt wurde. Wollt Ihr sie ihres Wertes berauben?«

»Nein, das nicht«, sagte sie und merkte, dass sie so nicht weiterkam. »Aber wie die Frauen des Neunten wirklich sind, würde ich gern selbst herausfinden. Es sollen keine Hochzeitspläne geschmiedet werden, ehe ich nicht mit den Frauen gesprochen und sie nach ihrer Meinung gefragt habe.«

»Unmöglich«, sagte Rianon leichthin. »Wir sind kaum mehr als eintausend Mann und haben nicht nur die ehemaligen Verbündeten des Neunten zum Feind, sondern jetzt auch noch wer weiß wie viele Rebellen aus dem Mitterland. Wir brauchen Verbündete. Die kriegen wir nicht umsonst.« Er schenkte sich Kräuterbrand ein, zögerte kurz, dann reichte er den Becher an Walgreta weiter. Erst als sie annahm, sagte er: »Du kannst nicht herrschen, ohne jemanden zu verletzen.«

»Als Herrscher kann ich entscheiden, wen ich verletze. Es werden jedenfalls nicht die Frauen sein, die wir retten wollten. Und nicht unsere Nachkommen, die den Hass ernten werden!« Sie sah Hauptmann Orbanim an, dessen verschlossene Miene sich bei dem Gedanken ein wenig verfinsterte.

»Du kannst dir deine Feinde selbst aussuchen, gewiss. Aber andere können auch dich zur Feindin erwählen«, sagte Fürst Perenion. »Die Mitterländer haben die Schwäche des Neunten Stammes ausgenutzt, um sich gegen alle Urier zu erheben. Von jetzt an müssen wir mit ihnen rechnen. Tausend Männer können nicht viele Tausend Frauen und Kinder beschützen! Oder kannst du das mit deinem Zauberkleid?«

»Ja«, sagte sie trotzig.

Stille trat ein, vielleicht aus Ehrfurcht, vielleicht aber auch aus Ungläubigkeit. Walgreta kämpfte darum, die Ruhe zu bewahren und selbstsicher zu wirken.

»Trink, Königin«, erinnerte das alte Oberhaupt sie sanft. »Sprich mit den Frauen. Lerne sie kennen. Dann wirst du sehen, was ihnen wichtiger ist: deine Freiheit oder unser Schutz.«

Schlaflos ging Walgreta in ihrem Zelt auf und ab. Sie konnte nicht aufhören, das Gespräch mit den Uriern im Geist fortzusetzen und Argumente zu formulieren, die ihr nicht eingefallen waren.

Aber das war nicht der Grund für ihre Unruhe – es war der Zauber, mit dem die Rebellen aus dem Lager entkommen waren. Eine Wyka hatte ihn gesponnen. Möglicherweise sogar mehrere. Wie konnten die Wyken Rebellen unterstützen, die Frauen, Kinder und Alte gefangen gehalten und getötet hatten?

Während ihrer Ausbildung hatte Walgreta zweimal erlebt, dass eine Wyka tatenlos zuschaute, wie ein Dorf von Räubern geplündert wurde. Denn die Weisen Frauen mischten sich nicht ein. Sie hüteten sich so sehr davor, ihre Hände mit Blut zu beschmutzen, dass sie dafür Unschuldigen die Hilfe verwehrten. Warum also zogen sie jetzt in den Krieg an der Seite von Mitterländern, die selbst nicht besser waren als die Urier, die sie bekämpften?

Seufzend vergrub sie das Gesicht in den Händen. Waren Wyken, die zu solchem fähig waren, wirklich dazu geeignet, künftig den Frieden zwischen den Völkern zu wahren? Durfte man ihnen die Iliaden überhaupt anvertrauen?

Walgreta ließ sich auf ihre Felle sinken, versuchte zu schlafen und konnte es nicht. Wie Eiswasser sickerte die Angst immer wieder hoch. Ihre Enttäuschung über die Wyken, ihre Wut über die Unfreiheit der Urierinnen, das Scheitern ihrer eigenen Pläne kreisten umeinander und sogen sie in immer größere Unsicherheit. Kriegsmänner und Rebellen allein waren nicht das Hindernis, das dem Frieden im Weg stand. Die Iliaden an sich würden die Welt nicht verbessern. Wie konnte sie bloß das Richtige tun, wenn das Richtige immer auch so viel Schlechtes bewirkte? Wie das Schlechte bekämpfen, wenn auch Gutes daran hing?

Voll der Selbstzweifel erinnerte sie sich an Didanwen, der sowohl eine Wyka als auch die einstige Königin Hekteba zugetraut hatten, weise zu regieren …

Walgreta richtete sich auf. Sie hatte Didanwens Vergangenheit nur ein einziges Mal im Blickenden Becher gesucht. Wenn sie ganz ehrlich zu sich war, empfand sie noch immer Neid auf die junge Priesterin und verdrängte deshalb am liebsten alles, was mit ihr zu tun hatte. Aber nun spürte sie den unwiderstehlichen Drang herauszufinden, was aus der ach so vorbildlichen Didanwen geworden war. Sie füllte den Blickenden Becher mit Wasser und befragte ihn nach Didanwens Vergangenheit.

Visionen umschlossen sie, unklar und flatterhaft. Sie fühlte, dass Didanwen Angst gehabt hatte. Große Angst …

Sie fasst einen Beschluss, stillschweigend, ohne jemanden einzuweihen. Hekteba gegenüber plagt sie ein schlechtes Gewissen. Ganwalen, ihrem Gatten, gegenüber erst recht. Sie liebt beide. Doch gerade deshalb muss sie verheimlichen, dass sie fortgehen will. Tag für Tag lässt sie auf dem Weg zum Morgenritual etwas Proviant im Wald zurück, ohne dass jemand es bemerkt. Schließlich vergisst sie eines Morgens absichtlich etwas bei der Quelle der Tränen, um allein umzukehren. Fünf Streiter erwarten sie am Waldrand. Sie begrüßt alle mit einer Umarmung und einem Kuss auf die Stirn. Sie sammeln ihren Proviant ein und laufen quer durch den Wald. Laufen, laufen, bis die Sonne hinter ihnen versinkt – immer den Schatten der Bäume nach, die wie Pfeile nach Osten zeigen, auf ihr Ziel, ein Grab, in dem die Flüsternde Flöte wartet … Und wenn sie nicht dieses Grab erreichen, dann ihr eigenes.

85

BENOMMEN VOR SCHLAFLOSIGKEIT HIELT sich Rianon im Sattel. Immerhin regnete es nicht mehr. Nur ein paar bauschige Wolken türmten sich noch am Horizont. Die Sonne glänzte auf den Gräsern im Wind und blendete ihn.

Seit Tagen zogen sie gen Südosten, in einem Bogen um das Gebiet des Vierten Stammes herum, das sie auch dann nicht mit den Frauen und Kindern, Gepäckwagen und Viehherden hätten durchqueren können, wenn es keine mitterländischen Rebellen zu fürchten gegeben hätte. Bequem wäre der Weg am Fluss entlang gewesen, doch die Gefahr war zu groß, dort den ehemaligen Verbündeten des Neunten Stammes oder Sorikes Teil des Sechsten Stammes zu begegnen.

Das Land hier war karg. Zwischen den Felsen wuchsen gerade genug Sträucher und Gräser für die Viehherden, und der Regen sammelte sich in den Spalten des Gesteins. Abends errichteten sie ihr Lager in einer kleinen Schlucht. Er und Walgreta, die tagsüber in einem der Frauenwagen mitgefahren war, riefen die Generäle und Oberhäupter, Hauptmann Orbanim und seine Streiter sowie die hochrangigen Witwen des Neunten Stammes zu einer Versammlung. Die Ehefrauen seines Stammes, die allen das Abendessen servierten, forderte Walgreta ebenfalls zum Bleiben auf, ehe sie das Wort ergriff.

»Bald werden wir anderen Stämmen begegnen. Darum sollten wir klären, welche Ehen wir einzugehen bereit sind.« Sie sprach die Worte aus, als schmeckten sie bitter.

Rianon merkte ihr eine gewisse Enttäuschung an, so wie den Frauen des Neunten anzumerken war, wie unwohl sie sich in der Runde fühlten. Keine wagte, den Blick von ihren eigenen Knien zu heben. Er konnte sich gut vorstellen, wie die Gespräche zwischen Walgreta und den Frauen bisher verlaufen waren. Sicher nicht so, wie Walgreta es sich gewünscht hatte.

Sie begannen zu beratschlagen. Viele Frauen des Neunten stammten aus bedeutsamen Familien und mussten mit der gebührenden Ehrerbietung behandelt werden. Ehemänner wurden vorgeschlagen und diskutiert. Anfangs meldeten die hochrangigen Witwen sich nur auf Nachfrage zu Wort. Doch nach und nach begannen zwei der älteren Frauen, auch unaufgefordert zu sprechen, denn sie kannten sich mit den Verwandtschaftsverhältnissen besser aus als die meisten Generäle. Walgreta wirkte ein wenig zufriedener. Doch keine der Urierinnen bat um eine Ehe oder um eine Rückkehr zum Stamm ihres Vaters. Auf solche Ideen konnte nur eine Zwergin kommen.

Schließlich schlug Walgreta vor, dass auch die Streiter eine urische Ehefrau nehmen könnten, um das Bündnis der Völker zu festigen. Rianon war amüsiert, ohne es aber zu zeigen. Langsam kam sie also doch noch zur Vernunft.

Zu einem endgültigen Ergebnis gelangten sie trotzdem nicht. Stattdessen vertagten sie die weiteren Beratungen und verabschiedeten sich für die Nacht.

Rianon wanderte durch das Lager, machte bei einigen Wachen halt, plauderte mit ihnen, wartete, bis zwischen den Zelten Ruhe eingekehrt war. Schließlich begab er sich zu den mit Vorräten beladenen Wagen. Nachdem er den Blick durch die Dunkelheit hatte schweifen lassen und gelauscht hatte, ob sich in der Nähe bereits andere vergnügten, trat er zu dem verabredeten Wagen und schlüpfte unter die Plane.

Pasarime war schon da. Sie umarmte ihn, zog ihn an sich. Es wäre ihm lieber gewesen, sie hätten auf eine bessere Gelegenheit gewartet, aber Pasarime war sehnsüchtiger denn je und fiel mit einer Gier über ihn her, die ihm nicht geheuer war. Wie konnte ihre Lust so groß sein, nachdem sie ihre Tochter verloren hatte? Fast befürchtete er, dass es da einen Zusammenhang gab. Ihre Augen mochten lodern, wenn sie auf ihm saß und alle Vorsicht vergaß, doch sie wirkten zugleich leer und wie blind. Was auch immer sie empfand, es war nicht Liebe zu ihm.

Als sie zitternd auf ihn niederschmolz und ihm Küsse auf den Hals streute, schämte er sich jedoch für seinen Argwohn. Sie verhielt sich normal – er war derjenige, der keine Liebe in sich fand, so als hätte er sie irgendwo verlegt. Mit aller Macht schob er diesen Gedanken beiseite und umarmte Pasarime. Sie waren umgeben von Vorräten, und es war kaum genug Platz, um sich nicht irgendwo zu stoßen.

»Ich muss dich um Rat fragen«, flüsterte er dann. »Du erinnerst dich an die Geschichte von den ersten Pferden, die je gezähmt wurden?«

»Was?«

»Die Geschichte von der kleinen Hirtin, zu der die wilden Pferde kamen, die ersten überhaupt.«

»Was ist mit der Geschichte?«

»Erzähl sie mir noch einmal.«

Pasarime kam seiner Bitte nach. Rianon hörte ernst zu, so wie damals, als sie sie ihm vor vielen Jahren vorgesungen hatte, um sich die Zeit zu vertreiben. Doch diesmal konzentrierte er sich nicht auf den Wohlklang ihrer Stimme, sondern auf die Ähnlichkeiten mit dem, was Walgreta ihm gesagt hatte.

»Und es war wirklich eine Flöte?«, fragte er, als sie geendet hatte.

»So kenne ich die Geschichte jedenfalls. Was für ein Instrument sonst? Flöten und Zupfen sind Fraueninstrumente.«

»Die Geschichte ist wahr, oder?«

»Warum würde man sie sonst von Generation zu Generation erzählen?«

Er gab sich einen Ruck und sagte: »Die Zwergenkönigin hat behauptet, es gäbe die Flüsternde Flöte noch. Und dass sie wüsste, wo.«

Pasarime rührte sich nicht, und doch spürte er, wie sie sich innerlich verhärtete. Sie wusste von seiner Heirat, und sie war nicht so dumm, deswegen zu schmollen. Aber er hatte bisher vermieden, es zu erwähnen, und auch Pasarime hatte es nicht angesprochen.

Nun berichtete er ihr, mit welchem Ziel sie in Begleitung der zwergischen Streiter unterwegs waren.

»Eine Weise Frau mit einem magischen Artefakt für unser Volk?«, wiederholte Pasarime spöttisch. »Das ist eine Lüge.«

Rianon schwieg. So sicher war er sich da nicht.

»Aber angenommen, sie lügt nicht«, fuhr Pasarime fort, »und die Zwergenkönigin will die Flüsternde Flöte wirklich einer Weisen Frau geben: Wozu braucht sie dich? Sie hat die Streiter, um sie zu beschützen. Also erfüllst du einen anderen Zweck. Wenn ein Fluch die Iliade umgibt, muss ein unglückseliger Narr vorgeschickt werden.«

»Oder die Zwergenkönigin will wirklich, dass ich als Urier die Iliade meines Volkes einer Weisen Frau schenke. Sie war heute doch den ganzen Tag bei euch im Wagen. Hattest du nicht den Eindruck, dass sie ehrlich und direkt ist?«

Pasarime schwieg, offenbar erschüttert von seiner Einfalt.

»Pasarime.« Er drückte sie an sich. »Wenn all das stimmt, vielleicht tue ich es.«

»Was redest du da?«

»Habe ich je etwas versprochen und nicht gehalten? Wenn ich die Flüsternde Flöte finde, werde ich sie dir …«

»Und du meinst, dadurch gefällt mir das Ganze besser?«, fuhr sie dazwischen. »Seit wann verlässt du dich auf Gerede? Sehnst du dich so sehr nach Abenteuern? Du hast mir das Zelt eines Fürsten versprochen, für dich und mich allein. Ich wollte nie etwas anderes.«

»Hab noch ein wenig Geduld. Ein Zelt muss nicht nur aufgebaut werden, sondern auch verteidigt.«

»Bau es erst mal auf, Rianon.« Sie versetzte einem der Vorratssäcke einen Tritt, dann kletterte sie aus dem Wagen.

»Pasarime. Warte.«

Natürlich wartete sie nicht. Er lauschte, wie sie davoneilte, und ein Teil von ihm war erleichtert. Nur schwer widerstand er dem Drang, ebenfalls nach etwas zu treten. Er wartete eine Weile ab. Sein Ärger verflog nicht.

Wahrscheinlich hatte Pasarime recht. Er müsste es besser wissen, als sich auf jemandes Wort zu verlassen. Noch dazu das Wort einer Frau, die ihn verachtete. Warum ließ er sich dennoch auf Walgretas Abenteuer ein?

Er sollte auf Pasarime hören und nicht auf die Zwergenkönigin. Und doch misstraute er Pasarime. Er versuchte zu ergründen, weshalb, doch zwischen seine Gedanken schob sich die unsinnige Erinnerung daran, wie Walgreta aus der Badewanne in ihrem Gemach in Mún Toleda aufgestanden war … Das Bild begleitete ihn seitdem wie ein hintergründiges Licht, das unkenntlich machte, was vor ihm lag.

Unendlich langsam wob sich Helligkeit in die Nacht, und bald wusste Rianon nicht mehr, ob er durchgehend wach gewesen oder immer wieder eingenickt war. Er hörte die ersten Vögel zwitschern … und dann ein Dröhnen.

Das Dröhnen von Hufen auf der Erde.

86

RIANON SPRANG AUS DEM Wagen. Schemenhaft sah er die Wachposten, die an der Südseite des Lagers zusammenströmten, um sich den Reitern entgegenzustellen. Dem Donnern der Hufe nach mussten es mindestens fünfzig sein, wenn nicht hundert. Rianon lief zu seinen Männern und den Streitern und zückte seinen Stabdolch.

Die Reiter zügelten ihre Pferde. Rianon atmete auf: Es war kein Angriff.

Einer der Reiter an der Spitze, von dem im Zwielicht nur die gehörnte Fürstenkappe zu erkennen war, hob die Hand. »Zu euch spricht Fürst Gadriamon vom Fünften Stamm der Urier. Geehrt seien eure Väter! Seid ihr der Sechste Stamm unter Rianon, dem Gemahl der Königin des Kleinen Volkes?«

»Der bin ich. Geehrt sei dein Vater! Was führt dich zu uns?«

»Die Frage stelle ich dir.« Fürst Gadriamon riss seinen schnaubenden, vom Galopp noch erregten Hengst herum. »Ihr wandert durch mein Gebiet.«

»Dein Gebiet? Ich dachte, es gehörte dem Neunten Stamm.«

»Als es den Neunten Stamm noch gab«, entgegnete Gadriamon. »Bevor du sie mit der mitterländischen Meute zerfleischt hast, haben sie mir dieses Land in einem Bündnis versprochen. Das Versprechen gilt – denn den Fünften Stamm gibt es noch.«

Rianon ließ den Blick über die Reiter schweifen. Es waren eher hundert als fünfzig. Doch hinter ihm sammelten sich die Streiter von Mún Toleda. Im Nahkampf hatten Gadriamons Männer keine Chance, auch wenn sie ihnen hier, direkt am Lager, erhebliche Verluste beibringen konnten.

»Du irrst dich«, sagte er mit Bedacht. »Den Neunten Stamm gibt es so wahrhaftig, wie ich vor dir stehe. Denn ich bin der Neunte Fürst.«

Gadriamon war für einen Moment sprachlos, dann brach er in so schepperndes Gelächter aus, dass sein Hengst erschrak.

Die ersten Sonnenstrahlen drangen über den Horizont und beleuchteten das breite, bärtige Gesicht des Fürsten, das von zwei Narben gezeichnet war. Seine Generäle grinsten ebenfalls.

Rianon sah aus den Augenwinkeln, dass Hauptmann Orbanim herbeigekommen war. Auch wenn er die urische Sprache nur schlecht verstand, brauchte man für ein hämisches Lachen keine Übersetzung. Also trat Rianon seinen Stolz in den dunklen Winkel zurück, in dem er ihn jahrelang aufbewahrt hatte, und winkte einen seiner Männer heran: »Bringt Frühstück und Kräuterbrand für unsere Gäste! Ein herrlicher Morgen zieht herauf. Wir wollen unter freiem Himmel besprechen, welche Geschenke der Neunte Stamm dem Fünften machen will.«

Und noch ehe der Mann losgelaufen war, steckte Rianon seinen Stabdolch ein, setzte sich auf einen Felsen und bedeutete Fürst Gadriamon, sich zu ihm zu gesellen.

Der Fünfte Fürst zögerte.

Als würde Rianon es nicht bemerken, wandte er sich an Orbanim: »Hauptmann, uns beehrt der Fürst des mächtigen Fünften Stammes. Er ist an Frieden mit uns interessiert. Lasst ihn uns anhören.«

Orbanim setzte sich zu Rianon, wobei er seine Lanze neben sich ins Gras rammte. Gadriamon blickte zwischen den Streitern, Rianons Männern und den beiden Sitzenden hin und her. Schließlich sprang er vom Pferd und nahm bei ihnen Platz.

Walgreta tauchte auf. Sie war frisiert und gekleidet, als hätte sie nur darauf gewartet, aus ihrem Zelt zu treten. Völlig selbstverständlich grüßte sie und nahm in ihrer Runde Platz. Hatte sie etwa dank ihrer Zauberkünste gewusst, dass der Fünfte Fürst kam?

Pasarime und ein paar Frauen des Neunten, die sie offenbar hatte überzeugen können, trugen ihnen das Frühstück auf und bewiesen Gadriamon damit ihr Einverständnis mit den neuen Gegebenheiten. Einer von Gadriamons Generälen murmelte leise Beschimpfungen, stand auf und ging fort, als die Frauen ihm das Essen anboten. Pasarime bewahrte jedoch Ruhe. In diesem Moment liebte Rianon sie heftig wie in seiner Jugend.

»Erschreckend, wie tief die Treue der Frauen reicht«, sagte nun auch Gadriamon mit Blick auf Pasarime. Doch er aß von dem Brot, das ihm gereicht worden war.

Als die Frauen sich erhoben, um zu gehen, sah Pasarime dem Fünften Fürsten in die Augen. »Es ist altes Recht, dass wir mit den Siegern gehen. Du hast es richtig erkannt, Fürst Gadriamon: Unsere Treue zu den Traditionen reicht tief.«

»Du wagst es, ungefragt die Stimme zu erheben?«, bellte er.

»Aber gewiss«, schaltete Walgreta sich leichthin ein. »Für die urischen Frauen des Sechsten und Neunten Stammes gilt das Recht des Kleinen Volkes.«

Als hätte er sie nicht gehört, sah Gadriamon sich nach seinem General um, der die Runde verlassen hatte. Pasarime und die Frauen des Neunten schritten mit einem Lächeln davon.

Nach einer Weile wandte der Fünfte Fürst sich an Rianon: »Wir haben dem Neunten Stamm Töchter von uns gegeben. Ihre Ehre soll nicht beschmutzt werden, indem sie den Mördern ihrer Ehemänner zur Frau gegeben werden. Wir wollen sie alle zurück.«

»Wenn das dein Wunsch ist, werde ich ihn erfüllen«, sagte Rianon. »Doch es wäre mir lieber, eure Töchter dürften bleiben. Einmal vermischtes Blut kann nicht wieder getrennt werden. Und was soll bei euch aus ihren Kindern werden, den Kindern des Neunten Stammes? Sollen sie Bastarde bei euch sein, wenn sie Erben bei uns sein könnten? Keine eurer Töchter soll unter ihrem Rang verheiratet werden.« Rianon ignorierte das verächtliche Schnauben des Fürsten. »Zum Zeichen meines Respekts will ich euch zwei Frauen für jede Tochter geben, die ihr bei uns lasst, egal wie alt sie ist. Sucht euch Frauen aus dem Neunten oder aus dem Sechsten Stamm aus – zwei für jede eurer Töchter.«

Während Gadriamon sich mit seinen Generälen beriet, begegnete Rianon Walgretas bösem Blick. Achselzuckend murmelte er: »Der Fünfte Stamm fürchtet unseren schlechten Einfluss auf seine Töchter. Nicht ganz zu Unrecht.«

»Lassen wir doch die Frauen entscheiden.« Sie gab sich unerbittlich. Doch immerhin sprach sie nicht so laut, dass die

Männer des Fünften Stammes sie hörten. »Es gibt genug Frauen, die unsere Gegenwart Tag und Nacht beweinen. Die wären wahrscheinlich glücklich, mit dem Fünften Stamm fortzugehen, darum sollen sie das tun. Aber die anderen bleiben.«

Rianon erwiderte leise: »Denke an dein Ziel. Kein Ziel ohne Opfer. Also tu dir selbst einen Gefallen und halte ein einziges Mal den Mund.«

Sie sah aus, als wollte sie ihn erwürgen. Aber sie schwieg.

Am Ende ging Gadriamon auf den Tausch ein: Er und seine Männer durften sich zwei Frauen für jede Tochter aussuchen, die bei Rianon bleiben sollte. Rianon fand, dass es ein passabler Tausch für ihn war: Frauen hatte er jetzt ohnehin mehr, als gut war, und freundschaftliche Verhältnisse zum mächtigen Fünften Stamm waren im Augenblick mehr wert als die Freundschaft mit anderen Stämmen, deren Töchter hier verschenkt wurden.

Es gab, wie zu erwarten, lautes Geschrei und viele Klagen, als die Generäle des Fünften Stammes durch die Zelte der Frauen trampelten und sie in Augenschein nahmen. Als sie in Pasarimes Zelt kamen, in dem Pasarimes Töchter und Verwandte versammelt waren, bemerkte Gadriamon: »Sieh mal einer an, die vorlaute Witwe von Fürst Noharion. Die hätte ich gern.«

»Nein«, entfuhr es Rianon, bevor er sich eine diplomatischere Antwort überlegen konnte.

»Das ist unmöglich«, kam ihm Walgreta zu Hilfe. »In Gedenken an Fürst Noharion werden wir seine Witwen nicht neu verheiraten. Sicher verstehst du das, Fürst Gadriamon.«

Gadriamon tat, als hätte er sie nicht gehört, und sagte zu Rianon: »Du willst also wirklich der Neunte Fürst sein. Reicht *ein* falscher Fürstentitel nicht?«

»Du lässt mir keine Wahl, als deine Reden beleidigend zu finden«, knurrte Rianon und legte die Hand an den Griff seines Stabdolches. Er hatte sich den ganzen Vormittag zusammengerissen – doch jetzt wollte er nichts sehnlicher, als seine Klinge in den Bauch des Fürsten zu rammen. Egal, ob ein Gemetzel ausbrechen und Hunderte sterben würden – für diesen einen, süßen Augenblick wäre es das wert.

Noch immer lachend, klopfte Gadriamon ihm auf die Schulter. »Wie gut, dass Fürst Noharion von seinen Feinden so geehrt wird. Er wäre gleich zufriedener gestorben. Dann nehme ich statt der Witwe eine Tochter von Noharion, und zwar eine Tochter der vorlauten Witwe.«

Rianon biss die Zähne zusammen. »In drei Jahren. Sie ist noch zu jung.«

»Sie sieht nicht zu jung aus«, erwiderte Gadriamon mit einem langen Blick auf Kalimune, die neben Pasarime kniete und das Gesicht gesenkt hielt.

Diesmal war es Redike, der zu Hilfe kam: »Doch, das ist sie. Nicht die ältere, die jüngere Tochter kannst du haben. Selbstverständlich wird die älteste Tochter des ehemaligen Fürsten die Gemahlin des neuen Fürsten.«

Pasarime hob den Blick und starrte Rianon an.

Einen Moment schien es, als wollte Gadriamon protestieren. Doch dann lächelte er wieder. »Gut. In drei Jahren also. Ich bin gespannt, was in drei Jahren sein wird. Und nun lasst uns feiern!«

87

MAUSKIN ÖFFNETE DIE AUGEN. Goldgeränderte Baumkronen glitten über ihn hinweg, und Schmetterlinge und Libellen schwebten im Schattenreich der Teiche, in denen der Fluss sich nach allen Seiten hin verlor. In drei elfischen Booten, von denen die Priesterin Didanwen zwei bei einer Händlerschar von Küstenelfen erworben hatte, fuhren sie dahin. Mauskin verstand immer noch nicht, wie es dazu gekommen war, dass er und seine Freunde mit einem Waldelf und einem Trupp Zwerge ins Land der Geister unterwegs waren, in das kein Sterblicher sich wagte, der noch bei Trost war. Schwärme von Abermillionen Mücken, mit Salz verseuchte Gewässer und quälender Hunger würden sie erwarten. Und das alles für den Frieden der Welt … Mauskin hatte in den letzten Monden zu viel gesoffen und geraucht, um sich darunter noch etwas vorstellen zu können. Doch sein alter Freund Faridas hatte es bei einem Gespräch vor einigen Abenden auf den Punkt gebracht: Sie hatten sonst nichts Besseres zu tun.

Die Riesenbäume des Mitterlands waren vor drei Tagen hinter ihnen zurückgeblieben, und zwischen den jungen, lichten Wäldern tauchten die Knochenberge auf, die das Tiefland vom Seenland trennten. Im Mitterland hatten sie noch alle Schlingen um den Hals getragen, um im Zweifelsfall zu behaupten, Gefangene voneinander zu sein – je nachdem, ob sie Rebellen oder Streiter trafen. Doch in der Gegend um den Gebirgspass, wo der Donwall und seine Nebenflüsse ins Tiefland strömten, war es unwahrscheinlich, rebellischen Menschenvölkern zu begegnen. Das Gebiet war fest in den Händen des Kleinen Volks. Also streiften die Streiter ihre Schlingen ab, und Mauskin und seine Bande legten sich gut sichtbare Stricke um den Hals und die Handgelenke. Der Vorteil war, dass die Streiter dafür die Paddel nehmen mussten, und Mauskin konnte sich zurücklehnen und dösen.

Aber die meiste Zeit über fühlte er sich, als hätte ihn etwas zerkaut und wieder ausgespien. Das Zittern, Schwitzen und Erbrechen hatte sich gelegt, aber es gab noch immer keine Faser seines Körpers, die nicht wehtat. Durch seine Knochen, seine Adern und Eingeweide schien eine Säure zu rollen, die seine festen Bestandteile porös machte und seine weichen zu Matsch. Was hätte er nicht für eine Pfeife gegeben! Ein wenig Rauch, damit die feuchte, drückende Schwere seines Körpers sich verflüchtigte. Warum stieg er jeden Morgen wieder in diese Barke, statt von seinen Freunden Abschied zu nehmen, sich ins nächstbeste Wirtshaus mit dämmrigen Nischen für Pfeifenträumer zu begeben und so aus dem Leben zu gleiten? Was lag ihm daran, einen originelleren Tod zu finden? Nichts, sagte er sich.

Und dann fuhren sie an Mohnblumenfeldern vorbei. Eins neben dem anderen, und hinter jeder Flussbiegung wieder von vorn. Manche der Dörfer waren offenbar im Krieg abgebrannt, aber die Felder wurden nichtsdestotrotz bestellt – dafür schienen die Zwerge gesorgt zu haben. Bäuerinnen und Bauern waren damit beschäftigt, die noch verschlossenen Knospen zu ritzen, damit sie später den Saft ernten konnten. Mauskin sah Streiter in den herbstlaubgelben Uniformen von Mún Toleda Wache halten, und Didanwen grüßte, jedoch ohne die Boote ans Ufer rudern zu lassen. Ihre Eile mochte die Streiter verwundern, aber nicht genug, um sie zu verfolgen.

Nachts wartete Mauskin darauf, dass die anderen einschliefen. Erst hörte er Oteba schnarchen, dann das gleichmäßige Atmen von Rehfang und Faridas. Die Priesterin und ihre Männer lagen etwas abseits, und er vermutete, dass mindestens einer der Streiter stets Wache hielt. Aber die Zwerge würden ihn nicht aufhalten. Ebenso wenig Fayanú, der immer lautlos wie ein Stein schlief, falls er überhaupt schlief. So blass und sorgenvoll, wie er tagsüber aussah, war Mauskin sich da nicht sicher.

Endlich erklang Eliodys Schnurren. Mauskin fühlte, wie ein zartes Vergnügen in ihm erwachte. Bevor er Eliody kennengelernt hatte, war er immer davon ausgegangen, dass Elfen auch im Schlaf anmutig waren. Aber in dieser Hinsicht stand Eliody Oteba in nichts nach.

Er schloss die Augen und lauschte ihrem knatternden Atmen. Wenn er ging, würde er es jetzt zum letzten Mal hören. Ein letztes Mal …

Lange hörte er Eliody beim Schnarchen zu.

88

FAYANÚ WUSSTE NIE, OB er träumte oder nur zu tief in seine Sorgen abdriftete. Nachts verfing er sich immer in ähnlichen Gedanken, die wie ein Spinnennetz über seinen Schlaf gespannt waren und ihn nicht zur Ruhe kommen ließen. Dann sah er Walgreta vor sich, wie sie von den Uriern des Sechsten Stammes verschleppt wurde, wehrlos und weinend, und in seiner Vorstellung strampelte *sie* vergeblich auf den rauen Felsen einer Grotte …

Seine Schuldgefühle, weil er nicht rechtzeitig am Treffpunkt gewesen war, mischten sich mit seinen Schuldgefühlen gegenüber Fledermaus, die er ebenfalls nie wiedergesehen hatte. Wenn er sich vorstellte, wie sie einsam und verwundet durch die Wurzelgänge der Salzsteinbäume tapste …!

Manchmal schrak er aus diesen Bildern auf wie aus Albträumen, aber es gab kein wirkliches Erwachen. Er watete im Treibsand seines Bewusstseins, ohne je Halt zu finden oder ganz unterzugehen.

Noch schlimmer war es, sich auszumalen, wie Walgreta den Sechsten Stamm anführte, um die Flüsternde Flöte zu finden. Sie musste ihn doch im Blickenden Becher sehen. Warum kam sie nicht zu ihm? Warum würde sie sich mit dem Sechsten Fürsten statt mit ihm auf die Suche machen?

Fayanú bemühte sich, an ihr Zusammensein zu denken, an ihre Liebesschwüre. Aber der Zweifel vergiftete die Vergangenheit. Er war Walgretas erster Liebhaber gewesen. Sie hatte ihn als Mann geliebt und seine körperlichen Mängel hingenommen. Aber war nicht vielleicht auch ein Funke Enttäuschung dabei gewesen? Er suchte in seiner Erinnerung nach Anzeichen davon. Was, wenn ihr Gemahl ihr nun vor Augen geführt hatte, was ihr an ihm, Fayanú, immer fehlen würde …

Das erste Grau wob sich in die Finsternis, als er Geräusche neben sich vernahm. Oteba richtete sich auf und betrachtete eine Weile Mauskin, dessen massive Brust sich mit jedem Atemzug hob und senkte. Dann glitt der Blick der Zwergin zu Fayanú, obwohl er sich nicht geregt hatte. Doch nun richtete auch er sich auf.

»Ich hätte gedacht, dass er sich frischen Saft beschaffen würde, nachdem wir an den Mohnfeldern vorbeigefahren sind«, flüsterte er.

»Du kennst ihn nicht.« Die Zwergin stand auf. »Komm mit.«

Fayanú gehorchte. Obwohl Oteba gedrungen und dick war, wo Walgreta niedlich und schwungvoll wirkte, hatten sie beide das typisch dunkle, glatte Haar, die glänzenden dunklen Augen und die kalkweiße Haut des Kleinen Volkes. Auch ihre Handgesten beim Sprechen ähnelten sich manchmal, weshalb Fayanú die alte Zwergin oft gedankenverloren beobachtete.

Er folgte ihr durch das Dickicht entlang des Flusses, wo sie über Nacht ihre Fallen ausgelegt hatte. Ein junger Hase war in einer der Schlingen verendet. Für die zwölfköpfige Gruppe, die sie waren, würde er allenfalls eine Suppe ergeben, aber jede Abwechslung von Fisch war ihnen willkommen.

»Gehen wir noch ein Stück weiter«, murmelte Oteba.

Sie kletterten über Felsen und Wurzeln bis auf eine Anhöhe, von wo aus der Fluss und die Wälder gut zu überblicken waren. Ein Hauch rosigen Lichts schimmerte im Osten durch die Baumwipfel.

»Du willst, dass wir die Königin mittels einer List aus dem Sechsten Stamm befreien, ehe wir zusammen mit ihr die Flüsternde Flöte suchen«, sagte Oteba, sobald sie wieder zu Atem gekommen war.

Fayanú nickte. Er hatte in den letzten Tagen oft genug klargemacht, dass er Walgreta ohne Gewalt befreien wollte.

Oteba wies auf ihn. »Was, glaubst du, trägst du da unter deinem Wams?«

»Etwas, was ich nicht benutzen will.«

»Falsch! So wahr ich eine Tochter Horuns bin: Das Kupferne Kleid ist genau das, was du begehrst. Du hast damit Männer getötet. Wie, glaubst du, ist das geschehen?«

Fayanú zuckte die Schultern. Er hatte die Bilder aus der Grotte so tief versenkt, dass nur ihre Schatten in unachtsamen, traumverwirrten Augenblicken hochflackerten. »Wenn ich will, wird die Gegenwart des Kupfernen Kleides unerträglich. Für alle außer mir.«

»Und warum? Das Kupferne Kleid hat keine Klingen. Es schießt keine Pfeile ab. Und doch genügen sein Anblick und sein Klang, um zu töten. Nämlich indem es spiegelt!«

Oteba gab ihm zu verstehen, dass er das Wams öffnen sollte. Zögerlich tat er es. In der Dämmerung glänzte es unwahrscheinlich hell. Ein tröstliches Gefühl durchrann ihn, als er sich in den zahllosen Kupferaugen reflektiert sah, doch Oteba schien genau das Gegenteil zu empfinden. Er merkte, dass sie die Schultern hochzog und dem Drang widerstand zurückzuweichen.

»Die ursprünglichsten Empfindungen der Welt sind Sehnsucht und Abneigung, Liebe und Angst«, sagte Oteba. »Angst ist, womit du getötet hast. Aber es gibt noch so viel mehr, was das Kupferne Kleid spiegeln kann. Alle Facetten der Sehnsucht und der Abneigung kannst du aus deinem Gegenüber hervorlocken. Du musst sie nur selbst empfinden.«

»Du meinst, ich muss meine Gefühle beherrschen, und dann wirkt das Kupferne Kleid genau so, wie ich will?« Fayanú runzelte die Stirn. »Wenn's weiter nichts ist … besten Dank.«

»Werde nicht pampig, nur weil ich dir helfen will. Es geht darum herauszufinden, wie du das Kupferne Kleid einsetzen kannst, ohne gleich ein Blutbad anzurichten. Fang einfach damit an, dass du versuchst, deine Gefühle zu erkennen. Du musst genau wissen, was in dir vorgeht.«

Eine Weile stand er ihr gegenüber und wusste nichts mit

sich anzufangen. Schließlich seufzte er. »Ich … ich habe Angst. Angst, dass ich andere umbringe.«

»Warum hast du davor Angst?«

»Weil ich nicht noch mehr Schuld auf mich laden will.«

»Aha. Also ist die Angst vor der Schuld das, was das Kupferne Kleid nun von dir ausstrahlen wird. Tausendfach verstärkte Angst, einen fatalen Fehler zu begehen.« Oteba verstummte.

»Und jetzt?«, erkundigte er sich vorsichtig.

»Jetzt gehen wir zurück«, sagte Oteba freundlich. »Und während wir unseren Weg durchs Land fortsetzen, die Streiter paddeln und wir uns langweilen, machst du dich mit deinen Ängsten vertraut.«

»Du meinst, das vertreibt sie?«

»Nein. Wenn du Erklärungen für deine Ängste findest, hältst du ihnen verzerrte Spiegelbilder vor, und das tust du so lange, bis die Ängste wie etwas ganz anderes aussehen als das, was sie eigentlich sind. Das ist der Zauber des Selbstbetrugs. Er wirkt Wunder!«

Er konnte nicht anders, als verzweifelt aufzulachen.

Von nun an begleitete Fayanú die Zwergin, wenn sie abends ihre Fallen auslegte und morgens wieder einsammelte. Sobald sie weit genug von den anderen entfernt waren, sprachen sie darüber, wie er das Kupferne Kleid benutzen könnte – oder besser gesagt, warum er sich nicht traute. Ihnen war beiden klar, dass ihre Gespräche darauf hinausliefen, dass er es eines Tages tun würde. Aber Oteba forderte ihn nicht dazu auf. Das allein schon beruhigte ihn ein wenig. Sie stellte hauptsächlich Fragen. Was er befürchtete und warum.

Erst vage, dann detaillierter erzählte er ihr von seiner Flucht aus der Grotte. Von den Männern, die ins Eiswasser gestürzt waren, weil sie den Klang und Anblick des Kupfernen Kleides nicht mehr ertrugen. Und wie lieblich die Stimmen des Kupfernen Kleides für ihn selbst geklungen hatten. Das jemandem anzuvertrauen war schwierig: Er fühlte sich gut, wenn das Kupferne Kleid andere vernichtete. Während er sprach, merkte er, dass seine Scham und sein Wunsch, seine Angreifer für immer aus dem Leben zu befördern, wie ein uraltes Geheimnis in ihm verborgen lagen, viel älter als der Vorfall in der Grotte. Es waren Empfindungen, die er einst Rautenkhal gegenüber gehabt hatte. Schuld und Ekel, weil … weil er sich nicht wehrte. Abscheu vor der Liebe, die man ihm antat. Und der überwältigende Wunsch, sich für immer zu befreien, alle zu vernichten, die ihm zu nahe traten.

Oteba sah ihn an, ohne nachzubohren. »Wir stecken alle voller Spiegelbilder«, sagte sie nur. »Wie in der Zauberei verzerren die einen Bilder die anderen, um sie sich gleichzumachen. Aber du kannst den Zauber lösen, indem du sie voneinander trennst.«

Es war ein tröstlicher Gedanke. Während der Fluss sie weiter in Richtung Tiefland trug, versuchte Fayanú, seine Erinnerungen auseinanderzuschneiden. Seine Familie, Rautenkhal, Ganwalen und die Streiter – er stellte sich vor, sie wie Scherben in die schillernden Fluten zu streuen. All die Dinge, die vorgefallen waren, sollten keine Bedeutung mehr haben. Keinen Zusammenhang. Er zerteilte das Gewebe, das ihn zu dem machte, der er war, und in die stille Leere, die blieb, setzte er eine einzige Idee: Walgreta. Allen Widrigkeiten, aller Vernunft und der Vergangenheit zum Trotz würde er mit ihr die vier Iliaden finden und gerecht verteilen. Denn er war frei.

Die Welt war frei.

Ein halber Mond füllte sich, ehe er es wagte, die Wirkung des Kupfernen Kleides vor Oteba zu entfalten. Die Nacht war angebrochen, und sie gingen am Ufer entlang, um Krebse zu fangen, während die anderen das Lager herrichteten.

»Ich glaube, ich könnte es probieren«, sagte er.

Sie blieben stehen und tauschten einen überraschten Blick. Er hatte selbst nicht erwartet, dass er den Mut dazu aufbringen würde. Während Oteba zufrieden lächelte, breitete sich in ihm schon wieder Zweifel aus. Die kleinste Unachtsamkeit seinerseits könnte ihren Tod bedeuten …

Nun, er würde einfach nicht unachtsam sein.

Er öffnete sein Wams, und die Kupferplättchen leuchteten wie die Augen nachtaktiver Tiere. Er rief sich den Moment ins Gedächtnis, als Walgreta ihm das Kupferne Kleid geschenkt hatte. Damals hatte er es ohne die geringste Sorge auf sie wirken lassen, und es war nichts weiter passiert, als dass sie ihn für den schönsten Mann der Welt gehalten hatte. So ähnlich musste er es auch jetzt anstellen.

Er atmete tief aus. Die Macht des Kupfernen Kleides strömte über, geschmeidig und kraftvoll wie trinkbares Licht. Er fühlte, wie alles, was in ihm eingeschlossen war, an Oteba wirklich wurde, sich an ihr Wirklichkeit *nahm*.

Macht, schoss es ihm durch den Kopf. So fühlte sich Macht an – zu leben ohne die geringste Schwäche, ohne irgendwelche Rücksicht.

Unter dem Genuss regten sich Schuldgefühle. Er beobachtete Oteba, und dennoch dauerte es eine Weile, bis ihm klarwurde, dass sie weinte. Erschrocken trat er zurück, verschloss sich und zog das Wams vor dem Kupfernen Kleid zu. »Oteba? Geht es dir gut?«

Sie lehnte sich gegen einen Baumstamm. Noch immer rollten Tränen durch die Furchen ihres Gesichts, doch erst jetzt begriff er, dass sie lächelte. »Mein Sohn. Du sahst aus wie mein Sohn!«

Am Lagerfeuer bei den anderen sagte Oteba: »Sieht so aus, als hätten wir für die Befreiung der Königin langsam einen Plan.«

Eliody, Faridas und Rehfang hielten im Essen inne. Ihre Blicke wanderten zu ihm, während Fayanú seinerseits Didanwen und die Zwerge beobachtete. Die Priesterin schien um eine ausdruckslose Miene bemüht.

»Du traust dich also wieder, das Kupferne Kleid wirken zu lassen?« Faridas klopfte ihm auf den Arm. »Ausgezeichnet.«

»Und Oteba ist unversehrt«, stellte Rehfang fest. »Oder fehlt dir etwas? Du siehst dünner aus, wenn ich es mir recht überlege ...«

»Weil du deine Augen schmal kneifst, mein Junge«, gab Oteba zurück. »Mir fehlt kein Haar und ganz gewiss kein Speck.«

»Wie hat das Kupferne Kleid gewirkt?«, fragte Eliody.

»Ich habe ihn für Karelin gehalten. Bei der Großen Erdmutter, er stand leibhaftig vor mir. Und obwohl ich wusste, dass es nur ein verdammter Waldelf mit einem Zauberkleid war, glaubte ich, mein Sohn sei wieder da.«

Stille senkte sich über die Runde, und allein das Flüstern des Wassers und das Zirpen der Grashüpfer war zu hören.

»Das Kupferne Kleid ist mächtig an ihm«, fuhr Oteba leise fort. »Mächtiger, als ich es je an der alten Königin Hekteba gesehen habe. Es wurde dir wirklich in Liebe geschenkt, Junge.«

Nun konnte Didanwen nicht mehr stillhalten. »Es war auch an Hekteba mächtig. Aber seine Wirkung vergeht eben mit der Zeit. Früher hätte Hekteba ...«

»Unfug«, unterbrach Oteba sie ärgerlich. »Du bist nicht alt genug, um von Hektebas *Früher* zu reden. Ein bisschen Ehrfurcht oder Zuneigung, das konnte sie erwirken, aber nicht Todespanik und verzehrende Liebe. Wann gab es vor Walgreta eine Königin, die das Kupferne Kleid schon in ihrer Jugend verschenkte?«

»Immerhin schenkten meine Mütter das Kupferne Kleid ihren Töchtern und nicht irgendeinem Waldelf, nur weil er hübsche Augen hatte!«, schnappte Didanwen. Aber sie hatte sich gleich wieder im Griff und sah Fayanú mit einem halb entschuldigenden, halb flehenden Blick an, als müsste er einsehen, dass sie recht hatte.

Plötzlich meldete sich einer der fünf Streiter zu Wort: »Ich kannte einen Karelin. War dein Sohn ein Streiter von Horuns Bauch?«

Oteba musterte den Mann. »Viele Söhne heißen Karelin. Aber ja, mein Sohn war ein Streiter. Unter dem dritten Kommandanten Gerbanin.«

»Und sein Tod ist der Grund, weshalb du dein eigenes Volk, deine eigene Königin so verachtest«, stellte Didanwen fest.

Otebas Blick fixierte die Priesterin. »Nein. Sein Tod hat mir nur die Augen geöffnet. Dass ich euch Priesterinnen und Hochgeborene verachte, liegt ganz allein an euch.«

»Wie starb er?«, fragte Didanwen.

Etwas am Tonfall der jungen Priesterin vertrieb Otebas Angriffslust. Sie sackte in sich zusammen. »Er wurde hingerichtet. Angeblich wollte er seinen Kommandanten vergiften, um dessen Platz einzunehmen. Mit einem Gift, das ich ihm gebraut haben sollte.« Sie schmunzelte freudlos. »In Wahrheit hatte Karelin Neider. Er war ein fähiger Krieger und wurde von seinem Kommandanten geliebt. Zu sehr geliebt. Bei Männern zählt die Abstammung nicht so sehr wie bei Frauen. Jeder Mann könnte Hauptmann werden. Aber so ist es in Wahrheit nicht. Um Hauptmann zu werden, braucht man mächtige Verwandte, die einen beschützen, und die hatte mein Sohn nicht. Im Gegenteil, er hatte nur eine Mutter, die den Priesterinnen schon lange ein Dorn im Auge war … weil ich mich auf die Heilkunst verstehe und von geringer Herkunft bin. Als ein Hochgeborener Karelins Rang wollte, wurde mein Sohn beseitigt. Und ich gleich mit. Mein Karelin wurde hingerichtet, und ich wurde grausam bestraft. Danach habe ich Horuns Bauch verlassen. Und Rache geschworen.«

Didanwen holte langsam Luft. »Ich glaube dir, dass deinem Sohn und dir Unrecht widerfuhr. Aber durch Rache wird es nur größer. Denn es ist dein Volk, an dem du dich rächst. Dein Blut!«

»Ach, was.« Oteba zuckte die Schultern. »Ich habe mich

längst gerächt, indem ich Krieg zwischen Zwergen und Uriern gesät habe. Dass wir jetzt das Kupferne Kleid und die übrigen Iliaden Weisen Frauen schenken wollen, mache ich bloß aus Überzeugung.«

Didanwen öffnete sprachlos den Mund.

Otebas Lachen klang beinahe gutmütig.

89

DIE SONNE BRANNTE AUFS Lager von Rianons Stamm nieder. Während die Frauen die Hochzeitsfeier im Inneren der Zelte vorbereiteten, beglückwünschten die Männer sich unter aufgespannten Baldachinen zu ihrer Brautwahl und veranstalteten vergnügliche Wettkämpfe. Fürst Gadriamon bestand darauf, im Pferderennen gegen ihn anzutreten, und Rianon verlor, obwohl er seinen Hengst antrieb, als träfen die Hiebe Gadriamon. Der Fünfte Fürst lachte selbstgefällig über seinen Sieg, und Rianon lachte mit, während ihm das Herz vor Bitterkeit überlief. Er durfte sich nicht anmerken lassen, wie elend ihm zumute war.

Während die Männer des Fünften auch die Streiter von Mún Toleda auf Pferde zu locken versuchten und einige zur Belustigung aller nachgaben, hielt er immer wieder Ausschau nach Pasarime. Aber sie ließ sich nicht blicken. Natürlich nicht. Redike hatte gerade noch verhindert, dass sie schon wieder eine Tochter verlor. Dafür hatte er ihr etwas noch Grausameres angetan. Rianon zu ihrem Schwiegersohn zu machen – was hatte er sich dabei nur gedacht? Redike wusste, dass Rianon und Pasarime sich seit Jahren heimlich trafen. Noch nie hatte Rianon sich von seinem obersten General und besten Freund verraten gefühlt, und ihm war schlecht davon.

Unter dem Vorwand, die Schlachttiere für das Fest selbst auswählen zu wollen, verließ Rianon die Männer des Fünften und befahl Redike, ihn zu begleiten. Sie schritten zu den Tierherden, ohne dass Rianon einfiel, wie er Redike ansehen, geschweige denn ansprechen sollte. Unter den Rindern und Schafen suchte er Milchkälber und Lämmer aus und überwachte mit zusammengebissenen Zähnen, wie die Hirten die Tiere einfingen und hinter einen Verschlag trugen, fort von den blökenden Muttertieren, um sie zu schlachten. Die Gerüche der geöffneten Körper beunruhigten die Herden dennoch. Rianon schaute zu, wie ein Tier nach dem anderen getötet, gehäutet, ausgenommen und zerteilt wurde.

»Fürst Gadriamon wird sich fragen, wo du bleibst«, sagte Redike endlich.

Rianon sah Redike in die Augen. Vor Zorn brachte er kein Wort hervor. Er schubste Redike.

Verwundert stolperte sein General einen Schritt zurück, dann verfinsterte sich seine Miene.

»Willst du mir Befehle erteilen?«, blaffte Rianon. »Willst du Fürst sein, ist es das?«

»Nein.« Redikes Blick huschte zu den Schlächtern, die den Streit geflissentlich ignorierten.

»Was sollte das dann vorhin?« Rianon ging ihm nach, schubste ihn noch einmal. »Du hast mich vor versammelter Mannschaft verheiratet, als wärst du mein Vater!«

Redike wehrte seine Hand ab, als er ihn wieder schubsen wollte. Sie gerieten aneinander, Rianon stemmte sich mit aller Macht gegen den Freund, wollte ihn umwerfen, aber sie fielen beide ins Gras und rangen dort weiter. Rianon war klar, wie albern er sich verhielt. Er wollte Redike nicht einmal schlagen. Er wollte aber auch nicht loslassen. Erst als Redike auf dem Rücken lag und ergeben die Hände hob, um den Fausthieb zu empfangen, den auszuteilen Rianon nicht über sich brachte, stieß Rianon ihn weg und stand auf.

»Ich habe nur ausgesprochen, was ohnehin passieren muss«, sagte Redike schweratmend.

»Du weißt nicht, was passieren muss! Nur ich weiß, was passieren muss!«

Redike blieb auf dem Boden liegen, aber seine Augen funkelten vor Ärger. »Und was soll das sein? Eine Heirat zwischen dir und Noharions Witwe? Rianon … du hast dich nie von deinen Gefühlen leiten lassen. Darum bist du der beste aller Fürsten! Fang nicht jetzt damit an, wo wir so weit gekommen …«

»Maße dir nicht an, meine Gefühle zu kennen.«

Redike schien nur mit Mühe die Augen nicht zu verdrehen. Nun setzte er sich auf. »Die Männer spotten bereits über dich. Du hast die Königin des Kleinen Volkes zur Frau, aber du wagst es nicht, sie zu nehmen. Du hast die Frauen des Neunten Stammes erobert, aber du hast dir keine Gemahlin ausgesucht. Du nennst dich Fürst des Neunten Stammes, aber wo ist dein Neunter Stamm?«

Rianon wollte nach ihm treten, doch Redike sprang behände auf und wich zurück. »Der Tag, an dem du die Wahrheit nicht mehr erträgst, ist der Tag, an dem ich aufhöre, dir zu dienen.«

»Also trennen sich hier unsere Wege?« Rianon brachte kaum mehr als ein Flüstern zustande.

Redike seufzte. »Rianon, bitte, komm zur Vernunft. Die Tochter Noharions zu heiraten macht dich zum Neunten Fürsten. Aber seine Witwe … die macht dich zum Räuber.«

Rianon wünschte, er hätte widersprechen können. Aber Redike hatte recht. Und dennoch war es nicht an Redike gewesen, diese Entscheidung zu fällen. Rianon kochte vor Wut und Verzweiflung. Wenn er Pasarimes Tochter heiratete, war Pasarime nach urischem wie nach zwergischem Recht für immer unantastbar für ihn.

Wenn. Gab es vielleicht ein Zurück? Wenn er Kalimune doch noch Fürst Gadriamon überließ, würde er schwach wirken. Bestenfalls könnte er mit einer großzügigen Geste Kalimune einem seiner eigenen Männer geben … Rianon erstarrte.

»Hast du diese Heirat eingefädelt, damit ich Kalimune am Ende dir gebe?«

»Nein.« Redike winkte entschieden ab. »Du musst sie heiraten, als Noharions Nachfolger.«

Rianon atmete durch. Fühlte sich mit einem Mal schäbig, Redike zu unterstellen, er wolle ihm den Rang streitig machen. Redike war ein Mann der zweiten Reihe, das wusste er selbst ebenso gut wie Rianon. Er hatte ihm die Heirat wohl wirklich mit den besten Absichten eingebrockt.

»Triff nie wieder eine Entscheidung für mich.«

Rianon ging zurück zum Gelage. Wenig später kam auch Redike wieder, aber er hielt sich im Hintergrund, ganz Leibwächter von Walgreta, die vermutlich nur aus Sturköpfigkeit als einzige Frau bei den Männern saß und missmutig ihren Gesprächen lauschte.

Die Becher wurden oft gehoben. Man trank auf die Götter, die Pferde, die Stämme, ihre Oberhäupter und die edlen Frauen. Sie waren betrunken, noch ehe die Sonne zu sinken begann. Nachlässig wurde über die anderen Stämme getratscht, von Kämpfen und Siegen berichtet und die Freundschaft mit Schmeicheleien und Versprechungen bekräftigt. Die älteren Männer lagen im Schatten und schauten zu, wie die jüngeren mit Holzwaffen gegeneinander fochten, Speere warfen und sich im Ringkampf übten. Die Sieger der verschiedenen Disziplinen gewannen die schönsten Sklavinnen der Oberhäupter für die Nacht. Als die Sklavinnen gerufen wurden, damit sie bewundert werden konnten, stand Walgreta auf und ging, ohne sich zu verabschieden.

90

DIE SONNE ZERSCHMOLZ AM Horizont, und noch immer war es drückend heiß. Die Luft stand dick vor Gerüchen im Lager, so dass Walgreta die Planen ihres Zeltes ohne Bedauern herabließ. Sie trank Wasser wie ein Pferd und benetzte ihre Hand- und Fußgelenke, um sich zu kühlen. Der Kräuterbrand, den sie mit den Männern geteilt hatte, pochte ihr in den Adern. Ungeschickt griff sie nach dem Blickenden Becher und füllte ihn. Sollten die Urier doch mit ihren Frauen anstellen, was sie wollten! Walgreta hatte genug davon, sich zu ärgern.

Stattdessen beschloss sie, sich auf ihre Ziele zu konzentrieren. Sie musste die Flüsternde Flöte finden. Vor Didanwen. Und dann … dann wäre sie in der Lage, wirklich etwas zu ändern.

Klarer konnte sie ihre Gedanken im Augenblick nicht fassen. Aber sehen konnte sie.

»Zeig mir Didanwens Vergangenheit«, sagte sie zu dem Becher.

Didanwen und ihre treuen Streiter fahren auf Booten durch Auenwälder, dunkel und unbewohnt. Die sanften Berge, die hier und da hinter den Bäumen aufschimmern, gehören zum Tiefland. Das Wasser trägt sie nicht besonders schnell. Dabei herrscht in Didanwen eine große Ungeduld. Sie fürchtet, zu spät zu kommen oder aufgehalten zu werden. Sie misstraut ihren Mitreisenden. Denn da sind noch andere in den Booten als nur ihre Streiter. Alle tragen sie sichtbar Stricke um Hals und Handgelenke. Sie reisen zusammen, aber sie überwachen einander ständig verstohlen. Eine Zwergin ist da, deren derbe Sprüche Didanwen verabscheut. Und ein Urier, der sie durch das Labyrinth der Flussadern führt und weiß, welche Wege sie nehmen müssen, um keinen urischen Stämmen zu begegnen. Eine Elfe vom Küstenvolk. Und die Waldelfe, die sich als Mann verkleidet. Die Waldelfe, die Walgreta dazu verführt hat, ihr das Kupferne Kleid zu schenken.

Fayanús leise, melodische Stimme bringt mit ihrer Sanftheit Didanwens Argwohn ins Wanken. Didanwen vermeidet es nach Möglichkeit, die Elfe anzusehen, aber ihre Gedanken kreisen um sie, um das Kupferne Kleid und um das, was sie ihr prophezeit hat.

Didanwen fühlt, wie sie den Worten der Waldelfe, ihrer eindrücklichen Forderung nach Gewaltlosigkeit glauben möchte, obwohl sie es möglicherweise besser wissen müsste. Denn die Waldelfe ist eine Betrügerin. Alles an ihr ist darauf angelegt zu täuschen. Noch dazu trägt sie das Kupferne Kleid, dessen Blendkraft man gar nicht überschätzen kann.

Didanwen beschwört sich im Stillen wieder und wieder, auf nichts zu hören, was sie sagt … Schon die Prophezeiung, dass Didanwen ihr die Flüsternde Flöte schenken werde, kann eine wohlüberlegte, früh gesäte Anweisung gewesen sein, der Didanwen in ihrer Verzweiflung gefolgt ist …

Was will die Waldelfe wirklich mit den Iliaden? Handelt sie auf Geheiß ihres Volkes? Was wird geschehen, wenn sie die Flüsternde Flöte erhält; wird sie das Kupferne Kleid je wieder hergeben?

Didanwen fürchtet, auf die Waldelfe hereinzufallen, so wie ihre Base Walgreta auf sie hereingefallen ist, und sie betet zu ihren Müttern, dass sie standhaft bleiben wird, um am Ende das Kupferne Kleid für ihr Volk wiederzuerringen.

Walgreta tauchte aus den Visionen auf, um sich Didanwens inbrünstige Gebete nicht anhören zu müssen. Sie goss das Wasser aus dem Blickenden Becher, wischte ihn aus, schob ihn in ihre Tasche zurück und rief ihre beiden Dienerinnen aus Mún Toleda, damit sie ihr das Haartuch festlich banden. Während sie sich frisieren ließ, dachte sie an nichts und nahm nichts wahr, bis die Dienerinnen sie besorgt fragten, ob es ihr gutging. Erst da merkte sie, dass ihr Tränen über die Wangen liefen.

Fayanú lebte! Aber was hatte Didanwen bei ihm zu suchen? Warum suchte er die Iliaden mit Didanwen … und nicht mit ihr?

91

WALGRETA DURFTE SICH KEINE Schwäche erlauben. Sie musste den urischen Frauen einen Besuch abstatten, die in den Zelten der Bräute feierten, während die Männer sich unter freiem Himmel mit Kräuterbrand, mit Musik und Spielen und Sklavinnen vergnügten. Zu ihrer Bestürzung weinten die Bräute. Während ihre Mütter, Schwestern und näheren Verwandten sie festlich kleideten, duftende Hölzer in Schalen entzündeten, die Zelte mit Blumengirlanden schmückten und mit Fellen und Teppichen auslegten, schienen die Bräute vollauf damit beschäftigt, sich so viele Tränen wie möglich aus den Augen zu drücken. Wenn sie nicht mehr konnten, verfielen sie in einen wehmütigen, heulenden Singsang, in den manchmal die Mütter und Schwestern einstimmten.

Walgreta dämmerte, dass es aufgesetzte Trauer war. Sie *mussten* weinen, weil die Tradition es verlangte. Das war in gewisser Weise noch bestürzender. Offenbar galt es als schicklich für eine Urierin, ihre Hochzeit für ein Kümmernis zu halten.

Doch Pasarime, die ihre Tochter Kalimune in ihrem Zelt für die Hochzeit mit Rianon vorbereitete, brauchte ihren Kummer wahrscheinlich nicht zu spielen. Walgreta beobachtete die Urierin, die ihrerseits kein einziges Mal den Blick hob, um Walgreta in die Augen zu sehen. Es musste schrecklich für Pasarime sein, ihre Tochter an ihren Geliebten zu verlieren. Hatte Redike gewusst, was er ihr antat? Oder hatte Rianon es selbst eingefädelt, weil er sich ihrer entledigen wollte?

Etwa meinetwegen?, dachte Walgreta, ehe sie sich rasch korrigierte: *wegen des Liebeszaubers?*

Sie fühlte, wie ihr das Blut in die Wangen schoss. Rianon empfand womöglich eine falsche Hingezogenheit zu ihr, so wie sie zu ihm. Nur dass er keine Ahnung hatte, warum, und dieses Gefühl für sein eigenes hielt …

Walgreta biss sich auf die Lippe. Konnte man überhaupt ein Gefühl haben, das nicht zum eigenen wurde? Ganz gleich, ob es seinen Ursprung in Zauberei oder einem Betrug hatte, es würde immer echt sein. Ihre Liebe zu Fayanú war echt gewesen, auch wenn … auch wenn er wohl nie der gewesen war, für den sie ihn gehalten hatte.

Walgreta glaubte, weinen zu müssen, aber es passierte nicht. Der Schmerz bohrte sich tiefer, tiefer in sie hinein und drang nicht an die Oberfläche. Sie saß bei den Frauen, wechselte ein paar Worte, betrachtete, ohne innerlich vorhanden zu sein, wie Zelt und Braut hergerichtet wurden. Die Zeit floss an ihr vorüber wie an einem Stein im Flussbett.

Kalimune wurden rohe, dünngeschnittene Scheiben Rinderleber und der Rahm von Kuhmilch zu essen gegeben, während die anderen Frauen bis zum Sonnenuntergang fasteten. Dann folgten gebratene Lämmer und Kälber, Käse, Milchkuchen und Blutpudding für alle außer der jungen Braut. Kalimune sah nicht so aus, als wäre sie noch hungrig. Sie hatte schon von der Rinderleber und dem Rahm kaum etwas hinunterbekommen. Sie wusste wahrscheinlich nicht, dass sie mit dem Geliebten ihrer Mutter vermählt wurde. Walgretas Blick glitt über ihren schmächtigen Leib, über die Brustspitzen, die sich kaum durch die hauchzarten Wollgewänder abzeichneten. Vielleicht würde Rianon das Lager nicht mit Kalimune teilen, so wie er Walgreta in Ruhe ließ. Aber durfte ein Fürst sich erlauben, keine Erben zu zeugen? Früher oder später musste Kalimune ihm einen Sohn gebären, denn Walgreta würde es gewiss nicht tun! Sie hatte nicht vor, bei den Uriern zu bleiben, wenn Rianon erst einmal die Flüsternde Flöte einer Wyka geschenkt hatte.

Aber was, wenn Didanwen und Fayanú die Flüsternde Flöte vor ihnen fanden …

Didanwen und Fayanú. Es tat so weh, als würde etwas in ihr totgeschlagen. Fayanú lebte. Er war die ganze Zeit unversehrt gewesen und absichtlich nicht zu ihrem Treffpunkt gekommen. Stattdessen hatte er sich mit Didanwen zusammengetan. Warum?

Weil ich ihm die Flüsternde Flöte nie geschenkt hätte, dachte sie. *Ich will sie einer Weisen Frau geben.*

Didanwen hingegen hatte er prophezeit, dass sie ihm die Flüsternde Flöte schenken werde. Das hatte wohl die Sternenscheibe den Elfen vom Wald gezeigt. Fayanú musste nur in Didanwens Nähe bleiben und abwarten, dass sich sein Schicksal erfüllte.

Konnte das wahr sein?

Nein. Nein. Nein! Die Tage und Nächte, die sie miteinander verbracht, die Geheimnisse, die sie sich anvertraut, die albernen Witze, die sie geteilt hatten, seine Zärtlichkeiten, sein Lächeln … Sie hatte sich doch nicht bloß eingebildet, dass er die Antwort war, die sie immer ersehnt hatte. Ihr anderes Ich. Ein Mann, der auch eine Frau war, quälend schön und gut und so einsam, dass sie sein Ein und Alles werden konnte …

Aber ihr Verstand konnte nicht aufhören, die Fakten aneinanderzureihen und Schlüsse zu ziehen. Fayanú war von den Waldelfen dazu bestimmt worden, die Flüsternde Flöte und den Blickenden Becher nach Ilian zu bringen. Er war in Horuns Bauch erschienen, kurz bevor Hekteba abgedankt und das Kupferne Kleid einer Nachfolgerin überreicht hatte. Er hatte sich zuerst Didanwen angenähert, als sie noch als sichere Nachfolgerin galt – und dann Walgreta, bevor sie tatsächlich Königin wurde. Und nun suchte er die Flüsternde Flöte mit Didanwen, der er selbst geweissagt hatte, dass sie ihm das magische Artefakt geben werde.

Nur eins fügte sich nicht in das grausame Bild: Fayanú hatte ihr den Blickenden Becher geschenkt. Und das, nachdem sie ihm bereits das Kupferne Kleid gegeben hatte. Warum hätte er das tun sollen, wenn er wirklich nur die Iliaden sammeln wollte?

Walgreta erinnerte sich an das, was er über das Kupferne Kleid gesagt hatte: dass es für die Elfen wertlos sei. Dass sie keinerlei Interesse daran hätten. Vielleicht stimmte es, dass die Elfen nicht alle vier Iliaden wollten, sondern nur drei. Aber die wertlose vierte war vielleicht nicht das Kupferne Kleid, sondern der Blickende Becher. Der Blickende Becher, der zwar Einsicht in die Vergangenheit schenkte, aber keine handfeste Macht – das hatte Walgreta in ihrer Gefangenschaft beim Sechsten Stamm am eigenen Leibe erfahren.

Und letztlich: Warum zeigte der Blickende Becher ihr zwar die Vergangenheit aller Leute, die sie kannte, aber nie Fayanús Vergangenheit – wenn nicht, weil sie ihn gar nicht wirklich *kannte*? Weil er in Wahrheit ein Unbekannter für sie war …

Für einen Moment war sie sicher, in Ohnmacht zu fallen. Doch sie verlor nur ein wenig das Gleichgewicht und sackte gegen ihre Sitznachbarin. Die Urierinnen richteten sie wieder auf.

»Nichts. Alles gut«, murmelte sie. »Ich …«

Ihr fiel keine Ausrede ein. Ihr fielen überhaupt keine Worte mehr ein. Zitternd stand Walgreta auf und verließ das Zelt.

Im Vorbeigehen merkte sie, dass Pasarime zum ersten Mal überhaupt den Blick auf sie richtete, und aus ihren hellen, länglichen Augen sprach bodenloser Hass.

An Schlaf war in dieser Nacht nicht zu denken. Es war noch immer heiß, und Musik, gellende Stimmen und der penetrante Geruch von gebratenem Fleisch erfüllten das Lager. Walgreta saß reglos auf ihren Fellen, ging wieder und wieder ihre Erinnerungen durch, ohne den Mut aufzubringen, ihre Vergangenheit mit Fayanú im Blickenden Becher zu prüfen. Im Grunde ihres Herzens wusste sie es. Dass sie *getäuscht* worden war. Aber sie konnte es nicht akzeptieren, sie konnte nicht …

Es musste eine Erklärung geben, eine andere Auslegung der erdrückenden Tatsachen! Ganwalen hatte Fayanú Gewalt angetan, nachdem dieser Horuns Bauch verlassen hatte. Also war es möglich, dass Fayanú deshalb nicht zum Treffpunkt gekommen war.

Doch woher hatte Ganwalen eigentlich gewusst, wo er Fayanú auflauern konnte? Hatte er eine Botschaft von Fayanú an Didanwen abgefangen, in der Fayanú sie bat, mit ihm auf die Suche nach der Flüsternden Flöte aufzubrechen?

Walgreta krümmte sich zusammen, bekam keine Luft. Sie stand auf und taumelte aus dem Zelt – geradewegs in die Arme von Redike, der Wache hielt.

»Was fehlt dir, Königin?«

Sie stieß ihn weg und ging ein paar Schritte durch die Dunkelheit. Hinter sich hörte sie, wie er ihr folgte. Wohin sollte sie gehen? Sie irrte an Fackeln und Zelten und Lagerfeuern und feiernden Menschen vorbei und wusste nicht, wo sie bleiben konnte. Schweiß trat ihr auf die Stirn. Es war so heiß. So beengend. So ausweglos.

Sie stolperte zwischen schlafenden Schafen hindurch, ging weiter, weiter in die Nacht, bis kühle Gräser ihre Fingerspitzen streiften. Irgendwo gluckerte ein Bach. Und noch immer begleitete sie das Klirren der Metallbeschläge an Redikes Harnisch und Gürtel. Sie stellte sich vor, wie riesig das Land ringsum war, Steppe von einem Horizont bis zum anderen. Doch es half nicht. Sie fühlte, wie die Welt um sie herum schrumpfte, sie erdrückte. Die Sterne rasten wie Lanzenspitzen auf sie herab.

»Walgreta.«

Sie drehte sich um. Redike hatte sie noch nie beim Namen genannt. Weil die Lichter des Lagers nur seine Schultern umrissen, mochte sie sich irren, doch ein flehender Ausdruck schien auf seinem Gesicht zu liegen.

»Es war nicht meine Absicht, dich zu verärgern.«

Sie wusste nicht, was er meinte. Konnte sie einfache Sätze nicht mehr begreifen, oder war er betrunken und redete Unsinn?

»Du bist eine Zauberin. Du weißt, was in anderen vorgeht.« Er schluckte hörbar. »Du musst gesehen haben, dass Pasarime eine Gefahr für dich ist. Sie hat Rianon schon alle möglichen Flöhe ins Ohr gesetzt. Sie hätte über kurz oder lang versucht, dich loszuwerden. Und sie hätte Rianon geschadet! Aber jetzt steht etwas zwischen ihnen, für immer.«

Walgreta verstand nicht, was er wollte. Aber sie ahnte es, als er einen Schritt auf sie zu machte. Erschrocken wich sie zurück, stolperte über eine Vertiefung im Gras, und Redike fasste sie an den Armen. Sie machte sich los, und er hob die Hände, wie um zu zeigen, dass sie nichts von ihm zu befürchten hatte.

»Ich sehe, dass du unzufrieden bist. Ich wollte dein Bestes, aber offenbar habe ich falsch gehandelt. Es tut mir leid. Sag mir, was ich tun kann. Alles. Ich würde alles … Das weißt du. Ich … bei den Göttern, du weißt es!«

Seine Worte hallten wie Donner in ihr wider.

Ja, jetzt wusste sie es. Als Redike sie vom Treffpunkt mit Fayanú verschleppt und ihr gewaltsam die Reithose übergestreift hatte, musste ihre Nacktheit auf ihn gewirkt haben.

Voll Abscheu rannte sie davon, in die einzige Richtung, in die er ihr nicht nachlaufen würde: zurück zum Lager.

Es war beinahe unerträglich, wieder in ihr Zelt zurückzukehren, aber wohin sollte Walgreta sonst? Bei den Feuern gafften sie die Urier an, und in den Schatten der Zelte umringten betrunkene Männer die Sklavinnen, die die Oberhäupter ihnen für die Nacht überlassen hatten. Zu den Streitern wollte Walgreta erst recht nicht, falls die nicht längst zwischen den Uriern mitfeierten. Sie schämte sich vor ihren Leuten, dass sie das Kupferne Kleid einer Betrügerin gegeben hatte. All ihre großmütigen Beweggründe waren ja erst später dazugekommen. Als sie die Iliade ihres Volkes verschenkt hatte, war es im Grunde nicht aus Liebe geschehen, sondern aus *Angst*, Fayanú zu verlieren. Ihre Selbsttäuschung war noch größer gewesen als Fayanús Lüge. Sie war eine Verräterin. Ganwalen hatte recht!

Still stand sie da und trank kleine Schlucke Wasser aus einem Kelch, während eine monströse Einsicht nach der anderen durch sie dahinzog wie ein Gewitter. Irgendwann hörte sie ein Geräusch und merkte, dass ihre Beine schwer geworden waren, und ihr Nacken schmerzte. Sie blickte auf.

Rianon trat ins Zelt. In seinen Augen glänzte der Rausch. Er sagte nichts. Eine Weile sahen sie sich nur an. Walgreta wollte gar nicht wissen, was er in seiner Hochzeitsnacht mit Kalimune bei ihr suchte.

»Du hast den Fünften Fürsten kommen sehen«, murmelte er schließlich. »Du weißt lauter Dinge, die keiner ahnen kann. Zeig mir, wie dein Wykenzauber funktioniert.«

»Du willst, dass ich dir von Zauberei erzähle? In Ordnung.« Sie schmunzelte freudlos. »Zauberei ist, was dich herführt. Du Narr. Du hast mich nackt gesehen, in Mún Toleda, als ich mich in unserem Gemach aus der Wanne erhoben habe. Seitdem bist du verzaubert.«

An seinem Ausdruck las sie ab, dass es stimmte. Was sie empfand, empfand auch er. Deshalb geriet er nun in Rage.

»Du hast mich verzaubert?«

»Nicht ich, die Priesterinnen von Horuns Bauch.« Sie stellte den Wasserkelch ab, plötzlich zu Tode erschöpft. »Geh jetzt.«

»Du …«

Als er auf sie zukam, glaubte sie, er würde sie wieder schlagen. Sie ballte die Fäuste, entschlossen, keine Schulden bei ihm zu machen. Doch er trat nur vor sie, dicht genug, dass sie seinen Atem spürte. Wut versteinerte sein Gesicht, Wut nicht nur ihretwegen, sondern wegen einer weit tieferen Verletzung. Auch seine Hoffnung war an diesem Tag zunichte gemacht worden. Auch er hatte heute begriffen, dass seine große Liebe keine Zukunft hatte. So wie sie.

Zwei Fremde, die für eine Weile denselben Weg nehmen.

Der Gedanke an Fayanú, wie sie zum ersten Mal nebeneinander durch den Wald gegangen waren, schlug wie ein Blitz in sie ein, blendete sie und brach sie entzwei.

Rianon nahm ihr Gesicht und küsste sie. Sein Mund brennend. Schmelzend.

Es sind nicht unsere Gefühle. Aber wir fühlen sie dennoch.

Mit der Zunge öffnete er ihre Lippen. Sie wich zurück und ohrfeigte ihn, dass es schallte. Im nächsten Moment stieß er sie zu Boden und schob ihr Kleid hoch. Sie wusste nicht, wie ihr geschah. Sie kämpfte gegen ihn an und merkte wie eine Unbeteiligte, dass sie gar nicht freizukommen versuchte, sondern sich mühte, ihn zu sich herabzuzerren, um ihn mit einem zweiten Kuss zu besiegen.

Wenn es nicht ihre Gefühle waren, dann war es auch nicht ihr Körper, der dem Rhythmus der Trommeln, dem chaotischen Stimmenchor der Feiernden, den zauberischen Schatten gehorchte, die über ihre Haut und ihren sinnlos haspelnden Verstand tanzten. Sie hörte Rianon knurren, als ihre Fingernägel über seinen Nacken kratzten. Er drückte eine Hand auf ihre Brust und schob ihre Beine auseinander. Je abstoßender sie seine Schwere, seine Grobheit, seinen Geruch fand, umso süßer und betäubender wurde der Zauber. Als er in sie eindrang, fand sie endlich seinen Mund mit ihrem und begrub ihren Aufschrei darin und sich selbst bei lebendigem Leibe gleich mit, stürzend, verglimmend in einem Sternenschweif ihres splitternden Herzens.

92

DIE TAGE UND NÄCHTE flossen dahin, und Faridas lotste die Gefährten durch weitläufige Auenwälder, wobei er immer die schmalsten, am dichtesten überwucherten Flussarme nahm. Oftmals benutzten sie die Paddel nicht, sondern zogen sich an herabhängenden Weidenzweigen und Farnen voran. Mehr als ein Mond verstrich, und sie begegneten niemandem. Faridas sagte, dass keine urischen Stämme ihre Herden je in diese Wälder führten, und Fayanú glaubte ihm. Außer den heulenden Wölfen und den Spinnen, deren Netze morgens von Tau funkelten, machte sich kein Lebewesen bemerkbar. Sogar die Fische, die zu dieser Jahreszeit laichten, waren schwarz- und graugemustert und kaum im Flussbett auszumachen.

Dann wurde die Strömung stärker und das Land felsiger, bedeckt von Schwarzpinien mit dürren Stämmen und buschigen Kronen. Sie mussten die Boote auseinanderbauen und umständlich entlang der Ufer tragen, denn nun stürzten die Fluten über kleinere Klippen und wurden zu unerwarteten Wasserfällen. Aber zum Glück waren die Längsteile der Boote nicht schwer, denn sie bestanden aus zwei Schichten Binsengeflecht, versiegelt mit Birkenpech, zwischen denen ein Luftpolster entstand.

Obwohl nun Sommer war, lungerte Nebel in den Tälern. Alles wirkte so schlafvergessen … Gerade in dieser Einsamkeit fühlte sich Fayanú mehr denn je mit Walgreta verbunden. Wenn er den Kopf zurücklegte und die düster zerzausten Pinien sich zu ihm hinabzubeugen schienen, wähnte er sich in der Finsternis des Blickenden Bechers. Sicher beobachtete Walgreta jeden seiner Schritte. Sie war die ganze Zeit bei ihm. Und im Himmel tauchte flüchtig und ungreifbar ihr Gesicht auf. Aber so oft und so sehr er auch versuchte, sie vor seinem geistigen Auge entstehen zu lassen – sie blieb eine Ahnung in den wehenden Schleiern seiner Sehnsucht.

Hätte er den Blickenden Becher gehabt, hätte er in seinen schlaflosen Nächten in der Vergangenheit geschwelgt, und es kam ihm wie eine grausame Ironie des Schicksals vor, dass er den Becher ausgerechnet jetzt nicht mehr besaß, da er endlich auf etwas in seinem Leben zurückblicken wollte.

Doch dem Trost folgten beklemmende Zweifel. Denn wenn sie ihn sah und wusste, wo er sich befand, warum kam sie dann nicht zu ihm? Der Sechste Fürst der Urier musste sie gefangen halten. Anders war das nicht zu erklären. Oder zumindest nicht so, dass Fayanú es hätte glauben mögen.

Jeden Abend übte er sich darin, das Kupferne Kleid erstrahlen zu lassen. Es gelang ihm immer besser. Wenn er sich daran erinnerte, dass alles zwei Seiten hatte, die Iliaden ebenso wie seine Empfindungen, und alles auf zwei Weisen wirken konnte, dann fühlte er sich seinen Ängsten nicht mehr so ausgeliefert – auch denen nicht, die ihm sein … Zustand bescherte.

Glücklicherweise schienen Mauskin und seine Freunde ebenso wie die Zwerge davon nichts zu bemerken. Das Kupferne Kleid blendete die anderen offenbar selbst dann, wenn Fayanú es nicht bewusst steuerte. Nur so konnte er sich erklären, warum niemand ein Wort darüber verlor, was sich unter seiner Kleidung abzuzeichnen begann.

Oder war es wirklich so unauffällig? Man sah ja nicht viel davon, denn sein Wams war weitgeschnitten, ebenso wie sein Umhang. Es war nur *spürbar*. Bewegungen, die nicht seine waren.

Doch darüber wollte Fayanú nicht nachdenken. Niemals. Er durfte es sich nicht erlauben. Wenn ihn Sorge, Abscheu oder eine befremdliche Friedlichkeit überkam, zogen diese Regungen namenlos wie Rauch durch sein Inneres.

Vielleicht lag auch das am Kupfernen Kleid – dass es ihm so leichtfiel, sich selbst zu blenden.

Dann lichteten sich die Wälder. Aus den kargen, nicht besonders hohen Bergen strömten die Flüsse, um sich zu einem einzigen, mächtigen Fluss zu vereinen. Dieser schlängelte sich zwischen vereinzelten Baumgruppen hindurch in eine Tiefebene, die nur aus Wiesen und Felsen bestand. Am Horizont waberte eine Steppenlandschaft, in der die Gräser bereits zu Gold gebrannt waren.

»Wir halten uns in der Nähe der Gebirge, da ist es kühler als unten«, sagte Faridas. »Zwar ist die Gefahr hier größer, dem Dritten oder Fünften Stamm zu begegnen, denn hier ist ihr Gebiet. Aber in der Steppe könnten wir Räubern über den Weg laufen, und außerdem ist die Hitze nicht auszuhalten, zumal wir die Boote schleppen.«

»Müssen wir sie denn schleppen?«, fragte Mauskin.

»Wir brauchen sie, um durch die Schlucht der Tränen ins Land der Geister zu gelangen. Und dort brauchen wir sie erst recht«, sagte Didanwen.

»Als wäre sie schon mal dort gewesen«, bemerkte Oteba schnaubend.

Die junge Priesterin überging den Spott und nickte höflich. »Über das Land der Geister gibt es einige Geschichten, die ich …«

»Und auf dem Fluss zu fahren wäre zu riskant?«, unterbrach Mauskin, der an Zwergengeschichten wenig Interesse hatte.

»Dann treffen wir früher oder später garantiert auf den Vierten oder Achten Stamm, ehemalige Verbündete des Neunten«, sagte Faridas.

Also schulterten sie die Teile der Boote und machten sich auf den Weg. Der Wind fegte über das Land, und sie wanderten in den Schatten der Felserhebungen zu ihrer Rechten, so dass die Hitze erträglich blieb. Sobald die Sonne in ihrem Rücken sank, wurde es allerdings überraschend kalt, als würde der steinige Boden alle Wärme des Tages wie ein Verdurstender auftrinken. Sie rollten sich die Ärmel wieder herunter und warfen ihre Umhänge über.

Im Schimmer des letzten violetten Himmelslichts machten Faridas, Fayanú und zwei Streiter sich auf den Weg zum Fluss, um Wasser zu holen und Otebas Fischreusen auszulegen. Es war nicht weit, zumindest nicht auf dem Hinweg. Zurück brauchten sie fast doppelt so lang, weil es bergauf ging, dunkler war als zuvor und jeder von ihnen mehrere Schläuche Wasser schleppte.

Oteba, Didanwen und die übrigen drei Streiter hatten im Schutz von Geröllbrocken ein kleines Feuer entfacht, während Rehfang, Eliody und Mauskin auf Hasenjagd gegangen waren. Oteba und Didanwen kneteten Brötchen aus dem Kastanienmehl, von dem Didanwen zwei kleine Säcke mitgebracht hatte, und schienen sich in der genauen Machart so einig, dass man sie beinahe für Freundinnen hätte halten können.

Rehfang, Eliody und Mauskin kehrten mit leeren Händen zurück. Die beiden Brüder gaben sich gegenseitig die Schuld, was beinahe schon eine liebevolle Tradition zu sein schien. Eliody ließ sie verblüfft verstummen, als sie erklärte, am nächsten Abend allein ihr Glück versuchen zu wollen, damit die beiden mit ihrem Getrampel und Gekeife nicht alle Jagdbeute verscheuchten. Kurz darauf gingen die Beschuldigungen zwischen Rehfang und Mauskin weiter, erreichten einen Höhepunkt und endeten in beleidigtem Schweigen. Sie aßen mit Salz gewürzte Kastanienbrötchen und tranken heißes Wasser gegen die Kälte. Als sie zum Schlafen zusammenrückten, waren alle Feindseligkeiten vergessen.

Am nächsten Tag stießen sie auf Spuren im Gras, die Faridas beunruhigten. Es waren die Abdrücke von Tierhufen und Wagenrädern und der Dung verschiedenen Viehs. Die zertrampelte Erde zog sich wie eine Narbe durch das Land – gemacht nicht von Hunderten, sondern Tausenden Schritten. Ein Stamm war hier vorbeigekommen. Und es konnte nicht lange her sein.

»Sie müssen weiter hoch in die Berge gezogen sein«, stellte Faridas fest und folgte der Spur mit einem Blick aus zusammengekniffenen Augen. »Das heißt, wir gehen weiter hinunter.«

Sie verließen den Schatten der Berge. Ausgeblichene Gräser strichen bald um ihre Knie, Heuschrecken sprangen vor ihnen her. Sie trugen die Bootsteile über den Köpfen, um sich vor der Sonne zu schützen, doch es wurde so heiß, dass Fayanú glaubte, darunter zu schmelzen. Wieso schluckte die Erde nur nachts die Wärme, wenn es doch tagsüber viel zu viel davon gab?

Gegen Abend beschlossen sie trotz Faridas' Warnungen, nicht weiterzuwandern, sondern mit den Booten zu fahren.

»Wozu haben wir schließlich die verdammten Teile?«, grollte Mauskin.

Faridas gab sich geschlagen, und sie setzten ihre Reise auf dem Fluss fort. Sie tränkten ihre Umhänge in Wasser und bedeckten sich damit bei der größten Hitze zur Kühlung, während die Strömung sie rasch vorantrieb. Oteba fing genug Fische, dass sie abends satt einschliefen und Didanwens Kastanienmehl sparen konnten.

Eines Morgens, als Fayanú noch vor den anderen erwachte, wanderte er am Ufer entlang bis zu einer kleinen Sandbank. Im Schutz der Federgräser streifte er die Kleider ab, um sich zu waschen. Wie angenehm das eisige Wasser war! Er tauchte unter, ließ sich vollständig davon umschließen und streckte die Hände nach der Strömung aus, die hier nur schwach an ihm zog.

Als er wieder auftauchte, sah er eine Gestalt, die sich vom dämmernden Osthimmel abzeichnete. Didanwen.

Das Kupferne Kleid lag am Ufer, genau zwischen ihr und ihm. Sie schien dasselbe zu denken. Doch gestohlen würde die Iliade ihres Volkes ihr nichts bringen – sie müsste schon damit fliehen und hoffen, dass ihre Streiter mit Mauskins Bande fertigwurden.

Was Didanwen dann machte, hätte Fayanú nie erwartet. Sie ließ den Umhang von ihren Schultern gleiten, löste den Gürtel, der das Mantelkleid hielt, und stieg aus dem langen Unterhemd. Das blasse Licht der noch ungeborenen Sonne ließ ihre Nacktheit erahnen, und Fayanú erschrak. Ihr Bauch wölbte sich merklich. Sie trug ein Kind im Leib! Fayanú kannte sich nicht gut aus, aber er vermutete, dass sie mindestens die Hälfte der Schwangerschaft bereits hinter sich hatte.

Vorsichtig balancierte sie über die Ufersteine, scheute vor der Kälte des Wassers zurück und kauerte sich hin, um nur eine kleine Handwäsche vorzunehmen.

»Wie lange dauert es bei dir noch?«, fragte sie leise.

Instinktiv kreuzte Fayanú die Arme vor dem Körper. Normalerweise vermied er es, sich selbst zu berühren. Nun fühlte er seine eigene Aufgedunsenheit und ekelte sich.

»Ich hatte gehofft, mein Kind würde erst geboren, wenn ich wieder zu Hause bin«, fuhr sie fort. »Aber Faridas sagt, wir werden die Schlucht der Tränen nicht vor Beginn des Herbstes erreichen. Ich habe schon viele Geburten miterlebt. Es können jede Menge Dinge schiefgehen. Gerade beim ersten Mal, wenn man noch jung ist. Ich glaube, Oteba kennt sich aus. Die Frage ist nur, ob sie mir beistehen wird.« Didanwen lächelte traurig. »Bist du bewandert in diesen Dingen?«

Fayanú schüttelte den Kopf. Er hatte das ganze Thema stets gemieden.

»Schade.« Sie seufzte. »Aber ich werde dir helfen können. Mach dir keine Sorgen.«

Sie stand auf, um sich wieder anzukleiden. Trotz der Fülle ihres Leibes war sie schön – Fayanú kam nicht umhin, das festzustellen, und die Tatsache, dass sie sich so leichtfertig zeigte, beschleunigte seinen Puls. Ihr Haar fiel wie bei Walgreta bis zur Hüfte, aber es war nicht so kohlrabenschwarz, sondern braun, mit ausgeblichenen Strähnen entlang der Stirn. Auch ihre Haut war genauso weiß wie Walgretas, jedoch hier und da mit winzigen Muttermalen gesprenkelt wie ein umgekehrter Sternenhimmel.

Er schaute zu, wie sie sich zwei Strähnen vor den Ohren zu Zöpfen flocht und den Rest mit ihrem Haartuch umwickelte. Ihre Bewegungen erinnerten ihn schmerzlich an Walgreta, und er dachte an die Prophezeiung, die wie ein Fluch über seinem

Leben hing. Dass er damals in seiner bitteren Wut Didanwen von der Flüsternden Flöte erzählt hatte und nun tatsächlich mit ihr dorthin unterwegs war, bereitete ihm schlaflose Nächte. Was, wenn sie doch die hochgeborene Zwergin war, die ihm die Flüsternde Flöte schenken würde? Wenn sie es war und nicht Walgreta …

Er brach den Gedanken ab und schalt sich einen Narren. Er würde sich die Flüsternde Flöte nicht schenken lassen. Egal von wem. Allein schon, damit die Prophezeiung sich nicht erfüllte.

»Sag mir nur eins«, bat Didanwen, als sie schon zurückkehren wollte. Sie presste die Lippen zusammen. »Ist es derselbe Vater?«

Fayanú spürte, wie er erstarrte. Hatte Ganwalen sich damit etwa gebrüstet? Oder hatte Didanwen es nur befürchtet? So oder so verdiente sie eine Antwort. Er holte zitternd Luft. »Ja.«

Didanwen nickte tapfer. »Du kannst jetzt aus dem Wasser steigen, ich drehe mich nicht um«, murmelte sie und ging.

Er blieb in den Fluten, bis seine Glieder vor Kälte taub waren. Am Horizont stieg unaufhaltsam die Glut des Tages.

93

WALGRETA ERWACHTE MIT DEM Gefühl, einen Hang voller Träume hinabzurollen. Bilder blieben wie Kletten an ihr hängen, sie zuckte vor dornspitzen Erinnerungen zurück und strauchelte durch verworrene Phantasien. Erschöpft schlug sie die Augen auf. Starrte an die mit Tüchern geschmückte Decke des Zeltes und wartete, dass ihr Verstand sich klärte.

Doch er klärte sich nicht.

Es war passiert.

Sie sammelte ihren Mut und drehte den Kopf zur Seite. Das

Schlaflager war leer. Niemand außer ihr befand sich im dämmrigen Zelt. Aber sie konnte nicht mehr hoffen, dass es nur ein Traum gewesen war. Sie *spürte* ihn noch. Ein wunder, süßer Schmerz, als wäre sie auseinandergestreckt und wieder zusammengesetzt worden. Sie atmete zitternd durch.

Schließlich rief sie ihre Dienerinnen. Sie brachten ihr ein Frühstück aus kaltem Lammbraten, weißem Käse und Wildkräutern und hatten bereits draußen Blütenwasser für sie zum Waschen gewärmt.

Walgreta bekam keinen Bissen hinunter, sogar das Waschen erfüllte sie mit Scham. Die Dienerinnen wussten, was geschehen war. Sonst hätten sie nicht vor dem Zelt gewartet.

»Wo ist der Fürst?«, fragte Walgreta, um eine ruhige Stimme bemüht.

»Ich sah, wie er zu seiner Braut ging, um sich waschen zu lassen. Dann nahm er das Frühstück mit den hohen Gästen ein. Es scheint, als wollte der Fünfte Stamm weiterziehen.«

Er ließ sich von Pasarimes Tochter waschen nach dieser Nacht? *Er ist noch schamloser als ich*, durchschoss es sie. Aber wahrscheinlich versuchte er nur, wenigstens teilweise seinen Pflichten gerecht zu werden.

Walgreta ließ sich ein schlichtes dunkelrotes Kleid über einem blassblauen Hemd anlegen. Ihr Haartuch in derselben Farbe schmückte sie mit einer großen silbernen Brosche, die sie von einer hochrangigen Ehefrau des Sechsten Stammes geschenkt bekommen hatte.

Warum tue ich das? Will ich etwa allen zeigen, dass ich mich in eine Urierin verwandele? Verwandle ich mich …?

Vor dem Zelt wachte Redike. Sie würdigte ihn keines Blickes, als sie hinaustrat, um durch das Lager zu schreiten.

Der Fünfte Stamm war tatsächlich im Aufbruch begriffen. Die Besitztümer der neuen Ehefrauen wurden gepackt und auf Planwagen verladen. Angehörige der Frauen sangen Lieder, die zwischen Wehmut und Zuversicht schwankten. Die Männer waren noch damit beschäftigt, das Vieh auszuwählen, das der Fünfte Stamm mitnehmen würde. Walgreta erwog, zu ihnen zu gehen, während sie ihren Kräuterbrand tranken, entschied sich aber dagegen. Ihr fehlte die Kraft und ein wenig auch der Mut, schon wieder mit den Gepflogenheiten der Urier zu brechen und sich als Frau zu ihnen zu gesellen.

Erst als die Urier des Fünften Stammes auf ihre Pferde stiegen, trat Walgreta vor sie. Fürst Gadriamon war festlich frisiert und sein Bart feingestutzt, doch damit wirkte sein von den beiden Narben verzerrtes Gesicht nur grotesker. *Ein Räuber sollte nicht versuchen, wie ein Prinz auszusehen*, dachte sie. Wie die Höflichkeit es erforderte, verneigte sie sich vor ihm, aber sie bemühte sich nicht um einen allzu herzlichen Blick. »Mein Gemahl, der Sechste und Neunte Fürst der Urier, hat dir ein großzügiges Geschenk gemacht. Mögen deine Kinder dich stets daran erinnern.«

Gadriamon lächelte. »Lebe wohl, Königin.«

Das war alles, was er sagte. Als wäre jedes öffentlich getauschte Wort mit einer Frau eine Blamage! Wut köchelte in ihr hoch, und ehe sie es sich zweimal überlegen konnte, fuhr sie, an alle gewandt, fort: »Viele eurer Frauen sind mir ans Herz gewachsen, und ich würde sie gern wiedersehen. Ich lade euch darum ein, mit uns in Horuns Bauch zu überwintern.«

Der Fünfte Fürst warf einen irritierten Blick zu Rianon. Dann schob er ein Lächeln vor seinen Argwohn und neigte den Kopf. »Auch du bist großzügig, Königin des Kleinen Volkes. Wir nehmen deine Gastfreundschaft an.«

Sie sah zu, wie der Fünfte Stamm abzog. Was hatte sie da nur vorgeschlagen? Es war unwahrscheinlich, dass sie bis zum Winter nicht nur die Flüsternde Flöte gefunden hätte, sondern auch wieder zu Hause war und Ganwalen die Macht entrissen hätte. Es war nur ein dummer Wunsch gewesen, den Fürsten einen Winter lang zu erniedrigen, indem er nach zwergischer Art leben musste. Sie holte tief Luft. Sie konnte sich auf nichts mehr verlassen, nicht einmal auf ihre eigene Geistesgegenwart!

Rianons Blick meidend, kehrte sie in ihr Zelt zurück und kam erst wieder heraus, als auch sie aufbrachen.

Rianon besuchte sie in den folgenden Tagen nicht wieder, und die bissigen Worte, mit denen Walgreta ihn abschmettern wollte, blieben ungesagt. Beim Einschlafen und Aufwachen aber konnte sie sich nicht vormachen, dass sie ihn verjagen würde. Wie ein Dämon plagte sie die Erinnerung an das Gewicht seines Körpers auf ihrem, an seine warmen, großen Hände und an die Gier, mit der er sie genommen hatte.

Dabei fand sie ihn abscheulich! Es war der verfluchte Liebeszauber, der auf sie einwirkte.

Und dennoch. Es lag ein sehnendes, rasendes Glück darin. Das Einzige, das sie noch empfinden konnte. Manchmal fragte sie sich, ob sie wirklich unter dem Liebeszauber stand oder ob sie sich nur in den Wahn mit Rianon hineinsteigerte, um nicht an Fayanú denken zu müssen. Daran, dass sie sich so hatte täuschen und um das Kupferne Kleid bringen lassen …

Sie befragte den Blickenden Becher nicht mehr nach Didanwen, bei der sie Fayanú unweigerlich begegnen würde. Sie beobachtete im Becher nur Rianon.

Auch er begehrte sie. Mit Rage und mit Furcht. Er kam nur deshalb nicht zu ihr, weil er stärker sein wollte als der Liebeszauber. Was für eine naive Vorstellung! Welche Sehnsucht wurde schon geringer, indem man gegen sie ankämpfte?

Die Tage verstrichen, und das Land veränderte sich. Längst hatten sie die kargen Felsen hinter sich gelassen, über die Walgretas Wagen so geholpert war, dass sie abends ein Echo davon in den Knochen spürte. Nun erstreckten sich satte Steppen von einem Horizont zum anderen, Gras, das im Licht wie Gold glänzte, und kleine, wilde Bäche, an denen sich Frösche und Vögel tummelten. Obwohl Walgreta ein weites Tuch über ihren

Wagen spannen ließ, verbrannte ihre Haut in der Sonne, und Sommersprossen tauchten auf ihren Wangen und der Nasenspitze auf. Sie hatte nichts dagegen, sich zu verändern. Sie wollte sogar jemand anders sein – vergessen, was sie bisher getan, gedacht und gefühlt hatte.

Und dann, eines Abends, empfand sie zum ersten Mal seit langem wieder so etwas wie Zufriedenheit. Es gab keinen besonderen Anlass. Der Tag war heiß, aber windig gewesen, und mit der Dämmerung kam eine Kühle, die nach den Gräsern duftete. Während das Lager errichtet wurde, aß Walgreta mit Hauptmann Orbanim und seinen Streitern zusammen unter freiem Himmel, und Rianon brachte dem kleinen Beoreg das Bogenschießen zu Pferd bei. Seit ihrem Aufbruch aus Mún Toleda war Beoreg ein geschickter Reiter geworden, der genauso halsbrecherisch dem Stamm voranpreschte wie die urischen Jungen seines Alters. Das Bogenschießen gelang ihm noch nicht so gut. Aber in ihm steckte Ehrgeiz – was auch an Rianons liebenswürdiger Zuwendung lag. Es mochte Kalkül sein, den Sohn der Hohepriesterin an sich zu binden, aber seine Freude dabei war nicht gekünstelt.

Walgreta sprach mit Orbanim über die Zukunft, in der Zwerge und Urier voneinander lernten und die Vorzüge der anderen Kultur übernahmen.

Erst als sie sich zum Schlafen in ihr Zelt zurückzog, sank der Kummer wieder auf Walgretas Schultern. Aber sie konnte sich nicht für immer davon lähmen lassen. Noch war nicht alles verloren. Sie konnte die Flüsternde Flöte vor Fayanú und Didanwen finden und vielleicht doch noch in die Hände der richtigen Wyka geben.

Sie überwand sich und rief Didanwens Vergangenheit in den Blickenden Becher.

94

EINEN VIERTELMOND LANG LIESSEN sie sich vom Fluss durch das Land tragen. Immer drückender wurde die Hitze. Die Luft schien zu vibrieren und verwischte die Grenze zwischen Land und Himmel. Dann begannen sich Wolken am Horizont aufzutürmen. Schon von fern sahen sie, wie das Gewitter kam. Blitze schlugen für die Dauer eines Augenblicks ihre glühenden Wurzeln in die Erde, und der Donner rollte über die Steppe wie eine unsichtbare Lawine.

Sie verließen das Wasser, bauten die Boote auseinander und wanderten in Richtung Berge. Ein stickiger Wind schob sie vor sich her. Regen begann zu fallen, bevor sie die Hügel erreichten. Gerade rechtzeitig fanden sie einen geeigneten Unterschlupf, wo sie die Boote zwischen Gesteinsbrocken und magerem Gebüsch zu einem Dach aufstellen konnten, ehe der eigentliche Regenguss einsetzte. Schon näherte sich auch das Gewitter. Sie spürten, wie die Erde bei jedem Donnerschlag erbebte, und es wurde finster. Dann peitschten die Böen den Regen mit solcher Wucht gegen ihre Boote, dass sie sie mit vereinten Kräften über ihren Köpfen festhalten mussten. Wasser spritzte in ihren Unterschlupf, und wenn es blitzte, brannte sich für einen Herzschlag der missmutige Anblick der anderen in ihre Augen.

Endlich zog das Gewitter ins Gebirge weiter. Doch der Regen blieb, und die Wolken wälzten sich wie gigantische, träge Wogen durch den Himmel.

Sie versuchten zu schlafen. Fayanú hörte Didanwen mit den Zähnen klappern, obwohl sie zwischen ihren Beschützern lag, und gab ihr seinen Umhang. Er fror nicht so schnell. Doch die Feuchtigkeit saugte die Wärme aus seinen Knochen, und er schloss die Augen und wünschte den nächsten Tag herbei.

Er fiel in einen leichten Schlaf. Träumte von malmenden Zähnen, von krachender, grollender Vernichtung. Als er aufschrak, wusste er für einen Moment nicht, ob er wirklich etwas hörte oder es sich nur einbildete.

Nein, da waren Geräusche. Knirschende Steine, ein Klirren wie von winzigen Blitzen. Er spähte nach draußen.

Direkt vor ihrem Unterschlupf standen Gestalten. Ihre metallbeschlagenen Harnische und Waffen glänzten im Regen. Ansonsten waren sie wie geronnene Dunkelheit. Fayanú schüttelte wach, wen auch immer er erreichen konnte. Schon wurden die Boote über ihnen hochgerissen.

Hände packten sie und zogen ihnen die Waffen aus den Gürteln. So sehr sie sich auch wehrten, es waren zu viele. Auf jeden von ihnen kamen fünf, sechs, vielleicht sogar zehn Unbekannte, die sie zu Boden drückten. Fayanú brachte keinen Laut hervor. Vielleicht war es ein Albtraum, einer jener hellen Albträume, die er seit dem Vorfall in der Grotte hatte. Doch manche Hände an ihm waren kleiner. Frauenhände oder sogar die Hände von Kindern.

»Holt die Laterne«, rief ein Mann. Fayanú erkannte erst einige Momente später, dass er einen Dialekt des Mitterlands hörte. Wie war das möglich?

In der Finsternis schwamm der Schein einer Öllaterne heran, gehalten von einem Jungen mit einer viel zu großen urischen Kriegskappe auf dem Kopf. Fayanú kniff die Augen zusammen. Die Gestalten ringsum mochten urische Waffen und Rüstungen tragen, doch keiner schien zum Volk der Urier zu gehören. Die meisten hatten braune Haut, gerade, breite Nasen und Holzperlen in ihren Haarzöpfen. Es war Waldvolk – Menschen des Mitterlands. Hier und da stand auch ein Küstenelf oder eine Küstenelfe mit blassgrünlicher, tätowierter Haut und glutfarbenem Haar. Was hatten die hier verloren?

Eine Frau trat vor, klein und hellhäutig mit dunklen Mandelaugen. Eine Zwergin, obwohl sie ihr schwarzes Haar nicht mit

Stoff umwickelt hatte und auch sonst keine zwergische Tracht trug. Doch ihre Abstammung war nicht der Grund, weshalb sie wie ein Fremdkörper in der ohnehin bunten Menge wirkte. Etwas Feierliches, durch Langsamkeit Verzerrtes lag in ihren Bewegungen. *Eine Wyka*, durchschoss es Fayanú. Mit einem Mal war er sicher, dass sie eine Weise Frau sein musste.

»Das ist doch Mauskin«, rief jemand aus.

Andere Stimmen folgten: »Mauskin, der Tugaller!«

Eine junge Mitterländerin, deren Haar in vielen kleinen Knoten vom Kopf abstand, schob sich nach vorn. »Mauskin, Rehfang!«

Inzwischen hatten die Mitterländer Mauskin und seine Bande losgelassen, doch die Streiter, Didanwen und Fayanú wurden immer noch von einem Dutzend Hände auf den Boden gedrückt.

»Sie gehören zu uns, gebt sie frei«, sagte Oteba.

Die Weise Frau bedeutete den Mitterländern jedoch, nicht zu gehorchen.

Mauskin stand auf und sah das Mädchen mit den Haarknoten an. »Melisse. Was machst du denn hier?«

»Und du, Onkel?«

Sie fielen sich in die Arme, auch Rehfang drückte sie an sich. Dann drehte Mauskin sich um und rief: »Zum Donner noch mal, lasst meine Gefährten los!«

Diesmal widersprach die Weise Frau nicht. Zögerlich ließen die Mitterländer von den Streitern, Didanwen und Fayanú ab, ohne ihnen jedoch ihre Waffen zurückzugeben.

»Gehen wir ins Lager«, sagte die Weise Frau schlicht und wandte sich um.

Die anderen folgten ihr, und Melisse gab den Gefährten zu verstehen, sie sollten mitkommen.

Nach einer Weile erreichten sie eine Stelle, an der große Felsplatten aus der Erde ragten, in deren Schutz sich urische Zelte und Planwagen drängten. In der trügerischen Dunkelheit der Regennacht vermochte Fayanú kaum zu schätzen, wie viele

Zelte es waren. Zwanzig oder dreißig mindestens. Die Wachen, an denen sie vorbeigingen, waren allesamt Mitterländer oder Küstenelfen.

»Welcher Stamm ist das hier?«, fragte Faridas argwöhnisch.

»Es ist der Fünfte Stamm. Gewesen«, sagte die Wyka in einem Ton, als sprächen sie über das Wetter. »Habt keine Angst, hier wird euch niemand etwas tun.«

Die Weise Frau führte sie durch das Lager. Als jemand aus einem Zelt schlüpfte, sah Fayanú, dass es voller Verwundeter war. Er konnte die süßlichen Ausdünstungen ihrer Wunden riechen.

Die Weise Frau trat in ein großes Zelt voller Felle und kunstvoller Teppiche. Ein Feuer brannte in der Mitte, dessen Rauch wie nervöse schwarze Spinnen hinauf zur Abzugsklappe stieg. Die Wyka setzte sich auf ein rundes Lederkissen, ihre Begleiter nahmen ringsherum Platz und rückten zusammen, so dass auch Fayanú und die anderen sich niederlassen konnten.

So beunruhigend die Umstände auch sein mochten – für einen Moment empfand Fayanú nichts als Dankbarkeit für die Wärme der Flammen, und ringsum zogen alle ihre Füße aus den Stiefeln und hängten ihre nassen Umhänge auf, als wären sie zu Hause. Ein Fleischeintopf köchelte über dem Feuer, und jeder bekam seine Schale gefüllt.

»Warum reisen Streiter mit euch?«, fragte die Weise Frau unvermittelt. Ihre leicht hervorstehenden Augen wirkten so unbewegt wie ihre ganze Gestalt, und der Feuerschein schien sich darin langsamer zu spiegeln.

»Wir haben alle dasselbe Ziel. Darum haben wir uns zusammengeschlossen.« Mauskin wischte sich den Mund und deutete neben sich. »Wir bieten Fayanú Geleitschutz.«

Alle Blicke richteten sich auf Fayanú.

»Geleitschutz wohin?«, fragte die Weise Frau. »Etwa zu einem verschollenen magischen Artefakt?«

Stille. Nur der Regen prasselte auf das Zelt.

»Erzählt uns, wie Ihr in den Besitz der Zelte des Fünften Stammes kommt«, sagte Fayanú, »dann erzählen wir Euch vom Grund unserer Reise.«

»Wir jagen die Verbrecher, die unsere Dörfer zerstört, unsere Frauen verschleppt und unsere Männer ermordet haben. Nach all den Jahren der Ohnmacht und der Hilflosigkeit fordern wir jetzt Gerechtigkeit. Ich als Weise Frau fordere sie.«

Fayanú warf einen skeptischen Blick in die zusammengewürfelte Runde, in der nur die wenigsten wie Krieger aussahen. »Kämpfen alle Wyken gegen die Urier … oder nur eine?«

Die Weise Frau musterte ihn, ohne ihm eine Antwort zu geben. Ihr Schweigen verriet jedoch, was er wissen wollte.

»Ich habe gehört, dass zwei Iliaden wieder in Liebe verschenkt wurden«, kam sie auf ihr ursprüngliches Thema zurück. »Die Königin der Zwerge schenkte Euch das Kupferne Kleid, nicht wahr, Sohn der Waldelfen?«

»Woher wisst Ihr das?«

»Die Königin selbst sagte es mir.«

Fayanú stieß die Luft aus. »Sie ist hier?«

Die Wyka wartete einen quälenden Moment, ehe sie sagte: »Nein. Sie hat sich den Sechsten Fürsten zum Komplizen gemacht. Er liebt sie – und sie liebt ihn. Sie hat ihm die Flüsternde Flöte versprochen.«

Fayanú hörte die Worte, ohne zu verstehen. Ohne verstehen zu wollen. Ein Lächeln zuckte um seinen Mund. Die Wyka wollte ihn verletzen. Aber warum?

»Ich habe gelauscht, als sie es ihm versprach«, fuhr sie fort, da sie seine Ungläubigkeit bemerkt haben musste. »Sie sprach am fließenden, fallenden Wasser Mún Toledas, und das Wasser trug ihre Worte in meinen Wald. Sie sagte es und meinte es.«

Wie Didanwen ihn ansah, das war das Schlimmste. Er wollte widersprechen, aber er brachte nur ein Kopfschütteln zustande. »Wer bist du?«, stammelte er.

»Bei den Zwergen von Falla Ridwen nannte man mich Baldrewa, Tochter der Hegdan, Tochter der Betlenwa. Aber heute lautet mein Name Baldrian vom Eichenhain.« Sie neigte leicht den Kopf. »Die Königin der Zwerge bat mich vor einigen Monden um Hilfe, sie aus dem Sechsten Stamm zu befreien. Doch als wir den Sechsten Stamm im Wald am Wirbelweg angriffen und Walgreta leicht die Flucht hätte ergreifen können, blieb sie stattdessen beim Sechsten Fürsten. Sie hat ihm ein Heer von tausend Streitern aus Mún Toleda beschafft, mit dem er durch das Tiefland zieht und Frauen raubt. Die Königin billigt es. Die Lust verformt das Herz der meisten Leute wie einen Klumpen Wachs. Du hättest den Blickenden Becher besser einer Wyka gegeben.«

»Ihr lügt«, sagte Fayanú. »Was wisst Ihr schon von Walgreta? Was seid Ihr überhaupt für eine Wyka, dass Ihr Krieg führt?«

Ein schläfriges, unheimliches Lächeln trat auf Baldrians Gesicht. »Eine neue Zeit bricht an. Zwei Iliaden wirken wieder. Zu den anderen beiden kennst du den Weg. Mit ihnen werden wir Weisen Frauen regieren wie einst, nur besser, denn jetzt kennen wir die Gefahr der Eitelkeit und die Bedrohung der Kriegsmänner. Noch müssen wir nach den Regeln der Räuber spielen. Einmal – ein letztes Mal – heißt es kämpfen auf Leben und Tod. Die Götter mögen uns vergeben. Aber wenn wir triumphieren und die Iliaden wieder von einer liebenden Hand zur anderen wandern, um allen Völkern Weisheit und Frieden zu spenden, dann wird jedes Opfer, das wir dafür erbracht haben, gerechtfertigt sein.«

Oteba stand auf, die dicken, kleinen Fäuste geballt. »Bei der großen Geberin … wer hätte gedacht, dass ich diesen Tag erlebe! Endlich eine Wyka, die zupackt. Baldrian, wir stehen hinter Euch!«

Fayanú erstarrte innerlich. Als er sich in der Runde umsah, begegnete er glühenden Blicken. Blicken, in denen ein kaltes, blindes Feuer brannte.

Nur Didanwen runzelte besorgt die Stirn.

95

NACH DEM ESSEN WURDE den Gefährten heißes, mit Wildkräutern aromatisiertes Wasser gereicht. Fayanú schloss beide Hände um den dampfenden Tonbecher. Doch als er versuchte zu trinken, merkte er, dass er nichts hinunterbrachte. Schon den Eintopf hatte er nicht aufessen können.

Die anderen redeten. Er hörte nur halb hin. Die junge Mitterländerin namens Melisse, die ›Onkel‹ zu Mauskin gesagt hatte, bat die Wyka, ihm erzählen zu dürfen, wie sie zu den Rebellen gekommen war. Baldrian nickte, und Melisse berichtete von einem urischen Statthalter, der sie als Sklavin zum Fürsten des Neunten Stammes geschickt hatte. Doch beim Neunten Stamm hatte Fürst Rianon ihr zur Flucht verholfen, der Gemahl der zwergischen Königin.

»Von den urischen Fürsten ist er nicht der Schlimmste«, sagte das junge Mädchen ernst. »Trotzdem ist er ein urischer Fürst. Ein Frauenräuber und Mörder. Ich habe ihn kürzlich verschont, weil er mir geholfen hat. Mehr schulde ich ihm nicht. Bei unserer nächsten Begegnung werde ich ihn töten.«

Mauskin ging nicht auf die harten Worte ein, sondern erkundigte sich nach der gemeinsamen Familie.

Fayanús Gedanken drifteten ab. Rianon *nicht der Schlimmste der urischen Fürsten*? Ein Mann, der Sklavinnen befreite. War das ein Mann, in den Walgreta sich verlieben würde? Fayanú stellte sich vor, wie Walgreta es billigte, dass ihr Gemahl Frauen entführte und Blut vergoss. Würde sie das tun, wenn es einem höheren Zweck diente?

Aber welchen höheren Zweck könnte der urische Fürst verfolgen? Niemals würde Walgreta es richtig finden, allein um der Macht willen zu kämpfen! Niemals. Fayanú kannte sie; er hatte ihre Erinnerungen im Blickenden Becher mit ihr geteilt und wusste, wie stark ihr Gerechtigkeitssinn war. Für nichts und niemanden würde sie von ihren Idealen abweichen, es sei denn … es sei denn aus Liebe. So wie sie ihm aus Liebe das Kupferne Kleid geschenkt hatte und nicht aus Überzeugung. Liebte sie jetzt den urischen Fürsten?

Fayanú zog die Nase hoch und versuchte, diese Gedanken zu verdrängen. Doch erst als die Weise Frau den Blick auf ihn richtete, merkte er auf.

»Nun erzählt uns, was euch ins Tiefland verschlägt«, forderte sie.

Fayanú fühlte sich nicht in der Lage, darauf zu antworten. Glücklicherweise kamen ihm Rehfang und Eliody zu Hilfe und berichteten von ihrem Vorhaben, Walgreta zu befreien.

»Was schwierig sein dürfte, da sie jetzt aus freien Stücken mit dem Sechsten Fürsten lebt«, gab Baldrian zu bedenken. Obwohl sie an Fayanú vorbeisah, schien sie ihn genau zu beobachten. »Aber warum ist euch die Königin des Kleinen Volkes überhaupt so wichtig? Es geht euch doch um die Iliaden, nicht wahr? Wäre es nicht ratsam, zuerst die anderen Iliaden zu sammeln und in die Hände Weiser Frauen zu geben, ehe man sich des Blickenden Bechers annimmt? Ihr wisst, was ich meine. Ihr wollt die Flüsternde Flöte finden.«

»Ich will Walgreta befreien.« Fayanú wunderte sich selbst, wie fest seine Stimme klang.

Ehe die Wyka auf ihn eingehen konnte, richtete Didanwen das Wort an sie: »Sprecht aus, was Ihr denkt. Ihr seid selbst an der Flüsternden Flöte interessiert. Euer Vorschlag ist, uns zu begleiten und am Ende die Wyka zu sein, der wir die Flüsternde Flöte schenken.«

Baldrian lächelte ihr sanftes Lächeln. »Das denke ich durchaus nicht. Im Gegenteil. Ich will, dass *ihr* euch mir und meinen Leuten anschließt.«

Verdutzt blickten die Gefährten sie an. Doch Baldrian betrachtete Fayanú. Dann öffnete sie ihren schweren Mantel und offenbarte einen Gegenstand, etwa so dick und lang wie ihr Unterarm, der an einem Lederband vor ihrer Brust hing. Er war vollkommen ebenmäßig, hohl wie ein Rohr und aus einem Material gefertigt, das Fayanú noch nie gesehen hatte: Im Schatten wirkte es pechschwarz, doch das Licht des Feuers warf es wie einen Blitz zurück. Ein dunkles Metall, das weder Kupfer noch Silber noch Gold war.

»Wie ich bereits sagte: Die Zwergenkönigin hat dem Sechsten Fürsten verraten, wo die Flüsternde Flöte verborgen liegt, und ich habe zugehört. Eine Wyka durchschreitet das Land schneller als ein urischer Stamm.«

Fayanú und Didanwen schnappten gleichzeitig nach Luft. Wie eine Flöte sah der Gegenstand nicht aus. Es schien kein Mundstück und auch keine Löcher zu geben, auf die man seine Finger legen konnte. Aber wenn der Gegenstand aus diesem ungewöhnlichen Metall tatsächlich die Iliade war … dann war Baldrian ihnen allen zuvorgekommen!

»Es war nicht einfach, zu ihr zu gelangen. Der Weg durch die Schlucht der Tränen wäre tödlich für jeden, der nicht mit Zauberkraft das Wasser zu lenken versteht. Und das Land der Geister ist ein Ort, der selbst mich beinahe getötet hätte. Ich habe Dinge gesehen und bin Kreaturen begegnet, die niemand sich vorstellen kann und von denen selbst die Himmelsgötter nur unklare Ahnungen haben. Den größten Teil des Weges bin ich im Schutz von Träumen durch das Land gewandert, blind und taub gegen meine Umwelt in einem Kokon aus Schlaf. Ich musste mich zu einem Schatten verdunkeln, um die Ruinen einer verfluchten Stadt zu durchschreiten, deren Bewohner einander vor Jahrtausenden in einem Blutrausch zerfleischten. Ich fand eine Insel in einem Meer, das schwarz und so dickflüssig vor Salz war, dass ich darüber hinwegkriechen konnte. Und auf der Insel war das Grab der letzten Weisen Frau der Urier, die die Flüsternde Flöte nicht einmal im Tod hatte weggeben wollen.

Ich zog sie aus den Knochen ihrer Hände, an denen noch Goldgeschmeide hing, und die Knochen zerfielen zu giftigem Staub. Seht selbst!«

Die Wyka hob die Hände. Sie wirkten wie von einer ätzenden Substanz entstellt. Dicke goldene Ringe steckten an den vernarbten Fingern, verziert mit schwarzen Perlen und geschliffenen Rubinen.

»Alte Ringe beweisen nichts«, sagte Didanwen leise. »Wenn Ihr wirklich die Flüsternde Flöte habt, dann benutzt sie.«

Baldrian lächelte wieder wie eine Mutter, deren Kind eine naive, aber amüsante Frage gestellt hatte. »Natürlich ist die Flüsternde Flöte in meinen Händen wirkungslos, denn ich nahm sie mir. Ich werde nie in der Lage sein, ihre Wirkung unter Beweis zu stellen. Doch die, der ich sie schenke, wird es können. Wäret Ihr das etwa gern?«

Didanwens Blick hing an dem seltsamen Artefakt. Endlich sagte sie: »Nein. Ich wollte nie die Flüsternde Flöte. Ich will nur das, was meinem Volk gehört.«

»Oh! Dann hofft Ihr, von Eurem elfischen Gefährten beschenkt zu werden. Begleitet Ihr ihn deshalb?« Sie wandte sich an Fayanú: »Und was wollt Ihr? Immer noch die Königin der Zwerge, wo ich doch schneller war als sie? Ich würde Euch die Flüsternde Flöte schenken … wenn Ihr mir zuerst das Kupferne Kleid gebt.«

»Nein!«, rief Didanwen aus. »Fayanú, tu es nicht! Sie mag eine Wyka sein, aber sie benimmt sich wie ein Kriegsfürst …«

»Die Priesterinnen haben uns schon immer misstraut.« Baldrian lachte nachsichtig, und ihre Stimme übertönte Didanwens auf unnatürliche Weise. »Wer die magischen Mysterien nur oberflächlich kennt, fürchtet sich vor der Tiefe.« Sie wandte sich Fayanú zu. »Aber denkt darüber in Ruhe nach. Ich habe keine Eile. Diese Nacht könnt Ihr darüber schlafen.«

Als Fayanú aufwachte, fühlte er sich so wenig erholt, dass er reglos unter seinem Fell liegen blieb. Erinnerungen zogen vor ihm auf, flackernd und trügerisch. Walgreta … Manchmal hatte er Enttäuschung in ihren Augen wahrgenommen. Ihm war bewusst, dass sie ihn für einen Helden wie aus den Legenden hielt, dass seine unfreiwillige Bedeutsamkeit für sein Volk sie beeindruckte und sie es nicht gemocht hatte, wenn er sie darauf hinwies, dass sein Leben langweilig war und hauptsächlich darin bestand, die nächste Mahlzeit zu finden. Dann war ihr Schweigen schwermütig und unzufrieden geworden. Und ihre Beteuerungen, dass sie ihn liebte, dass sie seinen Körper genau so begehrte, wie er war … Hatte sie ihn oder sich selbst überzeugen wollen? Um seinen Grübeleien zu entkommen, schlug er schließlich das Fell zurück.

Nach der Gewitternacht hätte Fayanú das kaum für möglich gehalten, doch ein strahlender neuer Tag brach an. Als er aus dem Zelt trat – er war einer der Letzten, die aufstanden –, hing nur noch ein diesiger Schleier am Himmel. Die Gräser glitzerten vor Tau.

Eine Menge umringte ein offenes Zelt. In mehreren großen Kesseln hatte die Nacht über Suppe geköchelt, und nun standen aberhundert Rebellen an, um ihr Frühstück zu bekommen. Etwas abseits entdeckte Fayanú Kühe, Schafe und Ziegen, die von urischen Frauen gemolken wurden. Es sah so aus, als würden die Rebellen sie dabei bewachen.

»Unter Befreiung stelle ich mir was anderes vor«, sagte Farida neben ihm.

Fayanú hatte nicht bemerkt, wie der hagere Urier neben ihm aufgetaucht war. Er hielt eine Schüssel Suppe in der Hand und bot Fayanú an, ihm etwas in seine eigene abzugeben. Dankend nahm Fayanú an, und dann beobachteten sie wieder skeptisch das Lager und schlürften ihr Frühstück.

»Ich sehe überhaupt keine urischen Männer«, bemerkte Fayanú.

»Und ich viel zu wenige frische Grabhügel. Hinten bei den Felsen sind ein paar. Vielleicht für dreißig, höchstens fünfzig Leichen. Seltsam, oder? Und dann ist das Lager auf typisch urische Weise aufgebaut, mit dem großen Fürstenzelt in der Mitte und den Zelten der Frauen der Oberhäupter ringsherum. Man erkennt es an den bunten Wimpeln. Es würde mich wundern, wenn die Rebellen das Lager, nachdem sie es erobert haben, abgebaut und andernorts genauso wieder errichtet hätten.«

»Du meinst ...«

Faridas nickte grimmig. »Die Männer des Fünften Stammes sind nicht besiegt. Sie haben wahrscheinlich keine Ahnung, was sie hier zu Hause erwartet.«

Fayanú erstarrte innerlich. Das ganze Lager war eine Falle. Dann benutzten die Rebellen die Familien des Fünften Stammes als Geiseln!

Oteba und Didanwen tauchten mit Baldrian aus einem Zelt auf, vor dem Didanwens fünf Streiter wachten. Didanwen wirkte blass, als müsste sie sich übergeben, während Oteba wiederholt etwas ins Zelt zurückrief, was besänftigend klang.

»Was ist da drinnen?« Fayanú kam ihnen entgegen.

»Kranke und Verwundete«, erklärte Baldrian. »Was für ein Glück, dass mir nun zwei Heilkundige helfen.«

»Verwundete Frauen und Kinder?«, fragte Fayanú mit wankender Stimme. »Wie wurden sie verwundet? Als sie sich gegen Euch gewehrt haben?«

Baldrian maß ihn mit ihren sanften Augen, die so dunkel waren, dass man die Pupillen nicht von der Iris unterscheiden konnte. »Solche Missgeschicke sind nicht zu vermeiden.«

»Ich glaube, doch.«

Baldrian lächelte mit gesenktem Kopf. »Natürlich. Für den Träger des Kupfernen Kleides wäre es vermeidbar. Mit der Kraft des Kupfernen Kleides wäre keine Gewalt mehr nötig.«

Begriff die Wyka wirklich nicht, was er meinte? Vielleicht war sie so blind vor Rache, dass sie nicht mehr in die Herzen anderer blicken konnte.

Fayanú bemerkte, dass Rehfang, Eliody und Mauskin sich in Begleitung von Melisse näherten. Er wartete – auch sie sollten hören, was er zu sagen hatte. Erst als sie bei ihnen angekommen waren, wandte er sich wieder Baldrian zu. »Ich habe nachgedacht. Den Tausch, den Ihr vorgeschlagen habt, kann ich nicht eingehen – nicht, ohne Walgreta mitentscheiden zu lassen.«

Seine Gefährten horchten auf, und Baldrian deutete eine Verneigung an. »Ich verstehe. Auch Ihr lasst Euch von einem wachsweichen Herzen leiten. Nun denn, dagegen kann keine Weisheit etwas ausrichten.«

»Ich habe lieber ein weiches Herz als ein hartes«, entgegnete Fayanú. »Aber ich danke Euch für Eure Gastfreundschaft. Selbst wenn das Dach und das Essen gestohlen waren.« Er nickte den anderen zu. Alle schienen sie bereit, das Lager zu verlassen. Nur Oteba blickte verwirrt drein.

»Gehen wir«, sagte Fayanú.

»Gehen?«, wiederholte Baldrian spöttisch. »Wolltet Ihr nicht die Zwergenkönigin finden?«

Langsam drehte er sich wieder zu ihr um. »Was soll das heißen? Wo ist sie?«

»Das sagte ich bereits: beim Sechsten Stamm. Und den werdet ihr nie ohne mich finden. Das Tiefland ist weit …«

»Aber die Schlucht der Tränen ist schmal. Wenn Ihr uns also nicht gefangen haltet wie die armen urischen Familien hier, werden wir uns auf den Weg dorthin machen.«

Für einen Moment schien sie wirklich darüber nachzudenken. Dann sagte sie: »Wir reisen zusammen. Ich möchte als Wyka dabei sein, wenn Ihr mit Walgreta entscheidet, wer den Blickenden Becher und das Kupferne Kleid haben soll.«

»Ich bin dafür«, schaltete sich Oteba ein. »Wenn wir schon die Iliaden für die Weisen Frauen sammeln, warum nicht mit ihnen zusammen?«

»Mit *einer* zusammen«, korrigierte Didanwen. »Ich bin dagegen.«

Eliody erhob die Stimme. »Es kann nicht falsch sein, eine Vertreterin der Weisen Frauen dabeizuhaben. Und es wäre mir, ehrlich gesagt, viel wohler, wenn wir mehr Verteidigung gegen den Sechsten Stamm hätten als nur das Kupferne Kleid. Ich bin dafür.«

»Dafür«, sagte Rehfang seufzend.

»Dagegen«, sagte Faridas entschieden. »Die Frau ist hier, um Krieg zu führen! Ich will sie nicht mal in der Nähe einer Iliade sehen.«

Fayanú sah Mauskin an. Der blickte zu Melisse, seiner Nichte. Schließlich holte er tief Luft. »Wenn die Zwergenkönigin zum Sechsten Fürsten hält und uns angreift, will ich mich nicht auf das Blendwerk des Kupfernen Kleides verlassen. Ich bin dafür, dass die Rebellen uns begleiten. Tut mir leid, Junge.«

96

FAYANÚ KONNTE ES NICHT fassen. Bitter sagte er: »Die Zelte sind voller Frauen und Kinder, die gefangen gehalten werden. Viele sind verletzt. Warum tötet Ihr sie nicht gleich? Habt Ihr nicht vor, die Väter, Ehemänner, Brüder und Söhne dieser Menschen niederzumetzeln, sobald sie zurückkehren?«

»Wir töten keine Unschuldigen«, erwiderte Baldrian gelassen.

Fayanú sah sich in der Runde um. Niemand schien den Wahnsinn zu erkennen außer Faridas. Es wäre allerdings auch verwunderlich gewesen, wenn er sich als einziger urischer Mann im ganzen Lager wohl gefühlt hätte.

Fayanú überlegte, ob er mit Faridas fliehen könnte. Mit dem

Kupfernen Kleid würde es ihm wahrscheinlich gelingen. Aber ohne Gewalt? Baldrian würde ihn verfolgen. Vielleicht war es wirklich besser, Baldrian einfach mitreisen zu lassen. Walgreta war gut mit Worten; sie könnte zu den Rebellen sprechen und sie dazu bringen, von ihrem Kampf abzulassen. Baldrian musste die Flüsternde Flöte einer Urierin schenken, die dafür geeignet war. Das war der friedliche Weg, der einzige Weg, den er wählen konnte. Oder?

Plötzlich erschollen Schreie.

»Die Männer des Fünften Stammes!«, brüllten mehrere Rebellen, die von den Wiesen ins Lager gerannt kamen. »Sie sind zurück!«

Bewegung brach aus. Die wenigen Urierinnen, die die Zelte hatten verlassen dürfen, wurden wieder nach drinnen geschoben. Von den Rebellinnen warfen sich manche die Schleier von Ehefrauen über und setzten sich zu den Tierherden. Die anderen versteckten sich in den Zelten für den Hinterhalt.

»Ihr kommt mit mir«, befahl Baldrian und führte die Gefährten in das größte Zelt. Es war voller Rebellen, die sich mit Pfeil und Bogen und Steinschleudern an den Ritzen der Planen aufstellten, um nach draußen zu schießen.

»Wartet.« Fayanú hörte sich selbst kaum. »Wartet! Es muss nicht zum Kampf kommen. Fordert von den Uriern die Freigabe aller elfischen und mitterländischen Sklaven, und dann ziehen wir in Frieden.«

Niemand hörte ihm zu. Rehfang, Mauskin und Eliody mieden seinen Blick.

Draußen erklangen Schreie. Es ging bereits los!

Die Wyka stand über der Feuerstelle in der Mitte des Zeltes, murmelte Beschwörungen und goss eine Schale Wasser über die Asche. Es sah aus, als würde sich das versickernde Wasser in schwarzen Dampf verwandeln …

Die Aufschreie mehrten sich. Fayanú sah, wie die Rebellen zwischen den Zeltplanen hindurch auf Urier schossen oder sie mit Speeren erstachen. Die Urier bewegten sich seltsam langsam und mit ausgestreckten Händen durch das Lager. Als wären sie blind. Aus ihren verwirrten Rufen ging hervor, dass für sie eine undurchdringliche Nacht aufgezogen war.

Fayanú lief zu der Wyka. »Hört auf! Ihr könnt sie nicht einfach abschlachten!«

Baldrian musterte ihn mit ihren großen, unerträglich mitleidigen Augen. »Du weißt, dass sie uns niemals mit ihren Sklaven ziehen lassen würden. Niemals. Sie sind stolze Männer. Ihr Tod ist unvermeidbar. Aber du könntest ihnen die Schmerzen ersparen.«

»Ich?« Fayanú trat angewidert zurück.

»Das Kupferne Kleid bringt Verantwortung mit sich. Wenn du so viel Angst hast, dich mit Schuld zu beladen, dann verschenke es hier und jetzt!«

»Ich würde es eher einem Urier schenken als Euch.«

Vielleicht hörte sie ihn gar nicht, weil die grausamen Schreie alles übertönten. Inzwischen war auch das Klirren von Klingen zu hören. Einige Urier mussten in die Zelte eingedrungen sein, wo sie wieder sehen konnten.

»Du glaubst, wir hätten eine Wahl«, stellte Baldrian fest, und zum ersten Mal zeigte sich Ärger in ihrer sonst so sanftmütigen Miene. »Erkenne endlich, was auch schon deine Freunde erkannt haben: In friedlichen Zeiten regieren die Iliaden auf andere Weise als in kriegerischen Zeiten. Das alte Ilian wird niemals wieder auferstehen, wenn wir die urischen Stämme nicht zerschlagen! Wenn du es anders siehst, dann tu etwas! Tu etwas! Verwandele die Wölfe in Schafe, und ich folge dir. Aber wenn du keine Verantwortung übernimmst, dann werde ich dir das Kupferne Kleid nehmen, die Götter mögen mir vergeben!«

Ein warmer Windstoß erfasste Fayanú und schleuderte ihn aus dem Zelt. Die Welt schien zu verschwimmen. Eine Ahnung von Umrissen erzitterte vor seinen Augen, aber er erkannte nicht einmal seine eigenen Hände. Etwas zischte an seinem Ohr vorbei. Ein Pfeil. Jemand schoss auf ihn!

Panisch rappelte er sich auf, stolperte in die Richtung zurück, aus der er gekommen zu sein glaubte. Er hörte ein Keuchen von links, duckte sich und fühlte, wie ein Speer über seinen Nacken schrammte. Flüchtig sah er, wie sich die Zeltplane öffnete und wieder schloss. Lichter schäumten vor ihm auf und verebbten wieder.

Das Zelt! Er musste ins Zelt!

Weitere Geschosse sirrten vorüber. Verzweifelt zerrte er sein Wams auf und ließ das Kupferne Kleid erstrahlen. Dabei dachte er fest an Walgreta. Wie sie vor ihm auf die Knie gesunken war, weil sie ihn so sehr liebte.

Mehrere Rebellen zogen ihn nach drinnen. »Geht es dir gut? Komm in Sicherheit! Schnell rein!«, riefen sie durcheinander. Sie streichelten und drückten ihn und schienen vergessen zu haben, dass sie eben noch auf ihn geschossen hatten.

»Bleibt bei mir«, sagte er zu ihnen. »Ihr müsst nicht kämpfen. Wir werden einfach gehen, und alle kommen mit, die mitkommen wollen.«

Auch die übrigen Anwesenden senkten ihre Waffen und umringten ihn.

Baldrian schob sich nach vorn. Tränen standen ihr in den Augen. »Vater«, flüsterte sie. »Du führst uns?«

Er schluckte. Konzentrierte sich auf die Liebe, die Walgreta ihm geschenkt hatte. »Ja. Ich führe euch. Wir gehen. Hebt den Zauber auf, der den Männern draußen Nacht vorgaukelt.«

Zweifel huschte durch Baldrians Blick. »Aber sie werden uns erschlagen.«

»Ich beschütze euch.«

Einen Moment stand sie reglos, wie besiegt. Dann öffnete sie ihren Umhang und nahm die Flüsternde Flöte ab. »Du beschützt uns. Du kannst es. Aber du musst auch ihre Pferde beherrschen, sonst habe ich Angst, nach draußen zu gehen, Vater.«

Fayanú wollte zurückweichen, doch er konnte sich nicht regen. Schon kniete Baldrian vor ihm, küsste seine Hände und legte das metallene Instrument hinein.

97

DIE FLÜSTERNDE FLÖTE WAR schwer. Schwer wie eine Waffe. Und so kalt und dunkel, dass Fayanú eine endlose Nacht durch seine Adern rinnen spürte – eine Stimme, die Atem schöpfte, um Unsagbares zu sprechen.

Nein. Nein, er wollte sie nicht. Er wollte nicht, dass die Prophezeiung sich erfüllte!

»Unser Führer«, stammelte Baldrian. »Alles wird gut, nicht wahr, Vater?«

»Unser Führer«, echote es aus der Menge im Zelt. Entsetzt sah Fayanú, dass auch Rehfang, Eliody, Mauskin, Oteba und sogar Faridas niederknieten. Keiner erkannte den Zauber des Kupfernen Kleides.

Er spürte, wie sich sein Griff um die Flüsternde Flöte lockerte … doch bevor sie ihm aus den Fingern glitt, stürzten mehrere bewaffnete Urier ins Zelt und überwältigten die Rebellen. Blut spritzte Fayanú ins Gesicht. Klingen schrammten über Klingen, Knochen brachen knackend und Schreie rissen die Luft entzwei. Auch Faridas schrie. Im Tumult sackte der Urier zu Boden. Zu weit weg, als dass Fayanú ihn hätte auffangen können.

»Hört auf! Hört auf!«

Tatsächlich hörten sie auf zu kämpfen. Urier und Rebellen gleichermaßen krümmten sich und stürzten heulend auf die Erde.

Seinetwegen. Wegen des Kupfernen Kleids. Er hatte es nicht mehr unter Kontrolle. Panisch versuchte Fayanú, sich daran zu erinnern, wie Walgreta ihn angesehen hatte, aber die Angst war übermächtig. Blut überall, Vernichtung, Tod.

»Hör auf! Hör auf!« Er zog sich das Wams vor der Brust zu und rannte aus dem Zelt.

Die zauberische Nacht war noch nicht ganz aufgehoben, doch ihre Wirkung hatte nachgelassen. Schwarze Nebel kräuselten sich seltsam flach vor den Dingen, so als trennte eine schwelende Feuerschicht alles voneinander. Es war schwer, sich zurechtzufinden, und Fayanú blinzelte gegen ein Schwindelgefühl an. Er sah, wie Urier in die Zelte einfielen und Leichen und Verwundete zwischen den Planen hervorstürzten. Wachsende Pfützen auf dem Boden. Pferde, die sich aufbäumten, einen Speer im Bauch.

»Hört auf. Hört auf.« Er löste die Hand von seinem Wams, dachte fest an Walgreta.

Alle, die ihn erblickten, sanken auf die Knie. Die Liebe ließ ihre Gesichter strahlen. Doch während sie »Vater« stammelten, »Großvater«, »Mutter«, »Sohn«, »Schwester«, trafen sie die Klingen der Gegner hinterrücks.

Sie lieben mich, dachte Fayanú. *Aber nichts bringt sie davon ab, einander zu hassen.*

Er taumelte durch das Lager. Wohin er auch kam, wurden die Kämpfe schrecklicher. Wie Baldrian es von ihm verlangt hatte, verwandelte er Wölfe in zahme, gaffende Schafe. Schafe, die geschlachtet wurden. Wenn das Kupferne Kleid nur auf alle wirken würde, alle auf einmal, ob sie ihn sahen oder nicht! Aber er schaffte es nicht, seine Macht so auszuschöpfen. Er wusste nicht, wie eine solche Liebe möglich war.

»Vater«, rief Baldrian irgendwo. Sie folgte ihm. »Führe uns! Beschütze uns! Vater …«

Ihre Rufe brachen ab, aber er sah nicht, weshalb. Wollte es auch nicht sehen. Er stolperte weiter, kämpfte gegen seinen Schwindel an. Die künstliche Nacht zerrte an den Umrissen der Zelte und Gestalten. Und dann verrauchte sie, als würde die Welt aufatmen. Es wurde wieder hell. Die Sonne stand am Himmel.

Die Rebellen stürzten aus den Zelten, um den Uriern besser begegnen zu können. Wo sie aufeinanderprallten, gingen die Mitterländer reihenweise zu Boden. Fayanú gelang es nicht mehr, an Walgreta zu denken. Er dachte an Blut. Eingeweide, die hervorquollen, und zersplitternde Knochen. Licht und Schatten, die wie ein Gebiss ineinanderpassten und dazwischen alles zermalmten.

»Hör auf, Fayanú, hör auf!«, schrie eine Stimme, die er kannte. *Didanwen.*

Sie lief auf ihn zu, die Hände verzweifelt auf die Ohren gepresst. Er konnte sehen, dass es ihr nichts half. Tränen liefen ihr übers Gesicht.

Sie meint mich. Aber aufhören? Womit?

Didanwen schleppte sich näher, als bewegte sie sich durch Treibsand. Als bäumte sie sich gegen ihren eigenen Willen auf.

»Hör auf! Deine Angst tötet uns!«

Mit einem Mal wurde ihm klar, dass er keine Furcht mehr empfand. Es ging ihm gut. Was um ihn herum geschah, war entrückt, es hatte nichts mehr mit ihm zu tun. Das Kupferne Kleid strahlte die Angst von ihm ab. Ja, er erkannte, dass Didanwen hundertfach an seiner Angst litt.

»Ich nehme es zurück«, murmelte er ohne rechte Überzeugung, ehe er sich mit aller Macht zusammenriss: »Ich nehme es zurück!«

Fayanú kämpfte gegen den Schutz an, den das Kupferne Kleid um ihn errichtet hatte. Dann, plötzlich, war er wieder im Lager, im Gemetzel, in dem ganzen Elend, das er empfand. Didanwen fiel ihm in die Arme. Sie zitterte und war kreidebleich, doch sie schien nicht mehr zu leiden.

»Weg hier«, stammelte sie kraftlos.

Sich gegenseitig stützend, liefen sie aus dem Lager. Fayanú

kniff die Augen zu und versuchte, die Erinnerung an Walgreta in sich wachzuhalten. So schafften sie es an verwunderten, lächelnden Kriegern vorbei auf die offene Steppe, weiter und immer weiter.

Ein paar Geier und viele Krähen kreisten am Himmel, angelockt vom Geruch der Toten. Schon jetzt attackierten manche Krähen einen Geier, um die Beute für sich zu beanspruchen. Begriffen sie nicht, dass es genug für alle gab?

Schließlich sanken Didanwen und Fayanú ins hohe Gras. Als sie sich nach dem Lager umsahen, schien von dort Rauch aufzusteigen. Manche der Zelte mussten Feuer gefangen haben, auch wenn sie viel zu weit weg waren, um das genau auszumachen. Hier und da ergriffen kleinere Gruppen die Flucht, und Tiere liefen kreuz und quer ins Land hinaus.

Ein Grüppchen, das geradewegs auf sie zukam, erkannte Fayanú. Es waren Mauskin, Rehfang, Eliody, Oteba und Didanwens Streiter. Einer von ihnen fehlte.

»Warum hast du uns nicht geholfen?«, schrie Oteba schluchzend. »Feigling!«

Sie stürmte auf Fayanú zu. Er rührte sich nicht.

Mit geballten Fäusten blieb sie vor ihm stehen, weinte. »Faridas ist tot! Er ist tot … weil du uns nicht geholfen hast.«

»Halt den Mund!«, fuhr Didanwen sie an. »Ihr wolltet bei der verrückten Wyka bleiben. Ihr wusstet, dass es zu diesem Gemetzel kommen würde!«

»Aber er hätte die Urier mit dem Kupfernen Kleid besiegen können, nicht unsere eigenen Leute!«, brüllte Oteba, die Stimme von Wut und Schmerz verzerrt.

»Faridas war selbst ein Urier.«

Oteba wollte sich auf Didanwen stürzen, doch die Streiter stellten sich ihr in den Weg. Rehfang und Eliody kamen Oteba zu Hilfe, und für einen Moment verwandelten sich alle in ein Knäuel zerrender Hände und tretender Füße.

Fayanú vergrub das Gesicht in den Armen, bis Mauskins tiefe, tonlose Stimme erklang: »Reicht es nicht, dass wir zwei Freunde verloren haben?«

Der Lärm legte sich. Schweratmend setzten sich alle wieder. Didanwen und die Streiter zu Fayanús Linken, Mauskin und seine Leute zu seiner Rechten.

Inzwischen ging die Sonne unter. Rasch wuchsen die Schatten, und in der Ferne brannte das Lager, als hätte die Sonne ein paar Tränen auf die Erde vergossen. Keiner sagte etwas.

Dann merkte Fayanú, dass er immer noch das metallene Rohr umkrallte, das Baldrian ihm geschenkt hatte, geblendet vor Liebe. Ohne dass er es bemerkt hatte, schien es ein Teil von ihm geworden zu sein, trotz – oder gerade wegen – seiner Schwere und Kälte. Die Prophezeiung der Waldelfen hatte sich erfüllt. Baldrian war eine Zwergin gewesen. Er besaß jetzt zwei Iliaden, und hätte er nicht den Blickenden Becher Walgreta gegeben, wäre seine Aufgabe erfüllt, und er könnte nach Ilian heimkehren.

Heimkehren? Fast hätte er laut gelacht, so irrsinnig war die Vorstellung. Er würde nie wieder einen Fuß nach Ilian setzen!

Und dennoch war die Prophezeiung wahr geworden. Ohne sein Zutun. Würde er am Ende auch den Blickenden Becher wieder haben? Würde er die magischen Artefakte nach Ilian zurückbringen, ob er wollte oder nicht?

Er versuchte, ruhig und tief zu atmen, aber das erstickende Gefühl blieb. Lange starrte er auf das glänzende Metallding in seiner Hand. Und dann, als er schon gar nicht mehr damit gerechnet hatte, dass er sich überwinden würde, rollte er die Flüsternde Flöte durch das Gras vor Didanwen.

Das Metall ließ ein hauchiges, schillerndes Geräusch erklingen, als es die Grashalme unter sich knickte.

Überrascht blickte Didanwen auf die Flöte, dann zu Fayanú.

»Ich kann sie nicht behalten. Ich will sie nicht benutzen. Aber irgendwer sollte es tun. Oder nicht?«

Die Steppe schien plötzlich sehr still zu werden. Alle hielten den Atem an.

Endlich fasste sich Didanwen. Sie nahm die Flüsternde Flöte. Der Widerschein des Metalls schien sich in ihren Augen zu spiegeln. »Ich will das Kupferne Kleid meines Volkes«, sagte sie leise. »Nicht das hier.«

Fayanú biss die Zähne zusammen. Das hatte er befürchtet. »Das Kupferne Kleid hat nur noch eine Wirkungsweise, nämlich zu blenden. Aber die Iliaden müssen auf die andere Weise benutzt werden. Oder gar nicht.«

»Ohne das Kupferne Kleid wird es keine Königin mehr geben. Die Frauen des Kleinen Volkes werden ihre Macht verlieren, so wie die Frauen der Menschenvölker.« Zum ersten Mal klang Didanwen wie das junge Mädchen, das sie war. Sie versuchte nicht mehr, ihre Hilflosigkeit zu verbergen. »Bitte … in den richtigen Händen ist das Kupferne Kleid gut!«

»Walgreta hat es mir geschenkt.« Fayanú konnte nicht weggeben, was sie ihm geschenkt hatte. Wie sie ihn angesehen hatte, als er es zum ersten Mal trug … als wäre er für sie der schönste, der einzige Mann auf der Welt. Wie könnte er es weggeben? Nicht für alle Völker der Erde würde er das tun. Die Einzige, die es ihm nehmen konnte, war Walgreta.

Er biss die Zähne zusammen, weil er sich seiner Schuld bewusst war. Aber er konnte nicht anders. Er war kein Auserwählter, kein Rebellenführer, kein Kämpfer für Freiheit und Gerechtigkeit. Nichts von alldem wollte er wirklich. Er wollte *sie*. Und tief im Innersten glaubte er, dass es so richtig war. Dass es nichts gab, was jemals so richtig sein würde wie das – eine blinde, einfache, grundlose Liebe.

»Ich weiß, du wirst eine Weise Frau finden, die des Namens würdig ist und der du vertraust«, sagte er zu Didanwen. »Und du wirst ihr die Flüsternde Flöte schenken, egal aus welchem Volk sie stammt. Du musst es nicht versprechen. Ich habe gesehen, wie du bist.«

»Und was hast du vor?«, fragte Rehfang ungläubig, als Fayanú aufstand und sich in Bewegung setzte.

»Walgreta finden.«

»Das war's?«, rief Rehfang. »Du gibst die Flüsternde Flöte einfach so auf? Und was ist mit den Iliaden?«

»Didanwen wird die Flüsternde Flöte verschenken. Helft ihr dabei.«

Eliody holte ihn ein und verstellte ihm den Weg. »Wenn du die Iliaden nicht mehr sammeln willst, um sie den Wyken zurückzugeben, dann verlange ich das Kupferne Kleid. Denn wir werden unser Vorhaben nicht einfach so abbrechen.«

Er blickte in das wütende Gesicht der Küstenelfe. Sie misstraute ihm, wie sie Didanwen misstraute. Für sie würde es immer wie Feigheit aussehen, nicht zu kämpfen. Zu viel Schmerz war in ihr. Zu viel Angst.

Er atmete tief durch und ließ das Kupferne Kleid gerade genug aufstrahlen, dass Eliody ihn wieder für vertrauensvoll hielt. Er schob sich an ihr vorbei und ging in die Abenddämmerung, ging und ging, bis die Dunkelheit vollkommen war.

98

RIANON WAR, ALS WALGRETA ihn an diesem Morgen suchte, bei den Pferden. Es war die Jahreszeit der Fohlen. Wild sprangen die Jungtiere über die Wiese und versuchten, das Zaumzeug abzuschütteln, das manche von ihnen zum ersten Mal trugen. Nicht mehr lange, und sie konnten zugeritten werden.

»Magst du das Frühstück mit mir einnehmen?«, fragte Walgreta, bemüht um einen lockeren Ton, obwohl ihr, was sie letzte Nacht im Blickenden Becher erspäht hatte, kaum Ruhe ließ.

Rianon blinzelte in die Sonne. »Wie du wünschst, Königin. Aber nicht im Zelt. Draußen.«

Er pfiff einen Jungen herbei und nahm ihm das Pferd ab. Es

war ein prachtvoller brauner Hengst, einer der größten, die der Sechste Stamm besaß. Als Walgreta begriff, dass sie aufsitzen sollte, wich sie zurück.

»Du kannst nicht ewig auf deinem Prunkwagen fahren. Willst du das Reiten erst lernen, wenn wir die Schlucht der Tränen erreichen?«

Sie seufzte. Genau darüber wollte sie schließlich mit ihm sprechen. »Aber keinen Galopp. Und du hältst die ganze Zeit die Zügel fest!«

Er half ihr aufs Pferd, seine Hände an ihrer Taille. Obwohl ihr heiß wurde, wollte sie am liebsten nach ihm treten. Ob es ihm genauso ging? Er vermied es jedenfalls, ihr in die Augen zu sehen.

Plötzlich schwang er sich hinter ihr auf den Hengst. Das Tier tänzelte unruhig, und Walgreta krallte sich in seine Mähne. Rianon hielt nur locker die Zügel. Dann drückte er die Fersen in die Flanken des Pferdes, und sie ritten von den grinsenden Uriern weg, vorbei an den Viehherden und den Bach entlang. Mit jeder Bewegung des Pferdes spürte Walgreta Rianon im Rücken. Seine Beine an ihren, seine Arme, die sie umschlossen. Er griff in einen Beutel an seinem Gürtel und reichte ihr faseriges Trockenfleisch. Sie nahm es und lutschte nervös daran herum.

»Worüber willst du reden?«

Wahrscheinlich hatte er sie deshalb auf das Pferd genommen – damit sie nicht wagte, etwas zu sagen, was ihm missfiel.

»Unsere Reise ins Land der Geister hat keinen Sinn mehr. Wir müssen die Richtung ändern. Die Flüsternde Flöte wurde gefunden.«

Sie spürte, wie er die Luft anhielt. Doch als er sprach, klang er gelassen wie eh und je: »Ach ja? Und von wem?«

»Man könnte sagen, von Didanwen, mit Hilfe einer Wyka.« Und Fayanús, fügte sie im Stillen hinzu. Fayanú … Wie konnte er der Priesterin die Flüsternde Flöte schenken? Was bezweckte er damit? Warum überließ er Didanwen die Flüsternde Flöte, als wäre ihm alles egal? Ihm war nicht alles egal. Er trug das Kupferne Kleid, das täuschen konnte, und Didanwen hatte ihm selbst in dem Augenblick, als er ihr die Flüsternde Flöte schenkte, nicht getraut.

Walgreta schluckte. Schon wieder hatte Didanwen mehr Vernunft bewiesen als sie selbst.

»Du hattest gesagt, die Wyken seien auf deiner Seite. Ich dachte, es würde mir Verbündete bringen, die Königin der Zwerge zu heiraten. Aber du bringst mir nur Feinde ein.«

»Vergisst du da nicht rund tausend Streiter?« Sie schloss die Augen, konzentrierte sich auf die Bewegungen des Pferdes. »Jedenfalls müssen wir Didanwen abfangen, bevor sie die Flüsternden Flöte verschenkt. Sie ist mit einer Handvoll Gefährten auf dem Weg zurück ins Seenland. Sie wollen zu einer Wyka, bei der Didanwen in die Lehre ging. Lavendel vom Birkenhain.«

»Das heißt, am besten lauern wir ihnen bei dieser Lavendel vom Birkenhain auf«, sagte Rianon.

»Mit Tausenden Menschen und Tieren werden wir kaum Zutritt zum heiligen Hain einer Wyka finden. Es wäre besser, Didanwen an der Grenze zwischen Tiefland und Seenland abzufangen.«

Er seufzte. »Dann sollten wir uns einen Weg überlegen, der uns nicht in die Gebiete unserer Feinde führt.«

Eine Weile ritten sie schweigend und dachten über die Änderung ihrer Pläne nach.

»Was ist das für ein Zauber, der dir das alles zeigt? Können andere ihn auch anwenden?«

»Nein, nicht einmal die Wyken. Uns spioniert niemand aus.«

»Dich, meinst du. Mich schon, würde ich wetten.«

»So interessant bist du nicht für mich.«

»Willst du mir weismachen, du hättest mich nie gefürchtet?«

Als sie zu einer Antwort ansetzen wollte, spornte Rianon plötzlich das Pferd an, und sie preschten los. Walgreta unterdrückte einen Aufschrei und klammerte sich mit Händen und

Knien fest, so gut sie konnte. Dennoch wäre sie heruntergefallen, wenn Rianon sie nicht umschlungen hätte.

Sie ergab sich dem Rhythmus des Pferdes und sah die Erde unter sich dahinrasen. Der Wind öffnete ihr Haartuch. Für einen Moment genoss sie die Geschwindigkeit, die Wildheit – und hasste sich selbst dafür beinahe mehr als Rianon.

Dann fiel der Hengst in Trab und schließlich in Schritt.

»Hast du etwa Herzrasen?«, murmelte Rianon und legte eine Hand auf ihre Brust.

Sie schlug ihn weg, fand aber keine Erwiderung. Stattdessen kicherte sie atemlos. War sie noch bei Trost? Ihr schossen Tränen in die Augen, aber sie konnte das dämliche Kichern nicht unterdrücken.

»Ich will runter«, brachte sie endlich hervor.

Er zügelte den Hengst, sprang ab und half ihr auf den Boden. Sie ging ein paar Schritte von ihm weg und betrachtete die raschen Wellen des Baches, auf denen die Sonne glitzerte. Was für ein unsäglicher Mensch! Wie konnte sie auf ihn so reagieren?

Als sie sich umdrehte und ihn ansah, zog sich alles in ihr zusammen. Hunderte Männer mochten schöner sein als er, aber an ihm würde ihr Blick hängenbleiben. Jedenfalls wisperte der Zauber ihr das zu. Sie versuchte, ihn nüchtern zu betrachten. Seine kräftige, aber agile Statur. Nicht das Zarte, Feingliedrige, das ihr sonst gefiel. Sein Bart war ordentlich gestutzt und sein Haar nicht nur mit einem Lederband aus der Stirn gehalten wie bei den meisten Uriern, sondern entlang der Schläfen geflochten.

»Das machst du also mit deiner Zweitfrau, wenn du bei ihr die Nächte verbringst: dich frisieren lassen«, spöttelte sie und las an seiner Miene ab, dass es stimmte.

»Was weißt du dank deiner Zauberei über mich?«

»Alles.«

Sie sah seine Kiefermuskeln hervortreten, als er die Zähne zusammenbiss. Dann kam er näher und begann, ihren Gürtel zu öffnen.

Einen Moment zu spät wich sie zurück. Sie fühlte, wie das Blut durch ihre Adern wallte, flirrend wie Sonnenlicht. »Wir werden nie wieder das Lager teilen«, sagte sie leise.

»Wer spricht von einem Lager?« Er zog sie wieder zu sich heran und küsste sie. Es war ein zärtlicher Kuss, obwohl sie merkte, dass er nicht von ihr ablassen würde, sollte sie sich wehren.

Sie schloss die Augen. Wollte sich gar nicht zur Wehr setzen. Seine Hände, die an ihr entlangfuhren, sich einen Weg unter ihre Kleider suchten – mehr gab es jetzt nicht.

Doch als sie wie betäubt die Liebkosungen erwiderte, hielt er inne, eine Hand an ihrer Kehle. »Was soll das?«, flüsterte er.

»Was soll was?«

»Du hast gesagt, ich bin verhext. Aber du … hast doch einen Geliebten, der dir das Kupferne Kleid wert war. Also was machen deine Finger an meinem Schwanz?«

Seine grobe Ausdrucksweise stieß sie ab. Wie alles an ihm sie eigentlich abstieß. Sie senkte den Blick, weil sie fürchtete, dass ihr Tränen in die Augen stiegen bei dem Gedanken an Fayanú und ihre wahren Gefühle … Aber was hieß das schon, ›wahr‹? Bei Rianon wusste sie wenigstens, dass ein Liebeszauber sie an ihn band; sie wurde von niemandem getäuscht.

»Antworte.« Der Zorn, der in seinem Begehren mitschwang, kam an die Oberfläche. »Du hältst mich für den größten Narren. Glaubst du, ich fange an, dich zu lieben, nur weil du dich hingibst wie eine Sklavin?«

Sie ohrfeigte ihn.

Er grinste. »Du gefällst mir besser, wenn du ehrlich bist.«

»Ich tue alles, um dir zu gefallen.« Sie ohrfeigte ihn wieder, fester diesmal und mit größerer Genugtuung.

Er stieß sie ins Gras, und als er sich über sie beugte und in sie eindrang, schien er noch einmal verwirrt, wie wenig Widerstand sie ihm leistete. Doch er nahm sie so rücksichtslos wie beim ersten Mal. Sie klammerte sich an ihn, fühlte, wie sie sich auflöste, Flamme wurde, dann Wind um einen dahinpreschenden Reiter, ein bebendes Nichts in den duftenden Gräsern. Was scherte sie die Wahrheit? Sie flehte, dass der Zauber niemals aufgehoben würde.

99

FAYANÚ GING, BIS SEINE Füße ihn nicht mehr tragen wollten. Ihm war, als sei er die ganze Nacht unterwegs gewesen, doch kein Morgen zeichnete sich am Himmel ab; gut möglich, dass sein Zeitgefühl ihn trog und er sich in Wahrheit kaum eine Meile von seinen alten Gefährten entfernt hatte. Er sank zu Boden, vergrub das Gesicht unter seinem Umhang und schlief, schlief zum ersten Mal seit vielen Monden wieder tief und erholsam.

Als er erwachte, wallte die Sonnenglut auf ihn herab, und er hatte Durst. Erst jetzt wurde ihm klar, dass er wieder einmal drauflosmarschiert war, ohne sich an eine Wasserquelle zu halten. Dabei musste er dem Fluss allein schon folgen, um die Schlucht der Tränen zu finden.

Er sah sich blinzelnd in der Einöde um und entdeckte Mauskin, der einen Steinwurf entfernt neben einem Felsen saß, an dem er seinen Umhang als Verdeck befestigt hatte. Er starrte zurück. Dann winkte er ihm mit einem Wasserschlauch.

Fayanú rappelte sich auf und ließ noch einmal den Blick über das karge Land schweifen. Von den anderen Gefährten keine Spur. Er ging zu Mauskin. Als er nahe genug herangekommen war, warf Mauskin ihm den Wasserschlauch zu, und Fayanú trank gierig, ehe er »Danke« murmelte. »Wo sind die anderen?«, fragte er dann.

»Abgezogen mit Didanwen. Wie du es wolltest.«

Sie sahen sich an.

»Warum bist du hier?«, fragte Fayanú.

»Wegen der schönen Aussicht.« Mauskin seufzte. »Schau dich doch an. Du würdest keinen Tag allein überleben. Ganz davon zu schweigen, dass du in die komplett falsche Richtung gestapft bist.«

Fayanú verschloss den Wasserschlauch wieder und gab ihn Mauskin zurück. »Danke. Aber ich will allein weiter. Noch kannst du die anderen einholen.«

Mauskin verdrehte die Augen und stand auf, packte seine Sachen ein und wickelte sich den Umhang als Sonnenschutz um Kopf und Schultern. »Der Fluss liegt in dieser Richtung.« Er wies geradeaus und ging.

Fayanú sah ihm eine Weile nach. Dann wanderte er ihm widerwillig hinterher, denn was blieb ihm schon andres übrig, wenn er sich nicht hoffnungslos verirren wollte. Von allen Gefährten war Mauskin ihm stets das größte Rätsel geblieben.

Nach einer Weile erreichten sie einen breiten, gemächlichen Fluss, der hier und da ein paar alte Flussarme hatte. Die hohen Gräser waren erfüllt von Vogelrufen. Sie wanderten in einigem Abstand voneinander, ohne zu sprechen. Mauskin drehte sich kein einziges Mal um. Nur am Nachmittag legte er eine Rast ein, trank Wasser und aß etwas von seinen Vorräten. Fayanú knurrte der Magen, er hatte nichts mitgenommen; aber er wollte Mauskin nicht fragen, ob er etwas abbekam. Also überholte er ihn.

Die Sonne sank. Fayanú fühlte sich wackelig auf den Beinen vor Schwäche. Wenn er noch versuchen wollte, etwas zwischen die Zähne zu bekommen, durfte er nicht bis Einbruch der Nacht laufen. Er ließ sich am Ufer nieder, grub nach Würmern und baute sich eine Angel. Dann wartete er. Sah Hasen und Erdmännchen, Enten und Reiher in den Wiesen am Wasser. Aber er hatte seine Steinschleuder nicht dabei, um zu jagen. Ganz zu schweigen von Otebas praktischen Fallen.

Als nur noch ein violetter Streifen im Westen schimmerte, sah er nicht weit entfernt ein Feuer auflodern. Der Geruch von bratendem Fleisch wehte zu ihm herüber. Was mochte Mauskin erlegt haben? Während er darüber nachsann, lief ihm das Wasser im Mund zusammen.

Das Feuer brannte immer noch, doch der Essensduft hatte sich verflüchtigt, als Fayanú es schließlich nicht mehr aushielt und hinüberging. Er fürchtete, zu spät zu kommen, doch an einem Stock war noch ein ganzes geröstetes Sumpfhuhn aufgespießt. Daneben waren die abgenagten Knochen eines zweiten gesammelt.

Mauskin lag auf seinem ausgebreiteten Umhang, die Hände hinter dem Kopf verschränkt, und blickte ins Sternenmeer auf. »Bediene dich«, sagte er, ohne sich ihm zuzuwenden.

Fayanú war so hungrig, dass er den Vogel ganz vertilgte. Die knusprige Haut war mit Salz eingerieben, und Kräuter und eine Orchideenwurzel waren zu der Leber, den Nieren und dem Herzen gesteckt. Fayanú dachte an Fledermaus, wie immer, wenn er ein Tier mit Flügeln aß.

Er hatte ein mulmiges Gefühl, aber größer noch war sein Hunger. Die Knochen legte er zu dem Haufen, den Mauskin bereits angesammelt hatte, damit sie über Nacht noch eine Brühe kochen konnten.

Und dann lagen sie schweigend am Feuer und warteten auf den Schlaf.

Fayanú träumte nicht oft von Walgreta. Es war auch weniger ein Traum als eine Erinnerung, die beim Erwachen mit solcher Deutlichkeit vor ihm auftauchte, als würde er die Vergangenheit noch einmal erleben:

Sie hatten in Walgretas Bett gelegen. Fayanú hatte ihr von den Sagen seines Volkes erzählt und dabei ihr Gesicht betrachtet, dieses süße, offene Gesicht, das keine Gefühlsregung vor ihm verbergen konnte.

»Die Erde schaut durch die Seelen, die auf ihr leben, hinaus zu den Sternen, denn auch die Sterne sind voller Augen«, sagte er. »Sie haben den Rest ihrer Körper an die Dunkelheit verloren, aber mit ihren sterblichen Augen, die im Takt von Geburt und Tod blinzeln, sehen sie sich noch, einsam und voll Sehnsucht … Mögen wir Sterblichen auch flüchtig sein, wir bringen die Welt zum Leuchten, so wie unsere Augen nur leuchten wegen der flüchtigen, gigantischen Gedanken, die darin entstehen und vergehen. Wir sind die Welt, zerstreut in ihre Einsamkeit, so wie wir zerstreut sind in Gedanken, und jeder Gedanke ist eine Quelle neuer Einsamkeit. Alles treibt auseinander, und die Sehnsucht wächst bis zum Zerspringen – bis das Ende der Welt gekommen ist und eine neue Welt kommt.«

»Du glaubst, die Welt wird einmal enden?«

»Ich kann mir nicht vorstellen, dass es irgendwann nichts mehr gibt, nicht einmal etwas, worin sich das Nichts befindet. Wie sollte das vorstellbar sein? Aber ich kann mir auch nicht vorstellen, dass etwas kein Ende hat, sondern ewig ist. Nichts und Ewigkeit sind Namen, die nicht in unsere Gedanken hineinpassen, weil sie die Grenzen unserer Gedanken sind, und wir stoßen uns daran die Nase.«

»Bestenfalls.«

»Ja, bestenfalls. Man kann es nicht über alle Nasen sagen.«

Sie kicherte. Dieses Kichern …!

Als Fayanú die Augen öffnete, war Mauskin verschwunden. Enttäuscht stellte er fest, dass seine Schale nicht mit Frühstück gefüllt war. Aber was hatte er denn erwartet, so abweisend, wie er sich verhalten hatte?

Er brach auf und entdeckte bald einen Schemen in der Ferne. Mauskin wanderte immer noch am Fluss entlang. Aber warum? Was wollte er an der Schlucht der Tränen? Fayanú schüttelte unwillkürlich den Kopf. Vermutlich war Mauskin wegen des Kupfernen Kleides hier, nicht wegen Walgreta. Nur … was wollte der Tugaller damit? Er wollte es wohl kaum den Zwergen zurückgeben.

Und geraubt war es nichts wert.

Fayanú fand ein paar essbare Orchideenwurzeln auf dem Weg, die er mitnahm. Nachmittags begann er auch, Reisig für ein Feuer zu sammeln. Mauskin musste wieder eine Mittagspause eingelegt haben, denn als die Sonne unterging, holte Fayanú ihn ein. Ohne zu reden, stapelte er das Feuerholz auf und half Mauskin, eine Mulde am Ufer zu graben, um Fische zu fangen. Dann gab Mauskin ihm seine Steinschleuder und zwei rund geschliffene Steine, damit sie jagen konnten. Mauskin selbst benutzte Faridas' Bogen. Was für einen sinnlosen Tod Faridas gestorben war ... aber welcher Tod war schon sinnvoll?

Während sie, auf der Suche nach Beute, durch die Dämmerung stapften, fühlte Fayanú sich, als müsste er in der Weite des Landes ertrinken. Irgendwann würde auch er sterben. Und Walgreta. Würden sie die Welt verändern oder so spurlos verschwinden wie die Formen in den Wolken – wie all die abertausend Sterblichen, die vor ihnen gekommen und gegangen waren?

Die Welt zu verändern, das hieß, sich wegzuwerfen, um fließendes Wasser zu erschüttern.

Aber nein. Er wehrte diesen Gedanken ab. Wenn Walgreta ihr Ziel erreichte, würde sie das Schicksal unzähliger Generationen zum Guten wenden. Sie würde das Böse überwinden, ohne es zu bekämpfen. War das nicht das höchste, das wahre Ziel? Und er, er würde Walgreta beistehen. Weil er sie liebte. So würde sein Leben sinnvoll sein.

Sie scheuchten einen Schwarm Sumpfhühner auf und schossen drei der Vögel, die noch nicht so gut fliegen konnten. Fayanú wollte sich abwenden, als Mauskin den getroffenen Tieren den Hals umdrehte, aber ihm fehlte sogar dazu die Entschlossenheit.

Das Schicksal zum Guten wenden ... Aber wie? Sie würden nichts daran ändern, dass Lebewesen geboren wurden, Schmerzen litten, Schmerzen zufügten und starben. Und mehr gab es nicht. Warum gab es überhaupt etwas? Er fühlte, wie seine naiven Antworten flatterten, ohne aufzusteigen, leichte Beute für die Hoffnungslosigkeit.

Als sie zu ihren Sachen zurückkehrten, war ihnen ein größerer Fisch in die Falle gegangen. Sie töteten auch ihn und räucherten ihn über dem Feuer als Proviant für die kommenden Tage.

Während sie darauf warteten, dass die mageren Vögel gar wurden, begann Mauskin endlich zu sprechen. Seine Stimme klang verloren in der Grenzenlosigkeit der Steppe und machte Fayanú deutlich, wie wenig sie hierhergehörten.

»Nicht wegen des Kupfernen Kleides bin ich hier, auch wenn du das womöglich denkst. Das ist beileibe nicht mein Grund. Nein, ich halte dich aus tiefstem Herzen für den Burschen, der uns alle retten wird, obwohl du dich wie ein feiger Hohlkopf aufführst.« Er schüttelte den Kopf. »Ich habe keine Ahnung, wer das Kupferne Kleid oder sonst eine Iliade haben sollte. Darüber sollen sich diejenigen den Kopf zerbrechen, die eine Iliade besitzen. Ich weiß aber, wer unter keinen Umständen eine haben sollte, und deshalb wandere ich zur Schlucht der Tränen.«

Fayanú wäre lieber gewesen, Mauskin hätte ihm misstraut anstatt Walgreta. »Du kennst Walgreta nicht. Ich habe Didanwen die Flüsternde Flöte geschenkt, weil sie nicht auf Baldrian hereingefallen ist. Aber hinsichtlich Walgretas irrt Didanwen sich. Wieso gibst du überhaupt so viel auf das, was eine zwergische Priesterin sagt?«

»Was Didanwen sagt, schert mich einen feuchten Dreck, und ich kann nur hoffen, dass meine Leute geistesgegenwärtig genug sind, ihr die Flüsternde Flöte wegzunehmen, bevor sie sich damit am Ende noch zur Königin des Kleinen Volkes macht. Ich meinte aber gar nicht deine Walgreta. Ich kenne sie nicht, wie du schon sagtest. Ich meine ihren Gemahl. Den selbsternannten Sechsten und Neunten Fürsten!« Er lachte leise.

»Was weißt du über ihn?«

»Dass er als Doppelgänger eines Fürstensohnes beim Neunten Stamm aufwuchs und viele Jahre daran arbeitete, sowohl Fürst

Noharion als auch seine eigenen Leute umzubringen. Rianon ist machtbesessen, und er hat keine Skrupel.«

»Also glaubst du … er hat Walgreta etwas angetan, damit sie ihm von der Flüsternden Flöte erzählte?«

Mauskin schüttelte den Kopf. »Solche Geheimnisse bekommt man besser mit anderen Methoden als mit Gewalt heraus. Erinnere dich, wie Walgreta davon erfuhr.«

»Walgtreta hasst Urier«, sagte Fayanú schnell – zu schnell. »Nie würde sie sich von einem verführen lassen.«

Mauskin zuckte die Schultern. »Wir werden sehen. Vielleicht benutzt sie Rianon nur als Leibwächter, weil sie die Gefahren ahnt, die im Land der Geister lauern.«

»Ja, das glaube ich auch.«

Mauskin blickte nicht vom Feuer auf. Trotzdem fühlte sich Fayanú von ihm beobachtet.

»Ich will dich etwas fragen«, sagte Mauskin. »Wenn Rianon versuchen sollte, dir das Kupferne Kleid mit Gewalt wegzunehmen – das heißt, dich umzubringen –, dann würdest du dich mit dem Kupfernen Kleid zur Wehr setzen. Oder?«

Fayanú stützte den Kopf in die Hände. Überlegte, wie er es formulieren sollte, damit Mauskin ihn verstand. »Niemand sollte stehlen, was zum Schenken geschaffen wurde. Und genauso sollte niemand zum Töten verwenden, was eigentlich dafür gemacht ist, Erkenntnis und Weisheit zu schenken.«

Mauskin nickte. »Ich wollte nur wissen, worauf ich mich vorbereiten muss.«

Sie verzehrten ihr Abendessen ohne ein weiteres Wort. Fayanú kam sich wie der größte Narr vor, der je gelebt hatte. Und seltsamerweise fühlte es sich gut an.

100

DAS GANZE LAGER HATTE sich versammelt, um Rianon beim Ringkampf zuzusehen. Auf einer Seite standen seine Männer und johlten, daneben drängten sich die Streiter, in deren Mitte Walgreta in einem bauschigen, silberbestickten Kleid stand. Gegenüber waren die Ehefrauen und Kinder versammelt. Manche Kinder waren auch auf Planwagen geklettert, wo ein Grüppchen Sklavinnen mit Trommeln saß, um die Menge anzuheizen.

Tänzelnd umkreiste Rianon seinen Gegner. Es war ein hagerer, aber zäher junger Bursche namens Daridike, dessen linkes Auge von einem früheren Schlag zugeschwollen war. Im Morgengrauen des vergangenen Tages hatten er und seine Räuberbande versucht, Vieh zu stehlen. Rianons Männer hatten sie überwältigt und gefangen genommen. Statt sie zu töten, hatte Rianon den Räubern angeboten, seine Gefolgsleute zu werden, wenn sie ihm Treue bis in den Tod schworen. Er konnte schließlich jeden Mann gebrauchen, den er kriegen konnte. Daridike, ein Verstoßener aus dem kleinen, mit Rianon verfeindeten Achten Stamm, hatte eingewilligt, sofern Rianon ihn im Zweikampf besiegte. Denn nach alter Sitte verlor ein Anführer seine Ehre nicht, wenn er sich einem stärkeren Mann unterordnete. Rianon war über diese Wahl erfreut gewesen, zeigte sich darin doch, dass Daridike ein Mann mit Ehre war, den nur die Not zum Räuber gemacht hatte.

Daridike täuschte einen Angriff an, und Rianon sprang zurück. Wieder setzte Daridike zum Angriff an und packte ihn diesmal wirklich um die Hüfte. Rianon stemmte sich dagegen, versuchte, dem Gegner die Füße wegzuschieben, und drehte sich aus der Umklammerung. Er wusste, dass Daridike bei seiner Gefangennahme an der linken Schulter verletzt worden war, und zog daraus nun seinen Vorteil. Ächzend ließ Daridike ihn frei, und Rianon warf sich mit seinem ganzen Gewicht gegen ihn. Es war kein fairer Kampf, aber welcher Kampf war das schon? Daridike ging zu Boden, riss Rianon schwankend mit. Die Menge grölte. Rianon und Daridike wälzten sich im trockenen Gras, heiße Haut auf Haut. Das von einem früheren Schlag zugeschwollene Auge des Räubers tauchte dicht unter Rianons Gesicht auf. Rianon drückte ein Knie auf Daridikes Schulter, drückte ihn mit aller Macht auf die Erde, atmete Staub und ließ sich von den schlagenden Händen und tretenden Füßen des Gegners anspornen.

Endlich kippten die Schreie in Jubel um, und Rianons Männer zogen ihn zurück und hoben ihn auf ihre Schultern. Rianon sah, dass Daridike noch am Boden lag, Blut an der Nase, und zitterte. Irgendwo in der Menge fand sein Blick Walgreta, die zu lächeln schien.

Sobald Daridike wieder auf den Beinen war, verneigte er sich vor Rianon und schwor ihm Treue. Die Männer tranken auf Brüderschaft, und Rianon versprach Daridike und jedem seiner Anhänger eine Ehefrau, die sie noch am selben Nachmittag aussuchten, und wieder wurde Hochzeit gefeiert.

Erst vor einem halben Mond waren sie dem Vierten Stamm begegnet, dessen Freundschaft sie sich mit Ehen und zweihundert Schafen, hundert Rindern und fünfzig Ziegen erkauft hatten, und ebenso teuer war ihre Begegnung mit dem Siebten Stamm vor einem vollen Mond gewesen. Rianon wusste, dass es hauptsächlich den Streitern zu verdanken war, dass der Vierte und der Siebte Stamm ihm keine Schlacht geliefert hatten. Sie wagten es nicht, sich mit dem Kleinen Volk anzulegen nach dem, was aus dem Neunten Stamm geworden war. Aber Rianon scherte es nicht, ob die anderen Stämme ihn ehrlich respektierten oder lediglich zähneknirschend duldeten. Er war jetzt schon Fürst zweier Stämme, und er würde weitere unter sich einen.

Wenn Walgreta ihm die Flüsternde Flöte beschaffte, konnte ihn nichts und niemand mehr aufhalten.

So verrückt es auch klingen mochte, er glaubte noch immer, dass sie ihn nicht belog – nicht belügen *konnte*, weil sie zu stolz war. Und wenn sie in seinen Armen lag und sich mit einem Widerwillen hingab, der nicht gegen ihn, sondern sie selbst gerichtet schien, dann glaubte er sogar, dass sie ihn liebte …

Was für ein Narr er war! Er fiel sehenden Auges auf einen Zauber herein. Aber ihre Begierde war echt. Wenn er verzaubert war, war sie es ebenfalls, und mehr interessierte ihn nicht.

Als die Nacht voranschritt und sich die Bräutigame nach und nach vom Gelage verabschiedeten, um ihre Bräute aufzusuchen, tauchte Walgreta auf. Rianon war froh, dass nicht nur ihre Leibgarde von zwei Streitern sie begleitete, sondern auch Redike. In der Dunkelheit konnte es passieren, dass jemand sie für eine Sklavin hielt und hernehmen wollte. Sie trug nicht mehr eins der steifen, mit Metallfäden und Edelsteinen durchwirkten Gewänder ihrer Heimat, sondern ein schlicht gegürtetes, ungefärbtes Gewand aus Wolle wie eine Urierin und heute zum Fest sogar den Schleier einer hohen Ehefrau, den sie allerdings lässig um ihre Schultern wehen ließ. Viele Oberhäupter fanden es empörend, wie die Königin sich über die Sitten hinwegsetzte, Rianon jedoch musste schmunzeln. Er hatte schließlich ebenfalls ein altes, tiefverwurzeltes Vergnügen daran, die Gesetze der Väter zu brechen, auch wenn er es nie so offen hatte tun können wie sie.

Sie wartete, dass er aufstand und zu ihr kam. Er ahnte, dass die Männer in seinem Rücken spöttelten, aber dieses Opfer brachte er Walgreta gern.

»Gehen wir ein Stück?«, fragte sie unschuldig.

Er schüttelte den Kopf. »Nicht heute. Gehen wir in dein Zelt.«

Er folgte ihr, und Walgreta schickte ihre beiden Dienerinnen nach draußen. Kaum waren sie allein, hob er sie auf, und sie schlang die Beine um seine Hüfte. Ihre Küsse waren gierig;

sie hatten sich letzte Nacht wegen der angespannten Situation nach dem versuchten Diebstahl nicht gesehen, und es war viel zu lange her, dass er sie besessen hatte. Leicht wie fallendes Laub sanken sie zu Boden und rollten über die Teppiche und Felle. Rianon ächzte, als sie an die blauen Flecken kam, die er sich beim Ringkampf zugezogen hatte, und ließ zu, dass sie sich auf ihn setzte. Für den Moment war er benommen von ihrem Anblick. Er zog ihr das Gewand von den Schultern, um ihre Brüste in die Hände zu nehmen. Seine Berührung ließ sie erschaudern; dann bewegte sie sich, und die Zeit schlug über ihnen zusammen, und sie versanken in der wortlosen, winzig gefalteten Ewigkeit ihrer Atemzüge. Erst als sie zitternd über ihm zusammensank, fiel ihm auf, dass sie ihn nicht mit Liebe angesehen hatte. Nein, nicht in Liebe … sondern mit einer Begierde, die Angst war, als wäre sie auf der Flucht vor etwas. So wie Pasarime, bevor er ihre Tochter zur Frau genommen hatte.

Er drückte sie zu Boden und machte weiter, wo sie aufgehört hatte. Sie schien es zu mögen, doch sie hielt die Augen geschlossen. Konnte sie ihn nicht ansehen, wenn ihre Lust befriedigt war? Schämte sie sich plötzlich? Oder dachte sie in ihrer Dunkelheit an den Geliebten, dem sie das Kupferne Kleid geschenkt hatte?

Rianon empfand würgende Eifersucht. Er stieß heftiger zu. Befahl ihr leise, ihn anzusehen. Die halb empörten, halb wimmernden Laute, die aus ihrem Mund taumelten, brachten ihn um den Verstand, und er ergoss sich in sie und dachte nichts mehr.

Als sie friedlich nebeneinanderlagen, kam sein Argwohn ihm übertrieben vor. Fast schlief er ein … da hörte er ihre Stimme.

»Hast du dir schon überlegt, welcher Frau du die Flüsternde Flöte geben willst?«

»Hm?«

»Ich habe gesehen, dass Didanwen und ihre Gefährten in den Wäldern der Südberge sind, und du hast gesagt, wir werden in einem halben Mond dort sein und sie einholen. Also sollten wir uns Gedanken machen, wer geeignet wäre, die Flüsternde Flöte zu besitzen.«

»Wir?« Er linste auf sie herab.

Sie hielt die Augen geschlossen, während sie weitersprach, und es irritierte ihn wieder, dass sie sich ihm nicht zuwandte.

»Ich habe Kalimune beobachtet, seit du sie geheiratet hast. Sie macht einen schüchternen Eindruck. Oder ist sie vor dir anders als vor mir?«

Nun stützte er sich auf einen Arm, damit sie zu ihm aufsah. »Warum schlägst du Kalimune vor? Du willst doch, dass die Iliaden in die Hände der Weisen Frauen kommen.«

»Ja, aber … wir brauchen die Flüsternde Flöte zuerst noch gegen Ganwalen. Die Streiter von Mún Toleda stehen uns jetzt bei. Aber was, wenn sie erfahren, dass ich das Kupferne Kleid tatsächlich nicht besitze? Ich weiß nicht, ob es genügt, dass viele von ihnen nun urische Frauen haben. Horuns Bauch ist die Mutterstadt meines Volkes und Ganwalen ihr Hauptmann. Es ist auch im Interesse der Wyken, wenn wir Ganwalen zuerst das Handwerk legen. Er lässt die heiligen Haine niederbrennen wie ein Besessener. Und die meisten Wyken sind zu friedfertig, um Gewalt mit Gewalt zu vergelten. Aber *ich* wäre mir dafür nicht zu schade, wenn es sein müsste. Also würden wir die Flüsternde Flöte für unseren Kampf benutzen, und danach geben wir sie einer Wyka. Das wäre mein Plan.«

Er las in ihren Augen. Irgendwie schaffte sie es, sich selbst so dreist vorzuschlagen, wie es indirekt gerade möglich war, und dabei trotzdem vollkommen selbstlos zu wirken.

Er widerstand dem Drang, ihr eine Haarsträhne aus der Stirn zu streichen, und musste wieder schmunzeln. »Kalimune kommt für dich also nicht in Frage. Wir sollten uns in dieser Sache einig sein. Da du diejenige bist, die sich mit Zauberei auskennt und die Trägerin der Flüsternden Flöte einweisen und beraten wirst, müsstet ihr euch wohl mögen.«

Ein Schatten glitt durch ihren Blick. »Es geht nicht um Sympathien, sondern um Tauglichkeit. Kalimune ist ein Kind. Um ehrlich zu sein, mir kommen bisher alle eure Frauen etwas kindlich vor.«

Er zuckte die Schultern. »Die hohen Frauen sind es gewohnt, dass alles für sie gemacht und entschieden wird. Hast du mal mit unseren Sklavinnen gesprochen? Vielleicht findest du da deine Weise Frau.«

»Mach dich nicht über mich lustig.«

»Mach ich nicht. Was glaubst du, warum wir Männer so viel Zeit mit den Sklavinnen verbringen? Wegen der guten Gespräche.«

Sie gab ihm einen Schubs, aber sie grinste dabei. Und sein ernster Tonfall schien sie zu verunsichern. Dennoch ging sie nicht weiter darauf ein. Natürlich nicht. Sie war eine Hochgeborene, und es würde ihr im Traum nicht einfallen, jemanden von geringerem Stand ernst zu nehmen. Die Mischung aus Verachtung und Eingeschüchtertheit, die früher sein stärkstes Gefühl für sie gewesen war, kitzelte ihn wieder. Und immer noch war, wenn man die falsche Liebe des Zaubers nicht gelten ließ.

»Was ist mit Kalimunes Mutter, Pasarime?«, fragte sie leichthin. »Sie scheint willensstark und klug. Traust du ihr?«

Er fuhr auf, und sie zuckte zusammen. Sie war wirklich erbärmlich, wenn es darum ging, sich zu verstellen.

»Du weißt es also«, sagte er.

Sie atmete tief durch. »Es war nicht schwer zu erraten, dass eine Frau der Grund war, warum du unbedingt die Familien des Neunten rauben wolltest und dafür sogar den Rückhalt deiner Männer riskiert hast. Als der Fünfte Fürst Pasarime zur Braut wollte, hättest du ihn fast erdolcht, ehe Redike schnell einen Grund ersonnen hat, warum niemand sie haben kann. Und deine Hochzeit mit Kalimune hat dich offensichtlich am Boden zerstört, dabei war es der naheliegende Schritt, um deine Macht zu festigen. Und nun ist Kalimune immer noch nicht schwanger.

Wundert es dich, dass darüber getratscht wird? Du kannst von Glück sagen, dass du in mir eine gute Ausrede gefunden hast, sonst würden deine Leute eins und eins zusammenzählen, und dann wäre Pasarime bald eine Geächtete …«

Er drückte ihr eine Hand auf den Mund. »Du redest nicht über sie. Du nicht!«

Erst als sie nickte, ließ er los. Ihm war elend zumute, und für einen Moment erkannte er, wie falsch es war, dass er mit einer anderen Frau als Pasarime vertrauliche Gespräche führte.

Aber es gab keinen Weg zurück. Es war vorbei. Vorbei …

Er setzte sich auf und verschränkte die Arme über den Knien, unfähig, sich Walgreta zuzuwenden oder von ihr wegzugehen.

Schließlich hörte er sie hinter sich seufzen. »Rianon? Es gibt einen Weg, wie du herausfinden kannst, ob sie dich hasst oder ob sie dir aus Liebe fernbleibt. Ich weiß … dass sie dich wie einen Fremden behandelt, seit du ihre Tochter geheiratet hast.«

Er erstarrte. Wie konnte sie davon wissen? Durch zusammengebissene Zähne fragte er: »Und wie?«

Walgreta stand auf. Sie schämte sich nicht, durch den Schein des Herdfeuers zu gehen mit nichts als den Goldgeschmeiden an ihren Handgelenken und ihrem Hals, um zwischen den verstreuten Kleidern ihr Wollgewand aufzulesen. Sie schlüpfte in die Ärmel, ohne es zu schließen. Mit einem Schlüssel, den sie an einer feinen Goldkette trug, öffnete sie die Truhe, in der sie das Kupferne Kleid aufbewahrte. Sie nahm jedoch nicht das falsche magische Artefakt heraus, sondern einen Becher aus schwarzglänzendem Stein. Sie füllte ihn mit Wasser und setzte sich vor Rianon. Schon wieder musste er sich zurückhalten, um sie nicht anzufassen wie ein Knabe, der zum ersten Mal eine nackte Frau vor sich hat.

»Das ist der Blickende Becher.« Sie starrte ihn an, von ihren eigenen Worten ergriffener als er. »Ich kann dir darin Pasarimes Vergangenheit zeigen. Das, was sie heute über dich gedacht hat, gestern und jeden Tag davor. Es ist alles da. Wenn ich allein danach suche, ist es nur verschwommen, denn ich stehe ihr nicht nah. Aber mit dir müsste ihre Vergangenheit so deutlich erscheinen wie deine eigene.«

Sie wusste alles. Nicht nur über ihn und Pasarime. Alles über sein Leben. Wie oft hatte sie in den Zauberbecher geschaut, um ihn auszuspionieren? All die Abende, die sie sich in ihr Zelt zurückgezogen hatte ... und je besser sie ihn kennengelernt hatte, umso deutlicher hatte sich seine Vergangenheit offenbart. Vielleicht war das der Grund, warum sie sich ihm so bereitwillig hingab.

Er atmete hörbar aus. Dass sie schon wieder so unschuldig dreinblickte, trieb ihn zur Weißglut. Er stand auf. »Pasarimes Vergangenheit geht dich nichts an.«

Mehr brachte er nicht hervor. Er schlüpfte in seine Sachen und stürmte aus dem Zelt.

101

MIT MAUSKIN WANDERTE FAYANÚ von Sonnenaufgang bis Sonnenuntergang, Tag für Tag. Meist hielten sie sich an den Fluss, doch wichtiger waren Felsen und Geröllberge, die ihnen Schatten spendeten und Unterschlupf bieten konnten, wenn die Mittagsglut unerträglich wurde. Einmal fanden sie die frischen Spuren eines Stammes – von Hufen und Rädern zerwühlte Erde, Abfälle und Feuerstellen. Sie beschlossen, zwei Tage zu rasten, um den Stamm nicht versehentlich einzuholen. Sie flickten ihre Schuhe und Umhänge und füllten ihre Proviantaschen mit Räucherfisch und Wurzeln.

Der Mond rundete sich und nahm wieder ab. Jeder Tag, jede Nacht, jeder Schritt glich dem anderen, so als lebten sie in einer endlosen Wiederholung. Nur die Schwielen an ihren Füßen wurden härter, und das Denken fiel ihnen schwerer. Fayanú spürte förmlich, wie ihm die Worte davonwehten. Der Himmel war zu hoch, das Land zu weit; alles ging in der unermesslichen Einöde auf. Erst vergaß er, wie er gestern aufgewacht war, dann, was er eben noch gesehen hatte.

Wäre nicht Mauskin gewesen, hätte er wohl gar den Verstand verloren. An den Abenden redete der Tugaller. Er erzählte von seiner Heimat, von den Früchten, die sie anbauten, von den Feiertagen und vom Meer, einem grenzenlosen salzigen Gewässer voller Fische, gigantischer Fische und Fische mit acht Armen, die größer waren als ein Mann. Er erzählte, wie seine Leute Häuser aus Stein bauten und jeden Sommer auf die Händler warteten, die ihnen Färbemittel für ihre Stoffe brachten. Mauskin redete über alles, nur nicht über seine Familie.

Fayanú wunderte sich nicht. Es waren Erzählungen, mit denen er gegen die Dunkelheit ankämpfte, gegen das übermächtige Schweigen der Nacht. Und Dunkelheit ließ sich nicht mit Dunkelheit vertreiben.

Fayanú sprach kaum. Er hatte so viele Jahre Geschichten gegen einen trockenen Schlafplatz und ein warmes Essen getauscht, dass er schon geglaubt hatte, keine Freude mehr am Erzählen zu haben. Bis er Walgreta kennenlernte. In ihrer Gesellschaft hatte er nur zu gern Geschichten zum Besten gegeben, um sie neugierig, überrascht und vergnügt zu sehen, und hatte all das auch selbst wieder empfunden. Ohne sie hatte er nun keinen Grund mehr zu erzählen. Jedenfalls keine Geschichten.

Doch er sang. Lieder des Mitterlands fielen ihm ein, die er in Pen Korwall zum ersten Mal gehört hatte und die er immer nur mit einem bitteren Beigeschmack hatte wiedergeben können. Nun änderte sich das. Er sang, und die Vergangenheit schien ihre Dunkelheit zu verlieren – vielleicht auch für Mauskin, der die Augen schloss, wenn er lauschte – vielleicht, um Tränen zu verbergen.

Im Frühling bei den Riten
Gab das Mädchen ihrem Liebsten
Einen langen, tiefen Blick.
O Glück!
In zwei Herzen schlug er Wurzeln.
Ein Jahr später trug er Blüten.
Da waren sie zu dritt.

Schwere Gewitter zogen auf. Zornig donnerten die Götter des Himmels ihre Blitze in die Erde, und heulende Winde jagten kreuz und quer durch die Steppe, Geister der riesenhaften Wölfe von einst. Innerhalb eines Nachmittags fiel so viel Regen, dass sich ihre Umgebung in eine Wasserlandschaft verwandelte, und sie stapften zwei Tage durch knöcheltiefe Tümpel. Als die Sonne zurückkehrte, versank die Welt in Dampfschwaden. Donner erscholl. Fayanú und Mauskin erwarteten das nächste Gewitter, doch stattdessen tauchte eine Reiterhorde aus dem Nebel auf.

Es waren hundert oder mehr urische Frauen auf Pferden, mit Kurzbögen und Stabdolchen bewaffnet und gekleidet wie Männer. Fayanú hatte schon von urischen Räuberinnen gehört, aber die Geschichten immer für Märchen gehalten. Mauskin schien ebenso verwundert.

Da Mauskin fließend Urisch sprach und Fayanú immerhin gebrochen, nahm die Anführerin, eine große, drahtige Frau mit ergrautem Haar, sie wie Gäste auf. Sie teilten ihr Mahl aus Lammfleisch, Schafskäse und Kräuterbrand und erzählten sich voneinander. Den Grund ihrer Reise verschwiegen sie nicht, nur die Iliaden. Den Urierinnen schien zu gefallen, dass sie die Gemahlin eines Fürsten entführen wollten. Sie selbst waren hohe Töchter ebenso wie Sklavinnen und gaben freimütig zu, dass sie in den Wintern, wenn viele urische Fürsten in ihren Gebieten im Seen- und Mitterland weilten, die allein bei den Alten, Kindern und Herden zurückgebliebenen Frauen befreiten oder entführten. Dass es einen Krieg zwischen den Zwergen und dem Neunten Stamm gegeben hatte und Tausende Urier gefallen waren, erfreute sie so sehr, dass der Abend beinahe ein Fest wurde. Bald, so sagten sie, würde das Tiefland den Reiterinnen gehören, und die Hirten würden ihnen Abgaben zukommen lassen wie die Bauern der Menschenvölker dem Kleinen Volk.

Fayanú und Mauskin berichteten ihnen alles über den Krieg, was sie wussten, und zum Dank schenkten die Reiterinnen ihnen zwei Pferde.

Ihre Reise wurde leichter dank der Pferde. Es waren ein kräftiger brauner Hengst und eine kleinere, vielleicht schon etwas ältere Stute, die sie oftmals nicht ritten, sondern nur ihre Habseligkeiten tragen ließen. Sie folgten noch immer dem Wasser, das jedoch nicht mehr in einem großen Strom durch das Land schnitt, sondern sich in zahllose Bäche teilte. Sie kamen an Büschen und Sträuchern vorbei, die ihr Laub beim kleinsten Windhauch verloren, und morgens überzog Raureif jeden einzelnen Halm. Fayanú wurde wehmütig, als er die müde Süße roch, die aus der Erde stieg. Es war Herbst geworden. Wie viele Monde lag seine Trennung von Walgreta nun zurück? Er schien bereits ein halbes Leben mit Mauskin unterwegs zu sein. Und doch konnte er manchmal beim Einschlafen Walgreta noch in seinen Armen spüren. Vielleicht war die Zeit so wie der Raum: verzerrt von Bergen und Tälern, die Fernes und Nahes unmöglich zueinanderschoben.

Das Land wurde immer unebener, oftmals mussten sie die Pferde an den Zügeln nehmen und lange nach einem geeigneten Weg an Felshängen entlang suchen. Magere Pinien ragten aus dem Boden. So karg der Wald auch sein mochte, sie waren froh um jeden Schutz, als eisige Stürme und lange Regenschauer aufzogen.

Am Horizont tauchten graue Gebirge auf. Sie waren nicht besonders hoch, aber so schroff, dass nur Spinnen sie hätten erklimmen können. Das Ende der bekannten Welt.

Bei dem Gedanken, dass dahinter die Geister der toten Erdgötter ihr Unwesen trieben, war Fayanú froh, dass Baldrian die Flüsternde Flöte bereits geholt hatte. Vielleicht hatte die Wyka dort ihren Verstand verloren und war deshalb zur Kriegsfürstin geworden? Etwas Unheimliches hatte in ihren Augen gelegen ...

Sie wanderten entlang der Berge. Schluchten, die kaum einen Fuß breit waren und so tief, dass man einen Stein nicht aufschlagen hörte, lauerten allerorts. Unheimliche Spalten klafften zwischen den Felswänden, aus denen ein kühler, moderiger Atem drang. Zwischen manchen Ritzen versickerte ein Bach, und Fayanú zweifelte bereits, ob sie die Schlucht der Tränen unter all den Schluchten und Wasser trinkenden Kratern ausmachen würden, als sie schließlich eine *Lücke* im Gebirge erreichten.

Die Lücke kam ihm unwirklich vor wie ein Traum. Zwischen den meilenhohen Felsen klaffte dieser Hohlraum, von weit oben bis tief hinab in einen beinah lichtlosen Abgrund, wo die Wogen eines schnellen Wassers glimmerten. Er hörte das Rauschen der Bäche, die dort hinabströmten, und in der Ferne, wo die Schlucht eine Biegung machte, das dunkle Grollen von Wasserfällen.

Sie schlugen ihr Lager in einer Felsspalte auf, die etwas höher gelegen war und einen guten Ausblick bot. Um sich gegen den Nordwind zu schützen, bauten sie einen Schutz aus Zweigen und geflochtenen Gräsern, den sie vor den Eingang schoben. Doch in der Nacht spürten sie, wie der Wind durch ihre kleine Höhle zog. Ein Weg musste hier tiefer ins Gestein führen ... Sie tasteten die Wände ab, fanden aber nichts als schmale Risse.

Am nächsten Tag ließen sie die Pferde angebunden auf einer kleinen Lichtung im Wald zurück und gingen zu Fuß los, um die Umgebung zu erkunden. Die Felsen ragten zumeist so steil in den Himmel, dass es unmöglich war, sie zu erklimmen. Doch hier und da waren sie zu einem Geröllhang zusammengebrochen, überzogen mit Moosen und Farnen, und Fayanú und Mauskin kletterten diese grünen Zungen empor. Weiße und blaue Schmetterlinge flatterten vor ihnen her. Gelegentlich hörten sie das Rauschen von Wasser, aber sie sahen den Donwall, der aus der bekannten Welt strömte, erst, als sie eine schmale Anhöhe erreichten: Etwa hundert Schritte unter ihnen peitschten die Wogen dahin. An den Klippen ringsum gab es Felsvorsprünge wie der, auf dem sie standen. So konnten sie dem Fluss in halsbrecherischer Höhe bis weit hinein in die Schlucht folgen, bis zu einem kleinen, schäumenden See, in den die Fluten über mehrere Wasserfälle stürzten. Die Steinwände ringsum waren mehr als zweihundert Schritte hoch und so glatt, dass weder Bäume noch Farne daran Halt fanden. Wenn man Boote hier hinabließ und es schaffte, nicht in die Wirbel in der Mitte des Sees zu geraten …

Fayanú ließ den Blick durch die sich windenden Nebelschwaden gleiten. Irgendwie kam ihm dieser Ort vertraut vor.

»Siehst du das?« Er zeigte auf einen dunklen Schemen seitlich in der Felswand, hinter all dem Nebel.

»Eine Grotte?«, fragte Mauskin.

Fayanús Herz begann, schneller zu schlagen. Konnte das sein? Er sah sich nach einem Weg um und fand ihn tatsächlich. Über den schmalen, nur knapp über dem Wasser gelegenen Vorsprung gelangten sie zu der dunklen Öffnung, die in eine Grotte mündete. So, wie er es geahnt hatte. Er suchte und fand einen kleinen Bach.

Fayanú betrachtete den silbrigen Strom in der Dunkelheit und fühlte wieder diese vage Vertrautheit, als wäre er schon einmal hier gewesen …

»Wie sollen wir je die Pferde dazu bringen, sich hierherzubewegen«, schnaufte Mauskin. »Die armen Gäule werden …«

»Wir kommen hierdurch zurück«, fiel Fayanú ihm fröhlich ins Wort und ging gegen den Strom dem Bach nach. Wie er vermutet hatte, tauchte gleich nach einer Biegung wieder Licht auf: Geisterblass tastete sich ein Sonnenstrahl herab und ließ neben dem steil zu ihnen herabfließenden Wasser eine Treppe erkennen.

»Da sind Stufen in den Stein gemeißelt«, staunte Mauskin.

»Nicht in den Stein. In den Salzsteinbaum!« Fayanú packte Mauskin lachend an den Schultern. Der Tugaller war so massig, dass er sich kaum schütteln ließ. »Wusste ich doch, dass ich schon mal hier war. Als Kind! Als meine Familie noch auf Lindwürmern durch das Land flog und den Sternen folgte. Hier befindet sich eine alte Grabstätte der Waldelfen. Komm!«

Sie stiegen die alten Stufen empor und gelangten in eine Halle, die nicht natürlich entstanden war. Tageslicht fiel durch ein Loch in der gewölbten Decke, von dem strahlenförmige Schlitze abgingen. Ranken wucherten durch diese Schlitze bis auf den Boden, der aus glattpoliertem Marmor bestand, durchädert von Silber, Gold und anderen Metallen, die nie von einem Schmied geschlagen worden waren. In der Mitte war eine Vertiefung für ein gigantisches Feuer; und für einen Moment glaubte Fayanú die hochaufschlagenden, gelben Flammen zu sehen, die hier in seiner Kindheit gebrannt hatten. Aber die Feuerstelle war vom trockenen Laub der letzten Jahre so bedeckt, dass Mauskin die Vertiefung gar nicht bemerkte und hineingestolpert wäre, wenn Fayanú ihn nicht festgehalten hätte.

Die Wände, ebenso geädert wie der Boden, waren uneben, doch nicht wie Felsen uneben waren. Eher wie alte, knotige Baumstämme. Unter dem Rankengeflecht konnte man es nicht genau erkennen, doch Fayanú erinnerte sich, dass in allen vier Himmelsrichtungen jeweils ein Teil der Wand geschliffen und mit magischen Zeichnungen versehen war. Dazwischen führten mehrere hohe Gänge aus der Halle, manche durchhaucht von Tageslicht, andere beinahe vollkommen finster. Der Salzsteinbaum strahlte kaum noch Helligkeit aus. Er musste im Sterben begriffen sein – kein Wunder, da die Zeremonien des Lebens hier so lange nicht mehr abgehalten worden waren.

»Bin ich verrückt, oder ... oder leuchten die Steine?«, stieß Mauskin hervor.

Für ihn war das bisschen Glosen anscheinend schon ungeheuerlich. Er lief in einen Gang hinein, den noch ein paar bläulich schimmernde Adern durchzogen, berührte die Wände und leckte an seinem Finger. »Salz! Der Stein ist voller Salz!« Er lachte. »Du weißt das alles, schon verstanden. Aber hol mich der ...« Er verstummte, als er zur Decke hinaufsah.

Fayanú trat zu ihm und sah ebenfalls empor. Löcher waren in den Salzsteinbaum gemeißelt. Und in den Löchern steckten Totenköpfe. Es waren unzählige. Manche waren tief hineingedrückt, so dass sie erst auf den zweiten Blick im Dunkel erkennbar wurden, andere schienen beinahe herauszufallen, und wieder andere hatten tatsächlich ihren Kiefer bereits verloren, was das Knirschen unter Mauskins und Fayanús Schuhen erklärte. Jedes Paar leerer Augenhöhlen sah in eine andere Richtung.

Sie sind unsere Vergangenheit, und sie zeigen uns unsere Zukunft, dachte Fayanú. So hatte man es ihm als Kind gesagt, und die Worte erfüllten ihn nicht mit Angst, sondern Geborgenheit.

»Keine Sorge. Sie sind da, wo sie sein wollten. Und es wird sie nicht stören, eine Weile ihre Bleibe mit uns zu teilen.«

»Teilen?«, wiederholte Mauskin in einem für ihn so ungewöhnlich entsetzten Ton, dass Fayanú grinsen musste.

»Was denn sonst? Es gibt hier Dutzende komfortable Schlafräume, Badebecken und Feuerstellen. Vielleicht finden wir sogar Werkzeug, Kessel und Brennmaterial. Die Toten sind, wenn überhaupt, froh, dass endlich wieder jemand kommt, um sie zu besuchen.«

Mauskin sah alles andere als überzeugt aus. Sein Blick schoss zur Feuerstelle in der Halle zurück, die groß genug war, um darüber etwaige unbefugte Eindringlinge zu rösten.

»Holen wir die Pferde«, sagte Fayanú.

Über lange Treppen, die teils unter freiem Himmel durch Felsspalten aufwärtsführten, erreichten sie nach einer Weile eine Grotte, deren Ausgang von Wasserfällen und Nebelschwaden so verhängt war, dass man sie von außen nicht erkannte. Sie waren wieder im Wald und fanden bald die Lichtung, auf der sie die Pferde und ihre Habseligkeiten gelassen hatten. Sie brachten alles zurück in die elfische Grabstätte. Fayanú behielt für sich, was für ein Frevel es war, gefangene Tiere in ein Heiligtum der Elfen zu führen, da der Ort Mauskin schon genug beunruhigte. Und im Grunde konnten sie den Toten ohnehin nichts Schlimmeres antun, als ihre Nachkommen ihnen damit angetan hatten, dass sie ihre Gräber verwaisen ließen.

Sie brachten die Pferde in einen von Moos und Kräutern überwucherten Krater, der nach oben hin offen war, und beschlossen, dort einen Unterstand zu bauen.

»Der Winter steht bevor«, sagte Mauskin. »Wir sollten Vorräte für uns und die Pferde anlegen.«

So vergingen die Tage mit Vorbereitungen und Erkundungen ihrer neuen Umgebung. Fayanú warnte Mauskin, nicht blindlings in einen Gang zu laufen und irgendeine Abzweigung zu nehmen, da die Wurzelgänge des Salzsteinbaums viele Meilen weit in die Berge reichen konnten. Es war sicherer, sich an die Wege zu halten, die von den Waldelfen abgeschliffen und mit Stufen versehen waren.

Sie richteten sich in einem runden Raum unweit der großen Halle ein, der dieser nachempfunden war. Hier hatte früher eine Familie übernachtet; vielleicht sogar Fayanús Familie. Rund um die Feuerstelle waren Sitzgelegenheiten in den Boden gemeißelt. Etwas abseits stand ein feinziseliertes Becken für Reinigungszeremonien, das von unten beheizt werden konnte.

Sie sammelten und trockneten Heu und Zweige, stellten Fallen auf, warfen Fischnetze aus und räucherten Fleisch, um es haltbar zu machen. Einmal schoss Mauskin einen Eber, und sie wälzten die Keulen in dem Salz, das sie aus dem Stein schabten. All die Arbeit lenkte sie fast von der beklemmenden Unsicherheit ab, wie lange sie warten würden. Was, wenn Walgreta nicht kam? Wenn sie gar nicht auf dem Weg zur Schlucht der Tränen war, sondern in Gefangenschaft beim Sechsten Stamm, irgendwo draußen im Land? Oder wenn er zu spät gekommen und Walgreta längst ins Land der Geister aufgebrochen war?

Es machte keinen Unterschied; er konnte nichts anderes tun, als hier auf sie zu warten. Und wenn sie niemals kam … dann würde er bis an sein Lebensende warten.

Eines Nachmittags, als Fayanú und Mauskin losgezogen waren, um Kastanien für die Pferde zu sammeln, vernahm Fayanú vertraute Vogelrufe. Er sah auf und entdeckte große Schwärme in spitz zulaufenden Formationen über die Berge hinwegfliegen. Schwärme von Gänsen mit schwarzweißem Gefieder. Wie Fledermaus!

Er fiel Mauskin in den Arm, der schon einen Pfeil gezückt hatte, und der Tugaller ließ verwirrt den Bogen sinken.

»Eine von ihnen könnte meine Gans sein«, rief Fayanú. Und er stieß einen durchdringenden Pfiff aus, das Signal, auf das Fledermaus früher immer gehört hatte.

Der Pfiff hallte in den Bergen wieder. Ein Dutzend Vögel ging im Anflug auf sie tiefer. Fayanú hätte jubeln mögen. Auch dann noch, als die Gänse nicht landeten, sondern dicht über ihnen davonflogen, den Hunderten anderen folgend. Dorthin, wo sie hingehörten.

Mauskin seufzte schicksalsergeben. »Essen wir eben nur hässliche Tiere. Käfer und Spinnen gibt es ja genug.«

Fayanú lachte mit Tränen in den Augen.

In dieser Nacht ebbten Schmerzen durch Fayanús Unterleib. Kalter Schweiß trat ihm in den Nacken, und er ging zum Unterstand der Pferde, darauf bedacht, Mauskin nicht zu wecken. Während er sich zu den Tieren kauerte, deren warmer Geruch etwas Tröstliches hatte, zählte er die Monde zurück. Es konnte noch nicht so weit sein. Acht Monde, wenn überhaupt … Er blickte zu den Wolken auf, die rasch über den Himmel zogen. Wo der starke Wind sie auseinanderriss, blitzte der Vollmond auf, kalt und hell wie Eis.

Zum ersten Mal seit langer Zeit betete Fayanú zu seinen Ahnen: *Ihr, die ihr gekommen seid, wohin ich kam, und gegangen seid, wohin ich gehe, steht mir bei. Steht mir bei. Steht mir bei.*

102

AN EINEM MORGEN, ALS bereits Herbstnebel über den Wiesen hingen, trennten sich Rianon, Walgreta und ein Gefolge von hundert Reitern vom Rest des Stammes. Es waren Rianons beste Männer und nur eine Handvoll jener Streiter, die sich in den vergangenen Monden am geschicktesten auf einem Pferd angestellt hatten. Außerdem waren alle von ihnen mit einer Urierin verheiratet; darauf hatten Walgreta und Rianon bei der Auswahl geachtet. Die Streiter sollten mehr als einen Grund haben, ihnen treu zu dienen – ganz gleich, was bei der Begegnung mit Didanwen gesagt und geschehen würde.

Die Hitze hatte nachgelassen, und oft blieben die Tage nebelverhangen, so dass die Pferde keine größeren Pausen benötigten. Sie ritten von Sonnenauf- bis Sonnenuntergang und ernährten sich von salzigem Trockenfleisch, das im Mund zerfiel, einem harten, gelben Käse und den Beeren und Nüssen, die zu dieser Jahreszeit reiften. Walgreta hatte zwar inzwischen gelernt, auf einem Pferd zu reiten, aber sie hatte nie so lange im Sattel gesessen. Ihre Haut wurde aufgeschürft und bekam Schwielen, und wenn sie absaß, konnte sie ihre Beine kaum ausstrecken. Sie gewöhnte sich nicht so schnell daran, wie Rianon versprochen hatte.

Sie machten nur Feuer, wenn es genug Felsen gab, um das Licht abzuschirmen. Ansonsten schützten die Männer rund um ihr kleines Zelt sich mit nichts als einander und ihren Fellumhängen gegen die bittere Kälte der Nacht. Walgreta hatte keine Dienerin mitgenommen, weil sie so wenige Leute ihres Volkes wie möglich dabeihaben wollte, wenn sie Didanwen gegenübertrat. So war Walgreta die einzige Frau. Manchmal kam ihr zu Bewusstsein, dass hundert Männer dicht an dicht in und um ihr Zelt schliefen, aber es war eher ein angenehmes als ein beängstigendes Gefühl. Im Blickenden Becher hatte sie gesehen, dass Didanwen und ihre Gefolgsleute nur zu acht waren. Und da Didanwen noch nicht herausgefunden zu haben schien, wie die Flüsternde Flöte ihr Macht über Tiere schenkte, würden Rianons hundert Männer leicht mit ihnen fertigwerden … sofern sie nicht vorher von Sorike attackiert wurden, der das Gebiet, durch das sie ziehen würden, angeblich kontrollierte. Dieser Gedanke machte Walgreta Sorgen.

Seit sie Rianon angeboten hatte, in Pasarimes Vergangenheit zu schauen, hatte sie den Blickenden Becher nicht wieder erwähnt. Doch als sie fast einen Viertelmond unterwegs waren und die waldbedeckten Südberge am Horizont auftauchten – und damit die Wahrscheinlichkeit immer größer wurde, dass sie Sorikes Sechstem Stamm über den Weg liefen –, unternahm Walgreta einen weiteren Vorstoß.

Abends führte sie Rianon von den anderen fort, die das Zelt aufbauten und die Pferde versorgten. Ein stürmischer Wind fegte über die Ebene, und Walgreta musste das Ende ihres Haartuchs festhalten, damit es nicht wie eine Fahne flatterte.

»Du kennst ihn persönlich, diesen Sorike? Dann würde der Blickende Becher ihn uns zeigen. So könnten wir herausfinden, wo deine Feinde sind und wie wir an ihnen vorbeikommen.«

Rianon ließ sich Zeit mit der Antwort, den Blick zu den Sternen gerichtet, die allmählich am kühlen, dunklen Himmel erschienen. Trotz allem, was zwischen ihnen war, traute er ihr immer noch nicht. »Wirst du dabei etwas von mir sehen, was du noch nicht gesehen hast?«, fragte er schließlich.

»Vielleicht.« Sie zögerte, dann nahm sie seine Hand. Sie fühlte, dass er ihren Druck erwidern wollte, sich aber zurückhielt. »Es wird nicht schlimmer sein als das, was ich bereits weiß … Kerenike.«

Er zuckte zusammen. Wahrscheinlich hatte ihn niemand mehr bei seinem wahren Namen genannt, seit er als Doppelgänger des Fürstensohnes zum Neunten Stamm gegangen war. *Kerenike*.

Er wandte sich ihr zu. Sein Ausdruck war kalt. Und doch glaubte sie, dass seine Augen feucht schimmerten. »Sag mir die Wahrheit«, flüsterte er. »Du … und ich …«

Sie drückte seine Hand. »Du und ich.«

Er berührte ihren Hals, und für einen Moment erwartete sie, dass er zupacken und mit Gewalt die Gewissheit suchen würde, die sie ihm mit Worten nicht geben konnte. Sacht streichelte er sie.

»Dein Zauberbecher soll uns Sorike zeigen«, sagte er.

Rianon war anders zu ihr, nachdem sie zusammen in den Blickenden Becher geschaut hatten. Oder vielmehr, nachdem sie seinen wahren Namen ausgesprochen hatte. An der Oberfläche war er wie immer, doch in seinen Blicken, seinen Berührungen und seiner Stimme lag eine neue, noch unsichere und scheue Zärtlichkeit. Walgreta kam es vor, als würde sie die Freundschaft eines wilden Tieres gewinnen. Doch was sie entzückte, schnitt ihr zugleich ins Herz. Beständig schrie eine Stimme in ihr, dass es falsch war – entweder die Vergangenheit mit Fayanú oder die Gegenwart mit Rianon. Beides fühlte sich so richtig an … und so falsch. So falsch, dass sie schreien wollte.

Da sie jeden Abend gemeinsam mit Rianon den verfeindeten Stamm ausspionierte, mussten sie wenigstens keine Angst um ihr Leben haben. Sie machten einen weiten Umweg und verhinderten dadurch ein Zusammentreffen mit Sorike und seinen Männern.

Walgreta ließ Rianon auch zuschauen, als sie Didanwens Vergangenheit rief, und Rianon erkannte Teile der Landschaft wieder, so dass sie ihr Ziel noch genauer bestimmen konnten.

»Sie ist schwanger, oder?«, fragte er danach.

Walgreta nickte beklommen. Didanwens Gedanken kreisten mittlerweile um fast nichts anderes mehr als die bevorstehende Geburt. »Ich denke, das wird für uns nur von Vorteil sein. Eine Mutter tut alles, um ihr Kind zu schützen. Wir werden die Flüsternde Flöte bekommen, ohne kämpfen zu müssen. Aber die Frage ist immer noch, wem Didanwen die Iliade dann geben soll.«

»Je öfter sie verschenkt wird, umso wirkmächtiger ist sie, nicht wahr? Und ein Mann kann sie ebenso besitzen wie eine Frau?«, fragte Rianon.

Walgreta nickte.

»Dann werde ich meine treuesten Männer bitten, dass sie die Flüsternde Flöte zunächst untereinander weiterverschenken und zu guter Letzt mir.«

»Zu guter Letzt dir?«

»Sie ist der Schatz des urischen Volkes, und ich bin ein Urier. Du sagtest selbst, dass ich die Flüsternde Flöte haben soll, um sie dann aus freien Stücken einer Wyka zu schenken. Wenn ich will.«

Sie musterte ihn und ahnte, dass er sie prüfte. Aber er hatte schließlich recht – sie hatte ihm genau das versprochen. »Mir missfällt, dass du die Macht der Flüsternden Flöte durch deine Männer steigern willst. Wem von ihnen kannst du wirklich vertrauen?«

»Allen, die ich auswähle.«

»Ich würde nicht einmal Redike trauen«, murmelte sie und legte den Kopf schief. »Besser, ich nehme die Flüsternde Flöte von Didanwen an, und dann schenke ich sie dir aus Überzeugung. Damit sollte ihre Macht groß genug sein, um Ganwalen zu besiegen.«

Ein Lächeln flackerte auf seinem Gesicht. »Wirst du sie mir aber in Liebe schenken?«

Wenn er hören wollte, dass sie ihn liebte, würde er vergebens warten. Diese Worte würde sie nicht über die Lippen bringen. Ganz gleich, was sie empfand.

Er küsste sie auf die Stirn. »Wir werden sehen.«

Einige Abende darauf, allein im Zelt, während Rianon noch bei seinen Männern und den Pferden war, sah Walgreta im Becher, dass Didanwens Kind kam. Es war furchtbar. Ihre Gefährten hatten ihr einen Unterschlupf aus Tannenzweigen und Moos gebaut, um sie vor dem Schneefall zu schützen, doch vor Kälte zitterte sie am ganzen Leib. Das Lagerfeuer schien nur Rauch und keine Wärme abzugeben. Welle um Welle durchlief sie der Schmerz. Die heilkundige Zwergin Oteba redete ihr gut zu und versprach, dass alles in Ordnung sein würde, aber Didanwen weinte, so sehr vermisste sie ihre Mutter, ihre Tanten und sogar Hekteba, all die Frauen, die ihr jetzt hätten beistehen müssen.

Walgreta wollte schon aus den Visionen auftauchen, weil sie es nicht mehr mitansehen konnte, doch dann geschah etwas, das ihr das Blut in den Adern gefrieren ließ: Zwischen den Wehen murmelte Didanwen mit kraftloser Stimme: »Ich schenke sie meinem Kind. Die Flüsternde Flöte schenke ich meinem Kind. Hörst du, Oteba? Wenn es groß ist, soll es selbst entscheiden, wer sie danach bekommt.«

103

FAYANÚ VERSUCHTE, DIE KRÄMPFE vor Mauskin geheim zu halten, so gut es ging. Dabei würde der die Wahrheit noch früh genug erfahren.

Oder auch nicht. Immerhin bestand die Möglichkeit, dass Fayanús Körper es abstieß, dass es nie leben würde. In dem Fall musste Mauskin gar nichts davon erfahren. Ein Teil von Fayanú wünschte sich genau das.

Er zog allein los, um das Land auszukundschaften, zu jagen, essbare Wurzeln zu suchen und die Pferde zu bewegen. Auf seinen einsamen Streifzügen hoffte und fürchtete er zugleich, dass es endlich passierte. Aber nach den Krämpfen fühlte er jedes Mal wieder Bewegungen in sich, und ihm stiegen Tränen in die Augen vor Scham, dass der Tod des fremden Wesens ihm lieber gewesen wäre.

Und dann geschah es doch.

Er und Mauskin waren gerade dabei, Brennholz zu schlagen und beim Unterstand der Pferde aufzuschichten. Seit dem Morgen war es kaum hell geworden; dicke Wolkendecken hingen über dem Land. Die Luft war so kalt, dass ihr Atem gefror, aber es war eine nach Wald duftende, friedliche Kälte, die Fayanú mochte. Vereinzelte Schneeflocken begannen zu rieseln.

Wie aus dem Nichts sagte Mauskin: »Didanwen müsste ihr Kind schon bekommen haben. Armes Mädchen. Keiner sollte fern seiner Familie ohne Dach über dem Kopf ein Kind zur Welt bringen müssen.«

Fayanú füllte zwei Tragekörbe mit Holzscheiten. »Wenigstens ist Oteba bei ihr. Auch wenn die beiden sich anfangs gehasst haben.«

»Oteba reißt gern das Maul auf, aber in Wahrheit ist sie ein

Lamm.« Mauskin hackte einen Holzblock entzwei und warf die Scheite auf den Haufen vor Fayanú. »Ein Mädchen, das unter solchen Bedingungen sein erstes Kind bekommt, wird Otebas Herz rühren, ganz gleich, wer es ist. Zum Glück für Didanwen. Wie viele Frauen ihr Leben dabei lassen! Es kann so viel schiefgehen. Wenn …«

Er verstummte, als Fayanú sich zusammenkrümmte.

»Was hast du?«

Fayanú entblößte die Zähne, verzerrte das Gesicht zu einem Grinsen. »Ich habe vergessen, eine Falle einzusammeln. Ich hole sie. Warte nicht auf mich.«

»Warten? Wieso, wohin …«

Verwundert schaute Mauskin ihm hinterher, und Fayanú winkte ihm noch einmal, bevor er zwischen den Bäumen davoneilte. Er hielt sich den Bauch. Die Krämpfe fühlten sich an, als würde ihm jemand die Eingeweide aus dem Leib reißen. Er ächzte, stützte sich an den Baumstämmen ab und taumelte einen Geröllhang hinab. Zwischen Farnen hielt er an und kauerte sich hin, lehnte die Stirn an die raue Rinde eines Baums. Atmete sich weiße Schleier vors Gesicht. Alle Wärme schien ihm aus dem Mund zu strömen.

Eine Hand legte sich auf seinen Rücken. Er erschrak nicht. Mauskin war bei ihm, als wäre er immer bei ihm gewesen. Als hätte er es immer schon gewusst.

Der Schmerz ließ nach, versickerte in ihm wie eine tückische Flut, die bald wieder steigen würde. Tränen liefen Fayanú übers Gesicht.

»Schaffst du es zurück nach Hause?«, fragte Mauskin sanft.

Woher sollte er das wissen? Er wusste nicht, was er schaffen würde und was nicht. All dies war fremd für ihn, er wollte es nicht, wollte es auch nicht verstehen. Aber er nickte. Richtete sich auf. Nach wenigen Schritten durchfuhr ihn ein Stich und ließ ihn aufstöhnen. Feuchtigkeit breitete sich zwischen seinen Beinen aus.

Im nächsten Moment kauerte er wieder an einem Baumstamm, rieb sich die Stirn an der Rinde wund und betete, betete wortlos zu namenlosen Ahnen, dass es vorbeigehen möge. Wie durch Nebel registrierte er, dass Mauskin ihm aus der Hose half. Er schämte sich nicht mehr. In ihm war kein Platz für ein anderes Gefühl als Schmerz, übermächtiger, stechender, alles andere auslöschender Schmerz.

Eine Weile ging es wieder. Er wusste nicht, wie lange. Er hielt die Augen geschlossen, trank gierig die kalte Luft. Mauskin tupfte ihm den Schweiß von der Stirn. Sagte irgendwelche beruhigenden Dinge. Es war gut, seine Stimme zu hören. Seine grummelige, sanfte Stimme, die keine Panik durchschimmern ließ.

Fayanú versenkte sich in die Vorstellung, dass Mauskin nicht bestürzt war, dass es ihn nicht interessierte, wie Fayanús Körper aussah, und dass er ein Kind hinnehmen würde wie das Wetter, wie die Jahreszeiten, eine der vielen Merkwürdigkeiten der Natur.

Wenn es doch nur das wäre. Und nicht so ganz und gar schrecklich. Kein solcher Albtraum!

Fayanú spürte, wie Tränen hinter seinen geschlossenen Lidern brannten. Er musste Mauskin sagen, dass er das Kind nicht wollte. Dass es weggeschafft werden sollte, bevor er es sah. Aber er brachte es nicht über die Lippen. Er war solch ein Feigling!

Die Schmerzen kehrten zurück, heftiger denn je, und er schrie auf. In weiter Ferne und zugleich unerträglich nah spürte er, wie Mauskin ihn umarmte, seinen Bauch drückte, ihm zwischen die Beine fasste, aber er vergaß alles gleich wieder unter dem gleißenden Einfall neuer Wellen von Schmerz. Als er die Augen öffnete, wogten die Wipfel der Bäume über ihm, und rasche Wolken zogen über den eisigen, dunkelblauen Himmel. Schneeflocken glimmerten in der Finsternis wie fallende Sterne. Alles bewegte sich, verging, nur seine Qualen wiederholten sich wieder und wieder und wieder. Und dann, als er keine

Kraft mehr hatte zu schreien, erscholl ein fremder Schrei, gepresst und schrill, und er hörte Mauskin lachen und die Bäume rauschen und die Schneeflocken, die mit einem winzigsten Knistern auf seinem erhitzten Gesicht schmolzen, und endlich war es vorbei.

Vielleicht war er bewusstlos geworden. Als er ein Gewicht auf der Brust spürte, öffnete er erschrocken die Augen und konnte nicht mehr sagen, wo seine Gedanken gewesen waren.

»Du musst das Kupferne Kleid ablegen«, sagte Mauskin. »Soll ich dir helfen?«

Fayanú schob seine Hände weg – schob alles weg, was ihn berührte. An Mauskins Ausdruck las er ab, dass er etwas Schlimmes getan hatte. Wieder ging das Wimmern los. Es kam aus dem Bündel, das Mauskin aus seinem Umhang geformt hatte. Verwirrt drückte Mauskin es an sich, als Fayanú zur Seite rollte, weg von den schrecklichen Dingen, die aus ihm herausgekommen waren.

Fayanú tastete in der Dunkelheit nach seiner Hose. Sie lag zusammengefaltet, wo sein Kopf gewesen war. Mauskin musste sie als Kissen unter ihn geschoben haben. Mit vor Schwäche zitternden Fingern breitete er sie aus und streifte sie sich über. Seine Beine, blutbeschmiert. Jede Bewegung erinnerte ihn an die Wundheit, die in seiner Mitte brannte.

Kaum dass er angezogen war, sank er wieder auf das Moos zurück und rang nach Luft.

»Fayanú«, sagte Mauskin leise. »Ein Mädchen. Gesund. Und schön. Willst du sie nicht sehen?«

Nie hatte der Tugaller so ängstlich geklungen. Fayanú konnte es kaum ertragen.

»Es ist zu dunkel.« Wie erbärmlich. Aber etwas Besseres fiel ihm nicht ein. »Mir ist kalt. Ich geh zurück.«

»Warte. Ich bringe eine Fackel und Felle. Dann ist der Rückweg leichter.«

Wieder war Mauskin über ihm und legte ihm das Bündel auf die Brust. Fayanú schossen Tränen in die Augen vor Abscheu und Scham. Er unterdrückte ein Schluchzen. Er musste sich zusammenreißen. Für Mauskin.

»Halte ihren Kopf.« Mauskin führte seine Hand um etwas Rundes, Weiches. »So. Ich bin gleich zurück!«

Die Sterne. Fayanú wollte die Sterne sehen. Aber sie waren verblasst im Licht des Mondes, der wie ein blindes, dummes Auge herunterglotzte. Auch Fayanú starrte gedankenverloren ins Nichts, bis das Wimmern ein Greinen wurde und sich nicht mehr ignorieren ließ. Er senkte den Blick, auf das Schlimmste gefasst. Doch was er sah, traf ihn wie ein Schlag.

Das Geschöpf, das in seinen Armen schrie, sah nicht aus wie der Mann, den er am meisten auf der Welt hasste. Sondern wie Walgreta. Wie ... wie eine zusammengedrückte, verschrumpelte, nichtsdestotrotz gelungene Nachahmung von ihr. Der gleiche Schmollmund. Nur die dichten Brauen und die grünlich schimmernde Haut gingen auf ihn selbst zurück. Und als das Wesen blinzelte, um gleich darauf noch durchdringender zu schreien, schien es, als sei ein Auge türkisblau und das andere schwarz.

Wie konnte es sein, dass es Walgreta ähnelte? Sie war doch nur Ganwalens Halbschwester. Fayanú wünschte, das Kind würde ihm dadurch liebenswerter, aber der Ekel lastete nur umso schwerer auf seinem Herzen. Er weinte, bis Mauskin im Schein einer Fackel zurückkehrte.

»Geht es euch gut?«, fragte der Tugaller im Näherkommen, steckte die Fackel in den Boden und hüllte Fayanú in warme Felle. Fayanú konnte es kaum erwarten, ihm das Bündel in die Hände zu drücken, und griff als Rechtfertigung dafür nach dem Wasserschlauch.

»Hast du sie trinken lassen?«, fragte Mauskin. Da er nicht antwortete, fuhr er fort: »Du musst es versuchen. Sonst stirbt sie. Es wird besser, wenn du es versuchst.«

»Kannst du nicht ein Mal den Mund halten, verdammt?«, fuhr Fayanú ihn an.

Er stapfte zurück zu ihrer Höhle im Salzsteinbaum. Hinter ihm zitterte das Fackellicht über den Waldboden. Ihm war schwindelig vor Schwäche, und er musste sich an den Bäumen abstützen. Die Wundheit zwischen seinen Beinen begann zu pochen. Er musste sich hinlegen. Schlafen. Schlafen und gesund aufwachen und davonrennen, bis er allein war, bis er das Sprechen verlernte und nicht einmal mehr denken konnte, frei von allen Worten, die über ihn urteilen konnten.

Die Pferde streckten schnaubend ihre Köpfe aus dem Unterstand, als er vorbeikam, aber er streichelte sie nicht, sondern lief durch die sanft glosenden Gänge des Salzsteinbaums bis zu ihrem Schlafraum und kauerte sich auf sein Lager aus Fellen und Tannenzweigen. Wenig später erschien Mauskin mit der Fackel und dem schwächlich schreienden Bündel.

»Ich mache ein Feuer. Nimm.« Mauskin legte ihm wieder den kleinen, weichen Kopf in die Hand. Dann kehrte er ihm den Rücken, schichtete Reisig und Holzscheite auf und weckte die Flammen. Er hängte ihren Kessel darüber, in dem noch der Rest einer Knochenbrühe vom Vortag war, goss Wasser nach und holte den Korb mit getrockneten Pilzen, der von der Decke baumelte. Währenddessen wurde das Quäken des Babys immer verzweifelter.

Wahrscheinlich stirbt es, dachte Fayanú. *Verhungert. Ob es so leidet wie wir? Wenn es doch gar nicht weiß, was mit ihm geschieht und wer es überhaupt ist …*

Mauskin drehte sich nicht zu ihnen um. Er kümmerte sich um die Suppe, gab Salz hinzu und schnitt Entenfett hinein. Essensduft stieg in die Luft, und Fayanú spürte, dass er hungrig war. Aber er würde nichts hinunterbringen. Was dort köchelte, waren die Knochen von Amseln und Eichelhähern, die in Panik gestorben waren. Der Tod unzähliger unglücklicher Tiere hielt ihn am Leben; aus ihrem Fleisch war das Geschöpf gewachsen, das jetzt in seinen Armen lag und nach Nahrung schrie. Er wollte nichts mehr damit zu tun haben, wollte aus der endlosen Wiederholung des Ekelhaften ausbrechen. Aber wie?

Er biss die Zähne zusammen, um nicht zu schluchzen. In diesem Moment glaubte er nicht einmal mehr an Walgreta und die Iliaden. Was sollten die Iliaden schon ändern? Es würde nie anders sein. Fressen und gefressen werden. Er konnte nichts dagegen tun. Selbst wenn er sich umbrachte, würden ihn Würmer und Larven fressen.

»Lass sie nicht sterben«, sagte Mauskin gepresst.

Fayanú versuchte, die Tränen hinunterzuschlucken, aber es gelang ihm nicht. Sie strömten jetzt über, schoben sich zwischen ihn und die Welt.

Mauskin kam zu ihm, streifte das Fell und den Umhang von seinen Schultern und öffnete sein Wams.

Fayanú wehrte sich nicht. Er ergab sich und schluchzte. »Es tut mir leid«, murmelte er. »Es tut mir leid, tut mir leid.«

Vorsichtig löste Mauskin auch die Schulterspangen des Kupfernen Kleides und zog das ärmellose Hemd herunter, das Fayanú darunter trug. Er gab acht, Fayanú nicht zu berühren – als würde das jetzt noch einen Unterschied machen. Dann verschob er das Baby, das in Fayanús Händen lag, bis das Geschrei verstummte.

Auch Fayanú hörte auf zu weinen. Er hielt die Augen geschlossen, den Kopf abgewandt, und in der Abgeschiedenheit seiner inneren Dunkelheit wunderte er sich, dass das, was er an der Brust spürte, in Ordnung war. Er sagte sich, dass es fast nichts mit ihm zu tun hatte. Aber das stimmte nicht. Eine ziehende Traurigkeit, ein wehmütiger Friede durchrannen ihn. Und alles kam zum Stillstand.

Das Baby schlief ein. Fayanú bedeckte sich, darauf bedacht, es nicht zu wecken. Zum ersten Mal sah er es im Flammenschein an. Es war nicht mehr ganz so schrumpelig wie zuvor und schien auch Walgreta nicht mehr so sehr zu ähneln. Man hätte es für ein Elfenkind halten können. Eine Ruhe ging von seinem Schlaf aus, die ansteckend war. Fast schien es Fayanú, als hätte die Wärme seines kleinen, weichen Kopfes heilende Kräfte. Oder zumindest betäubende.

Mauskin reichte ihm eine Schale heiße Brühe. »Wie willst du sie nennen?«

Fayanú musste nicht überlegen. Es war, als hätte er den Namen schon immer gekannt. Aber er zögerte, ihn auszusprechen. Sobald er ihn aussprach, würde er wirklich eine Tochter haben. Er … eine Tochter!

Er schluckte. Seine Stimme klang heiser: »Das, was alle Gegensätze verbindet. Sie heißt *Tig Nin Beyra Alwhá Kadané*.«

»Ein hübsches Epos.« Mauskin lachte gutmütig. »Vielleicht darf ich für den Anfang eine Abkürzung verwenden? Einfach *Tig*?«

»Das heißt ›das‹.«

Sie mussten beide lachen. *Das*. Ein passender Name für ein Kind, das niemand erwartet oder gewollt hatte.

»Welches Wort heißt ›verbindet‹?«, fragte Mauskin dann.

»Beyra. Die Verbindung.«

»Beyra. Das klingt gut. Ich werde sie Beyra nennen, wenn ich darf.« Noch immer schmunzelte Mauskin, und Wärme schimmerte in seinen dunklen Augen. »Mein Sohn hieß Amselkin.«

104

DIE GEBIRGSWÄLDER WAREN STEIL und tückisch für Reiter. Walgreta hatte im Blickenden Becher gesehen, dass Didanwens Lager in der Nähe eines Wasserfalls lag, also folgten sie den Bächen aufwärts, so gut es ging. Immer öfter mussten sie absitzen und die Pferde an den Zügeln führen oder Umwege in

Kauf nehmen. Aber wenigstens würde Didanwen vorerst bleiben, wo sie war.

Am dritten Tag nach Didanwens Niederkunft zeigte der Becher keine neue Vergangenheit von ihr. Alles endete mit den schmerzverzerrten Eindrücken der Geburt. Dass sie gestorben sein könnte, erfüllte Walgreta mit mehr Beklommenheit, als sie zugeben wollte. Was sonst könnte Didanwen wohl geschehen sein?

Bald tauchten die Berggipfel auf, die Didanwen gesehen hatte, als sie zuletzt ihr Lager aufschlug. Nun konnte es nicht mehr weit sein. Rianon teilte seine Männer in fünf Gruppen auf, zwei zu Fuß, um von oben zu kommen, die anderen zu Pferd, um die Wege von unten abzusuchen. Mittags trafen alle Gruppen wieder zusammen, wo sie aufgebrochen waren. Eine der Fußtruppen berichtete, dass sie einen Lagerplatz gefunden hatten, an dem ein Feuer gebrannt hatte. Ein großes Feuer.

Walgreta bestand darauf, sofort hingeführt zu werden. Sie, Rianon und eine Eskorte von fünfzig Mann wanderten bergauf und erreichten in der Dämmerung die Stelle unweit des Wasserfalls, wo Didanwens Erinnerungen geendet hatten. Schon auf den ersten Blick erkannte Walgreta, was hier gebrannt hatte.

Ein Scheiterhaufen.

Ganz offenbar hatten die Streiter die Bestattung vollzogen. Es war alles so, wie der Brauch des Kleinen Volkes es vorschrieb. Ein Bett aus Zweigen, von Osten nach Westen zeigend, um den verlassenen Leib der Toten in Rauch aufzulösen. In der Asche waren noch Knochen auszumachen, aber nicht der Schädel. Ihn hatten die Streiter mitgenommen, um ihn eines Tages in den tiefsten Höhlen von Horun aufzustellen, wo alle Mütter und Väter, die Nachkommen gezeugt hatten, ihren Frieden fanden. Das hieß, Didanwens Kind lebte noch …

Walgreta sammelte ihren Mut und trat näher, um die Asche zu untersuchen. Ein Fetzen einer Goldborte war noch da. Und dort, zwischen zweigdünn verkohlten Knochen, etwas Rundes.

Walgreta nahm es in die Hand. Es war eine Steinperle, in die winzig die Rune für Wollmilchgras graviert war. *Wolaika*. Der Name einer gemeinsamen Mutter, die Didanwen an ihrer Ahnenkette um das Haartuch getragen hatte, so wie Walgreta. Die Streiter mussten diese eine Runenperle übersehen haben. Andere waren nicht zu finden. Walgreta schob sie sich in die Tasche.

Erst als sie sicher war, dass ihr nicht Tränen in die Augen steigen würden, drehte sie sich zu Rianon und seinen Männern um. »Ihre Gefährten können uns höchstens drei Tagesreisen voraushaben. Wahrscheinlich halten sie sich ans Wasser. Wir sollten leise sein und lauschen, denn sie haben ein Neugeborenes bei sich.«

Walgreta wanderte mit Rianon in einer von fünf Gruppen, in die er die Männer aufgeteilt hatte, solange Mondlicht durch die Bäume fiel. In der lichtlosen Zeit vor Tagesanbruch, während sie eine kurze Rast einlegten, fand Walgreta vor Angst keinen Schlaf. Die Pinien knarrten und knacksten unter dem Gewicht des Schnees, der auf ihren Kronen lastete, und immer wieder rieselten Flocken herab, als versuchte sich eine weiße Gestalt zu manifestieren. Doch sie zerfiel jedes Mal …

Wenn Walgreta die Augen schloss, sah sie das Aschebett, die zweigdünn verkokelten Knochen. Sie sah die junge Priesterin, die das Erntefest vor einem Jahr geleitet hatte, strahlend schön und rosig wie der Morgenhimmel. Schuld an ihrem Tod war Ganwalen. Und Fayanú, der Didanwen überhaupt auf die Idee gebracht hatte, die Flüsternde Flöte zu suchen. Hatte er es kommen sehen, gar geplant? Der unergründliche Hass der Elfen des Waldes und Ganwalens blinde, zerstörerische Dummheit hatten Didanwen zugrunde gerichtet. Eine Frau, die Weisheit besessen hatte, wie Walgreta sich nun endlich eingestehen konnte, die ihre Verwandte gewesen war und ihre Freundin hätte sein sollen.

Zwei Tage später kam ihnen eine der beiden Fußtruppen entgegen, die unter Rianons General Garenion weiter oben im Gebirge gesucht hatte. Didanwens ehemalige Gefährten befanden sich in ihrer Gewalt.

Gefesselt wurden sie vor Rianon und Walgreta geführt. Mit klopfendem Herzen erkannte Walgreta die dicke Oteba wieder – sie war nicht nur gefesselt, sondern auch geknebelt –, außerdem den Mitterländer Rehfang und die Küstenelfe aus Mauskins Truppe. Von Didanwens Streitern waren nur zwei gefangen worden. Einen von ihnen, der das Neugeborene in Didanwens Haartuch vor der Brust trug, kannte Walgreta vom Sehen. Er war ein Hochgeborener aus Horuns Bauch, Wedarin, ein entfernter Verwandter. Er blickte sie so finster an, dass sie sich abwenden musste. Der andere Streiter musste von niederer Abstammung sein; er war ihr nie persönlich begegnet. Getrocknetes Blut verschmierte seine untere Gesichtshälfte, vermutlich von einem Schlag auf die Nase.

»Wo sind die anderen beiden Streiter?«, fragte sie.

Rianons General begnügte sich damit zu antworten: »Den Vätern sei Dank haben wir keinen unserer Männer verloren.«

Walgreta biss sich stumm auf die Lippe und nickte.

»Und wo habt ihr die Flöte?«, fragte Rianon.

»Eine Flöte haben wir nicht gefunden. Aber du sagtest, sie könnte ungewöhnlich aussehen. Das haben wir den Streitern abgenommen.« Der General zog einen länglichen Gegenstand von der Dicke eines Schenkelknochens aus seinem Waffengürtel. Noch nie hatte Walgreta etwas aus solch einem Metall gesehen, das dunkler war als Silber und so glatt, dass es die Umgebung spiegelte wie das Schwarz eines Auges. Was konnte das sein, wenn nicht ein magisches Artefakt?

Walgreta hielt Rianon zurück, als er den Gegenstand nehmen wollte. »Sie wurde gestohlen, nicht geschenkt. Wenn du sie jetzt nimmst, ist sie für dich wirkungslos.«

»Königin!«, stieß der Streiter von niederem Rang aus. »Die edle Herrin Distel hat auf ihrem Sterbebett die Flüsternde Flöte ihrem Sohn vermacht – Anarim, Eurem Neffen. Ihr werdet den letzten Wunsch Eurer Base nicht missa…«

Einer von Rianons Männern schlug ihn. »Du redest, wenn man dir eine Frage stellt.«

Walgreta spürte noch immer Wedarins düsteren Blick auf sich brennen. Aber sollte sie sich wirklich vor einem Mann schämen, der sich gegen seinen eigenen Hauptmann *und* seine Königin gestellt hatte? Sie straffte den Rücken und sagte zu den Gefangenen: »Ich weiß, dass einige von euch mir misstrauen. Worte werden daran nichts ändern. Aber Taten schon. Lasst mich unseren gemeinsamen Feind, Hauptmann Ganwalen, besiegen und so euer Vertrauen gewinnen. Was Didanwens letzten Wunsch angeht …« Sie seufzte. »Wir alle wissen, dass er lediglich aus der Verzweiflung einer Mutter geboren wurde, die ihr Kind schützen wollte.«

Oteba gab Laute von sich, die Walgreta dazu veranlassten, den Befehl zu geben, dass man ihr den Knebel aus dem Mund nehmen sollte.

»Fayanú«, krächzte sie, ehe sie schluckte, um ihre Stimme wiederzufinden. »Fayanú. Na, sagt Euch der Name nichts? Er hat geglaubt, dass wir alle dasselbe Ziel haben – Ihr, Didanwen und wir. Die Flüsternde Flöte soll Didanwens Sohn Anarim gehören, bis er alt genug ist, sie einer Wyka zu schenken. Das ist doch auch das, was Ihr wolltet. Oder hat sich Fayanú da geirrt?«

»Es stimmt«, sagte Walgreta mit belegter Stimme. »Ich will, dass die Iliaden wieder in den Besitz der Wyken kommen. Um das zu erreichen, müssen …«

»Verräterin!«, schrie Wedarin plötzlich. »Es stimmt also! Verräterin, böse Hexe! Du hast unserem Volk den Schatz geraubt, du …«

Mehrere Urier packten ihn, um ihn mit Schlägen zum Verstummen zu bringen.

»Das Kind!«, rief Walgreta. »Vorsicht! Gebt mir das Kind!«

Als die Urier das Tragetuch lösten, um das kreischende Neugeborene zu nehmen, bäumte sich Wedarin auf. Irgendwie gelang es ihm, seine Fesseln an einer Klinge zu zerschneiden und den Stabdolch eines Uriers aus dessen Gürtel zu ziehen. Alles geschah innerhalb von Augenblicken, doch die Zeit streckte sich um Walgreta. Sie sah, wie Wedarin mit hypnotischer Langsamkeit einen Urier erstach, an dem Mann, der das schreiende Neugeborene hielt, vorbeiwirbelte, einen Satz auf sie zu machte, den Dolch erhob, ihn dann herabsausen ließ …

Walgreta blieb der Atem weg, so heftig traf sie die Erschütterung, als sie auf dem Boden aufprallte. Über ihr kreischte Metall auf Metall. Stöhnen erklang. Aufschreie. Ein Fuß traf sie hart in den Rücken, dann sackte jemand über ihr zusammen, und warme Flüssigkeit strömte über ihr Gesicht.

Redike.

Im nächsten Moment halfen ihnen ein Dutzend Hände hoch. Auf der Erde lag Wedarin, Redikes Stabdolch bis zum Heft in der Brust. Seine Augenlider flatterten, seine Arme und Beine zuckten. Als er den Mund öffnete, kam ein Schwall schaumiges Blut hervor.

Redike hielt sich den Hals. In Windeseile wickelte Walgreta ihr Haartuch ab und presste es ihm auf die Wunde. Der Stoff tränkte sich sofort rot. Da Redike zu sehr zitterte, um zu stehen, legte man ihn hin und schob einen Sattel als Stütze unter seinen Kopf.

»Ich muss die Wunde nähen«, sagte Walgreta wie zu sich selbst. »Ich brauche mein Nähzeug, Feuer und Alkohol, sofort!«

Erst ihre eigenen Worte machten ihr klar, dass sie unversehrt war. Sie kniete neben Redike nieder. Sein Gesicht wurde von Augenblick zu Augenblick farbloser. Rianon presste das Tuch auf die Wunde, doch zwischen seinen Fingern sickerte das Blut nur so hervor. »Wo bleibt das Nähzeug?«, schrie er.

Jemand reichte Walgreta Nadel und Pferdehaar aus ihrem Gepäck, jemand anders einen Schlauch voll Kräuterbrand. Man hielt ihr eine Fackel hin, und sie machte sich an die Arbeit, verzweifelt bemüht, das Zittern ihrer Hände zu unterdrücken.

105

DIE MÄNNER SCHLUGEN DAS Lager auf, obwohl noch trüber Nachmittag herrschte. Rianon rief Walgreta und seine engsten Vertrauten ins Zelt, sobald es stand. Es waren fünf Männer und, von den anderen hereingetragen, Redike, der zwischen Schlaf und Wachen schwankte.

Sie alle, bis auf Redike, tranken feierlich Kräuterbrand, dann weihte Rianon sie in die Bedeutung der Flüsternden Flöte ein.

»Ihr seht, ich verheimliche euch nichts. Wenn einer von euch beschließt, die Flüsternde Flöte für sich zu behalten oder sie nur widerwillig, mit Neid im Herzen, weiterschenkt, beschneidet ihr die Macht, die sie mir verleihen könnte. Lasst uns aufrichtig sein. Ich werde keinem von euch zürnen, wenn er das Zelt verlässt, sondern Respekt vor eurer Ehrlichkeit haben. Denn was geschehen soll, kann nur mit Aufrichtigkeit gelingen: Die Flüsternde Flöte muss immer dem Mann gegeben werden, den der Besitzer am meisten achtet. Zum Beispiel würdest du, Hanrike, sicherlich deinen Vater beschenken.«

Der Sohn und das Oberhaupt tauschten einen Blick, dann neigte Hanrike den Kopf. »Fürst, das ist richtig, weil ich meinen Vater mehr achte als jeden anderen Mann. Aber was sollen mein Vater und die anderen Männer tun? Jeder von ihnen achtet dich am meisten.«

»Wir sind alle Brüder. Ich weiß, dass zwischen euch weder Feindschaft noch Neid herrscht. Vertraut nicht jeder jedem blind? Wenn jemand von euch zweifelt, dann geht ohne ein Wort der Entschuldigung, und ich werde nicht geringer von euch denken. Das schwöre ich bei unseren Vätern und bei unseren Söhnen!«

Niemand verließ die Runde. Rianon wartete ab, sah jeden prüfend an, doch schließlich hob er wieder seinen Becher, spendete ein paar Tropfen dem Himmel, den Ahnen und den Tieren, und sie tranken. Dann besprachen sie die Reihenfolge, in der sie die Flüsternde Flöte verschenken wollten.

Walgreta beobachtete die Männer schweigend. Keinem von ihnen merkte sie Verlogenheit an, aber Ehrgeiz. Ehrgeiz funkelte in ihren Blicken. Ihr war nicht wohl dabei, die Macht der Flüsternden Flöte auf diese Weise zu steigern. Andererseits blieb ihnen wohl nichts anderes übrig. Im Augenblick lag die Flüsternde Flöte auf General Garenions Schoß und schien ihm so wenig zu bedeuten wie ein hölzerner Stock. Wenn aber durch das Schenken die Magie der Iliade wieder geweckt war, würde es niemandem mehr leichtfallen, sie abzugeben.

Walgreta reichte den Männern das Essen wie eine urische Ehefrau. Sie wusste, dass sie mit der Geste ihre Zuneigung gewann. Sie selbst nahm nichts zu sich, sondern ließ das Neugeborene an einem Zipfel Stoff saugen, den sie immer wieder in die lauwarme Flüssigkeit von ausgekochtem weißem Käse tunkte. Etwas anderes hatten sie nicht, und das war immer noch besser als die wässrige Milch aus Kastanienmehl, die Didanwens Sohn in den letzten Tagen bekommen hatte. Sobald sie zurück beim Stamm waren, würden sie eine Amme für den Kleinen finden. Doch es war ungewiss, ob er die Reise bis dahin überleben würde.

Die Zeremonie begann.

Garenion schenkte die Flüsternde Flöte Hanrike. Der junge Mann wog sie in der Hand und schien nichts Besonderes zu empfinden, als er sich an seinen Vater wandte, um feierlich zu verkünden, dass er sich keinen vortrefflicheren Besitzer der Flüsternden Flöte vorstellen konnte.

Hanrikes Vater Hetekas warf einen verwunderten Blick in die Runde, sobald die Iliade in seinen Händen lag.

Er spürt etwas, dachte Walgreta.

Hetekas betrachtete das magische Artefakt, wendete es in den Händen und schaute erneut um sich. »Sie ist … schwer.«

Alle warteten.

Als würde er aus Tagträumen erwachen, schüttelte Hetekas den Kopf und verneigte sich vor Rianon. »Herr, die Iliade macht etwas mit mir, und es gefällt mir nicht. Es … es fällt mir schwer, mich von ihr zu trennen. Ich weiß nicht, ob ich sie aufrichtigen Herzens Tarokas schenken kann. Und wird Tarokas sie, wenn sie noch mächtiger geworden ist, Redike schenken können? Und er sie dir? Ich will meine Brüder nicht in Versuchung führen. Nimm die Flüsternde Flöte direkt von mir!«

Alle waren verwundert über die Rede, denn äußerlich hatte sich das magische Artefakt nicht verändert.

Vielleicht misstraut Hetekas insgeheim Tarokas oder Redike, dachte Walgreta. Sie schien nicht die Einzige mit diesem Verdacht zu sein.

Tarokas, ein junger General, der Rianon augenscheinlich sehr bewunderte, ergriff das Wort: »Mein Fürst, wenn ein tapferer und treuer Mann wie Hetekas seine Willensstärke wanken fühlt, wird die Gefahr auch für mich groß sein. Es wäre weise, auf ihn zu hören. Aber wenn du das Risiko eingehst, dann will ich hiermit meine Söhne für sieben Generationen verfluchen, sollte ich meinen Treueschwur jemals brechen!«

Walgreta beugte sich zu Rianon vor. »Wenn einer von ihnen die Flüsternde Flöte nur aus Pflichtgefühl verschenkt und nicht aus Liebe, steigert sich ihre Macht nicht. Das Risiko wäre größer als der mögliche Nutzen.«

Rianon malmte mit den Zähnen. Schließlich sagte er: »Ich verlasse mich auf deinen Rat, Hetekas, wie ich mich auf deinen Schwur verlasse, Tarokas. Ich wähle den Mittelweg: Hetekas, schenke die Flüsternde Flöte Redike, wenn dein Herz es zulässt. Ich will dich damit nicht kränken, Tarokas – aber Redike hatte schon viele Gelegenheiten, seine Liebe unter Beweis zu stellen, so wie heute. Redike, bist du damit einverstanden? Du bist der stärkste Mann, den ich kenne. Ich kann mir keine Versuchung vorstellen, die dich bezwingen würde.«

Redike blinzelte mühsam. »Mein Herr«, flüsterte er zur Bestätigung.

Also geschah es. Hetekas stand auf, kniete vor Redike und hielt ihm die Flüsternde Flöte hin. Es schien ihn Überwindung zu kosten, aber er sprach, dass er niemanden für so geeignet hielt wie Redike, die Flüsternde Flöte zu besitzen.

Walgreta war mulmig zumute, aber für Einwände war es nun zu spät. Redike war zu schwach, um nach der Iliade zu greifen. Hetekas musste sie ihm in die Hände legen, und sie sank dem Verwundeten auf die Brust.

Redike atmete röchelnd. Seine Finger strichen über das ebenmäßige, dunkle Metall, und sein Blick wanderte von einem zum anderen.

»Was spürst du?«, fragte Rianon endlich.

Ein Lächeln schien über Redikes breites Gesicht zu huschen. »Mein Fürst. Mein Freund … lass mich schlafen. Träumen …«

Er schloss die Augen.

»Redike!« Rianon fasste ihn an der Schulter, aber Redike, die Flüsternde Flöte mit beiden Händen umschlossen, öffnete die Augen nicht.

Walgreta war sofort bei ihm, befühlte Redikes Stirn, suchte seinen Puls und zog ein Augenlid hoch.

»Er schläft«, sagte sie verblüfft.

Es war Nacht, als Redike zu sich kam, doch er fieberte und schien kaum zu wissen, wo er war. Walgreta überprüfte seinen Verband und gab ihm ein wenig heißen Heilkräutersud zu trinken – mehr konnte sie für ihn nicht tun.

Rianon lief unterdessen im Zelt auf und ab, fast genauso blass wie sein General. »Er darf nicht sterben«, sagte er immer wieder vor sich hin. »Er darf nicht sterben!«

Und dann löste er Walgreta ab, damit sie schlafen konnte, setzte sich zu Redike, strich seinem Freund das schweißnasse Haar aus der Stirn und hielt an seinem Lager Wache.

Im Morgengrauen, aufgeschreckt von den durchdringenden, durch nichts zu besänftigenden Schreien des Neugeborenen, erhob sich Walgreta, nahm das Kind und trat zu Rianon. Redikes Wimpern flatterten, und seine Augen wirkten gelb. Er versuchte zu sprechen, doch kein verständliches Wort kam hervor. Sein Blick wanderte zwischen ihnen beiden, konzentriert auf einen Kampf, der in ihm stattzufinden schien. Seine Finger tasteten nach der Flüsternden Flöte und krallten sich darum.

»Er muss die Flüsternde Flöte verschenken«, sagte Walgreta. Sie wusste, dass Rianon es nicht hören wollte, aber es war wichtig. »Jetzt. Wenn er kann.«

Redikes Blick fixierte sie. Aber hatte er es begriffen?

Walgreta wusste, dass sie es nicht ertragen würde, ihm länger beim Sterben zuzusehen. Dankbar für den Vorwand, verließ sie mit dem Kind das Zelt, um sich um Nahrung für Anarim zu kümmern.

Gegen Mittag, als ein starker Schneefall einsetzte, trat auch Rianon nach draußen, die Augen rotgeweint. In seiner Hand lag die Flüsternde Flöte.

106

REDIKE WURDE, TROTZ DES gefrorenen Bodens, nach urischer Art bestattet. Die Männer hoben eine viereckige Grube aus und legten ihn mit angewinkelten Beinen hinein, dem Osten zugewandt, wo jeden Tag die Sonne auferstand.

»Im Land der Väter sehen wir uns wieder«, murmelte Rianon erstickt, als er dem Toten den Stabdolch in die bereits erstarrenden Hände drückte. Auch Redikes Trinkschale fügten sie dem Grab bei, ein letztes Mal gefüllt mit Kräuterbrand, wie ihn die übrigen Männer aus ihren Schalen tranken. Walgreta erwies dem Toten die letzte Ehre, indem sie ihm Essen zu Füßen stellte. Er hatte sein Leben für sie gelassen. Hatte sie sich überhaupt bei ihm bedankt? Sie wusste es nicht mehr. Es war so wenig Zeit geblieben ...

Sie brachen auf, um mit dem Neugeborenen so schnell wie möglich zum Stamm zurückzukehren. Bei Einbruch der Nacht erreichten sie die offene Steppe. Weil die Wolken sich verzogen hatten und der Mond hell am Himmel stand, setzten sie ihren Weg trotz der Dunkelheit fort. Der Wind jagte wie ein Rudel Wölfe über die Ebene und wirbelte den Schnee auf. Erst als der Mond unterging, legte Rianon eine Rast ein, Mann an Mann, um sich zu wärmen.

Walgreta war erleichtert, dass Rianon sie unter seinen Umhang nahm und in die Arme schloss.

»Hat er dir die Flüsternde Flöte geschenkt oder ...?«, fragte sie ihn leise.

»Er hat sie mir geschenkt. Eine Macht geht von ihr aus. Ich spüre es. Aber wie soll sie gespielt werden? Sie hat keine Löcher, kein Mundstück, nichts.«

Sie seufzte, dankbar, dass die Flüsternde Flöte verschenkt worden war und ihre Macht erweckt. Das war das Wichtigste. »Wir finden es schon noch heraus.«

Er hielt sie sanft im Arm. Eine Weile schwiegen sie und lauschten dem heulenden Wind, der über ihre Fellumhänge fegte. Obwohl er sich nicht regte, wusste sie, dass Rianon nicht eingeschlafen war.

»Ich habe letzte Nacht einen Beschluss gefasst«, begann er schließlich leise, obgleich mit einer deutlich wahrnehmbaren Härte in der Stimme. »Wir werden Horuns Bauch einnehmen, und dann zwingen wir die Priesterinnen, den Zauber zu lösen.«

Eine ungreifbare Angst erfasste Walgreta. Sie wusste nicht, was sie darauf erwidern sollte. »Warum?«

»Willst du nicht wissen, wie viel von … all dem zwischen uns echt ist? Als ich dich zum ersten Mal gesehen habe auf dem Weg zum Erntefest – erinnerst du dich? Da habe ich etwas in dir erkannt. Ich wollte dich haben. Aber was ist mit dir? Ich will nicht wegen eines Zaubers geliebt werden, der uns bindet, sondern um meiner selbst willen!«

Walgreta spürte, wie etwas Kaltes zwischen ihre Finger glitt. Verwirrt tastete sie über die glatte, metallische Oberfläche. »Was …«

»Eine Flöte ist doch ein Fraueninstrument«, sagte er leichthin.

»Rianon …«

»Du bist frei.« Er drehte sich auf den Rücken. »Wenn du möchtest, kannst du jederzeit gehen.«

Einen Moment war sie wie erstarrt. Dann schmiegte sie sich an ihn. Langsam wärmte sich das Metall zwischen ihnen.

Am nächsten Tag drehte und wendete Walgreta die Flüsternde Flöte unentwegt in der Hand, während ihr Pferd neben Rianons hertrottete. Manchmal warf er ihr einen Blick zu, in dem ein Lächeln zu liegen schien. Genau konnte sie es nicht sagen, denn gegen den Wind hatten sie sich die Umhänge und Mantelkapuzen vor das Gesicht geschlagen.

Walgreta erschauerte vor Hochgefühl. Zwei Iliaden! Keine Wyka konnte in die Vergangenheit blicken und Einfluss auf Tiere nehmen wie sie. Zumindest wenn sie herausfand, wie das Instrument funktionierte. Es sah wirklich überhaupt nicht wie eine Flöte aus, abgesehen von der Länge.

Sie hob sie hoch, um hindurchzuschauen. Es war einfach nur ein Rohr aus Metall! Doch in diesem Moment strich der Wind über sie hinweg und hauchte durch die Iliade. Ein hoher, silbriger Klang war zu vernehmen, der aus der Ferne zu kommen und die ganze Erde zu umfließen schien. Auch die Männer hörten es und sahen sich verwundert um, bis ihre Blicke an Walgreta hängen blieben. Mit gespenstischer Gleichzeitigkeit blieben die Pferde stehen und spitzten die Ohren. Und in Walgreta breitete sich eine untrügliche Gewissheit aus … dass die Pferde erschöpft waren, müde und hungrig. Dass mehrere von ihnen Scheuerwunden vom Sattel hatten, dass sie die Kandaren hassten und ihre Zähne wehtaten, wo diese im Maul auflagen, und dass sie schmerzende Gelenke hatten und Sehnsucht nach frischem Gras und der Sonne …

Die Eindrücke fluteten auf sie ein, solange der Wind durch die Iliade fuhr. Als der Klang wieder erlosch, konnte sie kaum atmen. Sie fühlte sich zerstreut – in Dutzende *Pferdekörper* zerstreut.

»Warst du das?«, rief Rianon aufgeregt. »Du hast die Pferde zum Stillstand gebracht!«

»Nein … nein, ich habe nichts getan. Es war … Die Pferde haben etwas getan. Sie haben durch die Flüsternde Flöte zu mir gesprochen. Hast du es auch gehört?«

»Den Klang der Iliade.« Er nickte.

»Ich meine die Pferde.«

Er sah ihr in die Augen. »Was haben sie gesagt?«

Als sie darüber nachdachte, musste sie auflachen. »Das, was man von Pferden erwarten würde. Nichts Besonderes.«

»Hast du ihnen auch etwas gesagt?«

Sie schüttelte den Kopf, hob aber die Iliade, um es auszuprobieren. Sie wartete darauf, dass der Wind wieder durch das Metallrohr strich.

Als der hohe, seufzende Klang erscholl, schienen die Pferde abermals zu erstarren, konzentriert auf die Stimme, die ihnen aus dem Herzen sprach. Walgreta empfing dieselben Sinneseindrücke wie zuvor, diesmal aber glaubte sie, auch die Angst der Kaninchen im gefrorenen Gras, die tumbe Müdigkeit der Schlangen, den Hunger der Füchsin zu hören. Sie versuchte, etwas zu erwidern: In Gedanken befahl sie den Pferden weiterzutraben. Doch sie regten sich nicht. Walgreta kam nicht gegen die vielstimmigen fremden Empfindungen an.

»Sie hören mich nicht«, sagte sie, sobald der Wind sich gelegt hatte. Die Blicke der Männer waren ihr peinlich bewusst. Ärgerlich trieb sie ihr Pferd an. »Reisen wir weiter!«

Nachts schlenderte sie ein Stück von den Lagerfeuern fort, welche die Männer im Schutz von Felsplatten entzündet hatten, und ließ den Wind durch die Flüsternde Flöte streichen. Rauschhaft überkamen sie die Empfindungen der Pferde und der Wildtiere ringsum, bis sie kaum noch wusste, wer sie selbst war. Wie Schnee zerstob sie über dem Land, in dem so viel Hunger, Hunger, Hunger herrschte …

Rianon half ihr auf und zog den Fellumhang um ihre Schultern zu, und erst da merkte sie, dass sie halbohnmächtig zusammengesunken war. Er reichte ihr eine Schale heißen Wassers, in dem Trockenfleisch aufgelöst worden war, und sie wärmte sich daran.

»Hast du versucht, selbst hindurchzublasen?«, fragte er dann.

»Natürlich. Der Klang ist kaum zu hören.« Sie machte es ihm vor und pustete in die Flüsternde Flöte. Man hörte wirklich nichts.

»Du findest es noch heraus«, meinte er.

Seine Zuversicht sackte wie ein Gewicht auf ihre Schultern. Und wenn nicht? Was, wenn sie ungeeignet war, die Magie zu lenken?

107

FAYANÚ ÜBERNAHM ES, TÄGLICH die Fallen abzusuchen. Er sagte, die frische Luft und die Bewegung täten ihm gut. Er hätte auch die Pferde ausgeritten, wenn Mauskin ihn gelassen hätte. Hauptsache, er entkam den Grabstätten … und dem Geschrei. Mauskin behauptete, es sei ein außergewöhnlich umgängliches Kind, weil es öfter schlief als schrie. Trotzdem war es immer noch ein Baby. Ständig musste es gewiegt, gesäubert und gefüttert werden. Fayanú versuchte, es sich vor Mauskin nicht anmerken zu lassen, aber er empfand keinerlei Freude daran. Er empfand keine Liebe. Das kam ihm manchmal ganz selbstverständlich vor, denn wie sollte man ein Geschöpf, das nichts von sich selbst und der Außenwelt verstand, schon lieben? Dann wieder überkamen ihn die Schuldgefühle so heftig, dass er nichts als weglaufen wollte, davonlaufen vor der Wahrheit oder wenigstens vor dem Säugling.

An einem schneeverdunkelten Morgen, als alle Fallen leer geblieben waren, wanderte Fayanú weiter, um mit seiner Steinschleuder auf die Jagd zu gehen. Inzwischen kannte er das Gebiet so gut, dass er sich auch in Nebel und bei Schneefall nicht verlief. Er ging an einem der Bäche stromaufwärts, die in der Schlucht der Tränen mündeten. Sein Magen knurrte. Irgendetwas musste er erbeuten. Wenigstens fand er ein paar starre Frösche unter der Eiskruste eines Tümpels, die gekocht beinahe genießbar sein würden. Sein Blick streifte zwischen den Baumstämmen umher, ob nicht doch irgendwo …

Und da sah er sie.

Er blinzelte. Träumte er? Wenn ja, schaffte er es nicht aufzuwachen.

Mitten im eisigen Bach stand eine alte Frau. Nein, nicht *im* Bach. Ihre nackten Füße schwebten um Haaresbreite über den Wellen, ohne sich im Wasser zu spiegeln. Zottelige weiße Locken fielen ihr über den Rücken. Hände, dürr wie Birkenzweige, ragten aus einem Mantel aus schwarzem Schaffell. Sie erwiderte seinen Blick, ohne eine Regung zu zeigen. Nur die zarten weißen Atemwolken aus ihrer Nase bewegten sich. War sie also doch keine Einbildung?

»Onyx«, brachte er endlich hervor.

Als würde ein Zauber gebrochen, stieß die Alte einen Schreckenslaut aus und sackte ins Wasser. Sie ruderte mit den Armen, um nicht das Gleichgewicht zu verlieren. Schon war Fayanú zu ihr gelaufen und half ihr, über die glitschigen Steine ans Ufer zu steigen. Sie atmete laut; die Eiseskälte musste sie aus der Trance geholt haben, in der sie sich befunden hatte.

»Was macht Ihr hier?«, fragte Fayanú. »Wie kommt Ihr her?«

Die Weise Frau vom Ulmenhain sah ihm verwundert in die Augen. »Du! Was machst du hier? Ich wollte nur sterben.«

»Nur ...« Er merkte, dass sie am ganzen Leib zitterte. »Was würdet Ihr von einem warmen Lager halten? Und etwas zu essen?«

Onyx runzelte die Stirn. »Davon würde ich viel halten.«

»Klettert auf meinen Rücken. Ich trage Euch.«

Die Wyka ließ es sich nicht zweimal sagen. Bibbernd umschlang sie ihn. Sie wog nicht mehr als ein Bündel Reisig.

»Was führt Euch so weit fort von Eurem Hain?«, fragte er wieder.

Kleine, kummervolle Laute erfüllten ihren Atem. *Das Wimmern einer Alten*, dachte Fayanú, *ist viel schlimmer als das Wimmern eines Kindes*.

»Der Ulmenhain ist fort. Niedergebrannt. Der Wald von einem Horizont zum anderen – niedergebrannt. Die Bäume, welche die Jahrhunderte in sich trugen ... oh!«

Fayanú stieg durch den Höhleneingang über dem Wasserfall, dann durch die glosenden Gänge des Salzsteinbaums, vorbei an den Pferden, die neugierig die Köpfe aus ihrem Unterstand streckten, und erreichte die große Halle.

Mauskin staunte nicht schlecht, als er sie sah. Das hinderte ihn aber nicht daran, sofort zu helfen. Sie betteten Onyx auf Fayanús Lager, und während Mauskin ihre Füße mit Schnee abrubbelte, um die Durchblutung zu fördern, schob Fayanú neues Holz ins Feuer, hängte den Kessel darüber und würzte die Suppe mit dem letzten Rest Entenfett, den sie noch hatten. Dann tötete er die reglosen Frösche mit einem raschen Schnitt und warf einen entschuldigenden Blick zu Onyx zurück. »Im Winter ist man weniger wählerisch, nicht wahr?«

»Frösche«, murmelte sie. »Mein Lieblingsgericht.«

Er wusste nicht recht, ob das ein Scherz sein sollte.

»Dein Kind?«, fragte die Wyka, als sie das Baby bemerkte.

Fayanú nickte scheu.

»Ah«, war alles, was sie dazu sagte.

»Kennt ihr euch?«, fragte Mauskin. Die Antwort musste er an Fayanús Verhalten bereits abgelesen haben.

»Vor nicht allzu langer Zeit habe ich ihm Gastfreundschaft erwiesen«, sagte Onyx matt. »Es freut mich, dass du wohlauf bist. Hast du in der Zwischenzeit Walgreta gefunden?«

»Nein. Aber Ihr – Ihr müsst wissen, wo sie ist.«

»Das Wasser erzählt viel. Aber mein Hain ist abgebrannt. Ich höre und sehe nur noch schlecht. Walgreta ist irgendwo, ja, das höre ich wohl. Sie reist viel herum.«

»Wo? Im Land der Geister?« Er fürchtete die Antwort.

»Wenn sie dort ist, wo der Donwall sich ertränkt, dann werde ich es niemals hören. Das Wasser fließt nie zurück. Aber ich glaube, sie ist im Tiefland, weit, weit westlich von hier.«

Fayanú hätte aufspringen mögen. Dann war er nicht zu spät gekommen! Aber was machte Walgreta so weit von der Schlucht der Tränen entfernt? Sie könnte geflohen sein und nach ihm suchen. Seine Gedanken begannen zu rasen. »Onyx, bitte. Sagt mir alles über Walgreta, was Ihr wisst.«

Die Wyka schloss die Augen. »Ich weiß, dass sie das Kupferne Kleid verschenkt hat. Ich weiß, dass ihr Verrat am eigenen Volk Ganwalen die Macht in die Hände spielte. Wie viele Wälder er niederbrannte, nur um meine Schwestern und mich zu vernichten! Es gab keine Möglichkeit mehr, den heiligen Hain zu verschieben. Überall nur verkohltes Land. Und Walgreta ... Walgreta wird zurückkehren, um Krieg gegen Ganwalen zu führen. Aber es ist bereits zu spät. Gewalt macht Gewalt nicht ungeschehen. Und ich habe sie ausgebildet!«

Die Wyka verstummte, von Kummer ergriffen. Fayanú und Mauskin tauschten einen Blick. Für den Moment wollten sie die alte Frau nicht mit weiteren Fragen belasten. Mauskin nahm das Kind in die Arme, das schon wieder greinte, und Fayanú kümmerte sich um die Suppe.

Sie aßen schweigend, und Onyx bat danach um Verzeihung, dass sie jetzt schlafen müsse. Sie schlief den restlichen Tag und die ganze Nacht. Mehrmals fürchteten sie, die alte Frau sei gestorben, denn sie regte sich nicht und gab kein Geräusch von sich, doch wenn sie die Hand vor ihre Nase hielten, kam ein schwacher, lauwarmer Atem hervor.

Am Morgen erwachte Fayanú von einem Lied, das die Wyka summte. Sie hielt den Säugling in den Armen, der sonst bei Mauskin schlief. Mauskin, der schlafzerzaust auf seinem Lager lag, begann mit leiser, brummender Stimme mitzusingen. Fayanú glaubte das Lied zu kennen; es war unter den Menschenvölkern des Seenlands weitverbreitet. Er lauschte, dann schob er vorsichtig, um die anderen nicht zu unterbrechen, mehr Holz ins Feuer und wärmte einen Kessel Tee. Er füllte die beiden Schalen und stellte sie vor Mauskin und Onyx.

»Eine höfliche Art, uns zum Schweigen zu bringen.« Augenzwinkernd trank Onyx.

»Nein, ich habe gern zugehört. Bitte, singt weiter.«

Nach einer Weile tat Onyx es tatsächlich. Nur Mauskin begnügte sich damit, Tee zu schlürfen. Die Alte hatte eine raue, aber abwechslungsreiche Stimme jenseits von lieblich oder hässlich; es war eine Stimme aus knarrendem Holz und sich aufrichtendem Moos, Tautropfen und dem Seufzen des Laubes, das den Sommer in sich enden fühlt. Durch ein Loch in der Decke fiel der Schnee, und drinnen rauchte das Feuer. Fayanú fühlte sich wie ein Bär, der im Winterschlaf von seinen Erinnerungen träumte.

Als das Kind zu weinen begann, legte Onyx es in Fayanús Arme, damit er es stillen konnte. »Deine Tochter wird eine Wanderin zwischen den Völkern sein, eine Mittlerin«, sagte Onyx. »Beyra, die Verbindung … was für ein schönes Geschöpf.«

Mauskin zuckte leicht die Schultern, als Fayanú ihm einen Blick zuschoss. Er hatte also den Namen des Kindes preisgegeben.

»Doch dies ist kein Ort, an dem ein Kind aufwachsen sollte. Deine Tochter braucht Freunde und Familie um sich, um die Welt kennenzulernen. Was hat euch hergeführt?«

Fayanú erzählte, dass sie Walgreta erwarteten.

»Wenn ich dir sagen würde, ihr wartet umsonst, würdest du mir glauben?«, fragte Onyx.

Sie sahen sich in die Augen. Fayanú fühlte, dass die Wyka seine Antwort ganz ohne sein Zutun ablas.

»Was wisst Ihr über Walgreta?« Die Sorge ließ ihn beinahe feindselig klingen.

»Ich habe nur Vermutungen. Schau: Mein Hain wurde niedergebrannt, meine Kräfte müssten am Ende sein. Ich ergab mich dem Wasser, um zu sterben. Aber ich starb nicht. Das Wasser trug mich mehr als tausend Meilen weit, während ich im Strom der Zeit schwebte und nur ein Traum für mich verging. Bis ans Ende der bekannten Welt nahm mich der Donwall mit. Warum? Weil eine neue Zauberkraft mich erfüllt. Wie alle Wyken, und das, obwohl Ganwalen mindestens die Hälfte aller heiligen Haine niederbrennen ließ. Es liegt daran, dass die Iliaden wieder verschenkt wurden und wirken. Nicht nur die Sternenscheibe im fernen Reich der Waldelfen und das Kupferne Kleid des Kleinen Volkes, sondern auch der Blickende Becher und die Flüsternde Flöte … Ich glaube, eine meiner Schwestern, eine Weise Frau, hat die Flüsternde Flöte aus dem Land der Geister geborgen. Sie muss die neue Kraft genutzt haben, die wir alle verspürten, als das Kupferne Kleid und der Blickende Becher letztes Jahr in Liebe verschenkt wurden. Nur eine sehr starke Wyka könnte es schaffen, ins Land der Geister zu reisen und lebend zurückzukehren.« Sie musterte ihn aufmerksam, ob er etwas dazu zu sagen hatte. War ihr bekannt, was zwischen ihm und Baldrian vorgefallen war? Schließlich fuhr sie fort: »Und seit kurzem sind zwei Iliaden im Besitz ein und derselben Person.«

Fayanú stockte der Atem. »Die Flüsternde Flöte und der Blickende Becher?«

»So ist es. Ich glaube, Walgreta ist die Trägerin. Die Zauberkraft, die durch die Welt rinnt, hat ihre Färbung. Sie muss es sein. Aber ganz sicher weiß ich es nicht.«

»Also könnte es auch Didanwen sein«, stammelte er. »Didanwen gehörte die Flüsternde Flöte bisher. Sie sollte sie einer Wyka schenken. Didanwen hat Walgreta den Blickenden Becher weggenommen!«

»Die Iliaden sind wirksam, das heißt, sie wurden in Liebe verschenkt.«

Hätte Walgreta den Blickenden Becher freiwillig hergegeben? Oder Didanwen die Flüsternde Flöte, obwohl sie Walgreta so sehr misstraute? Was war geschehen? Fayanú wollte sofort losrennen und Walgreta suchen; und es erstickte ihn, wie unermesslich fern er ihr wahrscheinlich war.

»Wo?«, brachte er hervor.

»Ich weiß es wirklich nicht.«

Er sah ihr in die Augen. Dann legte er das Kind neben sich ab und schlüpfte in seine Schuhe.

»Willst du jetzt einfach blindlings aufbrechen?«, fragte Mauskin müde.

Fayanú antwortete nicht. Er musste sich darauf konzentrieren, die Schuhe zu schnüren, so sehr zitterten seine Finger.

»Im Frühling fließen die Bäche, und die Überschwemmungen bringen Bewegung in Teiche und Tümpel, die jetzt still daliegen«, sagte Onyx. »Dann kann ich besser horchen, wo ...«

»Frühling? Das dauert viel zu lange«, schnitt er ihr das Wort ab.

»Fayanú«, sagte Mauskin in einem Ton, den der Tugaller selten anschlug. »Du kannst nicht im tiefsten Winter losmarschieren. Deine Tochter würde es nicht überleben.«

Seine Tochter. Natürlich. Sie konnte er weder mitnehmen noch hierlassen. Sie war seine Fessel.

Er kniff die Augen zusammen. In Gedanken rannte er nach draußen. Rannte durch den Schnee, rannte an den Klippen entlang, rannte durch die Wälder und das gesamte Tiefland, bis er endlich dort wäre, wo er hingehörte.

108

ALS WALGRETA ERNEUT MIT Rianon in den Blickenden Becher schaute, stellten sie fest, dass Sorike ihre Spuren entdeckt hatte. Rianons Gegner aus dem Sechsten Stamm war ihnen mitsamt seiner Reiterschar auf den Fersen.

Walgreta und Rianon verloren keine Zeit. Sie ritten die ganze Nacht, erst im Schein des Mondes, dann mit Fettlampen und Fackeln, und machten auch am Folgetag nur kurze Pausen, um die Pferde zu füttern und zu tränken. So verstrichen drei Tage. Noch zwei mehr, und sie hätten das Lager erreicht. Mit den neunhundert Streitern konnten sie Sorike und seinen mehreren tausend Mann unmöglich entgegentreten, aber ein gut erdachter Hinterhalt mochte sie retten. Rianon und seine Männer tüftelten fieberhaft daran, wann immer sie eine Rast einlegten. Walgreta mochte vom Kriegshandwerk nicht viel verstehen, aber die Verzweiflung des Plans war auch für sie offensichtlich. Rianon wirkte nervös und wiederholte sich häufig. Walgreta ahnte, dass er es nicht verkraftete, seinen besten Freund und wertvollsten General verloren zu haben. Würde er ohne ihn gegen Sorike bestehen? In der weiten Ebene, mit mehreren Tausend Schutzbedürftigen und Viehherden und viel zu wenig Zeit, um den Hinterhalt anzulegen? Ihr Gedeih und Verderben würden womöglich von der Flüsternden Flöte abhängen. Von Walgreta.

Rianon sprach es nie aus, aber das machte es noch schlimmer. Sie spürte, wie er mit jedem verstreichenden Tag weniger an die Iliaden und damit auch an sie glaubte. Wie schmerzlich seine Reue sein musste, überhaupt zu diesem Abenteuer aufgebrochen zu sein, wollte sie sich gar nicht ausmalen. – Ein nutzloses magisches Artefakt, das ihn Redike gekostet hatte und nun vielleicht seinen ganzen Stamm und sein Leben.

Endlich erreichten sie das Lager. Eine sofortige Versammlung im Fürstenzelt wurde einberufen, um Hauptmann Orbanim und den ranghöchsten Streitern von dem Angriff zu berichten, der bevorstand. Im Becher hatten Rianon und Walgreta gesehen, dass sie weniger als drei Tagesreisen zwischen sich und Sorike gebracht hatten; für eine Flucht war es zu spät.

Als den Streitern klarwurde, wie wenig Aussicht sie auf einen Sieg hatten, verlangte Orbanim klar und unmissverständlich, dass Walgreta als Königin des Kleinen Volkes die Feinde empfing und zum Frieden gemahnte. Insgeheim hatte sie denselben Gedanken auch schon gehabt.

»Ich werde mit Sorike sprechen«, sagte sie gepresst. »Wenn er meinen Gemahl als Sechsten Fürsten anerkennt, soll mein Gemahl ihn als Oberhaupt anerkennen und in seinen Reihen aufnehmen. Aber wenn nicht, müssen wir uns auf einen Kampf gefasst machen.«

Grau wie Stein schob sich der Morgenhimmel über das Land. Nur die Schneeflocken, die der Wind vor sich herwirbelte, und die Atemwolken der Männer schienen eine flimmernde Helligkeit auszustrahlen. Die Späher waren zurückgekehrt und meldeten, dass rund dreitausend Reiter anrückten.

Das Lager war bereits so aufgebaut, dass in den äußeren Wagen und Zelten Bogenschützen freie Schusslinie hatten. Bei den Viehherden versteckten sich zusätzliche Bogenschützen. Hinter einigen Felsen und bei einem etwas weiter entfernten Hügel warteten mehrere Reiterscharen darauf, dem Feind in den Rücken zu fallen. Die Streiter waren in sechs Abteilungen rund um das Lager aufgeteilt, so dass sie sich gegenseitig decken konnten. Vor dem Lager versammelten sich Leibwächter und Dienerinnen der Königin um den königlichen Streitwagen, um Sorike zu empfangen.

Walgreta selbst hatte sich gerade abseits des Lagers von Rianon verabschiedet, der mit seinen Reitern aus dem Hinterhalt kommen würde. Nun stapfte sie über den gefrorenen Boden zurück.

Vielleicht sehe ich ihn nie wieder, dachte sie. Sie hatte gewartet, ob er noch einen Blick zurückwarf, aber er war davongaloppiert, bis das Zwielicht ihn zu einem dunklen Punkt verdichtet hatte. Auch Fayanú hatte sich bei ihrem Abschied nicht umgedreht, und er war aus ihrem Leben verschwunden.

Es ist kein Zeichen, schalt sie sich selbst. *Er wird diese Schlacht überleben.*

Befehle hallten durch die neblige Luft. Die Streiter formierten sich, und der Anblick der Speere und Schilde bereitete ihr einen flauen Magen. Dreitausend Reiter gegen ein paar hundert Reiter und neunhundert Mann zu Fuß …

Unmöglich. Es war unmöglich zu siegen!

Sie blieb stehen. Ihr Herz schlug so heftig, als wollte es sie in den Erdboden hämmern, damit sie nicht ihren Platz vor dem Lager einnehmen konnte, wo sie sicher sterben würde.

Sie? Sterben? Wegen einer unsinnigen Feindschaft zwischen zwei Menschenfürsten?

Sie könnte mit Sorike verhandeln, ihm Rianon ausliefern und selbst weiterleben. Sie liebte ihn doch ohnehin nur wegen des Zauberbanns …

Noch während diese Gedanken durch ihren Kopf glitten wie

Schlangen, wusste sie, dass sie dazu nicht in der Lage war. Sie würde eher sterben, als sich so zu erniedrigen.

Und dennoch wollten ihre Füße einfach keinen Schritt in Richtung Lager tun. Hatte sie in den letzten Tagen schon so viele Empfindungen der Tiere durch die Flüsternde Flöte empfangen, dass sie selbst zu scheuen begann wie ein Pferd?

Unablässig drehte und wendete sie die Flüsternde Flöte in den Händen. Das Metall schien schon nicht mehr kühl, sondern heiß und feucht. Schließlich hob sie die Iliade und ließ den Wind durch das Rohr heulen. Dann versuchte sie selbst zum hundertsten Mal, so kräftig hineinzublasen, dass ein Klang erscholl. Doch alles, was geschah, war, dass sie die Gefühle der Tiere ringsum wahrnahm. Dabei sollte es doch andersherum sein!

Und nur wegen des verfluchten Zauberdings waren sie durch Sorikes Gebiet gereist und hatten ihn auf sich aufmerksam gemacht! Mehr noch, die Flüsternde Flöte war der Grund, weshalb sie überhaupt mit Fayanú hatte fliehen wollen. Alle waren wegen der Flüsternden Flöte umgekommen: Didanwen, Redike und bald auch sie und Rianon.

Vor lauter Zorn schleuderte sie die Iliade auf die Erde, hob sie auf und wiederholte es noch einmal. *Verflucht seien die Wyken*, dachte sie. *Verflucht ihre heuchlerische Weisheit! Möge die Seuche alle Waldelfen befallen!* Als sie die Iliade zum dritten Mal zu Boden warf, erklang ein glockenheller Ton.

Gespenstisch hallte er in der Luft nach. Walgreta griff sich instinktiv an die Brust. Es fühlte sich an, als wäre der Klang *aus ihr* gekommen. Aus ihrem Mund, ihren Lungen, ihren Knochen. Aus ihrem Herzen.

Vorsichtig trat sie näher. Die Iliade lag im gefrorenen Gras und spiegelte das Grau des Himmels. Unter ihr war ein Stein – sie musste auf den Stein gefallen sein. Walgreta hob beide auf. Rieb mit dem Daumen gefrorene Erde vom Stein. Dann schlug sie damit gegen die Iliade. Und derselbe glockenschöne Klang ertönte erneut.

Der Boden vibrierte, bevor die Reiter im eisigen Dunst sichtbar wurden, dunkel wie Donnergrollen. Dann tauchten Schemen auf. Zu Hunderten galoppierten sie ihnen entgegen – in einer scheinbar ungeordneten Schar, doch Walgreta hatte von Rianon gelernt, dass wenige Signale reichten, damit sich die Einheiten aufteilten und verschiedene Manöver begannen.

In der vordersten Reihe ritt ein Mann zwischen zwei Bannerträgern, auf deren Fahnen die nach oben aufschwingende Spirale prangte – dasselbe Symbol des Sechsten Stammes, das auch hinter Walgreta wehte. Im Näherkommen erkannte sie Sorike. Für einen Urier war er ein eher kleiner Mann mittleren Alters mit ergrautem Bart, faltenumkränzten Augen und einer krummen, schmalen Nase. Das wenige Haar, das an den Seiten seines Schädels übrig geblieben war, hing, zu zwei dünnen Zöpfen geflochten, unter der Krone aus versilberten Tierzähnen und einem Luchskopf heraus. Die Reiter galoppierten nah genug heran, um ihre Pfeile abzufeuern … doch sie zückten die Bögen nicht. Noch nicht.

Erst kurz vor Walgreta zügelte Sorike sein Pferd. Hinter ihm kam die Flut der Reiter zum Stillstand. Nur am Rand verteilten sich die Männer, um das Lager zu umzingeln.

Sorikes Blick schweifte über die Fahnen mit dem Symbol des Sechsten und Neunten Stammes, dann über Walgretas kleine Leibgarde, über ihren Prunkwagen, das Kupferkleid, das unter ihrem lapislazuliblauen Mantel und dem Umhang aus Marderfell hervorblitzte. Walgreta hatte absichtlich die Fackeln so um sich in die Erde stecken lassen, dass das Kupfer im Flammenschein leuchtete.

»Dann ist es also wahr, dass die Königin des Kleinen Volkes einen Urier geheiratet hat«, stellte Sorike fest. »Bei den Lügen, die der Sklavensohn um sich webt, hegte ich Zweifel.«

»Zur Begrüßung beleidigst du meinen Gemahl.« Walgreta sah ihm an, dass es ihn erschreckte, eine Frau so laut und schneidend sprechen zu hören. Oder aber er hatte nicht geglaubt, dass sie wirklich die Königin war und Urisch verstand. Sie deutete mit dem Kopf eine Verneigung an und wechselte in ihre Muttersprache: »Dabei haben wir uns noch nie gesehen. Lernen wir uns also kennen! Seid unsere Gäste. Eure Pferde sollen unser Heu bekommen und Eure Männer an unseren Feuern sitzen und speisen.«

»Wo ist er, dein Gemahl?«, fragte Sorike wieder auf Urisch.

Wenn er die Hochsprache des Kleinen Volkes nicht verstand, musste er zumindest ihrem Ton angehört haben, was sie gemeint hatte, und doch ging er nicht darauf ein. Unter ihrem Umhang schloss sich Walgretas Hand fester um die Flüsternde Flöte.

»Versteckt er sich hinter seiner Frau? Ist er so feige, dass er dem rechtmäßigen Fürsten nicht unter die Augen treten kann?« Sorike spuckte auf den Boden.

»Gib acht, was du sagst. Ich will dich kennenlernen, ehe ich mir ein Urteil bilde. Erweist du mir dieselbe Ehre?«

»Verbirgt er sich in den Zelten? Um mich und meine Männer wie eine Giftschlange anzuspringen, sobald wir deine Gastfreundschaft annehmen?«

»Nun hast du meinen Gemahl ein drittes Mal beleidigt. Und dir das Kleine Volk zum Feind gemacht. Zieh ab und tritt mir nie wieder unter die Augen.« Sie öffnete leicht den Mantel, so dass mehr vom Kupferkleid sichtbar wurde.

Sorike musste die Unruhe seiner Männer bemerken, doch er rührte sich nicht vom Fleck. Er beäugte das Kupferkleid. Walgreta senkte die Arme wieder, um die Flüsternde Flöte zu umfassen.

Sorike bleckte die Zähne zu einem Grinsen. »Ich glaube, wir bleiben, bis die Giftschlange aus ihrem Loch gekrochen kommt. Mal sehen, wie es ihm gefällt, wenn *seine* Herden und Frauen geraubt werden. Oder sollte ich sagen: ›befreit‹? Denn wenn du, edle Königin, erst erfährst, was für ein erbärmlicher Hochstapler sich deine Hand ergaunert hat, wirst du mir dankbar sein, dass ich dich von ihm erlöst habe.«

Er schwang sich von seinem Pferd, um auf Walgreta zuzugehen.

»Nein«, stieß sie aus. Er sollte auf dem Pferd bleiben!

Ihre Leibgarde stellte sich ihm sofort in den Weg. Doch Sorikes Männer waren schneller und hatten bereits Pfeile auf ihre Bogensehnen gelegt, um die Streiter niederzustrecken.

Walgreta nahm die Pferdepeitsche in ihre Hand und schlug mit dem vergoldeten Griff auf die Flüsternde Flöte.

Der Klang explodierte über die weite Ebene.

Tötet sie, dachte Walgreta. *Trampelt sie nieder!*

Aber ihre Worte waren langsam und überflüssig, da der Befehl bereits mit einem einzigen, herrlichen Laut aus ihrem Herzen flog.

Die Pferde der Bogenschützen schlugen aus, so dass die Pfeile in alle Richtungen trudelten. Jemand neben Walgreta schien zu schreien, aber der Schrei ging unter im grellen Wiehern der aberhundert Pferde, die sich wie von Sinnen aufbäumten, ihre Reiter abschüttelten, nach ihnen bissen und sie zertrampelten.

Sorikes Hengst preschte von hinten auf ihn zu und schlug ihn mit den Vorderhufen nieder. Die Kandare rutschte ihm aus dem Maul; er riss ihm wie ein Wolf die Kopfbedeckung ab, zerbiss seine Kehle.

Walgreta schlug auf die Flüsternde Flöte ein, ließ den goldenen Peitschengriff wieder und wieder darauf niedersausen, von einem Ende bis zum anderen, und die verschieden hohen Töne bluteten ineinander wie ein Chor, der nichts anderes verkündete als ihren Willen. Ihren Willen, der absolute Wirklichkeit verlangte.

Im Rausch sah sie zu, wie das Heer der Reiter sich selbst vernichtete. Jedes Pferd war ihr Körper, erfüllt mit ihrem Geist, mit ihrem Zorn. Die Männer, anfangs noch zu überrascht, um zu reagieren, begannen jetzt, die durchdrehenden Pferde zu erstechen, um sich zu retten. Die Schreie der Tiere waren so schauerlich wie nichts, was Walgreta je gehört hatte. Doch die

Flüsternde Flöte übertönte den grausamen Lärm, löschte ihren Schmerz in der Glut des Hasses.

Die Urier, die ihren Pferden entkamen, wurden von beiden Seiten von den Speeren der Streiter empfangen. Allerdings durften die Streiter sich nicht zu weit nähern, denn immer mehr Tiere brachen in alle Richtungen aus, um sich auf jeden zu stürzen, den sie erblickten. Es waren zu viele Tiere, zu viele Männer, um es zu kontrollieren.

Nicht die Streiter, dachte sie. *Nur eure eigenen Besitzer!*

Aber der Befehl kam nicht überall an. In ihrem Wahn griffen manche Pferde auch einander an.

Rianon, schoss es Walgreta durch den Kopf. Hatte der Klang der Flüsternde Flöte auch sein Pferd erreicht? Sie musste sich mit aller Macht zwingen, nicht weiter auf die Flüsternde Flöte zu schlagen; und die Stille legte sich wie ein Leichentuch über sie.

Erst jetzt sanken die beiden vor ihrem Wagen eingespannten Pferde entkräftet zu Boden. Während der ganzen Zeit hatten sie sich als einzige nicht gerührt, zerrissen zwischen dem Gebot des Hasses und des Gehorsams.

Die Streiter rückten gegen die Urier vor, kaum dass die Pferde die Flucht ergriffen. Zu Fuß hatten die Urier, von denen viele verwundet waren, gegen die Streiter mit ihren Schilden keine Chance.

Walgreta starrte in das Gemetzel, ohne sich abwenden zu können. Das viele Blut dampfte in der Kälte und tauchte die Sterbenden in einen rostigen Nebel.

Endlich hörte sie johlende Stimmen. Rianons Männer kamen aus der Deckung angerannt. Ohne Pferde. Zu Fuß. Viel gab es für sie nicht mehr zu tun – von Sorikes Männern hielten sich nur noch wenige auf den Beinen.

Rianon trat vor Walgreta. Er schien unversehrt, nur atemlos vom Lauf. »Du hast uns gerettet«, stieß er hervor.

Sie beeilte sich, von ihrem Wagen zu steigen, und fiel ihm

in die Arme. Nicht einem einzigen Feind hatte er sich stellen müssen. Er ließ seine Waffen fallen, um sie im Kreis zu wirbeln und mit Küssen zu bedecken. Dann setzte er sie ab und sank vor ihr auf die Knie.

»Auf die Königin!«, schrie er. »Unsere Retterin!«

Der Ruf wiederholte sich hundertfach auf dem Schlachtfeld. Die Streiter schlugen ihre Speere gegen ihre Schilde.

Rianon lachte, und Tränen der Rührung standen ihm in den Augen. »Jetzt musst du aber noch unsere Pferde zurückrufen.«

109

DER MOND FÜLLTE SICH und nahm ab, und Fayanú litt mit jedem verstreichenden Tag, als würde ihm ein Stück seines Herzens weggeschnitten. Morgens erwachte er mit dem Gedanken aufzubrechen, und nachts konnte er nicht einschlafen vor Rastlosigkeit, weil er immer noch in einer Grabstätte lag, ein Kind an seiner Seite, Tausende Meilen entfernt von Walgreta.

Mauskin hatte geschworen, dass er keine Reise unternehmen würde, ehe nicht der Schnee geschmolzen war. Und Onyx war ohnehin fest entschlossen, bis zu ihrem Tod zu bleiben. Sie hatte ihre Heimat verloren und meinte, der Rand der Welt sei der einzige passende Ort, den es noch für sie gab. Fayanú versuchte, sie mit allen nur erdenklichen Argumenten zu überzeugen, dass sie mit ihm nach Walgreta suchen sollte. Schließlich war sie ihre ehemalige Lehrerin, eine Weise Frau und Respektsperson.

Aber Onyx wollte von alldem nichts hören. »Ich hüte keinen heiligen Hain, und meine letzte Schülerin ist im Feuer verlorengegangen, ohne dass ich sie retten konnte. Ich bin keine Wyka mehr, ich bin eine alte Frau, und ich habe ein Recht zu sterben!«

Dabei erholte sich Onyx rasch von den Strapazen ihrer zauberischen Wanderung. Jeden Tag ging sie in den Wald und brachte mehr Nahrung zurück als Mauskin oder Fayanú, obwohl sie nur einen einfachen Holzstock mitnahm, an dessen Ende sie ihr Steinmesser befestigt hatte. Irgendwie schaffte sie es, im gefrorenen Boden essbare Wurzeln zu finden, kältemüde Frösche und Schlangen, aber auch Kaninchen, Eichhörnchen, Enten und Fische. Von allen Beutetieren opferte sie bestimmte Teile – mal einen Knochen oder eine Pfote, mal eine kostbare Leber –, und auf geheimnisvolle Weise schien sie dadurch ihren Jagderfolg beizubehalten.

Ohne die Weise Frau hätten Mauskin und Fayanú manches Mal gehungert. Dennoch schien Onyx eher betrübt als zufrieden angesichts ihrer reichen Beute. Einmal, als Fayanú sie lobte, weil sie zwei Waldhühner erlegt hatte, murmelte sie: »Ich entweihe die Magie, um unsere Bäuche zu füllen.«

Fayanú war trotzdem dankbar. Auch dafür, dass sich noch jemand um das Kind kümmerte. Onyx und Mauskin schienen beide ganz vernarrt in das kleine Geschöpf und konnten pausenlos über seine Befindlichkeiten reden. Das nahm eine gewisse Last von Fayanú. Andererseits verstärkte es seine Schuldgefühle, so dass er es oft einfach nicht mehr aushielt und hinausging, um die Pferde zu bewegen, und er hegte die Vorstellung, einfach loszureiten und nie zurückzublicken …

Das Kind wuchs. Es begann mit wachem Blick um sich zu schauen. Es verzog seine dichten Augenbrauen und stieß Laute aus, die beinahe nach Sprache klangen. In manchen Momenten war seine Ähnlichkeit mit Walgreta geradezu unheimlich – wenn Fayanú es stillte und der Säugling ernst zu ihm heraufstarrte, flammte für einen Moment ihr Gesicht vor ihm auf, und ihm wurde in diesen Momenten zugleich schmerzlich bewusst, dass die Erinnerung an ihr Aussehen verblasste … Dann wieder war es ganz Elfenkind, mit goldgrün schimmernder Haut und immerhin einem türkisfarbenen Auge. Mauskin und Onyx hörten auf, es ›das Kind‹ zu nennen, und sagten nur noch Beyra.

Beyra. Es ging Fayanú immer noch nicht in den Kopf, dass er eine Tochter haben sollte. Die leben könnte, wenn er längst tot war, und jemanden lieben könnte wie er Walgreta. Der Gedanke machte ihm Angst, obwohl er wusste, dass er sich freuen sollte.

Endlich wurde es wärmer. Unruhig streunte der Wind über die Tiefebene und heulte so vielstimmig durch die Hallen und Gänge des Salzsteinbaums, dass sie nachts davon wachwurden. Regen fiel. Der Schnee schrumpfte zusammen und gefror wieder. Für einige Tage schien die ganze Welt von einer glatten Eisschicht bedeckt, und sie verließen die Grabstätte nicht, weil die Gefahr zu groß war, auszurutschen und sich etwas zu brechen. Dann öffnete sich die Wolkendecke, und die Sonne leckte das Eis mit grellen Strahlen auf. Wiesen verwandelten sich in Tümpel, und der Fluss stieg in der Schlucht der Tränen so hoch, dass die Grotte am See und die Felsvorsprünge, auf denen Fayanú bisher balanciert war, versanken. Von nun an fragte Fayanú die Wyka morgens, mittags und abends, ob das Wasser ihr schon verraten hätte, wo Walgreta war.

»Übe dich in Geduld«, sagte Onyx. »Auch der Frühling ist keine Zeit, um mit einem so kleinen Kind zu reisen. Bedenke, dass sie nur zur Hälfte elfisches Blut hat und gegen Regen und Kälte nicht so widerstandsfähig ist wie du. Warte bis zum Sommer, wenn du sie mitnehmen willst. Und wenn nicht, dann warte wenigstens zwei Monde, bis sie etwas anderes zu sich nehmen kann als Milch.«

Er trat vor Wut gegen die Wand, ehe er hinausstürmte. Dabei dachte er: *Onyx und Mauskin müssen mich verachten. Beyra wird mich verachten, wenn sie erwachsen wird und erfährt, wie ich mich verhalten habe.*

Er wünschte, es wäre ihm egal. Aber das war es nicht, und das zerriss ihn.

Die Zeit verstrich. Unendlich langsam, ein Tag wie der andere. Nur das Kind wuchs und lernte zu lächeln. Onyx und Mauskin legten einen Garten und einen Acker an, pflanzten Haselnuss- und Walnusssstecklinge, Himbeersträucher und Erdbeeren an, säten Leinblumen und sogar Violettenkraut zum Rauchen. Schweren Herzens ließ Onyx auch die paar Bohnen und Linsen keimen, die sie bisher als Talismane in einem Beutel um den Hals getragen hatte. Insgesamt schien sie aber dennoch öfter glücklich als unglücklich.

»So viel dazu, dass du sterben willst«, sagte Fayanú, als Onyx voller Zuversicht von der Ernte der kommenden Jahre sprach.

»Man wird der Welt doch etwas hinterlassen dürfen.« Sie kicherte und wirkte mit all ihren Runzeln verschmitzt wie ein junges Mädchen. Vielleicht war sie auch ein bisschen verrückt geworden.

Die Bäume grünten. Der Wald füllte sich mit dem Gesang der Vögel. Alles erwachte zu Leben, nur Fayanú starb jeden Morgen von neuem.

Eines Abends, als sie auf neugeflochtenen Binsenmatten saßen, sagte Onyx auf ihre unvermittelte Art: »Entlang des Donwall reist ein Heer von Menschen, Zwergen und Tieren. Bei ihnen befinden sich der Blickende Becher und die Flüsternde Flöte – wirkmächtig beide, und zwar in denselben Händen. Sie ziehen in Richtung Seenland. In Richtung Horuns Bauch, will ich meinen.«

Fayanú schluckte. Er musste sich beherrschen, ruhig zu fragen: »Didanwen oder Walgreta?«

»Ich glaube, Walgreta. Aber sicher bin ich nicht. Didanwen ist schließlich mit ihr verwandt und fast im selben Alter.«

Nach Horuns Bauch. Das war der einzige vernünftige Schritt. Ganwalen musste beseitigt werden. Es musste Walgreta sein. Didanwen hätte sich doch nie mit den Uriern zusammengetan, oder? Er konnte das nicht entscheiden, er musste es herausfinden.

»Fayanú«, sagte Onyx, als er aufstand. »Du willst doch nicht sofort aufbrechen? Es wird Nacht.«

»Ich packe meine Sachen.«

»Setz dich und iss mit uns wie eine vernünftige Person«, befahl Mauskin.

Fayanú blieb unentschlossen stehen.

»Wenn Walgreta die Besitzerin der Iliaden ist, hat sie die ganze Zeit den Blickenden Becher benutzt«, sagte Onyx langsam. »Sie hätte dich sehen und zu dir kommen können. Aber sie kam nicht.«

»Sie kann keine Gefangene der Urier sein, wenn sie über die Macht der Iliaden verfügt«, ergänzte Mauskin.

»Was wollt ihr damit sagen?« Fayanú grub die Fingernägel in seine Handflächen. Warum verletzten sie ihn absichtlich? Ihre traurigen, vorsichtigen Mienen regten ihn auf.

»Ich will nur verstehen, was du dir davon versprichst, die Besitzerin der Iliaden aufzusuchen«, sagte Onyx. »Entweder es ist Walgreta, die sich nicht für dich interessiert, oder es ist Didanwen, für die du dich nicht interessierst.«

Fayanú nahm Beyra aus der Wiege, die Mauskin ihr gebaut hatte, und verließ die Höhle.

»Warte«, rief Onyx. So wie damals, als er ihre Hütte verlassen hatte. Wie lange lag das zurück! »Ich weiß, du würdest alles geben für eine bessere Welt. Aber es gibt nichts Wichtigeres, was du dafür tun kannst, als dein Kind zu lieben. Deine Tochter. Sie, die aus der Gewalt kommt, ist der Frieden. Dein Frieden.«

Er drehte sich zu ihr um, zitternd vor Anspannung. »Du hast recht … du bist wirklich keine Weise Frau mehr!«

Mit dem weinenden Kind in den Armen ging er.

Mauskin trat ins Zwielicht, das aus einem verlöschenden Himmel auf den Unterstand der Pferde herabfiel. Fayanú bemerkte ihn nicht gleich, da er auf und ab ging, um das schreiende Kind zu beruhigen. Er sah, dass Mauskin kein Gepäck bei sich trug.

»Warum hast du unsere Sachen nicht geholt?«

Mauskin schien ein Seufzen zu unterdrücken. Er verschränkte die Arme. Das Kind begann, noch durchdringender zu schreien, als Fayanú stehen blieb. Er wiegte es hektisch in den Armen, bis Mauskin schließlich die Hände ausstreckte und es ihm abnahm. An der Brust des großen Mannes verebbte das Weinen fast augenblicklich.

»Ich packe.« Fayanú knirschte mit den Zähnen.

»Ich werde nicht mitkommen.« Mauskin setzte sich auf einen Baumstumpf neben den Unterstand der Pferde. Nun, da Beyra still war, hörte man die Grillen zirpen.

»Die ersten Sterne kommen raus. Deine Ahnen sehen dich«, murmelte Mauskin kaum hörbar. Er redete wohl mit Beyra.

»Das ist also jetzt dein Plan?«, fragte Fayanú bissig. »Es dir in einem Grab gemütlich machen?«

»Ja«, sagte Mauskin leichthin. Da Fayanú fassungslos schwieg, fuhr er nach einer Weile fort: »Du hast mir etwas beigebracht mit der Geschichte von den Iliaden. Das Gute kämpft nicht gegen das Böse. Das Gute … ist einfach gut. Und es bleibt gut, egal, was passiert. Ich habe genug gekämpft. Dabei wollte ich nur zusehen, wie meine Kinder groß werden.«

»Beyra ist nicht dein Kind«, stieß Fayanú hervor und schämte sich sofort. Er hatte es nur gesagt, um Mauskin zu verletzen, und die Absicht war ebenso offenkundig wie armselig.

»Das stimmt«, erwiderte Mauskin ernst. »Sie ist deine Tochter. Wenn überhaupt, habe ich eher das Gefühl, *du* seist mein Sohn. Und halte mich für einen Narren, aber ich glaube, das liegt nicht nur an deinem gelegentlichen Einsatz des Kupfernen Kleides.«

Das traf Fayanú unerwartet.

»Ich versuche, dich nicht davon abzuhalten zu gehen«, fuhr Mauskin fort. »Das könnte ich ohnehin nicht. Diese Macht haben Eltern nicht über Kinder. Nur Kinder über Eltern.« Behutsam legte er Beyra ins Moos. Sie war eingeschlafen. Dann streichelte er noch einmal die Pferde und ging.

Fayanú sackte auf dem Baumstumpf zusammen, auf dem Mauskin gesessen hatte. Über ihm begannen die Sterne zu funkeln.

110

»DAS ZEITALTER DER NEUN Stämme ist vorbei. Es leben die Neun Stämme!« Rianon spritzte ein paar Tropfen Kräuterbrand aus seinem Kelch auf den Boden, um Himmel, Erde und Tiere zu ehren, bevor er trank.

Fast hundert seiner ranghöchsten Männer und Streiter taten es ihm gleich. Im blauen Licht der Abenddämmerung und den entzündeten Fackeln glänzten ihre Metallwaffen und Schilde wie gebleckte Zähne. *Seine* Zähne.

Der Kräuterbrand rann ihm die Kehle hinab, als er den Kopf in den Nacken legte und zu den blass erstrahlenden Sternen aufsah. Die Männer feierten das Frühlingsfest unter freiem Himmel, während die Frauen die Feierlichkeiten in den Zelten bestritten, angeleitet von Walgreta, die ihnen die zwergischen Sitten nahebringen wollte. Er stellte sich vor, dass sie gerade dasselbe zu den Frauen sagte, nur mit anderen Worten.

Von ihren Geschichten angestachelt, ging er auf und ab. »Eine ältere, glorreiche Zeit der Urväter zieht herauf. Denn einst waren alle Urier ein Stamm unter einem Fürsten, bevor Streit und Zwist Bruder gegen Bruder aufgebracht haben. Nun wird das Volk der Urier wieder zusammengeschweißt unter einem Fürsten, und die Stammeskriege werden ein für alle Mal beigelegt. Von nun an heißen wir ›der Stamm der Wiederkehr‹.«

»Der Stamm der Wiederkehr!«, echoten die Männer mit dunklen Stimmen.

Rianon hatte sich den Namen selbst überlegt, als Walgreta ihm geraten hatte, eine neue Bezeichnung zu finden, die auf alle gleichermaßen passte. Ihm gefiel, dass sie mitdachte, ohne ihm Vorschriften zu machen.

Sobald der Schnee getaut war, hatten sie sich entlang des

Donwall weiterbewegt. Das fruchtbare Land um den Fluss war seit jeher hart umkämpft, und vor allem der Dritte Stamm hätte Rianon niemals gestattet, dass er seine Herden hier grasen und trinken ließ. Doch es kam zu keinen großen Kämpfen. Jedenfalls zu keinen zwischen Rianons Männern und den anderen Stämmen. Es waren die Tiere, die mit einem Mal gegen ihre Herren aufbegehrten: Schafe, Rinder, Ziegen, Hunde und Pferde wendeten sich wie von Sinnen gegen die Menschen, trampelten, bissen und spießten mit Hörnern auf ohne Rücksicht auf ihr eigenes Leben. Und dann tauchte Rianon mit seinen Reitern und den Streitern von Mún Toleda auf und sammelte die Überlebenden ein. So wurden die Frauen, Kinder und Alten des Dritten Stammes samt der wieder zahm gewordenen Tiere Teil seines Stammes. Und danach die des Achten Stammes. Und des Siebten Stammes.

Jeder von Rianons Männern hatte inzwischen mindestens zwei Ehefrauen, und jeder lebte wie ein Familienoberhaupt. Auch die Streiter von Mún Toleda durften sich mehrere Ehefrauen nehmen, was viele taten.

Während die Sklavinnen wieder ihr Musikspiel aufnahmen, ging Rianon durch die Reihen seiner Männer, schüttelte Hände, tauschte Stirnküsse aus und warf zwischendurch immer wieder einen Blick auf Walgretas Zelt. Die Frauen hatten den Männern bereits zum achten und letzten Mal die Speisen gereicht. Sie selbst aßen, das wusste er, zum Frühlingsfest nur getrocknete Früchte, Nüsse und das Fleisch alter Zuchtbullen. So verlangte es die zwergische Tradition. Rianon war damit einverstanden gewesen. Anders als so mancher seiner Männer hatte er nichts gegen Walgretas Einfluss auf die Urierinnen, sondern fand es amüsant, immer öfter Frauen seines Volkes zu sehen, die ihren Schleier wie ein Tuch um die Haare geschlungen trugen.

Fast erkannte er deshalb Walgreta nicht wieder, als sie aus dem Zelt schlüpfte. Doch sie war es, angetan mit einem ihrer Mantelkleider. Sie wechselte ein paar Worte mit dem Mann, der

Wache stand, dann begleitete er sie durch das Lager in Richtung Osten.

Rianon wurde flau. Zum Frühlingsfest nahmen sich die Frauen des Kleinen Volkes jeden Mann, der ihnen gefiel. Walgreta hatte zwar beteuert, dass solche Gepflogenheiten nur innerhalb der zwergischen Städte galten, aber das hätte sie auch sagen können, um ihn zu beruhigen …

Nein, sie log ihn nicht an! Sie war zu stolz, um irgendein Bedürfnis zu verheimlichen.

Trotzdem stand er auf und eilte ihr und ihrer Wache nach. Es war ein Streiter, und ein recht ansehnlicher noch dazu. Es war leicht, ihnen zu folgen, denn die meisten Feiernden waren in den Zelten und nicht draußen. Sie hatten jetzt so viele Zelte und Frauen, dass das Lager leerer wirkte als bei früheren Festen. Ihm sank das Herz, als er sah, wie Walgreta und ihr Wächter tatsächlich an den letzten Zelten vorbeigingen, hinaus zu den Tieren, und für einen Moment blieb er wie erstarrt stehen. Dann lief er hinterher.

Die Schafe flohen blökend vor ihm. Der Streiter und Walgreta bemerkten ihn und drehten sich um.

Sie schien zu lächeln. »Wartet hier.«

Er verstand nicht. Walgreta ging in die Dunkelheit, der Streiter blieb bei Rianon stehen. Was hatte das zu bedeuten? Schemenhaft konnte er sehen, wie Walgreta ein Gefäß hervorholte und den Inhalt über den Wiesen vergoss. Der Wind trug ihren Gesang heran, doch er war zu leise oder die Worte zu alt, als dass Rianon etwas verstanden hätte.

Dann kam sie zurück. Als sie sich eine Haarsträhne aus dem Gesicht wischte, hinterließen ihre Finger eine Blutspur.

»Was …«, stieß Rianon hervor.

Sie bemerkte das Blut und lächelte wieder. »Keine Sorge. Es ist von den Frauen. Wir geben der Erde das frische Blut aus einer grünen Ader der Armbeuge, um das alte Blut aufzuwiegen, das der Mond verlangt. So schenkt uns die Erde gesunde Kinder.«

Er nickte. »Verstehe.«

»Komm«, sagte sie. »Gehen wir zum Fluss.«

Der Streiter folgte ihnen in einigem Abstand. Rianon fragte sich, ob die Zwerge gesündere Kinder hatten als sein Volk, weil die Priesterinnen solche Rituale kannten.

»Fast ein halbes Jahr, und ich bin nicht schwanger«, sagte Walgreta so leise, dass er es leicht hätte überhören können. Doch die Worte kamen so deutlich an, als hätte er sie selbst gedacht.

»Es war eine anstrengende Zeit für dich«, sagte er.

»Mag sein, dass es daran liegt.« Sie klang nicht überzeugt.

Eine Weile gingen sie schweigend, lauschten nur dem Zirpen der Grillen, dem Wind in den Gräsern und der verwehten Musik aus dem Lager. Die Zelte waren so zahlreich, dass sie lange brauchten, bis sie den Fluss rauschen hörten.

»Die Frauen reden schon. Also tun die Männer es auch«, fuhr sie fort, als wäre ihr Gespräch nie versickert. »Zwei Ehefrauen, und keine hast du geschwängert. Das lässt dich nicht gut dastehen. Und mich auch nicht. Ich weiß, dass manche mich für eine böse Zauberin halten.«

Er widersprach nicht. Das hätte sie nur beleidigt. Stattdessen lachte er trocken. »Lass sie nur reden. Niemand kann uns etwas anhaben.«

»Du brauchst mehr Verbündete. Mehr Männer, die an dich glauben und dir bis in den Tod folgen würden. Solche Männer kann man nicht kaufen.«

Sie hatte recht. Manchmal glaubte er, Spott in den Augen der Männer aufblitzen zu sehen, da sein Sieg über Sorike und die anderen Stammesfürsten mehr dem Zauberwerk seiner Gemahlin zu verdanken war als seinen Fähigkeiten als Krieger, und es gab sogar das Gerücht, er sei nur eine Marionette des Kleinen Volkes, das die Herrschaft über alle Urier ergreifen wollte. Dass Walgreta noch kein Kind von ihm empfangen, ihr Blut nicht mit seinem gemischt hatte, bestärkte womöglich diesen Verdacht.

»Wenigstens Kalimune, deine Zweitfrau, sollte dir einen Erben schenken«, flüsterte Walgreta.

Wieder sagte er nichts dagegen. Der Gedanke verfolgte ihn schon lange. Nur konnte er Kalimune nicht ansehen, ohne Pasarime und Fürst Noharion in ihr zu erkennen. Es war ein Albtraum. Seit ihrer Heirat hatte er sich nur einmal überwunden, das Lager mit ihr zu teilen. Er war betrunken gewesen, so dass er nicht sicher war, ob sie geweint hatte … allein die Vorstellung ließ ihn erschaudern. Das Schlimmste war jedoch, dass er Pasarime aus dem Zelt schicken musste, wenn er zu Kalimune ging, denn es war Brauch, dass eine verwitwete Frau im Zelt ihrer Tochter und deren Kinder lebte.

Er schloss die Arme um Walgreta, um an ihr Halt zu finden. Doch sie war steif und unanschmiegsam. Was sie gesagt hatte, musste ihr mindestens so sehr missfallen wie ihm, und er hatte Verständnis, als sie sich aus seiner Umarmung löste.

»Ich werde noch ein Gebet am Fluss sprechen. Geh ruhig schon.« Sie wies auf den Streiter, der in einiger Entfernung Wache hielt und sie schützen würde.

Rianon nickte, küsste sie auf die Stirn und machte sich auf den Weg zurück zum Lager. Jeder Schritt kam ihm so mühsam vor, als würde er eine schwere Last tragen. Dabei schalt er sich einen Narren. Was hatte er nicht schon alles getan, um dahin zu kommen, wo er jetzt war! Verglichen mit all den Ränken und dem Töten, war es doch lächerlich einfach, mit seiner zweiten Frau das Lager zu teilen. Er musste lediglich verdrängen, wer sie war …

Ein Stöhnen erscholl. Rianon fuhr herum, sah in der zweischichtigen Dunkelheit von Land und Himmel jedoch nichts. Niemanden. Wo war Walgreta?

Er zog seine Streitaxt und seinen Stabdolch und lief geduckt zurück. Sie hatte gesagt, sie würde am Fluss beten. Das Dickicht am Ufer versperrte ihm die Sicht. Mindestens ihren Streiter hätte er aber doch sehen müssen. Wo war der Mann?

Ein Rascheln im Gestrüpp der Uferböschung. Zu laut für den Wind. Waren da Stimmen? Er verlangsamte seinen Schritt, schlich näher und versuchte, über das Hämmern seines Herzens hinweg zu lauschen. Und da, unverkennbar, erklang ein gedämpfter Schrei, wie unter einer Hand erstickt. Walgreta!

Hatten sich Räuber an den Wachposten vorbeigeschlichen? Dabei hatte Rianon rund um das Lager fast hundert Männer postiert. Oder war es doch der Streiter?

Da war Bewegung hinter den Sträuchern. Vom Wasser strahlte ein wenig Sternenlicht herauf, so dass er mehrere Gestalten ausmachen konnte. Eine beugte sich über eine Gestalt am Boden, die anderen hielten sie fest.

Rianon stürzte aus seiner Deckung und hackte der ersten Gestalt mit einem einzigen Streich den Kopf ab. Er landete mit einem hässlichen Klatschen im Wasser. Nun schrien alle durcheinander. Die Angreifer, die Walgreta festgehalten hatten, wichen wie Schatten zurück. Einem von ihnen schlitzte Rianon mit dem Stabdolch das Bein auf. Das Stöhnen klang nach einer Frau.

»Rianon!« Walgreta klammerte sich an ihn.

Neben ihr lag der Streiter im Gras, der sie hätte bewachen sollen, hielt sich den Kopf und versuchte vergeblich aufzustehen. Rianon blinzelte. Von den Angreifern rannte einer davon, der andere hielt die Verwundete in den Armen. Nun erkannte Rianon die Angreifer: Es waren die Küstenelfe und der Mitterländer aus Didanwens Gefolge. Der kopflose Leichnam zu ihren Füßen war klein und dick. Die Zwergin. Oteba.

»Sie wollten mich verschleppen«, sagte Walgreta atemlos. »Sie wollten mich zu den Wyken verschleppen, damit ich die Iliaden verschenke!«

Als Rianon Anstalten machte, den Mitterländer und die Küstenelfe zu erschlagen, ging Walgreta dazwischen. Sie schien um Worte zu ringen. Aber er verstand auch so. Sie wollte nicht, dass noch mehr Leute wegen der Iliaden starben. Oder ihretwegen.

Widerwillig senkte er die Waffen. »Wer hat euch befreit?«, fragte er.

Der Mitterländer blickte zu ihm auf. Tränen fielen ihm über die Wimpern, doch das konnte nicht über den Hass hinwegtäuschen. »Helft Eliody. Lasst sie nicht verbluten. Ich erzähle euch alles.«

111

PASARIME? UM WALGRETA LOSZUWERDEN?

Rianon schlug mit der Faust gegen einen Zeltpfosten. Der Schmerz in seiner Hand half ihm nicht, den inneren Schmerz zu betäuben.

O, warum hatte sie das getan? Warum zwang sie ihn, gegen sie vorzugehen? Diese Tat konnte und durfte er nicht ignorieren. Pasarime war zielstrebig, war oft genug die treibende Kraft hinter seinen eigenen Plänen gewesen. Wenn sie es sich in den Kopf gesetzt hatte, gegen Walgreta vorzugehen, dann würde sie von diesem Vorhaben so schnell nicht wieder ablassen.

Ihm blieb gar nichts anderes übrig, als … und doch suchte er nach einer Möglichkeit, Pasarime zu verschonen. Einem Weg, das Unvermeidliche nicht tun zu müssen.

Hinter den Zelten färbte sich der Himmel im Osten bereits silberfarben, da pfiff Rianon einen Jungen herbei und trug ihm auf, die Oberhäupter im Ratszelt zu versammeln. »Außerdem sollen zwei Männer Pasarime holen, die Mutter meiner Frau. Kalimune soll mitkommen.«

Wenig später trafen die Männer im Ratszelt ein, viele von ihnen betrunken, aus dem Schlaf oder aus den Armen ihrer Frauen gerissen. Zuletzt erschienen Pasarime und Kalimune, schmal in ihren weißen Schleiern.

»Pasarime«, eröffnete Rianon im Befehlston, wie es ihm als Fürsten angemessen war, das Verhör. »Du weißt, warum ich dich rufen ließ. Erkläre dich.«

Das weckte die Neugier der Oberhäupter. Kalimunes Blick huschte ängstlich zwischen ihm und ihrer Mutter hin und her. Doch Pasarime sah nur ihn an. Sah ihn so lange an, bis er das Gefühl hatte, sie sehe ihn gar nicht mehr …

»Hast du keine Erklärung?«

Pasarime sank auf die Knie. Ihr starrer Blick durchbohrte ihn. »Für dich«, flüsterte sie. »Ich tat es für dich. Damit du ein Mensch bleibst.«

Ein Raunen ging durch die Reihe der Männer.

»Die zwergische Zauberin …«, presste Pasarime hervor und schwankte, erschüttert von einem Schluchzen, das nicht hörbar war, »… beherrscht dich. Sie vernichtet alles. Sie will unser Volk unterjochen. Sie hat dich verzaubert!«

Rianon hatte genug gehört. »Gibst du also zu, dass du vier Gefangene befreit und ihnen Waffen gegeben hast, damit sie meine erste Frau, die Königin der Zwerge, verschleppen?«

»Du siehst nicht, was sie mit dir macht. Du siehst es nicht … Ich dachte, ich kann dich retten!«

Er kniff die Augen zu. Ihr Anblick war ihm unerträglich.

»Herr«, rief nun Kalimune. »Ich flehe dich an: Was auch immer meine Mutter getan haben mag, vergib ihr. Ich weiß, dass sie nichts Böses im Sinn gehabt haben kann.«

Rianon sah wieder auf, froh, dass Kalimune eingeschritten war. Er ließ den Blick über die Versammelten schweifen, ehe er mit fester Stimme verkündete: »Meiner zweiten Frau wegen will ich ein mildes Urteil sprechen: Pasarime, du magst aus Sorge um dein Volk und deinen Fürsten gehandelt haben, doch das rechtfertigt nicht die Niedertracht deiner Tat. Ich verbanne dich. Noch an diesem Morgen sollst du den Stamm mit drei Frauen deiner Wahl verlassen. Hat jemand Einwände?«

Keiner meldete sich zu Wort.

Kalimune brach in Tränen aus. »Bitte, mein Herr! Schickt meine Mutter nicht fort!«

Rianon erhob sich und verließ das Zelt. Damit war die Versammlung aufgehoben. Er aber hatte noch das Wichtigste vor sich: Er suchte Daridike auf.

Der ehemalige Räuberanführer schlief im Zelt seiner neuen Ehefrau, einer Tochter des Dritten Stammes. Als er erwachte und Rianon erblickte, zog er ein Fell über die nackte Schlafende. »Fürst Rianon, was kann ich für dich tun?«

»Nimm fünfzehn deiner besten Männer. Sag, ihr wollt Jagd auf den Wolf machen, der zuletzt die Schafe riss. Dann hole Pasarime ein, die Frau, die heute in die Verbannung geht. Sie ist eine Tochter des Vierten Stammes. Bring sie unversehrt dorthin zurück. Du weißt doch, wo der Vierte Stamm zu dieser Jahreszeit ist?«

Daridike erhob sich. »Ja, mein Fürst.«

Rianon legte ihm schwer die Hand auf die Schulter und schaute ihn eindringlich an. »Pass auf sie auf.«

112

DER STAMM DER WIEDERKEHR zog nordwärts durch hügelige Gebiete, bis im Westen die Knochenberge am Horizont auftauchten, über die sie vor fast einem Jahr ins Tiefland gekommen waren. Die Reise bergauf war beschwerlicher als damals bergab, zumal es immer wieder regnete, Wagen stecken blieben und Tiere in den Birkenwäldern verlorengingen. Es wurde erst einfacher, als sie den Wirbelweg erreichten, der in dieser Gegend breiter war und ihnen mit seinen rippenartigen Felsformationen ein wenig Schutz vor den Frühlingsregenschauern gewährte.

Walgreta nahm sich die Zeit, bei allen größeren Siedlungen

haltzumachen, um den Mitterländern Vieh zu schenken und sich im – gefälschten – Kupfernen Kleid zu zeigen.

Als Mún Toleda eines regnerischen Nachmittags zwischen den Steinbögen des Wirbelwegs erkennbar wurde, erwarteten sie bereits fünf Trupps und die Priesterinnen in ausgelassener Stimmung.

Branhilda begrüßte sie mit einer tiefen Verbeugung. »Wir haben lange auf dieses Wiedersehen gewartet«, erklärte sie feierlich. »Kommt, fühlt Euch wie zu Hause! Und erzählt, was Euch widerfahren ist.«

»Mama!« Beoreg preschte vor und sprang vom Pferd in ihre Arme. Hauptmann Orbanim kam hinzu und drückte Kind und Frau an sich, alle Förmlichkeit vergessend.

Nach der rührenden Begrüßung wandte sich Branhilda um und winkte eine ihrer Dienerinnen heran, die mit zwei kleinen Mädchen auf dem Arm vortrat, die einander wie ein Ei dem anderen ähnelten. Ihre hübschen, schwerlidrigen Augen ließen keinen Zweifel, wer der Vater war.

»Deine Töchter«, sagte Branhilda stolz. »Liliwen, der kleine Löwenzahn, und Osabeta, unser Rosenquarz.«

Hauptmann Orbanim wusste gar nicht, welche er zuerst auf den Arm nehmen sollte. Beoreg half ihm bei der Entscheidung, indem er die Amme entschlossen um eine seiner Schwestern erleichterte. Rianon, der sich nun ebenfalls zu ihnen gesellt hatte, lachte.

Sie wurden herrschaftlich in Mún Toleda empfangen, zumindest die Hochgeborenen. Weil Rianons Stamm inzwischen zwanzigmal so groß war wie vor einem Jahr, mussten die anderen Familien im Tal ihr Lager aufschlagen und sich selbst versorgen, was jedoch bei der Menge ihrer Tiere nicht schwer war. Für die Oberhäupter und die zurückgekehrten Streiter – und in einer getrennten Halle für ihre urischen Gemahlinnen – gab es üppige Bankette mit all den Köstlichkeiten, nach denen Walgreta sich im Tiefland so gesehnt hatte: Küchlein aus Linsenmehl,

Mandeln und Honig, flaches Brot aus getrockneten Früchten, Speck und Walnüssen, geröstete Kastanien, Bohnenbrei mit Leinöl und gebrannten Haselnüssen, in Schweineschmalz gebratene Rüben, gesäuertes Gerstenbrot, Brot aus Wurzelmehl, Hafer und Honig und das edelste Weißbrot aus dem gesiebten, schneeigen Mehl des Roggens. Nach all den Monden, in denen sie sich fast nur von Fleisch und Milch ernährt hatte, rührten die Gerichte ihrer Heimat sie fast zu Tränen.

Branhilda versuchte, mit unzähligen indirekten Fragen zu erfahren, ob die Flüsternde Flöte tatsächlich in Walgretas Besitz war. Vergnügt hielt Walgreta die Hohepriesterin hin. Doch nach dem Festmahl und den Geschichten, welche die Streiter über die Befreiung der urischen Frauen, die sie geheiratet hatten, ausufernd zum Besten gaben, bat Walgreta Branhilda, gemeinsam mit ihr einen Spaziergang zu machen.

Sie schlenderten durch die regenfeuchten Gärten der Stadt, vor und hinter sich Diener, die Fackeln und einen Baldachin für sie hielten.

»Beoreg ist groß geworden, nicht wahr?«, sagte Walgreta. »Er spricht fließend Urisch mit den hohen Söhnen in seinem Alter, besiegt sie im Pferderennen und geht mit dem Kurzbogen geschickter um als sie. Dass er die Rituale unserer Mütter einhält, habe ich persönlich überwacht. Er wird ein großer Streiter *und* ein großer Fürst sein, wenn die Zeit kommt.«

»Ich bin froh, dass Ihr von der Zukunft sprecht, meine Königin.« Branhilda lachte verlegen auf. »Dieser Tage weiß man ja manchmal kaum, was einen erwarten wird. Ihr habt sicher gehört, was in Horuns Bauch vorgefallen ist …«

Walgreta nickte. »Falla Ridwen und Ydris Kap stehen hinter unserem Bruder, dem selbsternannten König, weil ich im Herbst nicht erschienen bin. Aber ich konnte nicht früher zurückkehren. Dass mir Mún Toleda die Treue hielt, während die anderen Schwesterstädte ihre Königin verrieten, werde ich nicht vergessen.«

»Ihr seid über alles im Bilde!«

Walgreta blieb stehen. Unter ihnen erstreckte sich das Tal, in dem die Lichtumrisse von Zelten und Bauernhäusern schimmerten. In der Ferne war der Himmel klar und hob sich, vom Mond erhellt, von den schweren Wolkendecken ab, die über Mún Toleda hingen.

»Branhilda, Schwester. Ich will Euch ein Geheimnis anvertrauen. Nach diesem Jahr der Veränderungen steht für mich fest: Ich werde nicht mehr lange Königin des Kleinen Volkes *und* der Urier bleiben. So viel Macht sollte keine Frau besitzen.« Sie wandte sich Branhilda ganz zu, berührte sie an der Schulter. »Eine Priesterin muss mit dem Kupfernen Kleid über Horuns Bauch herrschen. Und welche Priesterin verfügt über mehr Weisheit, mehr Erfahrung mit den Göttern und den irdischen Völkern als Ihr? Zieht mit uns nach Horuns Bauch. Wenn wir Ganwalen besiegt haben, werdet Ihr Königin dort sein und die Tradition unserer Mütter wahren.«

Branhilda sank vor ihr nieder. »Meine Königin … ich fühle mich geehrt.«

»Kniet nicht vor mir, Schwester. Erweist mir die Ehre, auf Augenhöhe mit mir zu sein. Ihr werdet sehen: Mit der Flüsternden Flöte werde ich die Urier regieren und alle Stämme zusammenführen, um ihre Kriege ein für alle Mal zu beenden.« Lächelnd hakte Walgreta sich bei der Hohepriesterin unter. »Lasst uns zu den anderen zurückkehren. Wird es heute wieder gespielte Geschichten geben?«

Es war spät in der Nacht, als Walgreta das fröhliche Bankett mit den Priesterinnen auflöste. In demselben Gemach, in dem sie bereits vor vielen Monden genächtigt hatten, erwartete sie Rianon. Er saß am Rande der Badewanne aus rosafarbenem Quarz und hatte sich die Schuhe abgestreift, trug aber noch sein blaurot gewebtes Festgewand und den goldbeschlagenen Waffengürtel. Sein Haar war entlang des mit Edelsteinen versehenen Stirnbandes geflochten, sein Bart fein säuberlich gestutzt, und obwohl Walgreta das königliche Erscheinungsbild gefiel, durchfuhr sie ein Stich bei dem Gedanken, dass Kalimune diejenige war, die sich um seine Haartracht kümmerte und ihm auch das Gewand geschenkt hatte. Es hieß, Kalimune habe mit dem letzten Mond nicht geblutet ... und obgleich auch das Grund zur Erleichterung war, biss Walgreta nichtsdestotrotz die Eifersucht.

»Ich habe dir ein Bad bereiten lassen«, sagte er.

Sie wickelte die Runenschnur ihrer Mütter und das Haartuch ab, schlüpfte aus den Schuhen und öffnete den Gürtel. Das Mantelkleid glitt ihr von den Schultern. Ihr Unterkleid wurde nur von zwei Schleifen gehalten. Walgreta löste sie und trat aus dem Stoffberg zu ihren Füßen. Für einen Moment war sie froh, dass ihr Leib nicht mit einem Kind angeschwollen war.

Als wäre Rianon nichts weiter als eine Dienerin, stieg sie an ihm vorbei ins dampfende Wasser. Sein Blick wanderte über ihren Körper, langsam und aufmerksam. Sie spritzte mit dem Fuß Wasser in seine Richtung, und er machte Anstalten, ihren Fuß zu fangen, doch sie zog die Beine schnell genug an.

»Ich hätte mich auch so in dich verliebt«, stellte er fest.

Sie wollte sagen: *Ich auch*. Aber sie brachte es nicht über sich. Sie wusste nicht, was sie ohne den Liebeszauber empfinden würde, und sie konnte ihn nicht anlügen.

Er tat, als bemerkte er ihr Zögern nicht. »Wie steht es um Branhilda?«

»Gut«, sagte sie, dankbar für den Themenwechsel. »Sie wird mit uns ziehen.«

»Bis nach Ilian?«

Walgreta versank bis zur Nasenspitze im duftenden Wasser und zwirbelte ihre Haarspitzen. Es war immer noch merkwürdig, andere von Ilian sprechen zu hören. Dabei hatte sie es sich gut überlegt, Rianon einzuweihen, und es war eine vernünftige Entscheidung gewesen. Wenn sie die Iliaden an die richtigen

Wyken verteilen wollte, durfte sie sich nicht allein auf ihr eigenes Urteil verlassen; damit hatte sie schon einmal sehr falsch gelegen. Sie brauchte die Sternenscheibe, die ihr die Zukunft zeigte. Nur die Sternenscheibe würde sie vor Fehlgriffen schützen. Außerdem mussten alle vier Iliaden wieder den Weisen Frauen gehören, damit das Gleichgewicht erneut vollkommen war. Die Sternenscheibe konnte nicht in einem geheimen Reich verwahrt werden.

Sie tauchte wieder auf. »Nach Ilian gehen wir erst mal allein. Wenn die Elfen sich weigern, uns die Sternenscheibe zu überlassen, sehen wir weiter. Ich glaube, dass Branhilda alles tun würde, um das Kupferne Kleid zu bekommen. Wenn die Waldelfen uns nicht die Sternenscheibe geben, könnte ich vor Branhilda behaupten, die Waldelfen hätten mir das Kupferne Kleid bei unserem Besuch in Ilian gestohlen, und dann würde Branhilda ganz sicher ihre Streiter schicken, um es zurückzuholen …«

Kurzerhand stieg Rianon ins Wasser und beugte sich über sie. Überrascht lachte sie auf.

»Willst du mein General werden?«

»Das bin ich doch längst.«

»General, Königin, Zauberin, Gemahlin …« Er drückte nach jedem Wort Küsse auf ihre Wangen, ihren Nacken und ihre Brust. »Willst du alles für mich sein?«

»Bin ich doch schon.«

Ihr Kichern versank im Platschen des Wassers.

Mit zwanzigtausend Streitern folgten Hauptmann Orbanim, Branhilda und ihre Priesterinnen Walgreta und Rianon und dem Stamm der Wiederkehr nach Horuns Bauch. Noch nie hatte Walgreta außerhalb einer Stadt so viele Menschen, Angehörige des Kleinen Volkes und Tiere gesehen. Auf dem Wirbelweg zogen sie als meilenlange Schlange dahin, ohne dass man von der Spitze aus das Ende sehen konnte. In jedem Dorf, das sie passierten, hinterließen sie Geschenke und die Botschaft, dass

Fürst Rianon, der das urische Volk geeint hatte, und Königin Walgreta den Frieden zwischen allen Völkern wiederherstellen würden.

Als die Knochen des alten Riesen Higema im Erdboden versanken, reisten sie entlang des Donwall weiter. Trampelpfade führten seit jeher entlang der Ufer, doch nun ging dem Heer ein Trupp von Baumfällern voraus, die alle Hindernisse aus dem Weg räumten, damit die Wagen hindurchkamen.

Kaum hatten sie das Hoheitsgebiet Mún Toledas hinter sich gelassen, tauchten die ersten Zeichen der Zerstörung auf, die Ganwalen angerichtet hatte. Obwohl Walgreta nichts anderes erwartet hatte, entsetzte sie der Anblick. Ganwalen hatte ganze Landstriche verwüstet. Wo einst die Wälder des Seenlands geblüht hatten, ragten nur noch verkohlte Baumstümpfe aus dem Schlamm. Die Siedlungen, die übrig geblieben waren, umgab ein trostloser Kreis verstümmelter Ulmen, deren Laub an die Tiere verfüttert und deren Zweige zum Heizen verwendet worden waren. Die meisten Siedlungen lagen verlassen da. Wo noch Menschen lebten und sich über ihre Äcker beugten, kamen ihnen Kinder mit vor Hunger geschwollenen Bäuchen entgegen.

Walgreta schenkte ihnen Tiere, auch wenn das nur vorübergehend gegen den Hunger zu helfen vermochte. Dass die Leute vor dem nächsten Winter ihre Heimat würden verlassen müssen, da es kein Holz mehr in der Umgebung gab, ließ sich durch nichts abwenden. Dabei war es das Land ihrer Mütter und Väter seit vielen hundert Jahren. Und wie viel älter waren die heiligen Haine gewesen!

Ganwalens Tat war monströser, als er selbst ahnen konnte. Nur ein Mann, dessen Verständnis so beschränkt war wie das seine, konnte ein solches Verbrechen begehen!

Wo der Fluss sich in viele Arme verzweigte und die Auen begannen, standen die Wälder noch, entweder weil das wasserreiche Land sich nicht so leicht niederbrennen ließ oder weil selbst

Ganwalen begriffen hatte, dass Horuns Bauch von der Ernte der Menschen hier abhing.

Rianon und zweihundert Reiter bildeten eine Vorhut, um die Siedlungen einzunehmen, ehe der Rest des Heeres ankam. Ganwalen hatte beinahe überall Streiter postiert, die die Aussaat bewachen sollten. Keiner von ihnen durfte nach Horuns Bauch entkommen, sonst wäre Ganwalen gewarnt. Doch kurz bevor sie die Fünf Hellen Seen erreichten, glaubte Walgreta im Blickenden Becher zu sehen, wie Ganwalen von ihrem Anmarsch erfuhr. Sicher war sie nicht, denn die Visionen des Blickenden Bechers wurden zusehends verschwommen. Das mochte daran liegen, dass sie und Ganwalen sich immer weiter auseinanderentwickelt hatten, aber es war auch möglich, dass die Zauberkraft des Bechers überhaupt schwand. Sie trug ihn nun schon seit mehr als einem Jahr, und bevor Fayanú ihn ihr geschenkt hatte, war er nur einmal verschenkt worden. Nachdem sie auch die traumverschwommene Vergangenheit ihrer Mutter Gildrun und ihrer Großmutter Hekteba ausspioniert hatte, wusste sie, dass Horuns Bauch sich tatsächlich auf einen Angriff vorbereitete. Die beiden Brücken über die Brustklamm wurden eingezogen und Bogenschützen rund um den Mutterberg aufgestellt, ebenso entlang der Klippen des Finsteren Sees.

Rianon, dem sie berichtete, was ihr der Blickende Becher gezeigt hatte, grinste nur. »Soll Ganwalen sich ruhig vorbereiten. Hoffentlich wird es nicht zu langweilig für uns.«

113

FAYANÚ WAR GEBLIEBEN. BEYRA war nun annähernd sechs Monde alt. Sechs Monde! Sich das vorzustellen versetzte ihn in Panik. Wie erklärte sich Walgreta, dass er sie nicht längst aufgesucht hatte? Denn sie konnte nicht wissen, wo er war und was ihn aufhielt. Wüsste sie es, hätte sie einen Weg gefunden, zu ihm zu kommen. Davon war er aus vollem Herzen überzeugt.

Onyx begann, Beyra verschiedene Arten von Brei zuzubereiten, um sie an Nahrung zu gewöhnen. Das Kind reagierte anfangs nicht gut darauf, und Fayanú fühlte sich schuldig, obwohl er Onyx nicht dazu gedrängt hatte. Aber natürlich versuchte die alte Wyka, das Kind seinetwegen umzustellen. Damit er endlich gehen konnte.

Dass Onyx und Mauskin still hinnahmen, dass er Beyra nicht genug liebte, um zu bleiben, war schlimmer als alle Vorwürfe. Hätten sie ihm Vorwürfe gemacht, hätte er wütend werden und davonlaufen können. So aber marterte ihn sein Gewissen, und er hasste sie dafür fast so sehr, wie er sich selbst für seine Unentschlossenheit und seine Kälte hasste.

Eines herrlichen, von Vogelgesang erfüllten Nachmittags wanderte Fayanú weit an den Klippen der Schlucht der Tränen entlang, wo zu allen Zeiten feuchte Dunkelheit herrschte. Gefährlich wagemutig folgte er dem Fluss, balancierte über die schmalsten Vorsprünge und über glitschige Steine, doch er rutschte nicht aus.

Schließlich trübte sich der Himmel, von dem hier unten ohnehin nur ein schmaler Streifen sichtbar war. Violette Schatten erfüllten die Luft, und Fayanú machte sich auf den Weg zurück. Jeder Schritt kostete ihn Überwindung. Er wollte, er *konnte* nicht. Nicht wieder eine Nacht wachliegen und dem Pulsschlag in seinen Adern lauschen, ohne aufzuspringen und loszulaufen.

Er erreichte den schäumenden See, den Zugang zur Grabstätte. Unentschlossen blieb er vor dem Eingang der Grotte stehen. Dann kauerte er sich am Wasser hin. Sein Unterleib schmerzte. Seit gestern hatte er wieder das Mondblut. Eine Weile bewegte er sich nicht, die Stirn auf die Arme gelegt, während er dem wilden Wasser lauschte, das aus weiten Fernen stammte …

Ich kann nicht. Nicht eine einzige Nacht länger hierbleiben.

Als er die Augen öffnete, flimmerte das Zwielicht. Vielleicht träumte er. Alles war so klar und eindrücklich und zugleich entrückt – das Rauschen des Wassers, der kühle Geruch der Nebel, der wehmütige Gesang der Amseln. Als wäre er schon gar nicht mehr wirklich hier.

Er knotete seine Hose auf, band das schmale, dunkelrot getränkte Stoffpolster los, wechselte es gegen ein frisches. Er wollte das Blut im Wasser auswaschen. Sein Blut, das ihn wieder und wieder daran erinnerte, dass er … dass etwas in ihm niemals heilen würde. Er hatte immer gehasst, es zu sehen. Es zu fühlen. Aber es war nichtsdestotrotz sein Blut! Das Blut seiner Ahnen, in dem das Licht der Sterne lebte.

Sein Blut, das er nicht lieben konnte.

Er schnürte seine Hose zu, stand auf, das mehrlagige Stück Stoff in der Hand. Mit dem reinen Blut eines Sternenkindes. Das musste als Opfer reichen. »Wächter von Ilian«, flüsterte er. »Ich rufe euch. Bringt mich nach Hause.«

Er streckte den Arm aus. Ließ den Stoff ins Wasser fallen. In den ungestümen Wogen verschwand er augenblicklich. Fayanú dachte daran, dass das Stoffstück wohl Jahrhunderte auf dem Grund dieses Sees liegen würde – oder dass es bis ins Land der Geister gespült werden würde, in ein Meer, das niemand bereiste. Was für eine seltsame und ungeheuerliche Vorstellung, dass die geringfügigsten Entscheidungen das Schicksal der Dinge für immer verändern konnten.

Fayanú wartete, erfüllt von Gedanken, die riesig und nichtig waren. Wurde der Nebel um ihn dichter? Er blickte auf. Verschwommene Farben erfüllten den Himmel. Was auch an der Dämmerung liegen mochte. Er wartete. Traute sich nicht, noch einmal die Worte auszusprechen, die ihm vorhin wie im Traum über die Lippen gekommen waren.

Schließlich verfluchte er sich selbst und wollte schon in die Grotte steigen, da fiel ihm auf, dass das Wasser viel niedriger stand als sonst. Tatsächlich, Steine lagen frei, die seit dem Frühling überschwemmt gewesen waren. Er drehte sich um.

Eine weiße Dunstsäule stieg an den Wasserfällen empor. Sie krümmte sich, ballte sich zusammen und glitt über das schäumende Wasser auf ihn zu.

Er wagte nicht zu atmen. Oder auch nur zu blinzeln. Was, wenn es nur ein Traum war?

Ein Vibrieren schien durch die Schlucht zu wallen, ein Fauchen von Wasser, das sich in Dampf auflöste. Es schwoll an und ebbte wieder ab. Klang wie ein langsames, schweres Luftholen. Der Nebel, der sich zu einem schlangenartigen Leib verdichtet hatte, bekam einen Schädel, breit und flach, mit schlitzförmigen Augen, einem spitzen Maul und einer Hörnerkrone. Er glitt um Fayanú. Aus Schuppen, die wie Wassertropfen glänzten, blickten seine Spiegelbilder ihm entgegen.

Und dann erklang eine Stimme, die aus Hunderten wispernden Stimmen zu bestehen schien und Echos durch die Schlucht dröhnen ließ: *Du befiehlst, Kind der Sterne. Wir gehorchen.*

114

MAUSKIN RANNTE MIT BEYRA auf dem Arm nach draußen, als das Beben einsetzte, dicht gefolgt von Onyx. Er glaubte, es sei ein Erdrutsch. Doch als sie aus der Grotte traten und den zur Hälfte abgesunkenen See erblickten, über dem sich ein unbeschreibliches silbrigschillerndes Wesen ringelte, stellte Mauskin fest, dass sein Entsetzen noch steigerbar gewesen war.

»Da!«, rief Onyx atemlos.

Irgendwo inmitten des Nebelleibes tauchte Fayanú auf. Er saß im Nacken des Schlangenwesens und hielt sich an zweien seiner Hörner fest. Sein Gesichtsausdruck war schwer zu deuten.

Mauskin sah den Waldelf an, der mit seiner anmutigen Haltung auf dem Lindwurm mehr denn je ein Kind des Alten Volkes war. In seinen Augen schimmerten ebenso Kummer wie Freude. Und deutlicher als alles andere Erleichterung.

»Fayanú«, sagte Mauskin leise. Ein Stich fuhr ihm durchs Herz, so als sähe er ihn zum letzten Mal. Er riss sich zusammen und brüllte: »Du – du unglaublicher Hanswurst! Komm runter, bevor du dir alle Knochen brichst!«

Der Lindwurm löste sich mit einem peitschenden Hieb seines Schwanzes aus dem Wasser. Eine Woge schlug Mauskin und Onyx gegen die Beine, und Beyra begann zu weinen. Dann glitt der Lindwurm über die Wasserfälle hinweg durch die Schlucht der Tränen.

»Mauskin! Onyx!«, rief Fayanú zurück, und Panik lag in seiner Stimme. »Sagt Beyra … sagt ihr …«

Der Lindwurm war verschwunden und mit ihm Fayanú. Nur das Rauschen der Wasserfälle war noch zu hören und Beyras erschrockenes Wimmern.

»Was?«, rief Mauskin. »Was sollen wir ihr sagen, du Schuft?!«

»Er hat den Satz nicht beendet.« Onyx seufzte. »Wir sagen ihr … nun, wir sagen Beyra einfach alles.«

Mauskin fühlte die Hand der Wyka auf seiner Schulter, knorrig und kühl, als würde ein Baum sich aus Mitleid zu ihm hinabneigen, und erst da merkte er, dass er weinte.

115

SEIT SEINER KINDHEIT WAR Fayanú nicht mehr geflogen. Er hatte sich daran nur verschwommen wie an einen Traum erinnern können, und nun begriff er, dass es nicht an seinem Gedächtnis lag, sondern am Fliegen selbst. Es war wie ein Traum!

Rasch glitt der Lindwurm über den Fluss hinweg, so dass der Wind Fayanú die Haare aus der Stirn strich. Der Leib des Lindwurms, kaum breiter als ein Pferderücken, aber zehnmal so lang, brach das Licht so schillernd, dass er beinah durchsichtig wirkte, wie der lebendig gewordene Geist des Flusses. Und Fayanú hätte den Lindwurm tatsächlich für einen Geist gehalten, hätte er nicht unter sich die Festigkeit von schuppiger Haut, Muskeln und Knochen gespürt und wäre da nicht der tiefe, lange Atem gewesen, der dampfend aus den Nüstern des Wesens drang. Als beständiger Geist und unbeständiger Körper war der Lindwurm das Gegenteil aller irdischen Lebewesen – ein Geschöpf der Vergangenheit, bevor Erde und Himmel sich trennten.

Die Nacht brach herein, doch der Lindwurm schien eher schneller zu fliegen als langsamer. Fayanú wusste auch, warum: Mit der Dunkelheit stieg die Feuchtigkeit, das Element des Dämons. Sie glitten nun über dunstige Wiesen am Ufer des Donwall. Wildblumen raschelten unter dem Bauch des Lindwurms, und Tau rieselte Fayanú gegen die Beine. Er schüttelte seine Hände aus, mit denen er sich bis jetzt unnötig fest an die Hörner geklammert hatte. Wenn er sich mit dem Oberkörper nach vorn sinken ließ und die Wange an den glatten, kühlen Hals des Lindwurms legte, konnte er die beiden kleinsten Hörner ergreifen und die Augen schließen. Die rhythmischen Bewegungen ließen ihn wegdösen.

Er träumte von Beyra. Sie war erwachsen und hatte die Grabstätte nie verlassen. Völlig vereinsamt und wild wie Löwenzahn wanderte sie in den leeren Hallen umher, führte Selbstgespräche und sehnte sich nach einer Liebe, für die sie nicht einmal einen Namen kannte. Ihre Stimme war das Fiepen einer verletzten Gans …

Fayanú wachte elend auf. Es war noch immer tiefste Nacht, eine sternenklare Nacht, und der Wind rauschte über seine Kleider. Einsamkeit höhlte ihn aus. Warum hatte er ein Gefühl, als würde er ans Ende der Welt reisen, wenn er doch eigentlich von dort kam?

Er schüttelte seine Schuldgefühle ab. Beyra hatte Mauskin und Onyx, die sich ohnehin besser um sie kümmerten, als er es je vermocht hätte.

Er versuchte, an Walgreta zu denken. Doch vor seinem geistigen Auge tauchte nur Beyra auf, als Frau mit schwarzem Haar, grünlich blasser Haut und ernsten Augen, eins davon dunkel, das andere hell.

Fayanú musste wieder eingeschlafen sein, denn als er das nächste Mal die Lider öffnete, funkelte die Morgensonne durch dürre Pinien. Der Lindwurm hatte den Donwall verlassen und war einem Nebenfluss ins Gebirge gefolgt, wo zähe Nebel die Klippen verhängten. Im Lauf des Tages jedoch bohrte das Licht seine Lanzen durch das Dickicht, und der Lindwurm wurde langsamer. Schließlich kroch er nur noch dicht über einem Fluss dahin, glitt dann auf einen Tümpel und rollte sich zusammen. Ein Röcheln erscholl, das wie prasselnder Regen klang. *Du musst schlafen und rasten*, rauschten die Stimmen des Lindwurms, und ein geschmeidiger, listiger Ton lag darin.

Fayanú sprang von seinem Rücken ans Ufer. Der Lindwurm hatte nur darauf gewartet, tauchte mit dem ganzen Körper unter Wasser und vergrub den Schädel zwischen den Schlaufen seines eigenen Leibes. Mit der Schwanzspitze schlug er in Fayanús Richtung aus – ein großer, grünlich schillernder Fisch landete neben ihm am Ufer. An der schleimigen Schuppenhaut und dem hohen Rücken erkannte Fayanú, dass es eine Brasse war. Nicht unbedingt sein Lieblingsfisch.

»Danke«, murmelte er.

Während der Lindwurm unter Wasser schlief oder einfach nur auf den Einbruch der Dämmerung wartete, bereitete Fayanú sich seine Mahlzeit zu, wusch seine Kleider und legte sich auf einen Felsen in die Sonne. Wie weit mochten sie schon geflogen sein? Der Lindwurm war viel schneller als ein Pferd und konnte über Hindernisse einfach hinweggleiten, solange die Luft feucht genug war. Gut möglich, dass er Walgreta schon in einem halben Mond oder noch eher wiedersah …

Freude kitzelte ihn in der Brust, aber es war nicht das stärkste Gefühl. Das stärkste Gefühl war Sorge. Vielleicht würde er Dinge erfahren, die ihm das Herz brechen würden.

Er versuchte, seine Furcht als lächerlich abzutun. Eher sollte er sich doch fragen, wie Walgreta es finden würde, dass er auf einem Lindwurm geflogen kam – wo doch die Elfen die Sternenscheibe missbrauchten, um über die Lindwürmer zu herrschen. Würde sie Verständnis haben? Wollte er Verständnis dafür? Er war doch genauso heuchlerisch wie die Elfen vom Wald, wenn er sich von dem Lindwurm nach Hause bringen ließ und dann davon erzählte, die Iliaden an die richtigen Wyken verschenken zu wollen, die sie nicht für Machtzwecke missbrauchen würden.

Er verbrannte die Gräten des Fisches und bat in Gedanken um Verzeihung, wie er es seit seiner Kindheit nicht mehr getan hatte.

Obwohl seine Heuchelei nicht zu leugnen war, kletterte er abends wieder in den Nacken des Lindwurms, als dieser aus dem Wasser glitt. Sie flogen durch den Dunst der Dämmerung und dann die ganze Nacht über schwarze Baumkronen, die wie ein Heer von Riesen entlang der Berge standen, Jahrhundert um Jahrhundert auf den Befehl wartend, ins Steppenland einzufallen. Fayanú schlief kaum; zu sehr nahm ihn der Anblick des Landes gefangen, das unter ihm dahinzog.

Am nächsten Mittag, als der Lindwurm sich auf den Grund eines Flussbettes legte und ein Maul voller Krebse an Land kippte, fragte Fayanú zaghaft: »Wie heißt du?«

Ein unterdrücktes Lachen schien durch das Wasser zu rasseln. *Viele Namen haben wir. Namen, so viele wie Geschichten. Willst du einen Namen haben, wollen wir einen zurück.*

»Ich nenne mich Fayanú.«

Fayanú … gerissen! Als dein Diener heißen wir Lehda Orynia Narriú Daleh Arkhad – *vom Anfang zum Untergang.*

Fayanú dachte über diesen Namen nach. War die Schlucht der Tränen, die ins Land der Geister führte, für die Lindwürmer der Anfang der Welt und Ilian der Untergang? Er fragte.

Wieder glaubte er ein Lachen zu hören, das ihm Unbehagen bereitete. *Namen sind vieldeutig. Willst du unsere Deutung hören, wollen wir eine Deutung deines Namens.*

»Ich bin … gerissen von meiner Familie. ›Abtrünnig‹ bedeutet mein Name.«

Der Lindwurm räkelte sich vor Vergnügen, dass die Steine unter seinem Bauch knirschten. *Ganz so abtrünnig aber auch wieder nicht … nicht wahr? Hin und her gerissenes Sternenkind! Nenne uns* Orynia Arkhad, *Anfang-Untergang. Der Name bedeutet … dass wir deinem Volk das Ende bringen werden.*

116

WEIL ES UNMÖGLICH WAR, so viele Pferde, Wagen und Viehherden mit Booten zu transportieren, mussten die Streiter von Mún Toleda und das Heer der Wiederkehr den längeren Weg über die Hügel entlang der Fünf Hellen Seen nehmen. Es war eine beschwerliche Reise; oft mussten sie in Täler hinab, und sich auf der anderen Seite wieder hinaufquälen. Beiderseits von Hügelkämmen drohten zuweilen steile Abhänge, und das eine oder andere Tier und sogar ein Wagen mit Vorräten stürzten in die Tiefe.

Wieder tauchten abgebrannte Wälder auf. Graue Baumstümpfe ragten aus grauem Schlamm, und selbst der See im Tal wirkte grau, nicht türkisfarben wie die anderen. Dass grüne Sprösslinge überall aus der Zerstörung schossen, war nur ein geringer Trost. Es würde Jahrzehnte dauern, bis wieder ein Wald stand.

Schon von weitem sahen sie auf den Hügelkämmen vor sich Hunderte von Reihen von Streitern auftauchen.

Nicht alle stammten aus Horuns Bauch. Vier Türme vor einer untergehenden Sonne, das Wahrzeichen der Weststadt Ydris Kap, prangte auf den Fahnen, die über einigen Truppen wehten. Eine Gruppe von zwanzig Männern, die sich aus den vordersten Reihen lösten, kam ihnen entgegen. Zum Gruß legten sie die Hände vor der Stirn zusammen.

»Walgreta, Tochter der Gildrun, Tochter der Hekteba«, rief einer, der Fahne nach zu urteilen der Hauptmann von Ydris Kap. Es war eine beleidigende Anrede für eine Königin. Er fuhr fort, indem er Branhilda grüßte, die er an ihren Fahnen und ihrem Wagen erkennen musste, dann Hauptmann Orbanim und die Streiter aus Mún Toleda. Rianon bedachte er nur mit den schlichten Worten: »Menschen vom Volk der Urier, willkommen in unserem Land.«

»Willkommen, Brüder von Horuns Bauch und Ydris Kap«, rief Walgreta zurück, damit kein Zweifel bestand, wer hier wen willkommen heißen durfte. »Was führt euch hierher?«

»Der König von Horuns Bauch«, rief der Redensführer zurück. Angespannte Stille folgte.

Endlich erwiderte Walgreta: »Es gibt keinen König. Und gäbe es einen, wäre es mein Gemahl, Fürst Rianon, der das urische Volk unter sich eint! Ganwalen hat euch Lügen erzählt, um die Macht an sich zu reißen. Ich bin gekommen, dieses Unrecht aus der Welt zu schaffen. Kämpft für eure Königin, Seite an Seite mit den Brüdern aus Mún Toleda!«

Der Wind ließ die Fahnen flattern. Walgreta öffnete ihren Umhang und breitete die Arme aus, so dass ihr Kupferkleid matt in der Dämmerung aufglänzte.

»Wenn Ihr das Kupferne Kleid tragt, dann lasst es wirken!«, forderte der Hauptmann von Yris Kap.

»Wenn Ihr nicht sehen könnt, was selbst ein Pferd sehen kann, ist Euch nicht zu helfen.«

Walgreta ließ die Ketten des Kupferkleides auf die Flüsternde Flöte klirren. Die Pferde der Urier, die Walgreta flankierten, traten vor und neigten ihre Köpfe vor ihr.

»Dressierte Tiere?«, schrie der Hauptmann. Er zeigte mit der Lanze auf sie. »Verräterin! Jetzt beleidigst du uns auch noch mit faulen Tricks!«

»Angriff!«, brüllte Rianon.

Sofort preschten zu beiden Seiten des Heeres Reiter los.

Walgreta bedeutete Hauptmann Orbanim mit einer Geste ihrer Peitsche, dass auch er mit seinen Männern angreifen sollte. Der Hauptmann von Mún Toleda musste lediglich den Befehl erteilen, und die Truppen würden marschieren. Doch für zwei endlos lange Herzschläge sah er Walgreta nur an, sah ihr Kupferkleid an, und rührte sich nicht.

Sie schlug mit dem Peitschengriff auf die Flüsternde Flöte, und die Stiere, deren Seile die Hirten geistesgegenwärtig bereits gelöst hatten, donnerten ins Gefecht. Inzwischen hatte Walgreta gelernt, ihre Befehle an manche Tiere zu richten und an andere nicht; dennoch scharrten auch die Pferde, die vor ihren Wagen gespannt waren, erregt mit den Hufen.

Nun reagierte auch Hauptmann Orbanim. Kaum öffnete er den Mund zum Befehl, stürmten die Truppen los, die Walgretas Vetter Senbelin anführte. Senbelin war auf ihrer Seite, das hatte sie von Anfang an geahnt. Orbanim indes fiel es schwerer, gegen Männer seines Volkes zu stürmen. Besser, er gewöhnte sich früher daran als später!

Zwischen den Streitern von Ydris Kap, Horuns Bauch und Mún Toleda entbrannte eine zähe Schlacht. In der Mitte trafen Reihen aus Schilden und Speeren auf ebenso undurchdringliche gleichartige Reihen, während seitwärts kleinere Truppen versuchten zu attackieren und von anderen kleineren Truppen überrannt wurden.

Noch schien Mún Toleda im Vorteil zu sein, denn Rianons Reiter umkreisten das Schlachtfeld und schossen pausenlos mit den gefürchteten urischen Kurzbögen auf die Feinde. Doch die kriegstaktische Ordnung versank zusehends in Chaos.

Walgreta hielt nach Rianon Ausschau, bis sie sich besann, dass ihm ihre Blicke auch nicht helfen würden. Sie konzentrierte sich auf die Flüsternde Flöte.

Rinderherden galoppierten mit gespenstischer Gleichförmigkeit ihren Hirten davon, bogen um die Kämpfenden und stürzten den Streitern von Horuns Bauch und Ydris Kap wie tollwütig in den Rücken. Ihre schiere Masse, ihre Hufe und Hörner waren keine zu unterschätzenden Waffen, doch die Streiter fielen vor allem der Überraschung zum Opfer. Nie hatten sie Tiere wie ein Kriegsheer angreifen sehen, erst recht keine zahmen Nutztiere.

Walgreta hätte am liebsten nicht hingesehen. Aber sie musste die Wahrheit ertragen. Sie war es, die diese Männer tötete. Ihre Schmerzensschreie waren ihr Werk.

Ich nehme diese Schuld auf mich, damit die Wyken bald ohne Blutvergießen mit den Iliaden regieren können. Für ein neues Reich Ilian nehme ich die Schuld auf mich, die mich bis ans Ende meiner Tage niederdrücken wird. Der Gedanke wiederholte sich in ihrem Kopf, wieder und wieder, bis die Worte ihren Sinn verloren.

Das Gemetzel ging bis in die Nacht. Walgreta verlor jegliches Zeitgefühl, wie so oft, wenn sie die Flüsternde Flöte einsetzte. Was sie deutlich spürte, war, wie die Zahl der Körper der Tiere *abnahm*. Es wurden immer weniger. So, als würde ihr Wille schwächere und schwächere Echos hervorrufen. Viele Tiere waren getötet worden; sie sah die schweren Leiber wie urische Grabhügel aus dem Schlamm ragen. In der Finsternis war nur schwer zu erkennen, was auf dem Schlachtfeld vor sich ging. Männer schienen die Flucht zu ergreifen.

Walgreta befahl den Tieren mit langsameren, helleren Schlägen, zu ihren Hütern zurückzukehren. Schattenhaft sah sie sie zurücktraben. Manche humpelten, manche stießen Schmerzenslaute aus, die Walgreta frösteln ließen.

Siegesrufe mehrten sich. Nachdem die Rinder zurückgekehrt waren, erscholl erneut Hufgedonner, und die urischen Streiter kamen wieder. Walgreta war erleichtert, als sie Rianon erkannte. Er schien unverletzt.

»Die Streiter von Horuns Bauch wie auch von Ydris Kap haben die Flucht ergriffen«, sagte er außer Atem. »Kümmern wir uns um die Verletzten und die Toten!«

Fackeln wurden entzündet und das Schlachtfeld nach Überlebenden abgesucht. Walgreta sah nichts, was sie nicht auch bei der Übernahme der urischen Stämme schon gesehen hatte. Trotzdem war es etwas anderes, Urier so zu erblicken, als Männer ihres eigenen Volkes.

Die urischen Toten wurden begraben, die des Kleinen Volkes in vier großen Wagen übereinandergelegt und verbrannt, nachdem ihre Waffen und ihr Metallzeug unter den Siegern aufgeteilt worden waren.

Die ganze Nacht waren die Priesterinnen von Mún Toleda, Walgreta und etliche heilkundige Sklavinnen der Urier damit beschäftigt, die Verwundeten zu versorgen.

Kurz vor dem Morgengrauen ereignete sich ein weiterer Angriff.

Pfeile sirrten aus der Dunkelheit. Die gegnerischen Streiter waren zurückgekehrt.

Während im Lager Panik ausbrach, brachten sich die Streiter von Mún Toleda in Verteidigungsposition, und die urischen Reiter schwärmten aus, begleitet von den Hirtenhunden, die Walgreta mit der Iliade antrieb. Ein kurzer, heftiger Kampf entbrannte, den man im Lager nur hören, aber nicht sehen konnte. Als das Gold des neuen Tages am Horizont aufschimmerte, waren die schlammigen Hänge zum See hin von neuen Toten und Verwundeten übersät. Rianon und seine Reiter hatten, unterstützt von den Hunden, die Angreifer geschlagen.

Schwerfälliger als zuvor setzten sie ihren Weg fort. Entlang des letzten der Fünf Hellen Seen waren die Wälder noch unberührt. Hier ließen sie mehrere verletzte Streiter frei, damit sie Ganwalen in Horuns Bauch berichten konnten, dass sie der Königin im Kupfernen Kleid und dem Stamm der Wiederkehr unterlegen, jedoch mit allem Respekt behandelt worden waren, den eine Schwester ihren Brüdern entgegenbringen konnte. Die Verletzten lernten diese Worte auswendig; dann schickte Walgreta sie zu den Siedlungen am Ufer, wo sie ein Boot nach Horuns Bauch nehmen konnten.

Während sie durch die Gebirgswälder zogen, ließ Walgreta den Wind durch die Flüsternde Flöte streichen und lauschte den Tieren der Umgebung. Es gab Wölfe, Luchse und Bären, Falken, Habichte und Adler. Und genug Wildschweine und Hirsche, um ihre eigenen Herden zu schonen. Gelegentlich strich sie mit ihren beringten Fingern über die Iliade und ließ die silbrigen Klänge des Metalls durch die Täler und Schluchten im Wald hallen, und in einiger Entfernung begannen die wilden Tiere, ihr zu folgen, verzückt von der Klarheit der Stimme, die plötzlich in ihnen wohnte und jedes andere Bedürfnis vergessen machte.

Über einen steilen Anstieg gelangten sie zur Straße, die auf den Bergrücken nach Horuns Bauch führte. Wie lange schien es Walgreta her, dass sie auf diesem Weg ihre Heimat verlassen hatte! Nie hätte sie gedacht, dass sie mit ihrem urischen Gemahl zurückkehren würde. Doch ihr Ziel, die Flüsternde Flöte zu finden, war erreicht. Ihr Blick schweifte von dem Finsteren See, der tief unter ihnen im Schatten der Berge lag, über Horuns Bauch hinweg, von dem nur ein paar Reihen steinerner Balkone aus dem Grün schimmerten, bis hinauf zu den unbetretbaren Gebirgen, deren Gipfel weit in den Himmel reichten. Dort lag Ilian. Dort verbargen sich die Sternenscheibe und vermutlich auch das Kupferne Kleid.

Bei dem Gedanken, Fayanú zu begegnen, zog sich alles in

Walgreta zusammen. Bestimmt war er in Ilian bei seinem Volk und erwartete sie … Dank der Sternenscheibe mussten die Elfen schließlich wissen, dass sie kam. Wahrscheinlich hatten sie von Anfang an in der Sternenscheibe gesehen, dass Walgreta mit dem Blickenden Becher und der Flüsternden Flöte kommen würde, und freuten sich, dass die fehlenden magischen Artefakte auf so bequeme Weise nach Ilian gebracht wurden.

Aber egal, was die Sternenscheibe ihnen gezeigt hatte – Walgreta würde ihnen ihre Iliaden nicht überlassen. Niemals! Keine Prophezeiung war stärker als ihr Wille.

Bald entdeckten sie, dass Truppen von Horuns Bauch die Straße versperrten. Entlang der Felsen waren zahllose Bogenschützen positioniert, und in den Wäldern stand neben jedem Baum und Strauch ein weiterer Schütze.

»Walgreta«, rief einer der Streiter und trat vor.

Es war Agedren, einer der Söhne ihrer Tante Nabrowen. Als Kinder hatten sie oft zusammen gespielt.

»Agedren«, sagte sie ebenso wenig förmlich.

Der Blick des jungen Mannes wanderte über ihr Heer, und für eine Weile, in der nur der Wind im Grün rauschte, die Vögel sangen und die Sonne ihre Strahlen durch das Blätterdach fädelte, schienen alle dasselbe zu denken: Was trieb bloß Streiter gegen Streiter, Base gegen Vetter, Schwester gegen Bruder?

Walgreta straffte die Schultern und gab Branhilda einen Wink. Dann sagte sie zu Agedren: »Wir wollen kein weiteres Blutvergießen. Darum hat sich die ehrwürdige Hohepriesterin von Mún Toleda bereit erklärt, zwischen Ganwalen und mir zu vermitteln. Ist Ganwalen gewillt, sie zu empfangen?«

»Mún Toleda hat uns und unsere Brüder aus Ydris Kap angegriffen und Tausende von ihnen getötet«, sagte Agedren hart. »Eine Mittlerin muss unparteiisch sein. Aber unser König wird die Hohepriesterin Branhilda dennoch empfangen, wenn sie gewillt ist, für den Angriff Rechenschaft abzulegen.«

Sie verhandelten, wie viele Männer Branhilda als Geleitschutz mitnehmen durfte. Die Streiter von Horuns Bauch waren angespannt; sie erlaubten nicht mehr als zwanzig Leibwächter, von denen kein einziger ein urischer Reiter sein durfte. Walgreta willigte ein. Auch dreißig Leibwächter mehr würden Branhilda nicht retten können, wenn Ganwalen wirklich vorhatte, ihr etwas anzutun. Branhilda wusste das. Sie und Walgreta umarmten sich zum Abschied innig.

»Er wird erkennen, dass du als Königin geeignet bist«, flüsterte Walgreta zuversichtlich.

Für einen Moment schien sich Branhilda am falschen Kupfernen Kleid festzuklammern. Dann stieg sie auf ihren Streitwagen und lenkte ihn in ihrer gewohnten resoluten Art durch die Schneise, welche die Streiter von Horuns Bauch freigaben, gefolgt von Hauptmann Orbanim und seinen Männern.

Nun hieß es warten.

Im Lager wurde gekocht. Walgreta bot den Streitern von Horuns Bauch von den Speisen an, doch sie lehnten ab. Dennoch zeigte die Geste Wirkung: Es war den Mienen und der Haltung der Männer anzusehen, dass ihnen die Feindschaft schwerfiel. Wer wollte schon sein Leben in einem Kampf lassen, der womöglich auf einem Missverständnis beruhte?

Die Sonne war bereits dabei zu sinken, als Branhilda endlich zurückkehrte. Nicht nur Walgreta und die Streiter von Mún Toleda, sondern auch Ganwalens Männer waren sichtlich erleichtert. Im engsten Kreis begann Branhilda zu berichten.

»Ganwalen ist bereit, den Streit beizulegen. Er wird als König zurücktreten und weder Euch, noch die Urier daran hindern, Horuns Bauch zu betreten. Die einzige Bedingung ist, dass Ihr das Kupferne Kleid mir schenkt und ich als neue, rechtmäßige Königin mit dem Kupfernen Kleid vorausgehe.«

Walgreta starrte Branhilda an. »Ihr seid nicht wirklich so dumm, daran zu glauben«, knurrte sie. »Er will nur das Kupferne Kleid! Ihr sollt es ihm lediglich bringen. Darum sollt Ihr allein vorausgehen.«

Branhilda lief rot an. »Aber mit dem Kupfernen Kleid wäre ich unantastbar.«

»Unsinn!«, entfuhr es Walgreta. »Er weiß, dass die Macht des Kupfernen Kleides davon abhängt, wie es verschenkt wurde. Wenn ich es Euch jetzt mit Misstrauen überlasse, wird es nicht stark genug sein, um Euch vor ihm zu schützen. Es muss in Liebe und aus Überzeugung verschenkt werden – wenn ich es für richtig halte, nicht vorher!«

Argwohn ließ Branhildas Augen schmaler werden, und auch Walgreta wurde argwöhnisch. Wäre Ganwalen wirklich so schnell bereit, den Thron abzugeben? Log Branhilda, um an das Kupferne Kleid zu kommen? Walgreta las in der Miene der Hohepriesterin, bis Branhilda nervös zu werden schien.

»Wie hat Ganwalen reagiert, als Ihr ihm sagtet, Didanwens und sein kleiner Sohn sei in meiner Obhut?«, fragte Walgreta.

»Er hat versucht, sich nichts anmerken zu lassen. Er schwieg lange. Das war alles.«

»Kein Wort davon, dass er seinen Sohn haben möchte?«

»Nein … nein, auf Eure Drohung ging er nicht ein.«

Nach einiger Zeit sagte Walgreta ohne allzu viel Überzeugung: »Ich glaube Euch.«

Sie verließ die Runde und trat vor die Streiter von Horuns Bauch, die noch immer den Weg blockierten. Nun begann die zweite Phase ihres Plans.

»Ich bitte darum, dass ihr mich und meine Begleiter zur Quelle der Tränen vorlasst. Dort möchte ich zu meinen Müttern beten und Ganwalens Vorschlag überdenken. Niemand von uns will, dass es zu weiteren Kämpfen kommt, aber nichts wäre schlimmer, als das Kupferne Kleid in die falschen Hände zu geben.«

Agedren schickte einen Boten.

Während sie auf Ganwalens Antwort warteten, zog sich Walgreta mit Rianon zurück.

»Wir schlagen also hier neben der Straße das Lager auf und lassen nur die Viehherden auf dem Weg. Wenn es so weit ist, werden sie die Flöte hören und losstürmen – sie werden für das Heer die Straße freiräumen. So gelangen meine Männer und die Streiter von Mún Toleda auf den großen Platz von Horun und von dort ins Innere des Berges.« Rianon presste die Lippen zusammen. »Aber eine Planänderung gibt es: Ich selbst werde zur Quelle der Tränen mitkommen und dich beschützen, wenn du von dort oben die Tiere zum Angriff rufst.«

Walgreta wollte widersprechen, merkte jedoch, dass sie froh wäre, ihn an ihrer Seite zu haben. »In Ordnung.«

Sie erzählte Senbelin dasselbe, da sie ihm vertraute. »Sagt Hauptmann Orbanim nichts davon. Ich sorge dafür, dass er uns begleitet und Ihr das Kommando habt. Folgt mit den Truppen den Uriern, sobald die Viehherden Euch den Weg geebnet haben. Wenn Ihr die Stadt eingenommen habt, werdet Ihr der neue Hauptmann von Horuns Bauch sein.«

»Zu Befehl.« Er verneigte sich und fügte hinzu: »Ihr müsst mir nichts dafür versprechen, dass ich meiner Königin gehorche.«

Zum Abschied legte sie ihre Stirn an seine.

Der Bote kam wieder.

»König Ganwalen gestattet Euch, die Quelle der Tränen zur stillen Einkehr und zum Gebet aufzusuchen. Jedoch unter der Bedingung, dass Ihr ihm seinen Sohn aushändigt.«

Walgreta tat, als dächte sie nach. Sie durfte sich nicht anmerken lassen, dass alles lief wie beabsichtigt. »Ganwalen soll seinen Sohn bei der Quelle der Tränen abholen, sobald wir dort sind«, antwortete sie.

Sie bat Hauptmann Orbanim um Geleitschutz, damit Senbelin das Kommando bekam. Dann ließ sie Eliody holen, die noch immer ihre Gefangene war, und bat die Küstenelfe, mit ihr zu kommen und sich um Didanwens Sohn zu kümmern. »Zum Zeichen, dass ich euch vertraue und ihr mir vertrauen könnt«, sagte Walgreta, als sie den kleinen Anarim Eliody in einem Tuch vor die Brust band. »Ist Ganwalen erst besiegt, werde ich die Iliaden verschenken, wie auch ihr es euch wünscht, und du und dein Gefährte Rehfang sollen meine Zeugen sein.«

Die Miene der Elfe blieb ausdruckslos. Vermutlich glaubte sie Walgreta kein Wort. Doch das spielte keine Rolle – die Urier würden sie und das Kind sorgfältig bewachen.

Mit zwanzig Streitern und fünfzig Uriern als Geleitschutz durfte Walgreta passieren. Sie ging erhobenen Hauptes, das Licht der versinkenden Sonne auf dem Kupferkleid, durch die Reihen der Streiter von Horuns Bauch, die ihren Treueid gebrochen hatten. Dabei blickte sie in feindselige, misstrauische, aber auch einfach nur zweiflerische Gesichter und spürte heftiger denn je, dass sie keinem von ihnen Schaden zufügen wollte.

Jetzt hing alles von Ganwalen ab.

117

AUF DEM WEG ZUR Quelle der Tränen schrie der kleine Anarim ununterbrochen, was weniger an Eliody lag als an dem Kind, das überhaupt sehr häufig schrie. Immerhin würde man nun meilenweit hören, dass Walgreta sich an die Vereinbarung hielt und Ganwalens Sohn bei sich hatte.

Trotz des Geschreis nahm sie die Flüsternde Flöte unter ihrem Umhang hervor, um gelegentlich den Tieren zu lauschen, die ihr in den dunklen Wäldern nachschlichen. Das Gefühl, sich in zahlreiche Körper zu zerstreuen, vertrieb ihre Sorge vor einem Überraschungsangriff ein wenig.

Über gewundene Stufen, die in der Mitte von den Priesterinnen sämtlicher Generationen glattgetreten waren und an den Rändern von Moos und Wurzeln verschlungen wurden, folgten sie dem salzigen Bach und erreichten einen Felsvorsprung, von dem aus man das Land bis weit hinunter zum Finsteren See überblicken konnte, an klaren Tagen sogar bis zu den Fünf Hellen Seen jenseits der Klippen. Über ihnen lag der Eingang der Höhle, in der sich die Quelle der Tränen befand, umwuchert von Schlingpflanzen. Ein Weitergehen war nur Priesterinnen gestattet.

Walgreta und Rianon ließen sich unterhalb der letzten Treppe nieder, während mehrere Männer ausschwärmten, um das Umland zu sichern.

Das Warten begann.

Walgreta beobachtete, wie Eliody dem Säugling aus einem Trinkschlauch frische Ziegenmilch gab und ihn anschließend wiegte, bis er einschlief.

Die Nacht brach herein. Es war warm genug, um kein Feuer zu entfachen, das den heiligen Ort entweiht hätte. Vor langer Zeit, als Kind, hatte Walgreta hier in völliger Finsternis übernachten müssen, um eine Lektion zu lernen. Hatte sie die Lektion gelernt? Sie erinnerte sich kaum an das Mädchen, das sie gewesen war. Würde sie, wenn sie überlebte, in zwanzig Jahren zurückblicken und sich ebenso fremd sein? Sie in zwanzig Jahren – das war ein tröstlicher und zugleich beunruhigender Gedanke.

Einer ihrer Wachen kam keuchend angelaufen. »Eine Brücke wurde über die Brustklamm herabgelassen. Sieben Frauen haben Horuns Bauch verlassen und sind auf dem Weg hierher.«

»Frauen?«, wiederholte Walgreta ungläubig. »Und Ganwalen?«

Die Wache schüttelte den Kopf. »Nur, wenn er sich den Bart abgenommen und sich als Priesterin verkleidet hat.«

Walgreta fluchte. Wenn Ganwalen nun nicht erschien …

Kurz darauf sahen sie sieben Fackeln durch die Nacht schweben. Im Näherkommen konnte sie im unruhigen Licht die Priesterinnen erkennen, die sie hielten. An der Spitze ging, gestützt von Gildrun und einer weiteren Tochter, Hekteba. Sie schien um Jahre gealtert. Die Kleider hingen viel zu weit von ihren gekrümmten Schultern, und die geflochtenen Strähnen, die ihr eingefallenes Gesicht umrahmten, waren schlohweiß und dünn wie Schnurbänder geworden. Jeder Schritt schien sie anzustrengen.

»Großmutter«, rief Walgreta.

Hekteba blickte auf, ohne sie zu finden. Waren ihre Augen so schlecht geworden?

»Mutter«, grüßte Walgreta nun auch Gildrun, um ihre Bestürzung zu überspielen.

Die Priesterinnen betraten den Felsvorsprung, ohne den Gruß zu erwidern. Hekteba gab Gildrun ihre Fackel und ließ sich schwerfällig auf die Knie sinken. Die anderen setzten sich hinter sie und stellten die Fackeln im Kreis auf. Mit einem Zeichen gab Walgreta ihren Begleitern zu verstehen, dass auch sie Platz nehmen sollten.

»Ich bitte dich im Namen unserer Mütter und in meinem Namen um Frieden«, hob Hekteba an. Noch immer schienen ihre Augen Walgreta nicht ganz zu finden.

»Auch ich will Frieden«, erwiderte Walgreta mit erstickter Stimme.

Hekteba nickte. »Gib Ganwalen seinen Sohn. Sag uns, wo das Kupferne Kleid ist. Und es wird Frieden herrschen.«

Die Fackeln knackten und knisterten im Wind.

»Was wird aus mir?«, fragte Walgreta.

Hektebas Blick irrte durch die Dunkelheit. »Mein Kind … erlaube mir, eine Geschichte zu erzählen. Vielleicht erinnerst du dich noch aus deinen Lehrjahren an sie. Als das Kleine Volk aus der Riesin hervorging, erkannten die Leute, dass sie, wie alle fruchtbaren Geschöpfe, in männliche und weibliche geteilt waren. Da die Frauen der Riesin ähnlicher waren als die Männer und göttliche Schöpferkraft besaßen, gab man ihnen den Vorrang und ließ sie über alle Bereiche des Lebens bestimmen. Aus der natürlichen Überlegenheit der Frauen entsprang ihre Eitelkeit. So kommt es, dass die Töchter sich mehr als die Söhne danach sehnen, verehrt zu werden, und dies mit Schmuck, Besitztümern und besonderen Fähigkeiten erwirken wollen. Auch ist das der Grund, warum Töchter widerspenstiger sind und mehr auf ihrer Freiheit beharren, wenn es darum geht, sich allgemeinen Gesetzen zu unterwerfen. Den Männern hingegen wurde ihr natürlicher Nachteil zur Tugend, denn da es ihr Schicksal war, sich unterzuordnen, konnten sie Jägergruppen und später ganze Armeen bilden, in denen der Einzelne auf seine Einzigartigkeit verzichtet. Söhne sind in der Gemeinschaft stark, Töchter sind nur stark für sich. Jede Frau beherrscht eine Familie, doch ein Mann kann als Teil der Bruderschaft ein ganzes Volk beherrschen. Erinnerst du dich an diese Erzählung, Walgreta?«

»Worauf wollt Ihr hinaus?«

»Mir scheint, du musst daran gedacht haben, als du die Entscheidungen getroffen hast, die dich bis hierher geführt haben. Ging es dir nicht darum, die Art und Weise, wie wir Frauen herrschten, zu zerstören? Dass eine Königin über ein ganzes Volk herrscht wie eine Mutter über ihre Familie, war nur mit dem Kupfernen Kleid möglich. Mit dem Zauber, der für alle Zeit daran erinnert, dass die Töchter göttlicher sind als ihre Brüder. Aber du … hast das Kupferne Kleid verschenkt und stattdessen Menschenkrieger nach Horuns Bauch geführt. Du willst herrschen wie ein Mann! Nun gut, dann sei wie ein Mann. Verlerne deine Eitelkeit und ordne dich unter. Gib dein Leben, damit deine Brüder leben und damit sie von jetzt an über ihre Schwestern herrschen.«

Walgreta wusste nicht mehr, wie man atmete. Zitternd starrte sie ihre Großmutter an nach diesen unverzeihlichen Worten. Als sie endlich nach Luft schnappen konnte, klang ihre Stimme schrill: »Ihr wart es, die mich verheiratet hat! Ihr habt uns mit dem Liebeszauber belegt. Wie könnt Ihr es wagen, jetzt …«

»*Euch*?«, fiel Hekteba ihr dazwischen, für einen Moment wieder ganz die Alte. »Ist das deine Rechtfertigung? Dass dir das Herz eines Mannes zuflog, hat dich zu all deinen Fehlern bewogen? Ich hätte mehr erwartet, selbst von dir.«

»Und welche Erwartungen habt Ihr erfüllt?«, gab Walgreta bissig zurück. »Mit Euren Ränken habt Ihr selbst das Unheil über Euch gebracht. Der Liebeszauber wirkt in beide Richtungen, weil ich aus spiegelndem Wasser stieg, als …«

»Unsinn, er wirkt nur einseitig«, schnitt Hekteba ihr abermals das Wort ab. Dann irrte ihr Blick zu Rianon, und ein unheimliches Lächeln schlich sich auf ihre Züge. »Der Liebeszauber, mit dem wir Walgretas Körper belegten, wirkt wie ein tanzender Schatten auf das Herz eines jeden Mannes, der sie nackt sieht: Der Schatten verdunkelt alle Liebe, die bereits in dem Herzen wohnen mag. Kommt dir das bekannt vor, Fürst Rianon? Ist dir nicht auch eine alte, ach so starke Liebe abhandengekommen, sobald Walgreta dir entblößt erschien? Ja, doch … so war es. Sonst wärst du nicht hier, um einen aussichtslosen Kampf zu kämpfen, den dir allein die Liebe zu Walgreta auferlegt.«

Walgreta wollte ihr befehlen, den Mund zu halten, aber sie war wie erstarrt. Der Liebeszauber wirkte nicht auf sie? Das, was sie für Rianon empfand, war echt? Entsetzen packte sie. Doch sie konnte jetzt nicht darüber nachdenken, warum. Von noch größerer Bedeutung war, was sie über Hekteba begriff: Ihre Großmutter hatte den Liebeszauber nicht gewoben, damit Rianon ihr, Walgreta, hörig sein würde. Sondern damit Hekteba in einer Situation wie dieser einen Keil zwischen Walgreta und Rianon treiben konnte. Sie wollte Walgreta die Macht über Rianon entreißen. Das war der wahre Grund für den Zauber!

»Wir können den Zauber von dir nehmen, Fürst«, sagte die Hohepriesterin mit einem Schulterzucken. »Dann würdest du erkennen, was im Schatten deiner Liebe zu Walgreta begraben liegt.«

»Nein«, entfuhr es Walgreta. Sie wandte sich zu Rianon um und konnte nicht mehr sagen.

Er starrte Hekteba an. Walgreta kannte ihn gut genug, um

zu spüren, wie viel Mühe ihn seine gleichmütige Miene kostete. Pasarime. Redike. Er wusste doch längst, wie viel seine Liebe eingefordert hatte. Oder etwa nicht?

Endlich erwiderte er Walgretas Blick. Leise sagte er: »Siehst du? Du bist nicht verzaubert.« Und ein Lächeln huschte durch seine Augen.

»Spar dir dein Zauberwerk, um dir deine Götter gnädig zu stimmen«, antwortete er Hekteba. »Denn von mir wirst du keine Gnade erfahren.«

Tränen verschleierten Walgretas Sicht, und für einen Moment wusste sie, dass sie Rianon wirklich liebte, nicht wegen eines Zaubers. Nur um seiner selbst willen.

Dann hatte sie sich wieder gefasst und ließ den Blick über die Priesterinnen schweifen, diese Frauen, die sie ihr Leben lang bewundert und verachtet, geliebt und gefürchtet hatte und von denen sie von nun an nichts als Feindschaft erwarten durfte.

»Ihr werft mir vor, die Herrschaft der Frauen zugrunde gerichtet zu haben. Aber ich lasse mich nicht dafür verantwortlich machen, wie feige Ihr Euch Ganwalen unterworfen habt. Nun geht und seid weiter seine Dienerinnen! Richtet Eurem König aus, dass er selbst kommen muss, wenn er seinen Sohn haben will«, sagte sie.

Hekteba wirkte wieder so gebrechlich und müde, dass Walgreta schon glaubte, sie hätte sie gar nicht gehört. Doch dann gab sie einer ihrer Töchter einen kleinen, tatterigen Wink, die daraufhin aufstand und den Weg zurücklief, um die Botschaft zu überbringen.

Sie warteten. Es gefiel Walgreta nicht, dass die Priesterinnen blieben, doch sie scheute davor zurück, ihnen mit Waffengewalt zu drohen. Eine dunkle Ahnung sagte ihr, dass Hekteba sich bereitwillig umbringen lassen würde, um ihr noch die größte denkbare Schuld vor der Quelle der Tränen aufzubürden. So weit war es gekommen zwischen Großmutter und Enkelin. Und ihre

Mutter Gildrun – die saß tatenlos dabei, den Blick gesenkt, ohne eine Falte auf der Stirn. Ihr Gleichmut war ungeheuerlicher als Zorn. Walgreta begriff klarer denn je, dass ihre Mutter sie nie geliebt hatte und dass sie die Gründe dafür niemals erfahren würde.

Der Schmerz darüber stieg in ihr auf wie eine Flamme, die der Wind vergrößert, bevor er sie auslöscht. Sie sehnte sich danach, Rianons Hand zu ergreifen, aber sie durfte keine Schwäche zeigen.

Die Urier gingen auf und ab, hielten Ausschau und murmelten sich Dinge zu. Oft schweifte Rianons Blick zur Höhle hinauf, in der die Quelle der Tränen entsprang, und dann schien er sich aus seinen eigenen Gedanken reißen zu müssen und rieb sich über das Gesicht, das blass war vor Müdigkeit. Nur Anarim schlief in dem Tuch an Eliodys Brust.

Schließlich hörten sie heraneilende Schritte. Einer ihrer Männer meldete, dass Ganwalen kam, begleitet von rund dreißig Streitern.

Dreißig. Damit würde Walgreta fertigwerden. Sie stand auf und trat an den Rand des Felsvorsprungs, um nach den Fackeln Ausschau zu halten. Rianon und seine Männer nahmen sie schützend in ihre Mitte, die Waffen gezückt. Fieberhaft strich sie mit den beringten Fingern über die Flüsternde Flöte und ließ ihre Echos durch die Geschöpfe beben, bis sie ringsum in den Wäldern aus dem Schlaf auftauchten.

Feinde nähern sich.

Ein Windzug brachte die Flüsternde Flöte zum Vibrieren. Walgreta fühlte, wie sich gelbe Augen öffneten, wie heißes Blut durch fremde Adern rollte und kraftvolle Muskeln sich spannten. Sie nahm den goldenen Griff ihrer Peitsche, mit dem sie die lautesten Klänge erzeugen konnte, aus der Tasche ihres Mantelkleids. Gleich. Gleich würde sie zum Angriff rufen.

Doch Ganwalen ließ auf sich warten. Was hielt ihn auf? Der Späher konnte sich doch nicht geirrt haben.

Nach und nach sickerte Helligkeit in den Himmel, und die dunklen Rücken der Berge zeichneten sich dagegen ab. Die Priesterinnen erhoben sich, um die letzte Treppe zur Quelle der Tränen emporzusteigen und das Morgenritual zu vollziehen. Mit einer Geste gab Walgreta Rianon zu verstehen, dass er die Priesterinnen nicht an ihrem Werk hindern sollte. Rianon war anzusehen, was er davon hielt, doch er beließ es bei einem finsteren Blick.

Würden sie die Gunst der väterlichen Sonne für alle erbitten, für Ganwalen und seine Anhänger ebenso wie für Walgreta? Welche göttliche Gunst war schon zu erwarten für Geschwister, die gegeneinander Krieg führten …

Walgreta wurde wieder flau zumute. Aber sie hatte bereits so viele Gesetze gebrochen, so viel Schuld auf sich geladen für die gute Sache – es gab kein Zurück mehr. Nur ein Vorwärts.

Und da erschienen die Fackeln. Walgreta konnte nicht erkennen, ob Ganwalen wirklich dabei war, aber sie wollte es nicht riskieren, länger zu warten. Sie schlug auf die Flüsternde Flöte und legte allen Hass in den Ruf, den sie aufbringen konnte. Der durchdringende Klang bebte durch die Berge. Wieder schlug sie auf die Flöte, und wieder und wieder, um die wilden Tiere rasend zu machen. Dann strich sie mit dem Peitschengriff über das schwarze Metall und rief die Viehherden weit unten auf dem Weg dazu auf, die Flucht nach vorn zu ergreifen, direkt auf Horuns Bauch zu.

Schatten lösten sich aus dem Gehölz unterhalb des Felsvorsprungs und stürzten sich auf die Fackelträger auf der Treppe. Es waren Hirsche. Mindestens zwei Männer wurden von den Geweihen durch die Luft geschleudert, die anderen verteidigten sich mit Speeren. Von der anderen Seite brach ein Wolfsrudel aus dem Unterholz. Walgreta sah, wie Streiter gegen Tiere kämpften.

Von weiter unten hallte das Scheppern von Metall herauf. Zwischen den Nebelschwaden, die aus dem dunklen Wald stiegen, glänzten Schilde und Helme. Walgreta hielt den Atem an – es waren viel, viel mehr Streiter aus Horuns Bauch auf dem Weg zu ihnen …

Walgreta schlug weiter auf die Flüsternde Flöte ein. Vogelschwärme flogen wie Rauchwolken über sie hinweg und verschwanden in krächzenden, kreischenden Wirbeln zwischen den Bäumen. Sie hörte Männer schreien.

»Rückzug den Berg hinauf!«, befahl Rianon ruhig. »In Deckung!«

Der dritte Teil ihres Plans begann.

Inzwischen näherten sich nicht nur über die Treppe, sondern auch über die Hänge und Felsen Streiter in den roten Umhängen von Horuns Bauch und den herbstlaubgelben Umhängen von Falla Ridwen. Es waren eindeutig zu viele, selbst für alle wilden Tiere der Umgebung.

Walgreta spürte, wie Rianon sie am Arm packte. Im Laufschritt ließ sie sich von ihm durch den Wald bergauf ziehen. Anarim, ihr kostbarer Köder, kreischte im Tragetuch an Eliodys Brust, immer von mehreren Uriern bewacht und begleitet.

Sie mussten entkommen, und doch war es unerlässlich, dass Walgreta von Zeit zu Zeit ihren Schritt verlangsamte, um sich zu sammeln und auf die Flüsternde Flöte einzuschlagen, Dachse und Füchse, Hirsche und Wildschweine, Habichte, Krähen und Falken anzustacheln. Einmal hetzte sogar ein riesiger Auerochse an ihnen vorbei und spießte ein halbes Dutzend ihrer Verfolger auf, ehe er mit einem Pulk von Feinden in den Abgrund stürzte.

Danach waren ihnen weniger Streiter auf den Fersen. Sie hörten in geraumer Entfernung die Schreie der Tiere, aber kaum mehr das Scheppern von Metall. Nebelschwaden zogen wie Geisterscharen zwischen den Bäumen dahin. Die Sonne war aufgegangen und löste den Frost der Nacht. So sahen sie nicht, wer ihnen noch folgte.

Auch von ihren Männern waren viele zurückgeblieben. Als sie

eine weitere Pause machten, zählte Walgreta nur noch dreißig Köpfe. Doch sie, Rianon, Eliody mit Anarim und Hauptmann Orbanim waren unversehrt.

»Da!«, stieß plötzlich einer der Urier aus. Wo sich der Nebel auflöste, entdeckten sie Streiter, die sich ihnen langsam, aber unermüdlich näherten.

Sie brachen auf, hasteten weiter. Solange Ganwalen lebte, musste er ihnen mit seinen Streitern folgen.

Hoffentlich, dachte Walgreta, *sind es genug. Genug, um es mit den Waldelfen von Ilian aufzunehmen.*

Am frühen Nachmittag erreichten sie den kleinen Gebirgssee, an dem sie vor so langer Zeit mit Fayanú übernachtet hatte. Die Ufer waren mit weiß- und gelbblühenden Kräutern umwuchert. Auch dort, wo sie den namenlosen Sklaven bestattet hatten, erinnerte nichts mehr an den Tod des Mannes.

Sie umrundeten den See und verbargen sich auf der anderen Seite hinter einem umgestürzten, über und über mit Farnen bewachsenen Baumriesen.

Abermals mussten sie warten.

Wieder und wieder fragte Walgreta sich, was sie tun würden, wenn der geheime Weg nach Ilian sich diesmal nicht auftat, weil Eliody nur eine Küstenelfe war. Oder weil das Blutopfer nur von einem einzigen Lebewesen erbracht werden durfte und nicht etwa von einem Dutzend oder gar mehr.

Walgreta kauerte so dicht neben Rianon, dass sie sich von der Schulter bis zum Schenkel berührten. Aber sie tauschten keine Zärtlichkeit aus, obwohl auch ihm durch den Sinn gehen musste, dass sie vielleicht zum letzten Mal die Nähe des anderen spürten. Die Tatsache, dass sie hier zusammen waren, war Liebesbeweis genug.

Plötzlich entdeckten sie eine Bewegung im Nebel. Die Urier spannten ihre Kurzbögen. Sie hatten die Order erhalten, dass mindestens ein Gegner getroffen ins Wasser fallen sollte. Sie durften erst schießen, wenn die Streiter nahe genug am Ufer standen.

Doch nicht die ersten Streiter tauchten auf, sondern stattdessen schien die Bewegung vom Nebel selbst auszugehen – als würde er hier und da immer dichter werden und das Wasser des Sees aufsaugen.

Tatsächlich. Der See schien sich zu leeren! In einem trägen Strudel strömte er in die Luft und bildete einen riesenhaften, schillernden Körper.

»Ein Lindwurm«, sagte Walgreta tonlos.

118

WIE IM TRAUM VERÄNDERTE sich das Land unter Fayanú. Wälder, kleinere Berge, Schluchten und Wiesen glitten mit aberwitziger Geschwindigkeit unter ihm dahin, so als schwebte er mit dem Lindwurm Orynia Arkhad über der Zeit selbst, wo der Strom der Welt weniger an ihm zehrte.

Die Worte des Dämons gingen ihm nicht aus dem Kopf. *Seinem Volk den Untergang bringen* … Was war von solch einer Prophezeiung zu halten? Vielleicht log der Lindwurm, um ihn zu verunsichern – um sich einen Spaß mit ihm, einem verhassten Kind der Sterne, zu erlauben. Oder um ihn zu neuen Fragen zu verleiten, damit er die Antworten seinerseits mit Informationen bezahlen musste.

Fayanú widerstand der Versuchung, weitere Gespräche mit dem dämonischen Geschöpf zu führen. Er wollte nicht an Prophezeiungen glauben; und dafür musste man so wenig wie möglich von ihnen hören. Wohlformulierte Wünsche waren Spiegelbilder, denen die Wirklichkeit sich nur allzu gern anpasste.

Nieselregen verwischte Land und Himmel, als sie das Gebirge

rund um Horuns Bauch erreichten. Fayanú meinte, Kampfeslärm zu hören, der zwischen den Bergen widerhallte, aber der Nebel war so dicht, dass er kaum die Bäume unter sich erkannte. Konnte es das Hämmern in den zwergischen Minen sein? Nein, er hörte Schreie. Die Schreie von Männern, Frauen und Kindern irrten wie Geister durch die feuchte Luft. Es wurde Krieg um Horuns Bauch geführt. Von wem, wenn nicht von Ganwalen und Walgreta? Der Gedanke, dass sie in Gefahr schwebte, legte sich wie ein Strick um seine Brust.

Der Lindwurm glitt steile Hänge empor, so dass Fayanú sich an seinen Hörnern festklammern musste, um nicht nach hinten zu rutschen. Dann sanken sie in ein Tal hinab. Orynia Arkhad rollte sich über einem See zusammen, den Fayanú im Nebel erst auf den zweiten Blick erkannte. Es war der See, an dem er vor so langer Zeit mit Walgreta zwei Sklaven hatte sterben sehen.

Dunstschwaden stiegen vom Wasser auf und schienen sich mit dem Leib des Lindwurms zu vermischen, so dass er immer länger wurde. Der See aber verschwand beinahe vollständig.

Fayanú sprang vom Lindwurm und landete in knöcheltiefem Wasser, das strudelartig aus der Mitte des Sees floh und den geheimen Weg hinab nach Ilian offenbarte.

Es sah unwirklich aus, wie unterhalb des davonströmenden Wassers das Blau des Salzsteinbaums heraufschimmerte und die glitschigen, vor Nässe glänzenden Stufen beleuchtete. Als könnte die spiralförmige Treppe ihn in die Tiefe saugen, stolperte er rückwärts, wandte sich um … und entdeckte am Ufer Gestalten.

Es waren Männer mit Waffen. Und zwischen ihnen eine kleinere Gestalt, die auf ihn zuging. Er erkannte ihre Bewegungen sofort. Er wollte ihren Namen aussprechen, aber er brachte keinen Laut hervor. Seine Beine fühlten sich biegsam wie Zweige an, als er auf sie zulief, und dann trafen sich ihre Blicke … und sie wich zurück.

Sie wich zurück vor ihm. Im Hintergrund klirrten die Waffen der Männer, die sich um sie aufstellten.

Fayanú öffnete den Mund, aber noch immer kam kein Wort über seine Lippen. Eine unvermutete Härte trat in Walgretas Züge, die auch sie daran zu hindern schien, etwas zu sagen.

»Fayanú«, rief eine vertraute Stimme.

Aus dem Nebel schälte sich Eliody. Sie trug ein Kind vor der Brust. Fayanú blinzelte, als könnte er alles verstehen, wenn er nur genauer hinsah.

»Sie hat die Flüsternde Flöte«, rief Eliody. »Pass auf!«

Einer der urischen Männer schlug ihr mit der flachen Hand auf den Mund. Es war kein heftiger Schlag, aber er reichte aus, dass Eliody einen Schritt zur Seite taumelte. »Sie haben Oteba getötet«, fuhr sie unbeirrt fort. »Rehfang …« Ihr wurde der Mund zugehalten.

All dies beobachtete Walgreta nur aus den Augenwinkeln. »Du hast uns erwartet?«, fragte sie in einem gefassten Tonfall.

Fayanú schluckte. »Walgreta …«

Seine Stimme versagte. Er sah zwischen Eliody, die sich im festen Griff des Uriers wand, und Walgreta hin und her. »Ich habe auf dich gewartet«, flüsterte er.

Eine Regung durchzuckte Walgretas versteinerte Miene, doch ehe sie etwas sagen konnte, hörten sie das Scheppern von Rüstzeug.

Sie alle drehten die Köpfe. Aber der Nebel verbarg noch, was nichts anderes als herannahende Scharen von Kriegern sein konnten.

»Du musst uns mit dem Kupferne Kleid verteidigen«, erklärte Walgreta. »Es sind Ganwalens Männer. Sie werden uns töten und die Iliaden an sich nehmen, wenn du es nicht verhinderst.«

»Warum wird Eliody von euch so behandelt?«, brachte er hervor.

Walgreta trat neben die Küstenelfe, der noch immer der Mund zugehalten wurde, während das Kind an ihrer Brust schrie. »Willst du ihre Freiheit?«, fragte Walgreta. »Dann rette uns vor Ganwalen und seinen Männern. Eliody und Rehfang gehören dir, wenn du uns beschützt!«

»Was?«

Die Streiter waren jetzt so nah, dass Fayanú einzelne Befehle verstehen konnte. Gleich würden sie aus dem Nebel auftauchen und sie entdecken.

»Da sind sie«, stammelte Walgreta. »Kommt!«

Zusammen mit ihren Leuten eilte sie auf die Treppe im See zu, wobei sie einen weiten Bogen um Fayanú machte.

Am Hang tauchten Streiter auf. Sie entdeckten sie und schossen Pfeile ab.

Fayanú ergriff die Flucht. Überall prasselten Geschosse ins Wasser. Walgreta und ihre Leibgarde rannten die Stufen nach Ilian hinab, zerrten Eliody mit sich, und Fayanú folgte ihnen, denn es gab keinen anderen Ausweg – von allen Seiten stürmten jetzt Streiter heran.

Fayanú schlitterte die Stufen hinunter und glaubte, im Rauschen des heraufströmenden Wassers und dem Zischen der Pfeile ein Lachen zu hören. Das Lachen eines Dämons, das aus unzähligen dampfenden Kehlen quoll.

Mondblaue Dämmerung empfing ihn. Die Stufen mündeten in einen unebenen Wurzelgang. Bei der nächsten Biegung sah er gerade noch, wie Walgreta und ihre Begleiter verschwanden. Er lief hinterher, verfolgt vom Lärm der Streiter von Horuns Bauch. Sie mussten den geheimen Weg ebenfalls hinabgestiegen sein. Der Lindwurm Orynia Arkhad hatte ihn nicht geschlossen – natürlich nicht! Fayanú hatte es ihm ermöglicht, Feinde nach Ilian zu lassen, ohne gegen den Pakt mit den Elfen vom Wald zu verstoßen.

Schreie erschollen. Sie kamen nicht von hinten, sondern von vorn. Fayanú rannte durch den verschlungenen, sich mehrmals verzweigenden Gang, bis er Walgreta und ihre Begleiter entdeckte. Ein Streit war ausgebrochen. Walgreta stand mit den

Uriern den anderen Zwergen gegenüber, die Eliody und das Kind in ihrer Gewalt hatten.

»Du hast es Branhilda versprochen, obwohl du das Kupferne Kleid längst nicht mehr hattest!«, brüllte einer der Zwerge. »Ganwalen hatte recht. Er hatte recht! Du Verräterin!«

Alle fuhren herum, als Fayanú hinzutrat.

In dem Moment sprang einer der Urier vor und schlug seine Streitaxt in den Rücken des Zwerges, der Walgreta angebrüllt hatte. Innerhalb eines Wimpernschlags entstand ein Gemenge aus sausenden Klingen und wirbelnden Gliedmaßen. Männer stürzten.

Aus dem Durcheinander rannte Eliody geduckt auf Fayanú zu, das schreiende Kind noch immer im Tragetuch. »Schnell!« Sie versuchte, ihn mit sich zu ziehen.

»Nein. Warte! Ich kann nicht«, stammelte er.

Eliody ließ ihn los. Wortloses Mitleid sprach aus ihren Augen. Als wäre er bereits tot. Dann rannte sie davon – um zu überleben, wie sie immer überlebt hatte.

Als der Lärm des Kampfes verebbte, lagen alle Zwerge niedergestreckt am Boden. Die Urier hatten sie getötet, und zwischen ihnen stand Walgreta wie eine Statue im kalten Schein des Salzsteinbaums.

Der Urier, der den Kampf begonnen hatte, holte aus, um seine Streitaxt nach Fayanú zu werfen.

»Nein!«, kreischte Walgreta.

Fayanú spürte schon den Schmerz, der ihm das Leben nehmen würde, doch der Urier hielt mitten in der Bewegung inne. Ihre Blicke begegneten sich, und da wusste Fayanú, dass er Walgretas Gemahl war und dass er sie ebenfalls liebte.

Durch den Gang, aus dem sie gekommen waren, drang der Lärm Hunderter scheppernder Schritte heran. Walgreta und die Urier ergriffen die Flucht, weiter über den Hauptweg.

Fayanú starrte in den kleineren Höhlengang, in dem Eliody verschwunden war. Aber er eilte Walgreta nach. Sie bogen in eine Abzweigung ein, dann in noch eine und noch eine, bis der Lärm der Streiter hinter ihnen zu einem dumpfen Donnergrollen verschmolz.

Walgreta drehte sich um und sah ihn an. »Was willst du? War das alles von euch vorhergesehen und geplant?«

Er erkannte sie kaum wieder, wie sie so zwischen den Uriern stand, welche die Zwerge ermordet hatten, die eben noch ihre Begleiter gewesen waren. Unwillkürlich schüttelte er den Kopf. »Ich weiß nicht, was du über mich denkst. Nur, dass es nichts mit der Wahrheit zu tun hat.«

Zorn verzerrte ihr Gesicht. »Gut, behalte deine Geheimnisse. Aber vormachen kannst du mir nichts mehr.«

Sie wandte sich ab, und er war zu fassungslos, um sie aufzuhalten. Erst nach einem Moment, der eine Ewigkeit währte, konnte er ihr nachrufen: »Walgreta. Was ist passiert?«

Auch sie warf ihm einen fassungslosen Blick zu. »Wie kannst du es wagen, den Ahnungslosen zu spielen?«

»Ich mache dir nichts vor.« Die Worte klangen hohl und falsch in seinen Ohren. Alles an dieser Situation war unwirklich.

»Ach nein? Dann schenke ihm das Kupferne Kleid!« Sie wies auf ihren Gemahl. »Schenke es ihm. Oder vernichte unsere Verfolger selbst damit. Dann glaube ich dir.«

Fayanú starrte sie an. Versuchte, hinter ihre harte Maske zu dringen. Doch vergeblich.

Sie stieß ein freudloses Schnauben aus. »Dann holen wir uns das Kupferne Kleid eben. Gleich nach der Sternenscheibe.«

Er sah, wie Walgreta und ihre Begleiter weitergingen, und konnte sich nicht rühren. Erst als er an Eliody dachte, die er suchen könnte, um mit ihr zu fliehen, sammelte er sich und folgte Walgreta. Hatte sie wirklich gerade gedroht, dass sie sich das Kupferne Kleid *holen* würden?

Gleich nach der Sternenscheibe.

Sie waren auf dem Weg nach Ilian, um die Sternenscheibe zu rauben! Dieser Gedanke tröstete ihn fast. Sie wollte immer noch die Iliaden sammeln. Sie hatte sich nicht vollständig verändert, sie glaubte nur an irgendeine grausame Lüge. Darum ihre Aufforderung, das Kupferne Kleid dem Urier zu schenken. Sie wollte die Iliaden nicht, um sie den Wyken zurückzugeben. Sondern für sich und ihren Gemahl.

Fayanú bekam keine Luft mehr und musste innehalten. Der Gang schrumpfte um ihn zusammen. Sein Herzschlag dröhnte in seinem Kopf …

Nein, es war das Donnern der Schritte, die durch die Wurzelgänge hallten! Die Angst weckte ihn auf wie kaltes Wasser. Wenn er den Streitern begegnete, würde er das Kupferne Kleid einsetzen müssen – nicht nur, um sich selbst zu schützen, sondern auch Walgreta. Er durfte ihnen nicht begegnen! Also taumelte er weiter, Walgreta und den Uriern hinterher. Was auch immer die Urier ihr erzählt hatten, er musste sie davon abbringen!

Mit dem Kupfernen Kleid wäre es ein Leichtes, das zu bewerkstelligen, dachte er.

Aber nein. Nein, keine Täuschung. Die Wahrheit, nichts anderes.

Lange irrte er dem Hallen ihrer Schritte nach. Er konnte nur an seiner Erschöpfung abmessen, wie viel Zeit verging. Manchmal hörte er den Lärm der Streiter von Horuns Bauch so deutlich, dass er sich umdrehte und erwartete, sie zu sehen. Dann wieder senkte sich eine Stille über ihn, die noch unheimlicher war. Sein Atem schien meilenweit zu hallen, und wenn er innehielt, um sich auszuruhen, geisterten Rufe durch seine Ohren … Rufe von Eliody, die sich mit dem Kind verirrt hatte und verdursten würde … Aber sein Verstand sagte ihm, dass Eliody klug genug war, nicht aufwärtszulaufen, sondern abwärts. Sie würde zu einer Grotte oder einem See gelangen, und die Lindwürmer würden ihr den Weg öffnen, weil sie eine Tochter der Elfen war. Bestimmt. Bestimmt …

Viel früher als erwartet, erreichte er Stufen, die in den Salzsteinbaum gemeißelt waren. Doch es war kein Wunder, dass

Ilian so nahe lag. Beim letzten Mal war er fast todkrank gewesen und von weit unten, von der Grotte bei den Fünf Hellen Seen bis hierher gewandert.

Die Stufen führten in immer weiteren Bögen aufwärts. Bald hörte er Stimmen. Aufgeregte Stimmen. Und dann nur noch Walgreta.

Er begann zu rennen und kam, nach Luft ringend, in der Halle der Dämmerung an.

119

WALGRETA HÄTTE EINEN ORT wie diesen nicht einmal träumen können. Sie befanden sich in einer Art Tal, das der Grund eines Sees zu sein schien. Mächtige Wurzeln aus demselben bläulich leuchtenden, salzigen Gestein, aus dem schon die Gänge hierher bestanden hatten, bildeten die Einfassung. Treppen, Terrassen, Balkone und verschlungene Gänge waren hineingemeißelt und glitzerten im Licht, das wie sanfte Schleier von oben herabfiel.

Die Kuppel bestand aus Nebel. Oder eher aus den nebelhaften Leibern von Lindwürmern, die sich umeinanderschlängelten wie in einem tiefen, aber unruhigen Traum. Das klare Wasser, das sie hielten, war erfüllt vom Gold eines sonnigen Nachmittags. Walgreta hätte einfach nur alles um sich herum bewundern wollen, aber sie waren nicht allein.

Hunderte Männer und Frauen aus dem Volk der Waldelfen strömten von allen Seiten herbei. Sie trugen lange Gewänder aus einem Stoff, der feiner war als alle Stoffe der Küstenelfen und wohl wirklich aus der abgestreiften Haut von Lindwürmern bestand, gerade so, wie die Legende es besagte. Geheimnisvolle Ranken waren in ihre Hände, Arme, Schläfen und sogar in manche Stirn gestochen, und keine Musterung glich der anderen.

Wie Verlängerungen dieser Muster wirkten ihre Waffen: Stäbe aus merkwürdig geformtem Holz, lange Bogen mit dunkelgrün gefiederten Pfeilen, Stabdolche mit gekrümmten Klingen aus Frostglas und verschnörkelten Griffen. Ihre Gesichter waren länglich und anmutig wie das von Fayanú und zeigten keinen Ärger, sondern vielmehr Freude.

»*En Iliad*«, rief ein Mann aus der Menge.

Ehe Walgreta ihn ausfindig machen konnte, wiederholte sich der Ruf.

»*En Iliad! En Iliad!*«, schallte es durch die Halle unter dem See.

Walgreta begriff, dass die Elfen jubelten. Und es konnte nur einen Grund dafür geben: weil die Iliaden zurückgebracht worden waren.

Sie umklammerte die Flüsternde Flöte fester und drückte den Arm gegen den Blickenden Becher, den sie in der Tasche ihres Mantelkleides trug. Gab es hier Tiere, die sie zu Hilfe rufen konnte? Wenn nicht, waren sie den Elfen ausgeliefert …

Aber wären die Elfen bereit gewesen, die Iliaden durch Raub an sich zu bringen, hätten sie es längst getan und nicht Fayanú ausgesandt.

Elf Männer und Frauen traten auf sie zu. Manche waren alt, andere wirkten noch jung. Ihre Waffen waren lange, silberne Stäbe mit einer Sichelklinge.

Einer von ihnen, ein Mann mit kurzer Stirn und energischem Kinn, ergriff das Wort: »Wir haben deine Ankunft erwartet, Tochter des Kleinen Volkes. Du stehst vor den Wächtern Ilians und dem Volk der Elfen vom Wald. Mein Name ist Heliandal.« Feierlich streckte er die Hand aus. »Du trägst zwei magische Artefakte, die uns gehören. Gib sie zurück.«

»Nein.« Walgreta ließ den Blick durch die Menge schweifen. Niemand schien über ihre klare Antwort bestürzt. Die Elfen vertrauten offenbar ganz ihrer Prophezeiung. Sie beschloss, sich davon nicht einschüchtern zu lassen, und rief: »Die Iliaden gehören nicht einem Volk, sondern allen! Ihr behauptet, ihr hättet die Iliaden erschaffen. Aber sie entstanden durch das Schenken selbst. Einst teilten wir alles, und kein Volk schottete sich vom anderen ab. Wir lebten in Frieden, mit Großmut im Herzen. Diese Welt soll wiederkommen.

Ich kenne eure Prophezeiung. Ihr erwartet, dass sich Ilian, das Land von damals und morgen, wieder über die gesamte Erde erstreckt und Horuns Bauch untergeht. Und ich erwarte dasselbe! Ilian wird kommen, wenn wieder die Weisen Frauen regieren. Darum gehören die Iliaden in ihre Hände – in die Hände aller Völker, nicht nur in eure.«

Sie machte eine Pause. Unruhe schien die Elfen ergriffen zu haben. Sie verstand erst nach zwei Herzschlägen, dass es weniger an ihren Worten lag als an etwas hinter ihr. *Jemandem* hinter ihr.

Fayanú war auf der Treppe erschienen. Die Elfen stießen gellende Jubelrufe aus, und im nächsten Moment hatten sie Fayanú umringt, warfen weiße Blüten in die Luft und umarmten ihn. Die elf Wächter verneigten sich.

Walgreta grub die Fingernägel in ihre Handflächen. Nie hatte sie sich so dumm gefühlt, so gedemütigt.

Als sich der fröhliche Tumult gelegt hatte, wandten die Wächter sich wieder ihr zu. Sogar Heliandals Miene war vor Freude ein wenig weicher. »Bald werden die Männer deines Volkes hier sein. Eine Verräterin nennen sie dich«, sagte er, »zu Recht. Sie werden dich und deine Begleiter mit hundert Klingen zerschneiden, wenn wir dich nicht vor ihnen beschützen.«

Er musste nicht aussprechen, wovon dieser Schutz abhing. Walgreta wollte ihm entgegenschleudern, dass sie eher sterben würde, als die Iliaden den Falschen zu schenken, aber sie brachte es nicht fertig; die Angst schnürte ihr die Kehle zu. Sie wurde noch wütender.

»Wir verstehen die Prophezeiung also unterschiedlich«, stellte sie fest. »Keiner wird den anderen überzeugen. Aber es gibt eine andere Lösung: die Sternenscheibe. Lasst uns in der Sternenscheibe sehen, was passieren wird, wenn die Iliaden allein euch gehören oder allen Völkern! Und wenn wir schon dabei sind, können wir bestimmen, welche Weisen Frauen wahrhaftig zum Regieren geeignet sind.«

Heliandal trat näher. Er war groß, größer noch als die Urier, und sein Blick durchdrang Walgreta, aber sie erwiderte ihn furchtlos.

»Keiner von euch wird die Sternenscheibe verunreinigen«, sagte er leise.

Walgreta fühlte die Kälte seiner Worte wie eine Klinge auf der Haut.

»Wie könnt ihr so blind sein?«, entfuhr es ihr. »Schaut euch um! So viel Salz und Metall, dass wir alle in Reichtum leben könnten. Aber ihr behaltet eure Schätze emsig für euch. Warum? Wie soll sich Ilian wieder über die ganze Erde ausbreiten, wenn nicht, indem alle alles teilen wie früher?«

»Wie das geschehen soll?« Heliandal lächelte. »Indem ihr aussterbt, Zwergin.«

Darauf gab es nichts mehr zu erwidern. Mit den Elfen zu verhandeln war aussichtslos. Nun konnte sie nur noch auf Zeit spielen und hoffen. Jeden Moment musste Ganwalen mit seinen Truppen angreifen. Und während er die Elfen ablenkte, würde sie in die Sternenscheibe blicken oder, besser noch, sie stehlen.

»Wir werden die Zwerge für dich niederschlagen und schenken dir und deinen Begleitern das Leben«, sagte eine ältere Wächterin beinahe freundlich. »Als Trägerin zweier Iliaden solltest du jedoch mit dem Schenken anfangen.«

Walgreta biss sich auf die Lippe. Suchte den richtigen Ton, damit die Elfen ihr nicht sofort anhörten, dass sie log, wenn sie einwilligte.

Plötzlich brach wieder Tumult in der Menge aus. Die Elfen wichen zurück, stürzten mit Aufschreien des Entsetzens übereinander und klammerten sich an ihre Waffen, als wäre der Tod selbst zwischen ihnen erschienen. Doch nur Fayanú stand dort, das Wams geöffnet, so dass das Kupferne Kleid einen Schimmer auf seine Haut hauchte und seine feuchten Augen glänzen ließ. Er war so schön, dass es Walgreta fast schmerzhaft das Herz umdrehte, doch seine Schönheit war beängstigend, ein grausamer Zwang.

»Lasst sie zur Sternenscheibe«, sagte er. Nie war seine Stimme lieblicher gewesen. »Dann wissen wir endlich, wer die Iliaden haben sollte.«

Die Wächter stolperten zurück, manche fielen sogar auf die Knie. Blanke Furcht stand in ihre Gesichter geschrieben. Heliandal biss die Zähne zusammen, unfähig, ein Wort herauszubringen.

Fayanú lächelte Walgreta an. »Komm mit.«

Keiner widersprach, während er sie durch die Menge führte. Die Elfen wichen zurück, als bereite die Nähe zu Fayanú ihnen unsägliche Angst, und kaum jemand wagte, den Blick von ihm abzuwenden. So beachtete niemand Walgreta.

Sie drehte sich zu Rianon und seinen Männern um, ob sie ihr folgten. Schweiß glänzte auf seinem Gesicht, und es schien ihn Überwindung zu kosten, Fayanú zu folgen, doch er tat es, Streitaxt und Stabdolch in Händen.

Sie gingen an Hunderten sprachlosen Elfen vorüber. Bald hallten nur noch ihre Schritte durch die stille Halle unter dem See. Walgreta starrte Fayanú an, der kaum auf den Weg vor sich schaute, nur um ihren Blick zu erwidern. Wie schön, wie schmerzhaft schön er war …

Aber nein, es war der Zauber des Kupfernen Kleides! Sie durfte nicht wieder auf ihn hereinfallen. Er wollte sie dazu bringen, ihm die Iliaden zu schenken. Mehr nicht. Es war offensichtlich. Sie klammerte sich an diesen Gedanken, der bei seinem Anblick zu zerrinnen drohte wie Wasser zwischen den Fingern.

Wütend wischte sie sich die Tränen weg. Er blieb stehen, als wollte er sie in die Arme nehmen, doch sie wich zurück und wäre fast gegen Rianon gestoßen. Fayanú ging langsam weiter, ohne sie aus den Augen zu lassen.

Vor ihnen erschien eine Art Altar, zu dem weiße Stufen hinaufführten. Darauf stand eine silberne Schale, die sanft das Licht des Sees zurückwarf.

Fayanú wies hinauf. »Die Sternenscheibe. Finde heraus, wer die Iliaden wirklich haben soll.«

Seine Stimme durchdrang sie wie ein Sonnenstrahl, klar und warm. Sie liebte ihn. Sie hatte nie aufgehört, konnte nie aufhören, ihn zu lieben. Alles, was sie für andere empfunden haben mochte, war nur ein Abglanz davon. Wie hatte sie so blind sein können? Oder war sie jetzt geblendet?

Zögernd blieb sie stehen, presste hervor: »Wenn die Sternenscheibe dich oder einen anderen deines Volkes zeigt, werde ich sie euch trotzdem nicht schenken.«

Er sah sie an, ließ ihre Worte ins Nichts abdriften.

»Warum hast du mich nie gesucht?«, flüsterte er.

»Warum?« Ihre Stimme brach. Sie schluckte. »Der Blickende Becher hat mir alle gezeigt, nur dich nicht.«

Er fasste sich ans Herz, wie von einem Schlag getroffen. Seine Finger krallten sich um das Kupferne Kleid. Und da begriff Walgreta.

Das Kupferne Kleid.

Es hatte den Blick des Bechers all die Zeit von ihm abgewendet. Wenn das der Grund war – der einzige, ganz einfache Grund …!

Fayanú stieß einen erstickten Schrei aus, streifte sich das Wams ab und zerrte sich das Kupferne Kleid vom Leib. Noch immer schimmerte das Metall zu seinen Füßen wie Glut, doch Walgreta sah, wie der Zauber von Fayanú abfiel und nichts übrig blieb als er … der Mann, den sie liebte. Er streckte zitternd die Hände nach ihr aus.

Walgreta hatte das Gefühl, den Boden unter den Füßen zu verlieren. »Ich habe unser Ziel nicht verraten«, stammelte sie.

»Alles, was ich getan habe, war für unser Ziel. Ich habe allein dafür gekämpft.«

Tränen rollten ihm über die Wimpern. »Aber dafür zu kämpfen verhindert es doch.«

Hinter ihr fluchte Rianon. »Ich bin nicht für Gespräche gekommen, sondern wegen der Iliade!«

Panisch stellte Walgreta sich vor Fayanú, damit er ihn nicht erschlug – doch Rianon griff ihn nicht an. Mit wenigen Schritten war er die Treppe emporgelaufen und umfasste die Schale. Der Widerschein erleuchtete sein Gesicht.

»Nicht!«, rief Fayanú.

Doch es war zu spät. Rianon hatte die Scheibe vom Sockel gehoben und goss das Wasser aus, das darin gelegen hatte. Helle Rinnsale flossen über die Stufen. Dann verrauchte die Flüssigkeit und kräuselte sich als Nebel zum See empor.

Ein Donnergrollen erschütterte die Halle. Die Luft begann zu zischen, als würde unsichtbarer Regen herabprasseln. Dann verwoben sich der Donner und das Zischen zu einem rhythmischen, rasselnden *Lachen*.

Rianon stolperte die Stufen hinunter. Der Boden bebte so stark, dass er das Gleichgewicht verlor und stürzte, aber er richtete sich sogleich wieder auf, hielt die flache Schale aus Silber vor der Brust wie einen Schild.

Über ihnen ringelten sich die Lindwürmer umeinander, wurden immer fester und glänzender. Gehörnte Schädel mit schrecklich weißen, leeren Augen wurden sichtbar. Dann spreizten sie nebelhafte Flügel und schossen herab.

Ein Windstoß fegte Walgreta von den Füßen. Doch die Dämonen rasten mit gefletschten Zähnen über sie hinweg. Ihr Ziel waren die Waldelfen.

Schreie von Männern, Frauen und Kindern mischten sich ins tosende Lachen der Lindwürmer. Walgreta sah, wie Elfen zerbissen und zerfetzt wurden. Ihre Waffen konnten kaum etwas gegen die Kreaturen ausrichten.

Ein Krachen von oben riss Walgreta von dem grausamen Anblick los. Zwischen den Nebeln begannen Wasserfälle, herabzustürzen und die Halle der Dämmerung zu fluten. Beinahe gemächlich prallten die schäumenden Wassermassen gegen die Wurzeln der Salzsteinbäume und zermalmten Balkone und Terrassen. Und Elfen, die keine Zeit hatten zu fliehen.

Walgreta rannte. Rianon, die Urier und Fayanú stürzten ebenfalls auf die nächste Treppe zu, die sich durch einen Salzsteinbaum nach oben wand. Nach draußen, wo das Wasser sie nicht zerschmettern würde.

Eine Flutwelle überrollte den Boden. Von einem Moment zum anderen liefen sie durch einen knöchelhohen Strom, der an ihren Füßen zerrte. Rianon packte Walgreta am Handgelenk und zog sie voran, bis sie die Treppe erreicht hatten und die gewundenen Stufen aufwärts durch den hohlen Baum hasteten. Die Wände, der Boden, alles bebte. Durch eine Balkonöffnung, die sie passierten, schwappte Wasser, und Walgreta erschrak, wie hoch es bereits stand. Sie rannten weiter. Draußen wurde das Tosen ohrenbetäubend. Kalte Wogen stürzten ihnen von oben entgegen und warfen sie gegeneinander. Walgreta versank mit dem Kopf, konnte nicht mehr atmen, kannte für einen entsetzlichen Moment weder oben noch unten. Irgendwie gelang es ihr, das Haartuch zu lösen, sich von ihrem Umhang zu befreien, und beides brauste davon. Nur die Flüsternde Flöte behielt sie in der Faust.

Endlich tauchte sie mit Mund und Nase auf. Das Wasser riss an ihr, presste sie gegen eine Säule, und Walgreta klammerte sich an dieser fest, nun beide Hände um die Flüsternde Flöte gekrallt. Vor ihr brach ein Stück Mauer, und das Wasser floss in die Tiefe ab. Mehrere von Rianons Männern wurden davongespült. Der rauschende Donner des Wassers schluckte ihre Schreie.

Walgreta blieb an der Säule, bis der Strom schwächer wurde und sie über die halbzerbrochenen Stufen weiter nach oben klettern konnte, an Mauerteilen und Ranken voran. Als sie, um es leichter zu haben, auch ihr Mantelkleid abstreifen wollte, merkte sie, dass der Blickende Becher nicht mehr in der Tasche war. Sie hatte ihn verloren! Er musste von den Fluten mitgerissen worden sein. – *Für immer* verloren!

Im bloßen Unterkleid kämpfte sie sich weiter, die Flüsternde Flöte in der Faust. Über ihr im Salzsteinbaum waren Rianon, einige seiner Männer und Fayanú. Abermals erscholl ein Krachen, als würde die Erde bersten. Durch ein Fenster sah sie, wie der letzte Nebelfilm, der den See gehalten hatte, sich verflüchtigte. In die Mitte der Halle stürzten schäumende Wassermassen wie ein gigantischer Speer, der auf den Steinboden prallte und in alle Richtungen zersplitterte.

Walgreta kletterte weiter. Über ihnen leuchtete rotes Abendlicht durch mehrere Türöffnungen. Sie waren fast an der Oberfläche. Rianon und seine Männer schafften es nach draußen. Fayanú drehte sich nach ihr um, hielt inne, als könnte er ihr noch helfen – da erfasste sie die heraufbrandende Welle.

Das Wasser schlug ihr wie ein Hammer gegen den Rücken, ohrfeigte sie und bohrte sich in ihre Lungen. Sie wurde emporgeschleudert, gegen Wände und Decken und schrammte an wogenden Ranken vorbei. Alles um sie herum wurde Schaum, weißes, rasendes Chaos. Dann blendete sie Licht. Das Wasser hatte sie an die Oberfläche gespült, hinaus aus dem Salzsteinbaum auf eine überflutete Wiese. Irgendwo in den brodelnden Wogen trieben die Urier, Fayanú, Leichen und Trümmerstücke.

Langsam ergriff eine neue Bewegung das Wasser. Die Fluten, die gerade noch an die Oberfläche geschwappt waren, zogen sich jetzt wieder zurück in die Tiefe. Erst langsam, dann immer schneller. Rianon ließ die Sternenscheibe los, um sich an herabhängenden Zweigen festzuhalten – und die Iliade der Waldelfen verschwand, so wie eine Lichtspiegelung auf der Oberfläche eines Flusses erlischt.

Walgreta überschlug sich in einer Woge, schluckte Wasser

und würgte. Nur durch einen glücklichen Zufall wurde sie gegen einen Balkon gespült, dessen Geländer ihr Halt bot. Die Flüsternde Flöte glitt ihr aus den Fingern, unter dem Arm hindurch – und war fort.

»Nein!«, kreischte sie.

Die letzte Iliade. Nicht auch noch die letzte!

Ohne nachzudenken, stürzte sie hinterher. Tauchte unter. Wie durch ein Wunder bekam sie die Flöte im Gestrüpp wieder zu fassen, bevor das Gestrüpp selbst aus der Erde gerissen und weggeschwemmt wurde. Mit immer gewaltigerer Kraft zog das Wasser in die Tiefe ab. Und die Öffnungen in dem Salzsteinbaum, aus dem sie gekommen waren, rasten auf Walgreta zu.

Und dann war Fayanú über ihr und packte sie am Arm. Er lag auf einer halbabgebrochenen Terrasse. Wasser strömte über ihn hinweg. Aber er hielt sie fest. Seine andere Hand krallte sich in einen scharfkantigen Riss im Stein, und feine Blutschleier wehten zwischen seinen Fingern.

»Lass … die Flöte«, brachte er zwischen den Zähnen hervor.

»Nein!« Walgreta klammerte sich an seinen Arm und versuchte, sich zu ihm hochzuziehen, die Iliade noch immer in der Faust. Doch sie schaffte es nicht.

Aber sie konnte die Flüsternde Flöte nicht aufgeben!

Hinter Fayanú tauchte Rianon auf. Er selbst hielt sich an einem Büschel langer Ranken fest, die von einem Baum herabhingen, in den seine Männer sich geflüchtet hatten. Er näherte sich, eine Hand ausgestreckt. In dem Moment, als er die Terrasse betrat, brach das Stück Bodenplatte krachend ab und strudelte mit Fayanú und Walgreta fort.

Walgreta tauchte unter. Das Gestein schrammte über ihre Stirn, und sie spürte einen blitzenden, grellen Schmerz im Schädel. Dann sackte alles abwärts. Nur sie nicht. Zwei Hände hielten sie unter den Armen. Zerrten sie in die Höhe. Mit zitternden Beinen versuchte sie, sich am Gestein abzustützen, um Fayanú, der sie hielt, zu helfen, aber sie hörte ihn vor Anstrengung stöhnen.

Dennoch ließ sie die Flüsternde Flöte nicht los. Was sie alles dafür getan hatte! All die Fehler, die Irrtümer, die Grausamkeiten. Ihre Faust war wie mit dem Metall verwachsen. Sie würde mit ihr untergehen, wenn es sein musste.

Fayanú zog sie auf das Trümmerstück, das sich in einem der Eingänge verkeilt hatte. Die Fluten spülten über sie hinweg. Es war nur eine Frage der Zeit, bis das Gestein brach und sie die Treppe hinabgerissen wurden, in die alles zermalmenden Fluten. Fayanú war blutüberströmt. Eine Platzwunde klaffte an seinem Wangenknochen, wo er gegen etwas geprallt sein musste. Sein Körper zitterte, als er Walgreta an sich presste, und sie umarmte ihn, schluchzend vor Glück oder Verzweiflung oder beidem.

Hinter ihnen rief Rianon etwas, was im Tosen des Wassers nicht zu verstehen war. Er warf ihnen das Rankengeflecht zu. Fayanú und Walgreta ergriffen es. In dem Moment brach das Trümmerstück, auf dem sie kauerten, mit einem kreischenden Geräusch. Eine heftige Welle warf sich über sie, und der Sog nach unten zog Walgreta beide Schuhe aus. Doch sie ließ die Ranken wie auch die Flüsternde Flöte nicht los – und sie wäre in die Tiefe gerissen worden, hätte Fayanú sie nicht zusätzlich festgehalten.

Über sich hörte sie ein Reißen und Knacken wie von brechenden Gelenken, und als sie aus den schäumenden Wirbeln auftauchte, sah sie, was sie befürchtet hatte: Die Ranken gaben eine nach der anderen nach. Rianon und zwei seiner Männer standen über ihnen und zogen die Ranken vorsichtig empor, hielten aber inne, als immer mehr rissen. Fayanú und Walgreta zusammen waren zu schwer.

»Halt dich gut fest!«, rief Fayanú hinter ihr.

Sie begriff, was er meinte. Panik krallte sich um ihr Herz. »Nein«, stieß sie aus. Mehr konnte sie nicht sagen.

Er blinzelte, als versuchte er, sich ihr Gesicht ein letztes Mal einzuprägen. »Die Welt zu verändern. Das heißt, sich wegzuwerfen, um fließendes Wasser zu erschüttern.« Er streckte die Hand nach ihr aus, um ihre Wange zu streicheln.

Noch bevor er sie berührte, riss der Strom ihn davon.

»Neiiin!«

Sie sah ihn in den Fluten untergehen. So schnell, als hätte es ihn nie gegeben.

120

WALGRETA ÖFFNETE DIE AUGEN. Senkte den Blick wieder. Ihre Füße verließen und fanden den Boden, ein Schritt nach dem anderen. Ihre Lungen füllten sich mit Luft und leerten sich. Irgendwo zwitscherten Vögel. Das Leben ging weiter, weiter und weiter. Und fragte nicht nach einem Ziel.

Es dauerte drei Tage, bis Walgreta und Rianon über die schneebedeckten Berge nach Horuns Bauch zurückfanden. Jedenfalls zu dem, was davon übrig war.

Die Urier und die Streiter, ebenso wie alle Bewohnerinnen und Bewohner von Horuns Bauch, waren offenbar während der Schlacht von der gewaltigen Flut, die aus Ilian herabströmte, überrascht worden. Niemand war geblieben. Falls überhaupt Leute überlebt hatten, mussten sie das Weite gesucht haben.

Der hohle Berg selbst, der Bauch der Riesin, hatte sich in ein Klippenreich von Wasserfällen verwandelt. Aus allen Höhlengängen brach Wasser, sogar aus der Brustklamm schäumte es empor und hatte Balkone, Säulen und Holzbefestigungen fortgerissen. Der Finstere See lag nicht mehr im Tal unten, sondern war fast bis an die Treppe gestiegen, die zum großen Platz von Horun führte. Der gesamte Wald darunter war untergegangen. *Verschwunden.*

Und das Leben ging weiter.

Walgreta betrachtete die Zerstörung. Erinnerungen blitzten wie Splitter in ihr auf, schnitten sie – Schmerz in einer Welt des Schmerzes.

»Lass uns ins Tiefland zurückkehren«, sagte Rianon ein paar Schritte hinter ihr.

Unterwegs hatten sie kaum ein Wort gewechselt. So, als ginge Fayanús Geist zwischen ihnen. Und die Geister der anderen Toten. In ihrem Schweigen waren Vorwürfe gewachsen, zu riesig, zu schattenhaft, um sie in Worte zu fassen.

Sie spürte, wie Rianon wartete. Wartete auf eine Antwort, die sie nicht geben konnte.

Zeit verstrich.

Schließlich zog er sie leicht an den Haaren, die ihr wirr über den Rücken fielen, so dass sie sich ihm zuwenden musste.

Misstrauen, Zorn, Schuld und Verletztheit rangen in seinem Ausdruck miteinander. Oder? Sein Gesicht wirkte zugleich eigentümlich leer. Ja, vielleicht ging gar kein innerer Kampf in ihm vor, vielleicht war dies das Geheimnis seiner Siege: Er dachte wirklich nur an die Zukunft, nie an das, was geschehen war. Weiter, weiter wie das Leben, ohne nach dem Warum zu fragen.

Seine Hand ballte sich um ihre Haare zur Faust. »Ich werde ins Tiefland zurückkehren und Pasarime suchen.«

Sie sah zu Boden. Erwiderte nichts. Er wartete immer noch, dann ließ er sie los.

Reglos stand sie da und lauschte dem Wasser, das durch den geborstenen hohlen Berg toste. Wahrscheinlich würde es niemals aufhören … nun, da die Lindwürmer die Quellen von Ilian nicht mehr verschlossen hielten.

Ilian wird sich über die ganze Welt ausbreiten, so wie einst, hörte sie Fayanú in Gedanken sagen. Ja, so wie einst. Walgreta schluchzte lautlos. So hatte sich die Prophezeiung der Sternenscheibe also erfüllt. Welch bitterer Scherz.

Als Walgreta sich wieder gefasst hatte, sah sie auf. Rianon war gegangen. Doch hinter den Bäumen entdeckte sie ihn noch. Er hatte sich nicht weit von ihr entfernt. Langsam schritt er dahin, schaute zum Himmel auf, der von Licht erfüllt war. Ein verträumter Wanderer. Er machte sich keine Sorgen. Der Rest seines Stammes musste noch in der Nähe sein, und seine Feinde waren zerschlagen.

Und Walgreta? Sie könnte nach Mún Toleda gehen. Königin ohne Kupfernes Kleid sein, aber mit der Flüsternden Flöte. Die Iliade lag schwer und warm in ihrem Arm. Mit ihr könnte sie es versuchen. Königin sein … Nein, sie konnte es sich nicht vorstellen. Dass sie irgendetwas sein würde, während Fayanú nicht mehr …

Plötzlich entdeckte sie zwei Gestalten, die entlang des Wassers durch die Schatten des Waldes pirschten. Ihre Blicke schweiften aufmerksam umher und fanden Walgreta. Sie blieben stehen. Es waren Rehfang und Eliody. Sie trug Didanwens Sohn im Tuch an der Brust.

Walgreta hatte nicht vor zu fliehen. Sie wartete, dass ihre ehemaligen Gefangenen eine Steinschleuder oder Pfeil und Bogen zückten, um sich zu rächen. Doch Eliody und Rehfang setzten sich nach einem Moment wieder in Bewegung. Schon waren sie im Dunkel des Waldes nicht mehr zu sehen.

Tränen rannen Walgreta über das Gesicht. Seltsam, dass sie noch weinen konnte. Dass es nach allem, was geschehen war, noch immer so wehtat, zurückgelassen zu werden. Dieser Schmerz, diese Angst – zeigte die Angst nicht, dass sie noch etwas wollte? Ja, sie wollte … sie wollte leben.

Sie nahm die Flüsternde Flöte hervor und schlug mit einem Stein darauf. Harte, hässliche, vibrierende Laute brüllten ihren Willen in die Welt.

Es dauerte nicht lange, bis ein graugescheektes Pferd mit verrutschtem Sattel im Unterholz erschien, die Ohren gespitzt, die Augen schwarz und spiegelnd. Walgreta griff nach den Zügeln, tätschelte ihm den Hals. Dann schwang sie sich in den Sattel, um Rianon einzuholen.

Epilog

Das, was alle Gegensätze verbindet

ONYX BRACHTE MIR BEI, dem Wasser zu lauschen. Von allem, was sie mich lehrte, war dies das Schwierigste, mir am meisten verhasst. Es mussten Jahre vergehen, in denen ich durch eiskalte Bäche watete und gegen das ständige Rauschen der inneren Stimmen kämpfte, bis ich zum ersten Mal überhaupt etwas vernahm. Mit der Zeit wurde mein Gehör schärfer und Onyx' Prophezeiung, ihre letzte Schülerin sei zugleich ihre beste, schlotterte nicht mehr um mein Dasein wie ein zu großer Schuh um einen Kinderfuß. Sie wusste natürlich, dass Prophezeiungen nichts anderes sind als wohlformulierte Wünsche – und dass darin ihre Wirkmacht liegt.

Nach und nach hörte ich gern dem Wasser zu. Still nimmt es auf, wenn man voller Worte ist. Doch wer zu schweigen weiß, dem vermag das Wasser viel zu erzählen … es kann geradezu redselig sein, plappern und albern sprudeln und sich an seinen eigenen Geschichten verschlucken. Wie wir alle wartet es nur darauf, seine Geheimnisse jemandem anzuvertrauen.

Mir erzählte es von einer neuerrichteten Stadt – einem Königreich in grünen Hügeln, wo das Tiefland ins Seenland führt und die Wasser von Ilian neue Flussläufe ins Gesicht der Erde gegraben haben. Es gibt dort mehr gezähmte Pferde als Menschen, Elfen und Zwerge zusammen. Von überallher kommen Händler, um Pferde zu kaufen und um dem König und der Königin zu huldigen, die dort herrschen. Es heißt, die Königin sei eine Zauberin. Doch die Iliade, mit deren Macht sie früher ganze Herden wilder Pferde zähmte, verliert ihre Zauberkraft von Jahr zu Jahr in ihren Händen. So berichtet das Wasser, das das innere Gerede der Königin beim Baden aufgenommen hat.

Denn mögen die Flüsse und Bäche auch voneinander getrennt scheinen, sie sind es nie. In einer Schale Wasser liegt das Meer. Alle Quellen haben dasselbe Ziel, stammen aus demselben Nabel im geheimnisvollen Traumgespinst der Erde. Sie teilen sich den Regen. Und so, wie kein Wasser rein ist, so sind auch die Völker vom Ursprung her vermischt.

Ich versprach euch die Geschichte vom Untergang meines Volkes. Doch ich bin ein Halbblut; die Elfen des Waldes verstießen mich, noch bevor ich geboren wurde. Ist es mein Recht, sie *mein* Volk zu nennen? Und ihre Geschichten zu erzählen, die ich nur durch die Flüsse kenne, durch eine alte Wyka und einen Händler aus dem Geschlecht der Menschen?

Nun, meine Antwort weicht der Härte der Frage aus, so wie das Wasser über die Ufer tritt, wenn das Flussbett zu schmal ist. Denn es wäre zu wenig, nur die Elfen vom Wald als mein Volk zu bezeichnen. Oder die Zwerge, deren Blut mir die Gewalttat meines Vaters eingab. Das Alte Volk, das durch das Schenken reicher wurde statt ärmer, weil es teilen konnte, statt nur zu geben und zu nehmen – dieses Alte Volk waren nicht Elfen, nicht Zwerge oder Weise Frauen des Menschengeschlechts. Es waren alle Töchter von Ilian und alle ihre Brüder. So jedenfalls behaupten es die Stimmen, die aus den Quellen Ilians steigen. Und so trage ich die Geschichte weiter … wohlwissend, dass Prophezeiungen wohlformulierte Wünsche sind. Und dass Geschichten nicht von der Vergangenheit allein künden, sondern auch von der Zukunft.

Danksagung

Es wäre unmöglich, alle Menschen zu erwähnen, die im Verlauf vieler Jahre als Inspiration oder Unterstützung zur Entwicklung dieses Romans beitrugen. Ich kann hier nur die wichtigsten nennen.

Vor jeder Person bin ich der Freien Universität Berlin zu Dank verpflichtet, da sie nichts gegen Langzeitstudenten wie mich unternimmt und mit ihrem Literaturbestand mein Interesse an prähistorischer Archäologie und, spezieller, an der Kupferzeit in Europa weckte, was den Grundstein für die Welt *Ilian* legte.

Ohne die Ermutigungen und das gelebte Vorbild von Julian Kiefer und Tobias O. Meißner hätte ich bestimmt nicht so häufig die nächtliche Schließung einer Bibliothek miterlebt; die beiden zu begeistern macht einen Großteil meiner Motivation aus.

Die Mitarbeiter des FISCHER Tor Verlages, insbesondere Hannes Riffel, haben mit ihrem unerschütterlichen Vertrauen (und ich habe so manches Mal geschüttelt!) ein Umfeld geschaffen, in dem *Ilian* wachsen konnte. Ihr Optimismus, gekoppelt mit schier unerschöpflichem Engagement, hält die Literaturbranche am Leben. Dafür kann ich gar nicht dankbar genug sein.

Dasselbe muss auch über meinen Literaturagenten und Schriftstellerkollegen Thomas Montasser gesagt werden, der mir einmal mehr mit Rat und Tat zur Seite stand. Es ist einer der großen Glücksfälle meines Lebens, dass er mich seit nunmehr der Hälfte desselben begleitet.

Besondere Anerkennung verdient Uta Dahnke, die den Roman lektoriert und akribisch aus meinem Textgestrüpp die Beeren herausgepflückt – und sie nicht selten sogar gesät – hat. Vielleicht kann ich meiner mannigfaltigen Dankbarkeit, sie als Lektorin gehabt zu haben, am ehesten Ausdruck verleihen, indem ich nur dies erwähne: Selten habe ich in so kurzer Zeit so viel von jemandem gelernt.

Was ich vermutlich nicht mehr lernen werde, ist so geschickt computergraphisch zu illustrieren wie Markus Weber. Er hat aus meinen Zeichnungen eine phantastische Landkarte gezaubert, wofür ich ihn sehr bewundere!

Zuletzt möchte ich Dir danken, dass Du Dein Herz geöffnet hast, um die Geschichte mit mir gemeinsam zu erleben. Denn ohne Dich wäre sie nichts als Tinte auf Papier.